漆绪邦先生

溯源窮流探微抉奥

松林书長安

王　南
胡山林　编
郭红跃

希声集

漆绪邦学术论文集

XISHENGJI QIXUBANG XUESHU LUNWENJI

松林题

首都师范大学学术文库

首都师范大学出版社
CAPITAL NORMAL UNIVERSITY PRESS

图书在版编目(CIP)数据

希声集:漆绪邦学术论文集/王南等编．—北京：首都师范大学出版社,2009.7

ISBN 978-7-81119-718-1

Ⅰ．希…　Ⅱ．王…　Ⅲ．古典文学—文学研究—中国—文集

Ⅳ．I206.2-53

中国版本图书馆 CIP 数据核字(2009)第 119800 号

XISHENG JI

希声集

漆绪邦学术论文集

王南等　编

责任编辑：杨鸿霄

首都师范大学出版社出版发行

地　址　北京西三环北路 105 号

邮　编　100037

电　话　68418523(总编室)　68982468(发行部)

网　址　www.cnupn.com.cn

北京嘉实印刷有限公司印刷

全国新华书店发行

版　次　2009 年 7 月第 1 版

印　次　2009 年 7 月第 1 次印刷

开　本　787mm×1 092mm　1/16

印　张　29.75　插页　2

字　数　483 千

定　价　59.00 元

版权所有　违者必究

如有质量问题　请与出版社联系退换

漆绪邦教授生平

漆绪邦教授为首都师范大学文学院教授，中国古代散文学会副会长，中国古代文学理论学会常务理事，李贽研究会副会长。中国共产党党员。历任首都师范大学中文系主任，首都师范大学副校长。

漆绪邦教授1938年5月1日出生于四川省江津县(今重庆市江津区)李市镇的一个高级知识分子家庭，父亲为西南师范大学教授。少年时代就读于江津县立中学。1953年就读于北京化工学校，毕业时以成绩优异留校任教。1957年考入原北京师范学院中文系，1961年毕业并留校任教，历任助教、讲师、副教授、教授。1998年退休。2008年8月1日去世。

漆绪邦教授是中国古代文学和古代文论学科领域卓有成就的专家，享有很高的学术声誉。在他的主要学术著作中，如《盛唐边塞诗评》、《道家思想与中国古代文学理论》、《中国散文通史》(主编)等，处处体现着求实的学风和推陈出新的理念。以漆绪邦教授为主要撰稿人的《中国历代诗词曲论专著提要》出版后，迄今仍然被作为本专业重要的参考书，他为该书撰写的长篇前言是中国古代文论研究中较早的诗论史通论。漆绪邦教授为第一撰稿人的国家教委重点项目《中国诗论史》一经出版即获得学术界的强烈反响。在他发表的学术论文中，诸如"道家思想与中国古代文学理论"系列和中国诗论专题研究、李贽研究系列论文等，都在学界产生了广泛的影响。特别是漆绪邦教授关于先秦道家学说与中国古代文学理论关系的研究，更是引起了具有深刻的理论内涵的学术探讨。漆绪邦教授是较早从事传统哲学思想、文化思潮与中国古代文学理论之关系研究的学者之一。他的这一研究方向和方法以及相应的研究成果，对于推进中国古代文论、古代文学批评史学科的发展的价值是有目共睹的。

在担任首都师范大学中文系主任和首都师范大学副校长期间，漆绪邦教授廉洁勤勉，始终坚持教育改革的方向，不断深入教学和科研的第一线，对国内外同类院校的实际情况进行了大量的调查研究，为中文系乃至学校的建设做出了重要的贡献。面临国家大事之时，漆绪邦教授必以人民利益为重，原则分明，疾恶如仇，堪称当代正直知识分子的典范。

漆绪邦教授长期从事中国古典文学、文艺理论和中国古代文学理论的教学和研究。在长达37年的教学生涯中，漆绪邦教授言传身教，以自己广博的学识、循循善诱的教法和从容淡定的风度赢得了学生的信赖和景仰，取得了出色的教学成果。至今他的学生在回忆中仍会津津乐道于“我们的漆老师”逐字修改学生笔记、不厌其烦地解答问题以及课上家中与学生纵论古今的言行举止。漆绪邦教授从1985年即担任研究生导师，历届研究生无不叹服于他的博闻强记和高风亮节，在他们的心目中，漆先生是亲切而严谨的师长，也是道德文章的楷模。不论身居领导岗位或是为师、为人、为友，漆绪邦教授一贯正直行事，诚恳待人，体现了一位爱国学者的高尚风范。在家人的心目中，他是一位好丈夫、好父亲、好祖父。

目录

漆绪邦教授逝世周年祭(代序)

梅运生

绪邦教授于去年八月一日不幸逝世。他走得那样匆匆和出人意外，噩耗传来，我大惊失色，掩面失声。虽然绪邦也已进入古稀之年，但他仍那样身体健康，精力充沛，乐观豁达，忘怀得失。我们都相信他至少还能再活二十年。岂知吉人未获天相，突然间他就结束了那充满活力并仍可大有作为的一生，给亲朋好友留下了不尽的痛惜和哀思。

我和绪邦的结识可以说是以文会友和以文成友的。早在上个世纪80年代初期，由于本专业的教学需要，我们都参加了由霍松林先生主编的《中国古代文论名篇详注》等教材的编撰。为了更进一步探讨中国古代文论发展变化的原委，绪邦、吉林大学张连第教授和我，又共谋以“中国诗论史”这一重要论题为我们研究的新方向。此事征得霍先生的同意和支持，经过申请，这一课题就成为国家教委“八五”重点资助项目。从那时起，我们都全力投身其事，在繁忙的教学工作的间隙，沉潜其间，从浩如烟海的资料中，爬罗剔抉，钩玄提要，进行更深层次的理论阐释。二十余年来，锲而不舍，先后完成了《中国历代诗词曲论专著提要》(北京师范学院出版社1991出版)和《中国诗论史》(上、中、下三册，黄山书社2007年出版)两部著作，共两百余万字。这两部书，绪邦教授承担的任务最重，倾注的心力最多，花费的时间也最长。他协助主编霍先生做了很多事，编撰全书的篇章纲目，统读了全书的成稿。我们这三人写作小组也是以绪邦为首的。同一课题的写作群体，既有分工，也要合作。就合作言，要统一体例，遵循相同的写作原则和方法；研究与协商在论述史的发展过程中的通与变，承前与接后的诸多议题，要努力避免和消除前后重复和互相抵牾之处，改动个别与体例不符的内容。绪邦多预其事，分头联系，反复协商，切磋琢磨，以求臻于完善。从绪邦对这两部书的写作和统筹兼顾的诸多工作中，既能见其不计名利，任劳任怨的高尚人品，也能看出其高出一筹的才力、学力和识力以及不执着于一端、从善如流、兼容并蓄的学术涵养。

两书先后出版时，绪邦分别为之写了“前言”和“后记”。两文均洋洋万字以上，分别对两书做了较为系统和较为深刻的理论总结。《专著提要·前言》将中国诗论著作的产生划分为三个不同的历史发展阶段，揭示其从内容到形式所呈现的不同特色，从而将全书包含的437种著作提要一线贯穿，并显示其在不同阶段发展变化的轨迹。这实质上从诗歌论著的角度勾勒出简明的中国诗论发展史。《中国诗论史·后记》则侧重于对某些重要的概念、范畴和理论命题做了较为集中的阐述，概述学界争论之点并提出自己的看法。这是打破时空的界限，依据中国诗学的特点所做的论述和理论上的升华。凡此，非深于中国诗学者是不能言的。

两书出版后，颇得学界称道。尤其是新近出版的《中国诗论史》，承新老学者的厚爱，好评如潮。新书于2007年4月，入选新闻出版总署第一届“三个一百”(即优秀原创社会科学研究著作100种，优秀原创科技和科普著作100种，优秀原创文艺作品和少儿读物100种，共300种)原创图书出版工程。2009年3月，又荣获新闻出版总署“第二届中华优秀出版物(图书)奖”。后者更是国家最高级别的大奖。这可以略慰绪邦老友在天之灵了。

正值绪邦逝世周年，他历年刊载于各种报刊杂志上的学术论文也终于结集出版了。斯人虽逝，垂范永存。藉此短文为绪邦教授周年祭，并贺《漆绪邦学术论文集》问世。

第一部分　论文

DIYI BUFEN LUNWEN

《孔雀东南飞》的思想分析

《孔雀东南飞》产生于东汉末年，是我国古代的一篇著名的叙事长诗。对于这首长诗的主题思想的理解，迄今还存在一些问题，主要是某些同志对它的思想意义评价不当或过高，对诗中的主要人物刘兰芝、焦仲卿作了不适当的赞扬。如有的同志把这首诗的主题思想归结为“歌颂青年男女对自由幸福的爱情的追求”，并认为刘兰芝和焦仲卿是“两个崇高的反封建的青年男女的正面典型”，这种评价是不正确的。也有的同志把这首诗的主要矛盾归结为封建家长的奴役压迫和焦、刘反抗奴役压迫的斗争，又过高地估计了它的思想意义。

应该怎样理解《孔雀东南飞》的思想意义呢？下面谈谈我们的一些看法。

一

《孔雀东南飞》所写的是东汉末年的一个封建家庭的婚姻悲剧。它的内容，牵涉到当时封建家庭的内部关系问题，特别是妇女在封建家庭中的地位问题；也牵涉到封建礼教对妇女的束缚问题。因此，我们必须对当时统治者所崇尚的封建伦理道德的特点有所了解。

汉代是我国封建制度确立和巩固的时期，与封建经济基础的确立和巩固相适应，一套比较完整的统治阶级的统治思想体系也逐步形成。先秦儒家所提出的忠、孝、仁、义等道德观念，被汉代统治阶级加以利用、改造，发展成了一整套用以维护他们的统治的纲常伦理观念。其中的“孝”的观念，尤其是一个重要的部分。汉代统治者特别提倡孝道，标榜所谓“以孝治天下”，把封建孝道规定为人们必须奉行的天经地义。

汉代的统治者所以这样重视孝道，是有它深刻的社会根源的。在封建社会，家庭是作为“社会的经济单位”（恩格斯《家庭、私有制和国家的起源》）而存在的。封建家庭的宗法关系、财产关系，乃是整个封建制的基础。因此，要维护整个封建统治的秩序，就必须从维护封建家庭的秩序入手，维护封建家庭秩序的基本问题就是维护封建家长制；而孝，就是统治阶级用以维护封建家长制的主要手段。

实质上，封建家长制乃是封建君主专制制度在家庭里的缩影，封建统治阶级并不把孝的意义局限在家庭的范围内，他们更把孝的观念扩充到封建伦理的各个方面。被封建统治阶级奉为孝行的典范的曾参是这样来说明“孝”的教义的：“身也者，父母之遗体也……居处不庄，非孝也；事君不忠，非孝也；莅官不敬，非孝也；朋友不笃，非孝也；战阵无勇，非孝也。五者不遂，灾及乎亲，敢不敬乎！”（《吕氏春秋·孝行览》）在这里，孝被规定成了封建伦理的核心，特别值得注意的是，孝亲和忠君被紧密地联系了起来。所以，汉代统治者“以孝治天下”，就不足为怪了。

汉代的家庭关系，正是处在孝道的严密控制之下的。成书于汉代的《礼记》就规定了一系列具体的孝的条规。《内则》篇云：“子妇孝者敬者，父母舅姑之命，勿逆勿怠。”“父母有过，下气怡色柔声以谏，谏若不入，起敬起孝。”“父母怒不悦，而挞之流血，不敢疾怨，起敬起孝。”孝所规定的基本内容就是封建家长的至高无上的绝对权威和子女媳妇的无条件的绝对服从。由此可见，封建统治阶级所规定的孝，根本就是有利于封建统治的一种愚孝。被愚孝观念所控制，就是汉代封建家庭关系的基本特点。

在封建家庭中，妇女所受的压迫特别深重，封建孝道对妇女的要求尤其严酷。汉代统治者在一般的孝道条规之外，还特别规定了“妇顺”的教义。《礼记·昏仪》说：“妇顺者，顺于舅姑，和于室人，而后当于夫，以成丝麻布帛之事，以审守委积盖藏。是故妇顺备而后内和理，内和理而后家可长久也，故圣王重之。”显然，强调妇顺，同样是为了维护封建家庭的秩序，进而达到维护整个封建制度的目的。同时，专用以束缚妇女的“三从”、“四德”、“七出”等等礼教条规，在汉代也已形成。在这种礼教的桎梏之下，妇女的爱情婚姻家庭生活，就都被控制在封建家长的绝对权威之下了。

《孔雀东南飞》所写的家庭婚姻悲剧，就是在这样的背景下产生的。

二

《孔雀东南飞》通过刘兰芝和焦仲卿的婚姻悲剧，揭示了封建礼教、封建家长制的罪恶。这一中心思想，主要体现在刘兰芝与焦母、刘兄的矛盾冲突上。

悲剧的主人公刘兰芝，自幼“诵诗书”、“知礼仪”，接受了封建思想的教育。嫁到焦家以后，她处处小心谨慎，“奉事循公姥，进止敢自专？”是在按照封建孝道和“妇顺”的要求行事的；她也确实基本符合“德”、“言”、“容”、“功”的礼教要求。刘兰芝是否有些不驯服的地方呢？作品没有作具体的描写，但我们从焦母所说的“吾意久怀忿”来推断，她在某些生活细节上，一定是有触犯封建家长的绝对权威的地方的。对于封建家长，她基本上是恭顺的，但同时也有着倔强的一面，当她努力奉行孝道却仍得不到焦母欢心时，她的不满情绪也就产生了。最后，这种不满情绪发展为一种反抗的举动——“妾不堪驱使，徒留无所施。便可白公姥，及时相遣归。”她终于遭到了焦母的遣返。为了突出封建家长的专横，作品交代焦母遣返刘兰芝的罪名只有十个字：“此妇无礼节，举动自专由！”在封建家庭里，有着至高无上的绝对权威的家长的意志就是“法律”，遣返，是封建家长对刘兰芝的严厉处分，是讲不得理的。

焦母对刘兰芝的繁重役使和故意挑剔，也激起了焦仲卿对他母亲的不满情绪，他上堂以“女行无偏斜，何意致不厚”为妻子辩护，并表示“今若遣此妇，终老不复取！”但是封建礼教本来就规定着“子甚宜其妻，父母不悦，出”，焦仲卿在刘兰芝被遣问题上是无能为力的，他既不忍舍弃妻子，也不敢得罪母亲，处在进退维谷的苦恼境地。焦、刘二人相比，毕竟是刘兰芝的反抗性格更为突出。一方面，她公开表示自己的被遣是无辜的：“三日断五匹，大人故嫌迟。非为织作迟，君家妇难为。”语气愤愤然，并不那么“下气怡色柔声”，显示了她一定的反抗性格。另方面，她在与焦仲卿分别时，订下了“磐石”、“蒲苇”之约，希望有破镜重圆的一天，表现出她是并不完全屈从封建家长给她安排的命运的。有不少同志谈到刘兰芝被遣归的问题时，有种种不同的说法。在我们看来，深受封建礼教熏陶的兰芝，能毅然说出“便可白公姥，及时相遣归”的话是难能可贵的。她虽预见到被遣回家后的难堪处境：“我有亲父兄，性行暴如雷，恐不任我意，逆已煎我怀。”但是她更不愿意长期受焦母的刁难、凌辱。她和焦仲卿的几年相处，显然是有感情的，而封建家长的滥施权威，已使这种结合成为不可能了。她虽然存在着和焦母改善关系的幻想，但她不可能掌握自己的命运。兰芝在被遣前后的思想活动，表现了对封建家长制的一定反抗。顺便说一句，说兰芝和仲卿在遣归后才产生爱情，显然是脱离作品实际的。

被遣返之后，刘兰芝又落入了另一个封建家长的控制之下，遭到了刘兄的逼嫁。这时的刘兰芝已经是一个弃妇了，她"入门上家堂，进退无颜仪"，处境更加不幸。可是，她那与焦仲卿再度结合的希望，仍然支持着她。在县令求亲时，她明确地提出了自己与焦仲卿临别时的誓约："兰芝初还时，府吏见丁宁，结誓不别离。今日违情义，恐此事非奇。"拒绝了这门亲事。封建家长能不能容许刘兰芝按照自己的意志，自由自在地住在家里等待机会与焦仲卿重聚呢？当然不能。在婚姻问题上，封建家长所考虑的绝对不是子女的"个人的愿望"，而只能是"家庭的利益"（恩格斯《家庭、私有制和国家的起源》），等到太守提亲，刘兰芝再以"先有誓"拒绝时，刘兄就"怅然心中烦"了。利欲熏心的刘兄想用巴结亲事的卑鄙手段攀附权门，竟用冷酷的言辞进行逼迫："作计何不量！先嫁得府吏，后嫁得郎君，否泰如天地，足以荣汝身。不嫁义郎体，其往欲何云！"这里，刘兄把话已经说绝，一点回旋的余地也没有给刘兰芝留下。

在婆家、娘家的封建家长的重重逼迫下，刘兰芝的希望完全破灭了。此时，她除了顺从和自杀，再也没有别的路可走。刘兰芝终于选择了后者，"揽裙脱丝履，举身赴清池"。焦仲卿也"徘徊庭树下，自挂东南枝"。形成了夫妻双双自杀的悲剧。

很明显，刘兰芝与焦仲卿的婚姻悲剧，是在焦母、刘兄两个封建家长的交替逼迫下造成的。《孔雀东南飞》的主要矛盾就是刘兰芝、焦仲卿为了维护既得的爱情生活，与破坏他们这种生活的封建家长的矛盾。

在与封建家长的矛盾冲突中，刘兰芝表现了一定的反抗性，对于封建家长的至高无上的权威，她并没有无条件地绝对顺从。她的自杀，我们固然不能不加分析地给予赞扬，但应该指出，在刘兰芝所处的时代和具体环境下，宁可死去也不屈从封建家长的意志，显然是对孝道的违背，是一种消极反抗的行为。因此，她曾遭到后世一些封建文人的非议，清代冯镇峦在评《聊斋志异》中的《珊瑚》一篇时，对备受婆婆虐待而"无怨色"的珊瑚赞不绝口，却认为刘兰芝"不如此妇远矣"（参阅《聊斋志异》会校会注会评本，

《珊瑚》篇），这也从反面证明了刘兰芝对封建礼教、封建家长制的一定的反抗性。

但是，刘兰芝的反抗是带有很大的不彻底性的。她是在封建礼教的教育下长大的。她并不否定封建礼教，她的行为，基本上也并没有越出封建礼教要求的范围；在遭到封建家长逼迫时，她也只能以自己的行为合于封建礼教来为自己辩护："奉事循公姥，进止敢自专？昼夜勤作息，伶俜萦苦辛。谓言无罪过，供养卒大恩。"认为自己尽了孝道，是没有过错的。在离开焦家时，她还是"上堂谢阿母"，"念母劳家里"，并谆谆嘱咐小姑"勤心养公姥"，显然还是在按孝的要求行事。这一点，又使她受到另一个封建文人沈德潜的赞扬，说她在悲怆之中，仍不忘温柔敦厚的封建教义（参阅《古诗源》《古诗为焦仲卿妻作》的评语）。

在婚姻问题上，刘兰芝和焦仲卿固然对封建家长的逼迫进行了一定程度的反抗，但基本上并没有越出封建礼教的规范。他们所要求的，只不过是保持他们合于封建礼教的既得夫妻关系。刘兰芝誓不另嫁，"守节情不移"，实际上正好符合封建礼教关于"妇德"的要求（在汉代，已经对妇女提出了"从一而终"的礼教要求，《礼记·郊特牲》："信，事人也；信，妇德也。一与之齐，终身不改，故夫死不嫁。"）。

下面，再从作者的创作意图来看《孔雀东南飞》的局限性。在长诗的结尾处，作者用劝诫的口吻说："多谢后世人，戒之慎勿忘。"作者要"后世人""戒"的是什么呢？作者认为刘兰芝与焦仲卿是尽了孝的，他们的死是无辜的；他们的悲剧的根源是家长不够慈。因此，作者的意图在于从慈、孝两方面来调整封建社会的家庭关系，在要求子女孝的同时，也要求家长的慈，以便更好地维护封建制度。

总起来说，《孔雀东南飞》形象地揭示了当时封建礼教、封建家长制的罪恶，并表现了刘兰芝、焦仲卿的一定的反抗性。从这个意义上说，这首长诗在当时无疑是有进步性的，对我们在今天认识封建社会的黑暗，也是有一定作用的，但是，它是在基本肯定封建礼教的前提下来描写这一悲剧故事的，它的主人公的反抗性也是很不彻底的，基本上并没有越过封建礼教规定的范围。

马克思和恩格斯在《德意志意识形态》中说过："统治阶级的思想在每一时代都是占统治地位的思想。"《孔雀东南飞》固然是一篇民间作品，但它产生在封建社会，所以也难免受到封建思想的影响，何况它又经过了封建文人的加工写定呢。所以，即使是民间作品，也必须站在今天的高度，用阶级分析的方法进行具体分析批判，既要肯定其进步性，又要指出其局限性，而不能因为它是民间作品就不加分析地盲目赞扬。

三

根据以上的分析，我们认为，把《孔雀东南飞》的思想意义归结为“歌颂青年男女对自由幸福的爱情的追求”，并由此过高地估计其反封建的意义，特别是不加分析地赞扬刘兰芝和焦仲卿的所谓以死“殉情”，是不恰当的。这是没有从作品产生的具体时代来分析作品，也是不符合作品所写的实际情况的。首先，作品的主要内容并不是刘兰芝和焦仲卿“对自由幸福的爱情的追求”，而是他们在原有的夫妻生活遭到破坏的情况下与封建家长的矛盾冲突。其次，刘兰芝和焦仲卿对封建家长破坏他们的原有夫妻生活，确实有所不满，并进行了一定的反抗，但是，他们是否从封建礼教所要求的范围以外去寻求了什么“自由幸福的爱情生活”呢？没有。列宁曾经指出：“当那些主张改良和改善的人还不懂得，任何一个旧制度，不管它是怎样的荒谬和腐败，都是由某些统治阶级的势力所支持的时候，他们总是会受拥护旧制度的人们愚弄的。”(《马克思主义的三个来源和三个组成部分》)刘兰芝和焦仲卿也正是如此，他们对封建家长有所不满，但他们却不可能从阶级本质上去认识封建礼教和封建家长制，因此他们就不可能对此提出怀疑和否定，不可能提出新的生活理想。这就是焦、刘的时代和阶级的局限性。他们的自杀，不过是在愿做孝子顺妇而不可得的绝望心情下所采取的消极反抗手段而已，我们绝不能把他们的自杀说成是“走上了彻底反抗的道路”，更不能歌颂为“不妥协的反抗封建压迫者的胜利”。

我们还认为，把《孔雀东南飞》全诗的主要矛盾提到封建家长的奴役压迫和反抗这种奴役压迫的斗争的高度，显然也是不恰当的，这实际是抬高了作品的社会意义。在封建家庭里，非家长的妇女，一般是处于被奴役的地位，前面提到的汉代关于“妇顺”的教义，就给妇女规定了“成丝麻布帛之事，以审守委积盖藏”的劳役义务，刘兰芝并不是反对一般的使役，而是顺从地接受了这种使役。她把“鸡鸣入机织”，“三日断五匹”，“昼夜勤作息”这种繁重劳动看成是自己分内的事情，并且曾经希望以此“供养卒大恩”。虽然由于焦母对刘兰芝的刁难、凌辱，已经超出了一般役使的限度，引起了刘兰芝的反抗，而且她对焦母的一定的不满和反抗，包含着不能忍受奴役的因素，但是刘兰芝的不满和反抗，并没有发展成反奴役斗争。至于对焦仲卿，则提不到什么奴役与反奴役的问题。另外，把这首诗的主要矛盾归结为奴役压迫与反奴役压迫的斗争，也不能令人信服地解释作品写到刘兰芝归家后的情节内容(兰芝被遣以后的情节，是长诗的主要部分)，因为在归家后只有逼嫁与不愿改嫁的矛盾冲突，而不存在奴役压迫的问题。由此，把刘兰芝和焦仲卿的“爱情矛盾”说成是由上述主要矛盾派生出来的，是由两人反奴役压迫的共同思想所产生决定的，自然就是不能成立的了。我们根据刘兰芝和焦仲卿的性格可以设想，如果在不受封建家长过苛使役的前提下能够保持原有的婚姻生活，他们对封建家长的一般要求是能够顺从并且毫无怨言的。主张这首诗的主要矛盾是奴役压迫与反奴役压迫的斗争的同志，还因此把焦仲卿和刘兰芝的自杀说成是“向封建家长的奴役压迫表示了誓死不屈”。这也完全离开了作品产生的时代和作品本身的实际，把人物提到了他们所没有、也不可能达到的高度，同样也是不恰当的。

(此文与张建业合撰，原载1965年11月14日《光明日报》，署名“师文古”)

典型，还是类型

“四人帮”对文艺事业破坏的一个方面，是文艺创作上公式主义的泛滥。他们以“官方”地位来推行“三突出”、“根本任务”之类的伪理论，他们以只此一家、别无分号的舆论宣传和法西斯主义的专制手段，使得公式主义统治文坛时间之长，流毒之深，为文艺史上所罕见。这表现在人物形象的塑造上，就是普遍的概念化和类型化；真实的、个性鲜明的典型形象也被他们“赶下舞台”，在文坛上几乎绝迹了。粉碎“四人帮”以后，这个问题是否解决了呢？应该说，开始得到解决了，但离彻底解决还有很大的距离。“四人帮”在政治上被打倒了，但公式主义还没有被打倒。人物形象的概念化、类型化倾向，还在一些新作品里存在着。许多读者、观众不满意于一部分新作品，认为还有“帮风”、“帮味”，在一定意义上指的就是这个问题。这个问题之所以不易解决，一方面由于“四人帮”流毒之深，另一方面，由于在典型还是类型这个问题上的界限不清。文艺创作上的公式化、概念化、类型化，并不始于“四人帮”之统治文坛，而是在十七年就严重存在着的。如果追溯到更远，则是古已有之的：正所谓积重难返。为了划清典型和类型的界限，本文打算就典型还是类型这个问题作一点历史的和理论的探讨，追究一下概念化、类型化的历史的、理论的根源。当然，笔者绝不以解决这个问题为己任，我的意见甚至可能是错误的。但如能引起讨论，推动问题的解决，本文的目的就算是达到了。

一

自叙事性的文艺作品出现以后，怎样认识这类作品中的人物形象和怎样塑造人物形象的问题，就提出来了。当然，在马克思主义的创始人建立辩证唯物主义和历史唯物主义理论之前，文艺理论上不可能出现科学的文艺典型论。但是，第一，这不等于说在马克思主义产生之前文艺创作上没有出现过典型，相反，优秀的古典作家创造了丰富多彩的文学艺术典型。马克思、恩格斯在论及文艺典型问题时就谈到过莎士比亚、巴尔扎克等人；第二，这不等于说马克思主义出现之前没有出现过关于典型问题的有价值的、具有某些合理因素的理论，恩格斯在谈到典型问题时，就谈到过黑格尔，此外，歌德、别林斯基等人在这个问题上也发表过值得重视的意见。

在西方美学史上，典型与类型之争实际上是存在着的，但是，由于不具备科学的世界观，类型论在很长时间里占着统治地位。综观类型论提倡者们的观点，可以看到一些对我们今天克服类型化毛病很有启发的东西。

首先，类型论的认识根源是唯心主义、形而上学，具体地表现为文艺和现实的关系的颠倒，个性和共性、特殊和一般的关系的割裂。

文艺本来是现实生活的反映，是第二性的东西。但是，这个唯物主义的常识性的认识，古人却很难达到。不但唯心主义者对这个问题的认识是颠倒的，就是一些具有唯物主义的自然观的思想家，对这个问题的认识在一定程度上也是颠倒的。在西方，柏拉图的唯心主义美学思想的影响十分久远，十分广泛。柏拉图只承认超于现实和人类认识之上的先验的“理念”的存在，在他看来，现实世界不过是这“理念”的影子，而文艺又是现实世界的影像，对于“理念”来说，不过是“影子的影子”①。柏拉图正是从“理念”出发，为文学作品中的英雄人物制定了模式：他们应该是城邦公民的模范，不应有任何缺点，不能哭，也不应轻易发笑，更不能有其他的情欲。这种按照理念规定的模式创造出来的人物形象，必然是干枯的、僵死的、类型化的。柏拉图的这种思想对后代的类型论有明显的影响。一些人不是从实际生活出发，而是从观念出发，企图按照观念为文艺创作制定规范、模式。这就是文艺创作上的公式主义和形象塑造上的类型论。

我们可以以法国十七、十八世纪的古典主义戏剧为例。这里我们不打算对古典主义的功过作全面的评价，只是想指出它的一个致命的弱点，就是创作上的公式主义和人物形象的类型化。众所周知，古典主义的哲学思想基础在当时是笛卡儿的唯心主义的唯理论，而追寻其老祖宗，则可追到柏拉图的“理念”说。法国古典主义的作家和理论家把文艺当作表现理性的工具，在他们看来，理性主宰一切，决定一切，文艺不过是理性的“奴隶”[②]。这一点，古典主义的理论权威布瓦罗说得最为明白。他认为，对于理性来说，文艺的“职责只是服从”，文艺“对理性要服从它的规范”，文艺“永远只凭着理性获得价值和光芒”[③]。这就是说，文艺的内容不是决定于现实生活，而是决定于主观的理性。布瓦罗说过这样一句话：“有时候真实的事情演出来可能并不逼真”[④]。有的论者把这里的“真实”理解为生活的真实，把“逼真”理解为艺术的真实，认为布瓦罗注意到了生活的真实与艺术的区别，已经接触到典型化问题了。其实，在布瓦罗的理论体系里，“逼真”、“真理”都是以合乎理性的“规范”为准则的，与柏拉图只承认理念才是真实的是一样的意思。从这句话里，我们倒可以看到古典主义者是如何地轻视现实生活(“事实”)而重视理性；他们可以为了理性而不顾事实。根据这种文艺与现实生活关系的颠倒的认识，古典主义者对于作品里的人物形象的要求就不是从现实生活出发塑造真实的典型，而是根据理性的“规范”去创造理性的化身；人物不是活生生的个性，而是各类按照观念规定的品格的拟人化。布瓦罗这样说过：

> 谁能知道什么是风流浪子、守财奴，
> 什么是老实、荒唐，什么是糊涂、嫉妒，
> 那他就能成功地把他们搬上剧场，
> 使他们言、动、周旋，给我们妙呈色相。[⑤]

人物形象就这样地变成了关于各类人的种种品性的化身，关于风流浪子、守财奴、老实、荒唐等观念的图解。

法国古典主义者的这种以人物图解观念的创作思想，被一个他们在德国的信徒高特舍特表述得更加明白真率：

> 诗人先选一个他要用感性形式去印刻在读者心中的道德主张。于是他拟好一个故事的轮廓，以便把这个道德主张显示出来。接着他就从历史里找出生平事迹颇类似所拟故事情节的有名人物，就借用他们的名字套上剧中人物，这样就使剧中人物显得煊赫。[⑥]

这就是说，文艺作品不过是作者心中的“道德主张”的“感性形式”，文艺创作过程是：先有作家心中的“道德主张”，然后去编一个足以“显示”这种主张的故事，然后填进人物。这真是道出了一个普遍“真理”，古今中外的概念化、类型化的作品，恐怕都是这样创作出来的。

这样搞出来的作为观念的图解的人物，不可能是典型而只能是类型。道理很简单：任何一种道德、品格的观念都有它的规定性，图解这种观念的人物，无论是在这部作品还是那部作品里，无论是姓赵还是姓钱，都只能是一个样子。这种类型化的人物也就是定型化的人物。这不仅表现在他们在各个作品里是一个样子，而且表现在一部作品里，他从开场到收尾都必须是一个样子，不可能有任何思想、性格的发展变化：譬如说一个英雄，他在出场之前就已经按观念注定是什么样子了，从头到尾，他当然不会有什么发展变化，他的行为，不过是一连串证明他是一个英雄的表演罢了。在这一点上，非常强调个性(“这个”)的黑格尔对法国古典主义戏剧的批评是十分中肯的：“如果……一个人物仅仅成为、某种情致——例如爱情和荣誉感之类——的完全抽象的形式，那么，一切生气和主体性也就会完全消失了，而这种艺术表现也就会因此枯燥贫乏——例如法国的戏剧作品就是如此。”[7]

在创作实践上，我们当然不能完全否定前期古典主义在欧洲文学史上的一定的地位，但对于刚刚过去的以“反映人生”[8]为旗帜的文艺复兴运动来说，古典主义不能不说是一个倒退。实际上，法国古典主义悲剧尽管煊赫一时，但并没有出现可以和莎士比亚媲美的称得上是世界名著的作品。杰出的喜剧家莫里哀被称为古典主义作家，但他的杰出成就却是出自对古典主义规范的背弃。即使如此，莫里哀也没有完全摆脱古典主义教条的影响。他的喜剧人物，仍然有着某种类型化的倾向，也就是说，人物形象被过多地用来表现某一种品行(例如伪善、悭吝等等)，而对人物的性格的丰富性和行为的真实性有所忽视。我们可以把他的阿巴贡(《悭吝人》)和巴尔扎克的老葛朗台(《欧也尼·葛朗台》)作一比较，是可以看出高下来的。可以说，阿巴贡是守财奴一类的代表，而老葛朗台却是“这个”守财奴。莫里哀的喜剧，在一定程度上存在着黑格尔指出的这个毛病：把人物作为“某种孤立的性格特征的寓言式的抽象品”[9]。

把个性和共性、特殊性和普遍性割裂开来，也是导致类型化的一个认识根源。在黑格尔以前，西方美学家一般还不能辩证地认识个性和共性，特殊性和普遍性之间的关系。在他们那里，个性与共性、特殊与一般往往是割裂的，而且经常是强调共性、普遍性而忽视个性、特殊性。在他们的美学观念里，美常常就是“普遍的”，就是“常态”，就是类型。

在这方面，首先应该提到西方美学的奠基人亚里士多德。从哲学上说，亚氏对个性与共性的关系不能说全无认识，他就谈到过“‘人’是一个全称，‘卡利亚’是一个单称”[10]，这说明他看到了一般和个别的联系和区别。但在论及文学形象时，他还是偏于类型说。他说过：

> 历史家描述已发生的事，而诗人却描述可能发生的事，因此，诗是比历史，更哲学的、更严肃的；因为诗所说的多半带有普遍性，而历史所说的则是个别的事。所谓普遍性是指某一类型的人，按照可然律或必然律，在某种场合会说些什么话，做些什么事——诗的目的就在此……[11]

这是亚里士多德的一段名言，两千多年来，经常为国外的文论家所引述，直到今天。应该指出，亚里士多德在两千多年前就指出了历史与文艺的区别在于前者须严格按照“已发生”的事实，而文艺作品则不局限于已然之事；文艺创作不应罗列现象，而应从内在联系去把握现实，这无疑是很宝贵的，很有启发性的。车尔尼雪夫斯基根据这段话，称赞亚里士多德的“诗是从内在联系来表现一切”的观点十分“深刻而精彩”[12]，应该说是公允的。但亚里士多德的这段话，显然有两个缺点：第一，他忽视了文艺创作也应从已然的事实出发，尽管它不应该只限于罗列事实。只有从已然的事实出发，才能把握现实运动的“可然律或必然律”，[13]才能合情合理地、可信地表现出“可能发生的事”。[14]第二，他只强调了普遍性，而忽视了个性、没有看到只有通过个性才能表现出共性、普遍性，因而导致诗（一部悲剧或一部喜剧）的目的在于表现“某一类型的人”[15]的结论。

亚里士多德的这种观点，影响过不少人。罗马时代的贺拉斯就把人按年龄的不同分为不同种类的性格，要求诗人“不要把青年写成老人的性格，也不要把儿童写成成年人的性格，我们永远必须坚定不移地把年龄和特点恰当配合起来”[16]。贺拉斯所谓的“性格”、“特点”，显然都不是指的个性，而是不同年龄的人的普遍性，即不同的类型。因此，贺拉斯认为，为了把人物写得合情合理，应该“到生活中到风俗习惯中去寻找模型”[17]。后来，布瓦罗曾照抄贺拉斯的这种主张，要作家“好好地认识都市，好好地研究宫廷，二者都是同样地经常充满着模型”[18]，所谓“模型”，即是同类型的共性。法国启蒙时代的一些思想家，也受到类型说的影响，或者认为“美是最普遍的东西的‘汇合’”，“美的眼睛就是大多数眼睛都像它那副模样的眼睛”[19]；或者认为理想的人物形象表现出一类人的最普遍最显著的特征，而“不恰恰是某一个人的画像”[20]。把文艺形象归结为“模型”、“普遍性”或“常态”、“代表性”，必然舍弃个性，导致人物形象的类型化。

在个性与共性的关系问题上，即使承认二者的统一，也还有个从个性出发还是从共性出发的问题。关于这个问题，歌德在谈他和席勒的一个分歧的时候，做过很好的概括：

> 诗人究竟是为一般而找特殊，还是在特殊中显出一般，这中间有一个很大的差别。由第一种程序产生出寓言诗，其中特殊只作为一个例证或典范，才有价值。但是第二种程序才特别适宜于诗的本质，它表现出一种特殊，并不想到或明指到一般。谁若是生动地把握住这特殊，谁就会同时获得一般而当时却意识不到，或只是到事后才意识到。[21]

歌德指出的这种关于一般与特殊的关系的两种意见的对立和由此而来的两种创作程序的对立，具有重要的意义。可以说，它不仅能概括古今中外在这个问题上的基本分歧，而且“在特殊中显出一般”和他关于这种创作程序的具体阐释，特别是“生动地把握住特殊”的要求对我们今天认识典型问题和塑造典型都有极大的启发性。歌德所说的“为一般而找特殊”，则是一条创造类型的途径。这是这样的一个创作程序：作家心中先有一个关于“一般”的即普遍性的概念，然后到现实中找具体的特殊事物来作为例证。这里虽然没有否定特殊，但把特殊作为表现先验的“一般”的例证或图解，是不可能根据丰富生动的现实生活创造出活生生的典型来的。实际上，只讲普遍性而不讲特殊性、个性的人也是要这样做的。这是因为，文艺作品究竟不是议论，它不可能抽象地毫无凭藉地表现出一般来，它必须创造个别的形象，因此，他们的公式都只能是“为一般而找特殊”。

从实质上说，“为一般而找特殊”和上述的颠倒文艺和现实的关系、从观念出发的问题，是二而一的一回事。“为一般而找特殊”，也就是从观念出发，把文艺形象作为观念的化身，其结果当然也只能是类型而不是典型。

席勒的创作的主要弱点，就在于“为一般而找特殊”，所以，马克思批评他“把个人变成时代精神的单纯的传声筒”[22]所谓“席勒式的要害”，正在于此。

第二，类型化的社会政治根源往往是统治阶级在政治上的需要。我们不能把一切类型化的现象都归因于某个统治阶级的政治需要，它们往往是由于上述认识上的原因，但我们又常常看到类型化的文艺是适应于某个统治阶级的要求的，甚至是由某个统治集团出面提倡的。马克思曾这样斥责普鲁士专制政权：

> 你们赞美大自然悦人心目的千变万化和无穷无尽的丰富宝藏，你们并不要求玫瑰花和紫罗兰散发出同样的芳香，但你们为什么却要求世界上最丰富的东西——精神只有一种存在形式呢？我是一个幽默家，可是，法律却命令我用严肃的笔调。我是一个激情的人，可是法律却指定我用谦逊的风格。没有色彩就是这种自由唯一许可的色彩。一滴露水在太阳的照耀下都闪耀着无穷无尽的色彩。但是精神的太阳，无论它照耀着多少个体，无论它照耀着什么事物，却只准产生一种色彩，就是官方的色彩。[23]

这种情形，在历史上并不罕见。当类型化形成一种风气、一种势头颇大的潮流的时候，总是和统治当局的政治需要相关的。

我国历史上，在明代前期，特别是当朱棣定都北京以后，统治阶级为巩固自己的统治，文禁极严，却规定表现“义夫节妇，孝子顺孙、劝人为善”的作品“不在禁限”[24]。这样，在戏剧创作中，以作品为宣传礼教道德的工具，以人物为忠、孝、节、义的化身的风气就颇为盛行。像丘濬的传奇《五伦全备记》，连主要人物的名字伍伦全、伍伦备，都是作为封建伦常的标志而取的。这种以文学创作为“纲常之理”的“假托”[25]的公式化、类型化的风气，到明中叶后以王艮、李卓吾、汤显祖等为代表的思想解放运动兴起以后，才算打破，戏剧创作才出现了新的气象。

在欧洲，中世纪是类型化非常流行的时期，正统文艺作品的形象一般都是类型化的。教会文学和贵族文学主要表现上帝、圣徒的神圣，君王、贵族的威严，这些人物无非是封建神权、政权的象征。风行一时的骑士文学大体上不出英雄、美人、爱情、历险一类俗套，人物也大多似曾相识。塞万提斯这样批评过骑士文学：“这一套东西千篇一律，是同一个模型里流出来的，这一本比那一本不会多点什么，那一本比另一本也不会多点什么。”[28]欧洲中世纪文学的这种公式化、类型化的风气，是和确立教会、贵族的神圣地位的政治要求密切相关的，倒是不受教会和官方控制的民间文学如英雄传奇、叙事民歌、讽刺故事等，能创造出真实的、生动的、丰富的人物形象来。

法国古典主义戏剧也是统治阶级政治需要的产物。在17世纪路易十三、路易十四统治时期的法国政权，是封建贵族与上层资产阶级妥协的君主专制政权。比起中世纪的封建政权来，这个政权是进了一步，对巩固民族国家的统一，推进资本主义工商业的发展是有利的，但它仍是封建政权。法国古典主义是适应封建专制的中央集权的政治需要而出现的。在思想上，古典主义主张崇尚理性，弭除私欲，颇有点我国古代理学家“存天理，灭人欲”的味道。什么是合于理性，什么是万恶的私欲，当然，都以是否符合封建专制的中央集权的利益为准则。古典主义文学以阐扬理性为己任，把文学形象作为理性、道德的化身和图解，正是为了达到崇理性、抑私欲以巩固专制统治的目的。在政治上，法国官方设法兰西学士院对学术和文艺实行统制。法兰西学士院为文学创作规定唯一的不可或违的路线，制定必须遵行的法规和条规，违背条规的作家要受到谴责。这是一种典型的文化专制主义。这种以权威的官方机构为文艺创作制定路线甚至创作条规的作法，在中外文学史上是很罕见的。在这样的统治下出现的作品，能有多少活气呢？

综上所述，我们可以看到文艺创作中的公式化、类型化是怎样产生的。唯心主义的颠倒文艺和现实的关系、形而上学的割裂个性与共性的关系、舍个性而求共性、统治阶级的统治需要、统治阶级的行政统制等，都是公式化、类型化的原因。了解这样的历史教训，对我们今天肃清“四人帮”在文艺创作上的流毒，对我们克服公式化的毛病，使我们的文艺形象更真实、更生动、更丰富，塑造出真正称得上是典型的文艺形象来，是否有意义呢？我想，至少是有启发的。当然，我们不能作简单的历史类比，比如说，法国的古典主义戏剧与“四人帮”的“帮文艺”在性质上是完全不同的。法兰西学士院也完全不同于“四人帮”的文化部兼公安部，但在它们的教训方面，未必不能对我们肃清“四人帮”的流毒有所启发。“四人帮”的主题先行——“设置”情节——确定人物“高度”——“给予”人物动作的公式，和上面提到的高特舍特所表述的古典主义的创作程序不是很相像吗？“四人帮”不是也为文艺规定僵死的规范、格式，并以官方的势力强制推行吗？

二

从上述类型化的教训，我们是不是可以确立这样一个看法：要建立科学的文艺典型理论，必须正确认识文艺和现实生活的关系，把基点和出发点放在现实生活上；必须正确认识个性和共性的统一关系，并把基点和出发点放在个性上。这个问题在理论上的解决，是在马克思和恩格斯手中。但在他们之前，在这方面也不乏有价值的理论和实践经验；马克思主义的文艺典型论并不是从天上掉下来的。

关于文艺和现实的关系，在欧洲，早在希腊时期，就有"摹仿自然"的主张，为后来各个时代的许多美学家和文艺家接受。"自然"一词在西文中既有自然界、天地万物的意思，又有人性、天性的意思。因此，"摹仿自然"一语在不同人的口中含义是不一样的。按一些人的理解，"自然"就是先验的人性、理性，这样，"摹仿自然"就成了一个唯心主义的命题。例如布瓦罗所谓的"师法自然"，就是从理性出发，表现理性。但在许多美学家和文艺家口中，"自然"就是客观现实生活，就是现实人生。这样，"摹仿自然"就是一个唯物主义的命题了。例如，文艺复兴时期的许多文学家、艺术家，如塞万提斯、莎士比亚、达·芬奇等人，不但提倡摹仿自然，主张以文艺为自然的"镜子"，要求根据客观现实生活真实地创造"第二自然"[27]，而且他们从现实生活出发，创造出了许多不朽的文学艺术巨著，塑造了一系列真实的、生动的文学艺术典型。巴尔扎克主张"严格摹写现实"，"摹写整个社会"[28]，并提出了细节的真实的要求。按照这些原则，他在《人间喜剧》里塑造了一系列栩栩如生的真实的典型环境里的典型人物，所有这些，都为马克思主义文艺典型论的产生提供了理论和实践的基础。

关于个性和共性的关系，在理论上说，18世纪以前，虽然有的美学家也提倡个性，主张表现"特征"，但始终未能打破着眼"普遍性"的类型说的优势。德国古典美学兴起后，风气有所变化，歌德、黑格尔重视个性的观点，产生了很大的影响。歌德关于"为一般而找特殊"和"在特殊中显出一般"的对立的概括，具有重要意义，已如上述。他关于"在特殊中显出一般"的"程序"的具体阐释，更加耐人寻味。他认为，诗的本质主要在于表现特殊即个性，而一般，则往往"并不想到或明指到"。歌德是不是反对表现一般呢？当然不是。他这样讲，是强调在创作过程中，作者应尽力摆脱抽象观念的缠绕，避免以抽象的观念去左右活生生的现实形象。在另外一个地方，歌德还这样谈到过自己的创作经验：

> 总的说来，作为一个诗人，努力去体现一些抽象的东西，这不是我的做法。我在内心接受印象，并且是那类感官的，活生生的、媚人的、丰富多彩的印象，正如同一种活泼的想象力所呈现的那样。我作为一个诗人，是要把这些景象和印象艺术地加以琢磨与发挥，并且通过一种生动的再现，把它们展露出来，使别人倾听或阅读之后，能得到同样的印象；除此以外，我不该再做旁的事了。[29]

作家在创作的时候，在他的心中活动的是得自现实生活的活生生的、丰富多彩的事物的印象，他的创作，就是要把这些东西生动地再现出来，展露出来。所谓“艺术地加以琢磨和发挥”，只是对现实生活印象的选择、概括，和以生活真实为基础的想象，而不是凭空捏造，不是把抽象的观念的东西强加在这些活生生的个性上面。这些意见，都是非常重要、非常宝贵的，是一个杰出作家在创作中得来的真知灼见。这不但对于破除当时在德国文学中流行的概念化、类型化的倾向非常有意义，而且对我们今天破除公式主义，克服概念化、类型化的毛病，也是很有帮助的。我们的一些作者，在创作的时候是不是总是“想到一般”，念念不忘那些“精神”“提法”等等，并自觉不自觉地不惜损害自己笔下的形象的真实性、生动性去迁就那些“精神”“提法”呢？歌德关于不“明指到一般”的意见，更加值得重视，恩格斯关于“倾向应当从场面和情节中自然而然地流露出来，而不应当特别把它指点出来”等意见，与歌德的这个看法是完全一致的。仅此一点，我们也可以看出马克思主义的文艺典型论与德国古典美学的某种承继关系。

在西方美学史上，黑格尔第一个以辩证的观点，透彻地分析了个性与共性的关系。他提出了“普遍性与个别人物的特殊性融会在一起”的观点，但他更强调个性，认为不表现个性，也就无从表现普遍性。他在《美学》第一卷中指出：“性格就是理想艺术表现的真正中心。”而性格决不是某种道德观念、品格、情欲的抽象形式，它必须表现为“具体的个人”，性格必须“作为个别人物来看”，“显现为某种特殊性”。因此，他反复强调要表现“个别人物”，要求“性格有特殊性和个性”，（说明：加重符号为原文所具）明确提出了“个性化”的要求。黑格尔批评了“使一个人物仅仅成为某种情致的完全抽象的形式”、使人物成为“某种孤立的性格特征的寓言式的抽象品”的古典主义戏剧，他反对理智“用抽象的方式把性格的某一方面挑出来，把它当成整个人的唯一的准绳”。所有这些，都可以说正中概念化、类型化的要害。而且，黑格尔的这些话，都仿佛是对我们今天的许多作品的批评，很值得我们的作者深长思之。当然，在黑格尔的思想体系里，存在与意识的关系是颠倒的，他把文艺作为“理念的感性显现”[30]，因此，在个性与共性的关系问题上，尽管他强调“这个”，他的“这个”最终还是不能逃脱作为“显现”理念的工具的命运。但强调“这个”，比起以表现“普遍性”、“类型”为文艺的目的论说观点，无疑是一个很大的进步。在这一点上，黑格尔的美学观点对马克思主义文艺典型论的建立，是有明显的影响的。

真正解决了文艺典型问题，把这个问题放在辩证唯物主义和历史唯物主义的科学基础之上的是马克思和恩格斯。自他们建立了科学的文艺典型论以后，才打破了一切唯心主义形而上学的类型说，典型才最终同类型在理论上划清了界限。

马克思和恩格斯并没有写过专门的系统的美学著作，但从见于他们的一些关于哲学、经济学和科学社会主义的著作及一些书简中关于文学艺术问题的重要意见，却可以归纳出关于文学艺术问题包括典型问题的系统的理论来。关于文学艺术典型问题，马克思和恩格斯并没有下过定义。实际上，文艺典型这样一个复杂的问题，是不可能用一个定义来概括的，有的论者认为恩格斯关于现实主义是“除细节的真实外，还要真实地再现典型环境中的典型人物”的意见，就是典型的定义。这是不对的。这个意见只是提出了对于文艺典型的一个方面的要求。我们没有必要，也不可能从马克思、恩格斯的著作中去找到典型的定义。但我们可以从马克思、恩格斯对文艺作品的人物形象的一系列要求，得到关于文艺典型的完整的、系统的认识。这些要求是：

第一，真实性。

“真实性”这个字眼，在我们的文学理论批评领域里已被冷淡多年了，或者是不敢提，或者是不愿提。这不仅由于“四人帮”挥舞“写真实”论的大棒，还由于“写真实”论这顶帽子并不是“四人帮”发明的，“真实”二字早就是我们的理论家、批评家的禁忌了。但是，马克思主义的创始人却就是这样提的。可以说，真实性是他们对于文艺的第一个要求，也是对文艺典型的第一个要求。

马克思主义的科学世界观的一个基点，就是存在决定意识，就是从客观实际出发；这也是马克思主义的文艺典型论的一个基点。但有史以来的许多思想家、美学家都认为观念决定文艺，文艺不过是理性的附庸。马克思和恩格斯把这个长期头足倒置的关系颠倒过来了。文艺作为观念形态，不过是客观现实的反映；但文艺不同于一般的观念形态，它要求以形象反映现实，因此，文艺形象就应该正确地反映现实，应该尊重客观事实，也就是说，要求真实性。马克思和恩格斯在谈到人物形象时，从来就是这样要求的。他们总是把"真实"二字强调提出。在一篇书评里，马克思和恩格斯这样说过：

> 如果用伦勃朗的强烈色彩把革命派的领导人——无论是革命前的秘密组织里的或是报刊上的，或是革命时期中的正式领导人——终于栩栩如生地描绘出来，那就太理想了。在现有的一切绘画中始终没有把这些人物真实地描绘出来，而只是把他们画成一种官场人物，脚穿厚底靴，头上绕着灵光圈。在这些形象被夸张了的拉斐尔式的画像中，一切绘画的真实性都消失了。[31]

应该说明，马克思和恩格斯的这段话是针对1848年革命中的资产阶级代表人物的描写而言的。他们认为对这种人物不应该美化、神化，而应还其本来面目。但他们关于"把人物真实地描绘出来"、"栩栩如生地描绘出来"、不要失去"真实性"、不要去搞经过神化圣化的虚假人物的意见，我认为对文艺创作具有普遍的指导意义。对无产阶级人物的描写，也应该是真实的，而不应让他们"头上绕着灵光圈"，他们应该是活人，而不是神灵。

恩格斯还这样谈过19世纪前半期的德国画家雷尼克的作品："雷尼克的绘画中也没有任何装腔作势，一切都是真正生活的流露。"[32]注意：恩格斯在这里称赞的是表现"真正生活"的艺术，反对的是"装腔作势"，这仍然是要求真实性，反对虚假的造作。

在谈到现实主义文学的时候，革命导师还提出了"对现实关系的真实描写"[33]、"现实主义的真实性"、"除细节的真实外还要真实地再现典型环境里的典型人物"[34]等一系列极为重要的要求。

要求艺术描写的真实性，就是要求严格地从现实生活的客观事实出发，摒除一切离开客观事实的神化、圣化、净化，摒除一切装腔作势、矫揉造作，描绘出人物的真实面貌，描绘出现实的真实关系。真实性是一切文学艺术典型的基础，没有了真实性，也就没有了典型。从观念出发，把艺术形象当成观念的符号，之所以塑造不出典型，首先就是因为这样的形象不是从现实生活中来的，而是按照观念的需要捏造的。恩格斯在批评拉萨尔的历史悲剧《弗兰茨·冯·济金根》时，说过一句每一个文艺家都应切记不忘的话："我们不应该为了观念的东西而忘掉现实主义的东西。"[⑧] 为了观念而把现实主义置诸脑后，作品就会失去一切真实性。拉萨尔企图借济金根的名字和一部分事迹来表现他的据说是适用于"差不多所有的革命"的悲剧的观念，以人物来凑合观念，根据观念的需要，赋予济金根"最革命的目的"和"革命的立场"[⑨]，把一个作为垂死阶级代表的骑士打扮成拯救德意志的英雄。这样，不但济金根这个形象是虚假的，德国农民战争时期的现实关系也完全被歪曲了。违背了艺术描写的真实性的原则，只能得到这样的结果。

第二，个性与共性的统一。

恩格斯致考茨基夫人的信，肯定了她的长篇小说《旧和新》人物刻画的成功方面：

> 对于这两种环境里的人物*，我认为您都用您平素的鲜明的个性描写手法给刻画出来了；每个人都是典型，但同时又是一定的单个人，正如老黑格尔所说的，是一个"这个"，而且应当是如此。

在这里，恩格斯赞扬了"鲜明的个性描写"，认为典型应该是"一定的单个人"，是黑格尔所说的"这个"。他强调说："应当是如此"。应该指出，恩格斯的这句话常常被理解为似乎典型形象是由典型和个性两个成分组成的，由这种理解出发，典型或典型性又有时被理解为共性。这是一种误解。典型形象不可能分为典型性和个性两个部分，按恩格斯的意思，"一定的单个人"、"这个"就是典型。典型所要求的共性就在"这个"的个性之中，不应离开这个个性去寻求什么共性的方面。恩格斯指出的《旧和新》的缺点，同样在个性描写上，即有的人物虽然"还保有一定的个性描写"，但"已经被理想

---

* 指《旧和新》里描写的维也纳社交界的贵族资产阶级人物和奥地利的盐场工人。

化了”，而在有的人物身上，“个性就更多地消融到原则里面去了”。失去了个性，人物形象就失去了他成其为典型的基本条件，就失去了血肉，他就只能是一个概念、原则的图解。在恩格斯接着分析产生这个缺点的原因时，我们看到了一个很重要的思想：塑造典型时，应该着眼于个性，从个性出发，文学创作的基本目的应该是表现个性，通过个性，自然而然地表现出一定的普遍性来。我认为，恩格斯所说的“倾向应当从场面和情节中自然而然地流露出来”，讲的就是这个意思。“倾向”，或者“信念”，实际上是属于共性、普遍性的东西，而“场面和情节”，就是对“一定的单个人”的具体描写，它的基本任务，在于对人物作“鲜明的个性描写”。这句话所表达的意思，从个性与共性的关系方面来理解，就是从个性出发的、以个性为基点的个性与共性的统一。

恩格斯的这个思想，在他批评《弗兰茨·冯·济金根》的信中早就阐发过。他说：“主要人物是一定的阶级和倾向的代表，因而也是他们时代的一定思想的代表，他们的动机不是从琐碎的个人欲望中，而是从他们所处的时代潮流中得来的。”这就是说，文学艺术作品中的人物身上，都体现着一定的阶级性和倾向性，体现着一定的时代精神。但文学作品应该怎样来刻画这个人物呢？应该着眼于个性的刻画，从个性出发，表现出一定的共性来，即恩格斯所说的“通过剧情本身的进程使这些动机生动地、积极地、也就是说自然而然地表现出来”。“剧情本身的进程”，同上面所说的“情节和场面”一样，也应是对个性的具体描写。恩格斯还要求“把各个人物用更加对立的方式彼此区别得更鲜明一些”，并肯定了拉萨尔对某些人物的“卓越的个性刻画”。但整个说来，拉萨尔对剧中人物的个性描写并不成功，他的创作思想，基本上还是席勒式的，即“把个人变成时代精神的单纯的传声筒”，因此，整个地看，“在性格描写方面看不到什么特出的东西”，而主要人物济金根，是“被描写得太抽象了”[37]。

第三，真实地再现环境中的典型人物。

真实性和个性化是对于艺术典型的基本的要求，没有真实性和个性，根本不可能有艺术典型。一个文学或艺术形象如果是一个真实的个性，那它就是一个典型了。但如果只是一般的做到了真实性和个性化，那还是不够的，因为这不一定能恰当地表现出这个形象在一定时代的历史潮流中的地位，从而更加透彻地、正确地揭示出它的本质意义。因此，恩格斯指出，我们不但要求一般的典型人物，而且要求“典型环境中的典型人物”。

玛·哈克奈斯的中篇小说《城市姑娘》，如恩格斯所说，是达到了“现实主义的真实性”的。它并没有矫揉造作，而只是“如实地”叙述故事，刻画人物，并能刻画出个性来。因此，恩格斯对哈克奈斯说：“您的人物，就他们本身而言，是够典型的。”但恩格斯并不满足于这样的典型。这主要是因为“环绕着这些人物并促使他们行动的环境”并不典型。看来，关键是在于典型环境。

典型环境，如许多同志正确说明的那样，就是一定历史时代的社会斗争的主要潮流。从恩格斯对当时工人阶级斗争的形势的分析，我们可以充分地认识这一点。我们还可以从恩格斯对巴尔扎克的具体分析来认识这个问题。19 世纪前期(1848 年以前)，在法国社会还存在着贵族与资产阶级的激烈斗争。从波旁王朝的复辟到 1830 年 7 月的资产阶级革命、七月王朝的建立，这个斗争是有反复的，但总的趋势是资产阶级在经济上、政治上的统治势力日益加强和巩固，贵族势力日趋灭亡。当时，工人斗争虽然有所开展，但“社会主义无产阶级的革命性尚未成熟”[38]，还没有形成为一支独立的政治力量。巴尔扎克的《人间喜剧》把法国“上升的资产阶级在 1816 年至 1848 年这一时期对贵族社会日甚一日的冲击描写出来”，表现了贵族社会虽曾一度“重整旗鼓”，终究还是在资产阶级的逼攻之下“逐渐灭亡”[39]的过程。因此，《人间喜剧》的环境是典型的，是表现了当时斗争的基本形势的。《人间喜剧》中的真实的个性、鲜明的人物活动于这个表现了历史主潮的背景下，在这个背景下显示了他们本质的意义，真实地再现了典型环境中的典型人物，因此，是充分现实主义的。

从恩格斯的这些分析，我们可以得到这样一个重要的启示：文艺作品中的人物形象，不应从孤立的环境中去孤立地表现。当然，每一部作品对环境的表现都是独特的，在同样的历史形势下，不同作品的具体环境都是各不相同的。但无论这个环境是多么独特，都应该从一定时代的历史主潮这个大的背景下去表现，尽管这个大背景有时并没有正面写出，但必须能清楚地感到它的存在。对一个人物来说，从一个与历史主潮脱节的孤立环境去看，和从整个历史主潮这个大环境去看，他的意义是不一样的。《城市姑娘》里的耐丽等工人的消极性，从它的具体环境来看，也许是理当如此的。这是因为，如恩格斯所说：“在文明世界里，任何地方的工人群众都不像伦敦东头的工人群众那样不积极地反抗，那样消极地屈服于命运，那样迟钝。”但是，如果从当时整个欧洲范围里战斗的无产阶级高涨的斗争形势来看，这种消极性就不那么合理了。在《城市姑娘》里，作者表现出“想使这样的工人阶级摆脱其贫困而麻木的处境的一切企图都来自外面，来自上面”，即来自伪善的宗教组织“救世军”。恩格斯指出：“如果这是对 1800 年或 1810 年，即圣西门和罗伯特·欧文的时代的正确描写，那么，在 1887 年，在一个有幸参加了战斗无产阶级的大部分斗争差不多五十年之久的人看来，这就不可能是正确的了。”时代已经发生了根本的变化，整个工人阶级已经从一个自在的阶级成长为一个自为的阶级了。工人阶级的长期斗争已经表明，他们只能自己救自己，也能够自己救自己，从这样的形势来看，即使伦敦东头的消极的工人群众，他们的解放也只能依靠自己的觉醒。作者由于脱离当时的历史大潮流而孤立地描写了伦敦东头的工人生活，没有能表现出这一点，因此是不正确的，从本质上看，这样的表现是歪曲的。

恩格斯在致玛·哈克奈斯的信中不但总结了一般现实主义的经验，而且提出了对无产阶级文学的革命现实主义的要求，这一点应该引起我们的特别注意。恩格斯明确指出：“工人阶级对他们四周的压迫环境所进行的叛逆的反抗，他们为恢复自己做人的地位所作的剧烈的努力——半自觉的或自觉的，都属于历史，因而也应当在现实主义领域内占有自己的地位。”在信的结尾，他还启发哈克奈斯另写一本描写工人阶级的“积极面”的书。这就是说，无产阶级的文艺作品应该塑造在工人阶级争取自身解放的新形势下的无产者的积极的正面形象。这一点，在今天仍有重要的指导意义。

但是，这是不是意味着恩格斯认为无产阶级文艺中的典型只能是无产者的积极的正面形象呢？是否消极人物、反面人物就不能写？或者即使可以写，也不可能塑造出典型环境中的典型人物呢？我认为，恩格斯并没有这样的意思。这是因为：第一，从全信来看，恩格斯认为关键在于是否写出了典型环境，而不在于写了什么样的人物；第二，恩格斯强调写正面的积极的无产者的形象，但并没有搞绝对化，并没有说这样的形象应当在现实主义领域内占有唯一的地位。这个问题，我们在下面还要比较详细地加以讨论。

综上所述，马克思主义创始人对文艺典型的要求，就是**在典型环境中的真实的个性**。笔者无意于给典型下定义，但我认为，这样的归纳并不失马克思、恩格斯的本意。

三

在了解了马克思恩格斯关于文艺典型的理论之后，我们再回顾过去时代种种关于类型、典型的观点，可以看出，马克思主义的文艺典型论划清了典型与类型的界限，纠正了在艺术形象问题上的唯心主义、形而上学的错误认识。但是，马克思主义文艺典型论要在创作实践中实现，并不是自然而然的，这不但需要对这理论本身的全面准确的认识，而且需要不断清除种种唯心主义形而上学观点的影响。为此目的，我们在下文讨论几个有关的问题。

第一个问题：关于真实性。

真实性问题，是文艺创作和文艺理论中的一个比较复杂的问题，是需要专门加以论述的。这里，我们仅就涉及典型塑造的有关问题作一点探讨。

在“四人帮”那里，文艺典型都是凭空造出来的。在他们看来，生活的真实与文艺典型是完全对立的，他们起劲地反对所谓“写真人真事”论，主张文艺不应有任何生活原型，可以充分证明这一点。他们的这种谬论，现在已经没有什么人再信，但它的影响，不能说已经没有了。在有的作者的认识里，似乎生活本身总是不典型的，只是由于文艺家的创造，才有典型产生，因此，他们往往轻视甚至无视客观生活从而导致脱离生活，导致形象的不真实。

我们不能认为现实生活本身都是不典型的。应该说，典型环境、典型人物，就存在于生活之中。恩格斯在谈到典型环境的时候，就是从那个时代现实生活来说明的。因此，他说要“真实地再现典型环境中的典型人物”。应该特别注意，恩格斯说的是“真实地再现”。我们的文艺家应该把这五个字作为自己从事创作的座右铭。“真实地再现”，就是把现实生活中本来就存在着的典型环境中的典型人物真实地描绘出来。文艺中的典型环境中的典型人物不过是生活中的典型环境中的典型人物的真实的再现。我这样讲，并没有否认文艺家的创造性的意思。我的意思只是说：典型就存在于生活之中，文艺家的创造性主要在于选择、概括、集中。文艺创造、文艺家能动地反映生活，并不是要改变生活的本来面目，而是通过选择和概括，把本来就在生活中的典型的本来面目表现得更加鲜明，更加强烈，如此而已。不是立足于生活，而是闭门创造，很容易把创造变成凭空的编造、捏造。这样搞出来的东西，不是对生活的歪曲，也是概念化的，绝不可能成为真实的、活生生的典型。我们应该到生活里面去找典型，而不要在屋子里面造典型。离开了现实生活，任何伟大的创造天才也塑造不出真正的文艺典型来。

长时间以来，真实性与革命的政治倾向性常常被认为是完全对应的。提倡反映真实的生活，会被戴上“写真实”论的大帽子，“真实性”几乎成了“歪曲工农兵”、“丑化社会主义制度”的同义语，好像歌颂工农兵，歌颂社会主义就需要不真实似的。在创作实践中，许多不真实的形象的产生，都根源于这种真实性与政治性对立的认识。有些“禁区”，例如不准写缺点，不准写成长，不准写家务事、儿女情，不准写人民内部矛盾等等，也是由此规定出来的。

在马克思主义的典型论里，真实性与革命的政治倾向性是统一的，而且，只有通过真实性，才能表现革命的政治倾向性。恩格斯在致考茨基夫人的信中说：

> 如果一部具有社会主义倾向的小说通过对现实关系的真实描写，来打破关于这些关系的流行的传统幻想，动摇资产阶级世界的乐观主义，不可避免地引起对于现存事物的永世长存的怀疑，那么，即使作者没有直接提出任何解决办法，甚至作者有时并没有明确地表明自己的立场，但我认为这部小说也完全完成了自己的使命。

这里所说的，就是通过真实性达到政治性。离开了生活的真实来追求政治性，只能借助于两法：一是抽象的说教，二是净化和神化人物(对于反面人物，则是丑化)。无论哪种办法，其结果都不可能加强政治性，而只能带来对政治性的破坏。实践证明，一个虚假的“英雄行为”只能在观众、读者心目中引起反感，丝毫也不会产生政治教育作用，一个英雄形象的政治作用，往往会被几个这样的虚假行为破坏无余。相反，一个真实、活生生的英雄形象，在观众、读者心目中会是十分可亲、可敬、可学的。

在认识上把真实性和政治性对立起来，有这样两个原因。一是认为生活事件本身是缺乏政治意义的，必须由创作加以提高。生活中的先进人物究竟是凡人，他还有很多与凡人差不多的言行，他的一些事迹，别人经过努力也可以做到。于是，需要拔高。经过这种所谓“典型化”，凡人变成了神仙，他不再是活人，而是某种政治的概念的化身。这样一来，他的感人力量，他的榜样作用，也就消失殆尽了。谁能向神仙看齐呢？二是认为生活中某些方面的事情是非政治的，甚至是有害于政治的，例如：婚姻、恋爱、家庭生活、朋友情谊，甚至吃饭、睡觉、看病、流眼泪等等。根据这种认识，一个英雄，怎样能够也要恋爱、结婚，也要爱自己的亲人，也知道困、知道饿、知道哭呢？他怎么可能也有缺点，也需要别人的帮助，也需要提高呢？所有这些，不都是妨害政治的么？于是，需要净化。这样，依然是凡人变成了神仙。这样的“英雄”，很像恩格斯所挖苦的德国“真正社会主义”作家的那种“飘浮在云雾中的”“把自己打扮得奇奇怪怪的妄自尊大的人物”。这种所谓“高大完美”的东西，其实是干瘪的、虚假的。如果说这里面也有什么政治的话，那也不会是无产阶级的政治，而只能是资产阶级的政治。我们在那上面看到的实际上是哗众取宠、矫揉造作、妄自尊大。“四人帮”反对实事求是，热衷于吹牛皮、说空话、夸夸其谈、弄虚作假，不但危害了我们党的作风，危害了我们的国民经济，也危害了我们的文学艺术。

第二个问题：关于所谓“典型必须概括某一阶级的人们的共同本质特征”。

这种提法出自外国的文艺理论著作，进口以后，已流行多年，在一些文章和教科书中，词句可能有所不同，但大意就是这样的。我认为，这种提法至少是含混的，不明确的。固然应该体现某一阶级的某些本质特征，但不能要求通过一个典型把某一个阶级的共同本质特征都概括起来。此外，也不能要求所有的典型都是某个阶级的纯净的阶级性的体现。要求概括某个阶级的共同本质特征，典型就可能成为某种平均数，成为某种普遍的共性，成为类型，会失去真实性和个性。而失去了真实性和个性，他就不成其为典型了。

某个阶级的共同本质特征即阶级性，是从某个阶级的无数个成员的整体表现中抽象出来的，这是一种在最高的、最纯粹的意义上的抽象，在这种抽象中，各个具体成员所处的具体条件的限制是不加考虑的。它对于每一个具体成员来说，是符合的，但又不完全符合。正如列宁所指出的：“任何一般只是大致地包括一切个别事物，任何个别都不能完全地包括在一般之中。”[40]在实际生活中，某一阶级的阶级性总是在不同程度上体现在每一个具体成员身上的。在现实生活中，每一个人都是在一种具体的、复杂的条件下活动的，他的意识不但要受自身的具体条件的种种限制，而且还不可避免地要受到其他阶级的影响，因此，不可能存在最高地、最纯粹地、最全面地体现某一阶级的阶级性的活人。就无产阶级来说，如果某一个人已经全面地、纯粹地体现了无产阶级的阶级性，那他就不用改造、不用进步了。这样的人是没有的。而我们的理论家却要求文艺创作出这样的人来，这就只能导致这样的概括集中，即把人们身上体现的这样那样的无产阶级的本质特征集中起来，形成完整的无产阶级的共同本质特征。这种以凑集本质特征为目的的概括集中，并不是文艺创作的正路。要求典型概括出某一阶级的共同本质特点，就可能得到这样的结果：某一个阶级只能有一个典型，或一类典型，这样，典型就成了类型。典型形象的多样性、丰富性，都没有了。车尔尼雪夫斯基曾批评过那种把典型化理解为凑集“事物的精华”的观点。他说：

> 事物的精华通常不像事物本身；茶素不是茶，酒精不是酒；那些“杜撰家”确实就是照着上面所说的法则从事写作的，他们给我们写出的不是活生生的人，而是以缺德的怪物和石头般的英雄姿态出现的、英勇与邪恶的精华。[41]

这种批评，对当时文学创作中的不良倾向是那样的中肯；对今天我们的文艺现状来说，它又是多么的切中时弊啊！我们不是也有那样的以凑集“事物的精华”为能事的“杜撰家”吗？我们不是也常常可以在小说、戏剧、电影中看见那种“缺德的怪物”和“石头般的英雄”吗？我们的作品中的正面人物、反面人物不也常常“不是活生生的人”，而只是“英勇与邪恶的精华”吗？

还应该谈到一个有关的问题。有一种也是比较流行的说法：典型塑造应该排除一切非本质和偶然的东西。这种说法对不对呢？我认为值得讨论。

绝对地说，世界上并不存在无本质的现象和不表现任何必然的偶然。现实生活中的任何事物，都体现着一定的本质和必然性，“非本质”的提法，只是在相对的意义上才能是正确的。就社会主义来说，这是一个“衰亡着的资本主义与生长着的共产主义彼此斗争的时期”，[42]由于“事物的性质主要地是由取得支配地位的矛盾的主要方面所规定的”[43]，因此，社会主义的本质是由已居于支配地位的“生长着的共产主义”的因素决定的，因此它是一个蓬勃发展的光明的社会。相对地说，“衰亡着的资本主义”的因素就是“非本质”的。那么，“非本质”的东西是不是我们的文艺创作应该“排除”的呢？我以为不是的。研究任何矛盾，都必须既研究矛盾的主要方面，又研究矛盾的次要方面，否则，就“不能具体地懂得矛盾的情况，因而也就不能找出解决矛盾的正确的方法”[44]。就文艺创作来说，如果把社会生活中那些不决定社会性质的“非本质”的东西都“排除”掉了，就不能更有力，更深刻地表现出社会的本质方面来。以表现我国农业合作化运动为例，我们的作家应该主要地、着重地表现农民中蕴藏的巨大的社会主义积极性，这是本质和主流，但是也“不能忽略非本质方面和非主流方面的东西”[45]，例如一些富裕农民对合作化的犹豫、抵触等等。应该把这些方面放在次要的陪衬的地位加以表现。否则，我们就不能更好地表现出农民的社会主义积极性的无比强大的生命力。因此，问题在于把对“非本质”方面的东西的描写放在一个什么样的地位，而不在于排除不排除。

根据同样的道理，“阴暗面”也是文艺创作可以而且应该表现的。社会主义社会里存在着阴暗面，这是事实。对于社会主义来说，它是非本质的东西，但又是“不能忽略”的东西，不应“排除”。我们社会里的阴暗面，有的是旧社会遗留下来的资本主义和封建主义的东西，有的是林彪、“四人帮”的破坏造成的，有的是资本主义、封建主义思想侵蚀我们的党和革命队伍所造成的(例如特权思想、官僚主义)。在这些阴暗面上面，体现了资产阶级及一切剥削阶级的腐朽和反动性，表现了地主阶级、资产阶级的尸体如何在我们中间腐烂发臭，危害着我们的人民，我们的国家。这些东西是一定要衰亡的，但它们绝不会自行衰亡。我们要同它们作长期的斗争。“一切危害人民群众的黑暗势力必须暴露之”[46]，作为无产阶级团结自己、消灭敌人的有力武器的文学艺术，不应该回避这些阴暗面，相反，应该积极地去干预这些丑恶的现实，在社会主义光明的背景上把这些东西揭露出来，给予批判、讽刺。这样做，不是同样可以起到“使人民群众惊醒起来，感奋起来，推动人民走向团结和斗争，实行改造自己的环境”[47]的作用吗？

就一个人物形象的塑造来说，也不能一概排除非本质的东西。现实生活中的任何个人，在他(她)身上都存在着一定的矛盾。当然，这个矛盾有主要的方面和非主要的方面。人物的本质是由这些矛盾的主要方面决定的。这是应该着力表现的方面。但是，非主要的方面又是不可忽略的。对一个先进人物来说，他的先进的本质不仅表现在他与周围的落后事物的斗争中，也表现在他与他自身的落后的方面的斗争中。对这一方面的东西，我们为什么要回避、要“排除”呢？现实生活中并不存在只有纯粹的先进本质的人，我们的文学作品为什么一定要违背生活的真实去搞净化呢？写一个英雄的成长，写他同自身的缺点、弱点的斗争，不是也有着巨大的教育意义么？

同样，排除“偶然”的东西云云，同样在理论上是不能成立的，在实践上是有害的。在世界上，哪来的绝对的偶然事物呢？世界上的任何事物，人的任何行为，无不在偶然中表现出必然来。马克思说过："被断定为必然的东西，是由纯粹的偶然性构成；而所谓偶然的东西，是一种有必然性隐藏在里面的形式。"[48]既然如此，又有什么绝对偶然的东西来供人"排除"呢？实际上，这种所谓理论，不过是在为文艺创作中人为地美化或丑化人物作辩护。它实际上不过是说：对于现实生活中的先进人物来说，一切的"非先进"的因素例如缺点、错误、转变、家庭生活、爱情生活等，都是偶然的，都应加以"排除"。这样的"排除"法，也就是流行的"净化"法、"提纯"法，照这样的办法来炮制人物，哪里还会有真实的、可信的、活生生的典型人物呢？

第三个问题：关于个性与共性的统一。

典型应该是个性与共性的统一。这一点，一般并无异议。但是，只承认这一点，并不能正确解决典型塑造中个性与共性的统一的问题。应该进一步提出问题，是从个性出发，还是从共性出发？这个问题，文艺史上存在过，前面已经提到，歌德就谈到过"为一般而找特殊"和"在特殊中显出一般"这两种创作"程序"的分歧。前者是从共性出发，后者是从个性出发。在现实的文艺创作中，这两种"程序"的分歧仍然存在着。

我们在"四人帮"的文论中，经常能看到"设置"、"安排"一类字眼。这是什么意思呢？意思是：作品的主题是既定的，人物的"高度"、思想品质、本质特征是既定的，为了把这种本质特征具象化，就需要为它"设置"、"安排"语言和动作，设置、安排好了，创作于是大功告成。这不正好是"为一般而找特殊"吗？为什么会出现那么多雷同的作品、类似的人物呢？因为他们是按照共同的本质特征"安排"出来的。

这样的"帮"论，对我们的某些作者是有影响的。有的作者似乎在这样设计他的作品：某某应该在作品中体现党的领导，于是，就为他设置足以体现党的领导的言行。结果，某某就成了"党的领导"这一概念的化身，他的言行，被表现为一系列的谈话、演讲等等，与"党的领导"无关的东西，在他身上是找不到的。这样的"党的领导"的形象，在我们的作品中并不少见。同样，一些所谓"英雄形象"，也是这样设计出来的。这证明，从共性出发，实际上并不能达到真正的个性。人们是不会承认那些作为概念的图解的言行有任何个性特征的。

我们不但应该强调个性与共性的统一，更应该强调以个性为基点，从个性出发。马克思主义的辩证法，就是这样强调的。列宁说过，辩证法的叙述方法，应该是“从任何一个命题开始”[49]；文艺创作的过程，也应该是从个性出发的。一般的说，理论家的工作也是从个别的具体事物出发的，但他的目的是通过这个别和特殊抽象地概括出事物的共同本质。在他的著作中，他由以出发的特殊的个别的东西一般是看不到的。但文艺的特殊性要求作家和理论家不同，他不但从个性出发，而且就以表现个性为自己的基本手段。他的创作，只是把现实生活中的典型事物真实地再现出来；他的概括工作，只是把现实生活中本来就有的个性（鲁迅把这叫做“已有之典型”[50]）提取出来，加以概括集中，使人物的个性更加鲜明突出，并通过这个性自然而然地表现出事物的某些本质特征。由此可见，文艺创作既不是抽象地证明事物的本质，也不是把事物的本质外化为形象，而是现实生活中存在的事物的真实再现，它一时一刻也不能离开现实生活中的个性，即使经过概括集中，作品中的个性仍然是现实生活中实有的。我们的典型应该是活人，而不是体现某种观念的傀儡。

在认识典型是个性和共性的统一的时候，除了必须强调以个性为基点和出发点以外，还应该谈到一点：典型不是共性加个性，统一绝不等于相加。在某些论著和教材中，有这样一种提法：典型化是概括化和个性化的统一，即典型化分为两个方面，一方面是“概括化”——概括同类人物的共同本质；一方面是“个性化”，对人物作个性描写。这也是出于对恩格斯的“每个人都是典型，但同时又是一定的单个人”这句话的误解。综观恩格斯致考茨基夫人的信的全文，他绝没有把典型分解为概括性和个性两个成分的意思，按他的意思，“一定的单个人”就是典型。共性只是体现于这个个性之中，而不应在个性之外再去表现什么共性。由于这种提法的影响，我们在一些评论中常常可以看到把一个形象分为共性和个性两个方面加以分析的做法。论到一个人物，先谈他体现了什么样的优秀品质、崇高思想等等，然后说，这个人物个性也很鲜明，比方说，他是粗豪的，他颇为幽默等等。这种论法，在实际上就是把典型作为共性和个性的相加。这样地理解个性与共性的统一，在创作上也有表现。作者创作都希望能塑造出典型来：但有的作者是这样做的：他首先赋予人物种种足以显示某些精神、品质的东西，然后再给他加上个性，比方说，觉得人物太死板，就让他动不动哈哈大笑，或是给他一个特别的口头语，或者让他逗几回孩子等等，这样个性就成了作料。这就是共性加个性的写作方法。这种现象，在我们的作品中并不罕见。不把整个人物作为一个鲜明的独特的个性，而把个性作为加上去的东西，这不是典型塑造所需要的个性化，而是恩格斯所批评的那种“恶劣的个性化”。马克思批评拉萨尔在《弗兰茨·冯·济金根》中对胡登这个人物的描写，说“胡登过多地一味表现‘兴高采烈’，这是令人厌倦的”。这里说的，恐怕就是“恶劣的个性化”吧。这样搞出来的东西，也只能是类型。虽然加了点“个性”，也不过是味道不同的同一种菜而已。这种东西多了，观众、读者是会厌倦的。譬如说，天天给人吃炖肘子，尽管前天是甜的，昨天是咸的，今天是辣的，但终究是肘子。这样吃下去，谁还受得了呢？

第四个问题：无产阶级文艺的典型是否都应是积极的正面的形象。

在前面谈到恩格斯致玛·哈克奈斯的信的时候，这个问题已经提出来了。的确，恩格斯在谈到真实地再现典型环境里的典型人物时，提出了塑造无产者的积极的正面形象的要求，在当时，这样的要求具有划时代的重要意义。这是革命现实主义区别于一切旧现实主义的重要标志之一。无产阶级的革命文艺应该着重塑造以工农兵为主体的革命人民的积极的正面形象，这一点，不能有任何动摇。批判“四人帮”的“根本任务”论，绝不意味着我们不应着重表现工农兵英雄了。但不能认为恩格斯绝对规定在无产阶级的革命文艺中，只有积极的正面形象才能成为典型。

前面谈到过，塑造典型不但应刻画出真实的个性，还要为人物提供典型环境。《城市姑娘》中的人物是典型的，但他们不是典型环境中的典型人物，主要是环绕他们的环境不典型。作者没有能在当时客观存在的工人运动高涨的背景下正确地表现出他的人物在历史潮流中的地位和本质意义。他们以消极群众的形象出现，没有表现出任何自助的企图，这与他们所处的伦敦东头工人区那个环境是相适应的。但作者孤立地描写这样的具体环境，丝毫没有表现出这个具体环境之外的历史大潮流。作品中人物与环境的相适应，所说明的不过是工人的消极状态的必然性和合理性，实际上就是为工人群众的这种消极状态辩护，认为他们理当如此，因而，能帮助他们摆脱悲惨处境的力量只能来自上面，来自外面。如果给予这些消极群众的活动提供一个积极的背景，写出他们的出路绝不应是求助于资产阶级的“救世军”，而应该是自己救自己，揭示出他们打破对资产阶级的幻想、认识自己的力量的历史必然性，他们就可以成为典型环境中的典型人物。事实上，在每一个革命的历史运动的潮流中，总是有消极群众存在的，文艺作品如果在积极的背景上正确地表现这些消极群众，把他们的消极性作为批判的、应该克服的东西来表现，而不是宣扬这种消极性，为这种消极性辩护，当然可以塑造出典型环境中的典型人物来。赵树理的短篇小说《锻炼锻炼》的主要人物"吃不饱"和"小腿疼"，都是消极群众，她们的消极性也有其历史的、环境的依据，但作者把她们放在广大革命农民为建设社会主义事业而斗争的大潮流里来表现，她们的这种消极性就只能处处与环境相冲突，在这样的冲突中，消极性被批判、被否定。这样来表现消极群众，也是很有教育意义的。

根据同样的道理，反面人物也可以被表现为典型环境中的典型人物。马克思和恩格斯在批评《弗兰茨·冯·济金根》的时候，谈到过这个问题。他们认为，作品的一个重要问题，在于作者把"作为垂死阶级的代表起来反抗现存制度"的骑士叛乱表现为争取德意志统一和人民解放运动的主流，"却没有充分表现出农民运动在当时已经达到的高潮"，这就歪曲了当时的历史潮流。基于这种歪曲，作者把济金根写成了站在时代潮流前面的"十分革命"的英雄，他的失败，仅仅由于策略上的"过失"，而不是由于他逆历史潮流而动。这就歪曲了人物。马克思和恩格斯认为，如果在作品中能对代表当时真正的历史主潮的农民和城市革命分子的起义斗争给予应有的注意，正确地反映这一潮流，"构成十分重要的积极的背景"，就可以清楚地揭示出济金根所代表的贵族骑士反对派"实际上代表着反动阶级的利益"的"本来的面目"。这样，"济金根命运中的真正的悲剧因素"就不再是拉萨尔所谓的"革命行动的性质所固有的深刻的辩证的矛盾"，即革命的目的和"实现目的的方法"即策略的错误之间的"不可解决的矛盾"[51]，而只能是他们作为贵族必然要站在农民运动的对立面，因而在农民革命的伟大历史潮流的冲击下不可避免地要垮台。如果这样来写济金根，当然是可以的。革命导师对《弗兰茨·冯·济金根》的这种分析，给了我们一个重要的启示：问题不在于写什么样的人物，而在于是否真实地反映了历史主潮，真实地揭示了人物在这个主潮中的必然命运。《阿尔达莫诺夫家的事业》是高尔基在十月革命后创作的一部重要作品。作品的主角是资本家——阿尔达莫诺夫父子，甚至在阿尔达莫诺夫工厂的工人中也没有出现觉醒了的革命无产者的形象。但在作品的背景上，我们却可以看到俄国工人阶级兴起、觉醒，直到在布尔什维克党的领导下以革命推翻资本统治这个潮流的发展。在这个背景上，通过阿尔达莫诺夫家的事业，真实地展示了俄国资本主义发生、发展、垮台的过程，最后，这个资产阶级家庭的“事业”终于在十月革命的洪流中淹没了。这样，作者通过资产者的形象，不但揭示了俄国资产阶级的必然的历史命运，而且，从一个侧面表现了从19世纪后期到20世纪初俄国社会发展进程的本质，这些形象无疑具有重要的典型意义。

根据以上的分析，我们可以这样说，社会主义文艺的典型形象主要地应该是积极的正面的革命者的形象(当然不是那种经过净化、神化的虚假的正面形象)，但消极的、甚至反面的形象也可以在作品中充当主角，并被描写成典型。这样的描写应该在社会主义革命和建设的主潮的背景上展开。这种描写所展示的应该是革命的力量(尽管在作品中没有提到主角的地位来正面描写)克服和战胜消极的、反动的力量的过程。如果只是孤立地写一个消极环境中的消极人物(这样的环境和人物在我们社会中确实是存在着的)，那就不但不能塑造出典型环境中的典型人物，而且很可能导致对社会主义制度的歪曲。

1978年9月初稿

1979年7月定稿

注释：

①柏拉图：《文艺对话集》

②③④⑤布瓦罗：《论诗艺》

⑥高特舍特：《批判的诗学》

⑦⑨㉚黑格尔：《美学》第一卷

⑧莎士比亚：《哈姆雷特》第三幕

⑩亚里士多德：《解释篇》第七章

⑪⑬⑭⑮亚里士多德：《诗学》第九章

⑫车尔尼雪夫斯基：《论亚里士多德的“诗学”》，见《美学论文选》

⑯⑰贺拉斯：《诗艺》

⑱布瓦罗：《论诗艺》

⑲孟德斯鸠语，转引自《西方美学史》下卷第333页

⑳狄德罗：《论演员》

㉑歌德：《关于艺术的格言和感想》

㉒马克思：《致斐·拉萨尔》(1859年4月19日)

㉓马克思：《评普鲁士最近的书报检查令》

㉔《大明律》："禁止搬做杂剧"条
㉕丘濬：《五伦全备记》"付末开场"
㉖塞万提斯：《堂吉诃德》第一部第47章
㉗达·芬奇：《笔记》卷二
㉘巴尔扎克：《人间喜剧前言》
㉙歌德：《和艾克曼的谈话》(1827年5月6日)
㉛马克思、恩格斯：《〈新莱茵报政治经济评论〉第四期上发表的书评》
㉜恩格斯：《致约·迪茨》(1890年12月13日)
㉝恩格斯：《致敏·考茨基》(1885年11月26日)
㉞㊴恩格斯：《致玛·哈克奈斯》(1888年4月)
㉟恩格斯：《致斐·拉萨尔》(1859年5月18日)
㊱拉萨尔：《给卡尔·马克思和弗里德里希·恩格斯的信》(1859年5月27日)见《马克思恩格斯论艺术》第一卷
㊲马克思：《致斐·拉萨尔》(1859年4月19日)
㊳列宁：《纪念赫尔岑》
㊵㊾列宁：《谈谈辩证法问题》
㊶车尔尼雪夫斯基：《生活与美学》
㊷列宁：《无产阶级专政时代的经济和政治》
㊸㊹毛泽东：《矛盾论》
㊺毛泽东：《关于农业合作化问题》
㊻㊼毛泽东：《在延安文艺座谈会上的讲话》
㊽马克思：《资本论》第三卷
㊿鲁迅：《致徐懋庸》(1933年12月20日)
51拉萨尔：《关于悲剧观念的手稿》，见《马克思恩格斯论艺术》第一卷

试论黑格尔的性格说

在许多的文学批评、文艺理论著作和教科书中，在谈到文艺作品中的人物形象时，总要引用恩格斯的一段名言："每个人都是典型，但同时又是一定的单个人，正如老黑格尔所说的，是一个'这个'，而且应当是如此。"[①] 至于什么是黑格尔所说的"这个"，黑格尔关于人物性格有些什么样的见解，这些见解又何以值得恩格斯如此的重视，论者一般都不加深究。在有的论著中，甚至认为恩格斯提到黑格尔的"这个"，不过是借以说明文学典型应该具有个性，并无意于肯定黑格尔关于性格的理论。有鉴于此，我觉得有必要对黑格尔的性格说加以研究和说明。

如所周知，黑格尔是一个带有保守性、妥协性甚至反动性的唯心主义者，但由于他在哲学史上"第一个全面地有意识地叙述了辩证法的一般运动形式"[②]，使得他的哲学体系同时具有革命的性质。黑格尔哲学作为德国古典哲学的最大成果，曾经是马克思和恩格斯完成他们的崭新的辩证唯物主义及历史唯物主义哲学体系的重要思想前提。同样地，马克思主义创始人的美学思想与黑格尔美学思想之间的联系也是显而易见的。因此，深入研究黑格尔的美学观，对我们更好地理解马克思主义的美学思想，对于现实的艺术实践和理论的发展，无疑是一件很有意义的事情。恩格斯说过，黑格尔"不仅是一个富于创造性的天才，而且是一个学识渊博的人物，所以他在每一个领域中都起了划时代的作用……人们只要不是无谓地停留在它们面前，而是深入到大厦里面去，那就会发现无数珍宝，这些珍宝就是在今天也还具有充分的价值”[③]。恩格斯还具体指明，这“每一个领域”就包括美学在内。本文当然不可能整个地讨论黑格尔的美学思想，而只打算就黑格尔美学思想体系中占有重要地位的性格说，谈一点粗浅的心得，尝试着做一点探求珍宝的工作。

“这个”——“个别人物性格”

“这个”（或译作“这一个”）是黑格尔的一个哲学概念。黑格尔在阐发自己的哲学思想体系的第一部著作《精神现象学》中，论证了人的意识的发展过程，即从主观精神到客观精神到绝对精神的过程。在这个过程的最初阶段即“感性确定性”阶段，人的意识还是以与主体自身相异的“物”作为对象的，这最初阶段的意识还是一种最直接的感觉。黑格尔说：“感性确定性又好像是最真实的知识，因为它对于对象还没有省略掉任何东西，而让对象整个地、完备地呈现在它前面。”[④]对主体来说，这样的呈现于它面前的个别的、感性的东西，如黑格尔所说，就是“纯粹的这一个，或者个别的东西”[⑤]。例如：一棵树或一所房屋，呈现于主体前面，对主体来说，这是一棵树，这是一所房屋。这时，“这一个”或这一棵树、这一所房屋，我们只知道它存在着，而不能用语言把它说出来，亦即只可意会，不可言传。黑格尔把这样的最初级的意识状态叫做“意谓”。

黑格尔认为，意识不能停留在“意谓”阶段，按照意识的上升运动的规律，它必然进到“知觉”阶段。在“知觉”阶段，“这个”就不再是意谓中的不可言说的东西了。黑格尔说，在知觉里，“这一个”的“感觉成分仍然存在着，但已经不像在直接确定性那里，作为被意谓的个别东西，而是作为共相或作为特质而存在着”[⑥]。这就是说，在知觉里，“这个”既保留着直接感性的个别性，同时又带有了普遍性，如黑格尔所说：“我所取的对象呈现为一个单纯的单一体，但是我又将察觉到，那对象的特质却是普遍的。这样一来，它就超出了个别性。”[⑦]

可见，黑格尔这里所说的“这个”，就是其意义超出了个别性的个别的东西。我们要注意：由于黑格尔哲学是“用头立地，即用思想立地并按照思想去构造现实”[⑧]的，在黑格尔那里，“这个”并不源于客观的现实存在，而是属于自我意识的范畴，是“绝对精神”自己发展过程中的一个环节。如马克思所说：“黑格尔在‘现象学’中用自我意识代替人，因此最纷繁复杂的人类现实在这里只是自我意识的特定形式，只是自我意识的规定性。”“在黑格尔的'现象学'中，人类自我意识的各种异化形式所具有的物质的、感觉的、实物的基础被置之不理。"[⑨]但是，也如马克思所说："黑格尔的'现象学'尽管有其思辨的原罪，但还是在许多方面提供了真实地评述人类关系的因素。"[⑩]黑格尔关于"这个"的观点，尽管把思维和存在的同一性置于自我意识的基础之上，却还是透露了人的认识所产生的真理。因此，只要把黑格尔的观点照列宁所说的那样"倒过来说"[⑪]，我们就可以打破黑格尔的思维和存在的神秘的同一，把黑格尔所说的"这个"看成是呈现于意识的具有一定普遍意义的活生生的、个别的感性事物；如果说人，则"这个"就是具有一定普遍意义的活生生的个别人物。恩格斯也正是在这个意义上引用黑格尔的"这个"的。

当然，恩格斯在致敏·考茨基的信里并不是在谈哲学问题，而是在谈文学问题、特别是文学作品中的典型形象问题。因此，恩格斯在这里当然也不是从哲学的角度来引用黑格尔的"这个"的，而是从对文学作品中的人物形象的要求的角度，取"这个"的具有一定普遍意义的活生生的、个别感性存在的含义，并加以引申。因此，"这个"就成了"一定的单个人"即文学艺术作品中的具有共性意义的个性鲜明的活生生的人物形象。

但是，恩格斯也并不仅仅是借黑格尔的一个哲学概念加以引申来说明自己关于文艺问题的观点的。毋宁说，恩格斯所说的黑格尔的"这个"实际上指的是黑格尔的美学概念中的理念藉以显现的"特殊个别的事物"(加重符号为原文所具——引者)[⑫]。它与《精神现象学》中的哲学上的"这个"在含义上有相通之处，但已经不是哲学意义上的"这个"了。从美学的意义上说，"这个"——"一定的单个人"，也就是黑格尔在《美学》中反复强调的有定性和特殊性的"个别人物"或"个别人物性格"[⑬]。因此，要从美学意义上了解黑格尔的"这个"，就需对《美学》中关于"个别人物性格"的论述即黑格尔的性格说加以研讨。

性格——"理想艺术表现的真正中心"

性格在艺术中占有什么样的地位呢？黑格尔一再强调说："理想（即艺术或美——引者）的完整中心是人"，[⑭]"性格就是理想艺术表现的真正中心"。[⑮]由此我们也可以见出性格说在黑格尔的美学思想体系中的重要地位。

为了弄清黑格尔何以置性格于"理想艺术表现的真正中心"，有必要对黑格尔关于美的观念作一概略的说明。

关于美，黑格尔有一个著名的定义："美是理念的感性显现。"在这里，"理念"就是黑格尔客观唯心主义哲学体系由以出发的"绝对精神"。理念本身作为普遍的、抽象的东西，还不能成其为美，它必须显现为可供观照的具体感性的个别事物才能成其为美。因此，只有"理念和体现理念的现实二者的统一"方是"美的理念"，才是美。

黑格尔认为，体现理念的具体个别事物有"两种形式"，即"直接的自然的形式和心灵的形式"。在这两种形式里，理念都得以具有客观存在，所以都是美；前者是自然美，后者是艺术美。但是，由于理念本身是"无限的、自由的"，而作为"直接现实"的自然存在的事物，"却不能表现出无限与自由"。不必说死的无机自然事物，即使活的有生命的自然事物，也是依存的，有局限性的，不能体现出理念的无限与自由来。只有艺术创作的主体即艺术家自由创造的、"成为心灵的表现"的艺术，才能真正体现出理念的自由与无限。因此，黑格尔尽管不抹杀自然美，却把自然美看得很低。他说："我们可以肯定地说，艺术美高于自然。因为艺术美是由心灵产生和再生的美，心灵和它的产品比自然和它的现象高多少，艺术美也就比自然美高多少。"（加重符号为原文所具——引者）黑格尔认为，艺术才是真正理想的美。正因为如此，他把美学称为"艺术哲学"或"美的艺术的哲学"。

在黑格尔看来，就艺术美来说，也不是以任何事物为对象的作品都可以达到完美的理想的艺术境界。固然，经过艺术家心灵的创造，任何事物进入艺术品成为形象，都可以是生气灌注的，都可以表现出心灵的自由和无限来。但是，一般的自然事物如植物、动物等等，它们自身没有意识，还只是自在的存在，而不是自为的或自觉的存在。因此，当一般的自然事物被表现为艺术形象时，"固然也可以见出这种无限的独立自由，但是如果真正见出，那也总是通过艺术从外面带进来的，并不是由于事物本身就已有这种无限性"。

那么，最适宜于理想艺术的对象是什么呢？黑格尔认为：是人。现实中的人作为自然存在的事物，也是有依存性和局限性的，但是，在一切自然事物中，"人的身体却属于较多的一级"。这是因为，人不但作为有生命的存在而有了灵魂，而且他不像一般有生命的动物那样没有自意识。人是有生命有灵魂的，因此他显得是有生气灌注的整体；人是"心灵的个体"，是有意识的，能自己认识自己，因而是自觉的存在。因此，人最能充分地显现理念，人是理想艺术的最理想的对象。在《美学》第二卷里黑格尔论"古典型艺术”时，曾明确地说，为了达到形象与理念的完美自由的契合，“形象本身就必须自有意义，或者说得更确切一点，自有精神的意义。这种形象在本质上就是人的形象，因为只有人的形象才能以感性方式把精神的东西表现出来。人在面孔、眼睛、姿势和仪表等方面的表现固然还是物质的而不是精神之所以为精神的东西，但是在这种形体本身之内，人的外在方面不像动物那样只是有生命的和自然的，而是肉体在本身上反映出精神。通过眼睛，我们可以看到一个人的灵魂深处，而通过人的全体构造，他的精神性格一般的也表现出来了”[16]。

黑格尔还进一步认为，并不是凡是出现了人的形象的艺术都是理想的艺术。有人物不一定就有性格，而艺术的要务在于表现性格，人的形象在艺术中不应该是观念的图解或符号或例证，不应该是内容意义的外加的装饰。黑格尔一再表示反对那种“通过肉体来描绘的人格化”的做法，即把某种观念人格化，人物形象成了观念的象征。理想艺术中的人物形象应该是一个个性化的、丰满的，完整的、活的人物性格。只有表现了这样的性格，艺术才能真正是气韵生动的、有生命力的、美的。

总之，在黑格尔的美学思想中，人占有至高无上的地位，人成了艺术的唯一理想的对象；没有人，没有活的人物性格，就谈不上理想艺术，谈不上真正的美。这不但是上升期资产阶级的人本主义思想在美学中的体现，也是对人类艺术经验的一个很好的总结：从古希腊以来，凡优秀的文学艺术作品，不都是以活的人物性格作为艺术表现的中心的吗？

性格——“时代的产儿”

黑格尔强调，理念是一切艺术的出发点，普遍的精神力量决定了艺术。于是，在他看来，“艺术作品是由思想外化来的”，作品中的具体感性的人物形象，作为理念的载体，乃是心灵的外在形式。这样，性格当然是由心灵决定的。但是，如果黑格尔关于性格形成的见解就到此为止，他就不成其为黑格尔，而不过是一个浅薄的唯心主义者罢了。黑格尔作为一个唯心主义者，自然要定理念于一尊，以理念决定一切。但他作为一个辩证法大师，又总是强调理念与个别感性形象的对立统一关系，而不把形象看做理念的单纯机械的、被动的承受者，把人物形象看做观念的简单化身或附庸。因此，他认为，心灵不能随心所欲地虚构或臆造人物形象，人物也不应该是遗世独立的个人，人物性格的形成自有其规律性。他用事物联系的辩证观点研究人物性格，尽其所能地阐述了社会历史环境与人物性格的关系问题，尽管他对人类社会历史的解释还是头足倒置的。从这一点，我们不但看到黑格尔的体系与方法的深刻矛盾，也看到了黑格尔是如何地“常常在思辨的叙述中做出把握住事物本身的、真实的叙述”[17]。

马克思说过，黑格尔的“思维方式有巨大的历史感作基础”[18]。我们读黑格尔的美学著作，到处都能体会到融贯于其中的巨大的历史感，“到处是历史地，在同历史的一定的(虽然是抽象地歪曲了的)联系中来处理材料的”[19]。这不但表现在他对当时的社会潮流与艺术潮流的敏感和深刻认识，不但表现在他从社会历史的联系和发展论述了各个时代艺术的形成和发展的“现实土壤”，而且表现在他对具体的人物性格的论述也常常是和时代、环境紧密联系的。黑格尔说过：“每个人都是他那时代的产儿”，“妄想个人可以跳出他的时代……是愚蠢的。”[20]他在论述人物性格时，一般也没有离开这个个人与时代联系的重要观点。

上文已经谈到，黑格尔之所以认为人是理想艺术的最理想的对象，主要在于人具有“精神的意义”。这看起来比较抽象，但如果联系黑格尔的历史观来理解，所谓人“自有精神的意义”，所谓“只有人的形象才能以感性的方式把精神的东西表现出来”，主要指的是：只有在人的身上，一定历史时代的时代精神才能充分体现。这正是黑格尔之所以如此重视人、重视人物性格的关键所在。在《历史哲学》中，黑格尔分析一些“伟大的历史人物”时说过，这些人物作为“世界历史人物”——“一个时代的英雄”，“在表面上像是从他们自身吸收了他们生命的冲动”，而在实际上，他们之所以行动只是由于“他们见到什么是需要的东西和正合时宜的东西，这个正是他们的时代和他们的世界的‘真理’”[21]。黑格尔认为，像亚历山大大帝、恺撒和拿破仑那样的历史人物“之所以为伟大的人物，正是因为他们主持和完成了某种伟大的东西；不仅仅是一个单纯的幻想，一种单纯的意向，而是对症下药适应了时代需要的东西”[22](加重符号为原文所具——引者)。在这里，我们可以说，黑格尔已经天才地猜测到了不是伟大的历史人物造就了历史时代，而是历史时代造就了伟大的历史人物这样一个历史的真理。

由此可见，黑格尔谈到理想的人物性格的“精神意义”、“生气贯注”等等时，正包含了体现这些人物的历史时代的时代精神的意思。黑格尔在谈人物性格时，总是比较强调理想的英雄性格，总是以古希腊时期和文艺复兴时期的艺术品作为典范，表现了他对古希腊和文艺复兴时期的时代精神的向往，同时也表明了他希望艺术表现他的时代的上升的资产阶级的积极精神。在这一点上，他和歌德、席勒是一致的。当然，他并不赞同席勒式的把人物作为时代精神的单纯号筒的倾向，这一点，我们下面还要谈到。

在《美学》中，黑格尔关于时代造就人物的观点也得到了贯彻。黑格尔说："理想的完整中心是人，而人是生活着的。"（加重符号为原文所具——引者）这是一个极为重要的观点。在黑格尔看来，艺术中的个别人物绝对不是抽象的孤立的个人，他们生活着，处在异常生动的、复杂的现实之中，和现实发生着密不可分的必然联系。他强调说："人要有现实客观存在，就必须有一个周围世界"，人和外在环境这两种世界"保持着本质性的关系。"这就是说：第一，人物不能脱离一定的环境，否则他就失其为客观存在，而成为孤立的抽象的东西；第二，人物不是偶然地、随意地存在于环境之中，人物和环境的联系是有机的、本质的，人物性格只有通过环境才得以理解，得到解释。

黑格尔从他的客观唯心主义思想体系出发，认为艺术中人物的个性不过是绝对理念"经过明晰的个性化，化成个别的感性的东西"。因此，人物个性的形成、发展，他的一切动作都是由理念决定和推动的。但当他辩证地研究人物和环境的关系时，却找到了人物个性的真实的、本质的依据——环境。他说："对于一个现实界的个别的人物来说，如果要给他的发出动作的性格，他新介入的事件以及他所遭遇的命运提供较切近的实证性的资料，这些资料就会是一些客观情境，如出生时代，天资禀赋，家庭出身、教育、环境，和时代的关系之类，乃至内在生活和外在情况的整个领域。这些材料都是当前客观世界的组成部分，从这些方面来看，个别的人们的生活记录就会显出最大限度的个别差异。"因此，个性绝不是艺术家们"根据想象力的主观任意性来挑选材料，来表现偶然的特殊性"[21]。黑格尔在谈到希腊艺术中诸神的形象时，尽管也强调他们"只是由想象产生出来的"，但在具体分析诸神的个性的前提时，他并没有离开"实际的希腊人的生活和行动"，注意到了诸神"与自然界和人类生活发生持续不断的活的联系"[22]。在这些富有历史感的分析中，黑格尔自己就在实际上打破了他自己造成的普遍力量、绝对精神（神性）分化而成为个性这个神秘的外壳。他的唯心主义体系使他顽固地要"从头脑中想出联系"，而他的辩证方法却常驱使他"从事实中发现这种联系"[23]。无怪乎恩格斯在谈到黑格尔的哲学思想时说："在这里，形式是唯心的，内容是现实的。"[24]

关于性格和环境的具体关系，黑格尔在《美学》第一卷第三章中作了详细的说明。首先，人物性格“需要一种周围世界作为它达到实现的一般基础”，即人物性格的形成需要一个前提。这个基础或前提就是黑格尔所谓的“一般世界情况”。他说，“一般世界情况”作为“艺术中有生命的个别人物借以出现的一股背景”，为“个别形象表现”提供了“可能性”。（加重符号为原文所具——引者）

“一般世界情况”，照黑格尔的具体解释，就是“把心灵现实的一切现象都联系在一起”的，诸如“教育、科学、宗教，乃至财政、司法、家庭生活以及其他类似现象的‘情况’”。在这里，由于体系的需要，黑格尔强调的还是“心灵现实”，即黑格尔哲学所谓的“客观精神”，而在实际上，根据黑格尔所列的具体内容，“一般世界情况”就是一个时代的精神和物质的环境条件。人在不同的条件下处于不同的境况里，因而他们个性的发展也必然呈现出不同的状况，这对于以表现性格为中心的艺术不能不产生深刻的影响。

但“一般世界情况”对人物性格究竟还只是比较宽泛的一般背景。还“没有显示个别人物在现实生活的活动”，其中还不能看出人物性格所以形成的具体机缘。因此，“一般世界情况”需要具体化和特殊化，使之和人物发生具体联系，以见出人物行动的更加切近的动因。“作为这种更切近的机缘，有定性的环境和情况就形成情境。”黑格尔认为，“情境”作为人物活动的具体切近的条件，其本质在于矛盾冲突。他说：“只有在定性现出本质上的差异面，而且与别一方面相对立，因而导致冲突的时候，情境才开始见出严肃性和重要性。”“分裂和由分裂来的定性终于形成了情境的本质，因而使情境见出一种冲突，冲突又导致反动作，这就形成真正动作的出发点和转化过程。”（加重符号为原文所具——引者）这是黑格尔关于性格与环境的关系问题的最重要、最深刻的观点。如果说，“人是生活着的”这一概括还显得有些抽象浮泛，没有能具体表明人的现实存在状况，那么，把人物置于矛盾冲突所构成的情境中，就能更加具体、更加本质地描绘出人的现实存在状况了。人生活在矛盾冲突中，人加入于矛盾冲突中，矛盾冲突是人物动作的动力，人物性格在矛盾冲突中发展、形成，它的本质从而得到正确的揭示。这样的观点，在到黑格尔为止的西方美学史上可以说是独创性的；这也是黑格尔运用深刻的辩证观点分析艺术实际的必然结果。

黑格尔在具体分析矛盾冲突时，把它分为三种情况，即：第一，“物理的或自然的情况所产生的冲突”，例如由于自然灾害、疾病等所引起的冲突；第二，“由自然条件产生的心灵冲突”，例如由于家庭出身、阶级、种族的差别而引起的冲突，以及由于天生性情所引起的冲突；第三，“由心灵的差异而产生的分裂”。黑格尔认为，只有第三种冲突才是真正重要的冲突。这种冲突不依赖于任何自然的、天定的条件，而只是“起于人所特有的行动”，“从人的行动中得到实现”。这是真正由于社会原因造成的人与人之间的冲突，性格与性格之间的冲突。只有在这样的冲突中，才能真正充分地揭示人物性格；也只有在这样的冲突中揭示性格，才是真正艺术家的能事。

总之，黑格尔看到了人物与环境——他的存在条件之间的辩证关系，力求发掘性格的时代条件和现实土壤，并能揭示出性格存在于具体矛盾冲突之中这一本质，从矛盾冲突的观点把握人物行为的动因和性格形成的依据。这都是很深刻的，很有启发性的。这使得他比当时某些文艺家如德国的许莱格尔把“一切东西都只看作‘自我’的主观产品”，把“自我”绝对化的观点，要高明得多。当然，黑格尔谈“一般世界情况”还是从理念出发的，认为一个时代的精神的、物质的多方面的环境条件都不过是“同一心灵的同一内容(意蕴)的不同形式”，不过是“心灵现实的世界情况”。由于他没有也不可能从历史的真正动因来考察历史，他所谓的矛盾冲突也常常是在心灵的、意识的、道德的等抽象的精神范畴里绕圈子，还不能明确地揭示出矛盾冲突的真正社会的、阶级的根源。即使他接触到了由于人的阶级地位的差异而形成的矛盾冲突问题，也立即把这种冲突抽象化为个人的意志、欲念的冲突，并主张“用无抵抗的忍耐的勇气去忍受这种无可奈何的情况”，使矛盾归于调和。所有这些，不但表现了黑格尔唯心主义的巨大局限性和他的辩证法的不彻底性，也表现了当时德国资产阶级的软弱性和妥协性。只有到了马克思主义的创始人手里，把黑格尔的观点加以扬弃，才得出了典型环境与典型性格辩证统一的科学结论。

性格——“完整而又个别的有生命的形象”

我们已经看到了性格在艺术美中的地位——“性格就是理想艺术的真正中心”，也看到了性格和环境的辩证统一关系。现在我们就来看性格本身。

在黑格尔看来，“美就是理念的感性显现”，亦即他多次强调的“普遍力量”与特殊感性形象的统一。性格作为艺术美的极致，也同样是这样的统一。黑格尔说：“普遍性必须在具体个人身上融合成整体和个体。这种整体就是具有具体的心灵性及其主体性的人，就是人的完整的个性，也就是性格。”这就是说，性格是个别感性的人物形象与蕴含于其中的内容意义的统一，性格就是带有一定普遍意义的个别人物，亦即共性与个性的统一。

我们知道，黑格尔并不是那种对艺术本身并无实际知识和感受，只是为了自己哲学体系的完整无缺而硬谈美学的哲学家。马克思和恩格斯说过，黑格尔所以能建立自己博大精深的哲学体系，是由于他有着“广泛的实证知识”，进行过“对经验历史的探究”[25]。在艺术方面，也是这样的。黑格尔对艺术、艺术史有着丰富广博的实际知识，有着很高的艺术修养和艺术鉴赏力。他是作为艺术的真正内行来谈美学的。因此，尽管他的唯心主义体系驱使他反复再三地强调艺术是理念的产物，是从心灵产生出来的，他却没有以纯粹的思辨去建立自己的美学体系，去纯主观地推演出关于美的各种概念。在黑格尔的美学思想中，我们可以看到许多基于对艺术实际的分析而得出的关于艺术规律的真知灼见。他关于性格的观点就是如此。

为了更好地把握黑格尔所说的性格的含义，我们不妨约略地考察一下，他关于艺术形象的观点。在黑格尔那里，艺术作为精神的一个特殊部门，它的特殊规律始终得到了重视和坚持。艺术的一条基本规律：以具体生动的感性形象表现真理，这一点，黑格尔也是反复再三地强调了的。在他那里，形象与真理的关系有头足倒置的问题，但如前面谈到过的，黑格尔辩证地认识形象与真理的对立统一关系，并没有把形象当做真理的附庸，并不认为观念可以随心所欲地决定形象。他一再强调可观照的感性形象对于艺术的重要性，他肯定艺术作品的基本特质，是“形象鲜明性和感官性”，他强调说：“艺术作品所提供观照的内容，不应该只以它的普遍性出现，这普遍性必须经过明晰的个性化，化成个别的感性的东西。如果艺术作品不是遵照这个原则，而只是按照抽象教训的目的突出地揭出内容的普遍性，那么，艺术的想象的、感性的方面就变成一种外在的多余的装饰。”这就是说，艺术的基本特质是形象的鲜明性，艺术的原则是创造个性化的个别感性形象。艺术固然要表现普遍性，但艺术形象决不是普遍观念的附庸或装饰。所有这些，都是对艺术规律的很好的表述。

基于对艺术形象的这样的认识，黑格尔批评了片面强调表现理性和片面强调摹仿自然这两种倾向，声明他的美学观点是“经验观点与理念观点的统一”。

黑格尔固然主张艺术从理念出发，但他并不赞成片面强调理念而忽视甚至无视个别感性的艺术形象。我们知道，柏拉图也是一个主张从客观的绝对的理念出发的哲学家，在这一点上，可以说是黑格尔的同道，但黑格尔对他的美学思想是不满的。他说："柏拉图的这种从美的理念或美本身出发的研究方法很容易变成一种抽象的形而上学的方法"，"我们在艺术哲学里也还是必须从美这个理念出发，但是我们却不应该固执柏拉图式理念的抽象性。"黑格尔不满意于柏拉图的，就是后者完全否定艺术形象的真实性，因而他的美学观念就是抽象的。而黑格尔是主张理念与感性形象的辩证统一的。他谈到过：席勒在他的作品里"有意地进行抽象思考甚至表现出他对哲学概念所感到的兴趣"。说得很委婉，并没有明确地表示不赞成这种倾向，但他对这种创作倾向实际上是不以为然的。他还称赞过"歌德的宁静的不纠缠在概念里的纯朴性和客观性"。这正是歌德优于席勒的地方，这正是真正艺术原则的体现。歌德关于艺术的一个重要原则就是"在特殊中显出一般"，认为这个原则"特别适宜于诗的本质，它表现出一种特殊，并不想到或明指到一般"[26]。这就是黑格尔所说的"不纠缠在概念里"。在这一点上，黑格尔与歌德是一致的。艺术应表现理念的普遍性，但艺术的要务在于创造活生生的血肉丰满的个别形象，而不在于表现普遍的理念。黑格尔强调说，理念不应"作为抽象的议论、干燥的感想、普泛的教条直接明说出来"，而只能"间接地暗寓于具体的艺术形象之中"。这就是黑格尔基于丰富的艺术知识和高度的艺术鉴赏力而得出的关于艺术规律的真知灼见。我们注意到，恩格斯关于"倾向应该从场面和情节中自然而然地流露出来，而不应当特别把它指点出来"的主张，与黑格尔是基本上一致的。

另一方面，黑格尔也不赞成单纯地机械地摹仿自然。艺术形象是活生生的个别感性事物，但它绝对不是对自然存在的个别事物的照抄。黑格尔说："艺术的目的一定不在对现实的单纯形式的摹仿"，"尽管自然现实的外在形态也是艺术的一个基本因素，我们却不能把逼肖自然作为艺术的标准。也不能把对外在现象的单纯摹仿作为艺术的目的。"他认为，艺术形象必须显得很自然，但绝不能是"生糙的自然"，而应该是"理性化的自然"；艺术形象应该妙肖自然，却不应是自然的依样摹仿，"我们不应该为妙肖自然而妙肖自然，因为外在界只应表现为和内在界是紧密结合在一起的"。艺术形象要在妙肖自然的基础上加以"理性化"，就不应只是一个形式的躯壳，而应该"显现出一种内在的生气、情感、灵魂、风骨和精神"。为了表现出这样的内在生气，艺术创作就不应是对自然的依样画葫芦，而要通过提炼和清洗，抓住特征。黑格尔非常赞成与他同时的学者希尔特的“特性的概念”，认为这是艺术创作的一个重要原则，这个原则，要求“表现方式中一切个别因素都要有助于明确地显出内容，成为这表现中的一个组成部分。”这样的经过提炼的、突出了特性或特征的具有内在生气的个别形象，是一种比现实本身更高的东西；这种东西，也就是一般所谓的艺术典型。

总之，黑格尔一方面要求艺术形象是自然的活生生的个别感性形象，一方面又要求这形象高于自然存在的事物，具有带一定普遍意义的内容（意蕴）。而在一切艺术形象中，最主要的是人的形象，即人物性格。根据黑格尔对形象的一般要求，我们可以更深切地理解性格作为艺术表现的中心，必须是活生生的个别人物性格，即活的个性；而通过这活的个性，又能表现出一定的普遍意义来。这样的人物形象，照黑格尔的说法，是一种“介乎直接的感性事物与观念性的思想之间”的东西，这也就是黑格尔所说的带有共相意义的直接感性的个别存在——“这个”。

艺术作品怎样才能创造出活生生的个别人物性格即个性呢？下面我们就来谈黑格尔对人物性格的具体要求。

首先，人物性格应该具有丰富性。

黑格尔把充溢于人心中的种种情感、欲念称为“情致”。照他的带有神秘色彩的习惯说法，情致就是普遍力量或神性在人心中的具体化。每一种情致在人心中就好比一个神，一个人的心就好比一座奥林比斯山，不是只有一个两个神，而是诸神都在上面。因此，人的心胸是广大的，同时包容着众多的情致。去掉罩在这种观点上的神秘的外衣，这实际上是说：人物所处的现实关系是复杂的，因而他的内在感情是丰富的、多方面的，这样，他的性格就必然显出丰富性。只有这样的丰富的性格，才是完整的、活生生的个性。黑格尔把荷马史诗里面的形象看做是这样的丰富的性格的典范。他说，在那里面，“每一个英雄都是许多性格特征的充满生气的总和”，“每一个人都是一个整体，本身就是一个世界，每个人都是完满的有生气的人，而不是某种孤立的性格特征的寓言式的抽象品。”黑格尔的这种见解，完全符合优秀文学作品中人物的实际，也符合生活中活着的人们的实际。由于人们所处的情境的复杂性，每一个人的性格都不可能是单打一的，而是丰富的、复杂的。因此，成功的作品总是能表现出人物性格的丰富性、复杂性来。黑格尔以荷马史诗《伊利亚特》中的英雄阿喀琉斯为例来说明这个问题。阿喀琉斯是一个大名鼎鼎的英雄，他上阵交锋，英勇无比，但他爱他的母亲，为她的被人夺去而痛哭；他是一个暴躁的人，而在老人面前却表现得尊敬而有礼貌；他在阵上杀死了特洛亚英雄赫克托，并把他的尸体绑在战车后面绕着特洛亚城拖了三个圈子，表现得那样凶狠，但当赫克托的父亲普莱亚姆来到他的营帐，他却因为联想到了自己的父亲而同情这个老国王如此等等。黑格尔认为，只有这样的丰富复杂的人物性格才是理想的人物性格。

从对人物性格的丰富性的要求出发，黑格尔一再批评那种把人物性格当做某种单一情致的图解的艺术创作倾向。他所批评的把人物当做"某种孤立的性格特征的寓言式的抽象品"，就是这种倾向。在《美学》第二卷论"象征型艺术"时，黑格尔说过：寓意式的作品的创作原则之一，是把种种普遍的抽象的观念如爱、正义、名誉、和平等等加以"人格化"。这种作品里的形象，只是一种抽象意义的图解、外衣、符号，因此，它本身也是枯燥的、抽象的，还不是具有主体性的完整的艺术形象，在这样的图解当中，"一切明确的个性都消失了"[27]。因此，寓意式的作品谈不上是理想艺术。但黑格尔批评把人物当做观念的寓言式的图解，主要不是指的古代的寓意式作品，而是指的17世纪以来风行于欧洲的法国古典主义戏剧，同时，当然也是对当时在德国颇为流行的把人物形象当做某种时代精神的号筒的戏剧文学而言的。如所周知，法国古典主义戏剧尊崇理性，明确地宣言艺术对于理性的"职责只是服从"[28]。古典主义戏剧的人物像寓言中的形象那样，是作为体现观念的工具而出现的，也就是把人物作为高尚、荣誉、忠诚、坚贞、风流、吝啬、嫉妒、伪善等单一品性的人格化或图解。这样的图解观念的创作方法，当然不可能创造出活生生的丰满的人物性格来，而只能产生出一些概念化、类型化的形象。黑格尔对这种倾向的批评，是非常中肯的，也是富有启发性的。

第二，人物性格应该具有"明确性"，即是说，人物要有一个主导的明确的性格特征。

黑格尔认为，人物性格首先必须是一个具有多方面性格特点的丰满的整体，但如果多方面的性格只是一堆杂乱的平列的东西，人物性格就会缺乏明确性，也很难见出鲜明的个性来。黑格尔说："要显出更大的明确性，就须有某种特殊的情致，作为基本的突出的性格特征，来引起某种确定的目的、决定和动作。"这种见解，也是完全符合优秀文学作品中人物的实际和生活中的人们的实际的。事实上，每个人的性格尽管是多方面的，但各个方面不可能是平列等同的，总有某一方面显得比较突出而成为主导的一以贯之的东西，从而见出个人的特殊性和人们之间的差异性。因此，优秀文学作品中的人物形象在具有丰富性的同时，总又具有突出的主导的性格特征。黑格尔以莎士比亚的悲剧《罗密欧与朱丽叶》为例来说明这个问题。在剧中，罗密欧与朱丽叶的性格都是丰富的、多方面的。例如朱丽叶，“在许多关系的整体中显出她的性格”，在她和父母、保姆、巴里斯伯爵以及神父劳伦斯的关系中，多方面地展现了她的丰富的性格。但是，尽管所处的关系复杂，她在各种情景里总有一种一以贯之的感情，就是她的热烈的爱。同样，罗密欧尽管也在“最变化多端的关系里”显出性格的丰富性，但他又“一贯地显得尊严高尚，用情深挚”。

黑格尔在强调人物须有一个主导的性格方面时，还谈到了不能因为要求明确性而使人物性格流于单一化和片面化。性格的丰富性不应掩盖它的明确性，性格的明确性也不应损害它的丰富性。应使性格的丰富性和明确性两者有机地统一起来。他说：“性格的特殊性中应该有一个主要的方面作为统治的方面，但是尽管具有这个定性，性格同时仍须保持生动性与完整性，使个别人物有余地可以向多方面流露他的性格，适应各种各样的情境，把一种本身发展完满的内心世界的丰富多彩性显现于丰富多彩的表现。”失去了这样的“丰富多彩性”，性格也谈不上明确性，而只能流于单一观念的枯燥的图解，用黑格尔的话来说，就是“一个人物仅仅成为某种情致——例如爱情和荣誉感之类——的完全抽象的形式，那么，一切生气和主体性就会完全消失了，而这种艺术表现也就会因此枯燥贫乏——例如法国戏剧作品就是如此。”这里所批评的法国戏剧，仍然是上面谈到过的法国古典主义戏剧。显然，这样的批评同样是十分中肯的，也是富有启发性的。

黑格尔对人物性格的第三个要求是“坚定性”，即人物性格“必须具有一种忠实于它自己的情致所显现的力量和坚定性”。黑格尔认为：“一个真正的人物性格必须具有勇气和力量，即对现实起意志，去掌握现实。”这种“坚定性”应符合下列要求：首先，人物的主导的性格必须得到首尾一贯的表现，不能让几种情致轮流坐庄，翻来覆去；其次，一个人物的一切行动都需由他自己固有的情致发出，即“根据自己的意志发出动作”，而不受其他角色制约，更不应把人物的行为表现为受命运驱使甚至由于鬼神附身；第三，人物性格应该坚强而有勇气，软弱的、感伤的、病态的性格不宜于理想艺术。应该指出，黑格尔关于性格的坚定性的主张是以他心目中的艺术典范——古希腊艺术为标准的。根据这个标准，他比较强调表现理想的完美的性格，而不赞成表现有缺陷的、病态的性格。他认为："只有无瑕疵的外在形式(其中一切弱点和有限性都消除掉了，一切任意的特殊性的毛病都克服了)才能符合精神的内在意义。"[23]他一再强调"净化"、"提高"，主要就是为了消除性格的缺陷和病态。黑格尔主张性格的坚定性，是出于表现自己时代上升的资产阶级的积极精神的要求，对于反对当时德国文学中一味表现人物的忧伤抑郁、悲观消沉、乖戾偏激的感伤主义的颓废倾向，在黑格尔的时代，显然是有积极意义的。

黑格尔关于人物性格的最有价值的见解主要在于性格的丰富性和独特性的统一。这种要求显然不是单纯从理念出发主观地为艺术制定的僵死的条规。黑格尔说过："艺术哲学没有任务要替艺术家开方剂。"这种要求是从艺术史上实际存在的艺术经验教训总结出来的，表现了黑格尔对艺术规律的正确把握，因而对于艺术实践是很有意义的。

几点评价

黑格尔的性格的基本内容，已如上述。关于它的价值，还须作一点总的评价。

第一，黑格尔的性格说对现实主义艺术的意义。

黑格尔的性格说对现实主义艺术的意义，主要在于它对艺术典型理论的重要贡献。这使得黑格尔实际上成了近代现实主义艺术的理论先驱之一。

一个唯心主义者竟致成了现实主义艺术的理论先驱，似乎不好理解。这正是我们首先要加以说明的问题。

列宁说过，如果从简单的、形而上学的唯物主义观点来看哲学唯心主义，它不过是一堆胡说。这样的观点，只能导致对哲学唯心主义的绝对否定和彻底抛弃，而不能从中吸取任何有益的东西。这样来对待哲学唯心主义，特别是对待像黑格尔那样有划时代意义的哲学家，显然是不恰当的。实际上，黑格尔的体系和方法的矛盾，不但使得他的辩证法不彻底，也使得他的唯心主义也是不彻底的。黑格尔的思想不但有辩证法的合理内核，也存在一定的唯物主义因素。

黑格尔哲学的基点是绝对精神，从这个基点出发，客观现实只是绝对观念的外化；思维及其思想产物即观念在这里是本原的，而客观现实是派生的。这使得他的思想体系整个是颠倒的。但是，由于他把绝对精神看做是一个发展过程，并把客观自然作为这一正—反—合发展过程中的一个重要环节，承认了纯粹的思想领域的“主观性王国”和现实领域的“客观性王国”的对立统一，因此，“黑格尔总还算尊重经验世界”[30]，常常不把客观自然看做是精神的随意的产物，而是在承认“自在之物的可知性”的基础上从客观世界的“必然性”本身去观察和描述客观世界。这就使得他既不同于根本否定客观存在的主观唯心主义的“唯我论”者，也不同于简单地把客观现实当做理念的“影子”的客观唯心主义者。在黑格尔那里，由于强调现实是观念的外化，颠倒了精神和现实的地位，使得他对现实的描述常常带上了神秘主义的色彩，但由于从现实本身的“必然性”去把握现实，因而能够“常常在思辨的叙述中作出把握住事物本质的、真实的叙述”[31]。正因为如此，恩格斯认为黑格尔的唯心主义体系里面含有唯物主义的内容，认为“黑格尔的体系只是一种就方法和内容来说唯心主义地倒置过来的唯物主义”[32]。列宁也因此把黑格尔哲学看做是“客观唯心主义转变为唯物主义的前夜”[33]，认为他的客观唯心主义有时“转弯抹角地（而且还是翻筋斗地）紧密地接近了唯物主义，甚至变成了唯物主义”[34]。列宁甚至认为，在有的地方，黑格尔已经有了“历史唯物主义的萌芽”[35]。

同样，黑格尔的美学作为他的整个哲学体系的一个有机部分，也在唯心的形式下含有现实的内容。已经提到过，黑格尔强调“艺术作品是由思想外化来的”，“是由心灵产生的”，这就像马克思挖苦黑格尔时说的那样，是在说“儿子生出母亲”[36]。这是一种可笑的颠倒。但黑格尔对艺术本身进行论述时，却往往从他丰富的艺术实际知识出发，强调考察艺术要“按照必然性去研究对象”，“按照对象的内在本质的必然性，去就对象加以阐明和证明”，指出“只有揭示艺术内容和表现手段的内在本质的发展，才能见出艺术形象构成的必然性”。

黑格尔正是从艺术实际出发考察了“艺术形象构成的必然性”，使得他的性格说具有现实主义的理论和实践的价值。这主要表现在：

首先，黑格尔强调活的个别人物性格。黑格尔认为个别人物是普遍理念或“神性”的个性化，但黑格尔所论的个别人物又有其现实性。他强调人物形象必须是个别的、感性的、活生生的，它绝不是理念的枯燥的图解；人物性格“不应是由幻想的任意性所产生的”，不是“由人任意设定的符号”，不应是由理念设定后“外加”或“粘附”到人物身上去的。这样，黑格尔所强调的人物性格的“主体性”就含有人物自身固有的性格的意思。可见，打破了黑格尔的“神性”的外壳，人物就成了现实的不以观念为转移的人，人物性格就成了现实的人所固有的性格。艺术以表现现实的不以观念为转移的活生生的个别人物性格为要务，这就是现实主义。

其次，黑格尔所论人物性格尽管具有现实性。但他并不赞成艺术机械地照搬现实，而强调艺术形象必须是经过提炼、清洗的，能见出“特性”的人物形象。黑格尔说：“尽管自然现实的外在形态也是艺术的一个基本因素，我们却不能把逼肖自然作为艺术的标准，也不能把对外在现象的单纯摹仿作为艺术的目的。”“艺术的真实不应该只是所谓摹仿自然，所不敢越过的那种空洞的正确性，而是外在因素必须与一种内在因素协调一致。”这就是说，感性的，直观的人物形象不应是一个徒有形貌的空壳而应该表现出一定的意蕴，因而人物形象不但是感性的，而且也是观念性的，是二者的统一，亦即是形与神的统一。当然，观念要通过感性形象自然地见出，而不能明说出来。这正是现实主义的典型形象所要求的。

再次，人物自身固有的性格是在一定的历史环境中形成的。黑格尔强调环境对于人物性格的重要意义，已如上述。他正认为，艺术作品中人物的言、行和思想感情，都应是他所处的那个时代所“可能有的”，“可能发生的”。黑格尔指出，艺术中的所谓“反历史主义”主要不在于服装道具之类东西不符合历史真实，而在于人物性格失去了历史的可能性。把人物性格紧密地联系于历史环境，从历史的可能性来表现人物性格，也是现实主义的典型形象所要求的。

总之，黑格尔的性格说辩证地解决了形象与思想的关系，使它与公式主义的、概念化的古典主义和以对生糙的自然作表面描绘为能事的自然主义，都划清了界限。在黑格尔的时代，近代现实主义文学已经产生，它的繁荣也即将到来。这一点，黑格尔是敏锐感觉到了的。在《美学》第三卷里，他曾说小说“在旨趣、情境、人物性格和生活关系的各个方面显得丰富多彩，具有整个世界的广大背景”。这可以认为更多的是对现实主义小说的称赞。他的性格说，对即将到来的现实主义文学（主要是小说）的繁荣，在实践上和理论上显然都是有意义的。如所周知，别林斯基是近代比较完整地阐明了现实主义文学的典型和典型化问题的理论家，而别林斯基的典型理论可以说是对黑格尔的性格说的直接的继承和发展。还应该指出，马克思主义创始人关于现实主义理论的一些重要观点，如关于典型环境中的典型性格的观点，关于典型个性的观点，关于形象如何表现倾向的观点，与黑格尔性格说之间的关系也是显而易见的。

第二，“性格是理想艺术表现的真正中心”——文学是人学。

如上所述，在黑格尔的美学思想体系中，人占据着至高无上的地位，人是艺术的唯一理想的对象。从政治上说，这是上升期资产阶级的启蒙主义和人本主义思想在黑格尔美学中的体现，无疑具有进步意义，尽管由于黑格尔唯心主义体系的局限，他所谓的“人”还带有神性的灵光圈。从艺术上说，“性格是理想艺术表现的真正中心”，体现了文学艺术的一条重要规律，道破了一切优秀文学艺术作品所以成功的秘密。这实际上就是肯定：文学是人学。这就是黑格尔美学中的一个“珍宝”；这个“珍宝”，如恩格斯所说，“就是在今天也还具有充分的价值”。

人们常说：文学艺术是生活的形象反映。这当然是一个很正确的概括，但这还没有真正揭示出文学艺术的特性。我以为，还应加上“文学是人学”，才算是真正抓到了文学艺术特性的根本点。

文学艺术应该表现什么？应该表现人，表现人的性格、人的心灵、人的命运，或者表现充溢着人的性格、心灵的“人化的自然”。只有写人，才能有情，才能感人，文学作品才能有生命力。人不是抽象的，而是具体的社会存在，但人的存在无论多么具体，文学的中心仍然是人。在阶级社会里，人是有阶级性的，即使如此，文学的中心仍然不是表现阶级性，而是表现存在于具体的社会阶级关系中的活生生的人。古今中外，凡优秀的文学作品，总是以人的性格为表现中心的。离开了这个中心，文学就会僵死。

在中外文艺史上，始终存在着为人还是为理两种创作思想，并导致了迥然不同的两种结果。所谓为理，就是以理性、观念、教义为艺术表现的中心，也就是黑格尔一再表示反对的那种以形象为理性、观念的人格化、外衣、符号、例证、装饰的创作思想。在这里，形象完全谈不上什么性格、什么血肉，而只是受观念驱遣，为观念服务的僵死的工具。黑格尔认为，这样的东西与真正的艺术“毫不相干”。所谓为人，就是以人为艺术表现的中心，文学艺术始终着眼于活生生的人物性格、感人肺腑的人物心灵、动人心魄的人物命运。这才是真正的文学创作的正路。

为人和为理这两种创作思想所产生的结果，必然有优劣高下之分，这在中外文艺史上一再得到了证明。在我国文学史上，明代前期以“教忠教孝”为目的的戏剧，就是为理的文学。在这种戏剧中，人物都是忠、孝、节、义之类礼教观念的载体，或者用黑格尔的话来说，是礼教观念的“寓言式的抽象品”。当这种东西占统治地位的时候，剧坛上是一片死气。明中叶以后，由于时代条件的影响，李卓吾、汤显祖等人打出“人欲”的旗帜，强调“真人”、“真心”、“至情”，强调文学表现“理之所必无”，“情之所必有”[37]。这不但在思想上是对封建礼教的打击，也使文学突破了为理的樊篱，树立了人在艺术表现中的中心地位，带来了明代中后期文学的繁荣。西方文学史上实际上也存在以人为中心还是以理为中心的对立，文艺复兴时期的文学和十七八世纪古典主义戏剧的成就高下的悬殊，可以作为这种对立的两种结果的生动证明。

在我国当代文学中，显然也存在着以人为中心还是以观念为中心的问题。由于片面强调文艺为政治服务，强调文学是阶级斗争、路线斗争的“形象教材”，我们的文学艺术形象常常就是观念的图解、例证；如果这些形象之间还有所区别，也不是活的个性的不同，而不过是同一公式演算出来的不同得数而已。因此，在相当长的一段时间里面，特别是在“四人帮”统治文坛时期，公式化、概念化、类型化的问题相当严重。粉碎“四人帮”以后，我国文学艺术事业开始出现生机，重要标志之一，就是人的生活、人的性格、人的感情、人的命运开始得到了多方面的表现。作家艺术家的注意力开始转向现实生活中的活生生的人，而不是在“精神”、“提法”中讨生活了。当然，转变还只是开始。在这样的情况下，黑格尔的“性格是理想艺术表现的真正中心”的思想，对我们仍然是极有意义的。

在文学创作中，还有一个为事还是为人的问题。我们的一些作品，尽管写了人的活动，但我们看后还是感到见事不见人。故事可能很生动、很热闹，但人物却很模糊。这样的作品实际上还是没有把人放在艺术表现的中心，人物不过是作者用来推动事件发展的工具。对文学创作来说，情节固然重要，但不能因此就见事不见人。文学作为人学，其要义不在于对人的外在的言动状貌的了解，而在于对人的内心世界的深入探求。人物性格不仅表现于外在的言动，更重要的是表现于内在的情感、心理。黑格尔认为，不是动作(情节)决定人物，而是人物决定行动(情节)，人的“心灵旨趣”或“情致”推动动作和事件。尽管黑格尔有时把“情致”说得很神秘，是所谓普遍神性在人心中的个性化，但他强调“情致”决定和推动情节，还是很有启发性的。黑格尔主张艺术主要表现人的生活时，更强调表现“人的全部心情连同一切感人最深的东西，人心里面的一切力量，每一种感觉，每一种热情，以至胸中每一种深沉的旨趣。”也就是说，艺术应着重表现人的内心世界。黑格尔认为："艺术总要能感动人"，"艺术应该通过什么来感动人呢？一般的说，感动就是在情感上的共鸣。"这种感动人的东西，就是人的心灵、情感。当然，人的心灵、情感并不是孤立的，抽象的，而是受制于一定历史时代的具体社会环境的。情致不能脱离一定的历史时代（"一般世界情况"）和一定的具体社会环境（"情境"）：这是黑格尔一再强调过的。以人为中心，就是把生活于一定历史环境中的人的心灵情感充分地揭示出来。文学的扣人心弦、发人深省的力量，即在于此。文学的要务首先不是以理服人，也不是以事引人，而是以情感人。这是对"性格中心"论的更进一步的更具体的说明，也是对艺术规律的一个重要概括。我们的一些作品之所以缺乏感人的力量，不能引起人们的共鸣，原因之一，就是颠倒了人物性格与情节的关系，人物成了事件（治山治水、技术革新、科学研究、破案等等）的道具。

把人物性格放在艺术表现的中心，把不脱离社会主义时代的现实土壤和时代精神的人的心灵、情感、内心世界放在艺术表现的中心，我们就一定会有真正称得上是"人学"的文学，我们的文学就一定能更加深入人心，我们的文学就一定会有更大的生命力，我们的文学家才真正称得上是人类灵魂的工程师。

第三，个性就是丰满而又独特的个别人物，或"一定的单个人"。

个性问题，是在文学评论中常被谈到的一个问题。但什么是个性呢？理解常常是不一致的，在这个问题上，黑格尔的性格说也会给我们以很大的启发。

黑格尔对性格的要求，基本上就是丰富性与独特性的统一。人物性格就是"人的完整的个性"。这种个性首先必须是丰富的、完整的。既然人是生活在多方面的、变化多端的社会关系里，因而人物就必然在多方面的关系的整体中形成他的性格，向多方面流露他的性格。但人物性格的丰富性又不是各种性格特征的简单罗列，而应该各有其突出的主导的性格特征。这样的丰富性和独特性的统一，就是有血有肉的丰满而又独特的个性。

在我们的文学评论和创作中，个性有时被单一化了。有的文学评论，常常把文学典型的个性理解为单一的性情、品格，例如李逵就是粗鲁，贾宝玉就是叛逆，阿Q就是精神胜利法等等。这样，人物个性本来具有的丰富性就看不见了。在文学创作中，把人物个性表现为某种单一的性情、品格的倾向，也是时常可见的。

实际上，人物个性如果只是被表现为某种单一的孤立的性情、品格，是不可能成为丰满的有血有肉的活的典型形象的。贾宝玉如果时时处处一味地表现他的叛逆，那他就不成其为贾宝玉，阿Q如果时时处处一味表现他的精神胜利法，那他也不成其为阿Q。作为真实的、活生生的典型形象，他们都在自己所处的多方面的复杂的关系中表现了性格特征的丰富性、复杂性、矛盾性。如果贾宝玉只是叛逆的化身，阿Q只是精神胜利法的例证，他们就称不上是不朽的典型，《红楼梦》和《阿Q正传》就不可能成为不朽的名著。

应该指出，对个性的单一化的理解，常常是和公式化概念化的创作倾向联系在一起的。黑格尔一再批评的把人物作为“某种孤立性格特征的寓言式的抽象品”和把性格作为“某种情致的完全抽象形式”的倾向，就是把性格单一化，把性格作为某种精神品格的化身、例证的倾向。黑格尔所批评的主要是欧洲特别是法国的古典主义戏剧，但他的话也好像是对我们的文学创作中类似倾向的批评。我们的一些文学作品所以不能塑造出有血有肉的丰满的艺术典型，人物常显得是忠诚、勇敢、残暴、反动一类概念的化身，人物只是一味地忠诚、勇敢、残暴、反动，一个重要原因，就是公式主义地把人物性格单一化了。公式主义者不懂得生活，也不懂得真正的艺术规律，他们不理解性格的丰富性何以能和独特性统一起来。黑格尔早就看到了这些思想僵化的公式主义者们的毛病并提出过中肯的批评，他说：“单凭知解力来看，一方面有一个统治的定性，而另一方面在这个定性的范围内又有这样的多方面性，好像是不可能的。”“知解力爱用抽象的方式单把性格的某一方面挑出来，把它标志成整个人物的唯一准绳。凡是跟这种片面的统治的特征相冲突的，凭知解力看来，就是始终不一致的。”(加重符号为原文所具——引者)他举例说，在阿喀琉斯的高尚的英雄品质里，时而表现为心肠柔软，时而又怀着恶毒的仇恨；莎士比亚戏剧中所写的一些小丑，常常同时又表现得聪明伶俐、富有天才式的幽默。所有这些，在单凭知解力抽象地公式主义地看问题而不从艺术规律看问题的人看来，都好像是不可能的。同样，在我们这里，一些人也不理解何以英雄人物同时会有温情，先进人物同时还有缺点，乐观主义者有时却会感伤，反面人物有时甚至会说几句好话等等。他们从抽象的公式、概念出发形而上学地理解人物性格，而不是从生活着的活生生的人来理解人物性格。这样，表现了人物性格的丰富性、复杂性、矛盾性的作品，在他们看来就是不可理解的，甚至是不能容忍的。而从辩证的观点看，从丰富复杂的生活本身来看，这种性格的丰富性、复杂性、矛盾性正是事实如此、理当如此的。如黑格尔所说，就性格本身是整体因而是具有生气的这个道理来看，这种始终不一致正是始终一致的、正确的。因为人的特点就在于“他不仅担负多方面的矛盾，而且还忍受多方面的矛盾，在这种矛盾里仍然保持自己的本色，忠实于自己。”

黑格尔的美学遗产是很丰富的。单是他关于人物性格的见解，就为我们提供了许多很有益处的东西。由于黑格尔的美学观点贯串着深刻的辩证方法，用马克思主义的立场观点研究黑格尔的美学遗产，对于打破我们文学艺术理论的僵化或半僵化状态，将是很有益处的。由于黑格尔的著作使用的是当时德国学院式的语言，非常抽象晦涩、艰奥难通，研究黑格尔的时候出现这样那样的理解上的错误是在所难免的。但正如列宁在号召研究、解释和宣传黑格尔时所说的：因为研究上的困难而犯一些错误，也比什么都不做因而不犯错误要强得多。这也正是我们应取的态度。

注释：

①恩格斯：《致敏·考茨基》。《马克思恩格斯选集》第四卷第 453 页

②马克思：《资本论》第一卷第二版跋。《马克思恩格斯选集》第二卷第 218 页

③恩格斯：《费尔巴哈与德国古典哲学的终结》。《马克思恩格斯选集》第四卷第 215 页

④黑格尔：《精神现象学》上卷第 63 页

⑤黑格尔：《精神现象学》上卷第 64 页

⑥黑格尔：《精神现象学》上卷第 75 页

⑦黑格尔：《精神现象学》上卷第 78 页

⑧黑格尔：《历史哲学》第 493 页

⑨马克思，恩格斯：《神圣家族》第 244 页

⑩马克思，恩格斯：《神圣家旅》第 246 页

⑪列宁：《哲学笔记》第 203 页

⑫黑格尔：《美学》第二卷第 219 页

⑬参阅黑格尔：《美学》第一卷第三章 B 节

⑭黑格尔：《美学》第一卷第 313 页

⑮黑格尔：《美学》第一卷第 300 页（下凡引自《美学》第一卷者，均不再加注）

⑯黑格尔：《美学》第二卷第 165 页

⑰马克思，恩格斯：《神圣家族》第 76 页

⑱马克思：《政治经济学批判》。《马克思恩格斯全集》第十三卷第 531 页

⑲同上
⑳黑格尔：《法哲学原理》第 12 页
㉑黑格尔：《美学》第二卷第 238 页
㉒黑格尔：《美学》第二卷第 244 页
㉓恩格斯：《费尔巴哈与德国古典哲学的终结》；《马克思恩格斯选集》第四卷第 253 页
㉔恩格斯：《费尔巴哈与德国古典哲学的终结》。《马克思恩格斯选集》第四卷第 232 页
㉕马克思，恩格斯：《德意志意识形态》第 180 页
㉖歌德：《关于艺术的格言和感恩》。转引自《西方美学史》下卷第 416 页
㉗黑格尔：《美学》第二卷第 122 页
㉘布瓦洛：《诗的艺术》。《西方文论选》上卷第 189 页
㉙黑格尔：《美学》第二卷第 228 页
㉚马克思，恩格斯：《德意志意识形态》第 120 页
㉛马克思，恩格斯：《神圣家族》第 76 页
㉜恩格斯：《费尔巴哈与德国古典哲学的终结》。《马克思恩格斯选集》第四卷第 222 页
㉝列宁：《哲学笔记》第 179 页
㉞列宁：《哲学笔记》第 308 页
㉟列宁：《哲学笔记》第 202 页
㊱马克思，恩格斯：《神圣家族》第 214 页
㊲汤显祖：《牡丹亭题辞》

桐城派简论

在中国文学史上，散文家在共同的旗帜下进行创作，形成或松或紧的集团，对散文创作产生了全局性影响的情况，出现过三次。第一次是中唐韩愈倡导的古文运动，第二次是明代前后七子的复古运动，第三次就要数清代的桐城派了。中唐古文运动的崇高地位，早已确立不移，论者多无异议。对明七子，“假古董”三字，似已成为定评，但迄今没有见到过对它的深入系统的研究。至于桐城派，它的“文运”既随着清王朝“国运”的覆灭而覆灭，其殿军林纾等人又自不量力地以桐城的旗号与新文化大军相对抗，结果遭到文学革命主将们理所当然的痛击，带着“桐城谬种”的恶谥，败下阵去。从此，“桐城派”三字遂为文坛所不齿，更谈不上对它作深入系统的研究了。

那么，桐城派真的就不值一顾吗？我们觉得，不能这么简单。中国古典散文经过两千多年的发展，到了最后，出现了这个几乎与一代王朝相始终，绵延二百余年，产生了广大影响的流派，这一事实本身，就很值得注意。研究中国古典散文的发展流变，总结中国古典散文创作的成败得失，都不能撇开桐城派。作为封建文化的一翼的桐城派，确有它的大谬之处，但以历史的眼光看，说它自始至终，处处皆谬，则又不尽然。某些桐城派作家的艺术观念、创作经验谈，某些桐城派作家在散文艺术上的成就，对现代的散文作家，还是不妨“拿来”的。即使在思想内容方面，某些桐城派作家的某些作品也还存在着可予肯定之处。总之，说桐城派谬，它谬在何处？说它有所不谬，它又不谬在哪里？要恰当地回答这些问题，总要做一点较全面的研究才行。

一

桐城派是清代最大的一个散文流派。它以方苞的“义法”说为基础，建立了比较完整的散文理论体系；它尊奉程、朱道统，并以承继秦汉以至唐宋八家文统相标榜，结为门户，世代相传，传人几及全国，规模之大，时间之长，为中国文学史所仅见。“天下文章，其出于桐城乎！”（姚鼐《刘海峰先生八十寿序》引述程鱼门、周书昌语）此语虽属夸张，但也道出了桐城文派声势之大，影响之广。

桐城派以一个文派的面目出现，并在文坛上形成声势，是在姚鼐生活的乾、嘉时期，而它的奠基，则在清初康、雍时期。其奠基人是方苞，而在方苞稍前稍后的戴名世和刘大櫆，也起过重要作用。这样一个文学流派在清初崛起，有它的历史原因，也有它的文学发展的内部原因。

满人以异族入主中国，曾引起过汉族士民普遍的反抗。到了康熙中期，这种反抗逐渐平息下去，大清皇帝的椅子，靠着武力的支持，基本上算是坐稳了。但要在政治上巩固统治，在思想上征服人心，新王朝的统治者们还有很多事情要做。其中最重要的一件，就是使自己的统治在政治上与中国固有的根深蒂固的封建基础相适应，从而确立自己的正统王朝的地位。为此，康熙很聪明地实行了尊崇理学的策略，以表明自己的统治与历代王朝在政治思想上的一致性和连续性，因而也就具有正统性。康熙在《四书讲义序》中说：“万世道统之传，即万世治统之所系也。”“道统在是，治统也在是也。”道出了以理学支持“治统”的本心。当然，要使人心归服，光做意识形态方面的工作是不够的，还必须采取暴力的手段。这暴力的手段，除了继续对人民的反抗实行武装镇压，主要就是文字狱。这两种策略的并行，终于在康熙后期出现了正统封建知识分子的转变。

当清王朝建立之初，坚持反清立场的知识分子，主要有两类人。一类是像黄宗羲、王夫之那样的反理学的进步思想家，一类是像吕留良、戴名世那样的正统封建知识分子。后者都是程朱的信徒，维护封建正统，却不承认清王朝的正统地位。于是，理学在他们手里，反而成了批判的武器。结果，非程朱之道不尊的戴名世被声称非程朱之道不尊的康熙砍了头。震动朝野的“《南山集》案”只杀了一个戴名世，却收到了杀一儆百的功效。同时，康熙处理此案的手段，也体现了杀戮与笼络相结合的策略，其结果，就是戴名世的死和“学问天下莫不闻”的同案犯方苞的被赦并飞黄腾达。

本来，方苞与戴名世为挚友，“《南山集》案”发生之前十几年，始终保持着密切的关系。这种关系的基础，一是对理学的共同信仰，二是对散文创作的共同主张。他们是否有共同的反清民族思想呢？在这一点上，他们的思想有相通之处，但程度有很大不同。通观方氏文集，民族感情间有流露，虽然不强烈，不明显，但至少可以证明方苞在前期对清王朝是不那么诚服的，“《南山集》案”中，清廷对方苞始擒后纵，又加之以特殊恩宠，使得方苞既如惊弓之鸟，又受宠若惊，诚“惊怖感动不知涕泗之何从也”，不得不“欲效涓埃之报”了（方苞《两朝圣恩恭记》）。就是在这样的情况下，方苞完成了他的古文“义法”理论。

方苞早在青年时代，就有以八家之文载程朱之道的志向。大约25岁时，他在京师与姜西溟、王崑绳论“行身祈向”，就说过：“学行继程朱之后，文章在韩欧之间。”（王兆符《方望溪先生文集序》）此后不久，方苞结识了比他年长15岁的戴名世，相与切磋古文十余年。戴氏于文以“言有物”为“立言之道”（《答赵少宰书》），主张“道也、法也、辞也，三者有一之不备而不可谓之文也”（《己卯行书小题序》）。这对方苞“义法”说的形成，不无影响。就在这个时期，方苞已经在《读史记八书》、《书史记十表后》等文中提出了“义法”的问题。但他此时对“义法”的阐述，还多偏于条贯取舍等文章作法问题。及至方苞被赦之后，“义法”说才完备起来。较系统地阐明“义法”理论的《再书货殖传后》、《书五代史安重诲传后》、《书韩退之平淮西碑后》等文，多写于方苞50岁以后，正是他对清廷“欲效涓埃之报”的时期。特别是在雍正十一年，方苞任翰林院侍讲学士时，替和硕亲王编《古文约选》，为天下士人提供了一部“义法”的示范书，并在“序例”中阐明了道统与文统统一的问题，揭出了“助流政教之本志”。此书在当时即“刊授成均诸生”；乾隆之初，又“诏颁各学官”，成了官方的古文教材，而方苞所写的倡导“义法”的“序例”，因此也就具有“钦颁”的权威性。“义法”之说得到了正统封建知识分子的普遍重视，并且成了绵延二百余年的桐城文派的旗帜，这是一个重要原因。

从方苞的生活道路和“义法”说形成的过程，我们可以说，桐城文派的产生，就其历史根源来说，是清王朝政策的产物，是清王朝知识分子政策的胜利，适应了清王朝统治的需要，从它一开始，就在政治思想方面具有正统性和保守性。终清之世，桐城派代有传人，声势浩大，但它所能吸引的，始终只限于正统封建知识分子，其原因盖在于此。

桐城文派的出现，在散文本身的发展上也有它的原因。

戴名世、方苞都以自己的散文直继唐宋八家的文统，是有一定道理的。北宋以后，经南宋至于元明，古文创作始终处于不景气的状态，可以说是中国古典散文的萧条时期。元文固无足称，明初的“台阁体”更把散文创作引入了“拍马文学”的死胡同。起来力挽颓风的前后七子，矫枉过正，提出了“文必秦汉”的主张，一开始就走上了“叙其已陈，修饰成文”的模拟的路子(何景明《与李空同论诗书》)，终于没有“立振古之作”，反而导致了文坛的仿古之风。七子的文风受到过归有光等“唐宋派”作家的反对，更受到过徐渭、李贽以及公安三袁等进步文学家的猛攻，但其弊病远远未能扫除。公安派的散文创作给晚明文坛带来过清新活泼的气息，但它的末流，却往往显得狭隘浮薄，甚至无病呻吟，与公安派“独抒性灵”的主张大相径庭了。于是，在清初，振兴古文的问题就成了文坛有识之士所关切的一个问题。

《四库全书总目提要·尧峰文钞》曾说过：“古文一派，自明代肤滥于七子，纤佻于三袁，至启、祯而益敝。国朝风气还淳，一时学者始讲唐宋以来之矩镬，而琬(指汪琬)与魏禧、侯方域称为最工。”可见，清初汪琬等人已开始出来拯救八家以来古文之衰，对桐城派古文之兴，算是“导乎先路”了。戴名世也以起古文之衰为己任。他指出，明末天启、崇祯以后，“文风坏乱，虽有一二钜公竭力撑柱，而文妖迭出，波荡复生，卒不能禁止”(《庆、历文读本序》)。针对空疏剽窃的坏乱文风，他提出了“言有物”、“修辞立其诚”、“行乎自然”和道、法、辞统一的主张，希望“纵横百家而能成一家之文”(《与何屺瞻书》)。在此基础上，方苞提出了“义法”说，目的之一，也在于扫除“明七子之伪体”，以振兴古文。方苞自谓“文章在韩欧之间”，显然是以接续被打断了的八家文统为目的的。

以“义法”为旗号的桐城文派的兴起，还与它的创始人希望纠正时文之弊有关。自明初以八股取士，几三百年，时文之学风靡天下，给古文创作带来了极坏的影响。明清之际文风“坏乱”，这也是一个重要原因。桐城派的创始人深有感于此，都对时文进行过抨击。戴名世指出过：“自科举取士，而有所谓时文之说，于是乎古文乃亡。”(《甲戌房书序》) 方苞也曾表示过“素厌”时文，并认为“古文之学弛废陵夷而不振者，皆由科举之士力分功浅，未由穷其途径也”(《与韩慕庐学士书》)。刘大櫆甚至比时文为“秦火”(《侑经精舍记》)。要清除时文的恶劣影响，就必须大力提倡古文，恢复唐宋八家的文统。这也正是方苞标举古文"义法"的目的之一。戴、方、刘还认为，倡导正统古文，不但可以消除时文对古文的恶劣影响，而且可以以古文影响时文，进而改造并提高时文。戴、方都明确提出过"以古文为时文"的号召。(戴名世《汪武曹稿序》、方苞《进四书文选表》)刘大櫆也主张做时文应该"追步古文"(《徐笠山时文序》)。对桐城派的标举"义法"，早就有"以时文为古文"之讥(钱大昕《与友人书》引王若霖语)，这多少带有汉学家的门户之见，方苞等人的主张，其实倒是相反的。

二

桐城派的散文理论，滥觞于戴名世，而正式提出的是方苞，又经刘大櫆的补充，至姚鼐发展而完成。方苞的"义法"说是其基础，但桐城派的文论并不限于"义法"，必须将方、刘、姚的文论综合地加以考察，才能见出桐城派文论的全貌。

"义法"的含义，其实就是"因文以见道"(方苞《古文约选序例》)的意思。方苞关于"义法"的完整的议论见于《又书货殖传后》：

> 《春秋》之制义法，自太史公发之，而后之深于文者亦具焉。"义"即《易》之所谓"言有物"也，"法"即《易》之所谓"言有序"也。义以为经而法纬之，然后为成体之文。

不管司马迁在《史记》里面所讲"义法"的原意是什么，方苞借谈《史记》所论"义法"的涵义是很明确的，就是在以内容为主的前提下的内容和形式的统一。但对"义法"的理解又不能停留在内容和形式的笼统概念上，在方苞那里，"义"和"法"都有具体的规定性。"义"即"言有物"，即文章内容，其具体所指，基本上就是宋儒的"义理"，亦即封建的纲常之理。但方苞并不主张空言义理，使文章流于抽象空疏，他要求的"有物"，实际是指包含义理的实实在在的可以致用的内容，即如他所说的："有所感而后为之，借题以发摅胸臆，庶几济于实用。"(《与贺生禅禾书》)"法"即"言有序"，即文章做法，通观方苞根据"义法"之说剖析具体散文作品的文章，如《史记评语》、《又书货殖传后》、《书汉书霍光传后》、《书五代史安重诲传后》、《书韩退之平淮西碑后》等篇，所谓"法"，就是文章的详略、虚实、措注、排纂等具体的剪裁、结构等问题。"凡义理必载于文字"(《周官析疑序》)，故言

“义法”不能不及于语言。方苞于古文语言，主张“雅洁”，也就是要求简约平易而又规范的古文语言。要之，方苞所谓“义法”，就是以清通质实雅驯之文，借实际可稽之事，明封建纲常之道，以求济于世用。

显然，把古文写作作为艺术创作来看，方苞的“义法”说是很片面的。其所谓“义”，固不足道，其所谓“法”，也只是在文章的行墨蹊径上绕圈了，甚至存在着一定程度地把古文做法模式化的倾向，而对散文的艺术美，诸如文采、形象、风格、境界等等问题，几乎没有涉及。正如姚鼐所说：“只以义法论文，则得其一端而已。”(《与陈硕士》) 因此需要补充发展。

刘大櫆与方苞并无师承关系，但他对方极为敬服，方对他的散文也极推重。刘大櫆继承了方苞的“义法”理论，认为为文应“义法不诡于前人”(《姚南青五十寿序》)，但又有一重要的补充。刘大櫆在接受“义法”说的基础上，在一定程度上突破了“因文以见道”这个内容形式的关系的简单化的、颇带道学气的认识，而在并不完全依附于道的散文艺术美方面，发挥了自己的见解。而这方面，正是方苞“义法”说所缺乏的。

在散文艺术方面，刘大櫆突出地提出了“神气”说。本来，戴名世在谈古文创作时，已经提出过“精、气、神”统一的主张了(参阅戴名世《答张、伍两生书》)，但方苞只从语言的角度取了戴氏关于“精”的主张，而不讲文章神气，到了刘大櫆，才强调地提出了神气问题。《论文偶记》说：

> 行文之道，神为主，气辅之。曹子桓、苏子由论文以气为主，是矣。然气随神转，神浑则气灏，神远则气逸，神伟则气高，神深则气静，故神为气之主。

“神”即精神，具体地说，就是作者的心胸气质在文章中的表现。如果说，方苞所谓的“义”偏于思想，刘大櫆所谓的“神”则偏于感情，是更富于个性的东西。“气”指洋溢于文章字里行间的气势，气势有大小厚薄躁静之分，都是决定于“神”的。“神”“气”统一，则形成文章的艺术境界，或雄浑，或飘逸，或静穆……这就接触到散文的艺术美的问题了。

强调境界的美，就不可能尺尺寸寸地拘守陈法，故刘大櫆认为学古人“不得其神而徒守其法，则死法而已”。强调境界的美，就不可能只满足于文章的严谨清通，文从字顺，故刘大櫆强调散文节奏的变化，“譬之管弦繁奏中，必有希声窈渺处”。强调境界美，就不可能只满足于语言的雅洁，故刘大櫆要求散文语言的“情韵并美，文采照耀”(以上引文均见《论文偶记》)。

就创作说，神气何以表现？就欣赏说，神气从何体味？刘大櫆提出了神气见于音节，音节见于字句，或者倒过来说，于字句求音节，进而求神气的途径。《论文偶记》说：

> 神气者，文之最精处也；音节者，文之稍粗处也；字句者，文之最粗处也。然论文而至于字句，则文之能事尽矣。盖音节者，神气之迹也；字句者，音节之矩也。神气不可见，于音节见之；音节无可准，以字句准之。

神气与语言的关系，前人早有论述。韩愈所谓“气盛则言之短长与声之高下者皆宜”(《答李翊书》)，就谈到了气、言、声的关系问题，这也是刘大櫆之说之所本，而刘大櫆所论，更为具体切实，提供了一个散文创作、学习、欣赏的门径，这也是刘大櫆文论的独到之处。但把字句、音节、神气的关系归结为一个创作和欣赏的公式，又不免拘泥而且片面，因为散文的艺术境界，究竟是需要从多方面来表现和体味的。“神气”说尽管有这样的缺点，但比起方苞的“义法”说来，桐城文论还是在刘大櫆手里有所发展，更加丰富了。

最后发展而完成桐城派散文理论的，是姚鼐。

首先，姚鼐在“义法”说的基础上，根据新形势下的新的需要，扩大了对散文内容的要求，提出了“义理、考证、文章”三者统一的主张。在方苞的时代，文化领域里，宋、汉之争就已经存在了，方苞的“义法”说，在一定程度上也是针对汉学而发的。一方面，汉学家以求实的精神研究古籍，希望因此而导致“通经致用”，其结果，必然要反对宋儒的空谈性理；另方面，汉学家所写考据、训诂文字，以考明名物音义为目的，并不考虑什么文章的详略疏密、波澜意度。这在方苞看来，于“义”于“法”皆谬，大有害于道统和文统。但在当时，理学有最高当局这个强大后盾，汉学也未大盛，故方苞对汉学并没有多所顾及。到了乾、嘉时期，汉学大盛，宋、汉两派门户对立日益尖锐，而当时的最高统治者在继续张扬理学的同时，也看到了汉学的用处：它可以吸引大量知识分子去“皓首穷经”，大有利于政治上的安定。此外，宋学的明理和汉学的通经，就其内容实质而论，也并不完全冲突。因此，当局对汉学也加以提倡，并采取了调和宋、汉两派的政策，即《清史稿·儒林传序》所谓“崇宋之性道，而以汉儒经义贯之。”姚鼐正是在这样的情况下提出了“义理、考证、文章”三者统一的主张。他在《述庵文钞序》中说：

> 余尝谓学问之事，有三端焉，曰：义理也，考证也，文章也。是三者，苟善用之，则足以相济；苟不善用之，则或至于相害。今夫博学强识而善言德行者，固文之贵也；寡闻而浅识者，固文之陋也。然而世有言义理之过者，其辞芜杂俚近，如语录而不文；为考证之过者，至繁碎缴绕，而语不可了当。以为文之至美，而反以为病者，何哉？其故由于自喜之太过，而智昧于所当择也。夫天之生才，虽美不能无偏，故以能兼长者为贵。

义理、考证、文章三者并提，并非始于姚鼐。北宋程颐就说过“今之学者三”，即“文章之学”，“训诂之学”、“儒者之学”(《近思录》卷二)。但程颐于三者独尊“儒者之学”，并没有将三者统一的意思。与姚鼐同时的汉学大师戴震，也以为“古今学问之途”有三，即义理、制数(即考证)、文章。但戴震却以为“事于文章者，等而末者也”(《与方希原书》)。对于古文的文学方面是轻视的。而姚鼐强调三者“相济”，“以能兼长者为贵”，可以说是独见。

义理、考证、文章相济的主张，坚持了“义法”说的基本观点。姚鼐认为：“夫古人之文，岂第文焉而已。明道义、维风俗以诏世者，君子之志；而辞足以尽其志者，君子之文也。”(《复汪进士辉祖书》)仍然是方苞“义以为经而法纬之，然后为成体之文”的意思。但在义、法之外再加上考证，则可以更好地防止空言义理，使理有所凭，文章内容更加坚实。刘大櫆在《论文偶记》里说过：“理不可以直指也，故即物以明理。”在义、法之外强调考证，正可收“即物以明理”之功。故姚鼐认为“以考证助文章之境，正有佳处”(《与陈硕士》)。三相济的主张，作为对汉学的一个妥协，对两派的对立有所调和，也可以去彼此之短而兼彼此之长，还有利于扩大古文家的门户。桐城派作为古文家集团影响广大，与姚氏“相济”说的提出不无关系。

姚鼐对“义法”说的重要发展还在于他更充分地注意到并论述了古文作为文学作品的艺术特征。这主要表现在两个方面。

一方面，姚鼐融合方苞的“义法”说与刘大櫆的“神气”说，并加以发展，提出了“神、理、气、味”与“格、律、声、色”相统一的观点。《古文辞类纂序目》说：

> 凡文之体十三，而所以为文者八，曰：神、理、气、味、格、律、声、色。神、理、气、味者，文之精也；格、律、声、色者，文之粗也。然苟舍其粗，则精者亦胡以寓焉？学者之于古人，必始而遇其粗，中而遇其精，终则御其精者而遗其粗者。

这里所谓的“理”，即方苞所谓“义”，“神”、“气”大体与刘大櫆所谓“神”、“气”同，“味”为蕴含于文中的兴味，即寓于形象的艺术感染力。“格”、“律”为文章格式与法度，近于方苞所谓“法”，“声”即刘大櫆所谓“音节”，“色”则为辞采。神、理，气、味作为“文之精”，包括了散文的思想、形象、境界；格、律、声、色作为“文之粗”，包括了散文的格式、法度和语言的音韵辞采的艺术美。精寓于粗，二者融合而成文。这样论文，就比“义法”说和“神气”说都要完整而丰富。这可以说是对古典散文艺术的一个比较全面的总结，对古文的创作、学习、欣赏都很有启发性。

另方面，姚鼐从艺术风格的角度比较充分地阐述了“文章之美”的问题。这是方苞、刘大櫆都没有论及的。《复鲁絜非书》具体论述了散文的“阳刚”和“阴柔”的各种风格美，肯定了散文风格的多样性。散文风格的多样化，表明了“为文者之性情形状，举以殊焉”，反过来说，作者“性情形状”之殊，也决定着文章风格的多样性。这就接触到了作家的创作个性问题。此外，姚鼐于散文风格不主张“偏胜之极”，认为阳刚、阴柔不可“一有一绝无”，应是主刚者而含柔，或主柔者而含刚，阴阳相生，刚柔相济，才更见“文章之美”。《海愚诗钞序》对这个问题也有具体论述：“阴阳刚柔并行而不容偏废，有其一端而绝亡其一，刚者至于偾强而拂戾，柔者至于颓废而阇幽，则必无与于文者矣。”这种认识，对于古文的创作、学习、欣赏，显然也是极有启发性的，其美学价值是毋庸置疑的。

综观桐城派文论，“义法”说是其基础，终清之世，这一基点在桐城派作家中并没有变化，这反映了封建政治对于散文的需要，也反映了桐城派作家和清王朝在政治上的基本联系。刘、姚对“义法”说在艺术美方面的发展，表明他们虽坚持“因文以见道”这一基本立场，却不同于道学家单纯以文为载道之具，轻视甚至否定散文作为文学作品的艺术价值。这表明了桐城派作家的艺术眼光，也表明了桐城派作家之所以能在散文艺术方面作出自己一定贡献的基本原因。

三

和任何事物一样，桐城派从它的产生到覆亡，有一个变化发展过程。这个过程，大体可以分为三个时期。

第一个时期，是桐城派的始创时期，时间大体在康熙至乾隆年间。戴名世、方苞、刘大櫆是这个时期的代表人物。他们的文学思想和创作实践为桐城派的形成奠定了基础。但当时，他们还没有建立宗派的意思，实际上也没有确立文坛宗主的地位。

康、雍、乾时期是清王朝巩固其封建统治的时期，也是中国正统封建知识分子对清王朝从离异到归服的时期。桐城派在此时始创，它的主要奠基者也经历了从离异到归服的变化。戴名世表现了离异，方苞则表现了从离异到归服的转变。

戴名世的离异态度，仅仅是对清王朝的离异，而不是对封建思想和封建制度的离异。我们在《南山集》中，找不到对封建思想体系和封建制度的任何批判。尽管如此，他对清王朝的批判，也具有不可忽视的思想意义。戴名世出于民族大义，由悼明之亡进而揭清之失，大胆揭露了清王朝在广大人民群众的白骨堆上建立统治地位的血腥罪行，揭露了大官小吏“晏然肆于民上而行其恣睢之意”(《赠王序纶之婺源序》)的腐朽吏治，揭露了统治集团利用科举制度荼毒天下，以及“沽名钓禄之徒”的寡廉鲜耻。所有这些，都撕去了“盛世”的外衣，露出了内里的黑暗，具有批判现实的深刻思想意义。

“《南山集》案”标志着汉族士人反清斗争的基本结束，促成了正统知识分子对清王朝态度的转变，方苞则是这个转变的典型代表。

我们在方苞的文集中，可以明显地看出转变时期中方苞的思想矛盾。这突出地表现在两个方面。一是方苞的民族意识，还间有流露，表现出他对新朝的统治在内心深处并不那么诚服。方苞在青少年时期，他的父亲就常对他讲“诸前辈志节之盛”(《田间先生墓表》)，这对他不无影响。在《田间先生墓表》、《孙征君传》等文中，方苞对坚持民族大义的钱澄之、孙奇逢、杜岕等人的景仰之意，总是溢于言表。当然，在这些文章中，反清的内容已经被抹得淡而又淡了。如《田间先生墓表》，写到明亡之际，钱澄之

“常思冒危难以立功名”，但对他在明亡后的实际活动，即参加南明政权，在两广、福建等地坚持反清斗争，却一字不书，只以“及归自闽中”五字带过。这显然不是出于文章的“详略疏密之权度”的“义法”的需要，而是因为他不敢。《左忠毅公逸事》写到了明末抗清将领史可法，虽然只写了史可法与张献忠起义军作战的史事，丝毫不触及抗清事迹，但史可法在明清之际是以抗清著名的，文中表现出来的对史的崇敬之情，不能说没有一点故国之思。在提到“《南山集》案”时，方苞常常表示恭谢皇上“免诛”之恩，但在实际上，对清廷兴此大狱是极不心服的。他在此案之后写的文章，一再提到戴名世，表现了他的追思之情，当然，戴名世的真名已经隐去，变成宋潜虚了。《余石民哀辞》在痛悼死于“《南山集》案”狱中的余湛的同时，明显地表露了对当局的不满。《狱中杂记》也是写“《南山集》案”狱中事，虽一字不及此案本身，只一般的写治狱的黑暗腐败，但字里行间，人们不是也可以从中体味出作者对此案的不平吗？

另方面，在方苞的文集中，我们还可以读到不少指摘时弊的文章。如《狱中杂记》揭露当局治狱的黑暗，《陈驭虚墓志铭》指斥权势之家之“有害于人”，《记开海口始末》、《浑河改归故道议》等文揭露权臣结党营私，巧取豪夺，《逆旅小子》指责官吏漠视人民疾苦等等。这些文章从不同的方面揭露了“盛世”外衣掩盖下的黑暗，对人民也有一定的同情，都具有一定的思想价值。但在方集中，大量的还是出自“助流政教之本志”的文章，表现了他根深蒂固的理学思想体系。为此，他甚至谩骂反理学的黄宗羲，而不顾黄也是一个坚定的反清志士。他写的一些揭露现实黑暗的文章，其出发点也不过是为了达到“官耻贪欺，士敦志行，民安礼教，吏禀法程”以整肃封建统治秩序的目的（《请定经制札子》）。这正表现了“义法”说在内容方面的实质。

刘大櫆的文学活动，主要在乾隆时期。清初士民的反清潮流对他已没有多少影响，但他作为一个下层知识分子，在散文中喜欢抒发个人怀才不遇的牢骚，从中多少可以看出一些贤愚颠倒、世路不平的影子。较直接地指斥时弊的作品在刘集中比较少见，间有讽世之作，也较少锋芒。总之，刘文以抒发个人怀才不遇的身世之感为主，既少歌功颂德，妆点“盛世”之作，也不大有指斥时政、揭露现实黑暗之作，代表着已经归服的下层正统知识分子的一般思想状况。

桐城派的第二个时期，是姚鼐和他的弟子门人活动的时期。这个时期的特点是以姚鼐为中心，多方培养和罗致人才，扩大影响，形成了一个强有力的作家集团。

桐城派之所以能够成为一个文学流派并造成声势，姚鼐是一个关键人物。他在他的同乡前辈奠定的基础上，进一步完善了桐城派的散文理论，并以他主讲的书院为基地，长期传授古文法，培养写作人才。梅曾亮、管同、方东树、姚莹、刘开等，都是他的高足弟子。此外如吴德旋、陈用光、朱琦、龙启瑞、王拯等，或亲授，或私淑，或再传，都受过他很大的影响。正是由于姚鼐的努力，才使桐城派在此后的文坛上继续煊赫了一百余年。

在桐城派的创始人中，散文的思想价值最差的要数姚鼐。姚鼐生活在清王朝统治最为稳定的乾、嘉时期，他在仕途上少年得志，中年弃官，在江宁、扬州、徽州、安庆历主钟山、梅花、紫阳、敬敷书院，不但没有潦倒，反而名声越来越大。他与当时的政治现实既没有多少矛盾，因而也就无所指摘，甚至连刘大櫆那样的怀才不遇的牢骚也没有。因此，姚鼐散文的最大特点就是空。他写了不少“明道义，维风俗”的文章，但大多空洞无物。因此，尊他为“圣哲”的曾国藩在谈到姚文时，也认为“有序之言虽多，而有物之言则少”。当然，读一点这样的散文，看一看封建正统知识分子在做稳了奴隶的时代的面貌，也还有认识历史的一定的价值。

姚门弟子中的许多人，都活到了鸦片战争以后，鸦片战争前后，是中国从封建社会到半封建半殖民地社会的历史转折时期。姚门弟子的思想与其师大体一致，但历史的大变动，对他们不可能毫无影响，加之他们中的多数，都是中下层知识分子，时代的变迁，个人的遭际，使他们中的一些人还是写了一些言之有物的文章。例如鸦片战争爆发以后，梅曾亮的《与陆立夫书》、王拯的《王刚节公家传跋尾》、鲁一同的《关忠节公家传》等文，都抒发了爱国情怀，多少反映了中国人民对英帝国主义的敌忾。

鸦片战争以后到20世纪初，是桐城派的第三个时期。当时，中国一步步沦为半封建半殖民地社会，帝国主义入侵、太平天国革命、康梁变法、义和团运动……中国社会大故迭起，矛盾十分尖锐复杂。西方思想的侵入，中国资产阶级的诞生和成长，猛烈地冲击着封建统治制度，帝制已不能维持，终于被辛亥革命的洪流席卷而去。在这样复杂的历史条件下，桐城派作家的思想面貌，也表现得颇为复杂。

这个时期，桐城派作家维护封建统治的正统立场基本上没有改变。太平天国革命兴起以后，一批桐城派作家如张裕钊、薛福成、黎庶昌等集于曾国藩幕中，“从公治军书，涉危难，遇事赞画”（薛福成《叙曾文正公幕府宾僚》），为镇压太平天国革命很卖了些力气。曾国藩作为这个时期桐城派的领袖人物，代表着桐城派在政治上的最反动的一面。曾国藩所以打起桐城派的旗子，一则由于他自己为文祖述姚鼐，论文不出桐城派文学主张的范围。二则由于桐城派在当时影响颇大，打出桐城旗号有利于罗致文人为己所用。曾国藩论文，于义理、考证、辞章之外，还强调“经济”，实际是要以封建之理，济镇压农民起义、维护清室反动统治之用。他的大量散文作品可以证明这一点。曾国藩周围的桐城派作家以及与曾并无密切关系的作家如戴均衡等人，对太平天国革命的基本态度，与曾国藩并无二致。桐城派后期的代表作家吴汝纶等，顽固坚持维护封建帝制，林纾在清王朝已经覆亡、新文化运动已经兴起的时候，继续坚持“清室举人”的遗民立场，声言“至死不移其操”（《答大学堂校长蔡鹤卿太史书》），与新时代的潮流相对抗，都表现了桐城派作家以封建之道一以贯之的顽固立场。

但这个时期的桐城派文人，在思想上也不是铁板一块。除了保守甚至反动的一面之外，中国社会的急剧变化，时代潮流的猛烈冲击，对他们中的一些人还是有所影响的。这主要有两点。一是桐城派作家在民族危机深重的时代，鼓吹媚外投降者极少，大多数都能坚持爱国立场。这与他们的尊理学，“敦气节”，不无关系。在帝国主义对中国日益加强宰割的情况下，他们的爱国主义思想显然是有积极意义的。这一点在张裕钊、薛福成、吴汝纶、林纾、马其昶的某些作品中都可以看到。二是在新形势下，从爱国心出发，许多后期桐城派作家都主张变法图强。他们反对媚外投降，也反对抱残守缺，闭关自尊，主张学习西方的先进科学文化技术。他们在这方面与当时的洋务运动不无关系，他们中的一些人，与洋务派代表人物如李鸿章、张之洞等也都有或多或少的联系。在变法图强的问题上，他们大多主张在坚持固有的封建制度的基础上，学习西方的文化科学，即所谓“取西人器数之学，以卫吾尧舜禹汤文武周孔之道”（薛福成《变法》），也就是“中学为体，西学为用”的意思，显然具有浓厚的封建性。但他们的变法图强思想，有时也多少反映了新兴的民族资产阶级的利益和要求。薛福成振兴工商的经济思想，吴汝纶开办新学的教育思想，都在一定程度上带有资产阶级思想的色彩；林纾大量翻译西方名著，以求社会的改良（参阅《块肉余生述前编序》），显然也带有资产阶级改良主义色彩。这在当时的历史条件下，也还是具有一定的积极意义的。

四

在散文艺术方面，桐城派作为中国古典散文的终结，已是强弩之末，不大可能有多少发展，不可能取得如唐宋古文运动那样的成就。方、刘、姚等人的文论，对散文的创作有所总结，但在艺术实践上，他们都不可能集大成并加以发展。特别是在19世纪末、20世纪初，随着资产阶级改良主义和民主主义运动的兴起，新文体已经开始出现并酿成了新文化运动的情况下，桐城派的古文更不可避免地成了新文学发展的障碍。但是，作为封建文化的一翼的桐城派散文，在艺术上还有没有一定的可取之处呢？回答应该是肯定的。通观桐城诸家文集，糟粕确实很多，但精制佳作亦不在少数。

桐城“义法”的提出，在艺术上主张“言有序”，要求散文文从字顺，清通严整，雅驯简洁。这一点，桐城派作家一般都能达到。无论说理、叙事、言情、写景，桐城派作家大都能选材精当，行文畅达，结构谨严，做到雅而不奥，质而不俚，清通自然。如方苞《狱中杂记》，记刑部狱中所见所闻，看似随手杂写，实则层次井然，条贯清晰，读起来并无琐碎芜杂之感。方苞的散文除了一部分奏、议、颂之类的应用文外，一般都短小精悍，要言不烦。这也几乎是所有桐城派作家散文的特点。刘大櫆以这样的文字抒写他的身世之感，姚鼐以这样的文字表达他的学术主张，梅曾亮、管同以这样的文字写他们的杂感和游记，薛福成、吴汝纶以这样的文字阐发他们的经济文化思想。他们的文章大都言简意赅，无滞塞之病。严复严格地说不算是桐城派作家，但他却能得桐城“义法”的真传，他翻译西方科学著作，以“信、达、雅”为准则，那种清畅雅洁的译文，在白话文出现之前，还不失为一种传播科学文化的较好的语体。

古典散文作为文学体裁之一，应该具有形象性，应该写出一定的意境。在这方面，一些桐城派作家也有一定的成就。戴名世要求叙事散文“为一人列传，则其人须眉謦欬如生，及其又为一人列传，其须眉謦欬又别矣”(《丁丑房书序》)。他的传记文确实能做到这一点。他笔下的画网巾、王学箕、杨维岳等人，虽然都是实录其事，却都写得个性鲜明，栩栩如生。方苞、刘大櫆、梅曾亮、管同、王拯、吴敏树、薛福成、林纾等人的写景、状物、记人之作，也常能以简洁的语言，描绘出生动的形象。方苞写左光斗，王拯记他的姐姐，虽着墨不多，都能形神俱备；鲁一同写鸦片战争中英勇牺牲的关天培，慷慨悲壮，大义凛然，生动地表现了反帝烈士的英雄气概；

刘大櫆笔下的晋祠，泉石亭台，历历如在眼前；薛福成介绍《普法交战图》，也能给人以身临其境之感。他如吴敏树写君山泛舟，林纾写西湖月色，也都能创造出引人入胜的艺术境界。这样的作品，在桐城派的散文中并不少见，说明桐城派作家在继承中国古典散文形象性的艺术传统方面，确有成绩。

桐城派作家虽然宗于同一的文学主张，他们的散文在思想上艺术上也有一致性，但在艺术风格上他们却大都具有自己的个性特征。姚鼐论艺术风格，指出“为文者之性情形状，举以殊焉”，反映了文学创作的一个事实，也大体符合桐城派诸家的实际情况。即以创立桐城文派的戴、方、刘、姚而论，其散文风格就迥然不同。戴名世基于强烈的反清思想，他的散文，如他自己所说，具有登山望远、临海观涛的境界（参阅《与刘言洁书》），呈现出雄健壮阔的风格。方苞散文深沉冷静，醇厚精严，其缺点在于过分拘谨，故刘开批评他“雄奇变化不足”，“能醇不能肆”（《与阮芸台宫保论文书》）。他的这种风格显然和他的处境有关。刘大櫆为文“虽尝受法于望溪，而能变化以自成一体”（方宗诚《桐城文录序》），他的特点在于不满足于散文的文从字顺，清通严谨，而能从神气、文采方面加强散文的艺术力量。方东树以“日丽春敷，风云变态”概括刘文的风格（《书惜抱先生墓誌后》），应该说是恰当的。姚鼐在散文理论方面有独到的见解，而创作实践却未能达到他在理论上追求的境地。方宗诚说姚文“以神韵为宗”（《桐城文录序》）而实际上除了醇正严谨的特点之外，谈不上有多少“神韵”。姚鼐的散文在艺术方面成就较高的是写景文，如《登泰山记》、《游灵岩记》、《媚笔泉记》等，都严谨简洁，富有色彩，但这样的作品由于缺少寄托，不见心胸，因而也显得缺乏神气。在散文风格方面，姚鼐之后的一些作者，也各有自己的特色，如梅曾亮的浑厚自然，姚莹的雄奇真切，吴敏树的清新秀逸，都与姚鼐的风格不同。后期作者薛福成文从容而稍带刚气，林纾文婉曲而偏于柔弱，也都具有个性特征。

桐城派散文在艺术上的最大弱点，和它在思想上的弱点一样，也在于它的正统性和保守性。正因为坚持正统，所以才保守。桐城派作家都以接武八家，继承文统自命，他们虽然纠正了七子末流的模拟古董的颓风，把古文做得清通可读，但坚持散文的正统性和文言文的规范性，排斥一切新起的、生动活泼的新的文学体裁和文学语言，就不能不显得极为保守，在艺术上终于走入了死胡同。这种保守性，在方苞的“义法”说中，就已表现得相当突出。在要求散文语言“雅洁”时，他提出：“古文中不可入语录中语、魏晋六朝人藻丽俳语、汉赋中板重字法、诗歌中隽语、南北史佻巧语。”（见沈廷芳《隐拙轩文钞》卷四《方望溪先生传》附“自记”）给文章加上这样多的限制，就不能不束缚作者的手脚，妨碍他们畅所欲言、自由活泼地表情达意。过分强调并固守既有的规范，就必然使散文陷于僵化，不能适应时代发展的要求。这个矛盾，在19世纪中期以后，变得更加尖锐了。

还在鸦片战争前后，桐城“义法”就遭到了具有启蒙主义色彩的文学家龚自珍、魏源的非议。姚门高足梅曾亮在时代潮流的冲击下，也看到了固守“义法”说的危险，提出了“文之随时而变”的观点（《答朱丹木书》），但由于顽固坚持理学道统，文也不可能有多少变化，“随时而变”仍不过是一句空话而已。改良主义运动中，梁启超等人出于政治改良的需要，倡导散文的“解放”，主张为文“务为平易畅达，时杂以俚语、韵语及外国语法，纵笔所至不检束。学者竞效之，号新文体”（《清代学术概论》）。“新文体”虽然还不是白话文，但已经在一定程度上打破了正统古文的束缚，在当时颇有影响。这对桐城派实在是一个不小的冲击。末期桐城文家虽然极力撑持，吴汝纶甚至在倡办新学的同时，还要把《古文辞类纂》列为必修书，但已无法挽回古文没落的颓势了。“五四”运动前夕，新文化运动兴起，白话文学随之而生，给了桐城派最后的、致命的打击。在这时，林纾仍孤军奋战，负隅顽抗，实不过螳臂挡车而已。总之，桐城派随着封建王朝的覆亡而覆亡，不但有它政治上的深刻原因，也有它艺术上的深刻原因。桐城派标举“义法”，主张“因文见道”，其结果是在革命的风暴中文、道两亡。这个历史的教训，亦可为艺术上的抱残守缺者戒。

（此文与王凯符合撰）

1982年2月定稿

以道为体，以儒为用

——从《文心雕龙·原道》看刘勰的基本文学观，附论我国古代文学思想的基本线索

一

文学理论家形成自己的文学思想，不管他自觉还是不自觉，总是以客观的文学创作、文学批评和欣赏的实践为基础的。但文学理论家在根据客观的文学实践形成自己的文学思想时，总又不可避免地要受一定的政治、哲学观念的指导或制约。产生于南朝齐代的刘勰的《文心雕龙》，是对周、秦以迄齐代一千多年中丰富而复杂的文学实际的理论总结，而这种理论的总结，又是在一定的政治、哲学观念指导下进行的。《文心雕龙·序志》所谓“盖文心之作也，本乎道，师乎圣，体乎经，酌乎纬，变乎骚”，就表明了这种思想的指导。当然，最要紧的是“本乎道”，这是最根本的指导思想所在。刘勰之所谓“道”，究竟是哪家的“道”，历来众说不一，或谓儒，或谓佛，未有定论。笔者以为，谈儒谈佛，都未能谈到刘勰之所谓“道”的根本。以道为体，以儒为用，才是刘勰论文学的基本指导思想。对各家之说，笔者不拟作辩难文章，只正面阐述自己的看法，以就正于大方之家。

《文心雕龙·原道》(以下只标篇名)论天文、地文、人文之源于“道”，用了许多《易传》的话头，而究其实质，其所谓“道”，基本上就是道家的“自然之道”。《易传》所述宇宙万物生成的模式，其实也更多的是受了道家学说的影响，并不是儒家之学所固有的。因此，《原道》所用的某些《易传》的话头，其与道家“自然之

道”的实质，并不矛盾。

“自然之道”是道家创始人老子思想的核心，也是先秦道家的集大成者庄子思想的基点。“自然”一语，在这里并不是指的包括日月星辰山原川泽草木虫鱼的大自然，而是本然、固然、天然、自然而然的意思。在老子那里，“道”作为宇宙万物之“母”(《老子》第二十五章)，是不为任何功利目的驱使的最高的本原的东西。“道之尊也。德之贵也，夫莫之爵，而恒自然也。”(《老子》第五十一章）“道”化生万物，自然而然；道所生成的万物，也是自然而然。这就是所谓“自然之道”的基本含义。在《老子》中，“道”常常被描绘得混沌恍惚，玄而又玄，颇有一点神秘色彩，但从根本上说，这个“自然之道”，其实就是对恩格斯在《家庭、私有制和国家的起源》一书中所说的那种推动宇宙万物自然生成，自然变化，自然发展的“自然的必然性”的一种高度抽象的表述，是老子在静观宇宙万物包括人世生活的基础上通过思辨创造出来的，与神创造世界的神学目的论是完全不同的。庄子论“道”，以为“道”是“有情有信”的，似乎是一个有人格的精神实体，但他更多的还是强调“道”之自然，所谓“齑万物而不为义(据《庄子・天道》，‘义’当作‘戾’)，泽及万世而不为仁，长于上古而不为老，覆载天地、雕刻众形而不为巧”(《庄子・大宗师》)。基本上遵循着老子“自然之道”的轨迹。

《原道》开宗明义论文之本原，指出宇宙间的“文”，都是“道之文”：

> 文之为德也大矣！与天地并生者何哉？夫玄黄色杂，方圆体分。日月叠璧，以垂丽天之象；山川焕绮，以铺理地之形：此盖道之文也。

这里的“德”，不是儒家的德行、德操之“德”，而是老子的“道德”之“德”，即由“道”所生之物的具体规定性，如果说，“道”是万物生成的内在根源，“德”就是万物表现出来的各有的具体性质。《原道》一开始就标出“文之为德”，说明刘勰写此篇的主旨，正在阐明“文”的性质及根源。《原道》指出，自有天地，即有“文”，日月山川所呈现的“丽天之象”、“理地之形”，即天文地文，都不过是“道之文”。这样，“道”规定了“文之德”，与老子学说中“道”与“德”的关系全合。“道”是自然之道，“文”也就是自然之文，自然之文源于自然之道。《原道》开篇主旨，概在于此。道家的“自然之道”认为万物自然天成，不假人为，刘勰把这一观点运用于“文”，强调了“文”的自然天成的性质。

基于这一根本主旨，刘勰具体论及万物之文的时候，突出地强调了它们的自然天成之美：

> 傍以万品，动植皆文。龙凤以藻绘呈瑞，虎豹以炳蔚凝姿，云霞雕色，有逾画工之妙，草木贲华，无待锦匠之奇：夫岂外饰，盖自然耳。至于林籁结响，调如竽瑟，泉石激韵，和若球锽。故形立则章成。声发则文生矣。

龙凤、虎豹、云霞、草木之美，皆是形立章成，无待于人工的雕饰；林籁之响，泉石之韵，也是声发文生，自然天成。这与道家关于自然之美的观点是完全一致的。老子以素、朴为美，认为“天下皆知美之为美，斯恶已”(《老子》第二章)。知“美之为美”，就要着意去追求美，就要借助于“外饰”，这就有失自然，美于是转化为丑。庄子关于自然之美的论述更为充分。他认为：“朴、素而天下莫能与之争美。”(《庄子·天道》)“凡成美，恶器也。”(《庄子·徐无鬼》)与老子关于自然之美的观点完全一致。西施病心，丑女效颦的故事(见《庄子·天道》)，那是尽人皆知的，在我国文学史上、文学理论史上，一再被引用过。这个故事要说明的，还是以自然为美，而摈斥人为做作的意思。“彼知矉美，而不知矉之所以美”，所谓“矉之所以美”，就是美得自然，不是做作出来的。《庄子·齐物论》论“天籁”：“夫吹万不同，而使其自己也；咸其自取，怒者谁邪!”郭象注：“自己而然，则谓之天然。天然耳，非为也，故以天言之，明其自然也。”“天然耳，非为也”，也就是刘勰所谓“夫岂外饰，盖自然耳”。

《原道》由天地万物之文论及人文，还是力主自然。

> 仰观吐曜，俯察含章，高卑定位，故两仪既生矣。惟人参之，性灵所钟，是谓三才。为五行之秀，实天地之心，心生而言立，言立而文明，自然之道也。

刘勰在这里袭取了《易传》的太极、两仪、三才之说，(《系辞上》：“易有太极，是生两仪。”《说卦》：“立天之道，曰阴与阳；立地之道，曰柔与刚；立人之道，曰仁与义。兼三才而两之，故易六画而成卦。”) 但他的着眼点，并不在于论天、地、人的产生及其关系，而在于说明人作为万物之灵，人之文(主要指文学)与天之文、地之文一样，仍是本于自然之道，是人心之自然。因此，在论动植之文“天岂外饰，盖自然耳”之后，刘勰指出：“无识之物，郁然有彩，有心之器，其无文欤!”进一步强调了人文与天地万物之文成于“自然之道”这个同一的规律。至于人文本于“自然之道”的各个具体方面，《原道》并没有展开论述，但“自然之道”作为文之所以为文的根本，是刘勰论文学创作的基本观点，贯穿在《文心雕龙》论文学的情、辞、声、色等各个部分。这个问题，待后文详述。

总之，《原道》论文之源，虽多少有些神秘色彩，但以道家的“自然之道”为文的根本这一观点，还是清楚的。黄侃《文心雕龙札记》评解《原道》，谓“案彦和之意，以为文章本由自然生，故篇中数言自然”，认为刘勰所谓“原道”“与后世言文以载道者截然不同”，这是对的。他接着征引《韩非子·解老》有关论述，指出“庄、韩之言道，犹言万物之所由然。文章之成，亦由自然”。这也触及了刘勰论文之源与道家“自然之道”的关系。但他的结论是“韩子之言，正彦和所祖也”。却是数典忘祖，不得其祖了。

二

《原道》后半具体论人文的产生和发展，却由强调道家的“自然之道”转而赞颂儒家圣贤和儒家经典，强调文的封建的社会功用。这是一个很突兀的转折。

人文本于自然，这在刘勰是毫无疑义的。但论到人文的具体体现及其功用，刘勰明确地遵循着正统儒家的轨迹。刘勰认为，由“自然之道”所生的人文之始是《易》[①]；人文的极则是以《易》为首的儒家经典，主要是汉儒所称颂的六经：“木铎启而千里应，席珍流而万世响，写天地之辉光，晓生民之耳目矣。”这不但给了儒家经典以极高的地位，而且强调了人文的教化作用，与孔、荀以至汉儒关于文学的功用的观念是完全一致的。

“自然之道”怎样就生成了人文的极则儒家经典了呢？刘勰在“道”和“文”之间加进了一个重要的中介——“圣”。这样，“道——圣——文”这个公式就把儒家经典纳入了“自然之道”的范畴，把道家思想与儒家思想协调起来了。本来，道家讲自然妙道，也有其理想的体现者，在《庄子》书中被叫做“至人”、“真人”、“神人”之类，也常被叫做“圣人”，但这些所谓“至人”、“真人”、“神人”、“圣人”，对儒家来说，大多是名不见经传的。刘勰心目中的体现“自然之道”的“圣人”，不是这些人，而是汉儒极力称道的儒家“圣人”

尧、舜、禹、汤、文王、周、孔。正是这些圣人的“自然之道”而创造了人文：

> 爰自风姓，暨于孔氏，玄圣创典，素王述训，莫不原道心以敷章，研神理而设教，取象乎河洛，问数乎蓍龟，观天文以极变，察人文以成化。然后能经纬区宇，弥纶宪章，发挥事业，彪炳辞义。故知道沿圣以垂文，圣因文而明道，旁通而无涯，日用而不匮。

“玄圣”、“素王”本是道家的提法（语出《庄子·天道》）。但从汉代起，已经被用来指儒家的“圣人”了，如王充《论衡·超奇》：“孔子之《春秋》，素王之道也。”因此，单就刘勰以“玄圣”、“素王”称儒家“圣人”，还不能得出他把儒家“圣人”牵合于道家之道的结论。但当他谈到儒家“圣人”原于“道心”、“神理”即“自然之道”来创述经典时[②]，这种牵合就极为明显。“通沿圣以垂文，圣因文而明道”，“道”没有“圣人”就无以成“文”，“圣”著“文”也无非是为了明“道”。这样，“文”就成了道家的“自然之道”与儒家“圣人”相结合的产物。“道心惟微，神理设教，光采玄圣，炳燿仁孝。”以“无为”为本的“自然之道”，经过儒家“圣人”之手，生成了经国治世化民的“文”。这就是刘勰以道为体，以儒为用的文学观。

这看起来是很奇特的，很不协调的。道家标举“自然之道”而反对“伪”，其主要矛头本来是针对宗法制度下的礼乐教化的。老子所谓“大道废，有仁义；智慧出，有大伪；六亲不和，有孝慈；国家昏乱，有忠臣”（《老子》第十八章），是以“自然之道”为武器对宗法观念的全面批判。庄子在儒家成为“显学”的战国时代，更以“自然之道”与仁义道德相对立，对儒家之道进行了激烈的攻击。庄子认为：“毁道德以为仁义，圣人之过也。”（《庄子·马蹄》）以道家之“道德”与儒家之“仁义”为不共戴天，以儒家“圣人”为“道德”之罪人。他甚至指出“仁义”为统治者窃国害民的工具，继老子之后，再次强调地提出“绝圣弃智”的激烈主张（《庄子·胠箧》）。“自然之道”与儒家的宗法观念本来是如此的不相容，而刘勰却主张文学从“自然之道”出发而归结于“炳耀仁孝”、以文学助成封建的“政化”、“事迹”、“修身”（《征圣》），岂不是奇特而不协调吗？

但是，结合刘勰所处的时代的思想的、文学的潮流来考察，他的这种以道为体、以儒为用，道儒协调的文学观，却是可以得到解释的，是可以理解的。

东汉末年，农民大起义从经济上、政治上严重破坏了封建的统治秩序，加之统治集团的极端昏乱，以及强宗豪族的割据和混战，使得皇权衰落，礼法废弛，出现了中国历史上又一个“礼崩乐坏”的时代。于是，魏晋时期，“儒墨之迹见鄙，道家之学遂盛”(《晋书·向秀传》)。以老、庄道家之学为基本内容的玄学盛行起来了。在思想领域里，玄学的广泛影响一直延续到南朝之末。玄学的问题，比较复杂这里不能具述，但有一点可以肯定，玄学的“越名教而任自然”(嵇康《释弘论》)的积极内容，带来了思想上一定程度的解放。当然，儒学在这个时期并没有也不可能寿终正寝；整个地说，玄学也终于没能成为一种与儒学处于完全对立地位的绝对的异端思想。儒学作为一个以宗法观念为核心的思想体系，是任何时期、任何一个宗法的封建国家的统治者都须臾不能离开的。魏晋南北朝时期尽管玄学盛行，甚至在思想领域占有一定的优势，但在政治上，这个时期的任何一代王朝都从来不曾以玄立国，相反，从来都是以儒立国的。曹操延揽人才，宣称“负污辱之名，见笑之行，或不仁不孝而有治国用兵之术”者，都愿加以录用(《三国志·魏志·武帝记》注引《魏书》)。这是他为了加强自己的势力而采取的一种权宜的策略。曹操深知，按这样的方针用人暂时可以，按这样的方针立国则绝对不可以；要求得封建国家的长治久安，还是要用儒术。建安八年，即曹操消灭袁绍，统一北方的次年，他亲自下令：“丧乱以来，十有五年，后生者不见仁义礼让之风，吾甚伤之。其令郡国各修文学，县满五百户置校官，选其乡之俊造而教学之，庶几先王之道不废，而有以益于天下。”(《三国志·魏志·武帝纪》) 这样的以儒立国的方针，无论是曹丕后来正式立魏，还是司马氏立晋，以至于宋、齐、梁、陈的建立，都并无实质的变化。

儒学在政治上的这种地位，对于玄学不能不带来深刻的影响。玄学虽以老庄之学为基本内容，却并不等同于道家之学。实际上.在一些玄学大师那里，常常是以道为体，以儒为用，道儒相协的。据《世说新语·文学》：“阮宣子有令闻，太尉王夷甫见而问曰：‘老、庄与圣教同异?’对曰：‘将无同。’太尉善其言，辟之为椽，世谓三语椽。”阮修的以“无”来统一老庄之学与“圣教”即儒学的言论之所本，就是“正始之音”的泰斗何晏、王弼的观点。何、王本于老庄之学，皆以“无”为本。何晏说：“天地万物，皆以‘无为’为本。‘无’也者，开物成务，无往不成者也：阴阳恃以化生，万物恃以成形，贤者恃以成德，不肖恃以免身。故‘无’之为用，无爵而贵矣。”(《晋书·王衍传》）这个“无”，本于老子的“无名，万物之始”（《老子》第一章）的“自然之道”。既然“无”生成、统摄天地万物，儒家圣人当然也不能例外。何晏《无名论》征引当时另一玄学大家夏侯玄的言论：“天地以自然运，圣人以自然用。”（据《列子·仲尼》张湛注引）这里的“圣人”，当然就是儒家“圣人”孔子。可见，在何晏那里，名教以自然为本，自然借名教为用的观念，十分明确。王弼“好论儒道”，主张“圣人体无”（《三国志·魏志·钟会传》），对道、儒关系的见解与何晏同。向秀以及稍后的郭象，在这个问题上也同于何、王，兹不赘述。

由此可见，玄学作为一种势力相当大的社会思潮，既有以嵇康、阮籍为代表的道、儒对立的一面，又有以何、王、向、郭为代表的道儒相协的一面。玄学的这种既对立又统一的内容，是这个时期极为复杂的社会阶级关系的反映，有其产生和存在的历史必然性。刘勰在文学问题上的儒家圣人本于“自然之道”而创述“经纬区宇，弥纶宪章”的文的以道为体，以儒为用的观点，正是受了玄学中道、儒统一论的影响，是玄学在文学理论领域的延伸，也有其产生和存在的历史必然性。

就文学及文学理论本身来说，刘勰的这种文学观的产生，也有其必然性。

汉儒的文学观，基本上是以礼法为归依，以教化为目的的实用主义的功用论。而东汉王充著《论衡》，以道家“自然之道”为武器批判儒家神学的虚妄之说，在广义的文学问题上提倡“真美”（《论衡·对作》），认为“天道自然，故图书自成”（《论衡·自然》）。第一次把“自然之道”引入了文学理论。但王充的思想虽高出于汉代的今、古文经师，却并不离儒学规范。因此，对于文学的功用，他还是不能放弃为封建政治服务这一基点。他说：“故夫贤圣之兴文也，起事不空为，因因不妄作，作有益于化，化有补于正。”（《论衡·对作》）“化”就是教化，“正”同“政”，就是封建的政治。可见，以道为体，以儒为用的文学观，在王充那里就已具雏形了。

到了魏、晋时期，玄学“越名教而任自然”的进步方面，给予文学的最大影响，就是由重礼法转而任自然，这是我国古代文学从这时起走上自觉发展道路的主要契机。任自然的结果，是作家创作个性的不同程度的解放。一些作家追求心性的自然而无拘束，陶渊明所谓“质性自然，非矫厉所得”（《归去来兮辞序》），正是代表着这种追求。因此，情真意诚，直见胸襟的抒情诗、文、小赋得以繁荣，文学领域出现了新气象。刘勰以自然为文学之本，正是对这一情况的总结。另一方面，文学繁荣的结果，带来了艺术语言、艺术技巧的大发展，这种发展，又反过来促进了文学的繁荣。这本来是一件好事，其对中国古代文学发展的影响，就主要的方面来说，是好的。但语言技巧的发展，又带来了片面追求辞采声律美的弊病。刘勰的以自然为文学之本，又是对这种偏向的批评。纪昀评《原道》云："齐梁文藻，日竞雕华，标自然以为宗，是彦和吃紧为人处。"这是完全正确的。

但文学的社会功用问题终究不能回避。鲁迅说那个时代的文学是"为艺术而艺术的一派"(《而已集·魏晋风度及文章与药及酒之关系》)，是指文学创作中追求华辞丽语这一个方面而言的。实际上，这个时代的文学家，真正忘情于天下国家的，几乎没有。即以鲁迅所指的曹丕而言，虽讲"文以气为主"，强调"诗赋欲丽"，但对文之为用，还是要讲"经国之大业，不朽之盛事"的(《典论·论文》)。陆机强调文学创作中心意的自由，但还是念念不忘"济文武于将坠，宣风声于不泯"(《文赋》)，何尝能做到内心彻底的虚静、自由。在那个时代，还远远不存在主张文学完全脱离于封建政治的文学观产生的社会条件；即使最自然的文学，也还是不能完全超脱于封建文学的范围。在这样的情况下，刘勰从自然之道出发，却归结于汉儒的功利主义的文学观，也就是必然的了。

从刘勰自身的思想来了解他的以道为体，以儒为用的文学观，需说明刘勰对玄学的态度问题。在《文心雕龙》中，刘勰曾一再批评玄言诗风。《明诗》："正始明道，诗杂仙心，何晏之徒。率多浮浅。""江左篇制，溺乎玄风，嗤笑徇务之志，崇盛亡机之谈。"《时序》："自中朝贵玄，江左称盛，因谈余气，流成文体。是以世极迍邅，而辞意夷泰。诗必柱下之旨归，赋乃漆园之义疏。"这是否说明刘勰反对玄学和道家之学呢？这与刘勰的以道为体的思想是否矛盾呢？实际上，并不矛盾。须知，是否赞成一种哲学与是否赞成用文学来写这种哲学的枯燥的讲义，完全是两回事。刘勰在《明诗》、《时序》中批评玄风的地方，都主要是在谈诗、赋。诗、赋的创作应着力于艺术意象的创造，而不应作枯燥浮浅的哲理的说教，即使这种哲理是正确的。刘勰批评玄风，其意在此。综观《文心雕龙》，刘勰并不反对玄学和道家之说。《诸子》谓"伯阳(即老子)识礼，而仲尼访问，爰序《道德》，以冠百氏"。给了老子以崇高的地位，与玄文大师郭象盛赞庄子为"百家之冠"(《庄子序》)完全出于同一立场。《诸子》指出"李实孔师"，也完全合于玄学的道儒相协的本意。《论说》谓"迄至正始，务欲守文，何晏之徒，始盛玄论，于是聃、周当路，与尼父争途矣”，所述合于事实，对玄学并无贬义，而且在下文还称赞何晏、王弼等人的玄学著作“并师心独见，锋颖精密。盖人伦之英也”，称赞王弼解《易》“要约明畅，可谓式矣”。这些都可以说明，刘勰不但不反对玄学和道家之学，反而尊崇并接受了玄学和道家之学。刘勰的《灭惑论》与《文心雕龙》虽不是写于同时，且主旨不同，但对于玄学的态度，两著并不悖谬。

三

《原道》所表现的以道为体，以儒为用的文学观，在《文心雕龙》全书都得到了贯彻。综观全书，我们可以看到，当刘勰谈到文学的艺术规律、艺术特征时，多主自然；而在谈到文学的社会作用时，则归于儒道。

刘勰所论“自然”，在《原道》中还显得有点玄虚，而当他具体论到文学的艺术创作问题时，“自然”的含义就变得切实而极易理解了。所谓“自然”，就是天然而不加伪饰；对于文学的内容，就是抒写自然真情而不矫揉造作；对于文学的形式，就是自然天成，而不浮华雕削。

关于文学的内容，刘勰是很强调其抒情的特征的。这表现在他对当时最主要的文学体裁诗的看法。《明诗》首标儒家“诗言志，歌永言”的传统诗论，但对诗的根本内容，刘勰还是着眼于感情；对于感情的抒发，则力主自然。“人禀七情，应物斯感；感物吟志，莫非自然”强调的是诗人感物而生的性情的自然抒发。《明诗》后文所谓“随性适分”，也是在主张诗歌创作要随顺性情之自然。《情采》谓“五情发而为辞章，神理之数也”。“神理之数”，即自然的必然性。《体性》讲作家的“性”和“学”两个方面。“性”就是自然之性，即篇中所谓“自然之恒资”。《养气》论性情的陶冶，亦主自然，即所谓“率志委和，则理融而情畅，钻砺过分，则神疲而气衰”，“故宜从容率情，优柔适会”。主张自然之情，就必然要反对矫伪之情，《情采》所抨击的“造情”，就是矫伪之情，是刘勰所不取的。与刘勰同时的钟嵘，在《诗品》中力主诗歌表现“自然英旨”，即诗人的“性情”、“心灵”的“真美”，嘲笑“熙伯《挽歌》，唯以造哀尔”。“造哀”就是无病呻吟，就是矫伪。这与刘勰所论，是完全一致的。魏晋以后，名士尚通脱，追求质性自然，达生任性，表现了对人的个性的某种程度的觉醒；刘勰、钟嵘在文学上力主性情之自然，则反映了文学家对于创作个性的某种程度的觉醒。正是由于有了这种觉醒，文学才得以进入自觉的时代。

既然文学的基本内容是自然真情，这自然真情的表达，当然也应该是自然的。刘勰主张文学内容和形式的统一，统一于自然。对于文学的形式技巧，刘勰是不赞成雕削矫饰的。《情采》讲性情和辞采的关系，主张真性情和美文采的结合，而主导的方面，是真性情，文学的艺术美的根本，正在于性情之真。他说："夫铅黛所以饰容，而盼倩生于淑姿；文采所以饰言，而辨丽本于性情。"这是《原道》所谓"夫岂外饰，盖自然耳"在文学创作问题上的具体表述。性情之美是不假外饰的，因此，脱离了性情本身而去单纯追求文采的美，就会产生"采滥忽真"、"繁采寡情"的弊病。当然，刘勰并不主张有情而无文，并不反对辞采的美。刘勰认为，倡言"自然之道"的老子就是讲求辞采之美的："老子疾伪，故称美言不信，而五千精妙，则非弃美矣。"语言不能"弃美"，关键在于辞采的美要适合于自然之情，这就是他所谓的"为情而造文"。总之，文采之美，应是自然之美，要符合"要约而写真"的要求，而不失之淫丽烦滥。（以上引文，均见《情采》）

出于这个基本的要求，刘勰对于语言技巧的运用力主自然天成而不落雕削之迹。《隐秀》论秀句："并思合而目逢，非研虑之所果也。或有雕削取巧，虽美非秀矣。故自然会妙，譬卉木之耀英华；润色取美，譬缯帛之染朱绿。"秀句之美，以自然为美，而"雕削取巧"或润色染饰所得的美，就非自然之美，而如老子所说："知美之为美，斯恶已。"美转化为丑了。《丽辞》论对偶："造化赋形，支体必双；神理为用，事不孤立。夫心生文辞，运裁百虑，高下相须，自然成对。"语言的对偶，也成于自然，以自然为美，不是出于人工的经营："奇偶适变，不劳经营"；"岂营丽辞，率然对耳。"以上这些关于语言艺术的主张，当然不仅适用于"秀句"、"丽辞"，对于语言艺术的各个方面，都是适用的。

综上所述，《文心雕龙》关于文学的艺术方面的论述，确实是"标自然以为宗"的，具体体现了以道为体的思想。但以儒为用的思想，也同样贯彻于《文心雕龙》全书。《序志》强调："唯文章之用，实经典枝条，五礼资之以成，六典因之致用，君臣所以炳焕，军国所以昭明。"这种完全本于儒道的"文章之用"的观念，无论在《文心雕龙》论文体还是论创作的部分，都有体现。《明诗》强调"顺美匡恶"，仍取郑玄美刺之义；《乐府》谓乐府诗"能情感七始，化动八风"，不离儒家教化之说；至于美韶乐而恶郑声，强调乐府之用"岂惟观乐，于焉识礼"，更是儒家的正统诗乐观。他如论"颂赞"、"铭箴"、"诔碑"、"史传"、"论说"诸体，大多以赞颂功德勋业，彰明盛衰教训为用，不必具述。论创作的诸篇，着重谈艺术问题，较少涉及文学的功用，但仍不时强调文学的“化感”(《风骨》)、“训世”(《夸饰》)的作用。此外，论创作的诸篇所引例证，颇多儒家经典，显然是在贯彻其“宗经”的主张。因此，《情采》论文辞，着重其“将欲明经”的功能，《通变》则强调“矫讹翻浅，还宗经诰”，真可谓万变不离其宗。

刘勰以道为体，以儒为用的基本文学观，已如上述。这种文学观是特定时代、特定思想潮流和文学状况的产物。但由于道家思想和儒家思想在整个中国封建社会都有持久的、巨大的影响，以道为体，以儒为用的文学观，不仅存在于《文心雕龙》，而且在汉魏以后的整个中国文学理论史上都存在着，成为我国古代文学思想的一条基本线索。我们甚至可以说，以道为体，以儒为用，是我国古代文学思想发展的一条基本规律。

对我国文学理论史的研究，向来多注重儒学观念的影响，而对道家思想给予文学理论的影响，则未给予足够的重视。实际上，道家思想给予文学理论的影响，是巨大的，多方面的，甚至是带有根本性的。这个问题，这里不可能充分论述，笔者拟另写专文说明，这里只打算指出一点，道家思想给予古代文学思想的影响，主要是启发了古代文学家、文学理论家去认识文学的艺术规律，探索文学的艺术奥秘；我国古代文学理论中关于艺术辩证法的一些基本范畴，也主要是在道家思想影响下逐步形成的。儒家的文学思想从孔子开始，就着重于文学的社会政治作用问题，在艺术方面的见解，则比较贫乏。这样，在古代文学理论中，重艺术的观念，多出自道家思想的影响；重功利的观念，多出自儒家思想的影响。这两者的结合，就是以道为体，以儒为用。

以道为体，以儒为用的文学观，滥觞于王充，完成于刘勰，刘勰之后，则不绝于史。许多理论著作，一方面崇尚自然，强调神气[③]、性灵、天机，追求言外、形外的风韵境界，讲求技巧的自然天成等等；一方面又尊崇六经，强调事父事君、人伦风化。当然，道、儒两者的影响，对许多作家、理论家来说，并不是均衡的：或重于道，多谈艺术，如皎然、司空图；或重于儒，多谈政教之功，如白居易、韩愈。但两者一般都还是不同程度地结合着的。

以道为体，以儒为用作为中国古代文学思想发展的一条基本规律，是一个很值得详加研究的问题，这里姑为抛砖之论，以待良玉。

1982 年 8 月于北京师院

注释：

①《原道》谓“人文之元，肇自太极”，论者多把这两句解为人文源于“太极”，或人文为“太极”所生，因“太极”一语始见于《易传》，是儒家所强调的宇宙本原，故认为刘勰所论“道”是儒家之道。但《原道》上文已反复强调文生于“自然之道”，在这里忽然又提出一个人文之源“太极”，于义不通。或者以为“太极”就是“自然之道”，虽于义可通，但在这里也不很贴切。笔者以为，在这两句里，“太极”就是《易》的代称，因《系辞上》有“易有太极”一语。“元”义为始，无源义；“肇”义亦为始，亦无源义。这两句的意思是：人文之始是《易》，或自有《易》才有了文。这样，不但与上文无抵牾，而且与紧接下文谈《易》，在意思上也很贯通。

②“神理”一语，《文心雕龙》中数见，都是“自然”、“自然之道”的同义语。在魏晋玄学中，常以“神”、“神理”与“自然之道”同义。如《系辞上》：“知变化之道者，其知神之所为乎！”晋韩康伯注：“夫变化之道，不为而自然，故知变化者，则知神之所为。”谢灵运《从游京口北固应诏》：“事为名教用，道以神理超。”韩注谢诗所谓“神”、“神理”，俱为“自然之道”。又《文心雕龙·丽辞》论对偶：“造化赋形，支体必双；神理为用，事不孤立。”“神理”、“造化”对文同义，参以下文“自然成对”，其义亦学为自然。以此可知《原道》再三提到的“神埋”，为自然无疑。

③ 古代文学理论中的“气”的概念，一般认为出自孟子的“养气”之说，实则源于道家思想。在孟子之前，宋钘即有“灵气在心”之说，认为“精存自生，其外安荣，内藏以为泉原，浩然和平，以为气渊。”（《内业》）孟子所谓“养吾浩然之气”，即袭取了宋钘的思想。（详见郭沫若《青铜时代·宋钘尹文遗著考》及《十批判书·稷下黄老学派的批判》。）

戴名世论

百多年来，一个有成就的作家被埋没了。这就是清初散文家戴名世。并不是因为他的成就没有大到足以传世的程度，以致遭到历史的自然淘汰。戴名世作为一个作家不名于世，而作为一个清王朝的“乱臣贼子”，倒是很有名的，而这恰恰就是他的文学成就被埋没的基本原因。了解清史的人都知道，戴名世是康熙年间一次震动朝野的文字狱——《南山集》案的受害者，以“狂悖”、“大逆”罪被砍了头。此后，终清之世，戴名世的名字，连同他的著作都成了大忌，清人编选的“文录”、“文抄”等等，多不及戴名世，道光以后，有人重新编辑他的文集，选录他的散文，但也不敢过于张扬。戴名世与方苞都是桐城人，生前齐名，论文见解颇多一致或相近之处。戴名世实际是一个地道的桐城派作家，但桐城派诸人，只认方、刘、姚为“三祖”而不提戴。五四以后，桐城派名声不好，提起戴名世的机会就更少了。

戴名世不但是清初的一个很有气节的进步知识分子，他在散文创作方面的成就，也绝不在人们多所称道的清初侯方域、魏禧、汪琬诸大家之下，比起桐城派成就最高的方苞来，也要略胜一筹。因此，有必要给予他在文学史上的应有的地位。

康熙屠刀下的牺牲者

戴名世，字田有，一字褐夫，生于清顺治十年(1653 年)，卒于康熙五十二年(1713 年)。戴名世的身世，坎坷而困穷。他出身于一个下层知识分子家庭，父亲戴许硕是一个担囊授徒、以束修糊口的教书匠。戴名世自己从 20 岁起，三十多年间，过的也大多是簪笔佣书的困辱生活。他辗转南北各地，教家馆，做幕僚，自谓“以笔代耕，以砚代田”，“非卖文更无生计”。

戴名世虽然一生“佣书授经，窘若拘囚”，却并没有废学辍文。他在潜心于经史古文的学习的同时，精心从事散文创作，34 岁时即已写成《芦中集》、《问天集》、《困学集》、《廉居川观集》诸著，并以文学名于时。约在 43 岁时，他自桐城移居金陵，结识了比他小 15 岁的方苞。在此后的十余年间，他们始终保持着亲密的关系。康熙四十年，戴名世的学生尤云鹗编辑刻印了他的文集《南山集》。方苞在《南山集》序中说“余自有知识，所见闻当世之士，学成而并于古人者，无有也；其才之可拔以进于古人者，仅得数人，而莫先于褐夫”。[①]这算是一个很高的评价了，从中可以看出方苞对戴名世的敬重。

戴名世为衣食计，一生中用了许多时间教学生写八股文，为别人看八股文，但他对科举八股的弊端却看得很清楚，对以科举求功名并不很热心，自称“厌弃科举，欲为逸民以终老”(《意园制义自序》)。直到康熙四十四年，他才应顺天乡试，中了举人，又过了四年中进士，授翰林院编修。这时，他已是 57 岁的老人了。

戴名世生活的康熙年间，文网极严。对这种环境，他当然是知之甚悉，而且是有所警惕的。但《南山集》的刊刻，终于使他陷进了文字狱并因此被杀。

康熙五十年，左都御史赵申乔以“狂悖”罪奏参戴名世说他“私刻文集，肆口游谈，倒置是非，语多狂悖”[②]，罪名自然是够大的，但并没有具体指明“狂悖”之语出于何处，是些什么样的“狂悖”之语。待到戴名世等人入狱后，九卿遵旨议戴名世一案，就具体多了。原来所谓“悖乱之语”主要在于不承认清朝的“得天下之正”，在于不奉新王朝之“正朔”，却执着于“前朝”；九卿议指明，这种“悖乱之语”乃是袭取于方孝标的《滇黔纪闻》。查《南山集》，提到《滇黔纪闻》的只有《与余仁书》一篇。是文写于康熙二十二年戴名世 31 岁时。余生即戴名世的学生余湛，安徽舒城人。当时戴名世正在舒城设帐授徒，他寄书余湛，要他访求有关清兵入关后永历在滇黔一带称帝的情况。其中有这样一段话：

昔者，宋之亡也，区区海岛一隅，仅如弹丸黑子，不逾时而又已

> 灭亡，而史尤得以备书其事。今以弘光之帝南京，隆武之帝闽越永历之帝西粤、帝滇黔，地方数千里，首尾十七八年，揆以《春秋》之义，岂逭不如昭烈之在蜀，帝昺之在崖州而其事竟以灭没！

这段话字里行间，显然含有痛悼明亡的感情。清顺治、康熙间，鉴于人民群众及广大志节之士抗清复明活动的持续开展，统治集团最为忌讳的就是谈论明季史事。凡明季遗老及文人著述，有涉明季之事及南明年号者，均有干厉禁。南明弘光、隆武及永历建号，先后在1645年、1647年，永历帝号一直延续到1659年。而1644年就已经是大清顺治元年了。因此，书弘光、隆武、永历年号就是不承认大清帝国的建立，这对清王朝来说，当然是“悖逆”之极。后来刑部将审讯供词上奏康熙时，就是据比给戴名世拟罪的：“查戴名世书内，欲将本朝年号削除，写入永历大逆等语，据此戴名世照律凌迟处死。”③

据当时的审讯记录，指明戴名世文中有“大逆”之语的，还有《孑遗录》。《孑遗录》通篇记述明朝官兵在桐城一带抗拒张献忠农民军始末，本与清政府无涉，只是在文章末尾写有弘光年号，于是就成了“大逆”。

《南山集》案自康熙五十年十月赵申乔发难，至康熙五十二年二月结案，历时一年有余，牵连坐罪议处的，自朝中大吏到在野士人数百人。最后康熙皇帝“格外开恩”只将戴名世一人处斩。是狱供辞五上五折本，看来，怎样处置这批人犯，玄晔是颇费踌躇的。《南山集》案当时曾震动朝野最后只杀戴名世一人，比起早先的庄廷鑨《明史》案来，杀人要少得多了。这显然是因为清王朝当时建国已近70年，统治已经巩固，而民众的反清斗争已趋消沉，康熙为稳定局面，出于策略考虑，不愿杀人太多。

清王朝的批判者

戴名世以《南山集》中写有“大逆”、“悖乱”之词被杀，其实是并不冤枉的。对于清王朝来说戴名世的确是一个乱臣贼子。但在今天看来这正是戴名世思想的光辉之处。综观《南山集》对于清王朝统治者的“悖乱”、“大逆”之语，何止见于《与余生书》；《与余生书》等直写弘光、隆武、永历年号也绝非偶尔失慎，可以说这完全是为了坚持民族气节而有意为之的。在清初的反清斗争中，戴名世不愧是一个继承了顾炎武、黄宗羲、吕留良等民族志士的优秀传统，坚持批判清王朝黑暗统治的进步知识分子。

戴名世活动的时期，顾、黄、吕等都已先后去世，反清民族斗争已经开始低落，但它的影响，仍然深入人心。著书排满、不遗余力、表现了铮铮铁骨的吕留良死于康熙二十二年，正是戴名世写《与余生书》的时候。于此可见戴名世同这股潮流的直接承继关系。

戴名世《与刘大山书》说"仆古文多愤世嫉俗之作，不敢示世人，恐以言语获罪。"④可见他是很知道自己的言论的分量的。戴名世的"愤世嫉俗"，固然也有一般知识分子出于个人怀才不遇的牢骚，但主要的不是这种个人牢骚。他的"愤世嫉俗"，主要是愤世之变、嫉俗之衰，含有批判现实的深刻思想意义。

戴名世愤世之变，集中表现在他的激烈的反清思想。戴名世以文名于时，但他的终身之志是在明史。他在《与刘大山书》中说："生平尤留心先朝文献，二十年来，蒐求遗编，讨论掌故，胸中觉有百卷书，怪怪奇奇，滔滔汩汩，欲触喉而出。"显然，他这胸中的"百卷书"，主要是指明史而言。当然，戴名世自己很清楚，他胸中的明史即使写成，也绝不能行于时，只能"藏之名山，传之其人"。此中原因，就在于他修明史不是为了修史而修史，而是借修明史寄托他的亡国之痛，讴歌反清英雄，激发志节之士的抗暴精神。他的这样一部明史虽然没有写出，但从《南山集》的一些明季人物的传记和史事记略中，人们却可以分明地看出他的反清立场。

戴名世是不承认在汉族人民的白骨堆上建立起来的大清王朝的。前面说过，他在《与余生书》中直写弘光、隆武、永历年号，决不是偶尔误书，而是有意为之的。在《王学箕传》中，他引述了王学箕抗拒镬发令时的一段话"昔王莽篡汉，陈咸犹用汉家祖腊；刘裕移晋，陶潜惟书义熙甲子。志存忠义，不论受爵之有无；愤协神人，遑云量力之大小哉!"看他说得何等理直气壮！可见，不用新朝正朔，惟书先朝年号，正是他坚持民族气节的表现。他不但在《与余生书》、《孑遗录》中这样做了，在其他一些文章中，也是这样做的。如《弘光乙酉扬州城守纪略》，文题直署"弘光乙酉"，就是效仿陶潜"惟书义熙甲子"的一例，其民族大义，鲜明可见。正是出于这样的民族气节，他热情为明季志节之士如沈寿民、杨维嶽、王养正、朱铭德、王学箕、画网巾等立传，盛赞他们守节不屈，义不仕清，慷慨殉国，智勇绝人。在《弘光乙酉扬州城守纪略》一文中，他更是怀着无限景仰之情，笔酣墨饱地记叙了史可法率领扬州军民奋勇抗清、誓死不屈的光辉事迹。

清初，统治者总是宣扬"天兵"为仁义之师，"出薄海之人于汤火之中，而登之衽席之上”。戴名世却戳穿了这个“救民于水火”的谎言，以铁的事实揭露了清代统治者对于汉族人民的血腥屠杀。这正是戴名世仇清的一个重要原因。《弘光乙酉扬州城守纪略》记扬州城破，清兵入城，“豫王下令屠之”。清政府镬发之令下后，东南士民抗令而死者不计其数。《吴江两节妇传》记吴江人民以不从镬发令而遭杀害，“尸积城下者累累，皆糜烂不可辨识。”《王学箕传》就汉族人民以不镬发而遭屠戮的空前惨祸发论：

> 杜子美诗曰“丧乱死多门”。明之士民死于饥谨，死于盗贼，死于水火，后又死于恢复，几无孑遗焉，又多以不镬发死，此亦自古之所未有也。余是以论次先生之事，而为之喟然三叹焉。

这是何等的沉痛，又是何等的愤怒。

正因为愤恨清统治者的残暴，戴名世才如此热情地讴歌反清斗争，并热情地鼓吹“恢复”，在《范增论》中，他借古喻今，为恢复事业张目：

> 秦汉以后，天下之变故多矣。盖有其国既失，其宗庙既毁，而篡于乱贼之手者，而其风流余习未斩于世，天下之人犹有不忍忘之心，于是纷纷而起，辄归其名号于先朝之后，其为名也正，其为义也顺，是故不逾时而天下平，此亦自然之势也。

这哪里是讲历史，分明是在说时事。他所希望的，不但是志节之士以诗文见志，而且能“纷纷而起”，有所行动，而这样的行动名正义顺，恢复事业是完全正义的。在一则读《春秋》的笔记《八月庚申及齐师战于乾时我师败绩》中，他进而明确地提出了“复仇”的口号。戴名世的这种反抗精神，在当时真是难能可贵。

戴名世嫉俗之衰，表现为对清初社会黑暗的批判。

戴名世生活的康熙时代，正统史家誉为“盛世”。确实，经过玄晔几十年的统治，明末极度凋敝的社会经济有所恢复和发展，在镇压了各族人民的反抗之后，社会也渐趋稳定，特别是抗俄战争的胜利，准噶尔叛乱的平定，巩固了我国的疆域。但是，当时究竟是中国封建制度已近弥留的时期，社会的腐败之势已不可挽回。“盛世”的表面繁荣，并不能消除社会骨子里的黑暗。

在戴名世眼中，清初社会完全不是什么“盛世”，而是一个“败坏之世”（《与弟书》），真是衰之极敝之极了。这个“败坏之世”坏在什么地方呢？

首先，戴名世揭露了统治者残民自肥，以致民不聊生的现实。《赠王序纶之任婺源序》一文，就是集中揭露吏治的黑暗的：

> 今也，一介之士，乘传捧符而来，无其道而居其位，乃且晏然肆于民上而行其恣睢之意，盖子女玉帛，其尽于刀笔筐箧之间者，不知其几矣。然而宿胥巨猾之手之所上下，邑子里豪之袒之所左右，与夫过宾羁客之徒之所请谒烦滥，侈靡之费之所耗散，不啻去其十四五矣。至于大吏之居其上者，睨而甘之，则又倾箘倒廪挚筐探囊以去而莫之敢违，盖已与民两受其敝，而天下盖以多故，不可胜理。

这简直就是一幅大官小吏、差役幕僚、土豪劣绅沆瀣一气，鱼肉百姓的吃人的图画。戴名世认为，这绝不是局部的、个别的情况，而是整个吏治的问题。就在此文的末尾，他说“呜呼吏治之衰久矣。自大吏以至小官，转而相食，不以为非，而民之憔悴凋敝，且不知其所止。”这是对当时所谓“盛世”的真实写照。在《艰贞叟传》中，他不但同样揭露了大小官吏贪污成风，“以故民愈困”，而且指出了官贪而民困，民愈困而官愈贪的恶性循环，指出了封建吏治的不治之症。《钱神问对》数银钱之罪“官之得失，政以贿成，敲骨吸髓，转相吞噬，而天下之死于汝手者，不可胜数也。挺土刻木以为人，而强自冠带，羊狠狼贪之徒，而姿侵暴刳穷孤，而汝之助虐者，不可胜数也。”骂的是“钱神”，恨的却是贪官污吏。在这些地方，戴名世思想的人民性，都鲜明可见。

对于科举制度的揭露，戴名世也不遗余力。科举取士制度不过是当权者诱致士人的名利之饵，而士人则以此为沽名钓禄之具。这一点，清初许多进步思想家、文学家都指出过，戴名世也是这样认识的。他指出“讲章时文之毒天下也久矣”，“讲章时文，其为祸更烈于秦火”。（《赠刘言洁序》）科举之祸，主要在于陷知识分子于利禄之途而不能自拔。他说“科目之贵天下久矣，天下之士，莫不奔走而艳羡之，中于膏肓，入于肺腑。”（《河墅记》）又说“时文之徒”，“苟且以从世俗之好，而以是为奔走势力之具，数十百年以来，天下受讲章时文之荼毒，而后之踵之者愈甚，而世愈坏。”（《赠刘言洁序》）士人以科举为富贵利达之途，以八股为沽名钓禄之具，于是真才实学毁，廉洁之心灭。《刘光禄墨卷序》于这一点说得最为透彻：

> 夫经义也者，是亦士之利器与耒耜也。而世俗之言曰“以经义求举，譬若扣门之石然，门开而石即弃去”，信斯言也。则是昔之时以经明行修举者，既举而经可不明，行可不修也；以孝廉举者，既举而可不孝不廉也；以贤良方正举者，既举而可弃其素履即于邪僻也。

科举时文既为“扣门之石”、富贵利达之途，士人一旦以科举得功名，要他不贪，也就很难了。科举制度就这样成了贪官污吏的温床。因此，戴名世认为科举兴而世道人心坏，“世如之何不乱以亡矣”(《困学集自序》)。于是，他大声疾呼“欲天下之平，必自废举业之文始”！(《吴士云制文序》)

当然，戴名世指斥科举时文之荼毒天下，并不是要从根本上废除以文取士的制度，他要“扫除而更张”的，是科举残害人才、颠倒贤愚的弊端，是“臭败而不可近”的八股时文，从而使天下文行兼优的士人得以施展其才学。

在谈到戴名世的思想的时候，应该指出，戴名世是尊崇程朱理学的。他一再表示，自己是程朱的信徒，非程朱之道不遵，并盛赞朱子之学是“纯粹以精”(《樊川书院碑记》)。在这一点上，他与清初一些进步思想家不同，但这并不妨碍他愤世之变、嫉俗之衰而表现其进步思想。

在清初，尊崇朱子而又坚持反清立场的，何止一个戴名世。如所周知，反清志士吕留良也是一个程朱的信徒。他们虽然唯朱子之学是尊，却并不与声称崇尚朱子的清朝统治者同流合污，相反，他们以“格物致知”、“正心诚意”为武器，指摘时弊，坚持民族气节，成了清王朝的乱臣贼子。当然，尊崇朱子的结果，确实也给戴名世的思想带来了许多腐败的、落后的东西。这从他的那些攻击明末农民起义、表彰节妇烈女的文章，可以清楚地看到。在那个时代，他坚持了民族气节，表现了许多有人民性的进步思想，但总的说来，还没有超出正统封建思想体系的范畴。

值得注意的文学主张

戴名世对于文学有许多精辟见解，值得注意。他嫉俗之衰，不仅表现在政治方面，也表现在对文坛颓风败习的批评上。明末清初，文风败坏。首先，由于王学末流的影响，文人喜欢空谈，文章也就流于空疏，言之无物；其次，由于盛行于明中、后期的复古思潮的影响，诗文创作食古不化，句拟字摹，甚至流于剽窃；第三，由于科举制度的影响，诗文写作也成了文人取声利、争坛坫的工具，趋时逢迎之风甚炽。戴名世对于这种情况极为不满，且屡有批评。他指出明末天启崇祯以后，“文风坏乱，虽有一二矩公竭力揞柱，而文妖迭出，波荡复生，卒不能禁止。”(《庆历文读本序》)在批评这种坏乱文风的基础上，戴名世提出了立诚有物，率其自然，道、法、辞合一，精、气、神并重的文学主张。

立诚有物，是戴名世文学思想的一个基本观点。他在《答赵少宰书》中说：

> 今夫立言之道，莫著于《易》。“家人”之言曰：“君子以言有物而行有恒”。夫有所为而为之谓之物，不得已而为之谓之物。近类而切事，发挥而旁通，其间天道具焉，人事备焉，物理昭焉，夫是之谓物也。夫子之释“乾之九三”曰：“修辞立其诚，所以居业也。”惟立诚故有物。苟其不然，则虽菁华烂熳之章，工丽可喜之作，《中庸》所谓“不诚无物”也，君子之所不取也。

“言有物”，就是文章要有充实的内容，不说空话。而“物”之具体所指，“有所为而为之”，是经世致用之学“不得已而为之”，则是世道人心之感，如骨鲠在喉，不得不吐。体现在文章之中，有物就是“近类而切事，发挥而旁通”，就是“天道具”，“人事备”，“物理昭”。这对戴名世来说，消极的方面，是表现正统的封建观念，即他所谓“辨道术之邪正，明先王大经大法，述往事，思来者，用以正人心而维持名教也。”(《蔡瞻岷文集序》)积极的方面，则是表现愤世嫉俗，指斥时弊，以求有以“扫除而更张之”的进步思想。而要做到有物，就必须立诚，即直写真情实感，不做空洞无物、虚情假意的“菁华烂熳之章，工丽可喜之作”。方苞论古文义法，也讲言有物，所根据的也是《易》，可见他们文学思想的共同之处。但他们的认识也有差别，方苞之所谓物，比较侧重于经典义理，戴名世则把“立诚” 和“有物”结合起来，强调真情实感的抒发。这无疑比方苞及其他桐城文派人物都要高明。

率其自然，是戴名世文学思想的又一个基本观点。他反复强调写文章要“率其自然而行其所无事”(《与刘言洁书》等)。“率其自然”，就是“出于心之自然”，表现“性情之真”“行其所无事”，就是以自然之文表达自然之情，直抒胸臆，情至文生，不雕饰，去摹拟，不矫揉造作，即苏轼所谓“行于所当行”，“止于不可不止”。[5]

根据“率其自然”的主张，戴名世提倡古文写作要淡泊、平质。《与刘言洁书》论淡泊：

> 君子之文，淡焉泊焉，略其町畦，去其铅华，无所有乃其所以无所不有者也。仆尝入乎深林丛薄之中，荆榛碍吾之足，土石封吾之目，虽咫尺莫能尽焉，余且惴惴焉，俱跬步之或有失也。及登览乎高山之巅，举目千里，云烟在下，苍然茫然，与大无穷。顷者游于渤海之滨，见夫天水浑沦，波涛汹涌，惝恍四顾，不复有人间。呜呼此文之自然者也。

可见，淡泊之文绝非率易为之，而是要付出艰辛的创作劳动的。所谓淡泊，也绝不是淡而无味，而是在淡泊中见雄奇壮阔。《章太占稿序》论平质：

> 质者，天下之至文者也；平者，天下之至奇者也。莫质于素，而本然之洁，纤尘不染，而彩色无不受焉；莫平于水，而一川泓然，渊涵渟蓄，及夫风起水涌，鱼龙出没，观者眩骇。

由此观之，所谓平质，并不是质木无文，而是要求平直之中有波澜，质朴之中见文采。要创造出这种境界，“于文求文”“于奇求奇”，是做不到的，此中的关键，仍然在于“修辞立其诚”，写“性情之真”。

戴名世主张“率其自然”，但并不因此废法、废辞。他也讲为文之法，但反对死法，也讲辞，但反对故为菁华烂熳，以辞累道。他在强调以道为主导的同时，主张道、法、辞的统一。在《己卯行书小题序》一文中他引述明末艾南英之说，以为“道也、法也、辞也，三者有一之不备焉而不可谓之文也。”这颇近于方苞“义法”之说。但方苞论法，断断于篇章结构、详略疏密、波澜意度，过分拘泥，容易使散文创作流于模式化。戴名世论法，则比较活。他也讲究“起伏、呼应、联络、宾主、抑扬、离合、伸缩之法”（《唐宋八大家文选序》），但认为“向背往来、起伏呼应、顿挫跌宕，非有意为之，所云文成而法立者，此行文之法也，法之无定者也”（《己卯行书小题序》）。因此，戴名世反对为文章立“一定之格”。他说“余以为文章者，无一定之格也；立一格而后为文，其文不足言矣。”他以史传为例“史家之法，其为一人列传，则其人须眉謦欬如生；及其又为一人列传，其须眉謦欬又别矣。”结论是“文章之波澜意度，各有自然”(《丁丑房书序》)。论法仍不离“率其自然而行其所无事”的基本主张。戴名世反对死法，主要矛头是针对当时文章的八股气。“立一格而后为文”，“以格言文”，正是八股文和一切受八股文影响的文章的通病。戴名世主张文成法立，各循自然，不失为一剂对症的良药。

戴名世主张率其自然，也并不废学。他强调认真向古人学习；而时文之弊，正在于徒事趋时钻营而不学。戴名世在散文创作上，很用心于学习，他说自己为文，“取裁于六经诸史以及诸子百家之言，未之有遗也。”(《意园制义自序》)戴名世的向古人学习，有两点值得注意，一是博取经史诸子及汉唐宋明诸家之长，而没有明中叶以迄于清初一些文人宗唐宗宋之偏。二是他的学习目的，在于“纵横百家而能成一家之文”(《与何屺瞻书》)，因此强调“文章者，莫贵于独知”(《与刘言洁书》)，只有具备“独知”，才能在文章中表现“我之为我”(《初原集序》)，从而“成一家之文”。

戴名世论文，不但崇尚自然，还进而要求文章具备“精”、“气”、“神”。文章要在淡泊平质中见美见奇，是非要有“精”、“气”、“神”不可的。《答张伍两生书》说：

> 太史公纂《五帝本纪》，择其言尤雅者，此精之说也；蔡邕曰“炼余心兮浸太清”。夫惟雅且清则精，精则糟粕煨烬尘垢渣滓与凡邪伪剽贼皆刊削而靡存，夫如是之为精也。而有物焉，阴驱而潜率之，出入于浩渺之区，跌宕于杳霭之际，动如风雨，静如山岳，无穷如天地，不竭如江河。是物也，杰然有以充塞乎两间而盖冒乎万有。呜呼！此为气之大过人者，岂非然哉？今夫言语文字，文也，而非所以文也；行墨蹊径，文也，而非所以文也。文之为文，必有出乎言语文字之外而居乎行墨蹊径之先。盖昔有千里马，牝而黄，伯乐使九方皋视之。九方皋曰“牡而骊”。伯乐曰“此真知马者也。”夫非有声色臭味足以娱悦人之耳目口鼻，而其致悠然以深，油然以感，寻之无端而出之无迹者，吾不得而言之也。夫惟不得而言，此其所以为神也。

所谓“精”，指思想语言两方面的锻炼陶冶。就语言来说，虽出之自然，不事雕琢，却又经过锤炼而不凡近鄙俗。戴世名于文还强调“割爱”(《张贡五文集序》)，以达到出语天然，却又不芜杂拖沓。只有这样，才能见出自然之美。李白所谓“清水出芙蓉，天然去雕饰”，就是指的自然之美；如果是杂草浮萍，虽则自然，却不见其美，这就叫不精。“气”指文章气势，这不单是一个语言问题，因此与“神”不可分。“神”为作者的思想品格，心胸气质。《程偕柳稿序》引述方百川的话说：“文之为道，须有魂焉以行乎其中；文而无魂焉，不可作也。”他进而发挥说：“文章生死之几，在于有魂无魂之间。”“魂”就是“神”。文章只在言语文字、行墨蹊径上讲求，不过是文字的堆砌，没有生命力，也就没有“神”。作者的思想品格，心胸气质充分表现于言语文字，于是有“气”。戴名世要求文章在平中见奇，也就是以朴素自然的语言表现作者深刻的思想，高尚的品格，广阔的心胸，刚毅的气质。这样，文章就能气势充足，“无穷如天地，不竭如江河”、“充塞乎两间而盖冒乎万有”，形成雄健廓大的风格，也就是《与刘言洁书》所说的那种有如登山望远，临海观涛的文章境界。可见，戴名世于文章风格，主阳刚而不主阴柔。他自己的文章风格，就是偏于阳刚的。

戴名世不长于诗，但对诗歌创作也有不少精辟的见解。戴名世诗论，其基本精神与他的文论的强调“有物”，崇尚“自然”是一致的。他认为“志者，诗之本也。”(《刘陂千庶常诗序》)强调诗歌应该“倡情冶思”，“出于心之自然”。他反对为了取名声争坛坫而有意为诗；有意为诗，必然流于无病呻吟，矫柔造作，摹拟剽窃。因此，有意为诗则诗亡。

正因为主张诗歌“自言其情”，他对劳动人民的诗歌特别表示赞赏：

> 余游四方，往往闻农夫细民倡情冶思之所歌谣，虽其辞为方言鄙语，而亦时有意义之存，其体不出于比兴赋三者，乃知诗者，出于心之自然者也。(《吴他山诗序》)

他之赞赏民间歌谣，正在于其有物，自然。

综观戴名世的文学主张，可以看到他与桐城派的文论有许多一致之处。例如，在散文传统方面都取法于六经诸子及秦汉唐宋诸大家，于明则独尊归有光；对散文创作，主张“言有物”，主张道、法、辞的统一，与方苞的“义法”说颇有一致之处；要求“精”、“气”、“神”兼备，则近于刘大櫆的“神气”说；他提倡“以古文为时文”，对方苞及以后桐城诸家也不无影响。可以说，桐城派文论之滥觞，实始于戴名世。但他主张散文创作的自然率真，直写胸臆，反对散文作法的模式化，反对一切八股气，他自己的散文，确实也没有八股气。在这些方面，他又比方、刘、姚以及以后的桐城诸家都要高明。

丰富多彩的散文艺术

戴名世的散文，具体地体现了他的立诚有物、率其自然的文学主张。读《南山集》，很难见到言之无物、无病呻吟的文章，他的真思想，真性情，随处可见。读《南山集》，也很难见到徒具言语文字、行墨蹊径的“菁华烂熳之章，工丽可喜之作”，他的文章，确能在朴素中见文采，平质中见雄奇。

方宗诚认为，戴名世的散文“颇得司马子长、欧阳永叔之生气逸韵”。[6]所谓“生气逸韵”，就是放笔直书，摅胸中之“独见”，情至文生，笔锋犀利酣畅。这正是戴名世散文的一个突出特点。戴名世谈到自己的散文创作时说过“胸中之思，掩遏抑郁无所发洩，则尝见之文辞，虽不求工，颇能自快其志”(《答朱生书》)。这几句话颇能说明他自己的写作态度和文章风格。尽管当时文禁极严，但他“抱难成之志，负不羁之才，处穷极之遭，当败坏之世”(《与弟书》)，胸中常怀愤世之情而不能自已，形之于文字，自然就成为放笔直书，犀利酣畅的文章了。在戴名世的散文中，对清王朝的批判，对腐败社会的揭露，对抗清英雄的赞美，对仕途险恶的不平，都表达得情真意切酣畅淋漓。例如，前面提到过的《八月庚申及齐师战于乾时我师败绩》一文，借评论史事，直率大胆地抒写了他反清复明的思想感情：

> 昔者，王莽乘西汉之衰，不用尺兵寸铁而移汉祚，翟义起兵讨之，未成而身死；唐武氏之祸，唐几亡矣，李敬业起兵讨之，未成而身死。此二人者，自以国家旧臣，义不忍觋颜俯首而立于怨家之朝，身虽已残，家虽已破，甘心屠剖而不悔，而其风烈犹有以耸动英雄豪杰之心。故汉唐既败而复兴。呜呼此二人者，可谓知大义矣。

在清初，作者这样鼓吹翟义、李敬业起兵讨伐王莽、武则天未成而身死的大义，目的何在？他要用他们的“风烈”“耸动”什么样的“英雄豪杰之心”，这当中的“微言大义”，是用不着多说的。紧接着，此文又奋笔直书：

> 今夫春秋之义，莫大于复仇；仇莫大于国之夺于人，而君父之死

于人也。故吾力能报焉，而有以洗死者之耻，上也；其次，力不能报而报之，不克而死；最下，则忘之；又最下，则事之矣。

这里值得注意的是“今夫”二字。戴名世当时要人们起来“复仇”、“洗耻”，这不分明是在“耸动”天下人起来造清王朝的反吗？“最下，则忘之；又最下，则事之矣。”毫无疑问，这是在抨击和鞭笞那些变节降清的明臣、明将和知识分子。戴名世这样痛快淋漓地抒发自己的思想感情，确是实践了他立诚有物、率其自然的文学主张。

在戴名世的散文中，有不少脍炙人口的杂文小品，这些作品继承了我国杂文的优秀传统，即所谓“嬉笑怒骂皆成文章”，具有很强的战斗性。《盲者说》、《鸟说》、《邻女说》、《穷鬼传》、《醉乡记》、《钱神问对》等等，都是这样的好文章。如《盲者说》，借一个盲童之口，尽情地斥责了“贤愚不辨，邪正不分”的社会现实。他悲愤地指出：

今夫世之人，喜为非礼之貌，好为无用之观，事至而不能见，见而不能远，贤愚之品不能辨，邪正在前不能释，利害之来不能审，治乱之故不能识，诗书之陈于前，事物之接于后，终日睹之而不得其义，倒行逆施，伥伥焉蹶且蹶而不之悟，卒蹈于网罗、入于陷阱者，往往而是……天下其谁非盲也，盲者独余耶？

对那个“败坏之世”的批判真是一针见血，不留余地。他的这类内容尖刻、行文自然、形式活泼的杂文，在后来桐城诸家的文集中，是很难见到的。鲁迅曾十分称赞我国小品文的传统，赞扬古人以小品文为武器进行抗争和战斗，并指出，这样的小品文的战斗作风，在清初，“也触着了满洲君臣的心病，费去许多助虐的武将的刀锋，帮闲的文臣的笔锋，到了乾隆年间，这才压制下去了。”⑦清初的文字狱很多，而以文章获罪，遭到清王朝“刀锋”杀戮的，戴名世是十分突出的一个。如果把鲁迅的话看作是对戴名世的高度评价，该是符合历史实际的。

以自然朴素的语言创造生动的形象，是戴名世散文的又一个突出的特点。形象性是散文的重要特征，我国古代散文在这方面具有优秀的传统。戴名世很好地继承和发扬了这个传统，他的散文善于用形象说话，生动活泼，寓意深远，具有很强的文学色彩。

在戴名世的散文中，史传文章占有重要地位，尤其对明季抗清英雄的传述，用力最多。他常以很大的热情为这些人物立传，用艺术的手法再现这些人物的精神风采。他笔下的这些人物传记，虽然都是实录其事，却能写得人物个性鲜明，栩栩如生。例如《画网巾先生传》，用极其生动的笔调，饱含深厚的感情，刻画了一个“其姓名爵里皆不得而知”的反清无名英雄的形象。

无名英雄“画网巾”，在清兵南侵，攻入福建以后，抗拒清当局镬发更衣的命令，携带两个仆人逃往山中，后为清兵捕去，清兵强行摘去他头上的网巾。网巾没有了，他就让仆人在他的前额画上网巾。网巾斑斑然额上，“军中皆哗笑之”。从此，人们就称他为“画网巾先生”。后来，“画网巾”辗转落入清提督杨名高手中，杨把他从槛车放出，企图诱其屈节投降，“画网巾”佯称认识降清的明将王之纲，希望把他解到王处。文章接着写道：

> 名高喜，使往之纲所。之纲曰：“吾固不识若也。”先生曰：“吾亦不识若也，今特就若死尔。”之纲穷诘其姓名，先生曰：“吾忠未能报国，留姓名则辱国；智未能保家，留姓名则辱家；危不即致身，留姓名则辱身。军中呼我为画网巾，即以此为吾姓名可矣。”之纲曰：“天下事已大定，吾本明朝总兵，徒以识时变、知天命，至今日不失官贵。若一匹夫，倔强死，何益？且夫改制易服，自前世已然。”因指其发而垢之曰：“此种种者不肯去，何也？”先生曰：“吾于网巾且不忍去，况发耶？”之纲怒，命卒先斩其二仆。群卒前捽之，二仆瞋目叱曰：“两人岂惜死者耶，顾死亦有礼，当辞吾主人而死耳。”于是向先生拜且辞曰：“奴等得事扫除泉下矣。”乃欣然受刃。之纲复谓先生曰：“若岂有所负耶？义死，虽亦佳，何执之坚也？”先生曰：“吾何负？负吾君尔！一筹莫效而束手就擒，与婢妾何异？又以此易节烈名，吾笑夫古今之循例而负义者，故耻不自述也。”出袖中诗一卷掷地，复出白金一封授行刑者曰：“此樵川范生所赠也，今与汝。”遂被戮于泰宁之杉津。

这是戴名世传记中最有特色的篇什之一。作者运用白描手法，生动地表现了这位“画网巾”先生充满了浩然正气的硬骨头精神。特别值得一提的是，文中敢于冒清当局之大不韪，用变节降清的明将的丑恶嘴脸作为陪衬来表现这位无名英雄，极大地增强了文章的艺术效果。它如《杨维嶽传》、《王学箕传》等传记佳作，都能穷神尽相地刻画人物，真正做到了他自己所说的“其为一人列传，则其人须眉謦欬如生；及其又为一人列传，其须眉謦欬又别矣。”

生动形象不只表现在戴名世的史传文里，他的论说性文章喜欢运用故事、传说、寓言、寓理于事，以事见理，很像某些先秦诸子的文章，让人读了觉得生动具体，趣味盎然，不但富于说服力，而且富于感染力。这类文章数量不小，因此可以说，这也是戴名世散文的一个重要特点。例如，他的好友赵骖期很有文才，但多年考试不能及第，当他打算再度北上赴考时，戴名世写文章劝他，“凤凰翔于千仞”不要再去“与鸡鹜争食”。他用两个故事来说服赵骖期：

> 海上有黑人之国，皮骨齿牙皆黑，裸处岛中见有色白而衣者至，群鼓掌笑或闭目不忍见，匿之水中。齐鲁山泽间多瘿瘤之疾，臃肿轮囷，累累然相属于项下者，甚至掩其腹腰。聚族私语，窃窃然叹他人形体之为不具也。(《送赵骖期序》)

通过这两个故事，戴名世指出当时世道是“赋质美则不能不见挫于恶，挟技高则不能复得意于卑”，赵骖期的文章是不可能得到欣赏的。文章议论不多，但与故事相配合，道理说得生动透辟，耐人寻味。

山水游记及咏物抒怀的文章，也是戴名世散文中很有艺术性的部分。戴名世一生极不得志，在怀才不遇，穷愁潦倒，对现实绝望的情况下，有时不免流露出世思想，向往于刘伶、陶潜等人，这使他的某些散文带上了一点空灵飘逸的味道，蒙上了一层幽深淡远的色彩。但戴名世究竟是一个不能忘情于世事、执着于现实斗争的人，因此，他的文章风格，更多的是清新健朗。如他对浙江雁荡山大龙湫瀑布的描写，就是清新健朗，并能在平中见奇，能给人以极大的艺术享受：

> 又行百余步，径穷路转，得大龙湫，为天下第一奇观。水自雁湖合诸溪涧，会成巨渊，渊深黑不可测。其侧有石槛，中作凹，水从凹中泻下，望之若悬布，随风作态，远近斜正，变幻不一；或如珠，或如毯，如骤雨、如云、如烟、如雾；或飘转而中断，或左右分散而落，或直下如注，或屈如蜿蜒。下为深潭，观者每立于潭外，相去数十步，

水忽转舞向人，洒衣裾间，皆沾湿。忽大注如雷，忽为风所遏，盘溪横而不下。盖其石壁高五千尺，水悬空下，距石约一二尺许，流数文，辄已势远而力弱，飘飘濛濛，形状顿异。他处瀑布皆沿崖直走，无此变态也。

对大瀑布的这段描写，有声势，有变化，或细，或粗，或急或缓，连带而下，中间以“或”、“如”、“忽”三字相接，写得极为生动，使人读后有身临其境之感。

在戴名世的山水游记和咏物文章中，纯客观的描写极为少见。在写景咏物中，作者常寓情于景，表现身世之感，愤嫉之情。《芝石记》在刻画芝石秀美的形态的同时，就灵芝之是否为“祥瑞”发论，指出统治者常以灵芝“文天下之太平。然是时天下果有道、四方皆清明乎？未见其然也”，这无疑是在讥时讽世。文章又从天下四方之事及于自身，“幸芝之类余，而又辱与余处以不自失其天”，表现了自己的身世之感和洁身自爱的情怀。《河墅记》以幽深淡远的文笔，描绘作者家乡桐城郊外优美的山水：

江北之山，蜿蜒旁礴，连亘数州，其奇伟秀丽绝特之区，皆在吾县。县治枕山而起，其外林壑幽深，多有园林池沼之胜。出郭循山之麓而西北，之间群山逶迤，溪水潆洄，其中有径焉，樵者之所往来。数折而入，行二三里，水之隈，山之奥，崖石之间，茂树之下，有屋数楹，是为潘氏之墅。余蹇裳而入，清池汱其前，高台峙其左，古木环其宅。于是升高而望，平畴苍莽，远山迴合，风含松间，响起水上。

这样清幽秀美的环境，正是“羁穷之人，遁世远举之士所以优游而自乐者也”，字里行间，颇有出世之感。而紧接下去，却笔锋一转，从他的老师潘木崖先生的不遇，痛斥科举制度的腐朽，露出了他的文章常有的批判的锋芒。

由于强调情至文生，文成法立，戴名世的散文，形式不拘一格，活泼多样。散文作为文学样式之一，本来就是最自由、最灵活的一种。它的内容可以海阔天空，无所不具；它的形式更是不拘一格，不受任何程式的限制。戴名世的作品很好地发挥了散文的这一特长，极少八股气。他的散文，有的洋洋洒洒，有的小巧玲珑；有的尖刻泼辣，有的淡远清新。长的文章可达数千字，短的却只有一二百字，而无论长短，都各有特色。但戴名世更为擅长的还是短文，在他的文集中，多数是几百字的短文，虽篇幅短小，却也写得清明简要而又曲折多姿。例如《鸟说》，只用了二百多字就生动地描绘了小鸟的遭遇：

> 余读书之室，其旁有桂一株焉。桂之上，日有声喧喧然者，即而视之，则二鸟巢于其枝干之间，去地不五六尺，人手能及之。巢大如盏，精密完固，细草盘结而成。鸟雌一雄一，小不能盈掬，色明洁娟皎可爱，不知其何鸟也。雏且出矣，雌者覆翼之，雄者往取食。每得食，辄息于屋上，不即下。主人戏以手撼其巢，则下瞰而鸣，小撼之小鸣，大撼之即大鸣，手下，鸣乃已。
>
> 他日，余从外来，见巢坠于地，觅二鸟及雏，无有。问之，则某氏僮奴取以去。嗟乎！以此鸟之羽毛洁而音鸣好也，奚不深山之适而茂林之栖，乃托身非所，见辱于人奴以死，彼其以世路为甚宽也哉！

这篇短文，在戴名世的短文中颇有代表性。它并不因为短而显得简陋贫乏。相反，小鸟的形态、音鸣、生活习性都写得委婉曲折，细腻逼真，读之如历历在目。特别是文章末尾的感慨三言两语，点出世路之窄，世路之险，寓意深远，余味无穷。

清代曾有人把戴名世的散文与桐城派方苞、刘大櫆、姚鼐的文章相比较，说戴文是以刘之才行以方之义，并兼得姚之自然之韵。对此，桐城派的徐宗亮加以反驳，说“读先生之文，不必于三家之中求其同，亦不必于三家之外求其异”。[⑧]他不赞成比较戴名世和方、刘、姚的异同，自有其道理。桐城派视方、刘、姚为“三祖”，比较他们和戴的异同，很容易给人们留下扬戴而抑“三祖”的印象。但徐宗亮实际上是把戴与方、刘、姚视为一派的。我们认为，就戴名世的文论和散文创作对桐城派的影响来看，说戴名世就是桐城派作家，甚至以他为桐城一祖，都是可以的。但也不能因他与方、刘、姚是一派，就不能分上下高低。戴名世的散文，无论思想高度或艺术成就，都在所谓“三祖”之上，这是毫无疑义的。

（此文与王凯符合撰）

1980 年 5 月

注释：

①方苞《南山集序》

②《清实录·康熙五十年》

③佚名《记桐城方戴两家书案》

④《与刘大山书》，载《戴南山先生全集》。以下凡征引戴文，均见此集，不另注明。

⑤苏轼《东坡题跋》

⑥方宗诚《桐城文录序》

⑦鲁迅《南腔北调集》

⑧徐宗亮《南山集后序》

“人”和“人学”解放的新潮

——明代文学新思潮简论

在中国文学史上，有过三次大的思想解放。第一次是春秋战国之际。当社会制度急剧变动时期，礼崩乐坏的结果，使大批学者、作家在不同程度上从反映旧的奴隶制的“天道”观下解放出来，思想得以自由辐射，形成“百家争鸣”的局面，学术、文学由此空前繁荣；这个势头，一直延续到西汉前期。第二次在建安魏晋之际。农民战争、豪强割据，导致皇权衰落，神学化的正统思想的权威一落千丈。以孔融、祢衡、嵇康、阮籍为代表的玄学激进派的反正统的异端思想由此得以发展，促成了作家创作个性的觉醒，文学摆脱了经学的桎梏，走上自觉发展的道路，经两晋至隋末，文学的内容形式都发生了深刻的变革，为唐代文学的大繁荣创造了重要的前提条件。第三次思想解放，就是明代中后期“人”和“人学”解放的新思潮的兴起。这三次思想解放，都带有打破正统思想的封闭，文学家的眼光转向现实人生的特点。当然，因为时代条件的不同，它们的性质有着明显的差异。其中，第三次思想解放由于已多少带有近代思想的色彩，意义最为深刻，因此更加值得注意。

一

中国封建社会自宋代进入后期，社会基本矛盾的发展愈益激烈，统治集团也愈益加强了专制统治。这在政治上，主要表现为中央集权的进一步强化；在思想文化上，则表现为理学的产生并迅即成为官方哲学，以及文化专制的日益严酷。按照社会形态的矛盾发展规律，旧形态的衰落，必须伴有新形态的孕育萌芽。从宋代起，实际上已经出现了新形态的某些迹象。封建租佃制的成熟，标志着农民对地主的封建依附关系的相对松弛。这不但有利于农民阶级自身的自由平等观念的发展，也为自由民的扩充提供了一定的条件。而城市经济的空前繁荣，更是自由民壮大的肥沃土壤。在这样的社会条件下，自宋至明，下层人民(包括下层知识分子)特别是城市自由民意识到自身利益的倾向日益发展。明中期资本主义生产关系萌芽的出现，更促进了这种发展。明中后期的思想解放，就是在这样的现实基础上酿成的。

宋代形成的程宋理学具有神学的、禁欲主义的性质，它只承认"天理"而不承认"人"，不承认人的个性的任何自由，不承认"人欲"即人的生存发展的自然要求的任何合理性。南宋前期，与朱熹继二程之后宣传并发展理学的同时，出现了陆象山的心学。心学不承认"天理"，只承认人心，提出了"心即理"[①]的命题，把封建的纲常之道拉回到人的心中，成为人心之所固有。明代王守仁在理学成为官方哲学的情况下，继承发展象山之学，认为"无心外之理，无心外之物"。仁义道德只在人心中，"不假外求"[②]。程朱之学与陆王之学虽有"天理"与"人心"之别，也曾引起过激烈的论争，而究其实质，则无二致。黄宗羲就说过，朱、陆"二先生同植纲常，同扶名教，同宗孔孟，即使意见终于不合，亦不过仁者见仁，智者见智，所谓学焉而得其性之所近，原无有背于圣人。"[③]但心学以"心"反"理"这一点，在理学统治十分严酷的情况下，却给了反对这种统治而主张"人"的解放的进步思想家以可资利用的思想材料。明代中期，王艮等人就是这样打着"王学"的旗号，却按自己的进步思想修正"王学"，在一定程度上把抽象的仁义之"心"偷换成了活生生的血肉的人心，形成了一个进步的思想流派——泰州学派。而泰州学派的进步思想，正是明代文学新思潮的思想基础。

王艮字汝止，号心斋，泰州安丰场(今属江苏省东台县)人，出身灶丁，壮年始识字读儒书，中年入王守仁门下学习，同时自出心裁，提出了一整套新鲜的反正统的学说。黄宗羲《明儒学案·泰州学案》称王艮之学"非名教之所能羁络"，确切地说，王艮的思想有合于名教的一面，而其主要的方面，则是与名教相悖谬的进步思想。

王艮的进步思想有两个特点：

第一，王艮所强调的"心"(有时称作"体"、"本体"或"中")不完全是陆、王所谓的生而知仁义道德之心，而主要是一种自然天性。他说“天性之体，本是活泼，鸢飞鱼跃，便是此体。”“鸢飞鱼跃，此‘中’也。”“良知之体，与鸢鱼同一活泼泼地。当思则思，思通则已…… 要之，自然天则，不着人力安排。”“人性上不可添一物。”“凡涉人为，便是作伪。”④王艮虽然也用了陆、王心学之所由出的孟子性善论的概念，甚至也用了理学家的话头（朱熹《四书集注·中庸章句》“诗云：鸢飞戾天”条注引程子语：“此一节子思吃紧为人处，活泼泼地，读者其致思焉。”），但很明显，他的人性论，不同于孟子的性善论，更不同于程朱的性理之说，倒更接近于老、庄的自然人性论，即强调人的自然而然的不受既有观念污染的纯真的本性，连他的具体表述，都受老、庄的影响，如“鸢鱼”之喻，虽语出《诗经》，而实际上却是得启发于庄子“牛马四足，是谓天”⑤以及“以鸟养鸟”⑥的提法（关于道家的自然人性论及其与文学思想的关系，拙文《“自然之道”与“以自然之为美”》有较详论述，兹不赘。文见《古代文学理论研究》第九辑）这种反对“作伪”，反对“人力安排”的自然人性论，是泰州学派立论的基本出发点。它的重要意义，主要在于以活生生的绝假纯真的自然人性否定仁义道德的“天理”决定论，在客观上要求解除封建思想桎梏对于人性的束缚，具有反理学的深刻的思想意义。这种自然人性论，也是文学新思潮各主将立论的出发点，对李贽的“童心”说，汤显祖的“主情”说，以至公安袁氏的“性灵”说，可谓导乎先路了。

第二，王艮的自然人性论在实质上不同于老、庄的自然人性论，它有着现实的依据，具有社会人生的深刻的现实内容。王艮的学生问他“百姓之日用即‘中’乎?”他答：“使非‘中’，安得谓之道?”⑦这就肯定了“百姓日用”出于人的自然天性、自然要求，而且把“百姓日用”提到了“道”的高度。这样，王艮就提出了泰州学派的一个基本的、社会影响很大的观点：百姓日用是道。

本来，《易·系辞》所谓“百姓日用而不知”的，是指阴阳相生变化无方的“道”，还不具有伦理纲常的涵义，后来的儒家学者，特别是宋、明心学一派的学者，给了这“百姓日用而不知”的“道”以仁义道德的内容。王守仁就说过：“百姓日用而不知，皆是道也。”他所谓的百姓所不自知的，正是仁义道德的天性——良知。因此，其所谓道，仍是仁义之道。而王艮所谓“道”，则是“百姓日用”本身。“百姓日用”，是王艮学说的核心的社会内容，故王艮之学又被称为“百姓日用之学”。这个“百姓日用”，包含了老百姓日常生活的物质的和精神的需要。这样一来，理学家必欲除之而后快的“人欲”，在王艮那里反而成了天经地义的“道”了。这对于理学禁欲主义，显然是一个不小的冲击。

王艮的学说提出之后，在当时就产生了极大的影响。正统派诬之为“左道惑众”，而下层士民则翕然信从，“四方从游日众，相与发挥百姓日用之学”[⑧]。王艮的传人，大多是劳动人民和中下层知识分子，极少达官贵人。泰州学派的知识分子在当时常被目为“狂士”，他们的“狂”，不但表现在他们的日常行为，待人接物，多颇为狂怪而不同于流俗，性格多倔傲不羁而有叛逆性，更重要的是表现在他们的思想的反正统的异端的性质。这样的“狂士”，在正统派眼中，自然成为“左道”、“妖人”而要加以迫害了。泰州学派也正是在正统思想的压迫和专制主义的屠戮下流传发展的。

王艮的传人，有再传弟子颜山农，颜山农传罗汝芳、何心隐，罗汝芳的弟子有汤显祖。李贽曾师事王艮之子王襞，与罗汝芳也有交往。徐渭与泰州学派没有直接的师承关系，但在思想上与“百姓日用之学”相通。此外，冯梦龙、袁宏道在思想上和社会关系上与泰州学派的关系也相当密切。而徐渭、李贽、汤显祖、冯梦龙、袁宏道等，都是当时文学新思潮的主将。

二

明代中后期的文学新思潮，作为对正统的、专制主义的、禁欲主义的思想叛逆，首先是以要求“人”的解放为其思想的主要特点的。事实上，作为“人学”的文学的解放，没有对“人”的新的觉醒，也是不可能的。

在当时，自由民阶层的日益壮大和新的社会经济因素的出现，客观上就已经提出了“人”的解放的社会要求，而且在实际的社会生活中已有表现。知识分子，特别是中下层知识分子，历来对于社会发展的哪怕最不明显的趋向都是最为敏感的；社会发展的新趋向的端倪，往往也可以从某些知识分子的某些特异的表现看出。明中后期，在知识分子来说，可以说是一个“狂士”辈出的时代，这不但有泰州学派的思想家、文学家、艺术家，还有以唐寅为代表的吴门文豪等等。在他们身上，都多少带有不为名教所羁络的自由解放的色彩，反映着“人”的解放的时代要求，而徐渭、李贽、汤显祖的思想，则最为集中地反映了这种要求。

徐渭是一个多才多艺的人，长于诗、词、古文、戏剧、书法、绘画，精于哲学，且有军事才能。据陶望龄、袁宏道分别为他写的传，他性格“通脱”、“豪恣”，“不羁”，“眼空千古，独立一时，当时所谓达官贵人，骚士墨客，皆叱而奴之，耻不与交”[9]。中年入狱，在狱中写《自为墓志铭》，自称“疏纵不为儒缚”。[10]一生愤世嫉俗，尝以诗见志：“特将铁扫帚，痛扫世淫贪。”[11]可见他也是一个“狂士”。

徐渭的思想渊源比较复杂，儒家、道家、道教、佛教思想，他都下过探究的功夫，特别是对道家、佛教之学，深有体会，“自谓别有得于首楞严，庄周、列御寇”。[12]但他的思想的主线，正是反理学的“百姓日用之学”。在学术上，徐渭并非出自泰州之学，而是出自王学的另一支——龙溪之学。龙溪学派为王守仁弟子王畿所创，黄宗羲《明儒学案》将泰州之学与龙溪之学并提，认为俱不能尽守师说，但龙溪之学远不如泰州之学激进，故于师说“不至十分决裂”。徐渭从龙溪之学入手，利用龙溪之学屏斥理学，声称“自家溪畔有波澜，不用远寻濂洛水。”[13]再吸收道家、佛教思想的异端成分，融会以自己的现实人生感受，形成异于师说的思想。这种思想，与泰州学派的“百姓日用之学”正相吻合。故徐渭对王艮十分尊崇，谓其“起渔盐而揽道柄于海滨”[14]。

徐渭思想的基点，是反对“天理”而肯定“人欲”，强调人心之自然，与泰州学派的自然人性论不谋而合。人性、人心，徐渭也称之为“本体”，又叫“未泯之良”。徐渭认为，人的本性是自然的，他说：

> 人心之惺然而觉，油然而生，而不能自已者，非有思虑以启之，非有作为以助之，则亦莫非自然也。[15]

这样的自然之性，在徐渭看来，是十分可贵的，但在社会上，它常常受到“熏染”、“知觉”、“嗜好”、“利害”的戕贼，于是人就要“忸怩”、“作伪”，以“掩其善恶之念”，“文饰其奸”。[16]

这种自然之性，徐渭又称之为“中”。甚么是“中”？徐渭说：“中之云者，酌其人之骸而天之谓也。”[17]也就是说，要适应人的血肉之躯而全其自然天性。以此，徐渭主张“以人治人”[18]，要求顺应人的自然天性来治理人，而不要把治理搞成了对人的自然天性的束缚和残害。

由于强调自然人性，徐渭对血肉的人生是重视的，他特别强调要提高人的地位，主张重视人物质生活，主张人的平等。他说：

> 自上古以至今，圣人者不少矣，必多矣。自君四海主亿兆，琐至

> 治一曲之艺，凡利人者，皆圣人也。周所谓道在瓦砾，在屎溺，意岂引且触于斯耶？故马匠、酱师，治尺箠，洒寸铁而初之者，皆圣人也。[19]（重点是引者加的）

“凡利人者，皆圣人也”，这是典型的下层劳动者以及城市工商业者的思想，是他们打破封建宗法制的压制，提高自身地位，维护自身利益的要求的反映。既然凡利人者皆为圣人，于是下层劳动者以及城市工商业者便都是圣人，他们的物质生产活动和市易活动就都合于大道了。这是王艮“百姓日用是道”的观点的最好的发挥。

显然，徐渭关于人性的观点，已带有自由平等的近代思想色彩，是“人”的解放的先声，对于当时文学新思潮的兴起和发展有着深刻的影响。

李贽的生平性格，学者已多所论及，兹不赘述。在明代中期，李贽可谓异端之尤。同徐渭一样，李贽也是深研百家之学，尤其道、佛两家，终身钻研，深有所得。他自称“老子《道德经》日置案头”，“行则携持”[20]；在麻城时，更是潜心于佛学，不再读儒家之书。李贽研究道家、佛教之学，是把它们作为异端思想来研究，是为了从中吸收反正统的思想养料。他读过大量的佛经，长期住佛寺，并落发为和尚，却终身不信鬼神，并未接受佛教的迷信宣传。李贽的思想非王艮之学所能范围，但其异端思想的核心，仍是泰州学派的“百姓日用之学”。他是泰州学派的嫡系传人，终身坚持并大大发展了泰州学派的进步思想，并以泰州学派作为一个英雄的学派而自豪，称“心斋真英雄，故其徒亦英雄也”[21]。何心隐被明统治集团杀害，李贽著《何心隐论》，以示不平[22]，并盛赞“何心老英雄莫比”，“读其文，想见其为人”[23]。

在泰州学派的传人中，李贽是“人”的解放的最热情的鼓吹者。论者多谓其《童心说》是一篇当时所能提出的个性解放的宣言，这是对的。《童心说》的出现，在当时并不是孤立的、偶然的。它是当时社会实际存在的个性解放要求的反映，其思想根基，则是泰州学派的自然人性论。徐渭鼓吹人心之“莫非自然”，与《童心说》在实质上完全相同，都是鼓吹“人”的解放的反理学的异端之说，《童心说》则把这异端之说推向了更明确的、更深刻的、更系统的地步。“童心”作为人的“绝假纯真，最初一念之本心”，是与作为理学枷锁的“闻见”、“道理”不相容的。对“童心”的肯定，就是对“天理”的否定。论者或谓李贽的“童心”说有抽象的、唯心的缺点，而实际上，“童心”说在《童心说》一文中在表述上虽有抽象之弊，但通观李氏著作，其所谓“童心”确有非常现实的社会的具体内涵。所谓“童心”，其实也就是“人欲”。在这个问题上，李贽发挥了王艮“百姓日用是道”的观点：

> 穿衣吃饭，即是人伦物理；除却穿衣吃饭，无伦物也。世间种种皆衣与饭类耳，故举衣与饭而世间种种自然在其中，非衣与饭之外更有所谓种种绝与百姓不同者也。[24]

如李贽所说，这里所谓的“穿衣吃饭”，不能机械地理解为只是衣食，而是代表着“世间种种”，即老百姓生存发展的种种物质的和精神的要求。实际上，对于“人欲”，李贽突出强调的还不是衣食。在《答邓明府》中，他列举种种“百姓日用之迩言”，其中有“好货”、“好色”[25]。参以李氏其他论著，这“好货”、“好色”，正是李贽所谓“童心”即“人欲”的基本内容。

直接地说，所谓“好货”，就是要求兴工商以图利，“好色”，就是要求爱情婚姻的自由解放。在封建社会里，“货”与“色”是正统儒家特别是理学家最为忌讳、最为反对的东西，李贽却反其道而行之，公然加以提倡，其异端的性质，是再明显不过了。

主张“好货”，实际是为市民张目，反映了他们发展工商业的要求。封建正统派从来就是崇本抑末，最为鄙视和压制工商的。其经济原因，主要在于工商业的发展最不利于农村宗法式的自然经济的巩固，而这宗法式的农村自然经济，则是全部封建的宗法制的上层建筑赖以树立的基础。因此，封建正统派从来就视货利为洪水猛兽。而李贽却为商贾说话：“商贾亦何鄙之有？挟数万之资，经风涛之险，受辱于关吏，忍垢于市易，辛勤万状，所挟者重，所得者末。”[26]“以身为市者，自当有为市之货，固不得以圣人而为市井病。”[27]在李贽看来，市井之人并没有什么可鄙的，比起口不言利，实则利欲熏心的假道学来，他们是够高尚的了。

由对“好货”的肯定，李贽进而断言：“夫私者，人之心也。人必有私，而后其心乃见；若无私，则无心矣。”“此自然之理，必至之符。”[28]恩格斯在《路德维希·费尔巴哈和德国古典哲学的终结》一书中，谈到过“贪欲”曾是“历史发展的杠杆”，普列汉诺夫在俄译本注释中解释说，这种“贪欲”出现在旧制度的基础崩溃之际，正体现着“跟过去所建立的那种永世不移的道德决裂”[29]。李贽生活在资本主义经济因素的萌芽刚刚出现，旧的社会制度的基础还谈不上崩溃的时代，但他肯定"私"的天经地义，说明他至少已经敏感到了"跟过去所建立的那种永世不移的道德决裂"的历史趋势。

主张"好色"，是为爱情自由张目。在禁欲主义的统治下，对于爱情自由的追求，乃是"人"的解放的一个重要内容，个性自由的一个重要方面，是性爱的解放。李贽反对理学禁欲主义而鼓吹"好色"，故主张男女婚姻大事应"早自抉择"，不可"徒失佳偶，空负良缘"，并进而把男女爱情自由提高到了"同明相照，同类相招"[30]的规律性的高度，认为男女自择佳偶，是天经地义。封建的婚姻，是以男尊女卑为条件的，鼓吹爱情自由，不能不抨击男尊女卑而主张男女平等。李贽宣称"圣人不曾高，众人不曾低"[31]，表现了明确的"人"的平等的观念。他又进而把这种平等观念施之于男女之间，认为男女也不应有高低。他质问道："谓人有男、女则可，谓见有男、女岂可乎？谓见有长、短则可，谓男子之见尽长，女子之见尽短，又岂可乎？"[32]只有以男女平等为条件的爱情，才是真正自由的爱情。李贽的这种思想，在明代中期以至清代前期的文学领域中曾产生巨大影响，对这个时期文学的崭新局面的出现，起了有力的推动作用。

徐渭、李贽肯定"人欲"的观念，到了汤显祖那里，更发展为明确的以"情"反"理"的思想。汤显祖关于"人"的解放的思想，可以归结为对"情"的强调。他的反理学，正是以"情"为武器，以禁欲主义为主攻方向的。

汤显祖的主"情"，是以对人生的肯定和尊重为基础的，他说：

> 天地之性人为贵。人反自贱者，何也？孟子恐人止以形色自视其身，乃言此行色即是天性，所宜宝而奉之。……故大人之学，起于知生。知生则知自贵，又知天下之生皆当贵重也。[33]

这里虽用了孟子的话头，阐发的却主要是反对理学残害人的天性而尊性贵生的观点。他认为，天地万物之中，人是最可贵的，人们对这一点应有所自觉，不要自轻自贱，也不要轻贱他人。这显然是针对名教害人而发的。朱廷诲《王茗堂文集序》论汤显祖写《贵生书院说》的意图："慨人之罔生者众也，揭'贵生'以觉其幽。"正确指出"贵生"之意，在发人觉醒。汤显祖这种体现了人的自我觉醒的对人生的重视，正是其主"情"思想的出发点。

对于人性，汤显祖突出强调"情"，认为"情"是人性的根本。他说"性无善无恶，情有之"[34]"人生而有情，思欢怒愁，感于幽微，流乎啸歌，形诸动摇，或一往而尽，或积日而不能自休”[35]在汤显祖看来，“情”的力量是巨大的，人的一切，都以“情”为主宰，“天下之声音笑貌大小生死，不出乎是”[36]，情之所至，以惊天动地，出生入死。

汤显祖所讲的“情”的基本内容，仍是泰州学派所肯定的“百姓日用”的“人欲”。这以“人欲”为内涵的“情”，在汤显祖那里是自觉地与“理”相对立的，他丝毫也不想掩盖他的主“情”思想与理学教条的不相容，他一再声言：“理所必无，情所必有”[37]。据冯梦龙所辑《古今谭概·佻达部》：“张洪阳相公见《玉茗堂四记》，谓汤义仍曰‘君有如此妙才，何不讲学?’汤曰‘此正吾讲学。公所讲是性，吾所讲是情。’”(按“性”即“性理”。理学家鼓吹“性即理”，认为包括人在内的万物之性皆禀受于天理，故理学亦称“性理之学”。)这表明汤显祖是有意识地把对“情”的表现作为抵制理学宣传的手段的。在明代中后期的文坛上，“情”与“理”之争是思想斗争的一个重大主题，在这个斗争中，汤显祖的主“情”的思想起过极为重要的作用。

三

“人”的解放的要求，必然导致“人学”解放的要求的提出。宋明时期，理学作为官方哲学，起着严重地束缚人的个性以维护封建纲常的作用。与此相应，“文以载道”的正统文学教条对于作为“人学”的文学也成为枷锁。对“文以载道”的文学观来说，文学只是表现封建道统的工具，人的生活，人的性情，人对现实生活的真实感受，在这里没有任何地位；人被完全排除于文学之外，文学于是不再成其为“人学”。由宋到明正统文学的日益衰落，这是一个重要原因。新兴的文学在宋代就已经在社会下层出现，在元代，由于特殊的社会情况和知识分子的特殊处境，戏剧文学曾取得光辉的成就。但在明王朝建立之后，由于统治集团对新兴文学采取严酷的专制手段，由于“教忠教孝”成了官定的主题，明前期一百多年的时间里，文学领域一片沉寂，了无生机。这种情况，随着文学新思潮的兴起，有了巨大的变化。

明中后期的文学新思潮，是“百姓日用之学”在文学领域里的必然延伸。这股新思潮，是以“人”的解放为核心，是以恢复人性、人情在文学中的地位为目的的。在文学新思潮的主将们那里，文学才又真正成为“人学”。

徐渭、李贽、汤显祖以至冯梦龙、袁宏道的文学观，对“文以载道”的正统文学观都具有鲜明的离经叛道的特点；在他们看来，文学的基本内容，文学表现的基本对象不应该再是正统的“道”或“理”，而应该是人心、人情。

徐渭对于文学的基本主张是文学应“取兴于人心”[38]。他认为，文学艺术的基本功能，是宣泄人的自然之情，他说：

> 睹貌相悦，人之情也。悦则慕，慕则郁，郁而有所宣，则情散而事已。无所宣，或结而疹，否则或潜而行其幽。是故声之者，宣之也。[39]

人有自然之性，即有自然之情，表现这种自然之情，正是文学的要务。因此，他强调文学作品表现作家之“自得”、“自鸣”[40]；强调“本乎情”而反对“设情”[41]。在主张文学“本乎情”的时候，徐渭特别强调文学表现“艳情”，认为“艳者固不妨于《骚》”[42]，把艳情文学提高到了经典文学的地位。创作如此，编选古人之作亦如此，他的朋友许口北编选古诗，他提出建议：“涉艳者，愚意在所必选。”[43]

文学应该本乎情而不要造情，本是古已有之的观念，在文学的第二次大解放时期，刘勰、钟嵘都强调过。但徐渭在新的历史条件下主张宣泄人情，却具有全新的反禁欲主义的历史意义，反映了“人欲”的解放的客观的社会要求。要求文学表现自然之情，一方面要求作家表现不为名教所缚的自我之情，一方面则要求表现“马医”、“酱师”以及“活尺箠”、“洒寸铁”者的“百姓日用”的自然要求。而对“艳情”的鼓吹，则更显然是对禁欲主义的有意轻蔑。

李贽以表现“童心”之文为“天下之至文”[44]，仍是以表现人性、人情为文学的基本功能。基于对自然人性的肯定，李贽明确认为文学“以自然之为美”。文学的自然之美，当然首先在于其所表现的自然之情。他说：

> 盖声色之来，发于情性，由乎自然，是可以牵合矫强而致乎？故自然发于情性，则自然止乎礼义，非情性之外复有礼义可止也。唯矫强乃失之。故以自然之为美耳，又非于情性之外复有所谓自然而然也。[45]

“发乎情，止乎礼义”，是封建正统文学观的一个重要方面，它所规定的，是名教对于“情”的束缚和限制。李贽否定“情性”之外复有礼义可止，实际上是解除了“礼义”对于“情性”的束缚，于是，就只剩下“发于情性”了。这种不为名教所束缚的自然的“情性”，也就是“童心”，也就是以“好货”、“好色”为主要内容的“人欲”。基于此，李贽认为最好的文学作品是表现了“童心”即真情的作品，他说：

> 天下之至文，未有不出于童心焉者也。苟童心常存，则道理不行，闻见不立，无时不文，无人不文，无一样创制体格文字而非文者。诗何必古选，文何必先秦。降而为六朝，变而为近体，又变而为传奇，变而为院本，为杂剧，为《西厢曲》，为《水浒传》，为今之举子业，皆古今至文，不可得而时势先后论也。[46]

对李贽来说，“童心”成了一个至高无上的文学标准。而他所赞扬的“出于童心”的《西厢曲》、《水浒传》，正是表现了“人欲”因而被正统派诬为“诲淫”、“诲盗”的作品。不能表现“童心”，即使是《六经》、《论语》、《孟子》，也不过是“道学之口实，假人之渊薮”而已。既然以“出于童心”为美，故李贽称赞“市井小夫”之“说生意”，“说力田”，“凿凿有味，真有德之言，令人听之忘厌倦。”[47]这虽然不是在赞扬“好货”文学，而实际上是在鼓吹“好货”文学。在《杂说》中，李贽还盛赞以爱情自由为主题的《西厢记》、《拜月记》为“化工”[48]之作，认为这样的好作品，“自当与天地相始终”[49]。这就是在直接鼓吹“好色”文学了。

汤显祖更以表现“情”为文学创作的基本目的。在他那里，既然人是最可贵的，而人的“情”又是主宰一切的，文学当然也为“情”所主宰。他认为，文学的源泉，就是“情”，即所谓“世总为情，情生诗歌”[50]。这样，文学也就自然是“情”的结晶，而文学家的要务，也就在于表现“情”了。汤显祖在谈到自己的创作活动时说过：“世之与我甲寅者再矣，吾犹在此为情作使，劬于伎剧；为情转易，信于痎瘧。时自悲悯，而力不能去。”[51]戏剧家就是这样为胸中一股不可遏制的“情”所驱使而创作的。这个“情”字，既是作家胸臆中之情，同时也是天下有情人之情；对天下人来说，它的内容并不限于爱情，凡是老百姓在实际生活中，在求生存发展的斗争中所产生的要求、愿望、理想，都是文学家应该表现的“情”。汤显祖的《临川四梦》，就是表现这种种“情”的。《牡丹亭》和《紫钗记》表现青年男女对爱情幸福的强烈追求，《邯郸记》表现的是对黑暗现实的一股愤恨之情，代表着当时一般有识之士对于现存社会的态度，而《南柯记》则寄托了一种对于清明社会的乌托邦式的理想。

“人”的解放的思潮反映了已经出现的客观历史要求，但这并不等于说当时社会已经充分具备了“人”的解放条件。事实上，封建制度在当时还未面临崩溃，理学作为统治阶级的思想仍是统治的思想。思想的追求和现实条件的这种矛盾，使得“人学”解放的思想带上了理想的浪漫色彩。这在汤显祖身上体现得最为突出。从“贵生”的主张到对“生者可以死，死者可以生”[52]的至情的强调，都表现了对于“人”的解放的理想的追求，而在沉重的封建重压之下，汤显祖又不能不慨叹“世间只有情难诉”[53]。为了尽情地表现这难诉之情，汤显祖对于文学创作强调“如意”二字。他说：

> 天下文章所以有生气者，全在奇士。士奇则心灵，心灵则能飞动，能飞动则上下天地，来去古今，可以屈伸长短生灭如意。如意则可以无不如。[54]

这种心灵飞动而无不如的境界，当然是一种埋想的境界。为了“如意”，汤显祖提倡文学创作的“纵横流漫”，“诡谲浮夸”，强调作家的“才情妙敏，踪迹玄幽”[55]，为了“如意”，他对于戏剧创作强调梦境的表现，倡言“因情成梦，因梦成剧”[56]，梦乃情之所至，尽情不如写梦。通过梦境的描写，可以无拘无束，驰骋自由地写“情”，可以把“情”表现得淋漓尽致。汤显祖一生的剧作均涉梦境，正是这一创作原则的实践。

综观徐渭、李贽、汤显祖关于“人学”解放的思想，大体可以把它归结为要求文学自由地表现未被理学污染的、不为名教所羁络的“情”。这样地强调“情”，在徐渭、李贽、汤显祖之外，还可以举出大声疾呼“借男女之真情，发名教之伪药”[57]的冯梦龙。在诗文创作领域，则有终身对徐渭、李贽衷心景仰的袁宏道。袁氏所主“性灵”，虽有狭隘之弊，缺乏徐渭、李贽、汤显祖关于人性、人情的思想所具有的那样广阔深厚的现实内容。但就其要求解除理学束缚，独抒胸中真情来说，“性灵”在实质上与“童心”是相通的。

徐渭、李贽、汤显祖等力破“载道”的藩篱，以表现“人欲”为文学的基本功能，可以说是抓住了“人学”解放的根本。由此出发，他们痛驳乞灵于“秦汉”、“盛唐”的复古论调，力求把文学从已经僵化的传统思想和形式中解放出来，以适应表现新思想的需要，他们力辟歧视新兴文学的正统偏见，大力提倡和扶植戏剧、小说等新兴文学，把这些最适宜于“百姓日用”的新文学提到了经典的高度，他们热情赞扬百姓真情流露的民间歌谣俚曲，并加以搜集整理，以推动和扩大“人学”解放的潮流，以充实反名教的武库。

随着这股“人”和“人学”解放的新潮的兴起和发展，明中后期文坛出现了崭新的局面。这首先表现为打破了明初以来文坛的沉寂状态，出现了文学特别是小说、戏剧的大繁荣。这个时期，小说、戏剧作品数量之多，质量之高，在世界文化史上也是极为值得注意的。更为重要的是，在内容上，这个时期的文坛真所谓“人欲”横流，除了大量爱情题材的作品外，普通人丰富多彩的生活，他们的情感、追求，成了文学的题材，屠夫、小贩、商人、妓女、牧童、村姑、绿林好汉，以至三教九流进入文学，成了主人公；“好货”、“好色”成了许多作品的共同主题。这标志着我国古典文学已进入具有近代色彩的新时期。

我们充分肯定明代的文学新思潮在其所由产生的历史时代的进步意义，同时也应指出，由于历史的发展在当时还没有达到旧制度的基础崩溃之时，还不具有在思想上与旧的伦理道德观念完全决裂的条件，在王艮以及徐渭、李贽、汤显祖等人身上，都还打着深深的传统思想的印记。“百姓日用之学”有异端的性质，“非名教之所能羁络”，同时也没有能完全摆脱正统思想的束缚。而且，我们还应该看到，文学新思潮的主将们以自然人性为反理学的武器，但他们对“人”的本质和“人”的价值并没有作出科学的历史分析，他们感觉到了人心、人情的现实内容，却没有能正确指出这现实内容的本质。历史唯物主义的殿堂离他们究竟是太远了，他们达不到他们所不可能达到的高度，我们对这一点当然不应该苛求。但他们达到了他们的前人所没有达到过的高度，我们对这一点又应该予以肯定。

在本文的末尾，笔者想附带提出一个问题，以期引起学者的注意，这就是这股“人”和“人学”解放的思潮的国际背景问题。当明中后期这股思潮兴起并发展的同时，正是西方文艺复兴的鼎盛时期。徐渭、李贽、汤显祖与塞万提斯、莎士比亚基本上是同时代人。在中国大地上兴起的这股思想新潮，与西方文艺复兴的人文主义思潮虽然由于社会历史条件的差异，在成熟的程度上是不一样的，但两者确有相通之处。这一方面表现在对自然人性和个性的强调，另方面则表现在要求文学打破封建正统思想的束缚，由载封建之道转向对于血肉的现实人生的反映，由表现贵族社会转向表现恩格斯在谈到“莎士比亚化”时所说的那个“五光十色的平民社会”[⑧]。随着这股新潮的兴起和发展而繁荣起来明中后期戏剧、小说在思想上和艺术上的成就，在许多方面，比起西方文艺复兴时期文学的成就来，并不逊色。问题在于，我国的这股文学新思潮与西方文艺复兴时期的人文主义思潮之间是否存在着一定的实际联系呢？当时，中西之间的文化交流已不是个别的罕见的现象，从明中期起，西方传教士特别是意大利传教士到中国来的日益增多。意大利传教士远赴中国，一般都从威尼斯或热那亚启程，这两个城市在当时都是意大利人文主义的中心城市，而当时意大利的人文主义者，许多就是传教士。在这样的情况下，西方的人文主义通过传教士传入中国并产生一定的影响，中国的新思潮通过传教士带到西方并产生一定的影响，都是有可能的。但在这个问题上，笔者限于学识，至今还没有找到文献的证明。这个问题的解决，还有待于广见博识之士。在这个问题上如能有所发现，将是中国近古文学史研究的一个进步。

1982 年 11 月初稿

1984 年 5 月定稿

注释：

①《象山先生全集》卷十一《与李宰书》之二

②《王文成公全书》卷一《传习录》上

③《宋元学案》卷五十八《象山学案》

④⑦《王心斋遗集》卷一《语录》

⑤《庄子·秋水》

⑥《庄子·至乐》

⑧《王心斋遗集》卷三《年谱》

⑨《徐文长文集》卷首

⑩《徐文长文集》卷二十七

⑪《徐文长文集》卷四《昙阳》

⑫《徐文长文集》卷二十七《自为墓志铭》

⑬《徐文长文集》卷五《继溪篇》

⑭《徐文长文集》卷二十九《会祭高君文》

⑮⑯《徐文长文集》卷三十《读龙惕书》

⑰⑱《徐文长文集》卷十八《论中》之二

⑲㊳《徐文长文集》卷十八《论中》之三

⑳《续焚书》卷二《道教抄小引》

㉑《续焚书》卷三《为黄安二上人三首》
㉒《焚书》卷三
㉓《续焚书》卷一《与焦漪园太史》
㉔《焚书》卷一《答邓石阳》
㉕《焚书》卷一
㉖《焚书》卷二《又与焦弱侯》
㉗《续焚书》卷二《论交难》
㉘《藏书》卷二十四《德业儒臣论后》
㉙《路德维希·费尔巴哈和德国古典哲学的终结》中译单行本附录
㉚《藏书》卷三十七《司马相如传论》
㉛《焚书》卷一《复京中友朋》
㉜《焚书》卷二《答以女人学道为短见书》
㉝《汤显祖诗文集》卷三十七《贵生书院说》
㉞㊻《汤显祖诗文集》卷四十七《复甘义麓》
㉟《汤显祖诗文集》卷三十四《宜黄县戏神清源师庙记》
㊱㊿《汤显祖诗文集》卷三十一《耳伯麻姑游诗序》
㊲《汤显祖诗文集》卷三十三《牡丹亭记题词》，卷四十五《寄达观》
㊴㊷《徐文长文集》卷二十《曲序》
㊵《徐文长文集》卷二十《叶子肃诗序》
㊶《徐文长文集》卷二十《肖甫诗序》
㊸《徐文长文集》卷十七《答许口北》
㊹㊻《焚书》卷三《童心说》
㊺《焚书》卷三《读律肤说》
㊼《焚书》卷一《答耿司寇》
㊽《焚书》卷三《杂说》
㊾《焚书》卷四《拜月》
51《汤显祖诗文集》卷三十六《续栖贤莲社求友文》
52《汤显祖诗文集》卷三十三《牡丹亭记题词》
53《牡丹亭》第一出《标目》
54《汤显祖诗文集》卷三十二《序丘毛伯稿》
55《汤显祖诗文集》卷五十《艳异篇序》
57《序山歌》
58《马克思恩格斯选案》第四卷《致斐·拉萨尔》

“自然之道”与“以自然之为美”

——道家思想与中国古代文学理论探讨之一

综观中国古代文学理论，基本上有两大派，即重政治的一派和重艺术的一派。重政治的一派，强调明道、载道、美刺、教化，其基本的文学观是重实用，重功利。当然，不能说这一派根本无视文学的艺术表现方面，他们也有一些关于文、辞、法、象等问题的见解，但一般比较简单，比较表面，还说不上对于艺术的深入探讨。重艺术的一派，不是简单地把文学当作工具来看待，而是主要地把文学作为艺术来看待。因此，对文学的艺术规律、艺术特征、艺术技巧，有较充分的研究，有很丰富的见解。不能说这一派不重内容，但其所理解的文学的内容，主要地不是一般所谓明道、载道之“道”，而是情、性、心之类偏于情感、精神的东西。

这是一个基本的划分。如果要把文论家按这两种理论观念划分为两个阵营，有些人可以大体地（不是绝对地）分开。如董仲舒、扬雄、王通、白居易、韩愈、朱熹、宋濂、方苞等人，就属于重政治的一派；而陆机、锺嵘、皎然、司空图、苏轼、严羽、袁宏道、袁枚、王国维等人，就属于重艺术的一派。还有一些文论家，对政治、艺术两者都很强调。他们既讲明道、教化、事父事君，又讲艺术规律、艺术特征、艺术技巧。当他们讲明道、教化时，文学就是工具；当他们讲艺术时，文学又不是单纯的工具了。在这样的文论家中，刘勰就很典型。刘勰声明，《文心雕龙》之作，有“敷赞圣旨”之意（《文心雕龙·序志》），封建卫道者的面目十分鲜明。而当他在讲文学创作问题时，却很少再提“圣”、“经”之类的话头，而是在强调神思、灵感、个性、风格、词采等等。这样的既有鲜明的重政治的观念，又有对于艺术问题的深入研究的文论家，为数相当不少。

重政治和重艺术的文学观，是从哪里发源的呢？任何文学观念，首先都有其现实的基础。任何文学观念，都必然是对文学实际的理论的概括。但任何文学观念，又都必然有其思想的前提。当文论家从客观的文学实际概括出对于文学的理论的认识时，都要受一定的政治的、哲学的观念的影响或制约。笔者认为，就中国古代文学理论来说，其有关文学的政治性质、政治作用的观念，基本上源于儒家思想；其有关艺术的观念，基本上源于道家思想。

儒家思想对中国古代文学理论的影响，向来受到学者的重视，研究较多。孔丘的文学观以及在孔丘影响下形成的文学观，有时甚至被作为中国古代文学思想中的“现实主义理论传统”而加以称颂。其理论上的是非，这里不拟辩说。至于道家思想对于中国古代文学理论的影响，则还没有引起学者的足够重视。笔者认为，道家思想给予中国古代文学理论以至整个艺术理论的影响问题，是中国文论史研究中的一个不容忽视的问题。对于道家思想给予文学理论的影响的功过问题，是可以讨论的，但对这种影响的巨大而且深远，则必须正视。

如所周知，中国封建社会长达两千余年，而中国古代文学却没有出现像西方中世纪文学那样的黑暗时期。相反，中国封建社会的文学在艺术上的光辉灿烂的成就，举世公认。这原因当然十分复杂，但从思想方面来考察，我们可不可以这样说，这和中国古代异端思想特别发达有关。在西方中世纪，基督教神学在政治思想领域占着绝对的统治地位，并没有什么异端思想可以与之抗衡。而中国古代的情况则很不一样。中国封建社会自汉武帝“罢黜百家，独尊儒术”以后，儒家思想作为统治阶级的思想，当然是统治的思想。但它在思想领域的统治地位，却远远不是绝对的。儒家思想从它刚刚产生，就遇到了一个劲敌——道家思想。战国中期以至西汉前期，道家的势力甚至超过了儒家。在儒家思想登上了统治思想的宝座后，道家思想仍保持着相当的势力，有着巨大的影响。在思想领域能和儒家思想相抗衡的，主要就是道家思想。如果说，儒家思想是官方的正统思想，道家思想就是在野的具有反正统性质的自由思想。东汉时期，王充等人就曾以道家的自然之道为武器，同儒家神学的“虚妄之说”相对抗。魏晋玄学兴起以后，玄学中激进派“越名教而任自然”(嵇康《释私论》)，更形成对正统儒学的巨大冲击。即使在玄学的温和派那里，也是以自然为本，以名教为末。整个魏晋南北朝时期，儒学在政治上的地位并没垮台，但在思想领域的地位，确实是堪称式微了。唐宋以后，不但老庄之学在知识分子中保持着巨大的影响，玄佛合流的产物——禅宗之学，在知识分子中也是深入人心的。明清时期，道家的自然论还被多少反映了资本主义经济关系萌芽的社会新思潮所吸收，继续起着反正统的作用。

在道家思想里面，有许多不可否认的消极的甚至反动的东西，但在官方的正统的儒家思想统治的情况下，道家思想作为异端存在，却又具有离经叛道的思想意义。道家强调自然、自由、自我，对于人们在思想上不同程度地摆脱正统观念的束缚，也有重要作用。而这一点，对于艺术的发展，是极为重要的；对于艺术问题的研究，当然也是极为重要的。如果没有这样的对于封建正统观念的思想解放、思想自由，古代的文学和文学理论将始终束缚在孔门的以礼为归依，以中庸为标准，以教化为目的的观念里面，文学将始终成为封建政治的工具、附庸，文学理论将始终拘束在明道、载道、美刺、教化的圈子里面，哪里会有古代文学的灿烂辉煌的艺术成就?哪里会有古代文学理论对于艺术问题的深入探讨?

应该指出，道家思想对于中国古代文学理论的影响，不仅在于它的对于封建正统思想的思想解放的作用，有助于文论家们摆脱儒家工具论的束缚，得以深入认识文学的艺术规律、艺术特征，还在于道家思想关于自然、人性、真与伪、美与丑、主观与客观、形骸与精神，语言与思想、创造与天工等一系列哲理的认识，极大地启发了文论家们去探索艺术的奥秘。我们可以说，道家思想对于我国古代艺术理论的影响不但是巨大的，而且在许多方面，甚至是决定性的，它规定了中国古代文学理论中关于艺术辩证法的许多基本范畴。中国古代文学理论所以能形成区别于西方文论的独有的特征，也与道家思想的影响有关。还应该指出，道家思想影响于中国古代文学理论的，并不是它的关于文学的观念。严格地说，先秦道家是没有什么文学观念的。如果一定要说有，那就是它的否定文学的观念。先秦道家大师老子、庄子出于对“大伪”的恶感，对于其所生活的社会的精神文明包括文学艺术，是基本否定的，当然不会有关于文学是什么什么，文学创作应如何如何的主张。但就在道家思想家否定现存社会的文学艺术的言论中，却实际上包含了文学艺术是什么，文学艺术应该如何的深刻启示。

笔者打算就道家思想影响于中国古代文学理论的几个主要方面，试着做一点探讨，谈一点不成熟的看法。下面首先要讨论的，是道家的自然之道对于我国古代文学理论的影响。

一

贵自然，是中国古代文学创作的一个宝贵传统，也是中国古代文学理论的一个重要内容。与矫伪相对立的自然，是中国古代许多文学家和文论家所追求的文学的最高境界。而它的思想根源，则主要是道家所倡的自然之道。

自然之道，是道家始祖老子思想的核心，也是战国道家集大成者庄子思想的基点。

老子之所谓"道"，就是自然之道。在老子看来，"道"作为宇宙万物的本原，是自然无为的。所谓"无为"，并不是无所作为，而是无意而为，即不带任何意识的、目的的为。"道"本身的存在就是自然的，即所谓"道法自然"(《老子》第二十五章。以下引《老子》，只注章数)。而"道"化生万物，也是自然而然，不带任何人为的、功利的污痕，即所谓"道之尊也，德之贵也，夫莫之爵，而恒自然也"(第五十一章)。这个"无为而无不为"的自然之道，在《老子》中有时被描绘得颇为玄虚，而究其实，它不过是对推动宇宙万物自然生成、自然变化、自然发展的自然力的作用的一种高度抽象的表述，是老子通过对宇宙万物包括人世生活的无数偶然现象的静观默察而得出的对必然性的认识。恩格斯在《家庭、私有制和国家的起源》一书中说过：

> 偶然性只是相互依存性的一极，它的另一极叫做必然性。在似乎也是受偶然性支配的自然界中，我们早就证实，在每一个领域内，都有在这种偶然性中为自己开辟道路的内在的必然性和规律性。然而适用于自然界的，也适用于社会。一种社会活动，一系列社会过程，愈是越出人们的自觉的控制，愈是越出他们支配的范围，愈是显得受纯粹的偶然性的摆布，它所固有的内在规律就愈是以自然的必然性在这种偶然性中为自己开辟道路。(《马克思恩格斯选集》第四卷第171页)

老子所谓自然之道，就是对这种"自然的必然性"的概括。显然，天道自然无为的观念只承认事物自然生发变化的必然性，是对商周以来存在的天帝决定一切的神学目的论的反动。

在《老子》中，与“自然”同义的概念还有“朴”。老子把他的“道”又称之为“无名之朴”(第三十七章)，强调“道恒无名，朴”，(第三十二章)称说“古之善为道者”、“敦兮其若朴”(第十五章)。据《说文解字》：“朴，木素也。”段玉裁注：“素犹质也，以木为质，未雕饰，如瓦器之坯然。”“朴”，就是未经加工雕饰的自然状态的木头，以“朴”喻“道”仍是强调道恒自然无为。此外，“素”、“淳”、“实”等，也是老子常用以喻“道”的概念。

既然“道”是自然的，“道”所生成的万物也是自然的，对于人性，老子当然也主张自然。老子认为，人性的最高境地，是“婴儿”、“赤子”状态。他说：“沌沌兮，如婴儿之未孩。”(第二十章)“恒德不离，复归于婴儿。”(第二十八章)“含德之厚者，比于赤子。”(第五十五章)这里的“德”，指由“道”生成之物所有的具体规定性。如果说，“道”是万物生成的内在根源，“德”就是万物所表现出来的个别的性质；对于人，就是人性。“恒德”，就是人的永恒的自然人性。老子并不是要人都真的“复归于婴儿”，而是要求人的内心世界都像小孩子那样天真无邪，那样纯洁无瑕；要求人们摆脱既有观念的束缚，保持一颗赤子之心。在两千多年以前，老子就在讲人性的复归了。当然，老子所谓的“复归”，不是在发生了质的飞跃的条件下的更高程度上的“复归”，即达到充分、全面发展的完美的人性，而是简单的“复归于朴”(第二十八章)，这显然是一种倒退的观念。

但是，我们又不能简单地批评老子关于人性的观念是历史的倒退，而忽视其积极意义。老子讲“复归于朴”，是有其现实的针对性的，是对他所处时代的贵族统治阶级的正统观念的一种反抗和批判。首先，老子是反对甚至否定当时贵族统治阶级的一套宗法观念的。他认为，正是这些观念污染了人性，使人们失去了赤子之心。他说：“大道废，有仁义；智慧出，有大伪；六亲不和，有孝慈；国家昏乱，有贞臣。”(第十八章)这是以自然之道为武器对宗法观念的全面批判。对于统治阶层的声色享乐，老子也因其戕害淳朴的自然人性而加以否定：“五色令人目盲，五音令人耳聋，五味令人口爽，驰骋田猎令人心发狂，难得之货令人行妨。”(第十二章)对于华美虚饰的言辞，老子也极力反对：“信言不美，美言不信。”(第八十一章)“美言可以市尊，美行可以加人。”(第六十二章)“天下皆知美之为美，斯恶已；天下皆知善之为善，斯不善已。”(第二章)所有这些对于“美字”、“美行”的批判，实际上都是针对贵族集团关于仁义道德的宣传和举措的。这些“美言”、“美行”都是有意为“美”，带有极为狭隘的功利目的，都是“伪”，都不自然，都应加以反对。由此，老子提出了“绝圣弃智”（第十九章）的激烈主张。老子主张返璞归真而反对伪，在思想史上有其无可否认的积极意义。恩格斯在《家庭、私有制和国家的起源》一书中说过：

> 文明时代愈是向前进展，它就愈是不得不给它所必然产生的坏事披上爱的外衣，不得不粉饰它们，或者否认它们，——一句话，是实行习惯性的伪善，这种伪善，无论在较早的那些社会形式下还是在文明时代第一阶段都是没有的。（《马克思恩格斯选集》第四卷第174页）

老子反对美言美行、善言善行，实质上就是对这种“习惯性的伪善”的批判。在他看来，只有把那些粉饰和掩盖贵族集团恶行的仁义礼乐统统取消，人的内心世界才能不受伪善观念的戕害，归于自然纯朴。因此，老子的自然之道，对于人性来说，又是一种摆脱正统观念束缚的自由之道。这种自由之道，在过去时代曾经启发和助长了许多知识分子包括文学家文论家的一定程度的异端思想，或者帮助他们多少摆脱正统思想的束缚，起过积极的历史作用。当然，老子否定人类文明的发展，希图社会和人类回到原始状态的倒退观点，在历史上也曾起过使人逃避现实的消极作用。

庄子论自然妙道，与老子的观点基本一致，但对自然人性和自然之美的论述更为充分。庄子论“道”，认为其“有情有信”（《庄子·大宗师》。以下引《庄子》只注篇名），比老子之所谓“道”更富于精神性。但他更多的还是强调“道”之自然。庄子认为[①]，“道”之于万物，是自然而然的，即所谓“齑万物而不为义，泽及万世而不为仁，长于上古而不为老，覆载天地、雕刻众形而不为巧”（《大宗师》。据《天道》，“义”当作“戾”）。郭象注曰：“皆自尔耳，亦无爱于其间也。”就是说，“道”之于万物，无所谓爱恨之情，不是有意要做什么，而是自然而然，好像万物本来就是那样的。这里讲的，实际上也是一种“自然的必然性”。在《庄子》一书中，“自然”一语是反复强调的，所谓“因自然”（《德充符》），“顺物自然”（《应帝王》），“应之以自然”（《天道》）等等，都是随顺自然，任其自然的意思。

在庄子的术语中，自然与“天”同义。《秋水》讲“无以人灭天”，“人”指人为，“天”指万物的自然之性。“无以人灭天”，就是要求不要用人为的伪去损害自然。他举例说：“牛马四足，是谓天；络马首，穿牛鼻，是谓人。”

《至乐》主张“以鸟养养鸟”，反对“以己养养鸟”也是在要求“无以人灭天”，随顺万物的自然之性。在《庄子》中，与自然同义相通的，除了“天”，还有“朴”、“素”、“纯”、“真”、“初”、“实”、“情”、“性”等等。自然之道，是庄子思想的纲，是在一切问题上都强调着的，而对于文学和文学理论影响最为直接的，是其关于自然人性和自然之美的观点。

从自然之道出发，庄子与老子一样，主张人性之自然。《庄子》书中多次强调的“真”、“天真”、“纯”、“朴”、“本”、“性”、“情”等，都主要是指自然人性。对于人性，庄子认为本真的性情是最好的。他也用过老子“婴儿”的提法，有时又叫“儿子”(《庚桑楚》)，有时叫“童子”(《人间世》)，都是指的人的自然无伪的纯真的天性。谈得最多的是“真”。庄子要求人们“保真”(《田子方》)、“全真”(《盗跖》)、“守真”(《渔父》)，强调“谨守而勿失，是谓反其真”(《秋水》)。在《渔父》里，对于“真”之作为自然情性，更有充分的说明：

> 真者，精诚之至也。不精不诚，不能动人。故强哭者虽悲不哀，强怒者虽严不威，强亲者虽笑不和。真悲无声而哀，真怒未发而威，真亲未笑而和。真在内者，神动于外，是所以贵真也……真者，所以受于天也，自然不可易也。

成玄英疏曰：“夫真者不伪，精者不杂，诚者不矫也。故矫情伪性者，不能动于人也。”真情出之自然，故能感人至深，而与之相反，矫情伪性出之做作，当然不能动人。

和老子一样，庄子强调自然人性，崇尚自然真情，在当时也是有具体的针对性的。据《渔父》：“圣人法天贵真，不拘于俗。”以“真”与“俗”相对，而所谓“俗”，即世俗的忠孝仁义礼乐那一套观念和举措。拘于宗法观念和制度，就要“强哭”、“强怒”、“强亲”，就要矫情伪性，就要搞“习惯性的伪善”。在《马蹄》、《胠箧》、《骈拇》等篇里，庄子对当时贵族统治集团的宗法观念和制度进行过猛烈的攻击，指出“毁道德以为仁义，圣人之过也”(《马蹄》)，“枝于仁者，擢德塞性以收名声”(《骈拇》)。甚至认为仁义道德已经成了诸侯窃国害民的工具，重申了老子的“绝圣弃智”的激烈主张(《胠箧》)。在庄子看来，仁义道德是对自然人性的最大污染，仁义道德会使真性窒息，人要反其性情之真，必须从仁义道德的桎梏中解放出来。可见，在宗法制度下，庄子要求人性之自然，也就是要求个性的自由，在历史上也具有积极的思想意义。

从自然之道出发，对于美，庄子也力主自然。庄子说过，“厉与西施”、“道通为一”(《齐物论》)，似乎他是否定美丑的区别的。实际上并不是这样。所谓“厉与西施”，“道通为一”，并不是说丑八怪与西施没丑美之别，而是说在“道”的面前，他们是一样的；二者虽有美丑之别，但在本于自然之道这一点上，是一致的。故成玄英疏曰：“以玄道观之，本来无二，是以妍丑之状万殊，自得之情唯一，故曰道通为一也。”对于美的存在，庄子是肯定的，但他只肯定自然之美，而对于做作之美，则极为厌恶。

《庄子》中谈到美的地方不少，都力主自然。《天道》谓“素朴而天下莫能与之争美”，素朴之美即未经雕琢饰染的自然之美，是美的极致。《刻意》谓“淡然无极，而众美从之”。这淡然无极之美，也就是素朴之美。《徐无鬼》谓“凡成美，恶器也”。郭象注曰：“美成于前，则伪生于后，故成美者乃恶器也。”“成美”就是有意为美，就是作伪；而伪饰之美，只能是丑恶。这与老子所谓“天下皆知美之为美，斯恶已”，是完全一样的意思。庄子以“天籁”为美：“夫吹万不同，而使其自己也。成其自取，怒者其谁邪?”(《齐物论》)郭象注：“自己而然，则谓之天然。天然耳，非为也，故以天言之。以天言之，所以明其自然也。”可见“天籁”之美，也在自然。《天运》言黄帝“成池之乐”“应之以自然”，“不主故常”，“不主常声”，是在讲音乐的自然之美。再拿西施来说，庄子虽说过“厉与西施”，“道通为一”，但实际上还是认为西施是很美的。《天运》中有这样一个著名的寓言故事：

> 西施病心而颦其里，其里之丑人见之而美之，归亦捧心而颦其里。其里之富人见之，坚闭门而不出；贫人见之，挈妻子而去走。彼知颦美而不知颦之所以美。

“颦之所以美”，就在于自然无伪。丑人效颦，是做作，是有意为美，其结果是不得其美却反而更形其丑了。

二

道家的自然之道对中国古代文学和文学理论的影响是极为深远的。中国古代的优秀文学，可以说就是自然的文学，如王国维所说：“古今之大文学，无不以自然胜。”(《宋元戏曲考》十二)中国古代的文学理论，也存在着一个贵自然的传统。它们的思想基础，就是自然之道。

儒家的事父事君、化民正俗的重功利的文学观，对文学是一种束缚，必然导致有意无意地矫情伪性，流于不自然。而道家的自然观，对于文学在内容和形式两方面都具有解放的意义。

在中国文学理论史上，第一个把道家的自然之道引进文学理论的，是东汉的思想家王充。王充的政治观念，基本不离正统儒家的轨范，但他的世界观又深受道家思想的影响。他声言自己的学说“虽违儒家之说，合黄老之义也”(《论衡·自然》)。东汉时期，儒家神学迷信盛行，而王充坚持无神论立场，批判儒家神学的虚妄之说，主要的武器就是自然之道。在广义的文学问题上，他强调“天道自然，故图书自成”(《论衡·自然》)，否定了经典神授的迷信妄说。他“伤伪书俗文，多不诚实”，以“疾虚妄”为纲领，以“衰黜其伪而存定其真”为目的，著《论衡》一书(《论衡·自纪》)。所谓“虚妄”之文，在内容上违反事实，编造谎言，惑乱人心；在形式上浮华虚饰，靡丽雕巧。王充对此深恶痛绝，为了“没华虚之文，存敦庞之朴”(《论衡·自纪》)，针锋相对地倡言“真美”(《论衡·对作》)。所谓“真美”，就是自然之美。王充的这种以自然为美的文学思想，经刘勰、锺嵘的发展，成了中国古代艺术论的一条红线。

魏晋南北朝时期，儒学衰微，以道家思想为主要内容的玄学大盛。玄学激进派“越名教而任自然”的主张，带来思想上一定程度的解放，其对文学的最大影响，就是促使作家们由重礼法转而任自然，启发了作家们创作个性的觉醒。这是我国古代文学从这个时期走上自觉发展道路的主要思想契机。在这样的情况下，先秦儒家及两汉经师确立的正统文学思想体系受到极大冲击。文学要为封建政治服务这一基本观点并未遭到否定，但文论家们不囿于这种着眼于功利的文学观，开始对文学的艺术规律、艺术特征作深入探讨。从这个时期起，我国历史上才有了真正的文学的艺术论。

这个时期文学的艺术论的集大成者，是刘勰。《文心雕龙》所表现的刘勰的基本文学观，是以道为体，以儒为用[2]。道家的自然之道，是刘勰认识文学的内在规律的重要指导思想。《文心雕龙·原道》之“道”主要就是自然之道。刘勰主张文成于自然，与王充的观点是一脉相承的。他认为，天文、地文，皆是自然天成，无待于人工的雕饰，即所谓“夫岂外饰，盖自然耳”。人文(即文学)则出于人心之自然，即所谓“心生而言立，言立而文明，自然之道也”。近人黄侃评《文心雕龙·原道》，谓“案彦和之意，以为文章本由自然生，故篇中数言自然……所谓道者，如此而已”，“此与后世言文以载道者截然不同”(《文心雕龙札记》)，认为刘勰所谓道，即自然之道。《原道》这一基本思想，贯串于《文心雕龙》全书。刘勰于文学创作力主自然，包括对内容和形式两个方面的要求。关于内容，刘勰要求“还宗经诰”，“将以明经”，正统面目很鲜明，但他更为强调的，还是表现自然之情，即《情采》所谓“写真”。在《明诗》里，刘勰认为：“人禀七情，应物斯感；感物吟志，莫非自然。”强调的是诗人感物而生的性情的自然抒发。文学创作应该真情毕露，直见胸襟，来不得半点作假。因此，刘勰在《情采》里批评了“造情”。“造情”，就是矫情伪性，无病呻吟；其所以要矫伪，是为了追求功利目的，所谓“诸子之徒，心非郁陶，苟驰夸饰，鬻声钓世”。这种伪造出来的“情”，有如庄子所嘲的“强哭”、“强怒”、“强亲”，当然不能动人，对于以情感人为基本功能的文学来说，毫无价值。自然之情要出之自然之文。刘勰主张内容和形式的统一，统一于自然。对于文学形式，刘勰是重文采的，他主张真性情与美文采的结合，而文采之美，也应是自然之美，而不是雕削巧饰之美。他说：“夫铅黛所以饰容，而盼倩生于淑姿；文采所以饰言，而辩丽本于情性。”(《情采》)这是《原道》所谓“夫岂外饰，盖自然耳”在文学创作问题上的具体表述。对于文学语言技巧的运用，刘勰也主张自然天成而不落雕削之迹。如论“秀句”主“自然会妙”(《隐秀》)，论对偶主“自然成对”(《丽辞》)。清纪昀评《文心雕龙》指出：“齐梁文藻，日竞雕华，标自然以为宗，是彦和吃紧为人处。”抓住了刘勰文学观的基本点。

与刘勰同时的锺嵘，在《诗品》中强调诗歌表现“自然英旨”和“真美”，也是在要求自然之美。所谓“自然英旨”，指的是真情实感的自然抒发。锺嵘认为，诗的主要功能是“吟咏性情”并以情感人。而感情的抒发，以“直寻”为尚。“直寻”，即直抒即目会心之所得，不事造作。与刘勰反对“造情”一样，锺嵘也嘲讽过“造哀”：“熙伯《挽歌》，惟以造哀尔。”缪袭(字熙伯)胸无悲戚之情，却偏要写《挽歌》，于是只有故作悲哀，这就叫无病呻吟，就叫不自然。所谓“真美”，主要指诗歌表现形式的自然和谐，不拘束于声律技巧。罗根泽先生认为锺嵘的重自然真美的文学思想是“文学上的自然主义”，其源盖出自道家的自然主义哲学思想。这是完全正确的。(参阅罗著《中国文学批评史》第三篇第九章)

刘、锺而后，贵自然的文学观，作为一条红线，不绝于史。唐诗之盛，在一定意义上，是贵自然的文学观的胜利。前人于唐诗，多赞其自然真美。如胡应麟谓“唐人诗如初发芙蓉，自然可爱”(《诗薮》外编卷六)。卢世㴶《又与程正夫》谓“唐诗之妙不可及处，皆极妥极真，而清微变化，天趣溢出，所以独擅千古”(《尺牍新抄》二集)。在中国文学史上，李白恐怕要算是最自然的诗人了。王世贞说李白诗“以自然为宗”(《艺苑卮言》)，至为确切。自然，是李白文学观的核心。他的诗歌创作纲领，是“清水出芙蓉，天然去雕饰”(《经乱离后天恩流夜郎忆旧游书怀赠江夏韦太守良宰》)。“天然”，有时又叫“天真”、“清真”，都是自然之义。这表现在内容方面，是直抒真情，不事矫伪；表现在形式方面，是自然天成，不假雕饰。这两个方面，都鲜明地体现在李白的诗歌创作实践中，形成了其诗作的总特色。由于以自然为宗，李白对诗歌创作中伪饰之风深恶痛绝，他借庄子寓言，对丧失“天真”的“丑女效颦”、“邯郸学步”式的所谓创作，给予了辛辣的嘲讽。(《古风》第三十五)

唐代诗论大盛于中晚唐，这是在诗歌创作大繁荣的基础上对诗艺作深入探讨的结果。中晚唐诗论除白居易一派着眼于为封建政治服务，因而在艺术论方面没有多少建树外，许多诗论专著深入于诗歌艺术的研究，在艺术论方面有丰富的见解。而这些诗论著作，一般都是贵自然的。禅宗和尚皎然可以作为中唐诗论家的代表。皎然诗论的中心是“造境”。“造境”可以有多途，而其前提，则是自然。《郑容全成蛟形木几歌》：“万物贵天然，天然不可得，浑朴无劳剖劂工，幽姿自可蛟龙质。”强调艺术以天然为贵而无劳剖劂。《奉应颜尚书真卿观玄真子置酒张乐舞破阵画洞庭三山歌》：“如何万象自心出，而心淡然无所营。”主张艺术意象直出于心而不待经营。基于这种贵自然的艺术观，皎然于诗最喜陶、谢：“陶令田园，匠意真直，春柳寒松，不雕不饰。”(《讲古文联句》)“康乐为文，真于性情，尚于作用，不顾词彩，而风流自然。”(《诗式》)认为陶、谢诗之美，都在于自然真直。晚唐诗论家的代表是司空图。司空图于诗追求寄于言外、象外的含蓄不尽的意境。而对意境的创造，则力主自然。《诗品》中有《自然》一品，其中强调“真”，强调“天钧”。“真”指自然真情，“天钧”指艺术表现上的自然天成。创造自然之诗，只能取诸诗人的自然心性，而不能模拟承袭，这叫做“俯拾即是，不取诸邻”。意为心之所存，随手可得，不必到别处去求取。由此出发，司空图主张诗人要保持内心的自然淳真的境地，即所谓“蓄素守中”(《劲健》)、“体素”、“储洁”、“返真”(《洗炼》)、“天放”(《疏野》)等等。综观《诗品》司空图主张诗之各品，都应出之真性，自然天成，不假人为，以求“妙造自然”(《精神》)。意境有多种，而出之自然则一；诗歌境界风格的不同，只是由于诗人真性情本身的差异，是不可以经营做作分之的。这实在是十分精辟的文学见解。

宋代的诗论，是在由唐至宋诗风急剧转变和理学教条盛行的情况下发展的。由于唐诗在艺术上达到了全面的、高度的、不可逾越的成就，到了宋代，如果承继唐人的路子，只能是永远步其后尘，无以为继。于是，必须另辟新途。诗风之变，是势所必然。但是，变，可以益盛，也可以益衰。宋诗变的结果，不是前者，而是后者。唐人主性情，而宋人则在用事言理上下工夫。胡应麟谓宋人“好用事而为事使”，“好谈理而为理缚”，(《诗薮》内编卷二)确是许多(不是一切)宋诗的通病。为“事”所使，为“理”所缚，诗人的自然真情不可得而畅发，诗不是从胸襟流出来的，而是做出来的，乖违了出之自然不劳经营的自然之道，这恐怕是宋诗变而益衰的一个基本原因。这样的诗风，受到过两个方面的批评。一方面是以张戒为代表的言志派。张戒在《岁寒堂诗话》里批评议论用事之弊，要求恢复“诗人之本意”，强调诗歌创作的“卓然天成”，“胸襟流出”，反对“安排勉强”，“雕镌刻镂”，实际上是要求诗歌创作回到贵自然的正道上来。一方面是以严羽为代表的言情派。严羽重申“涛者，吟咏性情也”这个传统的正确的定义，突出强调了诗歌固有的艺术规律。严羽论诗重“兴趣”，“兴趣”就是以诗人性情为基本内涵的艺术美感。“兴趣”自“妙悟”得来，“妙悟”实际上是神思过程中的兴到神会，即陆机所谓“情瞳咙而弥鲜，物昭晰而互进”的境地。严羽认为，惟悟“乃为本色”，是在强调诗人在神思中要善于保持内心的真情，兴到神会非矫强所致，而是自然真情的激发，如陶明濬《诗说杂记》所谓：“本色者，所以保全天趣也。故夷光之姿，必不肯污以脂粉；蓝田之玉，又何须饰以丹漆。此本色所以可贵也。”正是由于重自然真情，严羽对窒息真情的“以文字为诗，以议论为诗，以才学为诗”提出尖锐批评，突出地强调了“非关书”、“非关理”的“别材”、“别趣”(《沧浪诗话·诗辨》)。严羽还说不上有什么反封建正统的新思想，但他在理学盛行的时代论诗不言人伦天理，而主自然真情，并以理为情之害，对于正统观念未必不是一种离异。故明清时期，严羽的诗论多为正统文论家所非议。

真正反封建正统的具有新兴思想性质的文学观出现在明朝中期。自然之道，作为一种对于封建正统观念的自由之道，也成了这个时期进步文论的反正统的武器。作为新文学思潮的思想基础的泰州学派的思想，对道家的自然论就有所吸收。泰州学派创始人王艮从左的方面修正了王阳明的心学。王艮也讲“心”：这“心”，有时又称作“体”、“本体”或“中”。但他所谓的“心”，已经不再是王阳明所说的那种生来就知道仁义道德三纲五常的心，而是一种自然的天性。他说：“天性之体，本是活泼。鸢飞鱼跃，便是此体。”“良知之体，与鸢鱼同一活泼泼地：当思则思，思通则已……要之，自然天则，不着人力安排。”“人性上不可添一物”，“凡涉人为，皆是作伪。”(引文均见《王心斋遗集》卷一《语录》)可见，王艮虽然也用过“良知”之类的概念，但很明显，他的人性论并不同于孟子的性善论，倒更接近老庄的自然人性论。“鸢飞鱼跃”虽语出《诗·大雅》，但“鸢飞鱼跃，便是此体”，在本义上倒更接近于庄子所谓“牛马四足，是谓天”。当然，王艮虽然吸取了道家的自然人性论，而在内容实质方面，王艮所论的自然天性，乃是理学家必欲灭之而后快的“人欲”，是在封建重压之下的人们的生存发展的要求，是当时社会的新经济因素——资本主义生产关系的萌芽在意识形态上的折光反映，具有实实在在的社会现实性，与老庄的“复归于朴”的历史倒退论是有质的差异的。

明代进步文学思潮的主将徐渭、李贽、汤显祖与泰州学派的关系至为密切。徐渭与泰州学派虽无直接的师承关系，但他对王艮极为推崇，称其“起渔盐而揽道炳于海滨”(《徐文长集》二十九《会祭高君文》)，且文集中所表现的思想，多与泰州学派合。李、汤则皆为泰州学派嫡系传人。他们都反对理学对于人性的束缚与戕害，主张人性的解放。在这方面，他们与王艮一样，都从道家的自然之道里吸收了思想营养。徐渭强调“本体”，“本体”就是人的本心，又叫“未昧之良”，也就是自然人性。在《论中》之二里，徐渭指出：“中之云者，酌其人之骸而天之之谓也。”即适应人的血肉之躯而保全其自然之性。为此，他主张“以人治人”，即顺应人的自然之性来治理人，不要把治理搞成对人的自然之性的束缚与压抑。这是一种要尊重人的呼吁，是对“以理治人”的抗议。在《读龙惕书》里，徐渭进而具体论述人的自然之性：“人心之惺然而觉，油然而生，而不能自已者，非有思虑以启之，非有作为以助之，则亦莫非自然也。”徐渭认为，这种自然的人心，是很可贵的，但在社会上，它常常要受到“熏染”、“知觉”、“嗜好”、“利害”的戕贼，于是就要“忸怩”、“作伪”以“掩其善恶之念”，“文饰其奸”。显然，徐渭所论，已开启了李贽“童心”说的先路。李贽的《童心说》的基本思想是人性的去伪存真，其主要矛头是假道学。所谓“童心”，就是徐渭所论的与“思虑”、“作为”(实即礼教)相对立的自然之心，是一种没有受到正统观念污染的、不为礼教所束的自然之性。李贽说：“童心者，真心也。”“童心者，绝假纯真，最初一念之本心也。若失却童心，便失却真心；失却真心，使失却真人。人而非真，全不复有初矣。”“童心”这一概念的提出，与老庄讲自然人性时所用“婴儿”、“儿子”、“童子”等概念不无关系，与庄子强调“贵真”、“复初”也不无关系。由于贵真而疾假疾伪，对于文学创作，李贽明确地以自然为美，主张抒发性情之自然，而反对有意为之的矫情伪性。《焚书·读律肤说》对这一问题阐发得最为充分：

> 盖声色之来，发于情性，由乎自然，是可以牵合矫强而致乎？故自然发于情性，则自然止乎礼义，非情性之外复有礼义可止也。唯矫强乃失之，故以自然之为美耳，又非于情性之外复有所谓自然而然也。故性格清澈者音调自然宣畅，性格舒徐者音调自然疏缓，旷达者自然浩荡，雄迈者自然壮烈，沉郁者自然悲酸，古怪者自然奇绝。有是格，便有是调，皆情性自然之谓也。莫不有情，莫不有性，而可以一律求之哉？然则所谓自然者，非有意为自然而遂以为自然也。若有意为自然，则与矫强何异。故自然之道，未易言也。

这里反复强调的自然情性，就是“童心”。出之“童心”，即成“天下之至文”(《童心》说)。李贽的这种以自然为美的文学观，既继承了汉魏以后文学理论贵自然的传统，又针对假道学满天下的现实而被赋予了新的内容。徐渭、李贽所强调的自然人性，和王艮所谓“天性之体”一样，都是与“天理”相对立的“人欲”，有其具体的“百姓日用”的现实内容。他们的自然人性论，既吸收了道家自然论的合理因素，又基于现实而具有全新的思想意义。其总的特点是对人的重视，对人的生存发展的要求的肯定，其反理学禁欲主义的异端性质，是极其明显的。稍后的汤显祖，承继徐、李的自然人性论，又突出地强调一个“情”字。他认为：“天地之性人为贵”(《贵生书院说》)，“性无善无恶，情有之。”(《复甘义麓》)汤显祖所强调的“情”，也是不为理所缚的自然之情，所谓“理之所必无”，“情之所必有”(《牡丹亭记题词》)。情之所至，“大小隐显，开塞断续，径廷而行，离致独绝，咸以成乎自然”(《张元长嘘云轩文字序》)。这种自然之情，是人的一切行为的主宰，因而也是文学的主宰；“世总为情，情生诗歌，而行于神。天下之声音笑貌，大小生死，不出乎是。因以憺荡人意，欢乐舞蹈，悲壮哀感鬼神风雨鸟兽，摇动草木，洞裂金石”(《耳伯麻姑游诗序》)。这种自然之情，具有冲决一切的力量，甚至，“生者可以死，死者可以生”(《牡丹亭记题词》)。在这样的主情的文学观的指导下，汤显祖塑造了“一生儿爱好是天然”的“有情人”杜丽娘的形象。

明代中期兴起的这股进步文学思潮的其他代表人物的文学思想，大体与徐、李、汤一致。冯梦龙的基本文学观，是崇真疾假。他重视民间文学，主要是因其“情真而不可废”，认为“但有假诗文，无假山歌，则以山歌不与诗文争名，故不屑假。苟其不屑假，而吾藉以存真，不亦可乎?”(《序山歌》)公安派主将袁宏道一生崇敬徐渭、李贽，其论诗文所主“性灵”，实即李贽所谓“童心”。袁宏道于诗文，以真为美，以真为贵。所谓“真”，即作家的自然真情。他论袁中道诗，谓其“大都独抒性灵，不拘格套，非从自己胸臆中流出，不肯下笔”(《叙小修诗》)。他论诗文之“趣”，以“得之自然者深”(《叙陈正甫会心集》)；论诗文之“韵”，则主“自然之韵”(《寿存参张公七十序》)袁氏贵自然的文学观，与徐、李、汤的文学观一样，既植根于其所处时代的社会现实，在思想渊源上，又显然受到老庄自然之道的启迪。雷思霈为袁宏道《潇碧堂集》作序，认为：“真者，精诚之至。不精不诚，不能动人。强笑者不欢，强合者不亲，夫惟有真人，而后有真言。”这样自然地把袁氏贵自然的观点与庄子贵真的思想联系起来，不是没有道理的。

综上所述，道家的自然观，在两千多年中，始终影响和启发着文学家、文论家去追求自然之美，追求文学的真实无伪的境地，形成了中国古代文学和文学理论贵自然的传统。现在需要对为什么会产生这样的影响再作一点说明。

我们先从文学自身的艺术规律来考察。文学(艺术也一样)应该真实无伪，以真情动人，在表现形式上应该自然天成，这恐怕是文学在各个时代都适用的一条重要的艺术规律。文学是社会生活的反映，是客观的社会生活反映于人们的头脑，注入了创作者主观情意而得以心灵化的产物。中外文学史的实际证明，只有真实的社会生活内容和作家内心的真挚情意相统一的文学作品，才有真正的艺术生命力。对社会生活的歪曲、粉饰、伪造，情感的矫伪，以及艺术表现上的做作，从来就是艺术的大敌。《诗经》的“风”“雅”，建安诗歌、唐诗宋词以及元明清戏剧小说中的优秀之作，何者不首先是因其反映了真实的社会生活，抒写了真挚情感，和艺术表现上的自然天成而在艺术上得以不朽的？中国古代的文论家在考察既有的文学实际时，对这一点当然是首先有所了解的。这是古代文学理论以自然为美，以真为贵的实际基础。如锺嵘正是在前代抒情诗的实际中，看到了“直寻”之作在艺术上的成功，形成了他的贵“真美”的文学观。但是，笔者在本文开头已经谈到过，文学实际作为文学理论的基础，是不能简单地通过文论家的头脑而自发地上升为文学理论的。文学理论观点的形成，总有其思想的前提。战国以后，道家思想在我国历史上的任何一个时代对知识分子都发生过深刻影响。道家思想家否定文学艺术，但当他们阐明体现于宇宙万物的自然之道时，却在实际上也阐明了体现于文学艺术本身的产生发展的自然的必然性。实际上，道家关于人的性情以真为贵，世间万物以自然为美的观点，与文学的以自然真实为贵的固有规律是相通的。这一点，历来深受道家思想影响的文学家、文论家不能不十分敏感，当文论家在认识自然真实这一文学固有的艺术规律时，道家的自然论自然就成了他们把这一客观规律上升到理论的认识的思想基础。胡应麟谓“九方皋相马一节，南华本不为诗家说，然诗家无上菩提尽具此”(《诗薮》外编卷一)。这恐怕是否定文学艺术的道家思想家始料所不及的吧。

道家的自然之道所以能启发和推动文论家们去认识文学贵自然这一艺术规律，还由于它在思想上的异端性质。我们在前面已经谈到过，道家思想从它一产生，就是和宗法制度、宗法观念相对立的。自然的对立面是做作，真的对立面是伪。道家疾伪，实际上就是在反对恩格斯所指出的文明时代统治阶级所实行的那种“习惯性的伪善”，而在我国古代，代表这种“习惯性的伪善”的，就是以宗法观念为核心的长期居于正统地位的儒家思想。由于道家思想具有反正统的异端的性质、在中国古代曾助长过许多知识分子的离经叛道的倾向，在文学方面，则帮助了不少文论家在不同程度上摆脱正统文论关于明道、载道、教化之类的教条的束缚，去追求艺术上的自然和自由。

艺术创造上的自然和自由的必要条件，是文学家对于自我的意识，是对文学家个性的肯定。自然的文学，必然是充分表现作家个性的文学；矫伪之言，实际上是违心之言，无我之言，“违心”、“无我”，必然不见个性。正统的文学观，在事实上，是要文学成为统治阶级实行“习惯性的伪善”的工具，要文学去为统治阶级干的坏事“披上爱的外衣”，去“粉饰”或“否认”

这些坏事。在中国古代的那些表现正统立场的诗、文、词、曲、戏剧、小说中，我们无数次地看到了这个事实。李贽在《童心说》里揭露“六经、《语》、《孟》”为“假人之渊薮”，乃是对这一事实的很好的概括。既然正统文学观要求文学家做假人，写假文，对作家的个性必然带来束缚。正是道家疾假崇真的自然论，启发和帮助许多文学家、文论家确立了尊重自我，表现自我的观念，在对于伪的批判斗争中发展形成了贵自然的文学传统和文学观。

这个贵自然的传统，也就是贵个性的传统。前面已经指出过，在魏晋之际，玄学的“越名教而任自然”的积极方面，启发了文学家个性的觉醒，从此，文学走上了自觉发展的道路，直抒胸臆，洞见心灵的个人抒情诗、文、赋蓬勃发展。陶渊明所谓“质性自然，非矫厉所得”(《归去来兮辞序》)，代表了当时作家们个性的觉醒和保持个性的要求。刘勰强调抒写自然之情而反对“造情”，锺嵘要求“直寻”而反对“造哀”，则是对于作家个性在理论上的肯定。此后，李白重“天真”，皎然主“真直”，司空图要求“守中”，严羽主张“妙悟”，以至于李贽强调“童心”，三袁标举“性灵”，都是对于作家个性的肯定。历代一些文学理论家、艺术理论家提倡“师心”，在实际上也是希望冲破师圣人、师六经的正统观念，追求文学艺术家一定程度的个性的自由。清人总结历代诗文的创作经验，对于这个贵个性的文学传统有过很好的归结。贺贻孙云：

> 风之感物，莫如天籁。天籁之发，非风非窍，无意而感，自然而乌可已者，天也。诗人之天亦如是已矣。今夫天之与我，岂有二哉？莫适为天，谁别为我？凡我诗人之聪明，皆天之似鼻似口者也；凡我诗人之讽刺，皆天之叱吸叫嚎者也；凡我诗人之心思肺肠、啼笑寤歌，皆天之唱喁唱于刁刁调调者也。任天而发，吹万不同，听其自取，而真诗存焉。

“诗人之天”，即诗人之个性。“任天而发”，个性毕现，于是有“真诗”。此外，叶燮以诗人的“胸襟”为“诗之基”(《原诗》内篇)，认为“诗是心声，不可违心而出，亦不能违心而出”(《原诗》外篇)。袁枚以“性情”为诗之“源”(《小仓山房文集》卷三十一《陶怡云诗序》)，强调“凡诗之传者，都是性灵”，“作诗，不可以无我”(《随园诗话》)。这些见解，既是对我国古代重自我的文学传统的总结，又是对文学的一个重要艺术规律的很好的揭示。文学史的事实证明，文学创作有我则真，则自然；无我则伪，则做作。而把作家之“我”从封建正统观念的轭下解脱出来，自然之道之功不可没。当然，在过去时代，文学家、文论家要完全摆脱正统思想的束缚是不可能的。在盛唐诗坛上，王维要算是相当自然的诗人了，但他还是写过不少诸如“山川八校满，井邑三农竞，比屋皆可封，谁家不相庆”(《奉和圣制登降圣观与宰臣等同望应制》)之类的粉饰现实的最没有个性最不自然的诗。在文论家的著作中，既主自然，同时又要求文学明道颂圣正俗化民的现象，也属屡见不鲜。我国古代的文学思想，正是在这样的矛盾中发展的。

总的说来，在道家自然之道影响下形成的重自然的文学传统，是一个好的传统。但是，自然之道对于古代文学和文学理论的影响，也有其消极的一面。这主要表现在三个方面。首先，道家的自然之道主张人们在现实面前自然无为，以期“复归于朴”，对于人在现实中的能动作用，是轻视甚至否定的。表现在文学上，重自然的文学家常有不能正视现实矛盾的倾向；对他们来说，顺自然、因自然常常表现为脱离于现实矛盾之外而求心性的自由。在文学理论上，重自然的文论家则常强调自发地、消极地反映客观，而不强调能动地、积极地干预现实，常常回避文学的现实作用问题，把文学理论领域的这一重要方面让给了儒家的正统文学观。其次，重自然的文学观把表现人的自然真情放在重要地位，这本来是对的，但由于有时过分夸大性情的作用，甚至把性情看作是文学的唯一的内容，因此常常表现出对于理性的轻视。就文学的艺术规律来说，文学应该注重于情感的表现，但情感与理性又不能绝对对立。实际上，只有情感的活动而无理性的制约，文学家也不可能进行艺术思维和艺术创造。第三，重自然的文学观把作家之自我即个性放在重要的地位，这本来也是对的，但有时由于把自我强调过分，就常常流于自我的封闭，作家的眼光只专注于个人内心，而不能扩大于整个现实人生，这样，文学就成了寄托个人身边的小悲欢的东西，导致了艺术境界的狭小和空虚。在过去时代，一些文学理论家从封建正统观念中一定程度地解脱出来，却不可能在载封建之道、致封建之用之外，提出文学对于现实人生的积极主张。这是时代使然，我们是不可苛求于古人的。

注释：

①《庄子》三十三篇，只有内篇七篇靠得住是庄子所著，其他多为其后学所著；但全书的精神，大体上是统一的。本文为行文方便，凡征引《庄子》，无论何篇，作者俱标“庄子”。

②关于刘勰以道为体、以儒为用的文学观，笔者另有专文讨论，兹不赘述，该文见于《北京师范学院学报》一九八三年第二期。

“玄览”、“游心”和“神思”

——道家思想与中国古代文学理论探讨之二

艺术思维问题，是中国古代文学理论的一个始终很受重视的问题。关于艺术思维，我国古代有一个特殊的概念“神思”。这是文学理论家根据艺术思维的实际过程归结出来的。而他们认识艺术思维的实际过程，也从道家思想得到了启发。

一

我们已经谈到过，老子提出“道”这个概念，实际上是通过静观宇宙万物包括人世生活无数偶然性而得出的对于“自然的必然性”的认识。[①]但是，老子在当时还不可能这样明晰地从偶然和必然的辩证关系上来把握和描述这个作为“自然的必然性”的“道”。因此，老子对“道”的描述就带有一定的不可知的神秘的色彩，对于从观察宇宙万物的自然发生、发展、变化而得以把握“道”这个认识过程的描述，也颇为玄虚。但由于“道”的概念究竟不是凭空玄想得到的，而是以对宇宙万物的观察为基础的，因此，老子论体“道”的认识过程以及对于道的描述，仍然含有能给人以启发的真理性。

老子谈认识，不否认观察客观实际的必要性。他说：“故以身观身，以家观家，以乡观乡，以邦观邦，以天下观天下。吾奚以知天下之然哉？以此。”(第五十四章)。但他认为，对于身、家、乡、邦、天下的了解，诉诸感官固然可以，当认识进一步深化，要达到对万物本原的“道”的认识时，感官就不够了。在认识的这一阶段里，需要的不是目视，而是心观，即老子所谓“玄览”(第十章)。“玄览”(或曰“玄鉴”)是一种诉诸内心的超感官的认识活动，实即思维活动，西汉河上公释“玄览”：“心居玄冥之处，览知万物，故谓之玄览。”(《老子章句》)这里强调的是内心的省察。内心省察的结果，对万物的认识，不只知其形，而且知其所以形的“道”。唐成玄英所谓“返照明乎心智，玄览辨于物境”(《庄子·逍遥游疏》)，也是在这个意义上用“玄览”这一概念的，“物境”非物，而是寄于物外的“道”。

对于“道”的认识之所以需要“玄览”，是因为“道之为物”，非感官所能及，而只有心神能及，老子这样描述他所谓的“道”的状态：

> 道之为物，惟恍惟惚。惚兮恍兮，其中有象，恍兮惚兮，其中有物。(第二十一章)
>
> 视之不见名曰夷，听之不闻名曰希，搏之不得名曰微。此三者，不可致詰，故混而为一。一者，其上不皦，其下不昧，绳绳兮不可名，复归于无物。是谓无状之状，无物之象，是谓惚恍。(第十四章)

“道”是超感官的，是看不见，听不到，抓不着的，这样的“物”，只能以“玄览”得之。值得注意的是，老子指出这个“惟恍惟惚”的“道”，也有“状”，有“象”。“道”对于感官来说是“无物”，而对于心来说，又是“有物”，即所谓“无状之状，无物之象”。老子又说过：“大音希声，大象无形。”(第十四章)这无声之音，无形之象，也是道的存在的状态。所有这些“道”的状、象、音，非呈之于耳目而呈之于心，难以形容，难以言状。道家的“象”或“大象”之说，一方面对于文论家认识想象问题颇有启发，而且对文论家形成艺术的“境”的概念，也有一定的影响。

老子强调以心体道，强调心观，从认识论来说，不无道理。列宁说过“表象比思维更接近于实在吗？又是又不是。表象不能把握整个运动，而思维则能够把握而且应当把握”(《哲学笔记·黑格尔〈逻辑学〉一书摘要》)。所谓“玄览”，就是用思维去把握万物运动的自然的必然性。这样看来，“玄览”本来并无神秘之处。但是，当老子讲“玄览”以体道的时候，却过分夸大了思维的作用，忘记了“玄览”的实践基础，认为心的省察可以认识一切，所以又有“不出于户，以知天下，不窥于牖，以知大道。其出弥远，其知弥少”(第四十七章)的否定感性知识的谬说。老子认识论的这个缺陷，很像黑格尔批评休谟和康德时所指出的那种错误："牢牢抓住自我意识中的自我，丢掉自我中一切经验的东西，因为应当把自我作为本质，作为自在之物来认识，这样一来，除了我思维这个现象外，什么也没有剩下。"(《逻辑学》第三篇《观念》。转引自列宁《哲学笔记·黑格尔〈逻辑学〉一书摘要》)

在老子的认识论中，"玄览"的前提是"虚静"。所谓"涤除玄览"，涤除，即洗涤内心，使之静洁清明，达到"无疵"的境地，送样才能静观默察，凝神结想，达到对于"道"的认识，老子讲"致虚极，并静笃，万物并作，吾以观其复"(第十六章)，也是要求坚守心境的虚静，以观察万物的自然变化，进而认识其自然的必然性。

对老子来说，"虚静"有两个方面的要求，表现出老子思想的矛盾。一方面，虚静要求"无欲"，即老子所谓"不欲以静"(第三十七章)，"见素抱朴，少私寡欲"(第十九章)。"无欲"指没有世俗的功利之心，不受既定观念的束缚干扰，以保持天真纯朴的赤子之心，没有成见地专注于对"道"的体察，即所谓"恒无欲，以观其妙"(第一章)。以不抱成见为认识的必要条件，确有一定的道理。成见在心，对事物是不能作客观冷静的认识的，正如宋钘所说，"嗜欲充溢，目不见色，耳不闻声"(《心术》)，是不能进行认识的，更不必说体道了。但虚静的含义并不这么单纯，它还有另外一个要求"无知"。老子由于过分夸大了超感官的内心直观的作用，常常表现出极为轻视以至否定感觉经验的倾向，所谓"为道日损"(第四十八章)，就是强调要达到于体道的境地，必须尽可能地抛弃实践。为此，就要废除感官的作用，即"塞其兑，闭其门，终身不勤"(第五十二章)以达于"无知"的境地。显然，以达于"无知"为虚静，违背了认识的规律，也不符合老子认识"道"的实际过程。

庄子的认识论，与老子相一致，而更强调认识的超感官性，更富于玄虚色彩。庄子也多次谈到"物"，但他所谓的"物"常常并无具体的质和量的规定性。他说："古之人，其知有所至矣。恶乎至？有以为未始有物者，至矣，尽矣，不可以加矣；其次以为有物矣，而未始有封也，其次以为有封焉，而未始有是非也。是非之彰也，道之所以亏也"(《齐物论》)。物是不存在的，即使存在，也没有确定的质和量。庄子还认为，物之"大小"、"有无"，"然非"等等，并不决定于物本身的存在，而决定于观物者的主观倾向(参阅《秋水》)，因此都是不确定的。物与我的关系，并不是认识客体与认识主体的关系，而是"天地与我并生，而万物与我为一"(《齐物论》)，是主观拥抱客观，主体融化客体，最后只剩下纯而又纯的自我。庄子以无物为“知”之极致，就是认为认识必须“不与物交”(《刻意》)。晋郭象注“未始有物”云：“此忘天地，遗万物，外不察乎宇宙，内不觉其一身，故能旷然无虑，与物俱往，而无所不应也。”“内不觉其一身”，即忘掉了自身感官的存在。这样，客观事物不存在，自身的感官也不存在，所谓自我，就只剩下一颗无知无欲，一无所累的“心”了。

怎样才能达到无知无欲，一无所累的境地呢？在这个问题上，庄子发展了老子的“虚静”说，提出了“心斋”这个概念。据《知北游》，孔丁问老子问“至道”，老子说：“汝斋戒，疏瀹而心，澡雪而精神，掊击而知。”意为内心净洁清明，始能彻悟至道。这就是以虚静为体道的前提。又据《人间世》，颜回问“心斋”，孔子说：“若一志，无听之以耳而听之以心，无听之以心而听之以气。耳止于听，心止于符。气也者，虚而待物者也。唯道集虚，虚者，心斋也。”意为“心斋”首先要做到心神的专一，心神专一的首要条件是闭目塞听，不以感官感物，而应“听之以心”。“听之以心”也未到极致，在这里，“心”指形而下的心，还不过是一种感官，即庄子所谓“灵府”(《德充符》)，“灵台”(《达生》、《庚桑楚》)，还不是心灵本身。因此应“听之以气”，“气”在这里就是“灵气”即心灵。心灵空寂至于极点，“则至道集于怀也”(郭象《庄子·人间世注》)。

可见，庄子讲认识，不是指对客观世界的认识，而是对自然妙道的认识。这种认识，由“遗其耳目”(《大宗师》)进而“自事其心”(《人间世》)，于是，“以神通而不以目视，官知止而神欲行”(《养生主》)，精神一无所累而达于绝对自由，就可以达到对道的认识了。

庄子把这种精神绝对自由而得至道的境地叫做“游心”。《人间世》曰：“且夫乘物以游心，托不得已以养中，至矣。”意为顺应自然之道以养心，使心神超于物外而逍遥。此外，《应帝王》讲“游心于淡”，《则阳》讲“游心于无穷”，《外物》讲“心有天游”，都是讲的精神的绝对自由而入至道之境。《外物》谓“心无天游，则六凿相攘”，成玄英疏曰：“自然之道，不游其心，则六根逆，不顺于理。”可见，庄子认为，只有彻底屏除感觉经验，精神才能自由以体道。“游心”或“心游”完全是一种内在的精神运动。这种精神运动，庄子作了描述：“精神四达并流，无所不极，上际于天，下蟠于地，化育万物，不可为象。”(《刻意》)这一方面说明了精神运动的“无所不极”的超时空的绝对性，另一方面也表明，庄子认为万物之呈于心，并非万物之实际存在，而是由精神运动产生了万物，又回到了前面所说的那个事物的存在状态决定于观察者的主观倾向的命题。这由于精神运动的作用而呈于心的“物”，不过是物之所从化生的“道”的虚影，因此“不可为象”，即成玄英疏所谓“不可以形象而域之也”。这种“不可为象”之虚影，实即老子所谓的“无状之状”，“无物之象”。同样的意思，在《庄子·天地》中也有所表述：

> 荡荡乎，忽然出，勃然兴，而万物从之乎！此谓王(旺)德之人。视乎冥冥，听乎无声。冥冥之中，独见晓焉；无声之中，独闻和焉。故深之又深而能物焉，神之又神而能精焉。故其与万物接也，至无而供其求，时骋而要其宿，大小，长短，修远。

这也是讲的游心以得万物之所从来的道。精神运行，万物从之，这“万物”也不是客观实在的物的表象，还是所以成物的道的虚影。这呈于心观、心听之中的冥冥之象，无声之音，也是老子所说的希声之音，无形之象。

总起来说，老庄论体道的认识过程，有以下特点：一，道只能以心体认，故体道是一种纯而又纯的精神活动，故“神”在道家那里有着至高无上的地位。二，精神活动是超感官的，也只有超感官，精神活动才能纯而又纯，故庄子强调“无视无听，抱神以静”(《在宥》)。庄子又说：“且不知耳目之所宜，而游心乎德之和。”(《德充符》)耳无听声，目无视色，不视不听，而精神游于至道，这就是以自由精神体道的最高境界了。三，精神活动是超时空的，无所不极，故能“游心于无穷”。庄子又有所谓“坐驰”(《人世间》)。清王夫之解为“端坐而神游于六虚”，“凝神以坐，而四应如驰”(《庄子解》)。按“坐驰”，郭象注云：“若夫不止于当，不合于极，此为以应坐之日而驰骛不息也。故外敌未至而内已困矣，岂能化物哉！”成玄英疏云：“苟不能形同槁木，心若死灰，则虽仪容端拱，而精神驰骛，可谓形坐而心驰者也。”都认为“坐驰”为不能虚静之故，形坐心驰，未入心斋之境，庄子无肯定坐驰意。而庄子谓“精神四达并流，无所不极”，即此“坐驰”之意，是在肯定精神活动的无限自由性。“坐驰”当以王解为是。四，为保证精神活动的超感官、超时空的绝对自由性，必须保持内心的净洁清明，故“玄览”“游心”以“虚静”、“心斋”为条件。内心的净洁清明，除“无视无听”，还要绝除世俗观念。绝除世间种种是非、真伪、荣辱、贵贱、死生等等观念，实为体道之关键。庄子说：“彼是莫得其偶，谓之道枢。枢，始得其环中，以应无穷。”(《齐物论》)彼此无对，即无是非彼此，这就是道之枢要。得道之枢要，则如“游乎空中，不为是非所役，而后可以应无穷”(郭嵩焘语，见郭庆藩《庄子集解·齐物论第二》)。

道家思想关于精神活动的意见，因为屏除以心接物这一重要环节而谈精神现象，把思维在认识过程中的作用绝对化了，因而是有严重缺陷的；尤其庄子，有更多唯心主义色彩。但我们并不能简单地把这种唯心主义的东西看成“不过是胡说”。庄子的唯心主义，也许算得上是列宁所说的“聪明的唯心主义”(《哲学笔记·黑格尔〈哲学史讲演录〉一书摘要》)。列宁还说过：“从辩证唯物主义的观点看来，哲学唯心主义是把认识的某一个特征、方面、部分片面地、夸大地发展(膨胀、扩大)为脱离了物质、脱离了自然的、神化了的绝对。”(《哲学笔记·谈谈辩证法问题》)道家思想家特别是庄子，确实看到了思维活动的一些方面的特征，有一些片面的却含有真理性的认识。他们把虚静作为思维活动的条件，完全排除了客观的物，排除了实践，这当然是错误的，但强调绝除世俗观念的干扰，“疏瀹而心，澡雪而精神”，而达到思维活动的“用志不分，乃凝于神”(《庄子·达生》)，却又道出了思维活动的一个重要特点，无疑是有道理的。他们对精神运动超时空的无限自由性的描述，颇恍惚而神秘，但指出人可以端坐而神游八极，则合于精神运动的实际。特别是庄子认为“王德之人”可以“视乎冥冥，听乎无声”，于冥冥之中可以“见晓”，于无声之国可以“闻和”，实际上说明了想象活动“虽复冥冥非色，而能陶钧万象，乃云寂寂无声，故能谐韵八音”(成玄英《庄子·天地疏》)的特点，颇富于辩证色彩，对后世文论家有极大的启发性。

老庄之后，道家后学论精神运动，基本上循老庄之说，其最著者，为《淮南子》。《淮南子·精神》主张“精神内守”，“恬愉虚静”，不汲汲于珍宝、尊荣、美色，有知足保和以修心养身的意思，故主张“有精而不使，有神而不行”，“其魄不抑，其精不腾”。但这里讲精神之绝对静而精不使神不腾，是就精神对世俗利害宠辱无所动而言的，故曰达“至道者”，“理情性，治心术，养之以和，持之以适，乐道而忘贱，安德而忘贪”，“轻天下而神无累矣”。实际上，《淮南子》并不否认精神运动，而对精神运动有所描述。

《淮南子》也认为道是“视之不见其形，听之不闻其声，听之不可得也，一望之不可报也”(《俶真》)，故体道也须“游心”：

圣人托其神于灵府，而归于万物之始。视于冥冥，听于无声。冥冥之中，独见晓焉，寂漠之中，独有照焉。(《俶真》)

君子有能精摇摩监，砥砺其才，自试神明，览物之博，通物之壅，观始卒之端，见无外之境(高诱注：所观以远)，以逍遥仿佯于尘埃之外，超然独立，卓然离世，此圣人之所以游心也。(《修务》)

《淮南子》认为游心体道可入逍遥之境，与庄子的观点是一致的。所谓“览物之博，通物之壅”，指出了神明运动的无远弗至，无深不入，不但具有无限的自由性，而且能深入于“物”(万物)而洞察其根蒂的特点。

《淮南子》有所谓“览冥”，也有精神运动“览物之博”，“通物之壅”的意思。《淮南子》这样解释“览冥”：

览冥者，所以言精之通九天也，至微之论无形也，纯粹之入至清也，昭昭之通冥冥也，乃始揽物引类，览取桥掇，浸想宵类。物之可以喻意象形者，乃以穿通窘滞，决渎壅塞，引人之意，系之无极。乃以明物类之感，同气之应，阴阳之合，形埒之联，所以令人远观博见也。(《要略》)

“精”即精神，精神“远观博见”，接于万物，并穿通物象之拘滞，以得形外之神，比起庄子抽象地讲“乘物以游心”，“游心于淡”，“游心于无穷”来，能更切实地说明精神运动的特点，更近于文论家之所谓“神与物游”。关于“览物之博”，《淮南子》还有形象的描述：“夫目视鸿鹄之飞，耳听琴瑟之声，而心在雁门之间，一身之中，神之分离剖判，六合之内，一举而千万里。”(《俶真》)这就是文论家所谓“精骛八极，心游万仞”了。

总起来说，《淮南子》论精神运动，实际上更近于想象，对后世的艺术思维理论也是有启发的。

二

我国古代的艺术思维理论，是在文学进入自觉发展阶段的魏晋时期出现的。对于文艺家进行创作的思维活动的研究，必须以文艺家、文论家个性的觉醒、精神的解放为前提，西汉时期，在经师的正统文学观的束缚下，文学基本上是政治的附庸，文学家的创作个性无论在实践上还是在理论上，总的说都还没有被认识，因而一般不存在研究文艺家的艺术匠心的要求。据《西京杂记》，司马相如曾论到“赋家之心”，他说：“合组纂以成文，列锦绣以为质，一经一纬，一宫一商，此赋之迹也。赋家之心，苞笼宇宙，总览人物，斯乃得之于内，不可得而传。”（卷二）司马相如论赋家匠心之运，与道家所描述的精神运动，有相通之处。《西京杂记》为晋葛洪所撰，所据或为汉代文献，如果是这样，说明道家游心之论在汉代就已进入文学理论了。当然，即使是这样，这种观念在汉时也是很个别的，并没有得到充分发展。

魏晋时代，是一个自由精神充分发扬，精神活动的研究受到极大重视的时代。由于玄学盛行，而玄学又以道家思想为本，故道家的精神运动论也在新的时代条件下得到了充分的发扬。魏晋名士由于儒学衰微，玄风大畅，思想比较自由，性格比较旷放，心神之运，追求博大深微的宇宙人生的真谛。曹植所谓“独驰思于云天之际”（《七启》），王粲所谓“游余心以广观兮，且仿佯乎四裔”（《游海赋》），阮籍所谓“清虚寥廓，则神物来集，飘摇恍惚，则洞幽贯冥”（《清思赋》），都表现着当时文士对心神自由玄畅的追求。嵇康所谓“目送归鸿，手挥五弦，俯仰自得，游心太玄”（《赠秀才入军》），描绘的更是这样的一种精神运动的境界，与《淮南子·俶真》形容“览物之博”正同，都是对道家思想家游心以体道的思想的继承。而这对“游心太玄”的追求，到了文学理论里，就是艺术思维理论的形成。

文论史上，第一个明确而充分地研究艺术思维问题的，是西晋的陆机，而他的艺术思维论的思想根基，正是道家的“玄览”、“游心”之说。

陆机的思想比较复杂，总起来说，是以道为本，儒道相协，表现着何晏、王弼玄学的基本倾向。《晋书·陆机传》说陆机“服膺儒术，非礼不动”，在《文赋》中，陆机提出“济文武之将坠，宣风声之不泯”，在文学之用的问题上，持孔门的正统文学观。但其论文的基点，则主要是基于道家之说。对《文赋》，这里不拟作全面研究，仅就其核心问题即艺术思维问题，谈道家思想是怎样影响于艺术思维论的。

《文赋》论艺术思维问题，有这样几个特点。一是在文学理论中引进了道家“玄览”这一概念，以作为艺术思维的基本概念。《文赋》首云“伫中区以玄览”，唐李善注此句，引老子“涤除玄览”之语，并引河上公注，可谓得其要领。许文雨《文论讲疏》说：玄览义同览冥。高诱释《淮南·览冥》题篇之义云：“‘览观幽冥变化之端，至精感天，通达无极。’此道家观物化之说。魏晋才子好驱遣于玄言，不妨偶袭。”对“玄览”的解释也符合陆机的用意，但谓“偶袭”，则没有看到陆机援用此语的时代必然性。玄学发轫于汉末，至晋代已玄风大畅。无论是何、王的以自然为本以名教为末，还是嵇康的任自然而否定名教(《释私论》：“越名教而任自然。”)，“自然”在魏晋意识中都有崇高地位，这对魏晋名士思想性格影响至深。其时，自然放旷之风大盛，对精神自由而无拘碍的追求也成为名士习气，而当时人表达这精神的自由无碍而通玄悟道的境地的术语，往往就是“玄览”。如李充《九贤颂·郭有道》：“玄览洞照，慧心秀朗。”孙楚《季子赞》：“季子聪哲，思心精微，玄览幽寤，触类应机。”孙拯《赠陆士龙》：“明明大象，玄鉴照微。”孙绰《漏刻铭》：“玄览通玄”等等。在这里，“玄览”(“玄鉴”)不是一般的深观，而是一种通微悟机的心灵的自由活动。陆机把“玄览”这一概念用于文学创作，说明文学创作中的心灵洞照，通幽彻微，当然不是对这一概念的“偶袭”。应该说，把“玄览”作为艺术创造的心灵活动，陆机是自觉的。在陆机集中，有《羽扇赋》一文，其中谈到扇的由来：“昔武王玄览，造扇于前。”这就把“玄览”同艺术创造联系起来了。《文赋》也是在这个意义上用“玄览”一语的。

陆机谈“玄览”，还指出了一个前提，即所谓“伫中区”。“中区”，唐大园《文赋注》释为“天地之中”，程会昌《文论要铨》释为“宇宙之中”，皆就字面解而未得其神理。此“中区”实为庄子所谓“彼是不得其偶”的“道枢”，亦即“环中”。庄子讲“得其环中，以应无穷”，主要是说心不为是非彼此所拘，心无所拘，故得心意之自由，故可游心以应无穷。王夫之释云：“忘言忘象，而无不可通，于以应无穷也，皆无所碍。”(《庄子解》卷二)。陆机所谓“伫中区”，不是说人在天地之间、宇宙之中，而是讲心意无所拘碍而无不可通的境地。唐司空图也是在这个意义上讲“超以象外，得其环中”(《诗品》)的。

陆机论艺术思维的第二个特点是，对文学创作过程中“玄览”的具体描述，强调其超时空、超感官性，这也同道家之论精神运动相通。《文赋》论文家心神之运：“其始也，皆收视反听，耽思旁讯，精骛八极，心游万仞。”所谓“精骛八极，心游万仞”，指艺术思维活动的超时空的自由性，是道家“坐驰”、“通物之博”的观念在文论中的发挥。所谓“收视反听”，则得启发于“虚静”、“心斋”之说。如果说，“伫中区”为心意无碍而自由，“收视反听”则为实现这自由的重要条件。道家讲“心有天游”，要求闭耳目，塞聪明，故又强调“无视无听，抱神自静”，这对于艺术思维，无疑也是一个重要条件。陆机还说过：“虚己应物，必究千容之变；挟情适事，不观万殊之妙。”(《演连珠》)也是在强调内心虚静不为情欲所扰，方能究物之变，体物之妙。对于文学创作来说，文思扰攘，是无法进入创作过程的。

陆机论艺术思维的第三个特点，是指出艺术思维是一种创造性的活动。“精骛八极，心游万仞”，并不是艺术思维的终结，艺术思维显然不能停留在“观古今于须臾，抚四海于一瞬”的阶段，所以陆机特别说明这只是“其始”。陆机说过：“鉴之积也无厚，而照有重渊之深；目之察也有畔，而眂周天壤之际。何则？应事以精不以形，造物以神不以器。”(《演连珠》)这一则说明心游无所不往，同时也指出了精神活动的“应事”、“造物”之功。在陆机看来，艺术思维活动不应只是再现实在之物的真形，而应情物交融而更得形外之神理。陆机论艺术思维之“其致”，为“情曈昽而弥鲜，物昭晰而互进”，情物交融，这应该就是意象了，尽管陆机并没有提出过“意象”这一概念。但陆机还有更高的追求，即通幽彻微而得物之道，这也正是作为文学创作过程的“玄览”所应达到的目的。这一点，陆机叫做“课虚无以责有，叩寂寞而求音”。这里，陆机当然不是在说创作之从无到有，而是表现了他对于道的追求。这虚无中之“有”，寂寞中之“音”，实即道家所谓无形之象，希声之音，冥冥中之“晓”，无声中之“和”。李善注《文赋》到此，只举《春秋说题解》“虚生有形”，《淮南子》“寂寞，音之主也”，意思并不错，但可以说是数典忘祖，未得其源。对文学创作来说，这超于意象的生自虚无之“有”，来自寂寞之“音”，是文中寄于言象之外的道，实即魏晋人所追求的至精至微而不测之神。当时人还没有提出文学创作的“神似”之说，但其实质，在《文赋》中已经论到了，后代文论家提出超于言象之境，当也与此有关。

继陆机之后，把艺术思维论发展而完备的，是刘勰。陆机论艺术思维，因袭道家“玄览”的概念，而没有创立概括艺术思维的新概念，而刘勰则用了“神思”这一概念。当然，“神思”作为一个艺术概念，并非刘勰所新创。

西汉已有“游神”之说，王褒《九怀》：“登九灵兮游神，静女歌兮微震。”“游神”又曰“神游”，《列子·黄帝》：“黄帝昼寝，而梦游于华胥氏之国，盖非舟车足力之所及，神游而已。”晋代与陆机同时的华谭也说过：“夫道体者圣，游神者哲，体道而后寄形骸之外，游神然后穷变化之端。故寂然不动，而万物为我用，块然元默，而众机为我运。”(《新论》)“游神”实即“玄览”、“游心”。华谭这里虽不是谈文学问题，但对精神运动的描述，显然与艺术想象相通。晋宋之际，宗炳在《画山水记》中提出了作为艺术概念的“神思”一语。宗炳在此文中首先提出“圣人含道应物，圣者澄怀味象”，实际上是说“玄览”以体道，“象”非物象，乃老子所谓无形之“大象”，实即“道”。对艺术来说，这个“道”就是宗炳所谓寄于作品言象之外的微旨（“旨微于言象之外者，可心取于书策之内”）。此微旨非耳目所能及，故宗炳主“神畅”、“心取”，即精神自由运行而体物之微，这就是“神思”。宗炳说“万趣融其神思”，即神与物游而得万物之微旨。宗炳在艺术上主“神思”，是由于他在哲学思想上接受了道、佛两家的精神论。本来，晋宋佛学受玄学影响就很深，佛、道归趣不同，但佛家对精神问题的表述，往往因袭道家之说，这在宗炳的《明佛论》里就表现得很明显。《明佛论》论“神”，意在证明“神不灭”，但他对精神活动的描述，却显然受到庄子的影响，“神也者，妙万物而为言矣。若賫形以造，随形以灭，则以形为本，何妙之言乎？夫精神四达，并流无极，上际于天，下盘于地。”宗炳还认为，精神自由运行，方可“穷机”“研微”（《弘明集》卷二）。宗炳把他对精神运动的这种认识用之于艺术创作，主张“澄怀昧象”，得言意之外的微旨，故有“神思”之说。

刘勰的“神思”论，远承老、庄之学，近取陆机、宗炳之论，发展而成完整的艺术思维理论。与刘勰同时，以“神思”论文也不止刘勰一家；如萧子显在《南齐书·文学传论》中，以“游心内运”四字概括艺术思维过程，并指出：“属文之道，事出神思，感召无象，变化不穷。”刘勰的“神思”论，也是讲创作过程中的“游心内运”，但他的具体论述，却比宗炳、萧子显要来得丰富、充分、深刻。

刘勰在《文心雕龙·序志》中虽对陆机《文赋》有所批评，但论文实对《文赋》有所继承。其“神思”论，与《文赋》的继承关系也很明显，其哲学思想基础，也与《文赋》一样，主要为道家的“玄览”、“游心”之说。

刘勰论文，多言“心”。从根本上说，文学就是人心的表现：“人实天地之心，心生而言立，言立而文明，自然之道也。”“无识之物，郁然有彩，有心之器，其无文欤”（《原道》）。刘勰言有心方有文，有两个方面的意思。一方面指文为心灵之发抒，即所谓“人禀七情，应物斯感，感物吟志，莫非自然”（《明诗》），“情动而言形”（《体性》），“五情发而为文章”（《情采》）。另一方面，即指心神之运，方能体物探微，形诸文章，《文心雕龙》论“心”，即对创作过程中精神活动的重视和肯定。

从思想史上说，儒家不否定心，却重迹（即人的外在行为，礼义即迹的规范），道家则否定迹而重心。对儒家之重迹而轻心，《庄子》书中有过批评：“中国之君子，明乎礼义而陋于知人心。”（《田子方》）成玄英疏：“中国之人，明于礼义圣迹，而拙于知人心。”此“中国之君子”，即指孔门弟子。魏晋以后，人心得到重视，故儒家之陋一再受到批评。如宗炳说：“悲夫中国君子，明于礼义，而闇于知人心。”(《明佛论》)完全重复了庄子的批评。与宗炳同时的何尚之也说：“六经典文，本在济俗为治耳，必求性灵真奥，岂得不以佛经为指南邪。”(《列序元嘉赞扬佛教事》)他们卫佛的立场很鲜明，而对儒家的批评，则应该说是中肯的，与道家是一致的。批评儒家闇于知人心，就是要重人心，重性灵真奥，重对性灵真奥的探求，于是重“神”。由此可知，刘勰在这样的思想氛围中重人心，重人的精神活动，并不偶然。刘勰论“神思”，就是对文学创作过程中的“性灵真奥”的深入探求。

《文心雕龙·神思》开篇提出：“古人云‘神在江海之上，心存魏阙之下’，神思之谓也。”所谓“古人云”，语出《庄子·让王》，但这只是把《庄子》之语作为形在此神在彼的比喻，以说明“神思”的特点，还不足以说明刘勰受庄子的影响、而对“神思”的具体论述，则显然接受了道家思想的启发。

关于“神思”的状态：“文之思也，其神远矣。故寂然凝虑，思接千载，悄焉动容，视通万里。”这和陆机所谓“精骛八极，心游万仞”一样，把道家精神“无所不极”的观点用于文思，强调艺术思维也有超时空的自由性。

关于“神思”的条件：“陶钧文思，贵在虚静，疏瀹五脏，澡雪精神。”这和陆机主张“收视反听”一样，把道家虚静的观点用于文思，强调艺术思维必须排除世俗杂念，指出唯其虚静，方能志专气一，统文思之关键。这里，刘勰不但在思想上受到道家的影响，其用语，也直接袭用庄子“疏瀹而五脏，澡雪而精神”之说。刘勰思想与道家思想的这种关系，后世《文心雕龙》评注家也注意到了。如黄侃《文心雕龙札记》：“文章之事，形态蕃变，条理纷纭，如令心无天游，适令万状相攘。故为文之术，首在治心。”又如刘永济《文心雕龙校释》：“心忌在俗，唯俗难医，留情于鄙庸，摄志于物欲，灵机窒而不通，天君昏而无见。以此为文，安能窥天巧而尽物情哉？故心资修养。舍人‘虚’、‘静’二义，盖取老耽‘守静’、‘致虚’之语，惟虚则能纳，惟静则能照。”

关于“神思”之目的，刘勰主意象的创造。《神思》中有“意象”一语(“窥意象而运斤”)，但实际为意中之象，还不是情意与物象相融合而心灵化了的象。在这个意义上的“意象”，刘勰没有指明，而对其实质，则有所阐发。他说，“思理为妙，神与物游”，指出“神思”之妙，在心与物(意中之象)的交融。庄子有“乘物以游心”之说，郭象注云：“寄物以为意也。”意思是说人要保持自然、自由的心性以接物，不为物所役，故曰“乘物”，说的并不是人的想象中的心物交融的问题，但对艺术理论讲心物交融有启发。《淮南子》论“览冥”：“揽物引类，览取桥掇，浸想宵美。物之可以喻意象形者，乃以穿通窘滞，决渎壅塞，引人之意，系之无极。”这里仍有“寄物以为意”的意思，但讲意通于物，已含有“神与物游”的意思了。刘勰又说：“夫神思方运，万途竞萌，规矩虚位，刻镂无形。登山则情满于山，观海则意溢于海，我才之多少，将与风云而并驱矣。”神思之妙，一方面，神与物游，情物相得，见相交融；另一方面，神思又不停留于意象相合，还要追求超于意象的神理。“规矩虚位，刻镂无形”，即陆机所谓“课虚无以责有，叩寂寞而求音”，亦即宗炳所谓“旨微于言象之外者，可心取于书策之内”。在道家来说，“视乎冥冥，听乎无声”是对道的体味；在文艺家来说，“规矩虚位，刻镂无形”则是对超于意象的境的追求了。

刘勰认识到了这意象之外的境是可以意会，难以言状的，故又指出：“思表纤首，文外曲致，言所不追，笔固知止。至精而后阐其妙，至变而后通其数，伊挚不能言鼎，轮扁不能语斤，其微乎矣！”艺术境界论中之“意外”、“文外”、“味外”观念在刘勰那里形成，他的艺术思维论，应该说继承陆机而又比陆机深入了。故清纪昀评《文心雕龙》谈到这一段时说：“神思之理，乃尽括无余。”后世文论家论境界所谓“文外之旨”，“可以意冥，难以言状”（皎然《诗式》），“义得而言丧，故微而难能；境生于象外，故精而寡和”（刘禹锡《董氏武陵集序》），“象外之象”，“景外之景”，“味外之味”，“韵外之致”（司空图《与极浦书》、《与李生论诗书》），“羚羊挂角”，“无迹可求”（严羽《沧浪诗话·诗辩》），“言在此而意在彼，泯端倪而离形象，绝议论而穷思维，引人于冥漠恍惚之境”，“言语道断，思维路绝”（叶燮《原诗·内篇》），等等，皆《神思》所论之生发。关于艺术境界问题，非数语可尽，这里不多说，但境界论出于神思论，受到陆、刘尤其是刘的深刻影响，恐怕是可以肯定的。

以上讨论了陆机、刘勰的艺术思维论和道家思想的关系，但还应该看到他们的理论与道家思想的一个质的差别，即他们都重视感物。可以这样说陆机、刘勰论艺术思维的广度、深度，是受到了道家“玄览”、“游心”、“虚静”等观念的影响，但在艺术思维的现实基础问题上，他们和道家完全不同。道家重道轻物，认为精神运动是超于物外的，并不承认认识要以经验为基础。而陆、刘论艺术思维活动，则以感物为基础。西晋潘尼谓“感时而驰思，睹物而兴辞”(《安石榴赋》)，陆云谓“感万物之既改，瞻天地而伤怀，乃作赋以言情”(《岁暮赋序》)，陆机论艺术思维，也以感时睹物为前提，这在《文赋》中有明确说明，不具述。刘勰重视“情以物迁”(《物色》)，“情以物兴”(《铨赋》)，他的神思论，也以感物为基础，故“思接千载”，“视通万里”不同于道家的“游心于淡”，“游心于无穷”，而是有丰富而具体的物的表象伴随着的。故“神与物游”才得以意象相融，形之于文才得以意象鲜明，而不流于空洞抽象的玄理。

注释：

① 参见拙文《“自然之道”与“以自然之为美”——道家思想与中国古代文学理论探讨之一》，文见《古代文学理论研究》第九辑。

《桐城派文选》前言

桐城派是清代最大的一个散文流派。它与清王朝整个朝代相始终，前后绵延二百余年。它尊奉程、朱道统，并以承继秦汉以至唐宋八家文统相标榜，结为门户，世代相传，传人几及全国，规模之大，时间之长，为中国文学史所仅见。“天下文章，其出于桐城乎！”（姚鼐《刘海峰先生八十寿序》引述程鱼门、周书昌语）此语虽属夸张，但也道出了桐城文派声势之大，影响之广。研究和学习中国古代散文，不能不给桐城派以应有的地位。这正是我们编撰此书的基本目的。

一

桐城派之以“桐城”为名，是因为它的创始人戴名世、方苞、刘大櫆、姚鼐等都是安徽桐城人。桐城派以一个文派的面目出现，并在文坛上造成声势，是在姚鼐生活的乾、嘉时期，而它的奠基，则在清初康、雍时期。其奠基人是方苞，而在方苞稍前稍后的戴名世和刘大櫆，也起过重要作用。这样一个文学流派在清初崛起，有它的历史原因，也有它的文学发展的内部原因。

满人以异族入主中国，曾引起过汉族士民普遍的反抗。到了康熙中期，这种反抗逐渐平息下去，大清皇帝的椅子，靠着武力的支持，基本上算是坐稳了。但要在政治上巩固统治，在思想上征服人心，新王朝的统治者们还有很多事情要做。其中最重要的一件，就是使自己的统治在政治上与中国固有的根深蒂固的封建基础相适应，从而确立自己的正统王朝的地位。为此，康熙很聪明地实行了尊崇理学的策略，以表明自己的统治与历代王朝在政治思想上的一致性和连续性，因而也就具有正统性。康熙在《四书讲义序》中说："万世道统之传，即万世治统之所系也。""道统在是，治统也在是也。"道出了以理学支持"治统"的本心。当然，要使人心归服，光做意识形态方面的工作是不够的，还必须采取暴力的手段。这暴力的手段，除了继续对人民的反抗实行武装镇压，主要就是文字狱。这两种策略的并行，终于在康熙后期出现了正统封建知识分子的转变。桐城派就是在这样的历史背景下产生的。

方苞早在青年时代，就有以八家之文载程朱之道的志向。大约25岁时，他在京师与姜西溟、王昆绳论"行身祈向"，就说过："学行继程朱之后，文章在韩欧之间。"（王兆符《方望溪先生文集序》）此后不久，方苞结识了比他年长15岁的戴名世，相与切磋古文十余年。戴氏于文以"言有物"为"立言之道"（《答赵少宰书》），主张"道也、法也、辞也，三者有一之不备而不可谓之文也。"（《己卯行书小题序》）这对方苞"义法"说的形成，不无影响。就在这个时期，方苞已经在《读史记八书》、《书史记十表后》等文中提出了"义法"的问题。但他此时对"义法"的阐述，还多偏于条贯取舍等文章作法问题。及至方苞被赦之后，"义法"说才完备起来。较系统地阐明"义法"理论的《再书货殖传后》、《书五代史安重诲传后》、《书韩退之平淮西碑后》等文，多写于方苞五十岁以后，正是他对清廷"欲效涓埃之报"的时期。特别是在雍正十一年，方苞任翰林院侍讲学士时，替和硕果亲王编《古文约选》，为天下士人提供了一部"义法"的示范书，并在"序例"中阐明了道统与文统统一的问题，揭出了"助流政教之本志"。此书在当时即"刊授成均诸生"；乾隆之初，又"诏颁各学官"，成了官方的古文教材，而方苞所写的倡导"义法"的"序例"，因此也就具有了"钦颁"的权威性。"义法"之说得到了正统封建知识分子的普遍重视，并且成了绵延二百余年的桐城文派的旗帜，这是一个重要原因。

从方苞的生活道路和"义法"说形成的过程，我们可以说，桐城文派的产生，就其历史根源来说，是清王朝政策的产物，是清王朝知识分子政策的胜利，适应了清王朝统治的需要，从它一开始，就在政治思想方面具有正统性和保守性。终清之世，桐城派代有传人，声势浩大，但它所能吸引的，始终只限于正统封建知识分子，其原因盖在于此。

桐城文派的出现，在散文本身的发展上也有它的原因。

戴名世、方苞都以自己的散文直接唐宋八家的文统，是有一定道理的。

北宋以后，经南宋至于元明，古文创作始终处于不景气的状态，可以说是中国古典散文的萧条时期。元文固无足称，明初的“台阁体”更把散文创作引入了“拍马文学”的死胡同。起来力挽颓风的前后七子，矫枉过正，提出了“文必秦汉”的主张，一开始就走上了“叙其已陈，修饰成文”的模拟的路子（何景明《与李空同论诗书》），终于没有“立振古之作”，反而导致了文坛的仿古之风。七子的文风受到过归有光等“唐宋派”作家的反对，更受到过徐渭、李贽以及公安三袁等进步文学家的猛攻，但其弊病远远未能扫除。公安派的散文创作给晚明文坛带来过清新活泼的气息，但它的末流，却往往显得狭隘浮薄，甚至无病呻吟，与公安派“独抒性灵”的主张大相径庭了。于是，在清初，振兴古文的问题就成了文坛有识之士所关切的一个问题。

《四库全书总目提要·尧峰文钞》曾说过：“古文一派，自明代肤滥于七子，纤佻于三袁，至启、祯而益敝。国朝风气还淳，一时学者始讲唐宋以来之矩矱，而琬（指汪琬）与魏禧、侯方域称为最工。”可见，清初汪琬等人已开始出来拯救八家以来古文之衰，对桐城派古文之兴，算是“导乎先路”了。戴名世也以起古文之衰为己任。他指出，明末天启、崇祯以后，“文风坏乱，虽有一二钜公竭力撑柱，而文妖迭出，波荡复生，卒不能禁止。”（《庆、历文读本序》）针对空疏剽窃的坏乱文风，他提出了“言有物”、“修辞立其诚”、“行乎自然”和道、法、辞统一的主张，希望“纵横百家而能成一家之文”（《与何屺瞻书》）。在此基础上，方苞提出了“义法”说，目的之一，也在于扫除“明七子之伪体”，以振兴古文。方苞自谓“文章在韩欧之间”，显然是以接续被打断了的八家文统为目的的。

和任何事物一样，桐城派从它的产生到覆亡，有一个变化发展过程。这个过程，大体可以分为三个时期。

第一个时期，是桐城派的始创时期，时间大体在康熙至乾隆年间。戴名世、方苞、刘大櫆是这个时期的代表人物。他们的文学思想和创作实践为桐城派的形成奠定了基础。但当时，他们还没有建立宗派的意思，实际上也没有确立文坛宗主的地位。

康、雍、乾时期是清王朝巩固其封建统治的时期，也是中国正统封建知识分子对清王朝从离异到归服的时期。桐城派在此时始创，它的主要奠基者也经历了从离异到归服的变化。戴名世表现了离异，方苞则表现了从离异到归服的转变。

戴名世的离异态度，仅仅是对清王朝的离异，而不是对封建思想和封建制度的离异。我们在《南山集》中，找不到对封建思想体系和封建制度的任何批判。尽管如此，他对清王朝的批判，也具有不可忽视的思想意义。戴名世出于民族大义，由悼明之亡进而揭清之失，大胆揭露了清王朝在广大人民群众的白骨堆上建立统治地位的血腥罪行，揭露了大官小吏"晏然肆于民上而行其恣睢之意"（《赠王序纶之婺源序》）的腐朽吏治，揭露了统治集团利用科举制度荼毒天下，以及"沽名钓禄之徒"的寡廉鲜耻。所有这些，都撕去了"盛世"的外衣，露出了内里的黑暗，具有批判现实的深刻思想意义。

"《南山集》案"标志着汉族士人反清斗争的基本结束，促成了正统知识分子对清王朝态度的转变，方苞则是这个转变的典型代表。

我们在方苞的文集中，可以明显地看出转变时期中方苞的思想矛盾。这突出地表现在两个方面。一是方苞的民族意识还间有流露，表现出他对新朝的统治在内心深处并不那么诚服。方苞在青少年时期，他的父亲就常对他讲"诸前辈志节之盛"（《田间先生墓表》），这对他不无影响。在《田间先生墓表》、《孙征君传》等文中，方苞对坚持民族大义的钱澄之、孙奇逢、杜齐等人的景仰之意，总是溢于言表。当然，在这些文章中，反清的内容已经被抹得淡而又淡了。

另方面，在方苞的文集中，我们还可以读到不少指摘时弊的文章。如《狱中杂记》揭露当局治狱的黑暗，《陈驭虚墓志铭》指斥权势之家之"有害于人"，《记开海口始末》、《浑河改归故道议》等文揭露权臣结党营私、巧取豪夺，《逆旅小子》指责官吏漠视人民疾苦等等。这些文章从不同的方面揭露了"盛世"外衣掩盖下的黑暗，对人民也有一定的同情，都具有一定的思想价值。但在方集中，大量的还是出自"助流政教之本志"的文章，表现了他根深蒂固的理学思想体系。为此，他甚至谩骂反理学的黄宗羲，而不顾黄也是一个坚定的反清志士。他写的一些揭露现实黑暗的文章，其出发点也不过是为了达到"官耻贪欺，士敦志行，民安礼教，吏禀法程"（《请定经制札子》）以整肃封建统治秩序的目的。

刘大櫆的文学活动，主要在乾隆时期。清初士民的反清潮流对他已没有多少影响，但他作为一个下层知识分子，在散文中喜欢抒发个人怀才不遇的牢骚，从中多少可以看出一些贤愚颠倒、世路不平的影子。较直接地指斥时弊的作品在刘集中比较少见，间有讽世之作，也较少锋芒。总之，刘文以抒发个人怀才不遇的身世之感为主，既少歌功颂德，妆点"盛世"之作，也不大有指斥时政、揭露现实黑暗之作，代表着已经归服的下层正统知识分子的一般思想状况。

桐城派的第二个时期，是姚鼐和他的弟子门人活动的时期。这个时期的特点是以姚鼐为中心，多方培养和罗致人才，扩大影响，形成了一个强有力的作家集团。

桐城派之所以能够成为一个文学流派并造成声势，姚鼐是一个关键人物。他在他的同乡前辈奠定的基础上，进一步完善了桐城派的散文理论，并以他主讲的书院为基地，长期传授古文法，培养写作人才。梅曾亮、管同、方东树、姚莹，刘开等，都是他的高足弟子。此外如吴德旋、陈用光、朱琦、龙启瑞、王拯等，或亲授，或私淑，或再传，都受过他很大的影响。正是由于姚鼐的努力，才使桐城派在此后的文坛上继续煊赫了一百余年。

在桐城派的创始人中，散文的思想价值最差的要数姚鼐。姚鼐生活在清王朝统治最为稳定的乾、嘉时期，他在仕途上少年得志，中年弃官，在江宁、扬州、徽州、安庆历主钟山、梅花、紫阳、敬敷书院，不但没有潦倒，反而名声越来越大。他与当时的政治现实既没有多少矛盾，因而也就无所指摘，甚至连刘大櫆那样的怀才不遇的牢骚也没有。因此，姚鼐散文的最大特点就是空。他写了不少“明道义，维风俗”的文章，但大多空洞无物。因此，尊他为“圣哲”的曾国藩在谈到姚文时，也认为“有序之言虽多，而有物之言则少”。当然，读一点这样的散文，看一看封建正统知识分子在做稳了奴隶的时代的面貌，也还有认识历史的一定的价值。

姚门弟子中的许多人，都活到了鸦片战争以后。鸦片战争前后，是中国从封建社会到半封建半殖民地社会的历史转折时期。姚门弟子的思想与其师大体一致，但历史的大变动，对他们不可能毫无影响，加之他们中的多数都是中下层知识分子，时代的变迁，个人的遭际，使他们中的一些人还是写了一些言之有物的文章。例如鸦片战争爆发以后，梅曾亮的《与陆立夫书》、王拯的《王刚节公家传跋尾》、鲁一同的《关忠节公家传》等文，都抒发了爱国情怀，多少反映了中国人民对帝国主义者的敌忾。特别是姚莹，鸦片战争中在台湾道台任上坚持抗英战争，屡战皆胜，他有关台湾战事的散文，反帝爱国之情溢于言表，代表着当时一般有正义感的知识分子的精神面貌，更值得充分肯定。

鸦片战争以后到二十世纪初，是桐城派的第三个时期。当时，中国一步步沦为半封建半殖民地社会，帝国主义入侵，太平天国革命，康梁变法，义和团运动，……中国社会大故迭起，矛盾十分尖锐复杂。西方思想的侵入，中国资产阶级的诞生和成长，猛烈地冲击着封建统治制度，帝制已不能维持，终于被辛亥革命的洪流席卷而去。在这样复杂的历史条件下，桐城派作家的思想面貌也表现得颇为复杂。

这个时期，桐城派作家维护封建统治的正统立场基本上没有改变。太平天国革命起来以后，一批桐城派作家如张裕钊、薛福成、黎庶昌等麕集于曾国藩幕中，“□从公治军书，涉危难，遇事赞画”（薛福成《叙曾文正公幕府宾僚》），为镇压太平天国革命很卖了些力气。曾国藩作为这个时期桐城派的领袖人物，代表着桐城派在政治上的最反动的一面。曾国藩所以打起桐城派的旗子，一则由于他自己为文祖述姚鼐，论文不出桐城派文学主张范围。二则由于桐城派在当时影响颇大，打出桐城旗号有利于罗致文人为己所用。曾国藩论文，于义理、考证、辞章之外，还强调“经济”，实际是要以封建之理，济镇压农民起义、维护清室反动统治之用。他的大量散文作品可以证明这一点。曾国藩周围的桐城派作家以及与曾并无密切关系的作家如戴均衡等人，对太平天国革命的基本态度，与曾国藩并无二致。桐城派后期的代表作家吴汝纶等，顽固坚持维护封建帝制，林纾在清王朝已经覆亡、新文化运动已经兴起的时候，继续坚持“清室举人”的遗民立场，声言“至死不移其操”（《答大学堂校长蔡鹤卿太史书》），与新时代的潮流相对抗，都表现了桐城派作家以封建之道一以贯之的顽固立场。

但这个时期的桐城派文人，在思想上也不是铁板一块。除了保守甚至反动的一面之外，中国社会的急剧变化，时代潮流的猛烈冲击，对他们中的一些人还是有所影响的。这主要有两点。一是桐城派作家在民族危机深重的时代，鼓吹媚外投降者极少，大多数都能坚持爱国立场。这与他们的尊理学，“敦气节”，不无关系。在帝国主义对中国日益加强宰割的情况下，他们的爱国主义思想显然是有积极意义的。这一点在张裕钊、薛福成、吴汝纶、林纾、马其昶的某些作品中都可以看到。二是在新形势下，从爱国心出发，许多后期桐城派作家都主张变法图强。他们反对媚外投降，也反对抱残守缺，闭关自尊，主张学习西方的先进科学文化技术。他们在这方面与当时的洋务运动不无关系，他们中的一些人，与洋务派代表人物如李鸿章、张之洞等也都有或多或少的联系。在变法图强的问题上，他们大多主张在坚持固有的封建制度的基础上，学习西方的文化科学，即所谓“取西人器数之学，以卫吾尧舜禹汤文武周孔之道”（薛福成《变法》），也就是“中学为体，西学为用”的意思，显然具有浓厚的封建性。但他们的变法图强思想，也多少反映了新兴的民族资产阶级的利益和要求。薛福成振兴工商的经济思想，吴汝纶开办新学的教育思想，都在一定程度上带有资产阶级思想的色彩；林纾大量翻译西方名著，以求社会的改良（参阅《块肉余生述前编序》），显然也带有资产阶级改良主义色彩。这在当时的历史条件下，也还是具有一定的积极意义的。

二

桐城派的散文理论，滥觞于戴名世，而正式提出的是方苞，又经刘大櫆的补充，至姚鼐发展而完成。方苞的“义法”说是其基础，但桐城派的文论并不限于“义法”，必须将方、刘、姚的文论综合地加以考察，才能见出桐城派文论的全貌。

“义法”的含义，其实就是“因文以见道”（方苞《古文约选序例》）的意思。方苞关于“义法”的完整的议论见于《又书货殖传后》：

> 《春秋》之制义法，自太史公发之，而后之深于文者亦具焉。“义”即《易》之所谓“言有物”也，“法”即《易》之所谓“言有序”也。义以为经而法纬之，然后为成体之文。

不管司马迁在《史记》里面所讲“义法”的原意是什么，方苞借谈《史记》所论“义法”的涵义是很明确的，就是在以内容为主的前提下的内容和形式的统一。但对“义法”的理解又不能停留在内容和形式的笼统概念上，在方苞那里，“义”和“法”都有具体的规定性。“义”即“言有物”，即文章内容，其具体所指，基本上就是宋儒的“义理”，亦即封建的纲常之理。但方苞并不主张空言义理，使文章流于抽象空疏，他要求的“有物”，实际是指包含义理的实实在在的可以致用的内容，即如他所说的：“有所感而后为之，借题以发摅胸臆，庶几济于实用。”（《与贺生禅禾书》）“法”即“言有序”，即文章做法，通观方苞根据“义法”之说剖析具体散文作品的文章，如《史记评语》、《又书货殖传后》、《书汉书霍光传后》、《书五代史安重诲传后》、《书韩退之平淮西碑后》等篇，所谓“法”，就是文章的详略、虚实、措注、排纂等具体的剪裁、结构等问题。“凡义理必载于文字”（《周官析疑序》），故言“义法”不能不及于语言。方苞于古文语言，主张“雅洁”，也就是要求简约平易而又规范的古文语言。要之，方苞所谓“义法”，就是以清通质实雅驯之文，借实际可稽之事，明封建纲常之道，以求济于世用。

显然，把古文写作作为艺术创作来看，方苞的“义法”说是很片面的。其所谓“义”固不足道，其所谓“法”，也只是在文章的行墨蹊径上绕圈子，甚至存在着一定程度的把古文作法模式化的倾向，而对散文的艺术美，诸如文采、形象、风格、境界等等问题，几乎没有涉及。正如姚鼐所说：“只以义法论文，则得其一端而已。”(《与陈硕士》)因此需要补充发展。

刘大櫆与方苞并无师承关系，但他对方极为敬服，方对他的散文也极推重。刘大櫆继承了方苞的“义法”理论，认为该文应“义法不诡于前人”(《姚南青五十寿序》)，但又有重要的补充。刘大櫆在接受“义法”说的基础上，在一定程度上突破了“因文以见道”这个内容形式的关系的简单化的、颇带道学气的认识，而在并不完全依附于道的散文艺术美方面，发挥了自己的见解。而这方面，正是方苞“义法”说所缺乏的。

在散文艺术方面，刘大櫆突出地提出了“神气”说。本来，戴名世在谈古文创作时，已经提出过“精、气、神”统一的主张(参阅戴名世《答张、伍两生书》)，但方苞只从语言的角度取了戴氏关于“精”的主张，而不讲文章神，到了刘大櫆，才强调地提出了神气问题。《论文偶记》说：

> 行文之道，神为主，气辅之。曹子桓、苏子由论文以气为主，是矣。然气随神传，神浑则气灏，神远则气逸，神伟则气高，神深则气静，故神为气之主。

“神”即精神，具体地说，就是作者的心胸气质在文章中的表现。如果说，方苞所谓的“义”偏于思想，刘大櫆所谓的“神”则偏于感情，是更富于个性的东西。“气”指洋溢于文章字里行间的气势，气势有大小厚薄躁静之分，都是决定于“神”的。“神”“气”统一，则形成文章的艺术境界，或雄浑，或飘逸，或静穆……这就接触到散文的艺术美的问题了。

强调境界的美，就不可能尺尺寸寸地拘守陈法，故刘大櫆认为学古人“不得其神而徒守其法，则死法而已”。强调境界的美，就不可能只满足于文章的严谨清通，文从字顺，故刘大櫆强调散文节奏的变化，“譬之管弦繁奏中，必有希声窈渺处”。强调境界美，就不可能只满足于语言的雅洁，故刘大櫆要求散文语言的“情韵并美，文采照耀”。(以上引文均见《论文偶记》)

就创作说，神气何以表现？就欣赏说，神气从何体味？刘大櫆提出了神气见于音节，音节见于字句，或者倒过来说，于字句求音节，进而求神气的途径。《论文偶记》说：

> 神气者，文之最精处也；音节者，文之稍粗处也；字句者，文之最粗处也。然论文而至于字句，则文之能事尽矣。盖音节者，神气之迹也；字句者，音节之矩也。神气不可见，于音节见之；音节无可准，以字句准之。

神气与语言的关系，前人早有论述。韩愈所谓“气盛则言之短长与声之高下者皆宜。”(《答李翊书》)，就谈到了气、言、声的关系问题，这也是刘大櫆之说之所本，而刘大櫆所论，更为具体切实，提供了一个散文创作、学习、欣赏的门径，这也是刘大櫆文论的独到之处。但把字句、音节、神气的关系归结为一个创作和欣赏的公式，又不免拘泥而且片面，因为散文的艺术境界，毕竟是需要从多方面来表现和体味的。“神气”说尽管有这样的缺点，但比起方苞的“义法”说来，桐城文论还是在刘大櫆手里有所发展，更加丰富了。

最后发展而完成桐城派散文理论的，是姚鼐。

首先，姚鼐在“义法”说的基础上，根据新形势下的新的需要，扩大了对散文内容的要求，提出了“义理、考证、文章，”三者统一的主张。在方苞的时代，文化领域里，宋、汉之争就已经存在了，方苞的“义法”说，在一定程度上也是针对汉学而发的。一方面，汉学家以求实的精神研究古籍，希望因此而导致“通经致用”，其结果，必然要反对宋儒的空谈性理；另方面，汉学家所写考据、训诂文字，以考明名物音义为目的，并不考虑什么文章的详略疏密、波澜意度。这在方苞看来，于“义”于“法”皆谬，大有害于道统和文统。但在当时，理学有最高当局这个强大后盾，汉学也未大盛，故方苞对汉学没有多所顾及。到了乾、嘉时期，汉学大盛，宋、汉两派门户对立日益尖锐，而当时的最高统治者在继续张扬理学的同时，也看到了汉学的用处：它可以吸引大量知识分子去“皓首穷经”，大有利于政治上的安定。此外，宋学的明理和汉学的通经，就其内容实质而论，也并不完全冲突。因此，当局对汉学也加以提倡，并采取了调和宋、汉两派的政策，即《清史稿·儒林传序》所谓“崇宋之性道，而以汉儒经义贯之。”姚鼐正是在这样的情况下提出了“义理、考证、文章”三者统一的主张。他在《述庵文钞序》中说：

> 余尝谓学问之事，有三端焉，曰：义理也，考证也，文章也。是三者，苟善用之，则足以相济；苟不善用之，则或至于相害。今夫博学强识而善言德行者，固文之贵也；寡闻而浅识者，固文之陋也。然而世有言义理之过者，其辞芜杂俚近，如语录而不文；为考证之过者，至繁碎缴绕，而语不可了当。以为文之至美，而反以为病者，何哉？其故由于自喜之太过，而智昧于所当择也。夫天之生才，虽美不能无偏，故以能兼长者为贵。

义理、考证、文章三者并提，并非始于姚鼐。北宋程颐就说过“今之学者三”，即“文章之学”、“训诂之学”、“儒者之学”（《近思录》卷二）。但程颐于三者独尊“儒者之学”，并没有将三者统一的意思。与姚鼐同时的汉学大师戴震，也以为“古今学问之途”有三，即义理、制数（即考证）、文章。但戴震却以为“事于文章者，等而末者也”（《与方希原书》）对于古文的文学方面是轻视的。而姚鼐强调三者“相济”，“以能兼长者为贵”，可以说是独见。

义理、考证、文章相济的主张，坚持了“义法”说的基本观点。姚鼐认为：“夫古人之文，岂第文焉而已。明道义、维风俗以诏世者，君子之志；而辞足以尽其志者，君子之文也。”（《复汪进士辉祖书》）仍然是方苞“义以为经而法纬之，然后为成体之文”的意思。但在义、法之外再加上考证，则可以更好地防止空言义理，使理有所凭，文章内容更加坚实。刘大櫆在《论文偶记》里说过：“理不可以直指也，故即物以明理。”在义、法之外强调考证，正可收“即物以明理”之功。故姚鼐认为“以考证助文章之境，正在佳处。”（《与陈硕士》）三相济的主张，作为对汉学的一个妥协，对两派的对立有所调和，也可以去彼此之短而兼彼此之长，还有利于扩大古文家的门户。桐城派作为古文家集团影响广大，与姚氏“相济”说的提出不无关系。

姚鼐对“义法”说的重要发展还在于他更充分地注意到并论述了古文作为文学作品的艺术特征。这主要表现在两个方面。

一方面，姚鼐融合方苞的“义法”说与刘大櫆的“神气”说，并加以发展，提出了“神、理，气、味”与“格、律、声、色”相统一的观点。《古文辞类纂序目》说：

> 凡文之体十三，而所以为文者八，曰：神、理、气、味、格、律、声、色。神、理、气、味者，文之精也；格、律、声、色者，文之粗也。然苟舍其粗，则精者亦胡以寓焉？学者之于古人，必始而遇其粗，中而遇其精，终则御其精者而遗其粗者。

这里所谓的“理”，即方苞所谓“义”，“神”、“气”大体与刘大櫆所谓“神”、“气”同，“味”为蕴含于文中的兴味，即寓于形象的艺术感染力。“格”、“律”为文章格式与法度，近于方苞所谓“法”，“声”即刘大櫆所谓“音节”，“色”则为辞采。神、理、气、味作为“文之精”，包括了散文的思想、形象、境界；格、律、声、色作为“文之粗”，包括了散文的格式、法度和语言的音韵辞采的艺术美。精寓于粗，二者融合而成文。这样论文，就比“义法”说和“神气”说都要完整而丰富。这可以说是对古典散文艺术的一个比较全面的总结，对古文的创作、学习、欣赏都很有启发性。

另方面，姚鼐从艺术风格的角度比较充分地阐述了“文章之美”的问题。这是方苞、刘大櫆都没有论及的。《复鲁絜非书》具体论述了散文的“阳刚”和“阴柔”的各种风格美，肯定了散文风格的多样性。散文风格的多样化，表明了“为文者之性情形状，举以殊焉”，反过来说，作者“性情形状”之殊，也决定着文章风格的多样性。这就接触到了作家的创作个性问题。此外，姚鼐于散文风格不主张“偏胜之极”，认为阳刚、阴柔不可“一有一绝无”，应是主刚者而含柔，或主柔者而含刚，阴阳相生，刚柔相济，才更见“文章之美”。《海愚诗钞序》对这个问题也有具体论述：“阴阳刚柔并行而不容偏废，有其一端而绝亡其一，刚者至于偾强而拂戾，柔者至于颓废而阉幽，则必无与于文者矣。”这种认识，对于古文的创作、学习、欣赏，显然也是极有启发性的，其美学价值是毋庸置疑的。综观桐城派文论，“义法”说是其基础，终清之世，这一基点在桐城派作家中并没有变化，这反映了封建政治对于散文的需要，也反映了桐城派作家和清王朝在政治上的基本联系。刘、姚对“义法”说在艺术美方面的发展，表明他们虽坚持“因文以见道”这一基本立场，却不同于道学家单纯以文为载道之具，轻视甚至否定散文作为文学作品的艺术价值。这表明了桐城派作家的艺术眼光，也表明了桐城派作家之所以能在散文艺术方面作出自己一定贡献的基本原因。

三

在散文艺术方面，桐城派作为中国古典散文的终结，已是强弩之末，不大可能有多少发展，不可能取得如唐宋古文运动那样的成就。方、刘、姚等人的文论，对散文的创作有所总结，但在艺术实践上，他们都不可能集大成并给以发展。特别是在19世纪末、20世纪初，随着资产阶级改良主义和民主主义运动的兴起，新文体已经开始出现并酿成了新文化运动的情况下，桐城派的古文更不可避免地成了新文学发展的障碍。但是，作为封建文化的一翼的桐城派散文，在艺术上还有没有一定的可取之处呢？回答应该是肯定的。通观桐城诸家文集，糟粕确实很多，但精制佳作也的确不是仅有。

桐城“义法”的提出，在艺术上主张“言有序”，要求散文文从字顺，清通严整，雅驯简洁。这一点，桐城派作家，一般都能达到。无论说理、叙事、言情、写景，桐城派作家大都能选材精当，行文畅达，结构谨严，做到雅而不奥，质而不俚，清通自然。如方苞《狱中杂记》，记刑部狱中所见所闻，看似随手杂写，实则层次井然，条贯清晰，读起来并无琐碎芜杂之感。方苞的散文除了一部分奏、议、颂之类的应用文外，一般都短小精悍，要言不烦。这也几乎是所有桐城派作家散文的特点。刘大櫆以这样的文字抒写他的身世之感，姚鼐以这样的文字表达他的学术主张，梅曾亮、管同以这样的文字写他们的杂感和游记，薛福成、吴汝纶以这样的文字阐发他们的经济文化思想。他们的文章大都言简意明，无滞塞之病。严复严格地说不算是桐城派作家，但他却能得桐城“义法”真传，他翻译西方科学著作，以“信、达、雅”为准则，那种清畅雅洁的译文，在白话文出现之前，还不失为一种传播科学文化的较好的语体。

古典散文作为文学体裁之一，应该具有形象性，应该写出一定的意境。在这方面，一些桐城派作家也有一定的成就。戴名世要求叙事散文“为一人列传，则其人须眉謦欬如生，及其又为一人列传，其须眉謦欬又别矣。”(《丁丑房书序》)他的传记文确实能做到这一点。他为画网巾、王学箕、杨维岳等人立传，虽然都是实录其事，却都写得个性鲜明，栩栩如生。方苞、刘大櫆、梅曾亮、管同、王拯、吴敏树、薛福成、林纾等人的写景、状物、记人之作，也常能以简洁的语言，描绘出生动的形象。方苞写左光斗，王拯记他的姐姐，虽着墨不多，都能形神俱备；鲁一同写鸦片战争中英勇牺牲的关天培，慷慨悲壮，大义凛然，生动地表现了反帝烈士的英雄气概；刘大櫆笔下的晋祠，泉石亭台，历历如在眼前；薛福成介绍《普法交战图》，也能给人以身临其境之感。他如吴敏树写君山泛舟，林纾写西湖月色，也都能创造出引人入胜的艺术境界。这样的作品，在桐城派的散文中并不少见，说明桐城派作家在继承中国古典散文形象性的艺术传统方面，确有成绩。

桐城派作家虽然宗于同一的文学主张，他们的散文在思想上、艺术上也有一致性，但在艺术风格上他们却大都具有自己的个性特征。姚鼐论艺术风格，指出“为文者之性情形状，举以殊焉”。反映了文学创作的一个事实，也大体符合桐城派诸家的实际情况。即以创立桐城文派的戴、方，刘、姚而论，其散文风格就迥然不同。戴名世基于强烈的反清思想，他的散文，如他自己所说，具有登山望远，临海观涛的境界(参阅《与刘言洁书》)，呈现出雄健壮阔的风格。方苞散文深沉冷静，醇厚精严，其缺点在于过分拘谨，故刘开批评他“雄奇变化不足”，“能醇不能肆”(《与阮芸台宫保论文书》)。他的这种风格显然和他的处境有关。刘大櫆为文“虽尝受法于望溪，而能变化以自成一体”(方宗诚《桐城文录序》)，他的特点在于不满足于散文的文从字顺，清通严谨，而能从神气、文采方面加强散文的艺术力量。方东树以“日丽春敷，风云变态”概括刘文的风格(《书惜抱先生墓志后》)，应该说是恰当的。姚鼐在散文理论方面有独到的见解，而创作实践却未能达到他在理论上追求的境地。方宗诚说姚文“以神韵为宗”(《桐城文录序》)，而实际上除了醇正严谨的特点之外，谈不上有多少“神韵”。姚鼐的散文在艺术方面成就较高的是写景文，如《登泰山记》、《游灵岩记》、《媚笔泉记》等，都严谨简洁，富有色彩，但这样的作品由于缺少寄托，不见心胸，因而也显得缺乏神气。在散文风格方面，姚鼐之后的一些作者，也各有自己的特色，如梅曾亮的浑厚自然，姚莹的雄奇真切，吴敏树的清新秀逸，都与姚鼐的风格不同。后期作者薛福成文从容而稍带刚气，林纾文婉曲而偏于柔弱，也都具有个性特征。

桐城派散文在艺术上的最大弱点，和它在思想上的弱点一样，也在于它的正统性和保守性。正因为坚持正统，所以才保守。桐城派作家都以接武八家，继承文统自命，他们虽然纠正了七子末流的模拟古董的颓风，把古文做得清通可读，但坚持散文的正统性和文言文的规范性，排斥一切新起的、生动活泼的新的文学体裁和文学语言，就不能不显得极为保守，在艺术上终于走入了死胡同。这种保守性，在方苞的“义法”说中，就已表现得相当突出。在要求散文语言“雅洁”时，他提出：“古文中不可入语录中语，魏晋六朝人藻丽俳语、汉赋中板重字法、诗歌中隽语、南北史佻巧语。”（见沈廷芳《隐拙轩文钞》卷四《方望溪先生传》附“自记”）给文章加上这样多的限制，就不能不束缚作者的手脚，妨碍他们畅所欲言、自由活泼地表情达意。过分强调并固守既有的规范，就必然使散文陷于僵化，不能适应时代发展的要求。这个矛盾，在19世纪中期以后，变得更加尖锐了。

还在鸦片战争前后，桐城“义法”就遭到了具有启蒙主义色彩的文学家龚自珍、魏源的非议。姚门高足梅曾亮在时代潮流的冲击下，也看到了固守“义法”说的危险，提出了“文之随时而变”的观点（《答朱丹木书》），但由于顽固坚持理学道统，文也不可能有多少变化，“随时而变”仍不过是一句空话而已。改良主义运动中，梁启超等人出于政治改良的需要，倡导散文的“解放”，主张为文“务为平易畅达，时杂以俚语、韵语及外国语法，纵笔所至不检束。学者竞效之，号新文体”（《清代学术概论》）。“新文体”虽然还不是白话文，但已经在一定程度上打破了正统古文的束缚，在当时颇有影响。这对桐城派实在是一个不小的冲击。末期桐城文家虽然极力撑持，吴汝纶甚至在倡办新学的同时，还要把《古文辞类纂》列为必修书，但已无法挽回古文没落的颓势了。“五四”运动前夕，新文化运动兴起，白话文学随之而生，给了桐城派最后的、致命的打击。在这时，林纾仍孤军奋战，负隅顽抗，实不过螳臂挡车而已。总之，桐城派随着封建王朝的覆亡而覆亡，不但有它政治上的深刻原因，也有它艺术上的深刻原因。桐城派标举“义法”，主张“因文见道”，其结果是在革命的风暴中文、道两亡。这个历史的教训，亦可为艺术上的抱残守缺者戒。

四

编选此书的目的，本文开头已有说明。基于这样的目的，本书选文大都是桐城派文家在内容和艺术上较好的文章，但为了使读者看到文章的全貌，文中杂有某些消极甚至反动的内容，不予删除。如某些古代散文选本在选录方苞的《狱中杂记》时，删去了“余伏见圣上好生之德”以下一段话，其用意自然是好的，但其实并无必要，这无助于今天的读者历史地了解古代作家。因此，这样的文章，我们都原文照录。选文中有些诬蔑农民革命的话，也未删除。此外，还有个别文章通篇内容都是消极落后的，如林纾的《答大学堂校长蔡鹤卿太史书》，是桐城派末流抗拒和反对新文化运动的代表作，读者看一看这种文章，对于了解桐城派是怎样在新的历史潮流冲击下覆亡的，无疑也很需要，因此也选入了。

为了使读者在阅读桐城文家散文作品的同时，对其文学主张也有所了解，特选录了若干关于文论的文章。刘大櫆的《论文偶记》，虽然不是一篇完整的散文，因其具有一定的代表性，也节选了一部分。

桐城派作家，为数可以百计，不能一一选到，所选二十七家，大都是较有成就或影响较大者。由于我们的眼力不够，该入选而没有选，不该入选反而选入的情况一定会有；入选作家，其文集亦大都篇帙浩繁，选什么，不选什么，也颇费斟酌，选录不当者也一定有。在这些方面，我们热切希望听到读者的批评意见。

本书的读者对象，主要是对古典散文有兴趣的青年，为了帮助他们阅读，对入选作家作了简要介绍，对选文作了简要说明和注释。这些工作，由于我们学识不够，谬误之处，一定不少，也希望读者给以批评指正。

在选注此书的过程中，北京师范学院中文系、历史系、图书馆的许多同志，给过我们许多帮助；马茂元、周振甫、郭预衡、王气中等前辈，给了我们许多指导，周振甫先生还特为此书题写书名，安徽人民出版社的同志为本书的编选出版做了大量工作。对此，我们一并表示衷心感谢。

（此文与王凯符合撰）

1982 年 2 月于北京师范学院

辛文房《唐才子传》的理论价值

一

在中国文学史上，元代是一个以“变”为特征的时代。中国有文字书写的文学，从殷契算起，至宋亡，已有了约两千年的历史。在此期间，文学虽经战国、两汉、六朝、唐、宋之变，但基本上是在传统诗和文的范围内变的。这源远流长的文学之河，到了元代，却激起了引人注目的浪花，发生了一个重要的转折。小说、戏剧，经过了千余年的酝酿，至此终于成熟，新的诗体——散曲，继诗、词之后，显示了巨大的生命力；诗革宋命，转而复古，影响了有明一代近三百年的诗坛。仅此数事，足可以证明，元代文坛绝不是暗淡，而是光辉。

元代文学比起过去的文学，还有一个重要的不同之点，就是成批的祖籍西北的少数民族作家进入文坛，以他们的创作活动为元代文坛壮大了声势，增添了光彩，揭开了多民族作家共同创造中华文化的新的一页。即以为文献可征者计，元代少数民族文士从事曲、词、诗、文创作者约三百人，贯云石、马祖常、薛超吾(马昂夫)、余阙、丁鹤年、萨都剌、迺贤、辛文房等，都是其中的佼佼者。清人顾嗣立云：“元时，蒙古、色目子弟，尽为横经，涵养既深，异才辈出。贯酸斋(云石)、马石田(祖常)开绮丽清新之派，而萨经历(都剌)大畅其风，清而不俳，丽而不靡，于虞、杨、范、揭之外，别开生面。于是雅正卿(琥)、马易之(葛逻)、达兼善(泰不华)、余廷心(阙)诸公，并逞词华，竞传才子，异代所无也。"(《寒厅诗话》)在这些卓有成就的少数民族文士中，辛文房不但是一个诗人，而且应该说还是一个文学史家和诗论家。他的《唐才子传》，在中国文学理论史上应占一席之地。

辛文房，字良史，西域人，其族籍以及生平行事俱不见于史传，同时人的诗文集中多不提到他，即使提到，也语焉不详，故我们对文房只能有一些片断的了解。

元人陆友《研北杂志》称辛文房与王执谦、杨载同时，且诗名相当。陆友距辛文房不久所说当不误。按王执谦生于南宋理宗宝祐四年(1256 年)，卒于元仁宗皇庆二年(1313 年)；杨载生于南宋度宗成淳七年即元世祖至元八年(1271 年，是年忽必烈建国号为元)，卒于元英宗至治二年(1323 年)。辛文房与他们为同时人，大约也是生于宋末，或许在王、杨生年之间。

关于辛文房的居处，只有他的《唐才子传》留下了一点线索。卷五李涉传："早岁客梁园，数逢乱兵，避地南来。"又同卷朱放传："初居临汉水，遭岁馑，南来卜隐剡溪镜湖间。"据"南来"口吻，文房居处应该是在江南。至于更具体的地点，卷三皇甫冉传谓冉"安定人，避地来寓丹阳，耕山钓湖，放适闲淡"；又卷六徐凝传谓"余昔经桐庐古邑，山水苍翠，严先生钓石，居然无恙"。据此，可以大体确定辛文房出仕之前的居处是在今江苏丹阳一带，其游历当时大约也不出江南。

杨载(仲弘)为元诗四大家之一，其集有七律《元日早朝次韵辛良史》，诗云："掖垣迢递到城回，魏阙嵯峨此日开。赤芾会庭宵仗引，朱轮争道晓钟催。三泉忽极传金甲，万岁徒闻献玉杯。乐奏像箭从此毕，小臣思见凤凰来。"(《翰林杨仲弘诗集》卷七)按杨载为延祐二年(1315 年)进士，与辛文房同朝为官，当在此以后，文房出仕，或许是在仁宗初年。又元诗人张雨集中有《元日雪霁早朝大明宫和辛良史省郎二十二韵》(《句曲外史贞居先生诗集》卷四)，可知文房时为省郎。元仁宗延祐间距宋亡已约 40 年，其时文房可能在 50 岁上下。

陆友《研北杂志》称辛文房能诗，证以同时人的记载，文房确实是一个很有成就的诗人。上述张雨诗云："怜君守毕省，琢句废春宵。"可知文房有"琢句"之长。马祖常对文房诗更有较具体的记载。《马石田先生集》卷二有《辛良史披沙诗集》一诗："未可披沙拣，黄金抵自多。悠悠今古意，落落短长歌。秋塞鸣霜铠，春房剪画罗。吟边变余发，萧飒是阴何。"据马氏此诗，知文房诗集名《披沙诗集》，可惜今已失传。据石田所说，文房诗有悲壮之气，也有清丽之风，近于六朝诗人阴铿、何逊的风格。值得注意的是文房有“吟边”之作，大约寄有对西域的乡思吧。

辛文房留传下来的诗，有苏天爵收入《元文类》的两首。其一为乐府歌行《苏小小歌》：“东流水底西飞鱼，御得钱塘纹锦书。几回错认青骢马，著处闲乘油壁车。鹦鹉杯残春树暗，葡萄衾冷夜窗虚。莲子种成南北岸，苦心相望欲何如。”(卷四)其二为七绝《清明游太傅林亭》：“隔水园林丞相宅，路人犹记种花时。可怜总被风吹尽，不许游人折一枝。”(卷八)两诗俱多少含有讽意，风格清丽婉曲，颇近唐风。这两首诗是否称得上是文房代表作，也很难说，仅此一斑，还难窥全豹。

二

《唐才子传》凡十卷，计280篇，立传者278人，又附带提及120人，共398人。其完成时间，据辛文房于卷一之首自撰的引言，是“有元大德甲辰春”。大德甲辰为元之成宗大德八年(1304年)，《唐才子传》当是文房中年之作。当时，文房尚未入仕，也没有科举的压力和干扰(元重开科举在仁宗延祐二年)，《唐才子传》卷一王绩传盛赞王绩之隐，“舍声利而向栖栖：鹿冠乌儿，便于锦绣之服，柴车茅舍，安于丹雘之厦；藜羹不糁，甘于五鼎之味；素琴浊酒，和于醇饴之奉。樵青山、渔白水，足于佩金鱼而纡紫绶也”，这中间，当有文房当时自己的生活景况和心情。因此，他能“端居多暇，害事都捐，游目篇简，宅心史集”，完成《唐才子传》。

一般认为，《唐才子传》是一部有关唐代诗歌的史料书，且毁誉不一。《唐才子传》为有唐诸诗人立传，作者自引谓“求详累帙，因备先传，撰拟成篇，班班有据”，如不求全责备，《唐才子传》确实对于研究唐代诗人有重要的史料价值。多年以来，《唐才子传》成为治唐诗者必备的参考书和工具书，并不是偶然的。《唐才子传》中，当然也有问题，有显而易见的错误。如谓高适字仲武，选《中兴间气集》二卷，显然是把高适和高仲武误为一人了；又载宋之问遇骆宾王事，显然是相信了宋人的无稽之谈，还载了一些神怪之事，如常建采药“仙谷”，遇绿毛女子事，大多采自唐宋人的传说。还有一些问题，是辛文房所据史料本来就有错误，或他对史料加以概括时产生了错误。这些错误，有时不易发现，需要下一些疏证鉴别的工夫。这项工作，已有学者着手进行。

但《唐才子传》的主要价值，并不在史料方面，而在理论方面。《四库全书总目提要》称《唐才子传》"所载之人，亦多详其逸事，及著作之传否，而于功业行谊，则只撮其梗概。盖以论文为主，不以记事为主也。"这个评价，应该说是符合实际的。

从来治文学理论史的学者，叙元代文论，一般不及《唐才子传》，其理论价值没有得到应有的肯定。实际上，在元代的文学理论专著中，《唐才子传》应该说是最有见地、最有理论水平的一种；在宋代以来关于唐代诗人的专著中，《唐才子传》也较有理论价值。下面把"以论文为主"的《唐才子传》与《唐诗纪事》、《全唐诗话》以及元人诗话作一简单比较。

《唐诗记事》为南宋初年计有功（敏夫）所编，据编者自序："唐人以诗名家，姓氏著于后世，殆不满百，其余仅有闻焉，一时名辈，灭没失传，盖不可胜数。敏夫闲居，寻访三百年间文集杂说传记遗史碑志石刻，下至一联一句，传诵口耳，悉搜采缮录。间捧宦牒，周游四方名山胜地，残篇遗墨，未尝弃去。老矣，无所用心，取自唐初，首尾编次，姓氏可近计一千一百五十家。篇什之外，其人可考，即略纪大节，庶说其诗知其人。"以此可知敏夫编《唐诗纪事》以全备为主，旨在保存遗诗，兼记载诗人"大节"。在保存遗诗方面，《唐诗纪事》确有不可磨灭的功绩。《唐诗纪事》也辑录了一些对诗人的评论。但计有功并没有发挥自己对诗人、诗作的认识，对诗学的见解。在理论上，是不如"以悉全时之盛，用成一家之言"（辛文房自引）的《唐才子传》的。二者的区别，并不仅如《四库全书总目提要》所谓《唐才子传》"较计有功《唐诗纪事》叙述差有条理，文笔亦秀润可观"。

《全唐诗话》为南宋尤袤所编，编者原序谓"间又褒话录之纂记，益朋友之见闻，汇而书之，名曰《全唐诗话》"。该书在目者三百余人，所记重事而不重论，事亦多及逸事传闻，于诗则间录佳句名篇。《唐诗纪事》虽弱于论，但保存遗诗，有重要的史料价值。《全唐诗话》则虽名为"诗话"，但缺乏理论价值，即使于史，可供参考的也不很多。比较起来，史、论、评价值俱优的，还是《唐才子传》；特别是在评论方面，《唐才子传》真正做到了"成一家之言"。

诗话著作，经南宋张戒、姜夔、严羽以及金王若虚等人在艺术理论上的深入之后，元代的诗话，在理论上却没有多大的建树，反倒显出倒退的现象。一方面，某些诗话著作似乎在走北宋诗话重在逸闻、"以资闲谈"（欧阳修《六一诗话》）的老路。具有代表性的，如蒋子正《山房随笔》。此外，韦居安《梅磵诗话》、吴师道《吴礼部诗话》等，仍以记事为主，虽稍稍有所评论，涉及韵格、寄兴、词气等问题，但也显得十分单薄。另一方面，某些诗话著作甚至模拟晚唐五代形形色色的“诗格”、“密旨”之类的东西，其代表者，如署名杨载的《诗法家数》、署名范梈的《木天禁语》、《诗学禁脔》等。这些著作回到晚唐五代的格式，谈诗之字法、音节、起结，照应等等，从一个侧面反映了元诗越宋宗唐这一趋势，是时代风气使然。其中也不能说没有好的见解，如《木天禁语》谈“气象”，谓“诗之气象，犹字画然，长短肥瘦、清浊雅俗，皆在人性中流出”，这应该说是很精辟的看法。可惜在这些著作中这样的理论见解不多。这些著作，更多注重诗的外在之粗，不很注重诗的内在之精，且又多少承袭了宋人论诗字钩句引、滞于言诠的习气，总的来说，理论价值并不很高。

比较起来，倒是以传记为体的《唐才子传》具有更丰富的理论内容，理论水平也比较高，在元代诗论专著中，可谓独树一帜，不可多得。

三

《唐才子传》是适应宋元之际的诗风的转变而产生的。同时，对元诗的祧宋宗唐，又起着一定的开风气之先的重要作用。

元诗宗唐，史有定论。明人胡应麟云：“元五言古，率祖唐人。”“胜国歌行，盛时法供奉、拾遗，晚季大仿飞卿、长吉。”(《诗薮·外编》卷六)清初，王夫之激于时变，对元有偏见，对元代少数民族诗人更有很深的民族偏见，但他还是承认元诗“以矫宋为工”，“矫宋诗之衰”(《薑斋诗话》卷二)。清顾嗣立认为，诗至元，“尽洗宋、金余习，而诗学为之一变。延祐、天历之间，风气日开，赫然鸣其治平者，有虞、杨、范、揭、一以唐为宗，而趋于雅，推一代之极盛，时又称虞，扬、马(祖常)、宋(本褧)。”(《寒厅诗话》)。虞(集)、杨(载)、范(梈)、揭(傒斯)，史称元诗四大家(明毛晋编《元诗四大家》一书，录虞、杨、范、揭诗共二十七卷，后故有此称)。他们的诗歌创作全盛期，约在仁宗延祐间，同时还有马祖常诸西域诗人。应该注意的是，这些诗人，“以唐为宗，而趋于雅，推一代之极盛”，乃是在辛文房《唐才子传》问世之后。

宋诗至江西末流，已走进死胡同，诗风转变问题，南宋及金之后期就已经提出来了。这转变风气的杰出人物，有姜夔、严羽、元好问、王若虚，而尤以严羽为杰出。严羽在《沧浪诗话》中明确地揭起了以盛唐为宗的旗帜，并以盛唐诗之“妙悟”、“兴趣”为诗美的极则，而其最终目的，则是复兴诗之“吟咏情性”的传统。元诗之矫宋弊，应该说主要是自严羽开始的这个势头的发展。元初，与辛文房同时的戴表元也曾切痛地指出了宋诗至末叶的不可救药，并作为救弊之方，强调地提出了“升级而趋唐，入室而语古”的宗唐复古的主张。(《剡源戴先生文集》卷九《洪潜甫诗序》。按此序写于大德八年，正辛文房完成《唐才子传》之同年）但宗唐复古的理论上的鼓吹，主要还是《唐才子传》。辛文房不但推动了元初诗风的转变，而且在从严羽到明高棅以至七子之间，起着重要的桥梁作用。

辛文房在《唐才子传》中提出的理论观点，明显地受到了严羽的影响。

严羽以禅喻诗，辛文房也谈到过“诗禅”的问题。《唐才子传》卷八周繇传，谓繇“俯有思，仰有咏，深造阃域，时号为‘诗禅’”。并评云：“尝谓禅家者流，有大小乘，有邪正法，要能具正法眼，方为第一义，出有无间。若有声闻、辟支、四果，已非正也，况又堕野孤外道鬼窟中乎！言诗亦然。宗派或殊，风义必合。品则有神妙，体则有古今，才则有圣凡，时则有取舍。”又云：“悟门洞开，慧灯深照，顿渐之境，各天所赋。”这显然是袭严羽《沧浪诗话·诗辩》之说，表明文房论诗，亦主“妙悟”。而“宗派或殊，风义必合”，则文房之己见，说明诗歌流派或不同，但都必须同合于诗的基本轨范；这基本轨范，实即“陶写性灵”。同时，这里似乎隐含着对宋人宗派门户之见的批评。

严羽论诗，倡“兴趣”说，谓“盛唐诸人，唯在兴趣”(《沧浪诗话·诗辩》)。辛文房评唐人诗，亦数言“兴趣”。如：卷一张子容传谓子容诗“兴趣高远，略去凡近”，卷三张志和传谓志和诗“兴趣高远，人不能及”，卷五姚系传谓系诗“兴趣超然”，卷六姚合传谓合诗“兴趣俱到，格调少殊”，卷七于武陵传谓武陵诗“兴趣飘逸多感”。又卷五长孙左辅传谓左辅诗“诗格词情，繁缛不杂，卓然有英迈之气。每见其拟古乐府数篇，极怨慕伤感之心，如水中月，如镜中相，言可尽而理无穷也”。此即严羽所谓“盛唐诸人，唯在兴趣，羚羊挂角，无迹可求。故其妙处，透彻玲珑，不可凑泊，如空中之音，相中之色，水中之月，镜中之象，言有尽而意无穷”。这应该也是文房对“兴趣”一语的理解。文房论诗虽不像严羽那样以“兴趣”为极则，但他重视诗之“兴趣”，表明了他对诗的抒写悠远蕴藉之情而达于意境美的追求。而这正是宋代许多诗人所忽视的。

辛文房关于唐诗分期的观念，也与严羽基本上一致。严羽首倡唐诗分期之说，《沧浪诗话·诗体》有唐初体、盛唐体、大历体、元和体、晚唐体，似分唐诗为五期，而据《诗评》，则实分大历以前、大历元和、晚唐三期。辛文房关于唐诗之分期，也大体如此。他在《唐才子传》自引中说："唐几三百年，鼎钟挟雅道，中间大体三变。"卷八周繇传有"盛唐，大历元和以下，逮晚年"，此即"三变"的具体说明。但文房对唐诗三期的评价，略不同于严羽。严羽以盛唐属"第一义"，大历以下为"小乘禅"，晚唐则入"声闻、辟支果"了。盛唐诗高于中、晚唐，是没有疑义的，但独宗盛唐，过分鄙薄中晚唐，未免失之片面。在这个问题上，辛文房眼界心胸都略高于严羽，他为众多唐诗人立传，是因为他认为这些诗人成就不同，风格各异，但都可以不朽。他也看到了元和以后特别是唐末某些诗人"拘束声律而入轻浮"(卷八于渍传)，但对中晚唐多数诗人还是能作具体分析，进行肯定的评价。《四库全书总目提要》谓《唐才子传》大抵于初盛稍略、中晚以后渐详，从这也可以看出文房并不鄙薄中、晚唐诗。在这个问题上，辛文房不像严羽那样片面，更没有明七子的武断。

四

辛文房的诗论继承严羽的观点，但不是严羽诗论的简单重申，其中还有文房自己的理论见解或理论重点，也有时代的烙印。

《唐才子传》的诗学观点，散见于各传的评述和某些传后的发挥，但并非就人论人，杂乱无章。归结起来看，其中有其一以贯之的见解，形成了文房一己的诗论体系。

《唐才子传》诗论的核心，是诗道性情。这是唐诗之所以为唐诗的最主要之点，也是宋代一些诗人最为忽视之点。严羽说："诗有词、理、意兴。南朝人尚词而病于理，本朝人尚理而病于意兴，唐人尚意兴而理在其中。"(《沧浪诗话·诗评》)严羽在这里指出的唐、宋诗之别，是十分精确的。辛文房顺应宋元诗风转变的必然趋势，要矫宋之衰，必然首先发掘唐代诸诗人重抒情的成功经验，以复兴"尚意兴"的传统。

《唐才子传》称有唐诸诗人为"才子"，这"才子"之才，即辛文房所谓"高情胜气"(卷一王绩传)，所谓"才情"(卷八温庭筠传、皮日休传)。对于诗人来说，这是最富于个性的东西。称诗人为"才子"，实即肯定他们抒一己之真情以达于诗中有我的天才。卷八皮日休传云："夫才情敛之不盈握，散之弥八纮，遣意于时间，寄兴于物表，或上下出入，纵横流散，游刃所及，孰非我有！本无拘缚漻慼之忌也。"这段议论，本来是针对"次韵唱酬"之风

(此风始于中唐而至宋大盛)而言的，但它所阐明的，是诗歌的一个基本艺术特征，即抒一己之情，表自我之真。这恰恰是唐代许许多多诗人的“无传之妙”，是他们成功的经验，不朽的原因。在评论唐代诸诗人时，辛文房始终注目于此。如卷三刘方平传谓方平“工诗，多悠远之兴，陶写性灵，默会风雅，故能脱略世故，超然物外”；又同卷张众甫传言众甫“吟咏性灵，陶陈衷素，皆有佳篇，不能湮落”；又卷九崔涂传言涂“工诗，深造理窟，端能竦动人意，写景壮怀，往往宣陶肺腑”。此外，辛文房于许多诗人传中数言“情兴”、“缘兴”、“风情”、“情致”、“骚情风韵”等等。文房于诗，主张抒写自然真情，主张诗从肺腑中流出，是很明确的。

但辛文房谈诗歌创作，并不止于要求抒写性灵，还有他对于抒情的深入一层的要求，和他对于情兴的审美倾向。

辛文房认为，陶写性灵必以心神独运，“得其环中”为条件。皮日休传所谓“遣意于时间，寄兴于物表”，近于陆机所谓“观古今于须臾，抚四海于一瞬”(《文赋》)，刘勰所谓“寂然凝虑，思接千载，悄焉动容，视通万里”(《文心雕龙·神思》)，但又有更深一层的含义。文房所论，并不只限于心神自由，超越时空，更有神游物表之意，又近于司空图所谓“超以象外”(《诗品·雄浑》)了。卷九杜荀鹤传引荀鹤《唐风集》自序：“或情发乎中，则极思冥搜，神游希夷，形兀枯木，五声劳于呼吸，万象贪于抉剔，信诗家之雄杰者矣。”(按《唐才子传》于前人关于唐诗的评论多所征引，或注明出处，或不注明出处，皆与文房的观点融为一体，可以表现出他的理论观念。)这里所谓的“极思冥搜，神游希夷”，不仅说明诗人的心神自由，而且深入地阐明了诗歌抒情所造成的象外美、意境美的问题，与陆机所谓的“课虚无以责有，叩寂寞而求音”(“虚无”谓夷，“寂寞”谓希)，是一脉相承的。辛文房论诗重“兴趣”，重言有尽而意无穷，就是出于对意境美的重视。

唐诗人“尚意兴”，以“陶写性灵”为主，但情之抒写，因人有别，所谓“各师成心，其异如面”(《文心雕龙·体性》)。辛文房评唐代诸诗人，实事求是地反映了他们情性的多样性；对他们的诗歌表现出来的情感色彩的多样性，一般俱取肯定态度。他赞扬陈子昂的“雅正”、刘长卿的“雅畅”、于良史的“清雅”，也肯定卢仝的“奇谲”、刘叉的“幽蹇”、李贺的“奇诡”、朱昼的“奇涩”；他欣赏阎防的“真素”、张继的“不雕自饰”，也肯定李廓的“绮致”、温庭筠的“绮丽”，他欣赏张南史的“沈雄”、李益的“激历”，李山甫的“激切”，也肯定皎然的“闲适”、朱放的“萧散”、胡曾的“哀怨”、秦韬玉的

“恬和”；他赞扬杜甫的“情不忘君”、元结的“忧道闵世”，也肯定綦毋潜的“方外之情”，殷尧藩的“丘壑之趣”。总之，只要不落轻浮、邪曲，不失于浅俗、纤巧，辛文房一般都是加以肯定的。

但辛文房最为欣赏的，乃是情兴富于阳刚之气而具有豪壮之美的诗。又特别是欣赏表现戎旅生活抒写壮愤之情的诗。因此，辛文房对有戎旅生活经历而能抒豪情的诗人，特别有感情。卷四畅当传后，文房就畅当“谙武事”、“盘马湾弓，抟沙写陈”发议论：“尝观建安初，陈琳、阮瑀数子，从戎管书记之任，所得经奇，英气逼人也。承平则文墨议论，警急则櫜鞬矢石，金羁角逐，珠符相照，草檄于盾鼻，勒铭于山头，此磊磊落落，通方之士，皆古书生也。容有郁志窗下，抱膝呻吟，而曰时不我与，人不我知邪？大道无窒，徒自为老夫耳。唐间如此，特达甚多，光烈垂远，慨然不能不以之兴怀也！”其追怀叹赏之情，溢于言表。下面我们看他对几个诗人的评述。卷三岑参传：“参累参戎幕，往来鞍马烽尘间十余载，极征行离别之情，城障塞堡，无不经行。博览史籍，尤工缀文，属词清尚，用心良苦，诗调尤高，唐兴罕见此作。”又卷四李益传：“二十三受策秩，从军十年，运筹决胜，尤其所长。往往鞍马间为文，横槊赋诗，故多抑扬激历悲离之作，高适、岑参之流也。”又卷八李山甫传：“山甫……落魄有不羁才，须髯如戟，能为青白眼，生憎俗子，尚豪，虽箪食豆羹，自甘不厌。为诗托讽，不得志，每狂歌痛饮，拔剑斫地，少抒郁郁之气耳。后流寓河朔间，依乐彦桢为魏博从事，不得众情。以陵傲之，以无所遇……山甫诗文激切，耿耿有齐气，多感时怀古之作。”对于未必有过戎旅生活经历而能为豪壮之诗者，辛文房也往往尽情赞誉，如卷九高蟾传：“性倜傥离群，稍尚气节。人与千金无故，即身死亦不受。其胸次磊块，诗酒能为消破耳。诗体则气势雄伟，态度谐远，如狂风猛雨之来，物物竦动，深造理窟，亦一奇逢掖也。”仅此数例，可以明显见出辛文房对戎旅之事、不羁之才的深厚感情，以及他激赏壮美的审美倾向。

辛文房所以激赏壮美之诗，有时代的原因，也有其自身的原因。

就元代社会来说，蒙古以北方民族入主中原，其生活是鞍马骑射，性格则豪健尚武。萨都剌所谓“朝驰燕赵暮吴楚，逸气不觉凌青云”（《萨天锡诗集》后集《相逢行赠别归友治将军》），应该是当时一些蒙古、色目人士入中原后的写照。这就必然地带来一股雄风，不能不影响于当时的文学观念。

就宋元之际诗风的转变来说，宋诗自陆游以后，气象衰萎已极，这就激成了诗风的转变，宗唐成了时代风气。但倡言宗唐者，实际上有两种倾向。一种倾向是主复古而不能创新。所谓的元诗四大家，就有这样的倾向。胡人梅南翁云："宋以文为诗，而元人乃读唐诗，主于达性情，故于《三百篇》为近，宋诗主于议论，故于《三百篇》为远。是元人之言，唐人之心也。"(《重刻翰林杨仲弘诗集序》)这种主于"达性情"却不能抒一己之情的倾向，虽优于明代一些人只在形貌上承袭古人，但究竟难以表现时代精神，也不利于诗歌艺术的发展。另一种倾向是从精神实质上复兴唐音，着重于抒肺腑之真情，发固有之英气。在这方面，西域作家最有贡献。北方民族"多勇武而少文理"(余阙《送归彦温赴河西廉使序》)，但当元世祖灭宋时，西夏及金为蒙古所灭已半个世纪或将半个世纪了。夏、金亡后，一部分西域人随蒙古南下，进入中原居住已两三世；一部分仕金的西域人，则在中原居住时间更长。如著名西域诗人马祖常，世为雍州古部人，居住靖州天山(今新疆地)，高祖锡里济苏，金末为风翔(今陕西地)兵马判官，子孙援以官为姓的古例，遂姓马。曾祖马雅哈从元世祖南征，因家于汴(今河南开封)，后徙光州(今河南东南地)。色目诸族人长时间居中原或东南，受汉文化的熏陶，大大加快了华化进程，其中一些人有了很高的汉文化修养。元人戴良《丁鹤年诗集序》云："我元受命，由西北而兴，若回回、吐蕃、康里、畏吾儿、也里可温、唐兀之属，率先臣顺，奉职称藩，积之既久，文轨日昌，而子若孙皆舍弓马而事诗书。"因此，这些西域诗人能以自己的创作与汉文化融为一体。但尽管如此，他们并没有、也不可能尽脱勇武豪逸之气，他们的本色之作，往往以真挚之情，豪逸之气见长。王夫之承正统诗教，以为"文章本静业"，倡"蔼如"之风，并由此出发，批评元西域诗人："胡元诗人如贯云石、萨天锡、冯子振，欲矫宋诗之衰，而獷气乘之。"(《薑斋诗话》卷二)所谓"獷气"，是王夫之出于民族偏见对西域诗人们的菲薄之语，但我们也可以从反面看出西域诗人们的一种不那么"静"，不那么"蔼如"的逸气。祖居西北的少数民族诗人，无论华化程度多么深，总是不能忘怀英雄之气的。金诗人元好问，虽然也是久已"舍弓马而事诗书"，不也以天然豪迈为至上的诗美吗？"慷慨歌谣绝不传，穹庐一曲本天然。中州万古英雄气，也到阴山敕勒川。"(《论诗诗》三十首之七)这天然的壮美，应该也是元代一些西域作家发自深层心理的追求。这样的追求，乃是矫宋之弊上追唐风的重要契机。这样的追求所形成的诗风，不再是"元人之言，唐人之心"，而是在精神实质上与唐诗特别是盛唐诗某种程度的一致。辛文房对阳刚之美的特别重视，是时代精神的反映，是时代心理的反映。

就辛文房本人看，他是西域人，虽久已入居东南，有了很高的汉文化修养，但他在深层心理上应该与当时以及稍后的西域作家有一致之处，有一定的西域少数民族气质在。他未必有过塞上生活经历，但他写过“吟边”诗，由此也可知他对壮美的追求。他激赏高适、岑参、李益等人的风骨遒迈，慷慨悲凉，也是有其心理上的必然性的了。

辛文房于诗主心神自由，真情抒写，但他既接受汉文化，就不能不同时接受汉文化的消极面。据《唐才子传》，辛文房没有能完全摆脱正统诗教的束缚。其自引云：“夫诗所以动天地，感鬼神，厚人伦，移风俗也。发乎情，止乎礼义，非苟尚辞而已。”文房在这里承袭汉儒的束缚创造个性的正统观念，并不完全是说门面话，这种观念，在《唐才子传》中是有所贯彻的。如卷三戎昱传，肯定昱诗“风流绮靡，不亏政化”，此即“发乎情，止乎礼义”说的具体运用。义卷九聂夷中传，称夷中“适值险阻，进退维谷，才足而命屯，饿志卒爽，含蓄讽刺，亦有谓焉。古乐府尤得体，皆警省之辞，裨补政治，乐而不淫，哀而不伤，正国风之义也”。同卷唐备传亦称备“工古诗，多极讽刺，颇干教化，非浮艳轻靡之作”。这种思想，承汉儒之说，也与白居易“美刺兴比”之论相一致，算是辛文房诗论的落后的一面。但文房并没有用“发乎情，止乎礼义”来衡量一切诗人，也没有否定不干教化的诗人。可见，他的正统观念也远未彻底贯彻。

1986 年 8 月 10 日初稿

1986 年 9 月 14 日改定

《盛唐边塞诗评》前言

在谈盛唐的边塞诗的时候，有几个问题是需要先加以说明的。

首先是关于边塞诗的概念和范围问题。在中国文学史上，诗的分类基本上有三种方法。一是从形式着眼分类，除四言为主的《诗》体和楚歌式的《骚》体外，有古体、近体之分；古体、近体又各可分为几类，这里不多说。二是按作品所表现的思想情感的特征分类，如白居易把自己的诗分为讽喻诗、闲适诗、感伤诗、杂律诗四类，前三类就是按诗所表现的思想情感的特征分的，第四类则是着眼于形式。三是按题材分类。这种分类方法起源很早，南朝梁昭明太子萧统编《文选》，分诗为二十类，分类标准并不统一，其中“咏史”、“游仙”、“行旅”、“军戎”等类，基本上是从题材特点着眼的。唐以后人编前代诗集，也有按题材分类的。如宋人编《分门集注杜工部诗》，分杜甫诗为“雨雪”、“山岳”、“园林”、“时事”、“边塞”、“军旅”等七十二门，大多是按题材划分的。我们所说的“边塞诗”，也是从题材着眼的。“边塞诗”，顾名思义，是关于边塞生活内容的诗，诸如表现边地的戍守、行军、战斗，以及有关边地军中的生活、将士的情怀，边地人民的生活习俗和边地风物等等的作品，都应该说是边塞诗。但我们所讲的边塞诗，实际范围并不限于直接表现边塞生活的诗，有一些诗并不直接反映塞上生活，但反映了与塞上生活密切相关的生活内容，这些诗，广义地说，也可以说是边塞诗。如唐诗中有许多送人赴边塞的作品，并没写塞上的所见所闻，但往往也涉及了边塞战戍及封侯立功等事，这些作品，我们都是作为边塞诗来谈的。唐诗中还有不少闺怨诗，大多写闺中妇女思念远戍边城的亲人的悲怨，其中虽然往往没有直接写到边塞生活，但与边塞生活密切相关，我们也是把这些作品作为边塞诗来谈的。

关于“边塞诗派”的问题，应该指出，至少在盛唐诗人，是没有诗派的自觉观念的。所谓流派，是指在共同的自觉的文学主张指导下进行创作的作家群。盛唐诗人辈出，一些诗人的诗歌在题材、思想倾向以及艺术风格等方面确有共同性，却不存在这样的自觉的结合。在艺术实践上，中唐的白居易、元稹、李绅等确有在共同的文学主张下结合的倾向，他们虽然没有像后来的桐城派那样自觉地以宗派相标榜，但也可以算是中国诗史上比较早的比较自觉的流派了。在中国诗论史上，最早研究诗歌流派问题的，应该是晚唐的张为。张为的《诗人主客图》把中、晚唐诗人分为“广大教化”、“高古奥逸”、“清奇雅正”、“清奇僻古”、“瑰奇美丽”、“博解宏拔”等群，每群有“主”有“客”，“客”则有“入室”、“升堂”、“及门”之分。张为虽然没有提出明确的流派的概念，但他实际上是在研究中、晚唐诗人的流派；有“主”有“客”的一个诗人群，实际上就是一个流派。不管张为对中、晚唐诗歌流派的划分是否科学，是否准确，《诗人主客图》对后代的流派论都是很有影响的。清代文学家、文学理论家李调元论《诗人主客图》说：“宋人诗派之说，实本于此。”(《诗人主客图叙》)可见《诗人主客图》的影响之大。宋以后，文学流派的观念才逐渐成熟，在实践上才逐渐自觉起来。因此，所谓“盛唐边塞诗派”，是一个后人加于前人的结论，并不是说，在盛唐时，高适、岑参、王昌龄、李颀等就自觉地结成了一个“边塞诗派”了。当然，也不是说在盛唐根本就不存在这样一个“边塞诗派”。文学流派问题在理论上虽然成熟较晚，但文学流派作为文学发展的必然产物，事实上在理论认识成熟之前早就存在了。在中国文学史上，实际上的文学流派产生于魏晋以后，到盛唐，流派这个文学现象就更为明显了。在盛唐时期，边塞诗特别繁荣，诗人几乎无例外地都创作边塞诗，边塞诗并非为一部分诗人所特有。而在盛唐众多的诗人中，确实有一些诗人，在边塞诗的创作上特别有成就。这些诗人的边塞诗，不仅题材相同，而且大多共同体现着盛唐时代的精神风貌，尽管他们的个人风格是同中有异。因此，“盛唐边塞诗派”这一提法，是反映了盛唐诗坛的客观实际的，应该说是科学的。

盛唐边塞诗派，以高适、岑参、李颀、王昌龄为主，还有王翰、王之涣、崔颢、常建、张谓、刘湾等。应该指出的是，这些诗人的诗歌创作成就并不限于边塞诗，这一点，我们在书中一再作了说明，这里不多谈。基于这一原因，我们在着重介绍这些诗人的边塞诗的同时，也简略地对他们的诗歌创作的其他方面作了必要的介绍。

盛唐边塞诗，有其前代的历史渊源，对后来的诗歌创作也有影响。我们在书中追溯了盛唐以前的源远流长的边塞诗传统，对作为盛唐边塞诗的余波的中、晚唐边塞诗，也作了介绍，这里不赘述。至于盛唐的边塞诗对唐以后诗歌（也包括词、曲）的影响，则主要在以下两个方面。一方面是思想上的影响。我国古代诗歌从来就有爱国思想的传统，对爱国思想的最充分的发扬，则表现在盛唐的边塞诗中。盛唐边塞诗中的强烈的爱国精神，对后代的爱国诗歌有较大的影响，在民族危亡的关头，这种影响就尤其明显。例如，在南宋陆游、辛弃疾等人的诗词中，我们就能清楚地看到盛唐边塞诗中的那种捐躯赴难、杀敌报国的昂扬气度和激于强烈的报国心的悲愤之情。“大散关头北望秦，自期谈笑扫胡尘”（陆游《追忆征西幕中旧事》），“壮岁旌旗拥万夫，锦襜突骑渡江初。燕兵夜娖银胡䩮，汉箭朝飞金仆姑”（辛弃疾《鹧鸪天·有客慨然谈功名因追念少年时事戏作》），这豪壮激烈的情怀，不是多少再现了盛唐边塞诗中的爱国雄风吗？此外，从明末陈子龙、张煌言，鸦片战争时期魏源、张维屏、黄燮清等人的爱国诗歌，我们还可以看到盛唐边塞诗中的壮愤之情。再方面，盛唐边塞诗的雄浑豪健的阳刚之美，我们在后代诗歌特别是爱国诗歌中还常常能看到。陆游作诗之追求“宏大”之境（《示子遹》），辛弃疾词之“大声鞺鞳，小声铿鍧，横绝六合，扫空万古”（刘克庄《辛稼轩集序》），与盛唐边塞诗的阳刚之美都有一定的承继关系。他们的创作达到阳刚之美的途径，与盛唐边塞诗人也有类似之处。陆游谈自己诗风的转变时，说自己是在“四十从戎驻南镇”，有了丰富的军中生活体验之后，才领略到了“诗家三昧”的。（《九月一日夜读诗稿有感走笔作歌》）陆游爱国诗篇中的“宏大”诗风，即与他的戎旅生活有关。这与盛唐崔颢的“一窥塞垣，说尽戎旅”，诗歌得以“风骨凛然”（唐殷璠《河岳英灵集》），正是同一的道路。这虽然不能说明陆游是受到了盛唐某一诗人的创作道路的启发，但至少可以说明，陆游等人的“宏大”诗风，与盛唐边塞诗的阳刚之美确实是相通的。

在这本小册子的写作过程中，参考了谭优学先生的《唐诗人行年考》、傅璇琮先生的《唐代诗人丛考》、刘开扬先生的《高适诗集编年笺注》、周勋初先生的《高适年谱》、陈铁民、侯忠义先生的《岑参集校注》，谨向各作者致谢。本书的不足之处和缺点、错误，希望读者同志们指出。

中国古代文论思想文化背景的一个重要问题

笔者在《“自然之道”与“以自然之为美”》一文（载《古代文学理论研究》第九辑）中曾谈到过，在中国古代文学理论史上存在着重政治和重艺术的两种倾向，并指出这两种倾向的政治哲学思想根源，基本上是儒、道两家。本文试就这个思想文化背景问题作进一步的探讨。

纵观中国文化史，我们可以看到一个非常耐人寻味的现象，就是始终存在着正统的中原文化与非正统的楚文化对峙的局面。所谓“中原文化”与“楚文化”，具有地域的特征，但又不能仅仅看成地域文化。它们的形成，是由于不同地域（简言之是南北两方）的不同的经济发展、社会形态、山川风物等等的非常复杂的作用所致。它们一经形成，就不再限于地域，而具有了全局性的意义。

我国古代的宗法制度和与之相应的宗法观念，首先是在关中及黄河中游一带即中原地区成熟的。而西周的分封制，则是成熟的标志。当周灭商朝，定天下于一尊，相传封建七十一国，大多在关中及黄河中下游一带，周之支族召公奭则封于燕。于是中原地区及北方成为宗法制度最先成熟并盛行的地区。宗法制度，是一种以“天下宗主”即天子为顶尖的等级制度，它的底层，则是许许多多的以家长为核心的家庭。宗法制度确定了统治集团内部的秩然有序的政治关系和经济关系，同时又维系着这种关系的稳定发展。宗法制度的稳定和发展，还需要一整套关于人与人之间关系的准则和这种准则赖以建立的思想依据。根据这样的需要，伦

饥馑之患。”(《史记·货殖列传》)《老子》、《庄子》诸书所描述的“小国寡民”景象，在某种程度上可以说就是楚人的这种自足生活的记实，而并不完全是远古原始社会的追怀。《老子》云：“小邦寡民，使有十百之器而勿用，使民重死而远徙。有舟车无所乘之，有甲兵无所陈之，使民复结绳而用之。甘其食，美其服，乐其俗，安其居；邻国相望，鸡犬之声相闻，民至老死不相往来。”(第八十章)《庄子·胠箧》自“结绳而用”以下与老子同。《淮南子·齐俗》则云“邻国相望，鸡狗之声相闻，而足迹不接诸侯之境，车轨不结千里之外者，皆得其所”。这中间，确有“无为”、“无待”、“百姓皆谓我自然”(《老子》第十七章)的意味在。

在这种“无待”而自足的生活中，存在着人和大自然的亲近、和谐。人所面对的，不是纷扰的人事，而是人们生于斯、长于斯、息于斯的大自然。“天地相合，以降甘露，民莫之令而自均”(《老子》第三十二章)，人与自然之间，原来是这样的默契。这种远人事、近自然的生活情状，经过千百年在人们心理上的潜在的蕴蓄，所谓“俗以渐民”(《史记·货殖列传》)，会引出或许是朦胧的不自觉的“以天合天”的天人观和无为自放的人生观的。

楚人生活还有一个值得注意的方面，就是巫风颇盛。巫风应该说是原始宗教的遗泽。王逸云：“昔楚国南郢之邑，沅湘之间，其俗信鬼而好祠，其祠必作歌乐鼓舞以乐诸神。”(《楚辞章句》)这种习俗，在今天某些封闭而未获发展的民族的生活中还能看到。其实，诸神崇拜，并非只在楚地，在中原地区，也并不例外，即使在西周以至春秋时期，巫祝卜筮仍盛行于中原。但从《左传》、《国语》诸书中关于中原生活的记载看，人神之分还是明确的，人们所面对的主要问题，是人际关系，而不是人神关系。到了春秋后期，更出现了对天神的某种怀疑。孔子不否认鬼神，却采取“存而不论”的态度，“不语怪、力、乱、神”(《论语·述而》)。而在南方的楚地，则是另一情况。《国语·楚语下》，观射父云：“及少皞之衰也，九黎乱德，民神杂糅，不可方物。夫人作享，家为巫史，无有要质，民匮于祀而不知其福，烝享无度，民神同位，民渎齐盟，无有严威，神狎民则不蠲其为。”这里说的是颛顼以前的情况，且有批评之意，而实际上就是春秋战国时期的楚俗。为什么楚俗与中原地区如此不同？笔者以为主要有以下几个原因。首先，远古原始宗教的诸神崇拜，在楚地由于生产发展缓慢，社会生活中原始遗存较多，故也遗存较多。开发愈缓，则巫风愈甚，这种现象在今天也还能看到。其次，楚人生活远人事而近自然，与自然相亲相狎，主体情思触入自然，自然于是也获得主体的色彩，“以天合天”的朦胧意思从而产生，加之千百年自然诸神的传说，最易形成“民神杂糅”、“民神同位”甚至“人神恋爱”(参见闻一多《什么是九歌》)的观念和习俗。第三，楚地自然风物江山多姿，且富于神秘色彩，最能引动神奇的想象。江淹《杂体诗》李善注引《宋玉集》云：“楚襄王与宋玉游于云梦之野，望朝云之馆，有气焉，须臾之间，变化无穷。王问：‘是何气也?’玉对曰：‘昔先王游于高唐，怠而昼寝，梦见一妇人，自云“我帝之季女，名曰瑶姬，未行而亡，封于巫山之台，闻王来游，愿荐枕席”。王因幸之。去，乃言“妾在巫山之阳，高邱之岨，旦为朝云，暮为行雨，朝朝暮暮，阳台之下”。旦而视之，果如其言，为之立馆，名曰朝云’”(《文选》卷三十一)。巫山神女的故事，即由云雨变幻无穷而引动神思的结果。当然，这神奇的想象，又与千百年流传的原始宗教关于“高禖”的传说有关(参见闻一多《高唐神女传说之分析》)。楚地富于神秘色彩的江山风物与楚地远古传说的统一，正是楚地巫文化创造的一个重要契机。刘勰说“若乃山林皋壤，实文思之奥府，略语则阙，详说则繁，然屈平所以能洞鉴风骚之情者，抑亦江山之助乎!”(《文心雕龙·物色》)。在这里面，我们是不是也可以领略到一点楚地巫风形成的消息呢?

值得注意的是，楚人心目中的诸种，大多为天地山川云物之神，这从《楚辞·九歌》可以看到。《九歌》中，有至高无上的“东皇太一”，恐怕也是天地山川之主神，是楚人从不可为形、不可为名的天地之气想象出来的，未必就是“天帝之别名”(《史记·天官书》张守节正义)。既然以诸神为天地山川云物之神，是种种自然之神，这中间就存在着泛神的观念。由于同时又存在着“民神同位”的观念，楚人在人和自然的和谐亲近的情势下敬神，不过是对自己在自然中的主体地位的肯定，娱神，也就是娱己，求得主体心灵的自足。这样发展的结果，宗教意识终于不能不淡化，在祠神活动中，人终于成了实质上的主角。闻一多说：“严格地讲，二千年前《楚辞》时代的人们对《九歌》的态度，和我们今天的态度，并没有什么差别，同是欣赏艺术。所差的是，他们是在祭坛前观剧——一种雏形的歌舞剧，我们则只能从纸上欣赏剧中的歌辞罢了。在深浅不同的程度中，古人和我们都能复习点原始宗教的心理经验，但在他们观剧时，恐怕和我们读诗时差不多，那点宗教经验是躲在意识的一个暗角里，甚至有时完全退出意识圈外了。”(《什么是九歌》)这里所谓的“欣赏艺术”，即是从宗教入而又从宗教出，由敬神而忘记了神的那样一种主体自足的心灵状态。这种对神的态度，表现在文学艺术的创造上，谈神说怪，于是只成了寄情手段。在《离骚》中，“托云龙，说迂怪，丰隆求宓妃，鸩鸟媒娀女，诡异之辞也；康回倾地，夷羿蔽日，木夭九首，土伯三足，谲怪之谈也”(《文心雕龙·辩骚》)。从这种“诡异之辞”，“谲怪之谈”，我们看到了灿烂多彩的神话，而更主要的，是我们深深地感受到了诗人屈原的血肉心灵。借神话以抒情，借神话以明理，应该说也是楚文化的一个方面的重要特色。其意义，当然并不仅仅在于表现手段，而在于这些“异乎经典”的神话本身，就具有着与宗法意识相反对的一种自由而不可羁络的感情和对宇宙人生的深刻思考。

正是这反宗法的、远人事而近自然的、泛神的楚文化，成了道家思想的温床。

老子是楚人。据《史记·老子韩非列传》：“老子者，楚苦县厉乡曲仁里人也，周守藏室之史也。”司马贞《史记索隐》云：“苦县本属陈，春秋时楚灭陈，而苦又属楚，故云‘楚苦县’。”按古苦县治在今河南东部鹿邑县东。又据同传；“庄子者，蒙人也，名周，尝为蒙漆园吏。”按蒙地在今山东西南荷泽、成武一带，接近古楚地。庄子又尝游楚。《庄子·秋水》谓庄子与惠子游于濠梁之上，濠在古钟离郡，今安徽凤阳附近，是楚邑。又《庄子·至乐》谓“庄子之楚”。《秋水》又载楚王命二大夫往请庄子“愿以境内累”，被庄子拒绝的事。《史记·老子韩非列传》则谓“楚威王闻庄周贤，使使厚币迎之，许以为相”，庄子答以“终生不仕，以快吾志”。老、庄与楚有如此的关系，其受楚文化的熏陶是必然的。道家思想受楚文化的熏陶而产生，而一经产生，又成为楚文化的升华。

春秋战国之际，楚地开始宗法化，中原成熟的宗法文化南传，并与楚地固有的非宗法文化产生撞击，楚文化对中原文化进行了对抗、批判。在这样的对抗和批判中，反宗法宗自然的道家思想终于得以成熟。庄子的思想，就具有强烈的对儒家思想的批判性，并具有强烈的人与自然的和谐、亲近遭到破坏的悲剧色彩。我国古代南北文化的区分，在战国中期的道儒之争中可以看得很清楚了。战国末期至秦汉之际，战国百家开始融合，道家思想渗入诸家，往往成为各家思想的核心，从《庄子》的外杂篇及《吕氏春秋》诸书，都可以看到这种以道家自然之道为核心的诸家融合。这样的融合，促成了汉初半个多世纪“黄老之术”的统治。秦汉之后，全国统一，全国文化日趋平衡。应该说，中原文化与楚文化的对峙不复存在了，而实际上并不是这样。楚文化在很长时间中，保存了自己的与正统文化相对抗的传统，在南方的经济、文化程度后来超过了中原的时候，在思想意识上也仍然保持着对正统的叛逆性。

如果说，中原文化即儒家文化在汉代中期以后成了正统的话，楚文化即道家文化则是异端。尽管这正统与异端之分在汉代以后已经不再完全是地域之分，儒家文化与道家文化都已具有了全国的意义，但地域特征仍然没有消亡。在我国古代，叛逆的、异端的思想行为往往发生在南方。秦灭六国，楚人不服，声称“楚虽三户，亡秦必楚”(《史记·项羽本纪》)，后率先举兵反秦者，正是楚人。汉景帝时，有吴、楚七国之乱。淮南王则自汉初即屡叛。淮南地在今安徽省寿县，战国时属楚，名寿春，秦置为九江郡，汉初为淮南国，国兼有今江西、安徽部分地区，为春秋战国楚地的一部分。楚汉相争中，黥布归汉，封淮南王，高祖十一年，黥布反，刘邦少子长立为淮南王。刘长“不用汉法，出入称警跸，称制，自为法令，拟于天子”，“阴聚徒党及谋反者，厚养亡命，欲以有为”，被废。文帝八年，封刘长子安为阜陵侯，十六年为淮南王，以谋反事觉，自刭死，国除为九江郡。刘长次子勃为衡山王，亦因谋反事觉自杀，国除为衡山郡。司马迁有感于淮南屡叛云：“诗之所谓‘戎狄是膺，荆舒是惩’，信哉是言也！淮南、衡山亲为骨肉，疆土千里，列为诸侯，不务遵蕃臣职为承辅天子，而专挟邪辟之计，谋为叛逆，仍父子再亡国，各不终其身，为天下笑。此非独王过也，亦其俗薄，臣下渐靡使然也。夫荆楚僄勇轻悍，好作乱，乃自古记之矣！”(以上见《史记·淮南衡山列传》)在思想上，刘安“招致宾客方术之士数千人”撰成《淮南子》一书。刘安宾客数千，高才八人，当大多为楚人，如“八公”之一的伍被，就是楚人(或言为伍子胥之后)。《淮南子》是总结汉初行黄老之术的政论之书，其哲学思想的核心，则是道家之学。在行黄老之术的政策已行结束，朝廷将转而独尊儒术的时候，《淮南子》以自然为本，仁义为末，不能不说是有叛逆性的。后来，东汉激烈批判儒家神学的王充，曹魏时玄学激进派领袖嵇康，均南人；六朝非正统的名士文化，也正是南方文化；六朝为“唐风先兆”(胡应麟《诗薮·内编》卷一)，唐文化是以南方文化为主体的多种文化的融合，在思想上，则是以道、佛为主体的三教合一，如曹聚仁所说，“唐代并不是儒家的正统思想时代，而佛道二家注入了朝野各阶层的社会观、人生观中去”(《中国学术思想史随笔·唐人传奇文》)。而唐代的佛学，虽宗派众多，对于人们最有影响，注入于人们(主要是知识分子)思想的，主要还是唐初形成的禅宗南宗。禅宗南宗主张净心自悟，不立文字，不重经典，轻视戒律，通脱而任性，正是南方文化的特征．与庄子之学，在实质上多有相通之处。宋代是儒学复兴的重要时代，适应新的形势，新儒学——理学兴起，一反魏晋以至唐代七百年间儒学不景气局面。所谓理学四大派的濂、洛、关、闽(道州营道濂溪周敦颐、洛阳二程、陕西张载、福建朱熹)，即分布于南北两方，新儒学可谓大盛于全国了。但值得注意的是，与朱熹同时，陆九渊讲学于象山(在今江西贵溪县附近)，创立了心学。心学与理学同有关于纲常名教，应该说也是正统思想的一种表现。陆氏不承认天理，只承认人心，认为只须由悟明心，正不必去读那么多的儒书。陆氏所谓人心，仍是伦常之心，但否认天理而只讲心悟，在理学统治下却为反理学的异端思想开了一个方便之门。果然，到了明代，在南方，产生了一个由陆王之学出来的具有强烈的异端性质的新思想集团。徐渭、李贽、汤显祖、公安三袁、竟陵钟、谭，均为南人，且大多出生并活动于楚地。他们把陆王之学的伦常之心修正为自然人心，实即理学家必欲除之使尽的“人欲”。他们以“人欲”抨击“天理”，以“好货”、“好色”批判伦理纲常的十足伪善，促成了真正的“人”的重新发现，促成了作为“人学”的文学的新解放，其影响，就文学艺术看可以一直到清代的金圣叹、蒲松龄、吴敬梓、曹雪芹、郑燮、袁枚以至李汝珍。他们的思想，都具有反正统的性质。楚人之“好作乱”，可谓源远流长了。

综上所述，我们可不可以这样说，中国的古代文化，论其根基，主要是两大系统：一是商周时期形成的中原文化，一是自远古以至春秋战国之际形成的楚文化。中原文化的形成，有其地域的、民族的、经济的、社会组织的根源，而在西周时期成熟的宗法制度下的经济、社会因素，则是主要根源。作为宗法制度的意识形态——儒家思想在春秋时期形成，从此成为中原文化的思想核心，中原文化，也可以说是儒家文化。儒家文化作为汉代以后两千年间封建制度的思想支柱，一直处于正统地位，因此，中原文化——儒家文化，也可以说是中国古代的正统文化。楚文化是在与中原条件迥异的条件下产生的，它的非宗法的、人与自然相亲的、泛神的特征，在战国时期孕育出了道家思想，道家思想从此成为楚文化的思想核心，楚文化，可以说是道家文化。在汉武帝“罢黜百家，独尊儒术”以后，道家思想一直处于非正统的在野的地位。道家思想是在对儒家思想的抵制、批判中在庄周手中成熟的，它一开始，就作为对儒家思想的冲击力而存在，在此后的两千年间，道家思想虽然并不总是与儒家思想不相容，但道家思想也绝非总是在与儒家思想“相协”中存在，而是基本上作为异端思想存在的。因此，楚文化——道家文化，也可以说是中国古代的异端文化。汉魏以后，儒家文化和道家文化都已具有了全国的意义，而不再局限于中原和楚地，但主要因为这两种文化的原始的和后来的蕴积，使得中原地区以至北中国和楚地以至南中国人们在心理、性格、精神面貌、思想意识等方面存在着深层的差异，尽管中国在政治上早已归于一统，经济发展也已逐渐趋于平衡。

儒家思想与道家思想的区别，这里不拟全面讨论，只打算谈谈两者基本区分之一点。

在中国文化史上，关于人，儒家重迹，道家重心。先秦儒家提出的一系列礼法原则，基本上是对人的带有某种强制性的行为规范，反映了宗法制度对于人在种种社会关系中的行为的要求，至于这种要求与此心合否，倒不是重要的。合，要这样做，不合，也要这样做，这样，就势必由违心而导致伪善。《论语·乡党》：“孔子于乡党，恂恂如也，似不能言者。其在于宗庙，便便言，唯谨尔。朝，与下大夫言，侃侃如也；与上大夫言，訚訚如也。君在，踧踖如也，与与如也。君召使摈，色勃如也，足躩如也；揖所与立，左右手，衣前后，襜如也；趋进，翼如也；宾退，必复命曰：‘宾不顾矣。’入公门，鞠躬如也，如不容，立不中门，行不履阈；过位，色勃如也，足躩如也，其言似不足者；摄齐升堂，鞠躬如也，屏气似不息者；出，降一等，逞颜色，怡怡如也；没阶趋进，翼如也；复其位，踧踖如也。执圭，鞠躬如也，如不胜，上如揖，下如授，勃如战色，足蹜蹜如有循；享礼，有容色；私觌，愉愉如也。”这种种的“如也”，都是在一定的情境下必须有的辞色动作，完全是外在的做出来的表演，至于内心此刻是否“悖如也”，“怡怡如也”，“踧踖如也”……那是用不着计较的。又如士死了父或母，在办丧事过程中，什么时候哭，什么时候不哭，什么时候“哭而踊”，什么时候“哭而不踊”都有严格规定（参见《仪礼·士丧礼》）。这样一来，哭也只能按照“礼”的规定做样子而不能出诸真情了。类似的东西，在儒家经典中比比皆是，从中我们可以看到，儒家如何地重迹而轻心。

道家思想家从“自然之道”出发，主人性的自然，人心的自由无待，主“内美”而轻视 行迹，人的主体心灵的自由淳真，在他们看来简直如仙人一般的神圣。由此，道家思想家对儒家的一切对心灵自由淳真的束缚、污染提出了严厉的批判。“道恶乎隐而有真伪？言恶乎隐而有是非？道恶乎往而不存？言恶乎存而不可？道隐于小成，言隐于荣华，故有儒墨之是非”(《庄子·齐物论》)。成玄英疏云：“小成者，谓仁义五德，小道而有所成得者，谓之小成也。世薄时浇，唯行仁义，不能行于大道，故言‘道隐于小成’，而道不可隐也。故老君云：‘大道废，有仁义。’”仁义之损自然，于此可见。“且夫待钩绳规矩而正者，是削其性者也；待绳约胶漆而固者，是侵其德者也。屈折礼乐，呴俞仁义，以慰天下之心者，此失其常然也。天下有常然。常然者，曲者不以钩，直者不以绳，圆者不以规，方者不以矩，附离不以胶漆，约束不以纆索。故天下诱然皆生而不知其所以生，同焉皆得而不知其所以得。故古今不二，不可亏也。则仁义又奚连连如胶漆纆索而游乎道德之间为哉，使天下惑也！”(《庄子·骈拇》)礼乐仁义之戕害自然真性，于此可见。“纯朴不残，熟为牺尊！白玉不毁，孰为珪璋！道德不废，安取仁义！性情不离，安用礼乐！五色不乱，孰为文采！五商不乱，孰应六律！夫残朴以为器，工匠之罪也；毁道德以为仁义，圣人之过也。”(《庄子·马蹄》)批判的锋芒，已经直指儒家圣人。还有更为激烈的：“圣人不死，大盗不止。虽重圣人而治天下，则是重利盗跖也。为之斗斛以量之，则并与斗斛而窃之；为之权衡以称之，则并与权衡而窃之；为之符玺以信之，则并与符玺而窃之；为之仁义以矫之，则并与仁义而窃之。何以知其然邪？窃钩者诛，彼窃国者为诸侯，诸侯之门而仁义存焉，则是非窃仁义圣知邪！”(《庄子·胠箧》)仁义道德祸害之烈，正是这样由破坏自然纯朴之性进而破坏天下国家的。这样深刻、透彻、猛烈地批判宗法制度、宗法意识，在中国历史上，道家可谓仅此一家。正是这样的批判精神，成了后来几乎一切反正统的异端思想家的锐利武器。

道家思想家在批判儒家思想的同时，一针见血地指出了儒家之所以失足：“中国之君子，明乎礼义而陋于知人心。”(《庄子·田子方》)“中国”云云，纯是楚人口吻。“礼义”与“人心”之争，可以说是儒、道的基本对立，是先秦中原文化与楚文化的基本对立；同时，礼义与“人心”之争，也构成了我国历史上正统文化与异端文化斗争的基本内容。

“礼义”与“人心”之争，同样也是我国古代文学思想斗争的基本内容。如所周知，文学不是礼义之学，而是人的主体心灵之学。而“明乎礼义而陋于知人心”的儒家学者们，却偏偏要把文学搞成礼义之学。在先秦，孔丘最早提出了以礼为归依，以中庸为标准，以教化为目的的文学观，从此被儒家学者们奉为圭臬。他们希望文学始终成为维护封建政治的一个工具，将文学始终束缚在明道、载道、美刺、教化的圈子里面。儒家思想家们希望按照他们为礼义观来生产文学作品，同时也实际上按照他们为礼义观去歪曲一切既有的文学作品。如果中国历史上只有儒家一家，我们就没有了文学，更难想象会有古典文学的如此辉煌灿烂的成就，更难想象会有真正意义上的文学理论了。幸而，我国古代还存在着特别发达的异端思想，这样的情况并没有出现。道家思想家执著于人心而否定礼义，对于文学冲破礼义的牢笼而成为真正的主体心灵之学，有着特别重大的意义。道家的离经叛道的强调自然、自由、自我的观念，有助于文学家、文学理论家们在思想上不同程度地摆脱正统思想的束缚，摆脱儒家正统文学观的束缚，从而看到文学并不是封建政治的工具，文学的要务并不是明道、载道，文学只能是个人情性的抒写，主体心灵的表现。在此基础上，才有可能去深入认识文学作为主体心灵之学的艺术规律，艺术特征，于是才有了我国古代如此丰富、透彻而又独特的文学的艺术论。

皎然生平及交游考

皎然是唐代杰出的诗论家，他的《诗式》、《诗议》是我国古代诗歌理论体系形成时期的重要著作。皎然还是著名诗人，在当时就颇负盛誉，后世也得到过较高评价。皎然的诗，对于研究唐诗及诗僧这一唐代文化的特别方面，都有一定意义，唐、宋时期，诗禅相通这一问题，无论在诗歌创作还是诗歌理论中，都存在着，在这方面，皎然也是一个开风气的人物。关于皎然的生平，较早的有关材料有四种。一是唐元和间僧人福琳的《唐湖州杼山皎然传》(见赞宁《宋高僧传》卷二十九)，二是宋计有功《唐诗纪事》卷七十三载皎然小传，三是宋谈钥《嘉泰吴兴志》卷十七《译道》载皎然小传，四是元辛文房《唐才子传》卷四载皎然小传。四者都语焉不详，有的地方还有舛误。本文拟就皎然的生平和交游作一初步的考查，希望能有助于"知人论世"，推进皎然诗和诗论研究的深入。

一、皎然是否"谢灵运十世孙"

据今存有关皎然的传记材料，皎然俗姓谢，出家后名皎然，字清昼，晚以字行，唐湖州长城(今浙江长兴)人。

自唐德宗贞元八年(792)湖州刺史于頔作《吴兴昼上人集序》称皎然"即康乐之十世孙"，遂成定论，此后凡谈到皎然身世，都说他是谢灵运的"十世孙"。但据今存皎然著作，皎然自己并没有这样明确说过。《皎然集》卷二有《述祖德赠湖上诸沈》，其中确称谢氏为"我祖"，但具体提到的，就有四人。诗说："我祖文章有盛名，千年海内重嘉声。雪飞梁苑操奇赋（自注：梁苑出惠连公《雪赋》），春发池塘得佳句（自注：康乐云《池上楼》诗梦惠连方得池塘生芳草之句）。”又说：“初看甲乙矜言语，对客偏能鸲鹆舞（自注：尚公少年善焉）。”又说：“昔时轩盖金陵下，何处不传沈与谢（自注：田公与约俱是西邸八友）。”据《晋书》及南朝各正史诸谢传，谢尚、谢惠连、谢灵运均为谢衡后人，但他们之间并无直系亲属关系。谢尚与谢灵运的曾祖父谢奕为从兄弟；谢惠连与谢灵运同辈，惠连的曾祖父谢铁与灵运的曾祖父谢奕为胞兄弟，则惠连与灵运为同高祖的再从兄弟。据《梁书》与《南史》，齐竟陵王的“西邸八友”中，谢姓者只有谢朓。谢朓字玄晖，“田”不知何指。按谢朓为谢朗曾孙，谢朗与谢灵运之祖父谢玄则为从兄弟。据皎然此诗，究竟谁是他的直系祖，是很含糊的。又皎然有《赋得谢墅送王长史》一诗（卷六），题下自注：“其墅即昼七代祖吴兴守旧居。”如果皎然的“十世祖”是谢灵运，则这个曾任吴兴太守的“七代祖”一定是谢灵运的曾孙。查《梁书》及《南史》，有谢灵运曾孙谢几卿、谢才卿，但都没有任过吴兴太守。低谢灵运三辈而作过吴兴太守的，有谢览。但谢览是谢密（弘微）的曾孙，而谢密与谢灵运的关系，也是同高祖的再从兄弟。

看来，皎然乃南朝高门谢氏后人，是没有问题的，但他的“十世祖”是不是谢灵运，则很难说。于頔《昼上人集序》称“上人以余尝书述论前代之诗，遂托余以集序，辞不获已，略志其变”，可见于頔作序是受皎然所托，“康乐之十世孙”之说，有可能得自皎然之口，并非出于杜撰。而据皎然诗中那些含糊矛盾的说法，皎然自己实际上并不清楚谢灵运是否他的“十世祖”。很可能自皎然上推十世，谢灵运声望最高，地位最显，诗名最著，于是就认了这个“十世祖”。这在古人，是常见的现象，并不足怪。

就可能性来说，皎然的十世祖，也许是谢密。据《晋书》及南朝诸史，谢密一系曾守吴兴的，就有五人，即谢密的曾祖谢万，谢密之子谢庄，孙谢朏、谢瀹，谢瀹之子谢览。特别是谢庄以下，三代四人守吴兴。谢览的后人，可能有在吴兴定居下来的，成了吴兴人，传数世，有皎然。当然，这也只是一种可能性。

二、皎然的生卒年

皎然约生于玄宗开元八年(720)前后，约卒于德宗贞元八年(792)至贞元二十年(804)之间，具体年份，皆不能确指。

《皎然集》有《赠李中丞》(卷一)。诗说："安知七十年，一朝值宗伯。"知作此诗时，皎然年约七十岁。这个李中丞，当即皎然诗文中几次提到过的李洪。《皎然集》卷七有《观李中丞洪二美人唱歌轧筝歌》，题下自注："时量移湖州长史。"诗称李洪"勋业先登上将科"，与《赠李中丞》称"地裂大将封"相合。又皎然《诗式序》："贞元初，予与二三子居东溪草堂……至五年夏五月，会前御史中丞李公洪自河北负谴，遇恩再移为湖州长史。初与相见，未交一言，恍然神合。予素知公精于佛理，因请益焉。先问宗源，次及心印。公笑而后答。温兮其言，使寒丛之欲荣；俨兮其容，若春冰之将释。"(据《十万卷楼丛书》五卷本《诗式》)所叙与《赠李中丞》"言如及清风，醒然开我怀"相合。李洪唐史无传。皎然与李洪相遇于贞元五年(789)时年约七十，上推七十年，可知皎然生于开元八年(720)前后。又《全唐文》卷九一七载皎然《诗式中序》，记李洪至湖州为"壬申夏五月"。壬申为贞元八年(792)。如以壬申为确，则皎然生年当在开元十一年(723)前后。但宋赞宁《宋高僧传》所载福琳《唐湖州杼山皎然传》中，录有《诗式序》大段文字，李洪至湖州，亦作"五年夏五月"，可见以五年为是。"壬申"乃传抄时以形近致误。

皎然的卒年，难以考定。于頔奉敕编定《吴兴昼上人集》并作序，是在贞元八年，时皎然尚在世。今传《四部丛刊》影宋本《吴兴昼上人集》(即《皎然集》)十卷中，与湖州刺史唱和的诗，最晚的，即卷一《奉酬于中丞使君郡斋卧病见示》一首。据宋谈钥《嘉泰吴兴志》卷九《郡守题名》，于頔之后，贞元中刺湖州的还有刘全白、王浦、李绮、李词、田敦，名皆不见于《皎然集》。知此本大体就是于頔所编的十卷本，其中诗文，最晚的就是贞元八年所作了。皎然此后的行迹，因此无从据此本查考。《全唐诗》录皎然诗七卷(卷八一五—八二一)，其中十卷本所无者，凡五十二首。据这些诗，也看不出皎然贞元八年以后的行迹。(此五十二首诗，是否皆皎然所作，还有问题，兹不及考。)福琳《唐湖州杼山皎然传》称皎然"以贞元年终山寺"，未明指何年。因此，只能说皎然卒于贞元八年以后，贞元末之前，享年八十上下。

三、早年干禄

皎然的早年生活，文献失载，难以详知，只能据《皎然集》了解一点大概情况。

皎然《妙喜寺达公禅斋寄李司直公孙房都曹德裕从事方舟颜武康士骋四

十二韵》(卷一)，具有自述平生的性质。其中首先谈到自己中年以前的情况：“我祖传六经，精义思朝徹。方舟颇周览，逸书亦备阅，墨家伤刻薄，儒氏知优劣。弱植应可雕，苦心未尝缀。”据诗意，知皎然早年曾读书、游历，由于习儒，抱的是入世的态度，和唐代一般青年知识分子一样，有过功名的追求。此诗讲到中年出家以后的生活：“却寻幽壑趣，始与缨绂别。野饭敌膏梁，山楹代藻棁。”“缨绂”为冠带和印带，代指官位；“藻棁”指华美的建筑，一般为官员所居。但诗意并非指辞官出家，而是指放弃入仕的追求而出家。孟浩然《宿天台桐柏观》：“愿言解缨绂，从此去烦恼。”“解缨绂”指的也是不再求仕，而不是指辞官，因为孟浩然根本没有做过官。皎然此诗，说明他早年确有作官的追求，并为此而奔走。

文集卷二《述祖德赠湖上诸沈》，是入仕的企望破灭后返居吴兴所作。诗在谈到“我祖”谢惠连、谢灵运的“盛名”、“嘉声”之后，转而谈到自己：“世业相承及我身，风流自谓过时人。初看甲乙矜言语，对客偏能鸲鹆舞。饱用黄金无所求，长裾曳地干王侯。一朝金尽长裾裂，吾道不行计亦拙。岁晚高歌悲苦寒，空堂危坐百忧攒。”这里谈到早期求仕的情况比上诗还要具体一些。据诗意，皎然早年自许甚高，努力读书上进，也曾干谒权贵。从诗中还可以看到，皎然早年生活富足，以富家子的身份为入仕而活动，也应该有过一些裘马轻狂的经历。福琳的皎然传说，“凡所游历，京师则公相敦重”。据今存皎然诗文，皎然出家以后，不曾远游，更没有去过京师。如果说他去过京师，那只能是在早年求仕的时期。长裾曳地，干谒权贵，当然主要是在京师。但他并未曾得到“公相敦重”，早年干禄，结果是很不得意的，只能慨叹“吾道不行计亦拙”了。

《皎然集》中，有《从军行》五首、《塞下曲》二首、《览史》一首、《咏史》二首、《效古》二首、《铜雀妓》、《长门怨》、《昭君》、《长拟安春词》各一首、四言《浮云》一首(以上卷六)、《长安少年行》一首、《风入松》一首(卷七)，多系模拟之作，艺术上远未成熟，内容也大多较空泛。但有的作品，也流露了一些功业的追求或失意的牢骚，都可定为早期之作。其中一首《效古》，题下自注“天宝十四年”，诗说：“夸父亦何愚，竞走先自疲。饮干咸池水，折尽长桑枝。渴死何(《全唐诗》作‘化’)爝火，嗟嗟徒尔为。空留邓林在，折尽令人嗤。”表现的是求仕不成、希望破灭的悲愤。皎然入京求仕，也许在天宝初年，其时年过二十，经过十余年的奔走，心力交瘁，一事无成，只好作归山之计，于天宝末回到湖州。

四、中年出家

皎然绝意仕进，回到湖州后，并未立即出家。在肃宗时期及代宗初，他隐居于卞山家中。《皎然集》卷二《早春书怀寄李少府仲宣》序：“予故里在长城卞山。昔岁属狂冠陷没江左，亲故离散，永望枌梓，不觉伤怀。”所谓“狂冠”，指代宗宝应二年(即广德元年，763)浙江袁晁起义。(详后)由此序可知，皎然家原在卞山，他于天宝末回到湖州后，当居故里。又据卷六《南池杂咏五首》序：“余草堂在池上洲，昔柳吴兴诗‘汀洲采白蘋’，即此地也。左右云山满目，一坐遂有终焉之志。会广德中寇盗，淮海骚动，宵人肆志，吾属不安，因赋《南池五咏》，聊以自适。”据此知皎然还在白蘋洲上筑有草堂，代宗初袁晁起义爆发时，正居于此。

这个时期，皎然交游不多。肃宗上元初，崔论刺湖州(据《嘉泰吴兴志》)，皎然同他有一些往来，集中存有关的诗两首。诗皆一般的即景抒情诗，看不出皎然与崔论有特别的友情。从艺术上看，比之早期之作有长足进步，皎然诗清幽闲逸的风格，已见端倪。

皎然受戒出家，是在代宗大历二年(767)至三年春。

《皎然集》卷八《唐杭州灵隐山天竺寺故大和尚塔铭序》载，大师俗姓范，出家后讳守真，大历二年移籍天竺，住灵隐峰，大历五年三月圆寂于龙兴寺净土院。序云：“昼之身戒，亦忝门人，幸参四子之科，独许一时之学。”又福琳皎然传：“登戒于灵隐戒坛守直(当作‘真’)律师边，听毗尼道，特所留心。”据此，皎然受戒出家于杭州灵稳山天竺寺，其师守真，时间是在大历二年至三年春(说见下)，年龄已近五十岁。

皎然自求仕失败，返居卞山后，遂有出世之想。但据皎然诗，他开始并不是信佛，而是信道。前面提到过的《妙喜寺达公禅斋四十二韵》，在谈早年习儒干禄之后，紧接着说：“中年慕仙术，永愿传其诀。岁驻若木景，日餐琼禾屑。婵娟羡门子，斯语岂徒设。天上生白榆，葳蕤信好折。实可返柔颜，花堪养玄发。求之性分外，业弃金亦竭。药化成白云，形凋辞素穴。一闻西天旨，初禅已无热。涓子非我宗，然公有真诀。”据此诗，皎然在干禄不成，归隐卞山后，曾学道求仙，习长生驻颜之术。学道不成，才又转而参禅学佛。上述作于代宗初袁晁起义爆发时的《南池五咏》，已有禅佛意味。如第一首《水月》：“夜夜池上观，禅心坐月边。虚无色可取，皎洁意难传。若向空心了，长如影正圆。”对月而悟空，说明对禅中之境的确已有体会。但此时皎然还未曾正式受戒出家。

皎然决意出家，当与袁晁起义有关。由于赋敛苛重，代宗宝应二年（即广德元年，763），浙江爆发了袁晁起义。据《旧唐书·代宗纪》，宝应二年八月，“台州贼袁晁陷台州，连陷浙东州县”。《新唐书·代宗纪》对此亦有明载。这次起义规模不小，声势颇大。《资治通鉴·唐纪》载：“台州贼帅袁晁攻陷浙东诸州，改元宝胜，民疲于赋敛者多归之。”又据《旧唐书·王栖曜传》，这次起义，“积众二十万，尽有浙江之地。”广德二年三月，这次起义才被李光弼军镇压下去。起义也冲击到湖州。谈钥《嘉泰吴兴志》卷二《城池·武康县》：“唐广德元年，袁晁作乱浙右，县人朱泚、沈皓举亡命之徒以应之，分守两洞，攻陷城垒，县郭室庐，变为灰烬。”又卷八《公廨·武康县》：“广德元年，袁晁作乱，荡为丘墟。”武康为湖州属县。可见义军曾及于湖州，州人亦有响应者。此时皎然正住白蘋洲。在皎然后来的诗中，对这次事变曾多次提到，并往往把自己的出家与之联系起来。

据上述《早春书怀寄李少府仲宣》序，这次起义，给皎然家打击不小，不只“亲故离散”，家产也可能因此荡尽。皎然隐居期间，已由求仙转而信佛，遭此变故之后，才最后决心皈依佛门。这在此诗中有所说明：“早年初问法，因悟日中花。忽值胡雏起，芟夷若乱麻。脱身投彼岸，吊影念身涯。迹与空门合，心将世路赊。”诗中所谓“胡雏”，即序所谓“狂冠”，皆指袁晁起义。

但皎然并没有在袁晁起义后立即出家。他在湖州，与新到任的刺史卢幼平还有一段时间的盘桓。袁晁起义中，湖州刺史是独孤问俗，他曾在义军活动于湖州时，“使将军辛敬顺于金鹅山筑城守”（《嘉泰吴兴志》卷二《城池·武康县》）。起义被镇压后。独孤问俗离任，卢幼平到湖州。《嘉泰吴兴志》卷九《郡守题名》载，“卢幼年（当作‘平’），宝应二年自杭州刺史授。”袁晁起义被镇压是在广德二年三月，而起义中的湖州刺史是独孤问俗，志所载卢幼平到湖的宝应二年，当广德二年之误。皎然诗中，与卢幼平有关的诗有六首。其中《春日和卢使君幼平开元寺听妙奘上人讲》一诗，当作于卢幼平刺湖的第二年即永泰元年（765）的春天。诗说：“愿我从今日，闻经悟宿缘。”知皎然此时已决心出家。此后，皎然可能就去了杭州灵隐。据《嘉泰吴兴志》，继卢幼平之后，于永泰二年至大历元年间刺湖的是萧定，而皎然诗中，未见与萧定唱和之作。此期间皎然当不在湖州而在杭州。《皎然集》卷三《界石守风望天竺灵隐二寺》：“山顶东西寺，江中旦暮潮。归心不可到，松路在青霄。”诗或写于自湖州往杭州将至灵隐时。因为此行是决心去出家，皈依佛门，所以遥见天竺、灵隐二寺，竟引起了“归心”。

皎然在杭州住了约两年多光景，可能即在天竺寺中修习。大历二年，守真大师移籍天竺寺，皎然始在其坛下正式受戒。据皎然所作守真塔铭序，守真大历二年移籍天竺寺，大历五年三月在龙兴寺净土院圆寂，住天竺的时间，可能在大历二年到四年，而据皎然《苕溪草堂自大历三年夏新营洎秋及春弥觉境胜因纪其事》(卷二)，大历三年夏皎然已在湖州营建了苕溪草堂，他离开杭州回湖州，肯定是在此之前，故其受戒，应在大历二年至三年春。

皎然从守真受戒出家，而守真所属宗派，难以确判。据皎然所作守真塔铭序，守真初从苏州支硎寺园大师受具足戒，后至荆府依真公学，又从无畏三藏受菩萨戒，受普寂大师传楞伽心印。园大师、真公宗派不明，无畏三藏当即密宗大师善无畏，普寂大师当即禅宗北宗创始人神秀弟子嵩山普寂。守真后又习南山《律钞》四十遍，则他又与道宣所创南山律宗有关。福琳皎然传称守真为“律师”，宋赞宁《宋高僧传》有《唐杭州天竺山灵隐寺守直(当作“真”)传》，内容全据皎然所作塔铭序，传则列于《明律篇》，亦以之为律师。皎然所作塔铭序又称守真曾“发殊愿诵持华严”，并“入五台山转华严经二百遍”，则守真似与华严宗也有关系。福琳皎然传说皎然从守真受戒，“听毗尼道，特所留心”。“毗尼”系梵文音译，意译为律则。皎然初从守真，所习似为律学。但皎然从守真时间不长，也就一年光景。回到湖州后，皎然当进一步有所修习。福琳皎然传先说皎然从守真受戒，后又说：“及中年，谒诸禅祖，了心地法门。”按皎然从守真受戒已是中年，福琳在这里说“及中年”，是因为他误以为皎然出家是在早年，至于说皎然在受戒之后，又习禅宗之学，则不误。《皎然集》卷八有《唐湖州佛川寺故大师塔铭并序》，述惠明少年从学于六祖慧能大师，与永嘉玄觉、荷泽神会为同学，天宝八年居湖州佛川寺，建中元年卒。福琳所说“禅祖”，可能即指惠明。从皎然诗文，也可确知他后来是禅宗僧人。《皎然集》卷八有《达磨大师法门义赞》、《能秀二祖赞》，达摩为禅宗东土初祖，慧能、神秀为五祖弘忍弟子，一创南宗，一创北宗。后赞说：“三乘同轨，万法斯一，南北分宗，工言之失。”看来他对神宗南、北之分取通达之见，并不拘执。其态度实更近于南宗；从他为僧后的观念，作风看，实际上也是南宗僧人。

五、初为禅僧

皎然受戒出家以后，回到湖州，在风光秀雅的苕溪上营建草堂，从此定居下来。作为僧人，他并不长居于寺院修行读经，以黄卷青灯为伴。《唐诗纪事》说皎然“居杼山”，《嘉泰吴兴志》说他“居郡中兴国寺西院”，《唐才子传》说他“居妙喜寺”。兴国寺或杼山妙喜寺可能是皎然挂籍之所，但他并不总是住于寺中，有时亦居于草堂，交游则甚为频繁。

禅宗是佛教的一个中国士大夫化比较彻底的自由宗派，禅僧是很自由的。皎然作为禅僧，是僧人，同时也可以说是一个隐于禅的文士。《苕溪草堂自大历三年夏新营洎秋及春弥觉境胜因纪其事》诗中自注引《僧传》云：“人皆隐于山，我独隐于禅。”可以看作是皎然的夫子自道。实际上，皎然出家以后的生活，在许多方面，与一般文士并没有什么两样。他与达官贵人、文人墨客交游唱酬，也参与达官文士的宴集，也同达官文士一起欣赏美人歌舞。似乎除了娶妻生子，狭斜狎妓，求取功名之外，俗家文士的生活对他一无所忌。禅僧只讲心悟，不拘行迹，虽声言“不立文字”，但也不妨吟咏情性，佳句纵横。皎然就是这样的一个僧人。这在皎然自己的诗中，是一再声明过的。如《酬崔侍卿见赠》。“市隐何妨道，禅栖不废诗。与君为此说，长破小乘疑。”《宿法华寺简灵澈上人》：“至道无机但杳冥，孤灯寒竹自青荧。不知何处小乘子，一夜风来闻诵经。”（卷一）《支公诗》：“山阴诗友喧四座，佳句纵横不废禅。”《偶然五首》之三：“隐心不隐迹，却欲住人寰。欠树移春树，无山看画山。”《寓言》：“吾道本无我，未曾嫌世人。如今到城市，弥觉此心真。”（卷六）《观李中丞二美人唱歌轧筝歌》：“君有美人当禅伴，于中不废学无生。”（卷七）。认为游于城市即妨于道，乃小乘偏见；彻夜诵经，亦小乘之行，诗酒酬唱，佳句纵横，不废于禅；美人歌舞，亦可以伴禅，而无妨于学佛。这些都是禅僧特见。皎然出家以后的生活，就是这样无拘无忌，自由放达的。

皎然出家后定居湖州，从此不再远游。除了主要在湖州与州县官吏、过往官员、文人、隐者、僧人、道士流连光景，诗酒唱酬外，只偶尔涉足于邻近州县如苏、杭、台、润、衢等州，游踪大体不出江南。

在皎然出家以后的交游中，最值得注意的是他与江南诗人的关系。

皎然结识诗人顾况，大约在大历初的几年间，集中有《送顾处士歌》（卷七），题下自注：“即吴兴丘司仪之女婿，即况也。”诗称早闻顾况之名，还盛赞顾况书画艺术之绝伦。诗说："禅子有情非世情，御蕣贡余聊赠行。"知是时皎然已经出家。诗题称顾况为"处士"，又说顾"安贫日日读书坐，不见将名干五侯"，知时顾况尚未出仕。顾况是中唐著名诗人，肃宗至德二载(757)中进士，此后却很长时间没有做官。顾况家居苏州，丘岳在湖州，应时有往还，得以与皎然结识。

约在大历八、九年间，皎然还曾与李嘉祐相识，集中有《酬邢端公济春日苏台有呈袁州李使君兼书并寄辛阳王三侍御》(卷一)、《奉酬李员外使君嘉祐苏台屏营居春首有怀》(卷二)。李嘉祐刺袁州，在大历六、七年间，八年以后卸任。(据傅璇琮《唐代诗人丛考》)苏台即吴王台，在苏州。李嘉祐去袁州任后，居苏州，皎然此两诗，当作于游苏州与李结识时。后诗说。"昔岁为邦初未识，今朝休沐始相亲。"又说；"登临许作烟霞伴，高在方袍间幅巾。"这是他们初次相识，但已约为烟霞之伴，大约此时李嘉祐也已绝意于官场了。

六、与颜真卿、皇甫曾、陆羽等游

大历八年至十二年(773—777)，颜真卿任湖州刺史，这期间曾在湖州的，有诗人皇甫曾、陆羽、张志和，以及大书法家李阳冰等。皎然与他们都有交往，尤与颜、皇甫、陆过从颇为密切。皎然集中，这个时期的诗最多。

颜真卿是大书法家，也有文名，又是一代名臣，在安史之乱中，曾建大功，官至工部尚书等职，代宗广德二年，封鲁郡公。大历初，因受权相元载排挤，出为地方官。颜真卿于大历七年除湖州刺史，八年正月到任。(见《梁吴兴太守柳恽西亭记》,《颜鲁公文集》卷十三)皎然集中，与颜真卿唱酬的诗最多，达二十二首，颜真卿的宴集、游赏活动，他大多参与了。《颜鲁公文集》中，有《赠僧皎然》一诗(卷十五)，还有一些他们都参与的联句诗，并见于皎集、颜集。

《全唐文》卷三三七《颜真卿文二》有《泛爱寺重修记》一文，其中说："予不信佛法，而好居佛寺，喜与学佛者语。人视之，若酷信佛法者然，而实不然也。"此文绝非颜真卿所作，也不见于《颜鲁公文集》，但却是一篇有助于了解唐代文人士大夫对佛教的实际态度的文章。喜佛而不信佛，应该是包括颜真卿在内的大多数唐代文人士大夫对佛法的态度。颜与皎然，主要作山水之赏、寺庙之游、文字之交，也谈禅说佛，得到一点"忘机"的乐趣。

皎然与他交往，看来主要也是山水之赏，文字之交，他当然要谈禅说佛，表现自己玄对山水所体验到的“空王之道”，禅悦之境，但他未必就要以佛法度人。他与颜真卿的关系，主要就是这样，唐代文人士大夫与僧人的关系，恐怕大多也是如此。福琳皎然传说皎然与人交往，“莫非始以诗句牵劝，令入佛智，行化之意，本在乎兹”，看来只是福琳一己的想当然，并不符合皎然的实际。

颜真卿刺湖时期，在文化上做的一件大事，是编定《韵海镜源》。据颜氏《湖州乌程杼山妙喜寺碑铭序》(《颜鲁公文集》卷四)，《韵海镜源》始编于天宝末年颜真卿出守平原时，成二百卷。大历三年刺抚州时，续成五百卷草稿。刺湖州后，乃于大历八年夏开始，集合僚属文士编定，至次年春完成。颜氏此文，还列举了参与其事者约五十人的名单。在皎然与颜真卿的唱酬诗中，有四首与修《韵海》事有关，对此举都十分赞赏。如《奉和颜使君修〈韵海〉毕州中重宴》：“世学高南郡，身封盛鲁邦。九流宗韵海，七字揖文江。借赏云归堞，留欢月在窗。不知名教乐，千载与谁双。”但皎然似未参与其事。颜真卿上述碑铭序所列与修者名单中，未见皎然之名，而僧人也只有“金陵沙门法海”一人。颜真卿在上述序中谈到，《妙喜寺碑铭》之作，与皎然有关。序说：“时杼山大德皎然工于文什，惠达灵煜，味于禅诵，相与言曰：‘昔庐山东林，谢客有遗民之会，襄阳南岘，羊公流润甫之词。况乎兹山深邃，群士响集，若无记述，何以示将来?’乃左顾以求蒙，俾记词而蒇事。”既如此，如果皎然参与了《韵海》的修撰，颜真卿不可能在此序中列举与修诸人时把他漏掉。《唐才子传》皎然传称“真卿尝于郡斋集文士撰《韵海敬(当作镜)源》，预其论著。至是声价益甚”，看来是不准确的。福琳皎然传谓他“裨赞《韵海》”，也许比较符合实际。按《宋史艺文志》著录《韵海鉴源》十六卷，其书今已不存。

皎然集中，涉及诗人皇甫曾的诗有五首，此外还有两首共同参与的联句诗，皆写于颜真卿刺湖时期。皇甫曾字孝常，天宝十二载(753)进士，历殿中侍御史，与其胞兄皇甫冉(茂政)都是著名诗人，当时被比之为西晋诗人张载、张协兄弟。大历中期，皇甫曾当已赋闲，居于故乡丹阳。丹阳属润州，与湖州相去不远。颜真卿刺湖时，他到了湖州，与颜、皎等游。皎然与皇甫冉不一定是此时才认识，但这次过从甚密，酬唱颇多。皎然有《建元寺集皇甫侍御书阁》(卷三)，诗中自注：“公爱讲佛经，尝云慕刘处士深诣至理。”可见他们之间还有谈禅说佛的共同趣味。皇甫曾也曾参加与修《韵海》诸人的宴集，皎然有《春日奉陪颜使君真卿皇甫曾西亭重会〈韵海〉诸生》。颜真卿去湖州任前，皇甫曾就离开湖州回丹阳去了，皎然有《送皇甫侍御曾还丹阳别业》、《重送皇甫侍御曾》(卷四)、《同颜鲁公泛舟送皇甫侍御曾》(卷五)。《重送皇甫侍御曾》云："人独归，日将暮。孤帆带孤屿，远水连远树。难作别时心，还看别时路。"他们之间，确有颇深的友情。此后，皎然与皇甫曾之间应还有来往，但集中未见此后唱酬的诗。皎然有《赠包中丞书》(卷九)，当为建中二年(781)所作(说详后)，其中还提到皇甫曾，知皇甫曾当时仍在世。

皎然与陆羽应该早就相识。《新唐书·隐逸·陆羽传》载羽"上元初，更隐苕溪，自称桑苎翁。阖门著书，或独行野中，诵诗击木，裴回不得意，或恸哭而归，故时谓今接舆也。"陆羽于肃宗上元元年(760)隐居苕溪，皎然则在出家后于代宗大历三年(768)居苕溪草堂．他们的过从，当从这时就开始了。福琳传称皎然"与陆鸿渐为莫逆之交"，过从甚密，友情颇深。皎然集中，有与陆羽诗十首，从中可见他们之间的莫逆关系。颜真卿刺湖时，陆羽亦与之游，在杼山妙喜寺附近建亭以供游赏。颜真卿《妙喜寺碑铭序》称此亭"陆处士以癸丑岁冬十月癸卯朔二十一日癸亥建，因名之日三癸亭"。癸丑当大历八年。皎然自然亦与其游，有《奉和颜使君真卿与陆处士羽登妙喜寺三癸亭即陆生所创》一诗(卷三)，写登亭所见山容水色，颇为清远。陆羽参与了《韵海》的修撰，颜真卿《妙喜寺碑铭序》诸人名单中有其名。

皎然之识秦系，不知始于何年，集中有关秦的诗凡八首，秦亦有《奉寄昼公》一诗，附于卷一《酬秦山人见寻》之后。(又见《全唐诗》卷二六〇)秦系在大历中居于会稽，并常出游于江南一带，与江南诗人多有过从，皎然与之认识，可能在这个时期。

颜真卿刺湖时，张志和曾往谒，《新唐书·隐逸·张志和传》有载。皎然集中，有《奉应颜尚书真卿观玄真子置酒张乐舞破阵画洞庭三山歌》、《奉和颜鲁公真卿落玄真子舴艋舟歌》(卷七)、《乌程李明府水堂观玄真子置酒张乐丛笔乱挥画武城赞》(卷八)。玄真子即张志和。前诗写张画之入神，相当精彩。颜真卿《浪迹先生玄真子张志和碑铭序》(《颜鲁公文集》卷九)，亦载张志和于大历九年八月访湖州并作画事。序记志和作画，在坐观者六十余人，皎然当与其列。张志和在湖州，作有脍炙人口的《渔父歌》。他游湖州时间可能不长，皎然只是参与了几次有关的聚会，他与张志和之间，似无特别的交往与友情。

在此期间，与皎然关系密切的，还有李崿，集中有关李的诗凡十一首，皆作李萼。上述颜序载与修《韵海》诸人名单，有“前殿中侍御史李崿”，又上述张志和碑铭序，载有“前御史李崿”请张作画事。此外，《嘉泰吴兴志》卷十八《碑碣》有《乞御书题额恩敕批答碑阴记》，碑载颜真卿刺湖时属吏，有“同团练副使前殿中侍御史李萼”。李萼、李崿，当系一人，当从颜文作李崿为是。检《新唐书·元德秀传》附有李崿传，称李为元门弟子，天宝末，客清河，值安史乱起，“为乞师平原太守颜真卿，一郡获全。历庐州刺史”。可能李崿安史乱平后曾任殿中侍御史，后因故被谪为州属吏。其刺庐州，当在官湖州以后。

皎然在大历间与诗人交游，应该还有严维、刘长卿、朱放、皇甫冉、韦渠牟等。具体时间皆不可确考。皎然《答权从事德舆书》(卷九)，约作于德宗建中、贞元间权德舆居江西观察使李兼幕府时，书谓闻权之名，而“未识长卿、子云之面”，皎然与权德舆未曾谋面。书中说与“先辈作者”皇甫冉、严维、朱放、及“故处士韦”，“畴昔为林下之游”。皎然与严维诗中，均未见彼此唱酬之作。皎然《诗式》卷四两引严维《代宗挽歌》，知代宗去世，严维尚在。而皎然作于德宗建中二年的《赠包中丞书》，已称“故秘书郎严维”，可证严维逝于建中元年，皎然与他交往，可能在大历间严维宦浙时。皎然与皇甫冉诗中，也未见彼此酬答之作，皇甫冉逝于大历之初，与皎然相识，可能早在肃代之际了。皎然集中，有《访朱放山人》一诗(卷二)。朱放唐史无传，《唐才子传》说他初居临汉水，后卜隐浙中。“时江、浙名士如林，风流儒雅，俱从高义。如皇甫兄弟、皎、澈上人，皆山人良友也。大历中，嗣曹王皋镇江西，辟为节度参谋”。据两《唐书》李皋传，李皋任江南西道节度使在建中二年，《唐才子传》所记有误。朱放既在建中二年已入李皋幕，皎然与他游，当在大历间。《全唐诗》录朱放诗一卷(卷三一五)，其中未见与皎然诗。皎然《答权从事德舆书》中所谓“故处士韦”，当指韦渠牟。《旧唐书·韦渠牟传》说韦“初为道士，复为僧。”《新唐书·韦渠牟传》亦称韦早年“去为道士，不终，更为浮屠，已而复冠。浙西韩滉表试校书郎，进至四门博士”。权德舆《右谏议大夫韦君集序》(《全唐文》卷四九〇)称韦渠牟“与竟陵陆鸿渐、杼山僧皎然为方外之侣”，皎然集中，有《答韦山人隐起龙文药瓢歌》(卷七)。据诗意，这个韦山人是个道士，应该就是韦渠牟。《全唐诗》卷三一四录韦诗二十一首，其中十九首《步虚词》，即当道士时作。韩滉任浙江东西观察使在德宗兴元元年，则韦渠牟作为道士与皎然游，当在大历中。具体时间，则不可确考。

又皎然《赠包中丞书》说，在认识灵澈之前，曾“闻于故秘书郎严维、随州刘使君长卿、前殿中皇甫侍御曾”。此书写于建中二年，时刘长卿正在随州刺史任上。而皎然认识刘长卿，应在此之前，可能在大历后期刘长卿任睦州司马时，睦州与湖州俱属江南东道，相去不远。

七、晚期生活

颜真卿去任后，大历末至建中初，刺湖州的有樊系、第五琦、王密、王沔。（据《嘉泰吴兴志》）按说皎然与他们当有唱酬，但集中未见，不知何故。建中二年（781）至贞元七年，先后任湖州刺史的有袁高、陆长源（权领）、杨顼、于頔，皎然与他们都有唱酬。其中与袁高的诗有八首。《新唐书·袁恕己传》附有袁高传，但未提刺湖州事。《嘉泰吴兴志》载袁高刺湖。有贞元二年和建中二年两说，当以后说为是。皎然《奉送袁高使君诏征赴行在效曹刘体》(卷四)：“天子幸汉中，轘辕阻氛烟。玺书召英牧，名在列岳仙。”建中末，由于朱泚等藩镇反叛，中原及关中大乱，德宗于兴元元年初走梁州(汉中)。诗所谓“天子幸汉中”，即指此事。袁高兴元元年就被召赴“行在”，而据《新唐书》本传，贞元二年袁高正在长安，可知贞元二年刺湖为误载。袁高能诗，今仅存《茶山诗》一首(《全唐诗》卷三一四)，正是兴元元年作于湖州。湖州有顾渚，产茶，充岁贡。袁高诗写顾渚茶农之苦，乃为民请命之作。

德宗建中间，皎然结识了诗僧灵澈。皎然的《赠包中丞书》，是向包佶推荐灵澈的信。书说：“有会稽沙门灵澈，年三十有六。知其有文十余年而未识之，比则闻于故秘书郎严维、随州刘使君长卿、前殿中皇甫侍御曾常所称耳。及上人自浙右来湖上见存，并示制作，观其风裁，味其情致，不下古手。”按刘禹锡《澈上人文集记》：“上人生于会稽，本汤氏子，聪察嗜学，不肯为凡夫，因辞父兄出家，号灵澈，字源澄。虽受经论，一心好篇章，从越客严维学为诗，遂籍籍有闻。维卒，乃抵吴兴，与长老皎然游，讲艺益至。皎然以书荐于词人包侍郎佶，包得之大喜，又以书致于李侍郎纾。是时以文章风韵主盟于世者，曰‘包、李’，以是上人之名，由二公而扬。”(《刘梦得文集》卷二十三）刘记还载灵澈逝于元和十一年(816)，享年七十一岁。以是知灵澈生于天宝五载(746)。皎然书称灵澈年三十有六，知此书写于建中二年(781)。严维逝世.在建中元年，则灵澈从皎然游，亦在建中之初。皎然集中，有关灵澈的诗有《妙喜寺高房期灵澈上人不至重招之》、《山居示灵澈上人》、《宿法华寺简灵澈上人》(卷一)、《灵澈上人何山寺七贤石诗》(卷六)四首。灵澈诗多散佚，今仅存十六首(《全唐诗》卷八一〇)，没有与皎然诗。大约皎然与灵澈交游，在建中元二年间，时间并不很长，灵澈就投包佶去了。

据刘禹锡《澈上人文集记》，刘禹锡少年曾识皎然。记说："初，上人在吴兴，居何山，与昼公为侣。时予方以两髦执笔砚陪其吟咏，皆曰孺子可教。"刘之学诗，看来是受到过皎然的影响。刘禹锡关于诗境的观念，与皎然之论有相承之处，也不是偶然的。

贞元初，皎然先后结识了梁肃、韦应物。

皎然有《送梁拾遗肃归朝》(卷一)和《答裴评事澄获花间送梁肃拾遗》，(卷五)二诗作于同时，节令是秋天。按《新唐书·文艺·苏源明传》附梁肃传，肃"建中初，中文辞清丽科，萧复荐其才，授右拾遗，以母老不赴。杜佑僻掌淮南掌书记，召为监察御史"。据刘禹锡《代杜司徒让淮南立去思碑》(《刘梦得诗文集》卷十七)，杜佑节度淮南凡十四年，而两《唐书》杜佑传皆载佑贞元十九年入朝，知杜节度淮南在贞元五年，梁肃入杜佑幕，当在是年。而据梁肃《京兆府卢氏世官记》，贞元六年，他已任监察御史之职。皎然送梁肃"归朝"，当在贞元五年(790)秋天。

韦应物于贞元四年任苏州刺史(据傅璇琮《唐代诗人丛考》)，皎然集中，有《答苏州韦应物郎中》(卷一)，后附韦应物《寄皎然上人》一诗。唐赵璘《因话录》卷四有皎然逸事一则。"(皎然)尝于舟中抒思，作古体十数篇为贽，韦公全不称赏。昼极失望。明日，写其旧制献之，韦公吟讽，大加叹咏。因语昼曰：'师几失声名。何不但以所工见投，而猥希老夫之意。人各有所得，非卒能至。'昼大服其鉴别之精。"《唐诗纪事》、《唐才子传》亦载其事，唯文字有异。赵璘载此事，不知何据，而事颇可疑。皎然时年约古稀，诗艺已精，诗名已著，不必作此希意求誉之事。

贞元初，皎然还与诗人李端相识。李端有《忆皎然上人》(《全唐诗》卷二八五)、《送皎然上人归山》(同上卷二八六)，皎然诗中，则未见与李端之作。姚合《极玄集》及两《唐书》李端传，都说李端晚年任杭州司马，并终于任上。李端官杭州，约在贞元初年(据傅璇琮《唐代诗人丛考》)，皎然与之相识，当在此时。辛文房《唐才子传》皎然传说："李端在匡岳，依止称门生"，又同书李端传说："少时居庐山，依皎然读书，意况清虚，酷慕禅侣。”此皆系误载。据《皎然集》十卷本，皎然从未居庐山。他的诗中，提到过“庐峰”，如《妙喜寺达公禅斋四十二韵》：“宿昔庐峰期，流芳已再竭。”此或指传说东晋庐山僧慧远倡儒释交游的白莲社事，以况眼前他与李、房、颜、康等人的交游，并非皎然自称曾住庐山。从今存李端诗(《全唐诗》卷二八四—二八六)，也看不出他曾居庐山。其《书志赠畅当》诗序称“余少尚神仙”，诗亦云“少喜神仙术”，知李端早年好道，而不是好佛，又《戏赠韩判官绅卿》云：“少寻道士居嵩岭，晚事高僧住沃州。齿发未知何处老，身名且被外人愁。欲随山水居茅洞，已有田园在虎丘。独怪子猷缘掌马，雪时不肯再乘舟。”据此诗，李早年学道是在嵩山，晚年喜佛，与高僧游，已在江南。沃州山在会稽，虎丘在苏州。沃州、虎丘非确指，而是概指江南，且为趁韵。此诗当晚年官杭州时作，诗中所谓“高僧”，当包括皎然在内。

皎然还可能与女诗人李季兰相识。《唐才子传》卷二李季兰传说；“时往来剡中，与山人陆羽、上人皎然意甚相得。皎然尝有诗云：天女来相试，将花欲染衣。禅心竟不起，还捧旧花归。’”辛文房所引此诗不见于《皎然集》十卷本，而《全唐诗》皎然诗有录(卷八二一)，题为《答李季兰》。李季兰诗名颇著，与许多江南文士都有唱酬，今存诗十六首(《全唐诗》卷八〇五)，中有与陆羽、朱放诗，她与皎然相识，并非没有可能。

八、撰定《诗式》

皎然撰《诗式》，或始于大历间，最后写定，是在德宗贞元五年(789)，时约70岁。《诗式》可以说是皎然的晚年定论。

《诗式》是皎然一生作诗论诗心得的结晶，也是他与诗人广泛交游、切磋诗艺的总结。大历中诗人，活动于江南一带的，主要有刘长卿、韦应物、严维、李嘉祐、皇甫冉、皇甫曾等，还有一些能诗的处士、山人、禅僧、道士。皎然自求仕失败回居吴兴后，与诗人的交游唱酬，主要就是江南诗人群。江南诗人的创作个性，各有不同，但江南清新秀美的山容水色，以及隐于方外的禅林道观，乃是他们的共同题材，因此也会形成共同的审美趣味，主要就是对超尘脱俗、优美深远的诗境的追求。皎然以一个诗僧的身份长时间与他们交游唱酬，对这一方面自然别有会心。这对晚年写定的《诗式》的理论倾向，当然会有相当的影响。本文的任务不是探讨《诗式》的理论观念，这一方面，不拟多谈。

《诗式》的写定，在《诗式序》中有清楚的说明：“贞元初，予与二三子居东溪草堂，每相谓曰：‘世事喧喧，非禅者之意，假使有宣尼之博识，胥臣之多闻，终朝目前，矜道侈义，适足以扰我真性，岂若孤松片云，禅坐相对，无言而道合，志静而性同哉？吾将深入杼峰，与松云为侣，所著《诗式》及诸文笔，并寝而不纪。’因顾笔砚笑而言曰：‘我疲尔役，尔困我愚，数十年间，了无所得。况你是外物，何累于我哉？住既无心，去亦无我，予将放尔各还其性，使物自物，不关于予，岂不乐乎？’遂命弟子黜焉。至五年夏五月，会前御史中丞李公洪自河北负谴，遇恩再移为湖州长史。初与相见，未交一言，恍然神合……他日言及《诗式》，予具陈以夙昔之志。公曰不然。因命门人检出草本，一览而叹曰：‘早岁曾见沈约《品藻》、惠休《翰林》、庾信《诗箴》，三子之论，殊不及此。奈何学小乘偏见，以夙志为辞耶？’再三顾予，敢不唯命？因举邑中词人吴季德，即梁散骑常侍均之后，其文有家风，予器而重之……公欣然，因请吴生相与编录，有不当者，公乃点而窜之，不使琅玕与珷玞参列，勒成五卷，粲然可观矣。”序中提到的吴季德，名凭，吴兴文士，皎然集中，有关吴凭的诗七首，多称吴“处士”，可知皎然与之游时，尚无功名。据序，吴凭在吴兴有文名，但颜真卿所列与修《韵海》诸人中，没有吴凭之名，或其时尚年少，或尚未有名。皎然与之游，或即在德宗贞元之初。皎然有《送吴凭游京》，或许是在撰定《诗式》之后，吴才入京求仕的。

《唐才子传》谈到皎然撰《诗式》事：“往时住西林，定余多暇，因撰序作诗体式，兼评古今人诗，为《昼公诗式》五卷，及撰《诗评》三卷，皆谈论精当，取舍从公，整顿狂澜，出色骚雅。”看来辛文房没有见到过《诗式序》，认为《诗式》撰于庐山，而且是“往时”之作。这都是不对的。

辛文房一再讲到皎然居庐山，不会完全出于杜撰，也许有一点根据。《全唐诗》录有皎然《怀旧山》一诗（卷八一五），诗说：“一坐西林寺，从来未下山”又《全唐文》录有皎然《寄赠于尚书书》一文（卷九一七），文说：“某一凡夫也，棲遁匡庐垂二十年，读书不及于竖儒，把笔才过于常谈。”辛氏也许根据此诗此文，附会出了皎然在庐山，李端从学，撰写《诗式》等事。按《怀旧山》乃皎然以后的诗僧沧浩所作，原题作《留别嘉兴知己》，最早见于晚唐韦庄编于昭宗光化三年（900）的《又玄》集卷下。《全唐诗》录入皎然诗中，题下有注：“一作沧浩诗，题云《留别嘉兴知己》。”又卷八五〇沧浩名下，亦录此诗。可见编者自己就有疑问。《寄赠于尚书书》不见于《皎然集》十卷本，文中自称“小子”、“小生”，也非僧人口吻。前已指出，皎然一生，与庐山无关，此诗此文，断非皎然所作。《全唐诗》纂于清康熙间，《全唐文》纂于清嘉庆间，置此诗此文于皎然名下，当有所据，或许在宋代，此诗此文就有被误认为皎然作的，辛文房据以作传，附会出了那么些子虚乌有的事情。

中国诗论的滥觞和“诗言志”说的提出

中国诗论的滥觞

当诗歌在原始社会中产生以后，在相当漫长的岁月中，诗歌在先民的物质生活和精神生活中，实际上产生着功利的和娱乐的作用。但对诗歌的由来、它的性质、它的功用等问题，在先民的意识中始终是极朦胧的，没有被意识到的。后来，歌乐在原始宗教的祝祷仪式上的地位越来越重要，成了先民精神的主要依托，成了原始社会的重要社会形态，这才有了关于歌乐的来历、功用的最初思考。但是，就和先民把一切自然的、社会的存在的根源都归结为神的意志一样，先民对歌乐的解释也是神话的。例如，《山海经·大荒西经》载：“西南海之外，赤水之南，流沙之西，有人珥两青蛇，乘两龙，名曰夏后开。开上三嫔于天，得《九辩》与《九歌》以下。”晋郭璞注：“皆天帝乐名也。开登天而窃以下用之也。”是说歌乐本天神所有，夏后开(或作夏后启)得之天上，以传人间。有些神话，虽托之于神，实际上还是人世歌乐实践的反映。《山海经》中，有许多鸾歌凤舞的传说，如《海外西经》：“在轩辕国北，其丘方，四蛇相绕，此诸天之野。鸾鸟自歌，凤鸟自舞。”《大荒南经》：“有臷民之国……爰有歌舞之鸟，蛮鸟自歌，凤鸟自舞。”《大荒西经》：“有弇州之山，五彩之鸟仰天，名曰鸣鸟，爰有百乐歌舞之风。”这些都可以看做是鸟图腾的氏族集团在祀神活动中人们戴着象征图腾的饰物载歌载舞场面的记述，不过被抹上了神的色彩而已。这些记载，说明先民已经有了认识，说明歌乐现象的意向的萌动，当然，它们还说不上有什么理论的色彩。在人类进入文明时代之前，还谈不上理论思维，因而也谈不上任何真正的理论认识的产生。

我国至迟到商代已有文字，最可靠的商代文献为甲骨卜辞。在商代的甲骨卜辞中，还没有发现对诗歌的理论认识的记载。根据文献，诗歌理论产生于周代，而周代诗歌理论的萌芽，就存在于周诗总集《诗》之中。《诗》里面谈到诗、歌、谣、诵之作凡十六条，兹依次列于下。

> 维是褊心，是以为刺。(《魏风·葛屦》)
> 心之忧矣，我歌且谣。(《魏风·园有桃》)
> 夫也不良，歌以讯之；讯予不顾，颠倒思予。(《陈风·墓门》)
> 是用作歌，将母来谂。(《小雅·四牡》)
> 家父作诵，以究王讻。式讹尔心，以畜万邦。(《小雅·节南山》)
> 有靦面目，视人罔极。作此好歌，以极反侧。(《小雅·何人斯》)
> 寺人孟子，作为此诗，凡百君子，敬而听之。(《小雅·巷伯》)
> 君子作歌，维以告哀。(《小雅·四月》)
> 啸歌伤怀，念彼硕人。(《小雅·白华》)
> 岂弟君子，来游来歌，以矢其音。(《大雅·卷阿》)
> 矢诗不多，维以遂歌。(《大雅·卷阿》)
> 王欲玉女，是用大谏。(《大雅·民劳》)
> 靡圣管管，不实于亶。犹之未远，是用大谏。(《大雅·板》)
> 虽曰匪予，既作尔歌。(《大雅·桑柔》)
> 吉甫作诵，其诗孔硕；其风肆好，以赠申伯。(《大雅·崧高》)
> 吉甫作诵，穆如清风，仲山甫永怀，以慰其心。(《大雅·烝民》)

从所列诸条，我们可以看到：一，其中涉及诗、歌、谣、诵，计诗三处，歌九处，谣一处，诵三处，其实都是指诗。上古诗乐不分，《诗》三百篇皆可唱，《魏风·园有桃》毛传："曲合乐曰歌，徒歌曰谣。"配乐而唱诗称"歌"，不配乐而唱诗称"谣"。歌、谣皆指诗。诗也可以不歌而读，称"诵"，诵即指诗。二，其中八处提到"作"：都是指此诗之作，而不是在谈普遍意义上的作诗。三，作诗之意，大多是出于讽谏。其中直接提到"谏"字的两处，提到"刺"字的一处，其余没有"谏"、"刺"字的，多数也是出于讽谏，寻全诗之意即可显见。只有《大雅》之《卷阿》、《崧高》、《烝民》三首为颂诗。四，涉及情感的凡三处，即“心之忧矣，我歌且谣”；“君子作歌，维以告哀”；“啸歌伤怀，念彼硕人”。《魏风·园有桃》是一首抒忧思的诗。“心之忧矣”，反复再四，“其谁知之”，亦反复再四，是一个深受压抑、不被理解者的极其沉重的呻吟，寻其所讽，倒不显著。《小雅》之《四月》、《白华》倒是讽诗，但有所讽者，必先有哀伤愤激之情，“告哀”与讽谏实际上是可以统一的。其实，除明确提到“哀”、“伤”、“忧”等感情字眼的这三首之外，其余的讽诗，也都是有感情的。像《巷伯》那样的诗，感情还相当强烈。但诗的作意，是出于抒情，还是出于讽谏，这是有区别的。五，所列十六条，涉及诗十五首，其中仅三首出于《风》诗，其余皆出于《雅》。《诗》三百余首，其中有相当数量是采自民间的诗。不少则是卿上大夫之作，尤以《雅》、《颂》为多。《颂》诗出自庙堂，当然没有民间之作，《雅》诗中民间之作也很少。可知这十五首诗的作者多数为卿士大夫。

综上所述，在西周以至春秋之初期，诗作者对诗之作，已有一定的认识。诗的功用已经开始被意识到了，诗歌创作已不再处于完全的自发状态之中了。中国的诗歌理论，实已滥觞于此。

据诗人之言作诗，诗的抒情功能已被接触到，但这是在个别的地方。更多的作者，意识到的是诗的讽谏作用。而且他们多数是属于贵族层的卿士大夫。产生这种情况，是有其社会、政治的原因的。

文献中关于古代采诗、献诗、诵诗情况的记载，难免有附会或臆测之处，但应该多少反映了周代政治的实际。《礼记·王制》：“天子五年一巡守。岁二月，东巡守，至于岱宗，柴而望祀山川，问百年者就见之。命大师陈诗，以观民风。”郑玄注：“陈诗谓采其诗而视之。”孔颖达疏：“此谓王巡守见诸侯毕，乃命其方诸侯大师（是掌乐之官）各陈其国风之诗，以观其政令之善恶，若政善诗辞亦善，政恶则诗辞亦恶。”又《左传·襄公十四年》载师旷之语：

> 天子有公，诸侯有卿，卿置侧室，大夫有贰宗，士有朋友，庶人工商皂隶牧圉皆有亲暱，以相辅佐也。善则赏之，过则匡之，患则救之，失则革之。自王以下，各有父兄子弟以补察其政。史为书，瞽为诗，工诵箴谏，大夫规诲，士传言，庶人谤，商旅于市，百工献艺。故《夏书》曰：“遒人以木铎徇于路，官师相箴，工执艺事以谏。”

杜预注“瞽为诗”谓“瞽盲者为诗以风刺”；注“遒人”句谓“遒人，行人之官也；木铎，木舌金铃。徇于路，求歌谣之言”。又《国语·周语上》载召公谏厉王语：“为川者决之使导，为民者宣之使言。故天子听政，使公卿至于列士献，瞽献曲，史献书，师箴，瞍赋，矇诵，百工谏，庶人传语，近臣尽规，亲戚补察，瞽史教诲，耆艾修之，而后王斟酌焉，是以事行而不悖。”《春秋公羊传·宣公十五年》何休注：“从十月尽正月，正男女有所怨恨，相从而歌。饥者歌其食，劳者歌其事。男年六十、女年五十无子者，官衣食之，使之民间求诗，乡移于邑，邑移于国，国以闻于天子。故王者不出牖户，尽知天下所苦；不下堂，而知四方。”《汉书·艺文志》：“古有采诗之官，王者所以观风俗，知得失，自考正也。”这些记载所反映的，大约是西周前期逐步形成的礼乐制度中的部分情况。当周初分封诸侯，分邦立国之后，考察各国的政令民情，实在是维护、巩固天下的宗法统治之必要。作为政令善恶的直接间接反馈的民间歌谣，因此也引起中央的注意，于是逐渐有采诗制度的建立。各国的诗歌逐级移于中央，中央有专职之官负责整理（包括音乐的整理），闻于天子，天子以“观风俗、知得失”。当诗集中于中央之后，逐渐自了两种用处：一是用于典礼。周人重乐，在祭祀及宴享等典礼中都要用乐，因此少不了诗。被集于王廷的诗，有些被选出来进行音乐的加工，以用于有关的典礼场合。《仪礼》中有不少典礼用诗的记载，当反映了一些周代的情况。二是用于谏和颂。当天子之政有失的时候，乐官可以选择有关的诗，诵于天子之前，以为讽谏。当然，一些言政教之美的诗，也可以用于对天子的歌功颂德。由于天子如此看重诗歌，诗歌也确有如此的用处，诗歌于是也引起了整个贵族集团的极大重视，逐渐成了贵族从政的一个必须掌握的手段，诗歌的教学，也成了贵族教育的重要内容。据《周礼·春官宗伯》记载，“礼官之属”有大司乐、大师、小师、瞽矇等职。大司乐掌“以乐语教国子”，大师掌乐，也负责“教六诗”，瞽矇掌弦歌等事，也掌“讽诵诗”。由此也可见当时诗歌的使用和诗歌教育的情况。

周代贵族不但必须掌握采自各国的诗，渐渐地也有了自己作诗的必要。作诗于是也了贵族从政的必要手段。《诗·鄘风·定之方中》：“卜云其吉，终然允臧。”毛传云：“建邦能命龟，田能施命，作器能铭，使能造命，升高能赋，师旅能誓，山川能说，丧纪能诔，祭祀能语，君子能此九者，可谓有德音，可以为大夫。”这里把“升高能赋”，作为“为大夫”必备的九种才能之一。“赋”指赋诗。“升高”未必指登于高山，《说文解字》：“高，崇也，象台观高之形。”“升高”当本指登于殿廷、升于公堂。“升高能赋”，意即君子从政，应能赋诗。又《礼记·学记》：“不学博依，不能安诗。”郑玄注：“博依，广譬喻也。”孔颖达疏：“若欲学诗，先依倚广博譬喻，若不学广博譬喻，则不能安善其诗，以诗譬喻故也。”这也说明，贵族教育之学诗，是包括学作诗在内的，并不止于学习既有之诗而已。据此，我们估计《诗》之《小雅》、《大雅》中的诗，大多就是卿士大夫这样作出来的；直接采自民间的，即使有，也为数很少。即使十五国风里的诗，这样作出来的，应该也有相当数量，笼统地说国风是民歌，恐怕是不恰当的。

既然周天子之重诗，是因为诗能反映政教之善恶，卿士大夫从这中间领悟到的，则是诗的讽谏和歌颂的功能，他们之赋诗，因此也往往出于谏和颂的目的，而又以谏为主。西周贵族的作诗，政治的目的比较明确，这和庶民之“饥者歌其食，劳者歌其事”，发于情性，出于自然而创作歌谣，是不一样的。明于此，我们再来看《诗》中谈到作诗的各条，大多出自《雅》诗，大多申明谏和颂的目的，就可以理解了。《诗》之谈诗，作为我国有文献可证的诗论之发轫，一开始就把诗与政教联结起来，诗之抒情特征，只是偶有涉及，而对诗之艺术审美问题，则毫无接触，其原因，盖在于此。我国诗论的这样的发端，对于后来“诗言志”说的提出，对于儒家之诗教以及汉儒论《诗》之重美刺教化，都有重大影响。

春秋赋诗、引诗和“诗言志”说的提出

平王东迁以后，宗周衰落，诸侯跋扈。周天子逐渐成了名义上的“共主”，而各诸侯国之间为了争夺土地、民人，也为了争夺对周天子的挟制权，展开了错综复杂的斗争。本来，西周初年通过封建诸侯而建立起来的王国，在政体上是松散的。这个松散的王国之所以能维持三百余年的稳定，一方面是由于生产力发展缓慢，各诸侯国经济在较长时间内能保持相对的平衡；另一方面则由于西周初年建立的礼乐制度，通过氏族血缘的纽带较有效地维系着贵族层级之间及各层级内部的关系。春秋时期，由于铁制工具和牛耕在农业中的使用日益普遍，生产力的发展相对加速了，各诸侯国之间旧的经济平衡被打破了，各诸侯与周天子的关系以及各诸侯国之间的关系因此也必然地发生变化。适应于原有生产力水平的礼乐制度已不能有效地维系贵族内部的关系，“礼崩乐坏”是必然的了。但是，新的中央集权的“法制”的政体的产生还要经过一个漫长的过程，在这个过程中，旧的“礼

制”由于在贵族社会中几百年的推行，有着广泛而深入的影响，在政治领域里还要发生作用。这就形成春秋时期政治的一个特点：一方面诸侯卿士的行为往往违背着、破坏着“礼乐”制度，“礼乐”日益崩坏；另方面“礼乐”还没有失去维系的作用，各国之间政治上、军事上的斗争还往往受到“礼乐”的制约，或者至少要借助于“礼乐”这个外衣。这种情况，对于春秋文化当然具有重要影响。春秋极重文辞。当时，各国之间关系错综复杂，修聘会盟之事十分频繁；在一国之内，朝会议政之事也相当的多。在这些场合，文辞或辞令得体都是十分要紧的。其所以要紧，主要就是要通过得体的文辞，使政治的甚至军事的行为不违于礼，或者至少显得合于礼。《左传·昭公二十六年》载闵马父云：“文辞以行礼也。”又《礼记·冠义》：“礼义之始，在于正容体，齐颜色，顺辞令。”可见文辞或辞令和礼的密切关系，也可见文辞的重要性。在外交场合，“不辱君命”，不失国格，是对行人的基本要求，这中间，关键也在于行人的文辞。赵括所谓“行人失辞”(《左传·宣公十二年》)即言辞失误，在当时是极严重的事。反之，文辞得体，则可奏大功。《左传·襄公二十五年》载，郑伐陈，破之，命子产“献捷于晋”，子产著戎服往。晋大夫士庄伯有意诘难，而子产之应对不卑不亢，既不失国格，也不失对于霸主晋国的应有之礼。“士庄伯不能诘，复于赵文子，文子曰：‘其辞顺，犯顺不祥。’乃受之。”《左传》接着载孔子对此的评论：

> 仲尼曰：“志有之：‘言以足志，文以足言。’不言，谁知其志；言之无文，行而不远。晋为伯，郑入陈，非文辞不为功。慎辞哉！”

按鲁襄公二十五年(前548)，孔子尚在幼年，此话即使为孔子所说，也是在事后若干年的评论。其所引“志”中所谓“文”，非仅指语言的修饰，还指机巧而不失礼，既不得罪于晋，也维护了郑国的尊严。故杜预注引《周易·系辞》云：“枢机之发，荣辱之主。”孔颖达疏云：“《易·系辞》之文也。郑玄云：‘枢，户枢也；机，弩牙也。’户枢之发，或明或暗；弩牙之发，或中或否，以譬言语之发，有荣有辱。传言子产善为文辞，干郑有荣也。”《左传·襄公三十一年》还载子产相郑简公如晋，晋平公借故不见。“子产使尽坏其馆之垣而纳车马焉”。晋使士文伯责之，子产答以一段既得体又不让于礼的言辞，晋侯乃见郑伯。“有加礼，厚其宴好而归之”。叔向于此评曰：“辞之不可以已也如是夫！子产有辞，诸侯赖之，若之何其释辞也?”文辞之重要性，于此也可见。

为不失于礼，既不辱君命又不得罪于对方，春秋贵族对于文辞的突出讲究是戒直，使文辞藏针于绵，委婉曲折，富于暗示性。故春秋文辞富于象喻，如“风马牛”(《左传·僖公四年》)之类，不必一一列举。为使文辞委婉隐约，一个比较方便而有效的手段，就是用诗。这在《左传》、《国语》中，例证甚多。

春秋贵族之好用诗，当然还与上节谈到的西周以来以诗谏、颂的传统有密切的关系。西周贵族重诗，卿士大夫不但熟悉集于朝廷的各地的诗，还要学会作诗。但西周时，用诗主要在于王廷，前节所引诸例，多是这种情况。《左传·昭公十二年》载子革对楚灵王言周穆王好游，祭公谋父作《祈招》之诗“以止王心”的事，也是出于西周，到了春秋，用诗的面显然大大扩展了，不止用于王廷，也用于诸侯国君，甚至用于卿大夫之间；用于本国，也用于别国。

春秋贵族之用诗，最多见于《左传》，计凡赋诗七十余例，引诗一百五十余例。引诗主要是在言辞中引用诗句，或用以对天子或国君进行讽谏，或用于对谈判的对方的劝诫，或用以说明事理，以表明自身的意愿立场。如《左传·成公二年》所载齐使宾媚人的辞令。鲁成公二年六月，晋及鲁、卫之师与齐师战于鞍，齐师大败，齐顷公使宾媚人以宝器舆地之晋师请和。宾媚人一席话中三次引诗。其一见《诗·大雅·既醉》，意为孝子不乏则孝道长存，针对晋人要求齐君之母萧同叔子为质，“以不孝令于诸侯”而言。其二见《诗·小雅·信南山》，意为农田之垄或南或东，各以其宜，针对晋人要求齐地“尽东其亩”，唯其戎车是利而无顾土宜而言。其三见《诗·商颂·长发》，意为殷之先王施政宽和，故种种福禄聚而归之，总言晋人条件苛刻，有违先王之德，实取祸之道。引诗表明言者的意愿、立场的例证也不少。如《左传·文公十年》载楚子舟语：

> 当官而行，何强之有？诗曰：“刚亦不吐，柔亦不茹。”“毋纵诡随，以谨罔极。”是亦非辟强也，敢爱死以乱官乎？

引诗一见《诗·大雅·燕民》，意在歌颂周宣王贤臣仲山甫不侮矜寡，不畏强御，“未尝枉道以徇人”(朱熹《诗集传》卷十八)；二见《诗·大雅·民劳》，意为不要苟且随人，以防无穷之恶。子舟引此两诗，表明决不因畏强怕死而失职之意。

赋诗的情况与引诗有所不同，它不是在文辞中征引，而一般是一种具有独立性的行为，是一种具有独立性的表意的手段。据《左传》所载，赋诗有作诗与赋既有之诗两种情况。《左传》载作诗之例有六，一为隐公元年载郑庄公母子之赋《大隧》之歌，二为隐公三年载卫人之赋《硕人》，三为闵公二年载许穆夫人之赋《载驰》，四为同年载郑人之赋《清人》，五为僖公五年载士蒍之赋《狐裘》，六为文公六年载秦人之赋《黄鸟》。此六例，都是根据一定的情境、事件而作诗。除《大隧》、《狐裘》两诗外，皆收于《诗》，一见卫风，一见鄘风，一见郑风，一见秦风，是《诗》之本事见于先秦文献的仅有的四首诗。《毛诗》小序系诗之本事，此四诗全依《左传》。除《大隧》之歌外，其余五诗皆有讽意，大约都是有所为而作，是要献于国君的。

赋既有之诗的情况，不少是出于行人的行为，即在外交的场合表达一定的意愿，其作用近于辞令，这里不必举例。有通过赋诗对国情或对卿士大夫进行考察的，则值得注意。

《左传·襄公二十七年》：

> 郑伯享赵孟于垂陇，子展、伯有、子西、子产、子大叔、二子石从。赵孟曰："七子从君，以宠武也，请皆赋，以卒君贶，武亦以观七子之志。"子展赋《草虫》，赵孟曰："善哉！民之主也，仰武也不足以当之。"伯有赋《鹑之奔奔》，赵孟曰："床笫之言不逾阈。况在野乎？非使人之所得闻也。"子西赋《黍苗》之四章，赵孟曰："寡君在，武何能焉？"子产赋《湿桑》，赵孟曰："武请受其卒章。"子大叔赋《野有蔓草》。赵孟曰："吾子之惠也。"印段赋《蟋蟀》，赵孟曰："善哉！保家之主也，吾有望矣。"公孙段赋《桑扈》，赵孟曰："'匪交匪敖，福将焉往'，若保是言也，欲辞福禄，得乎？"卒享，文子告叔向曰："伯有将为戮矣。诗以言志，诬其上。而公怨之，以为宾荣，其能久乎？幸而后亡。"叔向曰："然。已侈，所谓不及五稔者，夫子之谓矣。"文子曰："其余皆数世之主也。子展其后亡者也，在上不忘降。印氏其次也，乐而不荒，乐以安民，不淫以使之，后也，不亦可乎？"

按《草虫》见《诗·召南》，其首章云："喓喓草虫，趯趯阜螽；未见君子，忧心忡忡。亦既见止，亦既觏止，我心则降。"子展赋此，乃以赵孟为君子，表谦恭之意。《鹑之奔奔》见《诗·鄘风》，全诗云："鹑之奔奔，鹊之强强。人之无良，我以为兄。鹊之强强，鹑之奔奔，人之无良，我以为君。"是下怨上之诗，孔疏以为伯有赋此，"有嫌君之意"。《黍苗》见《诗·小雅》，其四章云："肃肃谢功，召伯营之；烈烈征师，召伯成之。"子西赋此，乃以赵孟拟于召伯以颂之。《湿桑》见《诗·小雅》，子产赋此，"义取思见君子，尽心以事之"(杜注)。《野有蔓草》见《诗·郑风》，子大叔赋此，取其"有美一人，清扬婉兮，邂逅相遇，适我愿兮"之意。《蟋蟀》见《诗·唐风》，其首章云："蟋蟀存堂，岁聿其莫，今我不乐，日月其除。无已大康。职思其居，好乐无荒，良士瞿瞿。"印段赋此，明好乐而能节以礼，不废政事之意。《桑扈》见《诗·小雅》，公孙段赋此，"义取君子有礼，故能受天之祜"(杜注)。综观七子之赋诗，除伯有外，其余皆借诗以明自己的怀抱、意愿，并都包含希望郑、晋和好之意，当然也少不了对赵孟的恭维。赵孟的答语，或对赋诗所明之意加以肯定、赞扬，或者是表示不敢当的客气话。唯伯有所赋，表示了对郑简公的不满。伯有在国君享宴晋使的场合公然赋此诗，对郑伯及客人皆极不敬，完全不合于礼，故赵孟当面批评了他。赵孟在事后对叔向所讲的评语，根据赋诗所"观"之"志"，肯定子展等六人"皆数世之主"，而认为伯有"志诬其上，而公怨之，以为宾荣"，断言其"将为戮"，不能久。在赵孟对叔向的谈话中，提出了"诗以言志"这个断语，值得注意。

《左传·昭公十六年》载晋韩宣子聘于郑。

> 郑六卿饯宣子于郊。宣子曰："二三君子请皆赋，起亦以知郑志。"子齹赋《野有蔓草》，宣子曰："孺子善哉！吾有望矣。"子产赋《郑》之《羔裘》，宣子曰："起不堪也。"子大叔赋《褰裳》，宣子曰："起在此，敢勤子至于他人乎?"子大叔拜，宣子曰："善哉！子之言是。不有是事，其能终乎?"子游赋《风雨》，子旗赋《有女同车》，子柳赋《萚兮》，宣子喜曰："郑其庶乎！二三君子，以君命贶起，赋不出郑志，皆昵燕好也。二三君子，数世之主也，可以无惧矣"。

韩宣子请郑之六卿赋，"以知郑志"，即藉以了解郑国对于晋、郑关系的意向，"知志"即上例所谓"观志"。郑六卿所赋，皆《诗·郑风》中诗，大多表示了郑、晋和好之意，唯子大叔所赋《褰裳》，义取"子惠思我，褰裳涉溱。子不我思，岂无他人!"仍表示了郑、晋和好之意，但认为郑、晋和好并非郑国单方面的事，对对方亦有祈望。通过赋诗了解国家或卿士大夫的意向的，《左传》中的例证还有一些，不赘。

综上所述，我们可以看到，春秋初期以后，在贵族层中，在内政、外交的各种场合，引诗、赋诗已是十分普遍、十分频繁的事。卿士大夫不但大多十分熟悉诗，而且很善于在各种场合运用诗。诗的运用，是必须有的政治手段。“不知诗”，在贵族中虽极为罕见，却是十分严重的问题。《左传·昭公十二年》载子革对楚灵王论左史倚相云：“臣问其诗而不知也，若问远焉，其焉能知之?”其诗即指祭公谋父谏周穆王的《祈招》之诗。“知诗”与否，简直成了贵族政治文化水平的起码标志。无论赋诗，还是在辞令中引诗，就赋者、引者来说，无非是要表达某种意愿、志向，表明有关国事的某种意见、主张、看法，所要达到的，无非是某种有关政治的、外交的目的，就听者来说，所了解到的，也无非是对方的某种有关政治、外交的志向、意愿、主张、看法。这样，经过二百余年的大量的赋诗、引诗的实践，终于在春秋的后期即襄公之末叶，形成了“诗以言志”这样一个具有概括性与普遍适用性的认识。“诗言志”这个中国诗论的“开山的纲领”(朱自清《诗言志辨》)，就是这样地提出来了。

我们所以不嫌累赘地从春秋之行人辞令谈引诗，再谈到不同情况下的赋诗，主要是想为“诗以言志”这一理论性认识的产生提供一个较为充分的背景。在这个背景上来理解“诗以言志”这个观念，大约可以避免抽象、空泛甚至臆断之说了。根据春秋二百余年赋诗、引诗的实践，我们理解“诗以言志”，应该看到这样几个方面：

第一，“诗以言志”既适用于诗的创作，也适用于既有的诗的运用，而且主要的还在于后者。“诗以言志”是可以指诗的创作，即诗人作诗以明志的。如上述卫人赋《硕人》、许穆夫人赋《载驰》、郑人赋《清人》、士蒍赋《狐裘》、秦人赋《黄鸟》，都可以说是“言志”。但赋诗并不单指已作，在春秋时期，更多的还是赋既有之作。《左传·隐公三年》“卫人为赋硕人也”下孔颖达疏云：“郑玄云：‘赋者，或造篇，或诵古。’然则‘赋’有二义。此与闵二年郑人赋《清人》、许穆夫人赋《载驰》，皆初造篇也，其余言‘赋’者，则皆诵古诗也。”可见，“诗以言志”在春秋提出，可以说是一个与诗歌创作有关的理论，但主要不是诗歌创作的理论。

第二，既然“诗以言志”主要不是诗歌创作的理论。所谓“言志”，主要就不是指言诗人之志。当赋诗是指“初造篇”的时候，“言志”自然是诗人作诗以明其志，但在更多的情况下，赋诗、引诗以“言志”，是言赋者、引者之志，与诗所固有的作者即诗人之志，是不一定有关系的。就赋或引既有之诗的情况而论，赋诗有赋全诗的，也有只赋某章的，这就是卢蒲癸所谓“赋诗断章，余取所求焉”(《左传·襄公二十八年》)，亦即孔颖达所谓“断章取义”(《礼记·中庸》疏)。至于引诗，则多截取一两句或数句，引及整章者都不多。即或赋全诗，赋者也并不一定顾及原诗之意，而只是就一定的场合的需要借以表达当时自己所要表达的意思。听者也只是结合当时的情形以观赋者之志，一般不会因为顾及原诗之意而对赋者之志有所误会。如上述昭公十六年郑六卿为韩宣子赋诗事。子齹所赋《野有蔓草》，本是一首写男女幽会的情诗，即使《毛诗》小序的作者，也承认诗意为“男女失时，思不期而会”，朱熹则讲得更直捷：“男女相遇于野田草露之间”(《诗集传》卷四)。而子善赋此，只取诗中“邂逅相遇，适我愿兮”八个字的字面的意思，表示郑、晋和好的愿望。韩宣子听后，也立即明白了对方的意思，所以答语说：“吾子善哉！吾有望矣。”《左传》所载春秋赋诗或引诗，所赋所引多为《大雅》、《小雅》中诗，有些诗句是被多次引到的，如《大雅·既醉》中的“孝子不匮，永锡尔类”。《大雅·荡》中的“靡不有初，鲜克有终”等等，诗句虽同，在不同的场合被引用，其取义是并不一定相同的。总之，“诗以言志”主要是指赋者、引者之志，并不一定是诗人之志。

第三，“诗以言志”作为一种行为，主要是一种政治行为。前面谈到过，西周贵族之学习作诗，是出于“为大夫”的需要；其赋诗、献诗，无论是为了谏，还是为了颂，都是出于王朝政治的目的。这和庶民之“饥者歌其食，劳者歌其事”，发于情性、出于自然，是不一样的。春秋时期贵族之赋诗、引诗，是西周的情形的自然延续，“诗以言志”和礼的关系也很密切，这也说明其和贵族政治的关系。本来，“文辞以行礼也”，“顺辞令”又是“礼义之始”，引诗之佐文辞，当然也有助于“行礼”。周重“礼乐”，诗作为“乐语”，在“礼乐”中自有重要地位，卿士大夫在言辞中引诗，自然会加强言辞的礼的色彩。至于赋诗，据《左传》所载，更多的是用于礼仪酬酢的场合，赋诗常常是贵族以礼相见的手段。因此，赋诗言志，更要受到礼的规范，在什么场合赋什么诗，首先要考虑的是天下或国家或公室的政治得失，同时也要合于礼，这两者实际上又是统一的。襄公二十七年郑、晋垂陇之会，伯有赋《鹑之奔奔》，而在贵族层中此诗被认为是下以怨上的诗，在国君在场的情况下赋下以怨上之诗，当然是失礼，赵孟批评的“床笫之言不逾阈，况在野乎？非使人之所得闻也”，正是对此而言的。不唯如此，伯有此举，对晋使赵孟也是不敬，对保持郑、晋和好也是很不利的。可见，赋诗言志，必求合于礼，是不能随随便便地“情动于中而形于言”的。

第四，“诗以言志”既然是一种政治的行为，对“言志”的主体来说，其赋诗、引诗，都自然是出于理性的思考。至少在春秋时期，“诗以言志”与“吟咏情性”还了无关涉；不管后人如何理解，在春秋时期，“言志”之“志”，还没有“情”的内涵。从上引各例看，郑庄母子之歌《大隧》，是母子之间情感的自然流露，是抒情。但这是一个特例，并不包含于“诗以言志”的范围之内。其余各例，赋诗、引诗，所要表达的都是与政治相关的意愿、志向、主张、看法，都是属于理性的范畴。上面谈到，“诗以言志”主要是指赋者、引者借诗以言已志，并非诗人之“言志”。诗人作诗，免不了有情感的抒写，如上述《蹇裳》等诗，都原是抒情诗。但那是诗人的事情，与“断章取义”的“言志”者无涉，理解“诗以言志”之“志”，还不能与诗人之抒情扯在一起。

第五，赋诗、引诗虽然只表达理性的思想，但“诗以言志”与一般的文辞以达意，究竟有所不同。否则，就没有必要特别提出“诗以言志”，只提“言以足志”就够了。“诗以言志”，无论赋诗还是引诗，是利用了或者说发挥了诗所固有的艺术特点。诗在艺术上采用比、兴，这一点春秋时人还没有明确认识到，自然也没有人特予指出，但由于采用比、兴而造成的隐约、委婉、含蓄的特点以及由此而产生的诗意的暗示性和不确定性，当时人是很清楚的。在朝会、合盟、聘问等场合，在进行谏或颂的时候，有些话是不便于“显言”的，直说或者会近于“野”，于是需要曲折、委婉言之，这时赋诗或引诗就会收到比较好的效果。班固《汉书·艺文志》说：“古者，诸侯卿大夫交接邻国，以微言相感，当揖让之时，必称诗以谕其志，盖以别贤不肖而观盛衰焉。”这里讲的主要就是春秋的情况。“以微言相感”即以隐微不显的语言暗示、启发对方，这当然以赋诗、引诗效果最好了。由于诗意的不确定性，使诗具有较大的思想容量，相同的诗语在不同的情景下可以表示出或生发出不同的内涵，赋诗、引诗之可以“断章”或摘句，就是充分利用了诗的这个特点，如果是一般的文辞，是不会有这样的方便的。清卢文弨《校本韩诗外传序》说：“《诗》无定形，读诗者亦无定解，试观公卿所赠答，经传所援引，各有取义而不必尽符于本旨，则三百篇何异夫三千也。”（《抱经堂集》卷三）这种情况，也是由诗所固有的艺术特点造成的。可见，“诗以言志”与一般的文辞以达意在方式上、效果上确实是不一样的，“诗以言志"确于诗的艺术特点有所发现，也有所发挥。但"诗以言志"由于是一种政治行为，所言之"志"也局于理性，它和诗的艺术审美，究竟还没有什么关系。

《中国历代诗词曲论专著提要》前言

中国的古代文学理论中，诗学作为专门之学，最为早出，最为发达，中国文论的主体，其实是诗歌理论（包括诗论、词论、曲论）。当然，我们这样说，只是就事实而言，绝无轻视散文、戏剧、小说理论之意。古代文献，经、史、子、集，浩如烟海，其间诗歌理论资料，取之不尽，用之难穷，就专著而论，即数以千计，实在是世界文论史上的奇观。对这一笔宝贵的理论遗产进行整理研究，前人和今人都已经做过许多工作，《中国历代诗词曲论专著提要》的编撰，是希望在这方面做一点进一步的努力。

古人论诗，其取径大体有三。其一是在政治、伦常、历史、哲学之著中谈到诗，往往也并不是把诗作为特定的研究对象来谈，谈诗，往往不过为了说明政治、伦常、历史、哲学诸问题。在诗学成为专门之学之前，这种情况最多。先秦经典、子书、史籍中谈诗，就属于这种情况，虽非专文、专著，但往往片言中的，从不同方面反映出当时人们对诗的认识，对后世产生深远影响。这当然是诗歌理论思想的弥足珍贵的材料。魏晋以后，笔记杂著日兴，其中也往往有涉及诗的，如刘义庆《世说新语》、范摅《云溪友议》、王定保《唐摭言》、罗大经《鹤林玉露》等等。虽著作性质不同，也可以归入上述情况。其二是专文论诗。此中实际又有两种情形。一是笼统论文，而实含诗，以唐代及唐以前为多，唐以后亦间有之，如曹丕《典论·论文》、陆机《文赋》、萧统《文选序》、李德裕《文章论》等。二是专以论诗，唐代及唐以前有之，如《毛诗序》，刘勰《文心雕龙·明诗》、陈子昂《修竹篇序》、白居易《与元九书》等；唐以后就多起来了，文人别集中的诗集序跋、关于诗的书信往还等等，即属此类，可谓比比皆是，举不胜举。论诗诗创自盛唐李、杜，以后屡见，虽出之以诗的形式，但仍可认为是专以论诗之篇。其三就是专著了。论诗专著，当以梁代钟嵘《诗品》为第一部，隋唐以前，今所存者，也仅此一部。唐以后始多，如王昌龄《诗格》、皎然《诗式》、孟棨《本事诗》、司空图《诗品》等；自北宋"诗话"之体兴，历金、元、明以至于清，诗论专著蔚为大观，达于繁荣的极点。

诗歌理论专著的兴起和发展，有一个历史的过程。其契机则有三：一是诗歌创作经验的积累，二是诗歌在社会文明中的地位的确立和提高，三是诗歌审美意识的自觉和深化。大体而言，诗歌理论专著的兴起和发展，经历了滥觞、兴起和繁荣三个时期。自六朝至唐五代是诗论专著的滥觞期。

我国古代的第一部诗论专著，是梁钟嵘的《诗品》。章学诚《文史通义·内篇·诗话》称钟嵘《诗品》是"诗话之源"，并且说："《诗品》之于论诗，《文心雕龙》之于论文，皆专门名家，勒为成书之初祖也。"所说自有其理。应该说明的是，钟氏《诗品》之前，研究《诗经》的专著已经大量出现。汉儒治经，《诗》为大宗，仅《汉书·艺文志》著录西汉之著，即有六家四百一十六卷，东汉之世，还有大名鼎鼎的《毛诗》郑笺等等，魏晋时期，治《诗》之著尚有多种。这些著作，俱"专门名家，勒为成书"，为什么不能称之为诗论专著而反以后出的钟氏《诗品》为第一部呢？这是因为，这些著作是经学，而不是文艺学。儒生治《诗》，并没有把诗作为审美观照的对象，他们也不具有诗歌艺术审美的自觉意识；经学作为封建政治的附庸，儒生治《诗》，也只是为了阐明王道、教化之类的教义。因此，他们不可能看到《诗》作为诗歌的本来意义上的艺术审美价值，也不可能通过治《诗》真正揭示诗歌创作、欣赏的客观艺术规律。当然，《诗》自身究竟是艺术产品，儒生治《诗》，不可能丝毫不接触诗歌艺术方面的问题，如果能剔除种种政治说教的蒙蔽、歪曲，我们从中还是可以看到一些有关诗歌艺术的有价值的见解，获得一些有关我国诗歌理论思想发展在一个阶段上的有价值的资料，如在我国诗论史上有重要意义及巨大影响的"言志"说、"六义"说，在汉儒治《诗》之著中都有阐发。但儒生治《诗》之著，终究不能称之为诗论专著。真正意义上的诗论专著的产生，只是在文学进入自觉时期之后才可能有的事情。

文人抒情诗始行于东汉末季，与之并行的，则是社会思潮的深刻转变。随着东汉王朝的没落，经学衰微，清议流行，有史以来自觉不自觉地附着于贵族政治的士阶层，开始看到了自己的独立价值的一面，士人的主体意识开始觉醒。汉末仲长统论曰：“逍遥一世之上，睥睨天地之间，不受当时之责，永保性命之期。如是，则可以陵霄汉，出宇宙之外矣，岂羡夫入帝王之门哉！”（《后汉书·王充王符仲长统列传》）这可以看做是士人早期的个性宣言。文学，特别是诗的发展，最需要主体意识的觉醒，个性的张扬。随着个性宣言的发表，必然有文学——诗的解放的呼声：“叛散《五经》，灭弃《风》、《雅》！”（同上）此虽发自仲长统个人，却实在是时代的呼声。由于新的时代思潮的有力推动，刚刚兴起的文人抒情诗的创作，在建安时期迅即形成繁荣的局面。“暨建安初，五言腾涌。文帝、陈思，纵辔以骋节；王、徐、应、刘，望路而争驱。并怜风月，狎池苑，述恩荣，叙酣宴，慷慨以任气，磊落以使才。”（《文心雕龙·明诗》）这是刘勰在近三百年以后的描述，已足见建安诗坛的昂扬和兴盛，却不如曹丕在当时的总结来得深刻：“文以气为主，气之清浊有体，不可力强而致。”“盖文章，经国之大业，不朽之盛事。年寿有时而尽，荣乐止乎其身，二者必至之常期，未若文章之无穷。”（《典论·论文》）个性是文学的生命，文学又是个人生命的无限延续。这是全新的文学价值观。于是，文人乃有意为文学，为个性的实现和自足而为文学，文学终于摆脱了经学的羁绊而走上了自觉发展的新路。建安之后，诗歌创作又经过三百年的发展，文人抒情诗得到社会的普遍的承认，齐梁之间，诗简直成了士人身份价值的标志。其间出现过太康、元嘉两次繁荣的高潮，也产生了“江左篇制，溺乎玄风”（《文心雕龙·明诗》）那样的曲折，诗歌创作的实践，已经有了足够的积累，正面的经验，反面的教训，都已充分展现。在认识方面继曹丕“文以气为主”之说之后，陆机又铸成“诗缘情而绮靡”的新说，加之南朝诗坛上词采、用典和声律问题的论争，诗歌的艺术审美特性在主体、客体、内容、形式诸方面都已得到了明确而日渐深入的认识。系统的论诗专著产生的条件已经成熟，加上品评人物，品藻艺文风气的推动，于是有第一部诗论专著《诗品》的出现。综上所述，从先秦诸子片言说诗到梁钟嵘系统论诗，其间长达千余年，经始之难，于此可见。唯其如此，《诗品》才没有一般的开创之作的粗糙和简陋，而具有其成熟的特征。从诗和自然、社会，诗和诗人，诗的审美特征，诗的艺术构成，到诗的历史及诗的流别，作诗的避忌等，凡是在诗的实际中当时所可能提出的问题，《诗品》不但都作了回答，而且不乏精辟之见。其品第高低，追溯渊源，在后人看来，不无失当之处，但瑕不掩瑜，不必苛求。

唐代承六朝已成之势，诗歌创作向更大的广度和深度发展，成为世界文艺史上罕有其匹的诗的王国。就古典诗歌的创作来说，唐诗已经达到了完完全全的成熟；可以说，诗歌艺术创作中的一切问题，唐人在实践中都很好地解决了。无论情感的抒写、物象的描绘、意象的构成、境界的创造，唐人都积累了无比丰富的经验；一切的体制，种种的格法，在唐人那里也是应有尽有。但是，唐代是一个艺术的时代，审美的时代，却不是一个理性思辨的时代。唐代处在玄学和理学两个理性思辨的高潮中间，在中国思想史上是一个相对沉寂、相对贫乏的时期。因此，唐代在诗论方面，却没有与诗歌创作相应的辉煌，唐人在诗歌创作方面的无比丰富的艺术经验，当然不能说完全没有理论的表述，但大多是留给后人开掘、总结去了。当然，绝不能因此就说唐人有诗而无论。就诗论专著来说，唐代远远说不上兴旺发达，但特别富于创造性的唐代文人，在这方面还确有不少的创造；如果要探究后来诗论专著的体式，往往是要追溯到唐代的。

唐人在论诗之著方面的创造，举其要者有：一，以选论诗。选文成集，并非创于唐人，远在西晋，就有挚虞的《文章流别集》，梁代又有昭明太子萧统的《文选》，后者还特别受到唐人的重视，以致大诗人杜甫教子作诗，都说要“熟精文选理”。选文总要有一定的标准，总要表明或透露一定的宗旨，因此都或多或少有一定的理论的价值。但以上两书都不是专门选诗，前者已佚，面貌不清，后者有序，宗旨甚明，而于作品，只是分类罗列，缺乏评论。专选一个时期的诗(特别是当代的诗)，有序以明宗旨，有评以论诗人，则创自唐人。其最著者，为盛唐殷璠的《河岳英灵集》，是书不但有序有评，且有《集论》一篇表明对声律问题的态度。其后则有中唐高仲武的《中兴间气集》等。唐人以选论诗，对后代大量的以选论诗论词之作如方回《瀛奎律髓》，钟惺、谭元春《诗归》、沈德潜《唐诗别裁集》、《清诗别裁集》，朱彝尊、汪森《词综》等等都有影响。二，以格法论诗。诗格之著，创自唐人。一方面，格律诗在初唐成型，此后成为唐人擅长之体。诗格之著偏于讨论声病对偶问题，是唐人格律诗创作在形式技巧方面的丰富经验的总结，同时也适应了格律诗学习和普及的需要；另一方面，唐代以诗取士，应试之作，又一定是律诗，诗格的研究还出于士子这方面的功利的需要。因此，唐代(以及五代)诗格之著颇多，其著者，有王昌龄的《诗格》、齐己的《风骚旨格》等。皎然的《诗式》也带有诗格的性质，但似无功利方面的因素，所论也不限于格法，而是从“诗教”大处着眼，讨论了诗艺的缘情、通变、境界等重要问题，同时已透出了以禅论诗的端倪。唐以后，诗格之著除元代外罕有产生，但从大量诗话讨论格法的内容，还多少可见唐人的影响。三，以事系诗。以事系诗的记载，始见于《左传》，如郑庄母子之歌《大隧》(隐公元年)，许穆夫人之赋《载驰》(闵公三年)，孟子还有过“知人论世”的带有理论性的阐述(《孟子·万章下》)，汉儒传诗，多言本事，尤以毛公为著，但大多出于附会，六朝、唐人笔记涉及诗者，亦间记本事。而专载本事以成书，则创于晚唐孟棨的《本事诗》，继作者，还有处常子《续本事诗》、罗隐《续本事诗》。北宋诗话初兴，往往以记事为主，显然是受了孟棨的影响，以致罗根泽先生说“诗话出于《本事诗》”(《中国文学批评史》第五篇第五章)。四，以句图论诗。初唐人好选辑前人诗中工丽之句，以供玩味欣赏，亦有利于揣摩学习，如元兢《古今诗人秀句》、吴兢、元鉴《续古今诗人秀句》。受此影响，晚唐、五代出现了许多诗句图之著，大体上也是出于诗歌创作艺术方法的示范的动机，与秀句之辑，性质相近，但往往宗旨更为明确，其著者，有张为的《诗人主客图》。此书在各诗人名下引诗摘句，确有示范警策之意，但更重要的是此书将中唐以后诗人分为六派，每派又按主客序列。其主客派别的安排，在今人看来确有不当之处，但诗派的观念已十分明确，后代诗派之说，应该就是由此发源的。唐五代以后，句图很罕见了，但人们在诗话之著中往往摘句以明意，或多或少地是受了句图的影响。五，以诗论诗。在一首诗的个别地方表现出关于诗的理论观念，《诗经》里面就有了，而以整首或整组诗表明对诗的见解，有意地以诗论诗，则创自唐人，其首创者，当是盛唐李、杜。李白的《古风》59首之第一首，就是一篇完整的论诗诗，杜甫的《戏为六绝句》，则以组诗论诗，比较系统地表明了他关于诗的创作、学习、承传、新变的观念，兼有史、论、评的内涵，对后世论诗，影响很大。应该指出，晚唐司空图的《诗品》二十四则，也是以诗论诗，不过所采用的是当时诗人已罕作的四言的形式。《戏为六绝句》是以诗的形式发议论，《诗品》则不是以议论为主，而主要是将诗之各境化为意象，以透出各境的特征，将丰富而精辟的理论见解寓于意象之中，似乎可以说是更为典型的以诗论诗。总体来说，唐代诗论专著不多，但创造性的工作做得相当不少，后人形形色色的诗论专著，常常是可以在这里找到端倪的。

宋及金、元，是诗论专著的兴起期。

宋初半个多世纪中，诗歌创作大体是沿着唐人的路子，新变只是在酝酿之中。诗论也大体沿着唐人的路子，诗格、句图之类的东西还在偶尔出现，论诗之著，总的来说比较沉寂。仁宗天圣(1023—1032)中期以后，情况有了变化。经过梅尧臣、欧阳修等人的切磋、经营、倡导以及创作实践上的示范，对后进的奖掖提携，诗坛活泼起来，新的诗风也形成了。可以说，从这时起，才有了真正的宋诗。宋诗是在新变中求存在、求发展的。既然唐人已把好诗作尽，沿着唐人的路子走，当然不可能有出息，更谈不上超越。西昆的不成功，就是一个明显的例子。在梅、欧等人手中形成的真正的宋诗，较少在唐诗特别是盛唐诗里所常有的浩歌激烈、自然明快的调子，较少中唐诗人的平易直率和奇险怪谲这两个极端，也不同于晚唐诗常有的新巧苦涩，而是表现出一种优游坦夷，深沉冷峻的风调。一般的说，宋诗依然是缘情的，但缘情而不纵情，在情感的抒写中让人感到理性的制约和收束；比起唐诗来，宋诗是平淡的，但又不是中边皆淡，而是在平淡之中有一种愈久愈浓的真味。苏轼赞赏陶渊明、柳宗元诗所谓“外枯而中膏，似淡而实美”(《评韩柳诗》)，正体现了宋人对诗的审美时尚。宋人追求“语新意工”(欧阳修《六一诗话》引梅尧臣语)，不同于盛唐人的自然开放，但也不同于中晚唐人的戛戛苦吟，造语创意虽出之以难，但锻炼得从容，其结果是没有多少斧凿的痕迹，似不出奇，倒更容易制胜。在新的诗风的酿成中，新的论诗的风气也酿成了。由于社会的承平，仕进的容易，也由于理性思考之风的重新抬头，士人对文化艺术问题的思辨的兴趣浓起来了。这个时期，文人书信往还，诗篇赠答，以及写序作跋，颇好谈文论诗。在这样的空气中，产生了我国古代的第一部诗话——欧阳修的《诗话》，即后人所称的《六一诗话》。

《六一诗话》并不是我国古代诗论专著的第一部，却是诗论专著的影响最大的全新体制诗话的第一部。从诗论专著的历史发展看，《六一诗话》的产生是渊源有目的。诗话之源，或认为出自钟嵘《诗品》，或认为出自孟棨《本事诗》，已如前述，也有认为是出自先秦文献关于诗的片断记载和议论的，如清何文焕《历代诗话》卷首的题语所言。各说都有各自的道理。但诗话是诗歌理论发展到一定阶段上的产物，古人种种论诗的手段对诗话的产生都有不同程度的影响，是很难定其源于某书某说的。就《六一诗话》来说，其内容，不外论诗与记事两端。论诗，或涉及诗艺大旨，或涉及诗人、诗作的评论，也有佳句妙语的玩味，记事，或记诗作本事，或记诗在流传、鉴赏中的佚事。《六一诗话》中也偶有事典辞语的考证，但远不如后出的一些诗话为多。其形式，则是随笔式的，并无严格的统绪，忽谈诗，忽记事，忽录别人之语，忽载一己之见，偶尔还杂以无关宏旨的谐谑。可见，《六一诗话》在内容方面吸取了宋以前人谈诗的种种手段，在形式方面则是采用了唐时已盛而宋时最为流行的笔记杂录的形式。总起来说，诗话的产生，是宋以前诗论的综合影响的结果，其体式，则直接来自笔记之著。

自欧氏《诗话》出，继起者接踵连肩，自北宋以至晚清，形形色色的诗话大量涌现。可以说，欧氏《诗话》以后的诗论专著，主要就是诗话。

宋代诗话之著以百数。（郭绍虞先生《宋诗话考》著录共一百三十九种，其中一小部分乃后人自别集、笔记辑录成书，而作者则本无是著，如《东坡诗话》、《容斋诗话》、《老学庵诗话》之类。）这些著作，大多标以“诗话”之名，也有称作“诗评”、“诗说”的，也有称“谈”，称“录”的，个别的则用其他名目，都可以统称之曰诗话。

终两宋之世三百余年，诗话之著纷出。它在内容和形式上都不是凝定的，而是经历了一个发展变化的过程，尤以内容方面的变化值得注意。宋诗话的发展，大体可分为北宋与南宋两个时期。北宋诗话，大多以记事为主，兼以论诗，欧氏《诗话》即是如此，继出的司马光《续诗话》、刘攽《中山诗话》、陈师道《后山诗话》、魏泰《临汉隐居诗话》、唐庚《唐子西文录》、许顗《彦周诗话》等，也莫不如此。对诗话的看法，大体不出于欧阳修所谓“以资闲谈刀”，后来许顗《彦周诗话》开宗明义为“诗话”正名，谓“诗话者，辨句法，备古今，纪盛德，录异事，正讹误也。若含讥讽，着过恶，诮纰缪，皆所不取”，对诗话的撰述看来自觉、严正了一些，但即就《彦周诗话》的内容看，仍大体不出欧氏《诗话》的路数。到了北宋之末，情况开始有了变化，如叶梦得的《石林诗话》，记事之处仍然不少，而论诗之处则明显地增多了，较之前此之著，有更鲜明的主旨，更强的理论色彩。南宋诗话，不少仍循记事为主的路子，但风气有进一步的转变，出现了论诗为主兼以记事，或只论诗不记事的诗话。其首出者，为张戒的约成书于高宗、孝宗之际的《岁寒堂诗语》。此书主要特点有二：其一，以论为主，几不载事。其二，主旨突出，论题集中，以“言志”为宗旨，强调诗情“从胸臆中出”，并主要评论六朝至唐宋大家之诗，更专以下卷评论杜诗，以明此旨，虽仍不很系统，但也实非随手拈来，散漫罗列。同一时期之著，还有黄彻的《䂬溪诗话》、吴可的《藏海诗话》，也是主于论的。此后，主于论或专于论的诗话著作，还有姜夔的《白石道人诗说》、严羽的《沧浪诗话》、范晞文的《对床夜语》等。

其中姜、严之著，专于诗论，主旨更为集中，理论价值最高。

在形式上，宋代诗话虽始终采用随笔的体式，但前后也有变化。初期的诗话，随手罗列，漫无统绪，南宋人作诗话，则往往是有意地著书立说，在体例编排上不同程度地有了讲求，内容的取舍也多少有了标准。特别是《沧浪诗话》，不但有明确的宗旨，而且有明确的体例；最先《诗辨》，阐明其论诗的纲领性主张，近于钟嵘《诗品》之序；其次《诗体》，辨明体制；其次《诗法》，实际是从"法"的角度充实其论诗基本主张；其次《诗评》，通过对《楚辞》、汉、魏、晋、六朝、唐人诗的评论印证其论诗基本主张；最后《诗证》，考证诗作、诗句，以正讹误。《诗评》、《诗证》，近于随笔写法，而从总体来看，有主旨，有系统，在相当程度上脱出了随笔的窠臼。

总之，宋代诗话在北宋中期始出，作者众多，堪称兴盛。经过二百多年的发展，在内容形式上都日趋成熟。除了单行诗话的兴盛，更有诗论类辑式的大型著作如《诗总》、《苕溪渔隐丛话》、《诗人玉屑》的出现。这些都为后代论诗之著的繁荣，打下了坚实的基础。

金代立国，几与南宋相始终，垂百余年，为时并不算短，但社会比较动荡，仅世宗、章宗之世，有一个相对安定时期，诗坛不盛，诗论专著也罕出，可举者，仅王若虚《滹南诗话》与元好问《论诗三十首》。

元代是我国古代诗史的转变时期。其转变的轨迹，就是上承南宋后期抑宋而尊唐音，下开有明一代的拟古诗风。先是永嘉"四灵"和江湖诗人特尊贾岛、姚合以为"唐音"，继起的严羽更提出以"盛唐为法"。元人承南宋后期已成之势，一开始，就明确地"一以唐为宗"（顾嗣立《寒厅诗话》）。元初诗人戴表元曾痛切指出宋诗至末叶之弊，强调地主张"升级而趋唐，入室而语左"（《剡源戴先生文集》卷九《洪潜甫诗序》）。此序写于元成宗大德八年（1304），正可代表元初诗坛的一般趋向。元代诗论，大体而言，就是在宗唐的趋势下发展的。

元初诗论著作，有些是出自南宋遗民之手，如韦居安《梅磵诗话》、蒋正子《山房随笔》、方回《瀛奎律髓》。方著以选论诗，理论上坚持的是江西诗派法门，似不合时流，但在理论上自有其价值。真正作为宗唐的鼓吹的，是辛文房的《唐才子传》。在诗歌艺术方面。文房对唐诗极为倾服，他"游目篇简，宅心史集"，为有唐诸诗人作传，正是为了弘扬唐风，为一世立则。《唐才子传》上承严羽之绪，下启一代新风，在严羽到明代的高棅及诸士子之间起着桥梁作用。《唐才子传》以评传的方式论诗，在体制上也是一个创造。元代诗话之著，还有吴师道《吴礼部诗话》、陈绎曾《诗谱》、祝诚《莲堂诗话》、佚名《南溪诗话》等。元代诗论著作还有一个值得注意的现象，就是讲格法的著作又颇盛行。诗格创自唐人，晚唐五代为多，至宋已罕见。大约是元人作诗越宋宗唐的关系，作诗格的又多起来了，而且往往托名大家，和晚唐五代诗格托名白居易、贾岛，甚至魏文帝相似。元代诗格，今可见者，有十余种，如杨载《诗法家数》、范梈《木天禁语》、《诗学禁脔》、揭傒斯《诗法正宗》等。体式大多近于晚唐五代之著，但由于诗论究竟已经过宋代三百多年的发展，元人诗格，往往吸收宋人的理论成果，在理论水平上较晚唐五代人有所提高，除了讲格法，还涉及一些诗歌艺术的重要问题。

两宋金元时期，由于新的诗歌体裁词、曲的兴起和繁荣，诗歌理论的新的方面——词论、曲论也兴起了。由于词、曲在艺术性质的一些重要方面与诗相通，而诗论已经过长时间的发展，有了诗论这个现成的重要的参照，故词论、曲论专著的兴起距词、曲成熟的时间并不那样长。最早出现的论词专著，是北宋中期杨绘的《名贤本事曲子集》，全书已佚，今仅存梁启超、赵万里所辑数条。从所存看，是因事系词，词事兼备，体例上兼有词选和词话两种职能。就记事言，是受《本事诗》的影响而作。其后有南宋初年王灼的《碧鸡漫志》，是现存最早的体例完备的重要论词专著。此书论歌曲之源、词的形成，品评北宋欧阳修、苏轼、贺铸、周邦彦、李清照等重要词人之作，间亦记其本事。其中对苏轼词的评价，尤为后人瞩目。词称“诗余”，但有异于诗。《碧鸡漫志》考较音律，论述音律和词章的关系，考证词牌的沿革，后出的词话，大多不外此例。张炎的《词源》，是宋代最著名的词论专著。张氏精通音律，是南宋继姜夔之后又一著名词人。其论词是音律、词章兼重，在词章上提出雅正、清空、意趣等一系列审美规范，并从理论上加以阐述，又对南宋咏物词作了较为系统的理论总结。张氏的词学，对有清一代特别是浙西词派产生过极为深远的影响。其后，沈义父的《乐府指迷》论词虽大体不出《词源》的范围，但亦差可接武。至于元初陆辅之的《词旨》，只不过是补充例证，阐述其师张炎论词的要旨而已。宋人好论诗，兼好论词，许多笔记、诗话都有论及词的，有的还厘为专卷，如吴曾《能改斋漫录》卷十六、十七之论乐府，胡仔《苕溪渔隐丛话》前集卷五十九、后集卷三十九之论诗余，辑出单行，即为论词专著。“词话”之名于宋代即在诗话影响下产生，如杨湜的《古今词话》、张侃的《拙轩词话》、黄升的《中兴词话》等，在体式上，都取随笔式，与诗话并无不同。曲论产生于元。元曲极盛，但元代国祚不长，论曲之著不多，其著者，有周德清《中原音韵》、钟嗣成《录鬼簿》。周氏是元代前期著名的散曲作家，有“词律兼通”之誉(欧阳玄《中原音韵序》)，当散曲初盛，正统文人尚认为其不能登大雅之堂，以致“儒者每薄之”(罗宗信《中原音韵序》)，周氏却给予极大重视，除了创作，又加以理论的研究。《中原音韵》基本上是一部韵谱，同时也论及散曲创作中立意、造语、用事、用韵等重要问题，真可体现“词律兼通”的特点。

明、清是诗论专著的繁荣期。

明、清诗坛，复古之风极盛，门派之争也颇烈。这大约可以说是明、清诗坛的两大特点。如上所述，元诗宗唐，已开复古之风。明、清诗人，也大抵宗法古人。他们作诗，也是在写对现实生活的感受。他们的诗作，也大抵是有现实感、时代性的，但在艺术上，总脱不开古人的影子，就多数诗人而言，可谓逃唐必归于宋，逃宋必归于唐；折衷于唐、宋之间者间有，但不多，而折衷者，也依然是复古。明、清诗坛，流派迭出，门派之争也从未停息，这中间，有正统诗人间门户的争执，也有正统诗人与由于明、清的社会条件而必然产生的颇有异端色彩的新派诗人之间的冲突。复古与门派这两个特点，常常又互相联系、互为因果。门派之争，有时是因为所宗不同而引起的，有时则起于复古与反复古的斗争。明、清的诗，是在这样的特点下发展的，明、清的诗论，也是在这样的特点下发展的。词坛的情况也大体如是。明词不著，清词有中兴之盛。由于唐五代两宋之词已立高标，清词也大体只有复古的路可走。但由于词有唐、五代、北宋、南宋之分，词人风格又多种多样，虽同是复古，所宗也有不同，故亦演为门派之别。散曲的情况与诗、词又不同。明代散曲承元之势发展，终明之世，作家作品不少，但复古与门派问题并不明显。清代文学重清真淳雅，散曲几于消亡，清代中期以后，就被新起的弹词、鼓词、道情和民间歌曲取而代之了。

明、清诗论最盛，我国古代诗论专著，大多数出现于明清，尤其是清，要占总数的三分之二左右。诗论繁荣的原因，主要就是由于上述明、清诗坛的两大特点。由于作诗要有所宗法，故必须认真研究古人所以仰之弥高的原因，否则，复古就失去准的而流于盲目。因此在明、清时期，形成了探索、总结古人艺术经验的热潮，从而推动了诗艺研究的深入和诗论著作的繁荣。诗派的确立，必须有创作实践的倡导，也必须有理论的张扬，门派之争，更主要表现为理论上的标榜与辩论，这也有力地促进了理论的繁荣。由于上述原因，明清诗人创作上的成就，是要逊于理论的成就的。清代词论也最为发达，论词专著，大多数产生于清代。其原因，大体与诗论相同。

明代诗论专著，以诗话为主，为数不下百部。明诗话仍然是随笔式的，但已基本脱离了初期诗话的论诗记事杂糅、漫无统绪的路子，基本上是以论诗为主，或专门论诗，如徐祯卿《谈艺录》。在体例上，也更为讲求系统性。同时，以选论诗在明代也有重要著作出现。明前期诗风基本宗唐，洪武之末出现的瞿佑《归田诗话》和高棅《唐诗品彙》，都是唐音的鼓吹，尤以后者具有重要意义。高棅在严羽、辛文房关于唐诗分期的意见的基础上，明确提出初、盛、中、晚“四唐”说，从此成为颇具权威性的定论。《唐诗品彙》选唐各体诗近千首，将分期、分体和各家诗的地位结合编排，加上必要的评论，成为到明初为止主旨最为鲜明，系统最为严密，理论性最强的以选论诗之著。弘治、正德间出现的明代第一个诗派——以李东阳为首的茶陵派，也是宗唐的，其理论的体现，主要是李氏的《麓堂诗话》。其后前后七子代起，力主“诗必盛唐”，重要的理论著作有徐祯卿《谈艺录》、谢榛《四溟诗话》、王世贞《艺苑卮言》、王世懋《艺圃撷余》、胡应麟《诗薮》。王世懋、胡应麟名不在七子之列，实为七子羽翼，理论观念与七子是一致的。当七子气焰甚张之时，也有不随波逐流而自有己见，并为宋诗说几句公道话的著作出现，如都穆《南濠诗话》、杨慎《升庵诗话》。他们都还说不上反复古。真正反复古而主张自出“童心”，“独抒性灵”，并对七子提出尖锐批评的，是李贽和公安三袁。他们代表了根植于社会新因素的社会新思潮，其所主张的“童心”、“性灵”，都具有强烈的反正统的思想意义。他们虽没有论诗专著传世，但在“性灵”说的影响下，也产生了一些论诗之著，如朱存爵《存余堂诗话》、江盈科《雪涛诗评》等。以钟惺、谭元春为代表的竟陵派继公安派之后，也主张“性灵”而反对七子的复古，但他们又不赞同三袁的“任性而发”，“不拘格套”的主张，提倡一种“幽深孤峭”的诗风。他们的《诗归》，是明代又一部以选论诗的重要著作。受竟陵派的影响，到了明末，陆时雍仿《诗归》、而辑《诗镜》，其《诗镜总论》也具有重要的理论价值。

清代诗论集历代之大成，最称繁盛。就数量说，清诗论专著要占整个古代诗论专著的一半以上，约有四五百种之多；质量也可以说是最高的，古代诗歌艺术的许多重要问题，在这个时期都展开了，讨论得更加充分、深入了。由于学风的转变，清人虽常有门户之见，但较少明人的意气之争，多能比较冷静，深入地研讨诗艺问题。这也很有利于诗论的发展。清初无明显的诗派出现，在复古问题上或宗唐，或宗宋，或折衷于唐宋之间，总之是打破了明代长时间定唐于一尊的局面。理论上的代表人物，有钱谦益、王夫之、叶燮。钱氏为一代诗坛宗主，论诗大体尊宋，但不贬唐，只是对明代的宗唐复古派极为反感，直斥其诗为“伪体”，对明清之际风气转变起着重要作用。他的《列朝诗集》选明代近两千诗人之诗，并各附小传，介绍各诗人生平，评论其诗作得失，其后人在康熙间将小传辑出单行，为《列朝诗集小传》，是《唐才子传》后又一部以传论诗的重要著作。围绕在钱氏周围或承其余绪的，有冯班、吴乔等，冯有《钝吟杂录》、吴有《围炉诗话》，都有一定影响。王夫之于诗宗《诗经》、汉、魏、盛唐，鄙薄晚唐及宋、元，但在理论上比较通脱，其《薑斋诗话》对诗之以意为主、情景交融等重要问题有深入的阐述，又辟门户，反死法，均甚有见地。叶燮的《原诗·内编》，是诗论史上最为系统严密的论诗著作，理论水平也达空前高度。这个时期的重要诗论著作，还有贺贻孙《诗筏》、金圣叹《杜诗解》、毛先舒《诗辩坻》、贺裳《载酒园诗话》等。康熙中期，出现了清代诗坛的第一个诗歌流派——以王士祯为代表的“神韵”派。王氏继承司空图的“味外味”说和严羽的“兴趣”说，提出“神韵”，论诗之著，有其弟子张宗楠所辑《带经堂诗话》。为标举“神韵”，王氏特选《神韵集》(已佚)和《唐贤三昧集》，在当时有广泛影响。记载王氏论诗之语的，还有何世基《燃灯记闻》、郎廷槐《师友传诗录》、刘大勤《师友传诗续录》等。为王氏“神韵”说护法的，有田同之《西圃诗说》等。“神韵”派虽势力颇盛，究竟难定于一尊，在王氏在世时，即有起而反对者，主要的，有赵执信《谈龙录》，雍正、乾隆间，又出现了以沈德潜为代表的“格调”派。沈氏曾受学于叶燮之门，其论诗著作，主要是《说诗晬语》，又有《古诗源》、《唐诗别裁》等以选论诗之著。“格调派”’诗论著作，还有与沈氏为同门的薛雪的《一瓢诗话》、乔億的《剑溪说诗》等。乾隆中，有以袁枚为代表的“性灵”派。袁氏不满于清初以来宗唐宗宋的复古风气，继明“公安三袁”之后，倡导“性灵”说，论诗强调“有我”，其理论著作为《随园诗话》和仿司空图《诗品》的《续诗品》。与袁枚、蒋士铨同称“江右三大家”的赵翼的《瓯北诗话》、方薰的《山静居诗话》等，也可视为“性灵”一派的著作。与袁枚同时稍晚，翁方纲倡“肌理”说。翁氏系汉学大家，学问鸿博，正统思想亦颇浓厚，他提倡“扶树道教”的“学人之诗”，主要理论著作为《石洲诗话》。

由于思想的保守、刻板，论诗主张又与“诗缘情”的性质有相当距离，“肌理”说虽自树一帜，但影响不大，并没有形成真正意义上的诗歌流派，翁氏门人梁章钜的《退庵随笔》，勉强可算是“肌理”说的后尘，但观念已有一定的差别。嘉庆以后，诗派不著，文人各以所见，著书立说，论诗之著还多有产生，比较重要的，有方东树《昭昧詹言》、潘德舆《养一斋诗话》、刘熙载《艺概·诗概》、施朴华《岘傭说诗》、林昌彝《射鹰楼诗话》等等。维新时期，梁启超倡言“诗界革命”，他的《饮冰室诗话》是晚清新诗论的代表作。同治、光绪时，作为旧文学的回光返照，兴起复兴宋诗之风，称“同光体”，其理论上的反映，主要是陈衍的《石遗室诗话》，而其成书，已入民国了。

词论在清代为大宗。唐圭璋先生《词话丛编》辑历代论词之著凡 85 种，堪称完备。其中成于清代的就有 68 种，占十之八。此外，在著论的同时，清人往往选词以明宗旨、示准的，几部重要的词选，也颇有理论价值。经过明代的沉寂之后，清词大振。清初，以朱彝尊、厉鹗为代表的浙西词派兴起，声势浩大，影响至百余年。浙派主淳雅精工，宗南宋姜夔、张炎。朱彝尊、汪森的《词综》，选唐、五代、宋、金、元词六百余家之作 2000 余首，入选者以南宋之作为最多，标示准的，影响巨大。浙派的理论著作，还有郭麐《灵芬馆词话》、许霄昂《词综偶评》等。清初还有主自然清真的纳兰性德等词人和主豪放雄浑的陈维崧等词人，他们不以门派号召，但在创作上有相当成就，论词之著，有毛奇龄《西河词话》、彭孙遹《金粟词话》、王士祯《花草拾蒙》等。乾、嘉间，当浙派衰微之际，以张惠言、周济为代表的常州词派兴起。常派主《风》、《骚》之旨，讲兴比寄托，所宗较浙派为宽，对温庭筠、周邦彦、辛弃疾、王沂孙等评价较高。张氏有《词选》、周氏有《词辨》和《宋四家词选》，皆有评论，后人辑其评论之语为《论词》、《介存斋论词杂著》、《宋四家词选目录序论》。晚清词坛仍盛，有承常派余绪者，如陈廷焯、谭献等，陈氏有《白雨斋词话》、《词则》，谭氏有《复堂词话》；近于常派的，有王鹏运，辑《四印斋汇刻词》及《宋元三十一家词》，有郑文焯，撰《大鹤山人词话》，有况周颐，撰《惠风词话》。常派较浙派理论兴趣更浓，其中卓然自成一家的，应推周济、陈廷焯、况周颐诸人，他们的论著，是清代词论的高标。清末另一些人，多不傍门户，折衷异说，较重要的论词之著，有谢章铤《赌棋山庄词话》、刘熙载《艺概·词曲概》、王闿运《湘绮楼评词》等。最值得称道的，是王国维的《人间词话》，此书继承前代论词的精萃之见，又吸收西方尼采、叔本华的某些美学思想，融会贯通成一家言，是论词之作的压卷之著。

明代散曲创作极盛，据任讷《散曲概论》，明代散曲作家，就达三百三十人之多。重要的作家，有王九思、李开先、冯雅敏、王磐、梁辰鱼、沈璟、杨慎、王骥德、冯梦龙等。重要的论曲之著，有朱权《太和正音谱》、何良俊《曲论》、王世贞《曲藻》、王骥德《曲律》、魏良辅《曲律》、祁彪佳《远山堂曲品》、吕天成《曲品》等。明人论曲之著，多是既论戏曲，又论散曲，但论戏曲除谈角色、关目等问题外，论辞曲也是不可少的，往往也涉及立意、抒情、辞语等艺术问题。清代散曲衰落，杂剧、传奇还有重要作品问世，花部兴起后，古典戏曲就衰落不复振了。重要的论曲之著，有李渔《笠翁曲话》、黄周星《制曲枝语》、梁廷楠《曲话》等。王国维亦长于论曲，代表作为《宋元戏曲考》。此书也是清代曲论研究最有系统、最具权威性的压卷之作。

历代诗歌理论专著，数以千计，自有品类不齐，良莠互见的问题。但就总体而言，其价值实不可低估。下面从方法论的价值、史的价值和论的价值三个方面，作一点概略的说明。

杨明照先生曾指出，中国古代文论具有“从具体到抽象，史、论、评相结合的民族特色”(《从〈文心雕龙〉看中国古代文论史、论、评结合的民族特色》，见《古代文学理论研究》第十辑)。其实，“从具体到抽象，史、论、评相结合”，也是一个方法论的一问题。中国的诗歌理论专著，在千余年的发展中，也有这样一个方法论的传统。中国古代曾有过极发达的哲学思想，战国、魏晋、宋明是三个高潮。但中国古代哲学不同于西方的思辨哲学。西方思辨哲学是从概念推演出存在，如费尔巴哈所说：“所谓思辨哲学家不过是这样一些哲学家，他们不是拿自己的概念去符合事物，而是相反的拿事物去附会自己的概念。”(《费尔巴哈哲学著作选集》下卷第526页)中国的古代哲学从终结形式上看，好像也是如此，在他们的结论中，往往也是以“道”为本，以“器”为末的；但从思维的过程看，实际上倒是从实际存在的体验出发去“究天人之际”，即从具体到抽象的。老子的名言：“故以身观身，以家观家，以乡观乡，以国观国，以天下观天下。吾何以知天下然哉？以此。”(《老子》第54章)似乎是透露了这个实际的过程。中国古代哲学著作中象喻特多，实际上就是在这个“观”的过程中所获得的丰富的、自然的、人世的事物的提炼。中国哲学似乎把先验的道和具体事物之道区分开来了，在思维过程中，更重视从具体到抽象，推衍出具体事物之道。这是中西哲学思辨过程的主要不同之点。这个由“器”通“道”、以“观”达“知”的过程，在文论中有更明确的体现。如《文心雕龙》，以《原道》等五篇为“文之枢纽”，但刘勰并没有由这个“枢纽”去直接得出文学理论的种种问题的结论，在五篇之下，作《明诗》到《书记》二十篇，“论文叙笔”，“囿别区分”，分体以叙史评文，然后作《神思》到《程器》二十四篇，阐述文学创作、欣赏、批评等各方面的重要理论问题。作为重要理论问题的后二十四篇，在刘勰那里倒成了“毛目”，而叙史评文的前二十篇，倒是“纲领”。（见《文心雕龙·序志》）从具体到抽象，史、论、评结合的方法，在这里表现得很典型。在中国诗歌理论专著中，这个方法是一以贯之的。古人论诗，一般不是从概念、从定义出发，去推衍出诗论的体系，得出诗论的种种结论，而是相反，从具体诗人、诗作的体味、品评、比较中提出诗歌创作、欣赏的种种理论问题，从诗歌的历史发展、流变的探寻中，得出诗史的一些规律性的结论。中国诗论专著的开山之作——钟嵘《诗品》，就是由具体诗作之“品”而达于论的，此后，司空图之强调“辨味”，严羽之主张“熟参”，都能说明他们论诗的路子。由于许多诗论家自身就是诗人，学诗、读诗又都下过长期刻苦的功夫，对诗歌的发展历史也大都熟知，运用这样的方法，自然得心应手。由于采用这样的方法，我们看到许多诗词曲论著作中，占压倒优势的是对诗史、诗人、诗作的叙说、评论，理论性的结论，倒往往是点到为止，并不展开，或者干脆不说，把得出理论结论的事情，留给了读者。

中国历代诗词曲论专著的史的价值是明显的。中国古代史学发达，史家著述，往往追求“通古今之变”以求现实问题（包括文化问题）的答案。但史家之著，多着重于王朝兴替、政治沿革、帝王将相的政治军事活动，以及典章制度、天文地理、货殖河渠等国计民生的大问题，文学问题绝不是重点所在。古代虽史籍浩繁，但所提供的文学的史的资料倒是比较贫乏的。例如，唐代号称“诗国”，诗人不可数计，而见于两唐书者，为数有限，而且大多数并不是因为他们是诗人而立传的，即使因诗名而立传，对其生平事迹、创作活动的记述也极简略，像李白、杜甫那样的大家，在《新唐书·文艺传》中也各自只有数百字的记载。根据史家之著来写诗史，远远不够，或者说根本不可能。而诗歌理论著作，却不仅为我们提供了取之不竭的诗史的材料，而且留下了丰富的历代人们对诗史的规律性的认识，可作为我们研究诗史的借鉴、参考。特别是元曲，由于是起自下层的新诗体，颇近于俗，作者又多是书会才人，根本不为史家所重，正史中几乎不见记载。

了解元曲，只能依靠元明曲论之著了。

古人撰论诗之著，往往也是以“通古今之变”为己任的。他们常常不孤立地就诗论诗，而是把诗歌放在历史的大背景下加以评论、考察。他们往往沿波讨源，原始要终，研究诗歌的渊源流变，兴替得失。他们很重视诗歌自身的通变、发展问题，许多专著，对诗歌的历史发展，各代的兴衰演变，各代之间的承传、扬弃，诗派的形成、斗争，都不仅有所描述，而且不乏精辟之见，揭示出诗歌自身发展的内在规律。他们也很重视“文变”与“世情”、“兴废”及“时序”的关系，探讨诗歌的发展与历史的推移的内在联系，探讨一个时代的诗坛风貌与时代思潮、时代精神的内在联系。历代许多诗歌理论家都有很强的史的意识，他们的著作，在史识方面确有见地。其著者，如叶燮的《原诗》。《原诗》立论的基础，实际上就是对“数千年诗之正变、盛衰之所以然”的深刻认识。《原诗》开篇，针对明代诗坛“斥近而宗远，排变而崇正”之积习，以大量篇幅讲诗史。首先指出“上下三千余年间，诗之质文、体裁、格律、声调、辞句，递嬗升降不同，而要之诗有源必有流，有本必达末；又有因流而溯源，循末以返本。其学无穷，其理日出。乃知诗之为道，未有一日不相续相禅而或息者也。但就一时而论，有盛必有衰，综千古而论，则盛而必至于衰，又必自衰而复盛，非在前者之必居于盛，后者之必居于衰也。”接着历论自《三百篇》至有明之诗，其间提出的因而实创，创亦有因，正有渐衰，变能启盛，以及以诗言时，又以时言诗等观点，都极深刻、精辟，充满了辩证精神。

历代诗歌理论专著的诗史的价值，当然不仅在于史识，而且还在于史料。古人著述，常常很重视“知人论世”的问题，汇辑、记述诗歌本事、诗人事迹、诗坛掌故，成为诗歌理论专著内容的不可忽视的重要方面。唐以后，还有侧重于史料的专著出现。《本事诗》、《本事词》，是专门的“知人论世”之著，宋代起，又有“纪事”之著，宋计有功的《唐诗纪事》是第一部。此书是计氏以毕生之力，广泛搜求有唐代诗歌诗事，于晚年撰成，凡八十一卷，涉及诗人1150家，大量唐代遗诗及诗人事迹，诗坛掌故赖以流传，诗史之功，确不可磨灭。以后，有厉鹗的《宋诗纪事》、陆心源的《宋诗纪事补遗》、陈衍的《遗诗纪事》、《金诗纪事》、《元诗纪事》、钱大昕的《元诗纪事》、陈田的《明诗纪事》，皆于诗史为重要著作。作为一代诗人评传的辛文房《唐才子传》及钱谦益《列朝诗集小传》，从诗史的角度说，也有重要价值，是治唐、明诗史的必读之书。辑一家之事迹及作品评论之作，宋有蔡梦弼

《杜工部草堂诗话》，元有陈秀民《东坡诗话录》、清有纪昀《李义山诗话》等，对诗人的研究，也有参考价值。还有关于某一地区诗歌的专著，如郑方坤的《全闽诗话》、陶元藻的《全浙诗话》、潘飞声的《粤词雅》，对于研究地方诗词史，是不可多得的文献。至于历代诗、词、曲论中大量的事实、掌故的记载，虽往往过于琐细，甚至流于谐谑，但其价值，远不止于"以资闲谈"，对于诗史的研究，常常是弥足珍贵的材料。当然，和"正史"一样，使用这些材料是需要下一些鉴别、考据的功夫的。

历代诗歌理论专著的价值，当然主要还在论的方面。中国诗歌理论的发展，是一个代兴代变的过程，同时也是一个不断积累、丰富的过程。就前者说，在历代论著中，我们可以清楚看到历代诗歌理论发展的轨迹，看到人们对诗歌的认识的逐步深化的过程；就后者说，在历代论著的总体中，我们可以看到古代诗歌理论是非常丰富，也是相当系统的，对诗歌的本质、诗歌的审美特征以及形式技巧等，古人有多方面的认识。历代诗歌论著，确是一笔珍贵的理论遗产。

关于诗歌的本质，我国古代有"言志"说和"缘情"说。两者都认为诗是诗人主体受自然、社会客体的感发而生，但"言志"着重志意，"缘情"强调感情。"言志"说产生于春秋战国，成熟于汉代，强调志意而不完全排斥感情，但主张感情要受"礼义"的规范，以此将诗的作用归结为美刺教化。"缘情"说萌芽于建安，形成于西晋，在陆机《文赋》中第一次提出，虽不完全排斥"理"，但强调感情，使诗摆脱了政教伦常的羁绊。两说产生以后，在各代都有表现，都有丰富。一般的说，先秦两汉是诗"言志"的时代，魏晋六朝以至隋唐是诗"缘情"的时代。宋代理学兴起，出现了"载道"说，可以看做是"言志"说的复兴和极端的发展，但在诗坛没有多大地盘，倒是近于"言志"的主"意"之说左右了一代诗风。

明、清在反理学的斗争中产生的"性灵"说，和清初近于"性灵"说的"神韵"说，可以看做是"缘情"说的复兴和发展；依于"言志"、"缘情"两间而求折衷协调两说的，主要是明、清的"格调"说。这是古代诗歌本质论的大体发展情况，这个情况，在诗论专著中有充分的反映。钟嵘《诗品》产生于"缘情"的时代，是汉末魏晋以至齐梁抒情诗的理论总结，因此是重"情"的。唐代曾有过复兴"言志"传统的努力，如陈子昂、白居易，但占统治地位的，还是"缘情"说，反映在诗论专著中，盛唐殷璠的《河岳英灵集》，是重"情"的，如评刘眘虚"情幽兴远"，评储光羲"趣远情深"，评薛据"怨愤颇深"；

又重“兴”，“兴”亦即情。集中提出“兴象”之说，如谓陶翰诗“既多兴象，复备风骨”，谓孟浩然诗“无论兴象，兼复故实”，“兴象”即融情于象，是殷璠创造的重要艺术概念。在《叙》中，又提出“文有神来，气来，情来”，“情”仍然是主要的。皎然《诗式》虽提到诗是“六经之菁英”，也有“风雅”的话头，但基本观念仍是“缘情”。皎然认为诗乃“取由我衷，而得若神表”，把诗的创作归结为期于“道情”。司空图论诗标举“韵味”，其观念的核心，也是“缘情”，《诗品》具在，兹不赘说。

宋代理性思维比较发达，理学兴起，“文以载道”之说形成，文人好言“道”、“理”，当然主要表现于文，但诗也不能不受影响。自欧公《诗话》以后，宋人诗话很多，其中言“情”者很少，揭出“缘情”者，像叶梦得《石林诗话》讲“缘情体物，自有天然工妙”，更属罕见。言“道”、“理”者有之，如蔡梦弼《草堂诗话》卷一引《诗眼》谓杜诗“穷理尽性，移夺造化”，曾季貍《艇斋诗话》谓王安石咏史诗“最于义理精深”，但也不很多，更没有直说“诗以载道”的。宋人诗话更多的是言“意”(或“意义”、“意思”)，欧公《诗话》即如此，后起之作，往往如此，至姜夔之《白石道人诗说》，亦通篇不提“情”，“意”则多处言及。宋人所谓“意”，主要继承了范晔“以意为主”的思想。“意”不完全排斥情，但更近于“志”。宋人好言“精思”或“精虑覃思”以“立意”、“命意”、“用意”，实有以理性约束、规范感情之意。如黄庭坚与方蒙书谓“近一世少年，多不肯治经术及精读史书，乃纵酒以助诗”(《后山诗话》引)，魏泰《临汉隐居诗话》谓“诗主优柔感讽，不在逞豪放而致怒张也”，都有“发乎情，止乎礼义”的意思在。明谢榛《四溟诗话》卷一批评“宋人必先命意，涉于理路，殊无思致”，大体是合于实际的。宋人多扬杜抑李，用他们的主“意”的眼光看杜甫，则“老杜诗当是诗中《六经》”(陈善《扪虱新话》)，看李白，则“不能为醇儒也”(《韵语阳秋》卷十)。宋人论诗主“意”，确是在儒学复兴的新条件下，经六朝隋唐长期以“缘情”为主之后，对“言志”说的复兴。宋代直接打出“言志”的大旗的，有张戒的《岁寒堂诗话》。张戒认为“言志乃诗人之本意”，对诗的内容，强调“思无邪”，对诗的表现，主张“微而婉”，对诗的作用，标举兴、观、群、怨。但在宋人诗话中，《岁寒堂诗话》对“情”的强调也是比较突出的，他要求诗要“情真味长”，称赞曹植、李白、杜甫诗“情致有余”，又引刘勰语，主张“因情造文”，反对“为文造情”。看来，张戒的主张是言志为主，情、志统一。到了南宋之末，严羽总结宋诗的经验教训，在批评“以文字为诗，以才学为诗，以议论为诗”，指出宋诗“尚理而病于意兴”的同时，重申“诗者，吟咏情性也”，并主张“以汉、魏、晋、盛唐为师”，希望恢复“缘情”的传统。

明、清以理学为官方哲学，士大夫好言正心诚意，修齐治平，但在明、清并没有理学的诗论著作，也没有一味鼓吹“言志”、纯以诗为美刺教化之用的著作，因为这究竟与诗歌艺术长期发展的实际相去太远了。明人于诗主要宗唐，意在矫宋诗之弊，故论诗也不一味主“意”。“公安三袁”之前，诗论主要的倾向是折衷“缘情”、“言志”的“格调”之说，其代表，是茶陵和七子的诗论。李东阳论诗有全合于“言志”说的正统之论，如谓“夫诗者，人之志兴存焉，故观俗之美者与人之贤者必于诗。今之为诗者抑或牵缀刻削，反有失其志之正”(《怀麓堂集·王城山人诗集序》)，但这一点在《麓堂诗话》中并没有明确贯彻，《诗话》反倒是很强调“情”的。《诗话》中一再提到“格调”，又说“诗必有具眼，亦必有具耳。眼主格，耳主声”，“格”与“声”是李东阳论诗的两个主要方面。“格”是风格或气格，也就是严羽所谓的“气象”，“声”是声调、音韵。“格”的核心是“情”，所以他说诗“贵情思”；但“情”不能流荡无束，所以他又说“善用其情者，无他，亦不失其正面已矣”。可见，李东阳的《麓堂诗话》一开始就将“陶写情性”与“感发志意”并提，不是没有原因的。这就是折衷“缘情”与“言志”的主张。前七子主将李梦阳、何景明都没有论诗专著，李梦阳还很有些瞧不起诗话，批评宋人“作诗话教人，人不复知诗矣”(《空同集》卷51《缶音序》)。前七子论诗专著的代表是徐祯卿的《谈艺录》。据此书，徐氏论诗重“情”与“声”，说“情者心之精也。情无定位，触感而兴，既动于中，必形于声”。徐氏也讲“格”，说“因情立格”，观念与李东阳大体无差。但他所谓“情”，也不是指任何出自胸臆的自然之情，也是有规范的。他说“夫词士轻偷，诗人忠厚，上访汉、魏，古意犹存”，而汉、魏之诗，“究其微旨，何殊经术？作者蹈古辙之嘉粹，刊佻靡之非轻，岂直精诗，亦可以养德也”，又回到“言志”的老路上去了。可见，徐祯卿虽强调“夫情能动物，故诗足以感人”，却又批评陆机“诗缘情而绮靡”之说“固魏诗之渣秽耳”，也不是没有原因的。后七子及其羽翼的诗论，以胡应麟《诗薮》最重“格调”，其中数数提及，尤以论近体的部分为最多，成了评诗的一个重要标准。其所谓“格调”，也包含情感与声调两方面，他要求“格调”的雍容、鸿整、庄严、整肃、浑雅、富硕、平正、典重、冠裳，显然也是“缘情”与“言志”的折衷。清之沈德潜追步七子，倡导“格调”说，成为诗坛一派，在乾隆间有广泛影响。

明代起而纠正七子之弊的是"公安三袁"和竞陵钟、谭，清代起而纠正"格调"之失的是袁枚。他们的主张，都是"性灵"说。"性灵"说强调诗歌为自我真情的抒写，不以名教为意，在表现上主法由我出，自由无束，不为既定格套所拘，在学习上转益多师，实又无所依傍，以变为通。三袁的诗论，是在以李贽为代表的反理学进步思潮的推动下产生的；其所谓"性灵"，与李贽所谓"童心"在实质上是相通的。袁宏道讲"独抒已见，信心而言，寄口于腕"(《袁中郎全集》卷一《叙梅子马王程稿》)，讲"独抒性灵，不拘格套，非从自己胸臆流出，不肯下笔"(同上《序小修诗》)。都是对自我的强调，也是对拜倒在前人高格响调面前的七子的批评。三袁无论诗专著行世，钟、谭则有影响广泛的《诗归》。钟、谭论诗亦主"性灵"，但又不满于公安之"信心而出，信口而谈"，以为易流于俗鄙，反而失去个性。他们主张诗表现自我之"孤怀"、"孤诣"，更见个性。钟惺《诗归序》说，"真诗者，精神所为也，察其幽情单绪，孤行静寄于喧杂之中，而乃以其虚怀定力，独往冥游于寥廓之外"，谭元春《序》说"真有性灵之言，常浮出纸上，决不与众言伍"，都是这个意思。袁枚近于"三袁"，是一个毫不掩饰其反正统思想的很真率的人。他不满于沈德潜为首的"格调"派，认为"格调"派的诗，虽宏廓正大，其实是貌似古人，缺少的是"我"，他在《续诗品》中说"竟似古人，何处着我"，就是对"格调"派的批评。他说"诗者，各人之性情耳"(《小仓山房文集》卷十七《答施兰垞论诗书》)，"诗者，由情生者也"(同上卷三十《答蕺园论诗书》)，在《随园诗话》中又说"自《三百篇》至今日，凡诗之传者，都是性灵"(卷五)，"须知有性情便有格律，格律不在性情外"(卷一)，"作诗，不可以无我；无我，则剿袭敷演之弊大"(卷七)，把"言志"、"格调"以及明、清以来剿袭古人的习气都否定掉了。"性灵"说不但是"缘情"说的复兴，而且是它的升华，对近代反传统的新诗风的兴起，也可以说是导乎先路了。

对诗歌的创作和审美特征，历代诗歌理论专著也有多方面的阐述。

诗歌创作论，主要是艺术思维和创作原则问题。艺术思维的过程，在我国的传统文论中主要是净心，感物，和"神与物游"造成意象三个阶段。这在从陆机到刘勰的艺术思维论中，已有比较完整的论述。钟嵘《诗品》讨论了诗人感物问题，但没有涉及诗人之运思。唐王昌龄在《诗格》中则谈了诗人"用思"问题，他说，"凡置意作诗，即须凝心，目击其物，便以心击之，深穿其境。如登高绝顶，下临万象，如在掌中。以此见象，心中了见，当此即用"，"目睹其物，即入于心；心通其物，物通即言。言其状，须似其境，语须天海之内，皆入纳于方寸”。所论皆合于陆、刘之说，“目击”、“心击”，则是王昌龄的创造。“目击”即感物，“心击”即“神与物游”。皎然在《诗式》中讲诗人之“苦思”，说“取境之时，须至难至险，始见奇句，成篇之后，观其气貌，有似等闲不思而得。此高手也。有时意静神王，佳句纵横，若不可遏，宛如神助。不然，盖先积精思，因神王而得乎”。这里讨论的，也是诗歌创作中的艺术思维问题。宋以后人论艺术思维，多重虚心离欲，以静运神，由虚得境。如万立方之论“诗思”，谓“诗思多生于杳冥寂寞之境，而志意所如，往往出乎埃壒之外，苟能如是，于诗亦庶几矣”(《韵语阳秋》卷二)。又清田同之论诗人之“慧灵”，谓“山川草木，花鸟禽鱼，不遇诗人，则其情形不出，声臭不闻。诗人之笔，盖有甚于画工者。即如雪之艳，非左司不能道，柳花之香，非太白不能道，竹之香，非少陵不能道。诗人肺腑，自别具一种慧灵，故能超出象外，不必处处有来历，而实处处非穿凿者，固由笔妙，亦由悟高”(《西圃诗说》)。所谓“慧灵”，即是诗人在艺术实践中形成的非常人所有的艺术思维能力，运此“慧灵”，以心击物，观物之妙，化实为虚达到物象之人化，于是雪可艳，柳花可香，竹亦可香。此亦即马位在《秋窗随笔》中所说的“虚里摹神”。古人论诗思，还常常接触到诗歌创作中的灵感问题，兹不赘述。诗歌的创作原则，基本上是一个“传神”的问题。“传神”在我国传统诗论中，是诗歌创作中解决物、我关系问题的基本原则。诗歌创作要表现情(“我”)，必然要通过比、兴手法以寄象(“物”)，于是有物、我关系问题。诗歌创作中的物、我关系，并不只是简单的移情于物，寄情于象，也不仅仅是以形写神，更要以情启象，以神造形。诗歌中的物、象、形虽然都有客观物象的依据，却又不是客观物象的简单摹写，而是经过了心灵的再造之“物”，都不可拘于形似。诗歌和绘画一样，神似更重于形似。关于这个问题，古人在论诗之著中提出了一个重要原则，即陶明濬所谓“得其精神而略其形似”(《诗说杂记》)。这个原则，唐人已经谈及，如司空图在《诗品》中明确反对泥于“形似”，说“脱有形似，握手已违”(《冲淡》)，即谓泥于形似，则精神顿失，故要求“离形得似”(《形容》)，“离形”所得之“似”，即神似。宋人论诗，强调“意足”、“自得”，如蔡絛《西清诗话》说。“作诗者，陶写物情，体会光景，必贵乎自得。”“自得”则主变在我，不为物象所拘，即陈与义所谓“意足不求颜色似，前身相马九方皋”(《和张规臣水墨梅五绝》之四)。宋以后，明、清诗歌理论家对这个问题多有阐述，徐祯卿、王世贞、胡应麟、王骥德、王夫之、叶燮、王士祯、袁枚、陈廷焯、况周颐、王国维等，对此都有比较深入的讨论。如王骥德论曲作之咏物：“咏物毋得骂题，却要开口便见是何物。不贵说体，只贵说用，佛家所谓‘不即不离’，‘是相非相’，只于牝牡骊黄之外约略写其风韵，令人仿佛中如灯镜传影，了然目中，却捉摸不得，方是妙手。”(《曲律·论咏物第二十六》)此实透彻之论。

在历代诗歌理论著作中，诗歌艺术审美概念极为丰富。在这些著作中，重要的诗歌艺术审美范畴又是随着时间的推移、随着诗歌创作实践的日益发展和人们对诗艺认识的日渐深化而依次出现的。除创作论外，六朝诗论注意较多的是风格论，唐代形成了“意象”(“兴象”)论，唐之中后期，在诗人对诗的象外之美的追求中，受佛学的影响而提出了“境界”论，宋代诗禅之论盛行，又出现了“妙悟”说、“兴趣”说。明、清人对这些问题进行大量的展开而深入的讨论，在诗歌的风格、意象、境界等方面有充分的阐述，并从创作、欣赏、批评等不同角度提出了丰富的相关概念。诗歌形式方面的体裁问题以及结构、声律、对偶、用事以及炼字造句等技巧问题，也是历代诗歌理论家所特别关注的，在这方面也有大量的讨论。

总体来说，历代诗歌理论专著是我们民族的一座极其珍贵的诗歌艺术论的宝库。当然，要了解、研究我国的诗歌理论，只就专著是远不够的，在历史上，还有大量的讨论诗艺的论文。有许多诗论家，只写论文，不撰专著，还有许多诗论家，虽又有论文、又有专著，但其许多精辟之见在论文中有所阐述，却不见于专著。本文开头已谈到古人论诗取径有三，对这三个方面，应该进行综合的整理研究。如能这样，对于建立我们的民族化的诗歌理论及诗歌美学体系，将是非常有意义的。

1990年7月

元文概论

辽、金时期，早就活动于漠北草原的蒙古族游牧部落迅速发展起来。经过部落之间长时间的纷争，12世纪末到13世纪初，乞颜部铁木真逐渐得到各部的拥戴，1206年(宋宁宗开禧二年、金章宗泰和六年)，蒙古贵族在鄂嫩河源举行大会，举铁木真为大汗，号成吉思汗，建立了统一的大蒙古国。成吉思汗逝世后，窝阔台继大汗位，于1234年(宋理宗端平元年、金哀宗天兴三年)灭金，据有了中原之地。1260年，忽必烈(世祖)继汗位，旋废汗，称皇帝，始建年号中统，1264，年改至元。至元八年(宋度宗咸淳七年，1271)冬，忽必烈下诏，取《易经》"乾元"之义，建国号曰"元"。至元十三年(宋恭宗德祐二年，1276)，元灭南宋，在南北分裂一百五十年之后，中国重新成为多民族的统一大帝国。元建号八十年后，惠宗至正十一年(1351)，爆发了大规模的农民起义，至正二十八年(1368)，明军攻占大都(今北京)，元亡。元自至元八年建号至正二十八年亡，凡九十八年，自1234年灭金算起，则有135年的历史。

在中国文学史上，元代是一个以"变"为特征的时代。戏剧经过长时期的酝酿，至元代终于成熟，并迅即繁荣起来；白话小说自宋代形成之后，在元代也有长足进步；散曲作为新的诗体，成为诗坛上最有生命力的新军。这些崭新文学体裁的发展、繁荣，最能代表元代文学的光辉。源远流长的诗歌、散文，实际上也在"变"中求生存、发展。元诗矫宋诗末流之弊，标举"宗唐"，对宋诗是一变。元文主要以唐之韩、柳，宋之欧、苏为楷模，对宋末之文也是一变。当然，传统诗文经过先秦至唐宋长期发展之后，确实没有给后人留下多少创新的余地，传统诗文从元代起就只有复古一途了。但复与变总是辩证地统一着的，在复古中求变，总对前代之弊有所革，因此也应该算是一种发展，在文学史上自应有其立足之地。元文也是如此。比起新兴体裁的发展来，元文没有那样的耀眼光辉，但从矫宋末之弊而成一代之文来说，自有其成就。

一

元代散文，是在浓厚的理学气氛下发展的，是在当时知识分子(主要是汉族知识分子)处于特殊境遇的情况下发展的，又是在唐及北宋古文成就的前提下发展的。这对元文的特点，有重要影响。

理学在两宋形成，对士人有深广的影响，但在相当长的时间里，没有得到官方哲学的地位，程学、朱学还都有过被禁的遭遇。直至南宋末期理宗之时，理学才得到朝廷的肯定，有了官方的地位，但这只是宋亡之前短暂时期里面的事。金朝在世宗、章宗之世始重儒学，至金之末叶，理学才得以传播，金之文人始知“致知格物之端”，“天理人欲之辨”(王若虚《滹南遗老集》卷四十四《道学发源后序》)。自成吉思汗建大蒙古国，主于铁骑征战，客观上还不存在对儒学的需要。窝阔台灭金，为了建立并巩固在汉地的统治，开始重视儒学。这中间，耶律楚材起了关键作用。据《元史·耶律楚材传》，1234年，蒙古军攻下汴梁，“楚材又请遣人入城，求孔子后，得五十一代孙元措，奏袭封衍圣公，付以林庙地。命收太常礼乐生，及召名儒梁陟、王万庆、赵著等，使直译九经，进讲东宫。又率大臣子孙，执经解义，俾知圣人之道。置编修所于燕京、经籍所于平阳。由是文治兴焉”，这是蒙古统治者重儒的开始，对元文化有重大意义。

理学开始取得官方的地位，是在忽必烈手里。当蒙哥在汗位时，忽必烈受命治汉地，即深知汉地悠久的儒学对统治的重要性。他着意搜罗和优礼儒生，在他的周围，逐渐形成汉族儒生集团，其著者，有姚枢、窦默、许衡、刘秉忠、廉希宪、郝经、赵壁、王鹗等。忽必烈从他们学习儒家经典及三纲五常之道、正心诚意之学。忽必烈即皇帝位后，至元二年(1265)，大儒许衡上疏言：“考之前代，此方之有中夏者，必行汉法乃可长久……国家之当行汉法无疑也。”(《元史·许衡传》)此议得到忽必烈的“嘉纳”。“汉法”，就意识形态而言，就是程朱理学。窝阔台汗灭金后，出师伐宋，下德安(今湖北安陆)，得儒生赵复。赵复至燕(今北京)，得到忽必烈接见。杨惟中与姚枢又立太极书院，请赵复讲周、程、朱熹之学。“北方知有程、朱之学，自复始”(《元史·儒学·赵复传》)。姚枢又与窦默、许衡相与研讨，都成为理学大儒。他们得到忽必烈的重用，成为推行理学的中坚。忽必烈的重儒，即重程朱之学。仁宗时，理学继续受到大力扶植。仁宗为太子时，“有进《大学衍义》者，命詹事王约等节而译之。帝曰：‘治天下，此一书足矣’”。即位后，皇庆二年，“以宋儒周敦颐、程颢、颢弟颐、张载、邵雍、司马光、朱熹、张拭、吕祖谦及故中书左丞许衡从祀孔子庙廷”(《元史·仁宗》一)。同年，下诏复科举，明文规定经问皆从“《大学》、《论语》、《孟子》、《中庸》内设问，用朱氏章句集注”，经疑之题亦然(《元史·选举志》一)，理学正式成为著为功令的国家统治思想。延及明、清两代，皆仍此不变。仁宗以后，英宗、文宗、惠宗皆重理学，只是在惠宗初立、伯颜专权时有过短时间的反复。

如所周知，元代统治者是崇佛的。但崇佛与尊儒并不矛盾。耶律楚材早在佐窝阔台时，即倡言“吾夫子之道治天下，老氏之道养性，释氏之道修心”(《湛然居士集》卷八《寄赵元帅书》)，又借万松老人之口，主张“以儒治国，以佛治心”(同上卷十三《寄万松老人言》)。这可以说是整个元代处理儒、佛关系的基本原则。英宗时，或言佛教可治天下，英宗问左丞相拜柱，拜柱对曰：“清静寂灭，自治可也。若治天下，拾仁义，则纲常乱矣。”(《元史·拜柱传》)坚持的仍是耶律楚材提出的原则。在这个原则下，终元之世，儒、佛两家不曾引起过激烈冲突。在元统治者统一中国之后，政治上实行的仍是封建制度，蒙古族的皇帝，不仅是逐渐封建化了的蒙古王公贵族的政治代表，而且是由各族(主要是汉族)地主组成的整个中国地主阶级的政治代表。因此，在统治思想上，不能不奉行中国固有的反映封建宗法制度的意识形态——儒学。终元之世，最高统治者坚持了蒙古文化不被同化的方针，诸如以蒙古语为“国语”，以蒙古文字(八思巴字)为“国字”，并“以国字在诸字之右”(《元史·选举志》一)，又在京师立蒙古国子学，并置诸路蒙古字学，等等。但从总体说，元代文化不可能是蒙古文化，而只能是儒学即理学文化。

既然奉行儒学，就不能不重视儒士。元初有“八娼九儒十丐”之说。谢枋得云：“滑稽之雄，以儒为戏者曰：‘我大元典制，人有十等：一官二吏，先之者，贵之也，贵之者，谓有益于国也；七匠八娼九儒十丐，后之者，贱之也，贱之者，谓无益于国也。’嗟乎卑哉！介娼之下，丐之上者，今之儒也。”(《迭山集》卷二《送方伯载归三山序》)郑思肖亦谓“鞑法”有“八民九儒十丐”的规定(《心史·大义略序》)。按谢、郑皆南宋遗民，所记或街谈巷议的牢骚之说、愤激之语，也可能是蒙古灭金前的早期情况，但得不到元史文献的印证，也不符合元代儒士地位的实际情况。出于元代统治当局重理学，因此也重儒士。早在耶律楚材佐窝阔台时，即有考试以录用儒生之举。1237年，耶律楚材奏：“制器者必用良工，守成者必用儒臣。儒臣之事业，非积数十年，殆未易成也。”得到窝阔台同意后，命刘中以经义、辞赋、论三科随郡考试儒生，被俘为奴者皆得参与，得士四千余人，被俘者皆得免为奴(《元史·耶律楚材传》)。世祖忽必烈更重儒士，在他即位前，即已搜罗了一批儒士在自己周围，即位后，这些人都得到了相当的官职。灭宋后，他还曾特意从南人中搜罗才识之士，予以仕用。如至元二十三年，集贤直学士程文海(钜夫)言：“省院诸司，皆以南人参用，惟御史台按察司无之。江南风俗，南人所谙，宜参用之，便。”世祖采纳程的建议，命其“赍诏以往”(《元史·世祖纪》十一)。据《元史·程钜夫传》，程此次奉诏南行，得赵孟頫等二十余人，“帝皆擢置台宪及文学之职”。兴科举之议，始于世祖至元初年，后又一再提出，皆因故未果，只是局部地进行过以考试取士，如至元十三年，王恽曾“奉命试儒人于河南”(《元史·王恽传》)。至仁宗皇庆二年冬，始正式下诏兴科举，自延祐二年至元亡，凡十六科，得进士(含进士及第、进士出身、同进士出身)1139人。(据《元史·选举志》、《百官志》统计)此外、儒士以荐举得官者，尚不在少数。总起来说，元统治者是看重儒士的；在元代，儒士还是进身有路的。

但元代儒士的处境，确实又远不如唐、宋儒士。这主要原因，就是民族歧视和压迫的存在。蒙古人作为征服者和最高统治者，自然居于社会最上层。而帮助蒙古人灭金、灭宋的，则主要是在蒙古铁骑西征中归顺的畏兀儿人、回回人、斡罗思人、汪古人等(通称“色目人”)，他们也取得了征服者的身份，地位仅次于蒙古人。在灭辽灭金中被征服的契丹人，女真人、汉人等(通称“汉人”)，作为被征服者，地位自然抑在“色目人”之下。而最后被征服的南方宋地汉人及各族人民(通称“南人”)，地位又在“汉人”之下了。世祖灭宋后，定官制，规定“官有常职，位有常员，其长则蒙古人为之，而汉人、南人贰焉”(《元史·百官志》一)，从中央的省、部、台、司到地方的路、府、州、县，汉人最多能担任副贰之职。元代在路、府、州、县设达鲁花赤，为最高行政长官，无具体职事，却凌驾于诸官之上，最有权势。至元二年，诏“以蒙古人充各路达鲁花赤”(《元史·世祖纪》三)，七年，又敕“诸路达鲁花赤子弟荫叙充散府诸州达鲁花赤，其散府诸州子弟充诸县达鲁花赤”(《元史·世祖纪》四)。这样，地方各级最高权力全为蒙古权贵及其子弟把持。世祖以后，有以色目人任达鲁花赤的，但绝无汉人、南人。汉人、南人即使做到路总管、府尹这样的地方实职长官，也仍然是处于小媳妇的卑屈地位。在中央，汉人、南人则大多担任台宪及文学之职，一般不能掌握实权。仁宗复科举后，虽然所有儒士都有机会由科举进身。但科举对蒙古人、色目人和汉人、南人也是不平等的。仁宋皇庆二年复科举诏及中书省所定条目规定，乡试、会试皆以蒙古、色目人为一榜，汉人为一榜，考试科目不同，难易有别，还规定“蒙古、色目人愿试汉人、南人科目，中选者加一等注授”(《元史·选举志》一)。今存黄溍《金华黄先生文集》、苏天爵《滋溪文稿》等集中，收有部分乡试、会试、廷试蒙古、色目人及汉人、南人策问题目，其中显然可见难易之别。

由于汉地的悠久儒学传统，儒士的绝大多数，自然是汉人、南人中的汉族知识分子。由于元统治者治国的需要，他们能受到相当的重视；又由于民族歧视的存在，他们又总是处于卑屈的地位。即使如此，一些蒙古当权者对汉人、南人受到一定的任用还是不甘心的。据虞集《张师道文稿序》载，张师道为浙江人，至元中被荐入朝，建议“罢冗官”，“方条具其事，而大官贵人已不悦。曰：‘何物远人，欲夺吾官!’使健者候诸涂要诘之，几不得免”(《道园学古录》卷五)。在元代文献中，类似的记载，远非仅有。这样的处境，造成了元代汉族知识分子特殊的心理状态：一方面有报国、进身的追求，一方面又不能不感到屈辱、压抑。而由于民族压迫，这种屈辱、压抑的心理，还不能公然形之于言行；谨言慎行，在当时还是非常必要的。在这样的心态下，总的说，元代知识分子没有也不可能有唐、宋知识分子那样的高扬士气，他们没有心情去抒写那种“使寰区大定，海县清一”式的壮志，不少的人也没有胆量去指斥时弊，甚至不敢发稍微激烈一点的牢骚。元代文家，今有文集传世者，多为汉人、南人，而又以南人为多，元士的这样的心态，对元文不能不产生深刻的影响。

二

元文承唐、宋古文大盛之后，唐、宋古文是元文的直接前提。而元文的兴起，又是古文在宋末衰弊之后的一次振兴。

古文的极盛，是在北宋欧、苏、曾、王时期。宋室偏安以后，随着北伐的一再失败，和议的一再成立，士气也日渐衰落。又由于科举制度的推行，儒士殚心力于场屋之文的揣摩，文风也日趋弊坏了。理宗朝，理学终于取得了官方地位，科举亦重性理之学。儒士因此也重性理而轻文章。这也导致文风更加不振。在士气文风不振的情势下，文章至南宋之末，达于衰落之极。这种情况，宋末元代一再有人指出。如戴表元《方使君诗序》云："当是时，诸贤高谈性命，其次不过驰骛于竿椟俳谐场屋破碎之文，以随时悦俗。"(《剡源戴先生文集》卷八)这里说的，主要就是宋末理宗、度宗时期的情况。同时的周密也在《癸辛杂识·后集》中载，理宗淳祐四年，"徐霖以书学魁南省，全尚性理，时竞趋之，即可以钓致科第功名。自此，非《四书》、《东西铭》、《太极图》、《通书》、语录，不复道矣"。又袁桷《戴先生墓志铭》记戴表元语："后宋百五十余年，理学兴而文艺绝。永嘉之学，志非不勤也，挈之而不至，其失也萎，江西诸贤，力肆于辞，断章近语，杂然陈列，体益新而变日多。故言浩漫者荡而倨，极援证者广而颣，俳谐之词，获绝于近世，而一切直致，弃坏绳墨而棼烂不可举。"(《清容居士集》卷二十八)这里说的，主要是宋末诗歌的情况，而所谓"理学兴而文艺绝"，也适用于文。又虞集《庐陵刘桂隐存稿序》云："宋之末年，说理者鄙薄文辞之丧志，而经学文艺，判为专门，士风颓弊于科举之业。"(《道园学古录》卷三十三)欧阳玄《潜溪后集序》云："南渡以还，为士者以从焉无根之学，而荒思于科试间，有稍自振拔者，亦多诞幻卑冗，不是以名家，其衰又益甚矣。"(《圭斋文集》卷七)类似的议论，此外甚多，不必具举。

元文较之宋末之弊，有振起之势。首先，元初文家吸取了宋末文章衰弊的教训，校正了宋末散文的偏颇，摆正了性理和词章的关系。在宋末，"理学兴而文艺绝"，基本上是事实，这是两宋理学家长期鼓吹重道轻文在宋末结出的恶果。但是，理学和词章原本并不是不相容的，相反，倒是可以统一的。元初文家矫宋之弊，正是在理学、词章两者的统一上下了功夫。大德间，戴表元作《紫阳方使君文集序》说："窃独怪夫古之通儒硕人，凡以著述表见于世者，莫不皆有统诸：若曾、孟、周，邵、程、张之于道，屈、贾、司马、班、扬、韩、柳、欧阳、苏之于文。"又说："自夫子之徒没，言道者不必贵文，言文者不必兼道。"(《剡源戴先生文集》卷十一)说的是自古以来的情况，实际所针对的，则主要是宋末以来散文之弊。他的正面主张是："人之精气，蕴之为道德，发之为事业，达之于言语词章。"(同上)这就是在主张道和文的统一。戴氏的学生袁桷承师之说，也努力于道德性命之理与词章的统一。他说："世之为学，非止于辞章而已也。不明乎理，曷能以穷夫道德性命之蕴？理至而辞不达，兹其为害也大矣。"(《清容居士集》卷二十一《王先生困学纪闻序》)又说："夫以理为主，文常患于不工；雕锼委心，茫然而无以畔岸。"(《刘内翰文集序》)这都是从偏于道德和偏于词章两方面的弊病来说的。但袁桷更为痛切地看到的，还是重理轻文，因此颇为尖锐地指出"理至而辞不达，兹其为害也大矣"。在《赠宣城汪泽民登第归里序》中，更具体指出理学之文的浅率冗杂："今世论道理、词章为二途。师道理之说者，毫分缕析，派其近似而删黜之，其言博以约，据会统宗，谓一足以总万也。然惧其辞工而胜理，则必直致近譬，山林颓放谚俗之语，皆于是乎取；甚者，金石著述，剿其说而师仿之，莫得有议焉。"(《清容居士集》卷二十三)看来，袁氏主张的重点，不在于散文要表现理，而在于要求辞之工。在《真定安敬仲墓表》(《清容居士集》卷三十)中，他借安熙之口，称"辞不胜不足以言理"，也是在强调这个重点。戴、袁的主张，在整个元代，大体是文士的共识，虽于义理、词章二者，侧重间有不同，但基本上都是要求两者的统一的。

在元代，散文要表现道理，即程、朱的性理之学，这在当时不成任何问题。而散文要"辞工"、"辞胜"，则有一个从何取法的问题。元人之切磨词章，一般主张以中唐、北宋为法，具体地说，则主要是宗法唐之韩、柳，宋之欧、苏、曾、王。元初，吴澄最先提出唐、宋"七子"为古文圭臬："古之文，自虞，夏、商、周更秦历汉，至后汉而弊，气日卑弱，莫可振起。唐韩、柳、宋欧、曾、王、苏七子者作，始复先汉之风。他岂无人？要皆难与七子者并"(《吴文正集》卷十八《张氏自适集序》)。又其《临川王文公集序》谓"合唐、宋之文，可称者，仅七人焉"(同上，卷二十)；《题李缙翁杂稿》亦谓"唐宋六百年间，雄才善学之士山积，能者七人而已"(同上，卷五十五)。据《临川王文公集序》、《遗安集序》(同上，卷二十三)等文，吴氏于三苏不取苏辙，故称"七子"，但这实际上是明代称"唐宋八大家"的先声了。虞集早年学文，即从欧、苏入手(见欧阳玄《圭斋文集》卷九《雍虞公神道碑》)，他在《庐陵刘桂隐存稿序》中称述前代之文，于唐重韩愈，于宋重欧阳修、苏轼、曾巩、而于欧文，则特所尊崇，观念大体同于吴澄。吴澄、虞集之重唐、宋大家，在整个元代具有代表性，反映了元代文家于古文之所宗法。

如果说，南方文家之宗法唐、宋大家，还要跳过南宋一代，北方文家对唐、宋大家的承继，则比较直接。自金得中原，南北两方学术文化交流，虽未完全中断，但并不畅通。金文化主要承北宋遗译，由于北方风习和士民性格，苏轼文章的影响又大于其他各家。金文本来不盛，即有数家，亦主要学苏。对此，虞集曾予以指出："中州隔绝，困于戎马，风声气习，多有得于苏氏之遗，其为文亦曼衍而浩博矣。"(《刘桂隐存稿序》)清代翁方纲也指出过："当时程学盛于南，苏学盛于北。如蔡松年，赵秉文之属，盖皆苏轼之支流余裔。""尔时苏学盛于北，金人之尊苏，不独文也，所以士大夫无不沾丐一得。"(《石洲诗话》卷五)蒙古灭金后，北方文家承金之势，由学苏大而学欧、曾诸家，又上而学韩、柳，大家如王恽、姚燧，都是如此。

元文之振起，还与元初一段时间未复科举有关。元至仁宗皇庆二年始复开科举，北方自金亡后80年，南方自宋亡后40年没有科举，文士只能通过荐举或局部的考试进身。但因科举不兴，文士不必殚精于场屋之文，倒能专心于古文的揣摩，以抒其自得。这对古文的振兴，显然是有利的。这种情况，元初文家也曾指出过。如戴表元《顾伯玉诗文稿序》称顾"业成而科举罢，即大纵其学于六艺百氏之书，浩浩乎慕为古文章，而出交于当世之胜己者以广其识"，文乃有成(《剡源戴先生文集》卷十一)。赵孟頫《第一山人文集序》论王壮猷之文，谓："尔来科举废，王君出其胸中之蕴，作为诗文，成数巨编，暇日携以见过，求余为之叙。余读一再过，文不苟作，字不苟置，意深而气直，涵睎《书》、《易》、出入《骚》、《选》，宜可以名世传后，而非一时科举侥倖求合于有司之作也。"(《松雪斋文集》卷六)张养浩也指出："天开皇元，由无科举，士多专心古文，而牧庵姚公倡之，骎骎乎与韩、柳抗衡矣。"(《归田类稿》卷十《元公神道碑》)元初之所以能上追唐宋大家，振起古文，确与文士从科目程文中解放出来，能专心于古文有关。应该指出，自南宋至元代，时文(主要指"经义")与古文的矛盾始终未能得到解决。元初因科举废而古文振起，而复科举后，元后期文章又出现低落之势，文士重又困于场屋，不能不说是一个原因。至明之嘉靖间，"唐宋派"文家归有光等始求古文与时文的一定程度的统一，如方苞所说："正、嘉作者，始能以古文为时文。"(《钦定四书文凡例》)归有光等的影响，及于有清一代。以古文为时文，就必然以时文为古文，两者的矛盾似乎得到了调和，时文、古文此兴彼衰的问题看来是解决了，而古文之格，较之唐、宋大家，也不能不等而下之了。

三

元代散文兴起发展的这样的社会背景以及文学前提，决定了它的一系列基本特点。

一般的说，元文是载道的。有元一代之文，自始至终，贯穿着一个主旋律，就是程朱性理之学。如果说，北宋理学家提出的文以载道之说，在整个宋代还没有被散文家们普遍接受，在元代，则已为几乎所有散文家所认同，成为共识。“文外非别有道，道外非别有文”（欧阳玄《雍虞公神道碑》），几乎是所有元代文家之所主张；“涵濡义理之真，而含咀道德之华”（柳贯《柳待制文集》卷十六《席御史文集序》），几乎是所有元代文家之所追求；“论著一本乎六艺，而以羽翼圣道为先务”（宋濂《金华黄先生行状》，见《金华黄先生文集》附录），几乎是所有元代文家之所着力。元人著文，无论序、记、传、志、书、表、题、跋，以至笔记杂录，一有机会，就要阐发性理之学，理学话头之多，理学气息之浓，都是宋、金之文所不能及的。

元文表现性理之学，有其普遍性、一贯性。元统治者定理学于一尊，而由于理学统治时间不长，不可能很快产生对理学思想的反叛，当时的社会，也没有为反理学思想的产生提供足够的条件。因此，终元之世，不曾像明代那样产生过成气候的反理学的异端思潮。在文学领域，于是也不曾有过对文以载道观念的怀疑和反叛；在散文，当然也不会有反理学的具有一定新思想气息的文章出现。当然，例外总是有的。在元初，活动于江南的一些南宋遗民，如邓牧、周密等，在他们的作品中曾有过对封建纲常的批判和对“道学君子”的揭露。他们本来就自以为大宋臣民，自然不会理睬元统治当局的尊崇理学，不会去迎合时流。但他们在元初只活动了短暂的时间，他们的思想，创作，在当时也不可能形成思潮，对元文产生什么影响。元末一些在野的江湖之士，对理学也不那么热衷，写过一些具有新鲜气息的文章，但人数不多，时间不长，未能形成气候。元代散文，始终还是与理学紧紧捆在一起发展的。自范晔著《后汉书》以来，正史多以《儒林》（或《儒学》）、《文苑》（或《文艺》）分别立传，而由于元文与理学结合得如此紧密，以致明初宋濂、王祎主修《元史》时，就将《儒林》、《文苑》合二为一，总称《儒学》了。《元史·儒学传序》说：“前代史传，皆以儒学之士，分而为二，以经艺颛门者为《儒林》，以文章名家者为《文苑》。然儒之为学一也。

《六经》者斯道之所在，而文则所以载夫道者也。故经非文，则无以发明其旨趣；而文不本于六艺，又乌足谓之文哉？由是而言，经艺、文章，不可分而为二也明矣。元兴百年，上自朝廷内外名宦之臣，下及山林布衣之士，以通经能文显著当世者，彬彬焉众矣。今皆不复为之分别，而采取其尤卓然成名、可以辅教传后者，合而录之，为《儒学传》。”“经艺、文章，不可分而为二。”讲的是合《儒林》、《文苑》为一的理由，实际上说明的，正是元文异于前代的道文空前统一的特征。宋濂、王袆都是元散文家黄溍、柳贯的学生，《元史·儒学传序》表明的文道统一的观念，也正是元代占主流地位的散文观念。

元文载道，但又不同于南宋末叶那些冗鄙的理学之文。元人重道，也重文，追求理足而辞达，这在前面已经谈到过了。于辞章，元人则奉唐、宋诸大家为圭臬。因此，元人的文道统一，主要表现为以韩、柳、欧、苏之文，载程、朱性理之学。这在元人，有明确的表述。王秉彝《秋涧先生大全文集后序》：“语性理则以周、邵、程、朱为宗，文章则以韩、柳、欧、苏为法。”（《秋涧先生大全文集》卷一百后）说的是王恽之文，实则可以看做是对元代文道统一实质的最好概括。又戴良《夷白斋稿序》：“其摛辞则拟诸汉唐，说理则本诸宋代。”（《九灵山房集》卷十二）说的比王秉彝笼统，实则并无根本区别。以唐、宋之文，载程、朱之理，可以说是元以后散文的一大趋势，特别是在有清一代，桐城文派求义理、辞章之统一，也无非是“学行继程、朱之后，文章介韩、欧之间”（王兆符《方望溪先生文集序》载方苞语）。

由于元人重道，元代散文以议论见长，而写景状物、抒情寄意之作，则不多见。一般的说，记这种体裁是比较宜于写景状物、抒情寄意的，但通览元人诸记，除王恽、张养浩、李孝光等少数文家有一些写景抒怀的山水游记之作外，一般记体散文，即使与景与物有关的，也意不在景在物，而是借题发挥，多理学的说教。如袁桷的《梅亭记》（《清容居士集》卷二十），为广信（今江西上饶）弋阳陈德父筑于山中之梅亭作记，于弋阳山区景色，只以“寒泉苍岩，廿里一色”交代，不写梅，也不写亭，而着重从陈家“诵声满户，而樽罍在牖”的儒者之风发挥：“天地之理，啬者丰之，始周流于六虚，其暗也实明，其闢也实阖。昔之淡然而无营者，德之基也，养之于其身，而施之于其后，充以引之，吾知其孝谨于家者日益广，爵禄于朝者日益侈。视斯亭之手植，丰融婆娑，连理而并实，阴阳之生物，其不出于是明矣。"这可以说是大多数元人记体文章的通式，例证甚多，不必具举。像柳宗元的"永州八记"、欧阳修的《醉翁亭记》那样的之章，在元文中，是比较罕见的。记体之文如此，其他各体之文也大体如此。但元人著文，虽着重发挥性理之学，于文章还是有讲求，说理而不冗杂散碎，也不求词高义深，而是写得文从字顺，平易简洁，清通淳正。从上举袁桷之文，也可以看出这样的特点。这就是以唐、宋大家为法的一个结果了。

理学的束缚，再加上作为元文作者主体的"汉人"、"南人"文士的特殊处境，形成元代散文的另一特点，就是指斥时弊，敢于揭露和批判现实黑暗的作品不多，抒写感慨，宣泄出于对现实不满的牢骚的作品也不很多。元文中，"发愤著书"的色彩比较淡，"不平之鸣"的声音也比较弱。元文中，"皇元受命，列圣继作"一类的歌功颂德的话头不少，"国家太平，生民乂安"之类的粉饰太平的话头也不很少，但其中也比较缺少发自肺腑的由衷的热情。总起来说，元文缺少不平之鸣，也缺少对盛世的热情赞颂，文气是比较弱的，个性是比较少的。由于文气不足，元文的总体风格，就不是遒迈排奡，健朗浩荡，而是温柔敦厚，平实淳和。袁桷谓戴表元文"隅角不露"（《清容居士集》卷二十八《戴先生墓志铭》），宋濂谓黄溍文"俯仰雍容"（《金华黄先生行状》），戴良谓虞集、揭傒斯、柳贯、黄溍文"涵淳茹和"（《夷白斋稿序》），都可见元文的一般风格。

上面谈到的元代散文的两个方面特点，是就一般情况而言的：在一般之中，总有特殊存在着。元文理学气息浓，但并不意味着一切文家的一切作品都只是谈理之作。在元文中，不但有上面谈到的邓牧、周密等人具有反理学思想色彩的作品存在，也还有一些没有多少理学味道的个人抒情寄慨作品，也还有一些隽美的山水游记，虽数量不多，而在总体的浓厚的理学气氛中，倒更显得可贵。即或是表现理学内容的散文作品，也还需要作一些区别，不宜笼统以陈腐目之。如理学家讲"正心诚意"，强调的是仁义道德的修养，其封建性是不言而喻的，但由讲"正心诚意"而要求士之为人不苟且，不贪鄙，正直无私，廉洁刚毅，这中间，有中国知识分子的可贵传统在，就不可以一概视之为糟粕了。如揭傒斯的《送张掾序》，勉励张君用"平其心而直其气，思其职而竭其力，乐其效不计其报"，保持"高明果毅、公而忘私"的品德。又提醒张为监察御史之掾，切不可滥用监察之权而挟私害人，指出："以至贵之责，而惟招人毫发之不慎，极其草芥之私愿，以售其黜陟之威，以逞快其欲心，其为害亦大矣！"（《揭文安公全集》卷八）

这样的好文章，是无论如何也不应因其有理学气味就加以否定的。

元文指斥时弊的作品不多，这也使那些为数不多的指斥时弊之作更为可贵。元代儒臣谨言慎行，谏疏不多，因此，罕有的几篇，也就值得注意了。张养浩是元代文人中少有的敢说话的人物，人们都知道他慨叹"兴，百姓苦！亡，百姓苦！"的著名散曲［山坡羊］《潼关怀古》。武宗至大间，他官监察御史，作《西台上王者无私疏》，谏武宗以刑赏无私，又上万言《时政书》，于时弊颇多指斥。英宗即位，他以礼部尚书参议中书省事，英宗欲于元夕在内庭张灯为鳌山，他上疏直谏："今灯山之构，臣以为所玩者小，所系者大；所乐者浅，所患者深。"（《归田类稿》卷一《谏灯山疏》）言辞激切，表现出可贵的胆识，文气亦不可谓弱。吏治问题，冤狱问题，终有元之世都是严重的社会问题。元文中，颇有一些触及吏治黑暗、官场腐败的作品，如姚燧《中奉大夫荆湖北道宣慰史赵公墓志铭》、虞集《李象贤传》、刘岳申《丰城朱渊甫捕盗序》（《申斋集》卷一）、杨维桢《知止堂记》、《存拙斋记》（《东维子文集》卷十九）等。总的说，元文中触及社会黑暗、反映民生疾苦的作品，晚期多一些。元末政治极端黑暗，社会危机极为严重，人民陷于水火。这个时期的散文家，如杨维桢、余阙、陶宗仪等，多有指斥时弊、伤世悯民之作，具有较强的现实意义。

元文气弱，但也不是说元代文家全无雄迈遒劲之文。元文的总体风格是平和，但不同文家风格也存在差异；在不同的时期，也还有着不同的色彩。就地域说，北方文家之文，多一些河朔刚健之气，南方文家之文，多一些平和容与之风。但都不能一概而论。就时期说，前人多称元中期之文为"极盛"，而从今天的眼光看，元文还是初期和后期好一些，中期差一些。这主要是就现实性和文气的强弱来说的。当然，这也是不能一概而论的。有关的情况，后面还要谈到，兹不赘述。

元代文学还有一个异于前代的值得注意的特点，就是大批少数民族文学家参加到文学创作中来，为元代文坛壮大了声势，增添了光彩。戴良《鹤年吟稿序》云："我元受命，亦由西北而兴。而西北诸国，如克烈、乃蛮、也里可温、回回、西蕃、天竺之属，往往率先臣顺，奉职称藩，其沐浴休光，沾被恩泽，与京国内臣无少异。积之既久，文轨日同，而子若孙遂皆舍弓马而事诗书。"（《九灵山房集》卷二十一）清顾嗣立亦谓"元时，蒙古、色目子弟，尽为横经，涵养既深，异才辈出"（《寒厅诗话》）。以有文献可证者计，元时少数民族文学家从事曲、词、诗、文创作的，在300人上下。他们的作品，自明代以来，散佚甚多，但还是有一些人有作品传世。其著者，有贯云石、薛超吾（马昂夫），马祖常、萨都剌、余阙、迺贤、丁鹤年等。除贯、薛、丁，都有散文传世。

他们出身西北民族，但因久居汉地，华化程度颇深，在“文轨日同”的情况下著文，他们的作品，在内容形式上，与汉族文家的作品并不存在根本的差别。但也有些不同。一方面，由于出身和家世的影响，他们的散文审美趣味，多倾向于刚健雄浑之美，他们的作品，也往往较之汉族文家多一些壮阔之气。另一方面，他们都有色目人的身份，社会地位较汉族文家为高，较之汉族文家，他们不那么谨言慎行，而是比较敢于说话，他们的作品，因此能更多地接触到现实弊端。如马祖常《记河外事》（《石田文集》卷八）写马政之弊，反映“国马”与民争食，以致民不聊生。萨都剌《龙门记》抨击佞佛之欺世祸民，矛头实际指向上层。这样的文章，在元代，一般汉族知识分子是不敢写的。

四

元代散文，自蒙古灭金至元亡一百余年，大体可以分为初、中、后三个时期。由于元国祚不长，跨时期的文家较多，这个划分，只是就大体而言，不必看得过于绝对。

自蒙古灭金经世祖至元、成宗大德至武宗至大，是元文的第一个时期。这是元王朝从创建到巩固的时期，也是南北文化经长期分隔之后合而未融的时期。这个时期的文家，大体可分为北方和南方两个群体。

北方文家，有由金入元的许衡、郝经、王恽等，也有生于金亡以后的姚燧、刘因等。王若虚、元好问也活到了金亡以后，但他们的创作活动主要在金亡之前，可以不算是元代文家。按元灭南宋以后蒙古、色目、汉人、南人四等的划分，他们都是“汉人”。但他们中的多数人从事政治活动和创作活动时，四等之分还没有产生，或虽已产生却还不很严格，当时又值蒙古统治者要确立在汉地的统治，故还较能得到重用，才能也能较充分地发挥，政治地位一般也比较高。如许衡官至集贤大学士、国子祭酒，王恽、姚燧都曾为方面大员。在思想上，他们多是儒家信徒。许衡是促成当局崇儒的关键人物，已述于上。郝经曾从赵复学性理之学，王恽乃姚枢所荐，亦通理学，姚燧乃许衡学生，刘因则是河北大儒，通周、邵、程、朱、吕之书，聚徒讲学，影响极大。在文学上，他们多受金文，特别是元好问的影响，郝经更是元好问的学生，王恽早年，也曾得到过元好问的指授。北方文家的散文创作，除了表现理学内容之外，还多少有一些表现个性的文章。他们的文章风格，则较南方文人多一些中州雄浑之风、河朔刚健之气。在北方文家中，以王恽、姚燧散文成就最高。王恽写过一系列写景抒情的山水游记，如《游玉泉山记》、《登鹳雀楼记》、《游王官谷记》、《远风台记》等等，这在整个元文中，都显得比较特出。王恽的文章，也显得较有气骨。如《登鹳雀楼记》，述至元九年冬按事蒲州，登楼之故址，“徙倚盘礴，情逸云上。于是俯洪河，面太华，揖首阳，虽杰观委地，昔人已非，而河山之伟，风烟之胜，不殊于往古矣。于是咏《采微》之歌，有怀舜德；起临河之叹，而思禹功。坐客顾笑，举酒相嘱，何其思之深而乐之多矣”(《秋涧先生大全文集》卷三十六)。写情写景，都比较健朗。王恽在《西岩赵君文集序》中，希望能有像王安石、元好问那样的“大辞伯”出，“纂李唐之英华，续中州之元气”(《秋涧先生大全文集》卷四十三)，看来，他自己的散文创作，也是这样努力的。姚燧学文，从韩愈入手。他的一些作品，触及元灭宋战争中将、兵的残暴。如《湖广行省左丞相神道碑》，记至元十年，元兵下樊城，“以西域炮攻樊城，拔而屠之，无噍类遗”，复下新郢，得宋赵、范两将之首，元将阿尔哈雅“割赵脑肤，挠酒饮之”(《牧庵集》卷十三)。还有一些作品，如《中奉大夫荆湖北道宣慰使赵公墓志铭》、《浏阳县尉阎君墓志铭》，还写到了元初社会的黑暗，吏治的腐败。可见姚燧虽崇理学，但并不是腐儒，而是颇有一些正气的。他的文风，也在从容中有雄放气，张养浩《牧庵集序》称姚文“才驱气驾，纵横开阖，纪律唯意，其大略如古劲将率市人战，虽素不我习，一号令之，则鼓行六合，所向风从，无敌不北”(《牧庵集》卷首)，颇能切中姚燧文风的特点。

元初南方文家，皆由宋入元。他们又可分为两个部分。一批人在宋亡后拒不仕元，并坚持忠宋反元的遗民立场，其著者，有周密、郑思肖、邓牧、谢翱等。他们入元以后的散文作品，或总结宋亡的教训，对封建统治的腐败有相当深刻的揭露，或反映元兵灭宋过程中的残暴和江南人民的苦难，或歌颂坚持抗元的忠臣义士，表现出强烈的民族感情。郑思肖《心史》中宋亡以后的散文作品，民族感情最为强烈。其中对南宋末年政治黑暗、权奸误国的揭露也颇为充分，但对南宋王室的无条件的忠诚和颂扬以及对蒙古民族的极端鄙视和仇恨，也表现出一种落后的正统意识。邓牧的《伯牙琴》中，有一些极为难得的优秀之作。《君道》一文，对君主专制制度进行了深刻的剖析和猛烈的抨击，其中指出："天生民而立之君，非为君也。奈何以四海之广，足一夫之用邪！""彼所谓君者，非有四目两喙，鳞头而羽臂也，状貌咸与人同，则夫人固可为也。今夺人之所好，聚人之所争，慢藏诲盗，冶容诲淫，欲长治久安，得乎！"焕发出古代民主思想的耀眼光辉，与后来黄宗羲的《原君》如出一辙，而邓牧比黄宗羲，要早四百来年。谢翱的《登西台恸哭记》（《晞发集》卷十），纪念文天祥，极为沉痛感人，也是一篇上好的散文作品。

另一批人，与坚持遗民立场的邓牧等不同，但也不同于"倡死封疆之说甚壮"，元兵一来，却"迎降于三十里外"的方回（见周密《癸辛杂识》别集《方回》）。宋亡以后，他们也有故国之思，对元兵亡宋过程中江山的破碎、生民的涂炭，也有深痛于心，但隐忍不发；他们初不求仕，但过了一段时间之后，终于还是承认了新朝，出来做了大大小小的官。他们的散文，没有遗民之文那种凄激的调子，也没有北方文家的慷慨雄放的风貌。宋亡以后，他们在一段时间里没有仕途的羁绊，能潜心于学问文章，作为古文，上追唐、宋钜子，兴清淳雅正之风，于宋末肤廓萎顿的文风有所矫正，在元初散文的振起中，起过重要作用，对元中期的文风，影响也最大。他们中的代表人物，有戴表元、吴澄、赵孟頫等。戴表元文名尤著，史称"至元、大德间，东南以文章大家名重一时者，唯表元而已"（《元史·儒学传》二《戴表元传》）。

自仁宗皇庆、延祐至文宗天历、至顺间，约二十年，是元文的中期。这段时间不长，却是元代"文治"最盛的时期，也是多数文家的主要活动时期。这个时期，元王朝的统治已经巩固，社会比较稳定，生产得到发展。仁宗、泰定帝、文宗都重"文治"，仁宗皇庆、延祐之际，确立了理学定于一尊的官方地位，恢复了科举制度。仕途一开，大批文士入朝为官，文士和王朝的联系更加紧密了。这就形成了中期元文的所谓"盛世之音"（《四库全书总目·清容居士集提要》）。

这个时期，南北文风趋于融和，基本不再存在初期的界限。而南北文风的融合，实际上是南方文风对全国文风的统一。这个时期，最有影响的文家如虞集、揭傒斯、袁桷、黄溍、柳贯等，都来自江南的江西、浙中两地。他们主要继承吴澄、戴表元的淳雅之风，而更究心于文以载道。他们都以唐、宋大家为法，而更心仪于欧阳修，文气平和，辞语清雅，个人感慨不多，也不大去触及现实矛盾。这样的文风，与当时最高统治者倡导的

“文治”最相吻合，因此能产生广大的社会影响，成为一代文人的审美追求。而初期北方的那种雄廓之风，倒逐渐地消息了。

旧称延祐、天历间为元文之“极盛”，而在今天看来，这个时期散文的成就，实不如初期，也不如后期。这个时期，理学说教在散文中的分量明显加强了，大批文士任朝官而为文，散文的台阁气息也加强了。黄溍给蒲道源的《顺斋文集》作序，说皇庆、延祐间，蒲“入朝通籍，以性理之学施于台阁之文”（《金华黄先生文集》卷十八）。这大致可以代表当时通籍于朝的文家们散文创作的基本面貌。当然，也不能说他们的文章都是“以性理之学施于台阁之文”。他们的作品，间或也能触及现实矛盾，如虞集的《户部尚书马公墓碑》、《李象贤传》，有的作品，也能表现作者的真情真识，有一定的个性，如揭傒斯的《昭勇庙卷雪楼记》、黄溍的《贾谕》；有的作品，还表现不贪不苟、正直无私的中国知识分子的传统美德，如揭傒斯的《送张椽序》等。元之中期，还有少数文家，也通籍于朝，文风却与上述文家有异。张养浩、马祖常于文，仍尊崇元初姚燧，他们的散文，较之虞、揭诸人，更多一些阳刚之气，对于时弊，也更敢于触及。

这个时期，有少数不仕于朝的文家，可以吴莱、李孝光为代表。吴莱一生未仕，治学著文于深袅山中，黄溍傒称其文“崭绝雄深，类秦、汉间人所作”（《元史·黄溍传》附《吴莱传》）；宋濂则称其能“以精深玄懿之学，发沉雄奇绝之文”（《渊颖吴先生文集》附录《渊颖先生碑》）。吴莱的议论文字，如《形释》、《秦誓论》等，多雄富辩博，确有西汉文气，他还写过一些感士不遇的悲慨之作，如《亡友赵生哀辞》、《诘玉灵辞》等，较之当时朝士的台阁气息颇重文章，显然高出一筹。李孝光的山水游记，绘景奇壮，表现出恢廓的心胸，在元中后期的记体散文中，可谓独树一帜。

从惠宗即位到元亡的近四十年，是元文的第三期。惠宗即位后，政治日渐腐败，社会矛盾日益加剧，国势已走下坡路，从至正十一年（1351）红巾起义爆发开始，元朝统治处于风雨飘摇之中，最后终于在农民起义的烈火中灭亡。自仁宗初年重开科举之后，儒士又逐渐束于场屋，而文章复古带来的新鲜气息，也日渐减退，台阁文章的大盛，已埋下了散文衰落的种子，元之后期，散文也明显走上了下坡路。如杨维桢所说：“自天历来，文章逐渐委靡，不失于蒐猎破碎，则沦于剽盗灭裂，能卓然自信，不流于俗者几希矣。”（《东维子文集》卷六《王希赐文集再序》）虽大势如此，但确有“卓然自信，不流于俗”的文家，这首先就是杨维桢。杨维桢以《铁崖古乐府》名于世，而他的散文成就，也不在其诗之下。杨维桢宦途不达，长时间处于浙中，于现实多所了解，他性格倔傲，疾恶如仇，文章多指斥时弊之作，是元末社会黑暗的反映。他与下层人士多有交游，写过不少与墨工、笔工、柹匠、优伶等的赠序之作，表现出他与一般士大夫不同的眼光。他的文章，格调豪纵有奇气，黄溍称其文"豪纵不为格律囚"(《东维子文集》卷二十四《故翰林侍讲学士金华先生墓志铭》)，宋濂称其肆力于文辞："非先秦、两汉弗之学，久与俱化，见诸论撰，如睹商敦周彝，云雷成文，寒芒横逸，夺人目睛"，乃"文中之雄也"(《銮坡集》卷六《元故江西儒学提举杨廉夫墓铭序》)，都极中肯。生活在元末乱世的戴良，淡泊功名，以高士自处。他的文章，没有元代许多文家那种官方调头，而是在清雅中有独立不改的气度。他的《爱菊说》、《四景楼记》、《二灵山房记》等文，写清高远俗的情怀，都比较有个性。活动于元末的，还有余阙、迺贤等少数民族文家。余阙文风切直有骨气，颇能表现他耿介的性格；他通儒学，但议论文字，并没有那么多的理学说教。

元代散文，自元初即以载道为本，中期的文章，更益以台阁调门。到了元末这批文家，倒有了一些新鲜的气息。这说明，在文士受到思想束缚和政治压力的情况下，"盛世"之文未必能盛，反倒是王纲解纽的衰世之文，能多一些新鲜活泼。元初文人，即以唐、宋大家为法，做文从字顺、淳和雅洁的文章，时间一久，就不免流于平熟。元之中期，吴莱、李孝光即已有上追秦汉的倾向，元末杨维桢则"非先秦、两汉弗之学"。这在理论上，还没有作为创作主张提出来，但在创作实践上已有表现。这未必就一定是明七子"文必秦汉"主张的先声，但在文学复古的时代，取法近古的文章作久了，流于平熟，就会有人出来更求于上古的高格奥义，这在元、明，倒都是一样的。当然，"文必秦汉"在明之弘、正间成为一种明确主张，文人结为流派，创作成为风气，这和元末又大不一样了。

1992年3月于北京师范学院

《中国散文通史》前言

作为文化的主要载体，散文在文化的传播、积累和发展中，起着最重要的作用。要了解我国悠久丰厚的传统文化，不能不了解我国的历代散文。

在中国文学史上，就数量而言，散文最为大宗。散文是随着文字的产生而产生的。就现有的考古发现而言，公元前十三四世纪，我国就有了成熟的文字——甲骨文，同时也就有了散文。我国的散文，已经有了三千多年的历史。在三千多年中，随着时代的发展、文化的演进，散文也经历了漫长的发展演进的过程。在这个过程中，产生了大量的散文作家作品，取得了无比丰硕的成果。《中国散文通史》的编撰，就是为了对中国历代散文做一个系统的总结和描述，说明各个时代散文的风貌，各个时期之间散文的承传和演变，以及散文作家作品的思想和艺术成就，以期读者能对源远流长的中国散文有一个系统的了解，并进而了解中国各个历史时期的文化面貌。

应该说明的是，从中国散文发展的实际出发，本书所谓的"散文"，是一个比较宽泛的概念。我们不局限于所谓的"纯文学散文"的解说，而把说理、记事、记人、抒情、写景的文章都视作散文；我们也不囿于传统的"古文"观念，而把散行的、偶俪的文章都视作散文，同时把赋也视作散文了。当然，我们也没有把诗歌、小说、戏剧之外的所有书面文字都当做散文，历代大量的传注之文、译经之文、宋明道学语录等，我们就没有涉及。笔记谈丛，产生于汉、魏，唐、宋以后，数量极多，应该是我国散文的一个方面，但限于篇幅，我们也涉及不多。

按照历代散文发展的实际，本书分为上、下两卷。先秦至隋唐五代为上卷；两宋至近代(至五四运动)为下卷。

参加本书编写的，多为学有专长、长期从事中国散文教学与研究的专家与学者。

具体分工如下：

先秦编：牛鸿恩；

两汉编：张建业；

魏晋南北朝编：李景华；

隋唐五代编：王新霞、王军；

宋代编：邱少华、易新鼎、李景华、李勤印、漆绪邦、王凯符、牛鸿恩；

辽金元编：邱少华；

清代编：王凯符；

近代编：易新鼎。

此外，胡山林、杨铸、孟留喜、刘可撰写了部分内容。

在本书的编写中，我们尽可能地参考、吸收了近代以来专家学者的中国历代散文研究成果。但由于系统地编写自甲骨文至近代的大型中国散文史，本书还是第一次，在这方面，缺乏借鉴，缺乏经验，本书的缺欠疏漏之处肯定不少。我们切望得到专家们和广大读者的批评指教。

1992 年 10 月

刘勰的天师道家世及其对刘勰思想与《文心雕龙》的影响

在中国文学批评史领域内，学者对《文心雕龙》论述最多，几已题无剩义。但对作者刘勰家世、思想的探讨，还不能说已很充分。本文试就刘勰家世的天师道信仰及其在刘勰思想及《文心雕龙》中的反映作一考查，以就教于方家。

一

研究刘勰和《文心雕龙》，首先碰到两个问题。刘勰一生，与佛教结下不解之缘。南齐间，居定林寺助僧佑校定经藏积十余年，由此博通经论，晚年又奉敕与慧震在定林寺校理佛籍。自齐至梁，撰佛寺、僧人碑志颇多，如《梁书》卷五〇《文学传下·刘勰传》云："勰为文长于佛理，京师寺塔及名僧碑志，必请勰制文。"但刘勰一生，却长时间不曾出家，直到晚年，始启求出家，为僧不到一年就去世了。此其一。刘勰博通佛典，长于佛理，而在《文心雕龙》中，佛理却几无贯彻[①]。此其二。

对以上两个问题，龙学家们已有过不少的解释。笔者以为，如果对刘勰家世的宗教信仰作一探索，对以上问题或许可以作出进一步的说明，至少有助于对以上问题作进一步的思考。

从对刘勰家世的探寻，我推测，刘勰应该是出生于天师道世家。

《梁书》刘勰传："刘勰字彦和，东莞莒人。祖灵真，宋司空秀之弟也。父尚，越骑教尉。"查《宋书》卷八一《刘秀之传》："刘秀之字道宝，东莞莒人，司徒刘穆之从兄子也。世居京口。祖爽，尚书都官郎、山阴令，父仲道。”查《宋书》卷四二《刘穆之传》：“刘穆之字道和，小字道民，东莞莒人，汉齐悼惠王刘肥后也，世居京口。”按《南史》卷一五《刘穆之传》未载刘肥后人说。又1969年江苏句容出土的《刘岱墓志》载：“高祖抚字士安，彭城内史；曾祖爽字子明，山阴令；祖仲道字仲道，余姚令，父粹之字季和，大中大夫。南徐州东莞郡莒县都乡长贵里刘岱，字子乔……”亦未提及先世与西汉皇室的关系。但据《史记》、《汉书》刘肥一系传承情况，《宋书》所载或不误。晋、宋、齐、梁朝东莞刘氏或为刘肥后人。

据《史记》卷五二《齐悼惠王世家》及《汉书》卷三八《高五王传·齐悼惠王传》，刘肥为高祖刘邦庶长子，高祖六年封齐王，都临淄。三传至刘则，则死，无子，国除。又肥子章，吕后时封朱虚侯。吕后卒，刘章以诛诸吕复立刘氏大功，于文帝二年封城阳王。城阳王传八代至云（哀王），无子，国除，成帝复以云兄俚为城阳王，王莽时国绝。按《汉书》卷二八《地理志下》，城阳国，“故齐，文帝二年别为国”，县四：莒、阳都、东安、虑。莒即城阳国都。由此，可以推定南朝世居京口的东莞莒刘氏当为刘肥之子刘章之后。当新莽时城阳国绝之后，刘章后人必有因莒为家的。查《后汉书》、《三国志》诸刘传，俱不见刘章后人。《晋书》诸刘传中，有刘章后人二。一为刘毅，《晋书》卷四五本传称“东莱掖人，汉城阳景王章之后”。一为刘超，《晋书》卷七〇本传称“琅邪临沂人，汉城阳景王章之后，章七世孙封临沂县兹乡侯，子孙因家焉”。而《晋书》未见莒县刘氏后裔。盖自新莽以至东晋之初约三百年间，莒县刘氏家族式微，不为乡间、中正所重，无与于仕宦。约东晋中期，始有刘抚入仕至王国内史，至东晋末叶，刘穆之以佐刘裕功至大官，家门始盛。

从刘勰曾祖、祖、父辈的名字看：曾祖刘仲道字仲道，仲道从兄弟刘穆之字道和，小字道民：祖灵真，从祖秀之（字道宝）、钦之、粹之、贞之、虑之、式之。南朝人凡二名后为“之”字者，都很有可能信仰天师道。对此，陈寅恪先生尝有论断：

> 六朝人最重家讳，而“之”、“道”等字则在不避之列，所以然之故虽不能详知，要是与宗教信仰有关，（《天师道与滨海地区之关系》，见《金明馆丛稿初编》）
>
> 盖六朝天师道信徒之以“之”字为名者颇多，“之”字在其名中，乃

代表其宗教信仰之意，如佛教徒之以“昙”、“法”为名者相类。东汉及六朝人依公羊春秋讥二名之义，习用单名，故“之”字非特专之真名，可以不避讳，亦可省略。六朝礼法士族最重家讳，如琅邪王羲之、献之父子同以“之”为名，而不以为嫌犯，是其最显著之例证也。(《崔浩与寇谦之》，见《金明馆丛稿初编》)

又二名中有“灵”字者，亦多与天师道信仰有关，对此，陈先生在《天师道与滨海地区之关系》一文中亦曾指出，不具引。

在宋、齐、梁史东莞诸刘传中，并未正面表述他们的宗教信仰，但并非没有线索可寻。《宋书》传载穆之“尝梦与高祖(按指刘裕)俱泛海，忽值大风，惊惧，俯视船下，见有二白龙夹舫。既而至一山，峰蓴丛秀，林树繁密，意甚悦之”。梦境有刘裕当称帝之兆，又有海外神山意味。疑信奉天师道的穆之后人在撰述穆之行状时，杂有神异之事，故本传有此记述。

向刘裕推荐刘穆之的何无忌，也有可能信仰天师道。据《晋书》卷八五《何无忌传》，无忌东海郯人，晋镇北将军刘牢之之甥。牢之字道坚，彭城人。刘牢之当信仰天师道，何无忌之宗教信仰，应与牢之同。又僧祐所编《弘明集》卷五有何无忌《难袒服论》，署名何镇南(按无忌义熙中进镇南将军)。《难袒服论》是驳慧远《沙门袒服论》之作，慧远后有《答何镇南》。俱见《弘明集》卷五。无忌与僧徒慧远的辩难，透露了他的道教信仰。他向刘裕推荐刘穆之，除了看重他的才干，似亦有同道相提携的性质。

从南朝世居京口的东莞刘氏为西汉城阳王刘章之后来看，笔者有理由推测，其天师道信仰，具有悠久历史，其情形颇近似于东晋甲族琅邪王氏之“世事张氏五斗米道”(《晋书》卷八〇《王羲之传》)。据《汉书·地理志》，徐州琅邪郡，秦置，属五十一县，中有东莞，无莒，但据五十一县范围，莒地当在其中。又《后汉书》志第二一《郡国三》徐州刺史部琅邪国：“秦置，建武中省城阳国。以其县属。”属十三城，中有东莞、莒。东莞，莒在古琅邪范围之内。而琅邪，正是道教发源之主要地区。

从大一些的范围说，齐地本战国阴阳五行说的故乡，战国秦汉间，燕齐又盛行方士神仙之说，汉代今文经学，也以齐地为盛，著名今文经师颇有齐人，有“齐学”之称。琅邪属齐地，“齐学”也盛，而尤长于《易》，《易》学家王同、即墨成、衡胡、鲁伯、曼容、梁丘贺、梁丘临等，皆琅邪人。(据《汉书》卷八八《儒林传》)可见，齐地特别是琅邪，为道教产生的最好环境，史载道教的发生，即在琅邪。《后汉书》卷三〇下《襄楷传》：“初，琅邪宫崇诣阙，上其师干吉于曲阳泉水上所得神书百七十卷，皆缥白素朱介青首朱目，号《太平清领书》，其言以阴阳五行为家，而多巫觋语。”这应该是道教形成的最早记载。干（或作于）吉、宫崇皆琅邪人，道教形成后，其传亦当首以琅邪为盛，琅邪地区，应该多道教世家。刘章后人之居莒者，极可能在东汉后期即已崇信道教。按道教在琅邪初传，应该是太平道，东汉末黄巾起义失败后，太平道衰落，至迟至西晋之初，琅邪地区的道教已经是五斗米道即天师道了。东莞吴氏崇信道教，至刘穆之辈，约有两百年的历史。

即使《宋书》刘穆之为刘肥后人传说为失实，也不影响其世奉道教说的成立。刘家祖先为东莞莒人，无论先世是否刘肥，也不影响其信奉盛传于居地的道教。又南朝史籍累见东莞莒之臧氏，如宋之臧焘、臧熹，焘子邃、绰，邃子谌之、凝之、潭之、澄之，凝之子夤，熹子质，质子敦、敞、敷、斁，敦子仲璋等等。从谌之、凝之等名、臧氏似奉天师道。又齐有臧荣绪，东莞莒人，应是焘、熹族人。《南齐书》卷五四《高逸传·臧荣绪传》载：“荣绪惇爱《五经》，谓人日：‘昔吕尚奉丹书，武王致斋降位，李、释教诫，并有礼敬之仪。’因甄明至道，乃著《拜五经序论》。常以宣尼生庚子日，陈《五经》拜之。自号‘被褐先生’。”看来，臧荣绪也信奉道教。南朝东莞莒之臧氏的宗教信仰，显然也与其先世居琅邪地区有关。以此知东莞刘氏之世奉天师道，并非特例。

二

考查刘勰的天师道家世，并不一定要证明刘勰也信奉天师道。实际情况是比较复杂的。家世奉道，家中未必人人奉道，先世奉道，后人不一定都仍然奉道。吴兴沈氏为天师道世家，而沈约奉佛，为世所周知，此最显著之一例。但家世宗教信仰的影响，往往以种种形式及于后人；后人即不奉道，而立身行事言谈著述流露出家世影响，也值得注意。沈约出身天师道世家，晚年，“因病，梦齐和帝以剑断其舌，召巫视之，巫言如梦。乃呼道士奉赤章于天，称禅代之事，不由已出。”梁武帝“闻赤章事，大怒，中使谴责者数焉。约俱遂卒”（《梁书》卷一三《沈约传》）。陈寅恪先生论云：“沈隐侯虽归命释迦，平生著述……皆阐明佛教之说。追其临终之际，仍用道家上章首过之法。然则家世信仰之至深且固，不易湔除，有如是者。明乎

此义，始可与言吾国中古文化史也。”(《天师道与滨海地区之关系》)

从今存刘勰的传记材料及刘勰的著述，我们没有根据认为刘勰仍信奉天师道。这里要探讨的是，家传宗教信仰对刘勰是否存在影响。

在南齐，刘勰长期依僧居寺，孤身一人，无父无母，却未出家为僧。这说明，刘勰对佛教并无信仰，其依僧居寺，确系别有所图。论者在这个问题上或主求仕之说，笔者以为是可以成立的。在刘勰，这条求仕之路相当迂缓，但就他的门第及当时的形势看，却是不得不走。刘勰的出身是否士族，难以断定。南朝高门，主要形成于魏晋，而魏晋高门，又多从东汉晚期强宗豪族而来。刘氏虽系出西汉皇族，而自新莽国绝之后，二百年间，家门衰落，不得与于宦途，也不可能进入魏晋高门的行列。至东晋中期，门第似有上升。刘抚仕至彭城内史，可能与宗教信仰有关。(据《晋书》卷三七《彭城穆王权传》，东晋康帝以后，继任彭城王的为司马玄、玄子弘之、弘之子邵之、邵之子崇之、崇之子缉之。彭城王一系当奉天师道。)抚子爽仕至尚书都官郎，为清选之职，似已挤入士族行列，但必不是高门。刘穆之以助刘裕之功，官至左仆射，卒赠司徒，封南昌县侯，刘裕受禅，进南康郡公，其家当已列为士族，但仍不是高门，故其曾孙刘祥仍被褚渊斥为“寒士”(《南齐书》卷三六《刘祥传》)。如果出身高门，即使为官不显，家道不富，亦不得以“寒士”抑之。刘勰自梁初起家入仕之后，历任临川王萧宏、南康王萧绩记室，后入东宫为太子官属，知梁室承认其士族身份。[②]但当刘勰早年，因其祖、父仕途不显，家道贫穷，不可能像高门子弟那样藉其门资平流进取，在特重门第而政权又比较稳定的时代，入仕是比较困难的。钟嵘与刘勰生年相近，是在同一时代成长起来的，而他就可以因出身颍川高门而入国学，然后顺利步入仕途。年龄相近的刘勰就没有资格入国学，同时也难以进入州郡中正料简人才的范围之内。他看准了僧祐的权贵背景而依之，可谓用心良苦，也是不得已而为之的。而居佛寺校理经藏多年，至能“博通经论”，佛教规仪熏习之多，亦可想见，却能不改初心，并未成为真正的佛教信徒，并未建立起佛教的人生观、世界观，佛理对其思想体系实际几乎并无侵入。这种抵抗力之源泉，除了对儒家入世思想和人生道路的执着，其家世的天师道信仰，应该是一种不可忽视的助力。这又颇近于陶渊明。陶家世奉天师道，渊明本人虽未必坚持天师道信仰，而对于佛教的决绝态度，却不能不说与其家世信仰的影响有关。这一点，陈寅恪先生《陶渊明思想与清谈之关系》一文也曾指出过。至于其委运任化、同乎自然的人生态度，也未必没有家世宗教信仰影响的因素。

刘勰对佛教并无真正的信仰，不仅表现在他前期多年依僧居寺却不曾出家，也表现在《文心雕龙》中几无佛理之贯彻。至于他一生写过不少寺塔名僧碑志，还写过卫佛辟道的《灭惑论》，也并非出于佛教信仰，而可以从写作时的现实环境加以解释。

刘勰依僧祐居定林寺校理经藏，值南齐佛教最为隆盛的武帝永明间，时竟陵王萧子良执政，子良"精信释教"(《梁书》卷四八《儒林传·范缜传》)，僧祐深得子良敬重，刘勰依僧祐，正为藉此结识朝贵或至少引起朝贵注意。在这个时期，写一些崇佛的文章，实不足怪。入梁后，值萧衍佞佛。时刘勰已起家仕梁，作文崇佛，同样不足为奇。写卫道文章而其实不信此道，作文乃别有所图，这种情况，古今甚多，自不必多所例证也。

但刘勰也并不为仕进而事事应景作文，在涉及根本教理时，他并未曲意迎合，此甚值得注意。兹就刘勰在齐、梁两代由范缜引起的神灭神不灭问题的论争中所持态度，略作说明。范缜持神灭论，与其家世的道教信仰有关。(陈寅恪先生在《陶渊明思想与清谈之关系》一文中曾指出范缜保持家传之道法而排斥佛教)由范缜引起的论争，在齐在梁各有一次[③]。范缜入萧子良西邸，约当刘勰居定林寺之初期，他与萧子良关于因果报应有无之争，虽未正面涉及神灭与否问题，而在佛家，因果报应与神不灭，正是一个问题的两面。这次论争，刘勰一定会因僧祐而有所了解，如图仕进，附会子良而驳神灭明果报，应该是顺理成章的事。而刘勰这个时期有关佛教的文章，并未涉及这个问题。梁天监初、范缜《神灭论》出，梁武帝与名僧法云集王公朝贵六十二人与之辩论。时刘勰正为中军临川王萧宏记室，而萧宏即参与围攻范缜的王公朝贵之一(见《弘明集》卷十)，刘勰对这次辩论，自然熟知。刘勰虽没有王公朝贵的资格，不得参与梁武帝组织的围攻，但在此情势下，"为文长于佛理"的刘勰为取得萧梁王室的好感，自应著文以攻范。而据今存文献，仍未见他有何动作。是不是刘勰也曾作文攻范，而文佚不传呢？这不可能。《弘明集》为僧祐所编，刘勰或也参与其事。王朝当局与范缜的这场大辩论，《弘明集》对双方之文收入甚多，如刘勰有作，不会不录。看来，在神灭神不灭这个涉及道佛教理的根本问题上，刘勰似乎并不愿作违心之论。

为印证此说，我们可以看刘勰作于稍后的《灭惑论》。当萧衍大弘佛法之时，道士某假托南齐张融作《三破论》攻击佛教。从《弘明集》卷八刘勰《灭惑论》及释僧顺《释三破论》所称引《三破论》之说，这个道士对道教教理并无深解，对于佛理也只知其皮相，故其辟佛，只能停留于表面的批评，更多的则是拙劣的攻讦，诚如《灭惑论》所指出的："义证庸近，辞体鄙拙。"、"委巷陋说，诚不足辩。"远不能和直攻要害、摘取肺肝的《神灭论》同日而语。因此，《三破论》对佛教的攻击虽极猛烈，却并未引起朝野多大的重视，并未引发如神灭神不灭问题那样的大论战，甚至也比不上南齐顾欢《夷夏论》所引起的辩难。《弘明集》中，驳《三破论》的，仅刘勰、僧顺两文而已。刘勰没有参与对《神灭论》的围攻，却作长文驳"诚不足辩"的《三破论》，去取之间，似亦值得注意。是否可以推测，刘勰对范缜之论，实有所同情，而对《三破论》，因未涉及根本教理问题，故可批驳不留地步。《灭惑论》中，针对《三破论》以泥洹为学死的拙劣攻击，称"佛法练神，道教练形。形器必终，碍于一垣之里；神识无穷，再抚六合之外"，实际上接触到了神不灭问题。但一者没有发挥，再者此说旨在说明"泥洹妙果，道惟常在"，与神灭与否问题，究竟不属同一范畴。

《灭惑论》明显地主张儒佛相合，称两家"检迹异路，而玄化同归"，这完全符合梁武帝之尊儒崇佛路线。而对天师道，则作了猛烈攻击。《灭惑论》称"道家之法，厥品有三：上标老子，次述神仙，下袭张陵。"老子虽为"大贤"，而《老子》不过"导俗之良书，非出世之妙经也"。至于"神仙小道"，乃"愚狡方士"之伪托。对于天师张陵，则直称"米贼"，并给以猛攻，特别揭露其"消灾淫术，厌胜奸方，理秽辞辱，非可笔传。事合氓庶，故比屋归宗，是以张角、李弘，毒流汉季，卢悚、孙恩，乱盈晋末。余波所被，实蕃有徒，爵非通侯，而轻立民户，瑞无虎竹，而滥求租税。靡费产业，蛊惑士女，运迍则蝎国，世平则蠹民"。刘勰对天师道如此不留地步地揭露与抨击，似乎只能说明，要么他的家世根本不存在天师道信仰，要么他本人已经彻底背弃了家世信仰。但对这个问题，似可作出另外的解释。第一，刘勰之抨击道教，重点在其"事合氓庶"的下层人民的道教迷信，并指其有被利用来制造变乱的危害性，并不涉及道教的基本教理问题。第二，在刘勰作《灭惑论》之前，寇谦之(365－448)和陆修静(406－477)早已在北、南两方对天师道作过清整改造了。他们对天师道的改造，主要方向，在于使道教向儒家礼度靠拢，一方面使道教贵族化、官方化，一方面清除或抑制易被利用来煽动下层人民犯上作乱的教仪教规。史称寇谦之"清整道教，除去三张伪法，租米税钱，及男女合气之术。大道清虚，岂有斯事？专以礼度为首，而加之以服食闲炼”(《魏书》卷一一四《释老志》)。陆修静重斋戒仪范，对归天师道巫觋气息很浓的装神弄鬼的那一套，也有所革除。再来看刘勰对天师道的攻击，原来就是那些革除已久的旧天师道的“教甚于俗”、“法穷下愚”的东西。以这样多的篇幅，花这样大的力气去抨击过时的东西，也不能证明刘勰真实的反天师道立场。

三

笔者考查刘勰的天师道家世，说明在刘勰身上潜在的家世宗教信仰影响之不易湔除，无意于证明《文心雕龙》是一部浸染道教思想的书。笔者在《以道为体，以儒为用——从〈文心雕龙·原道〉看刘勰的基本文学观》一文中，早已说明刘勰的基本文学观是在体用范畴内的道儒统一，是玄学在文学理论领域的延伸(见《北京师范学院学报》1983 年第二期)。这个认识，至今仍以为无不妥。但是，家世宗教信仰的影响，在《文心雕龙》中就完全没有流露吗？对此，笔者试加探索。

自早年读《文心雕龙》以来，始终有一个疑问：刘勰论“文之枢纽”，为什么不止于“宗经”？《原道》首明“自然之道”为“文之为德”即文之根本性质，次明圣人“原道心以敷章，研神理而设教”，以“道沿圣以垂文，圣因文而明道”的公式把“自然之道”——儒家圣人——儒家经典统一起来，表明了以道为体、以儒为用的基本文学观念。继之以《征圣》、《宗经》，阐明圣、经对于文学的重要意义。按刘勰“文章之用，实经典枝条，五礼资之以成，六典因之以用，君臣所以炳焕，军国所以昭明，详其本源，莫非经典”(《文心雕龙·序志》)的意思，有此三篇，枢纽已足以立。或者因为经典之文止于典雅，在齐代只标举典雅之文，已不适于时势，而《离骚》“气往轹古，词来切今，惊彩绝艳，难与并能”，是三代至秦汉之间文学的重大发展与转变，足可宗法以补经典之不足，在“文之枢纽”中加上《变骚》，自为顺理成章。而《正纬》一篇，似属多余。如果刘勰认为图纬“事丰奇伟，辞富膏腴”，确有一定文学价值，满可以在文体论中列《图纬》一篇，为什么一定要高其位置，使之与圣、经比肩而立而与于“文之枢纽”呢？

笔者认为，刘勰所以如此看重图纬，以之与圣、经并立，而不把它与诗、赋等文体混同，是有家世宗教信仰的影响在起作用。

图纬大兴于两汉之际，而以东汉初年为最盛，是道教产生的种种催生因素中重要的一种，是道教宗教思想的重要材料来源，而从根本上说，在神道设教这个主旨上，图纬与道教则是完全契合的。早期的道教经典，如《太平经》、《参同契》，于图纬之说都多有采摭。晋、宋之际，北魏寇谦之通谶纬，元赵从善《谷神篇叙》云："北魏寇谦之尝集道经，为其书少，遂将方技、符水、医药、卜筮，谶纬之书，混而为一。"(文物出版社等 1987 年影印原涵芬楼影印本《道藏》第四册第 534 页)与刘勰同时的陶弘景，亦通图纬。《隋书》卷三五《经籍志四》："陶弘景者，隐于句容……武帝(按指萧衍)素与之游。及禅代之际，弘景取图谶之文，合成景梁字以献之，由是恩遇甚厚。"类似的记载，亦见于《梁书》、《南史》陶弘景传。陶弘景《真诰》，亦仿纬书而作。图纬之于道教，确实关系密切。

东汉亡后，图纬失去依凭，势已不振，宋大明中、梁天监后皆曾禁图纬(见《隋书》卷三二《经籍志一》)，纬学更趋衰落。在南朝，图纬虽仍为朝野所用，但早已失去与经学齐驱的显要地位。刘勰在齐末撰《文心雕龙》，仍以纬与道、圣、经比肩而为"文之枢纽"，实耐人寻味。如从刘勰家世信仰试加探寻，也许可得此中消息。

从《正纬》篇名看，纬需正而后用《序志》谓"酌乎纬"，"酌"有去取意，亦通于"正"，与圣之"征"，经之"宗"，自有不同。刘勰对纬书之伪谬有严厉的批评，文具在，不必备引。但我们也可以看到，刘勰对纬书的内容并未一概否定。《正纬》云：

> 夫神道幽阐，天命微显。马龙出而大易兴，神龟见而洪范耀。故《系辞》称河出图，洛出书，圣人则之，斯之谓也。但世夐文隐，好生矫诞，真虽存矣，伪亦兴焉。
>
> 原夫图录之见，乃昊天休命，事以瑞圣，义非配经。故河不出图，夫子有叹，如或可造，无劳喟然。昔康王河图，陈于东序，故知前世符命，历代宝传，仲尼所撰，序录而已。

刘勰固然认为后出的纬书为伪，但他相信河出图、洛出书的神异之说，以河图、洛书为真。这在《原道》中已有表现，不具引。他又相信瑞应、符命之说。而要把河图、洛书、瑞应、符命与后起的纬书彻底划清界限，实在很难。河出图、洛出书的神异说，大约始于西周，图谶始于战国，从神道设教、君权神授的观念和神异传说的材料说，都是两汉之际图纬大兴的重要前提。因此，刘勰斥纬书之伪，主要在指出纬书非圣人所造，不足以配经，指出两汉之际“伎数之士，附以诡术”造作的纬书中的某些谲诡妖妄之说之“乖道谬典”，而对图录符谶赐自昊天的神道设教思想和某些图录之现的神异“事实”，却没有否定。道教徒在采摭图纬的时候，也只取其神道设教的思想和神异“事实”，却不会也不可能承认这些东西是儒家圣人所造。两者的近似态度，是否可以说明一些问题呢？

在《文心雕龙·封禅》中，刘勰甚至从《正纬》批评两汉图纬的立场又后退了一步，对两汉图纬也有所肯定了。《原道》称赞“玉版金镂之实，丹文绿牒之华”，注家或以为乃据传说，而据《封禅》，则知实据纬书。《封禅》云：“绿图曰：‘潬潬呐呐，棼棼雉雉，万物尽化。’言至德所被也。丹书曰：‘义胜欲则从，欲胜义则凶。’戒慎之至也。”绿图之文，不知所本，疑出纬书。丹书之文、则出纬书《尚书帝命验》：“季秋之月甲子，赤爵衔丹书入于酆，止于昌户，其书云：‘敬胜怠者吉，怠胜敬者灭；义胜欲者从，欲胜义者凶。凡事不强则枉，不敬则不正；枉者废灭，敬者万世。’”（见《史记》卷四《周本纪》张守节正义）又《封禅》称“成康封禅，闻之乐纬”。按《后汉书》卷三五《张纯传》，纯上奏请封禅，引《乐动声仪》以言成、康间封禅事。又《封禅》称：“及光武勒碑，则文自张纯，首胤典谟，末同祝辞，引钩谶，叙离乱，计武功，述文德，事核理举，华不足而实有余矣。”张纯《泰山刻石文》见《后汉书》志第七《祭祀志》，其中广引《河图赤伏符》、《河图会昌符》、《河图提刘予》、《洛书甄曜度》、《孝经钩命决》等纬书之文，并称“皇帝唯慎河图、洛书正文，是月辛卯，柴，登封泰山，甲子，禅于梁阴，以承灵瑞，以为兆民，永兹一宇，垂于后昆”。从《封禅》看，刘勰对两汉纬书已不全以为伪。由于头脑深处神道设教思想的存在和对瑞应、符命的相信，刘勰尽管在《正纬》中对两汉图纬有严厉的批评，但他终究不可能真正彻底地否定图纬的内容。在刘勰头脑深处，图纬的价值，实不仅限于“事丰奇伟，辞富膏腴”而有助于文章了。这样，就可以说明前面提出的问题：图纬的价值如果仅仅在于事辞有助文章，何必把“酌乎纬”提高到“文之枢纽”的池位？如认为图纬仅事辞可观，列为文之一体，亦无不可，且有先例可循。挚虞编《文章流别集》，即列图谶一体，论云：“图谶之属，虽非正文之制．然以取其纵横有义，反复成章。”（《全晋文》卷七七）与刘勰对图纬的认识不尽相同，而在非正而有可取这一点上，倒是一致的。同时也可以理解，刘勰在“文之枢纽”中使道，圣、经、纬、骚并立，而在以后谈文学创作批评诸问题时，道、圣、经、骚都再再提及，而除《时序》批评光武时“深怀图谶，颇略文华”以及《明诗》提到“离合之发，则明于图谶”外，再不提到纬书，《正纬》中图纬事丰辞富有助文章的思想，在谈文学创作时，再无贯彻。刘勰由于家世宗教信仰的影响，在《文心雕龙》中，确实对图纬作了特殊的处理。

疑《离骚》之被提到“枢纽”的地位，而不使与诸文体比肩，除了刘勰特别看重其文学价值及在文学发展中的重要地位，也与他家世宗教信仰的影响多少有关。

屈原的《离骚》及其他作品(《辩骚》之“骚”，实指屈原诸作，甚至包括其他楚辞作家的作品)，是在巫风极盛的楚文化土壤中产生出来的，又明显受到战国燕齐方士神仙之说的影响。在道教兴起之后，自然会受到道教信徒的注意。《离骚》中驭虬乘鹥，乘风上征，望舒先行，飞廉奔属等神奇描述，《远游》中所写羽人升天，长生不死，餐气饮沆，漱阳含霞等等，皆为道教信徒所向往，并以之为编织宗教神异“事实”的依据。赤松、王乔、更成为世代相传的道教仙人。屈原本人，也有成为水仙的传说。(据唐沈亚之《屈原外传》。按此文不见于《沈下贤集》及《全唐文》卷七三四至七三八沈亚之文，蒋骥《山带阁注楚辞》卷首录有此文)《文心雕龙·辩骚》对楚辞中的“诡异之辞”、“谲怪之谈”、“狷狭之志”，“荒淫之意”，只指出其“异乎经典”，却并无贬斥之意，辨析楚辞中“同于《风》《雅》”之四事及“异乎经典”之四事，只是针对汉代论骚诸家或“举以方经”，或“谓不合传”，“褒贬任声，抑扬过实”而言的，而对楚辞之同乎经典及异乎经典两者，实并无轩轾。与《正纬》肯定图纬之“事丰奇伟”及《诸子》肯定，《归藏》之“大明迂怪”一样，刘勰在《辩骚》中指出楚辞之“诡异”“谲怪”，不仅绝无贬义，相反倒极为欣赏。此据《辩骚》下文可知，不必备引。参以《正纬》、《封禅》中刘勰对神异“事实”的相信，这种欣赏，恐怕不仅仅是出于对文学意义上的神话的心仪吧。

魏晋以来，以楚辞为文之一体，已成文家通识。挚虞《文章流别集》以类相从，赋为一类，在颂之后，屈原的《离骚》等作，只在赋类之中，称为“赋之善者”(《全晋文》卷七七《文章流别论》佚文)。而这样的处理，又本于《汉书·艺文志》。当萧统编撰《文选》之时，刘正任太子东宫通事舍人，《文选》的编撰，刘勰即使没有参与其事，也必曾参与拟议斟酌。《文心雕龙》亦当为萧统所知。而在《文选》中，骚只为一体，列赋、诗之后，《文选序》历述文学诸体，先赋而后骚，对骚的评价也较为平实。这样的处理，刘勰应该也是赞成的，即使不赞成，显然也不便坚持己见。而在齐末全以己见撰写《文心雕龙》时，刘勰特把骚从诸文体中提出，以“变乎骚”为“文之枢纽”

之一，除着眼于文学外，似亦别有原因。这中间，是不是也有家世宗教信仰影响的潜在因素的作用呢？唯笔者于此不敢自信，姑附述于此，以求是正。

1994 年 5 月 6 日于北京

注释：

①《文心雕龙·论说》："滞有者全系于形用，贵无者专守于寂寥，徒锐偏解，莫诣正理。动极神源，其般若之绝境乎！"批评王衍之贵无，裴颀之崇有，皆为偏解而违正理。这"正理"，实即佛教非有非空、亦有亦空，离空、有两边而得中道的大乘般若学中观之理。僧肇《不真空论》等文于此阐发颇多，对南朝佛学很有影响。由此可知，佛理在《文心雕龙》中确有表现，并不只于个别名词的借用。但这样的表现在《文心雕龙》中为仅见，且无关全书主旨。从总体看，仍可以说《文心雕龙》中几无佛理之贯彻。

②《梁书》卷四九《文学传上·庾于陵传》，旧事，东宫官属，通为清选，洗马掌文翰，尤其清者。近世用人，皆取甲族有才望，时于凌与周，舍并擢充职，高祖曰："官以人而清，岂限以甲族"。时论以为美。萧衍认为任官不必"限以甲族"，为开明之论，而清选之官，虽不限于甲族，仍须以士族为之，视庾、周皆士族可知。刘勰任太子东宫通事舍人在庾、周任太子洗马之后，他当然不属甲族，但士族的身份当无问题。关于南朝任官清浊与出身士庶的关系问题，唐长孺先生《南朝寒人的兴起》一文阐之甚详，文见《魏晋南北朝史论丛续编》。

③《梁书》卷四八《南史》卷五七范缜传皆将范缜与萧子良辩果报问题及发表《神灭论》载于范缜在萧子良西邸时，史家刚一般认为《神灭论》发表于梁天监六年，疑范缜在与萧子良辩论果报问题后，确曾发表过神灭论的观点，引起"朝野喧哗"，"子良集僧难之而不屈"。入梁后，范缜将《神灭论》写成并公之于世，遂引起萧衍发动的对《神灭论》的大规模围剿。

《中国诗论史》后记

在霍松林先生的主持下，我们从 1988 年开始进行中国诗论史的研究和撰写工作。在此前的中国古代文学和古代文论的教学科研工作中，我们对中国古代诗歌和诗论就多有了解。我们深深感到，中国之所以是诗的国度，不仅因为诗歌本身的发源早，数量多，质量高，还因为诗歌对其他文学体裁，诸如散文、骈文、戏曲、小说等，都有很深的影响和渗透作用，诗歌浸润了整个中国古代文学，形成了整个中国古代文学的诗化的特点。这是中国古代文学有别于世界其他国家文学的一个明显的特点，也是一大优点。对此，霍松林先生在本书的序中已作了精辟的阐述。与此相联系，在中国古代文论中，对诗歌的评论，也是起始最早，数量最多，质量最高，而且诗论对其他文体的理论，从概念、范围到一些重要理论命题的形成，其影响也都是显而易见的。这与西方文论以戏剧、小说理论批评为主体所形成的特点，有明显的不同。因此，抓住了中国的诗论，也就抓住了中国文论的牛鼻子，也有助于登堂入室，探本求源，更深层次进入中国文论。我们是基于这样的感受和认识，投入这个课题的工作的。

这个课题的预期成果，是如下两部书：《中国历代诗词曲论专著提要》和《中国诗论史》，前者早已在 1991 年出版。自《提要》出版后，又用了十一二年的时间，《中国诗论史》才得以撰写成稿。撰写的时间所以拖得这样长，不仅因为执笔者教学科研任务繁重，不可能全力以赴撰稿，还因为要写好一部中国诗论史，需要付出艰辛的劳动，并不是咄嗟可办的事情。由于诗论在中国古代文论中的突出地位，历来为文论史研究者所重视，在许多中国古代文学理论批评史中，对诗论的论述都要占很大的比重，诗论研究的单篇论文及专题著作更是浩如烟海。我们撰写中国诗论史，对既有的研究成果当然应该充分尊重，用心参考，但我们又不能人云亦云，随人作计。从主观愿望说，我们希望这部书稿能有自己的特点，能在前人成果的基础上有所创获。在这方面，我们体会到，最重要、最基础的工作，是对古人原著的认真研读，不但要认真研读诗论专著和有关诗论家的所有著作，还要认真研读与诗论相关的思想文化方面的原著。在对原著的认真考辨中，还会发现为前人所忽视的新的材料，进而作出新的阐释。我们没有故意地去标新立异，但我们也力求这部书稿能为中国诗论史的研究提供一些哪怕并不太多的新的东西，而不是在前人的研究成果上踏步不前。我们希望，在这方面，十余年的心血没有白费。这部书稿的撰写，从体例到名词术语的运用等方面，我们都没有去穷力追新。我们研究中国古代诗论的原则，或者说方法，其实也就是两千多年前西汉人就已提出的“实事求是”这四个字。这是两千多年前一部分学者研究“古学”的原则和方法，对今人之研究古学，也完全适用。在撰写中，我们力求从原原本本的材料出发，贴近材料本身和材料所存在的历史环境进行阐释，以得出我们认为正确的结论，不去作无根的引申、推衍。在表达上，我们力求用朴素、平实的语言进行论述。我们力求把《中国诗论史》写成一部既“信”且“达”的书。我们是这样努力的，但做到没有，做到了多少，就只能由读者来评说了。

这部《中国诗论史》，用的还是近几十年中国文学或文论通史的传统写法，即按历史时期（基本上是朝代）分编，然后大体按年代先后设章分节，对诗歌理论家或理论著作逐次地分析评介。我们之所以采取这种写法，是因为感到这样来写，史的轮廓比较清晰，诗歌理论总体发展的过程比较易于描述，特别是有利于对各家各著的理论观点、理论体系进行集中深入地解读。在这篇后记里，我们打算在全书对大量诗论家、诗论著作纪传体式的解读的基础上，从纵向的、宏观的角度，谈几个中国古代诗歌理论史上的理论观念的发展问题。需要说明的是，这些问题，在古代文论界有过讨论，且意见分歧，实际上是一些悬而未决的问题。我们的看法，也只是一孔之见，冒昧提出，以就正于方家。

一、关于诗歌性质的理论认识问题

对诗歌性质问题的认识，可以说是中国诗歌理论的基本问题、核心问题。如所周知，对诗歌性质的理论概括，我国古代有“言志”、“缘情”两说。按理论观念的逻辑来说，“缘情”说是对诗的性质的更为朴素的认识，其发生、成熟并成为社会对诗的主流认识，应该在前。而“言志”说，应该是对“缘情”说的校正、补充，其发生、成熟应该在后。而在古代中国，情况恰恰相反。应该说，对诗的抒情性质的认识，在我国古代产生得并不晚。《诗》中就有“心之忧矣，我歌且谣”(《魏风·园有桃》)，“君子作歌，维以告哀”(《小雅·四月》)以及“啸歌伤怀”(《小雅·白华》)等句，表现出对诗抒情的萌芽性的意识，屈原所谓“惜诵以致愍兮，发愤以抒情”(《九章·惜诵》)，已经是对自己诗作的抒情性质的明确宣告。但自西周到东汉的一千余年中，诗抒情的理论观念始终未能发展成熟并成为诗论的主流，倒是“言志”之说大行其道，成了诗论殿堂的主角。其所以如此的原因，我们在本书第一编有较多的讨论，此不赘说。

或谓“言志”说向“缘情”说的转变，是产生在汉代，其标志是《毛诗》之《关雎序》(习称《诗大序》)。此说实难成立。我们认为，在汉代的经学环境中，经学家们不可能提出诗抒情的理论观念。这个问题，我们可以在这里稍稍作一讨论。在汉代，孔子成了牌位，孟子受到冷落，经学家们所接受的儒学传统，主要是荀子之学。荀子说：“不事而自然，谓之性；性之好、恶、喜、怒、哀、乐，谓之情。”(《荀子·正名篇》)在荀子，人的性、情都是出之自然，是人先天就具有的。但人的先天的性、情，实际上是属于人的动物性的方面，是恶的。因此，“从人之性，顺人之情，必出于争夺，合于犯分乱理而归于暴”(《荀子·性恶篇》)，性、情必须经过后天的改造，才能使之归于善。用以改造性、情使之归于善的，就是礼义，故荀子谓“必将有师法之化，礼义之道，然后出于辞让，合于文理而归于治”(同上)。用礼义改造性情，荀子叫做“化性而起伪”(同上)。汉儒关于人的性情的观念，基本上同于荀子。董仲舒说：“性者生之质也，情者人之欲也。”性、情也需要改造、节制，故又说：“质朴之谓性，性非教化不成；人欲之谓情，情非度制不节。”(见《汉书·董仲舒传》所载《贤良对策》)实际上，汉儒更为强调情的恶的性质，认为“情者人之欲”，是反“天理”的，而反“天理而穷人欲”，乃“大乱之道”(《礼记·乐记》)。因此，绝对不能自由发抒、放纵感情，而要严格地加以改造、节制。礼乐刑政的重要作用之一，就在改造和节制情即人欲。情即人欲，即恶，是两汉经学家的共识。在这样的情况下，完全不存在产生诗抒情的理论观念的可能。我们注意到，汉儒在谈诗乐的时候，往往涉及情，可见汉儒是看到了或者不回避情与诗乐的不可分割的关系。这应该说是理论观念的一个进步。但汉儒只承认情在诗乐的发生阶段的启动作用，而一旦启动之后，紧接而来的，必须是礼义对情的节制：经过节制，然后才会形成诗或乐。这一点，汉儒是不会忘记的。这个问题，我们在第一编中谈到刘向、《乐记》、《毛诗》时有较多讨论，这里也不多说了。总之，汉儒不可能发表诗是人的情感的发抒这样的理论观念，我们不能只要看到汉儒谈诗的言论中提到了"情"字，就误以为汉代已经有了诗抒情的理论范畴。

汉儒确有诗抒情的言论。例如，刘歆就说过"诗以言情"，班固论乐府，则称代赵之讴、秦楚之风，"皆感于哀乐，缘事而发"。按，刘歆所说，是《七略》中的话，见于《初学记》卷二一、《太平御览》卷六〇九所节引："诗以言情，情者性之符也。"按照汉儒的逻辑，接下去就应该谈到情的节制问题了，但这里所引，无前言，无后语，仅此孤另另十个字，无从断言刘歆的观念，因此可以不去管它。班固的言论，见于《汉书·艺文志·诗赋略论》，全文是："自孝武立乐府而采歌谣，于是有代赵之讴、秦楚之风，皆感于哀乐，缘事而发，亦可以观风俗知薄厚云。""感于哀乐，缘事而发"，讲的是民间歌谣的实情，不能误认为是班固给诗的定义。我们在本书第一编讨论《礼记·乐记》的诗乐观念时曾谈到，汉儒对声、音、乐的区分是很严格的。《礼记·乐记》说："知声而不知音者，禽兽是也；知音而不知乐者，众庶是也。唯君子为能知乐。"声，禽兽皆所能发，不足论；音，按《诗大序》的说法，是处于"发乎情"阶段的东西，为众庶所能；乐，则已经"止乎礼义"，是君子的专利了。乐府所采民间歌谣，为众庶所作，是哀乐之情的直接表达，虽可据以观风俗，知薄厚，却还没有达到乐的高度，是不能登大雅之堂的。哀帝时，有感于"郑声尤甚"，曾下诏"罢乐府官"(《汉书·礼乐志》)。主要原因，就在乐府所采民间歌谣为吏民所好，造成了所谓的淫辟之风。可见，班固所言，不过是民间歌谣的实情。《汉书·礼乐志》中"本之情性，稽之度数"等话头，才真正透露了班固对于诗乐的主张。

显然，诗的抒情理论的产生，只能有赖于情从汉儒所加的恶谥下解放出来，成为人之所以为人的正常的、正当的、可贵的东西。魏、晋时期，正统经学衰落，自然天道观盛行，带来了情的解放，至少就名士层来说，是进入了一个重情、钟情、侈情的时代，于是才有"诗缘情"说的产生。从此，关于诗的性质的"言志"与"缘情"两说并行，在不同的时代，由于风会不同，在不同诗家，由于性情、见识有异，于“言志”、“缘情”二者，或有所重，但在一般情况下，两者总是存在着互为匡补的关系。

二、关于诗歌审美意识自觉的问题

审美是人类的天性，人类最初的艺术创造活动，就是在审美意识的支配下进行的。诗歌的创造，当然也是如此。但审美意识由自发发展为自觉并上升为理论形态，则是较晚的事情。在我国古代，诗歌审美意识何时自觉并有了理论的表现，也是一个值得讨论的问题。

我们认为，进行自觉的诗歌审美活动，至少要具备这样一些条件：首先，能把诗歌作为艺术，进行自觉的艺术创造和艺术欣赏；其次，进行诗歌艺术创造和欣赏的过程中，情感活动能得到相当程度的自由；第三，诗歌艺术创造和欣赏过程的非功利性。在我国古代，先秦、两汉时期显然不具备这些条件。实际上，先秦两汉时期，独尊于时的，只有一部《诗》。在春秋战国时期，贵族引诗、赋诗，诸子说诗，主要就是《诗》。《诗》在这个时期只是被作为政治伦理的读本，不可能存在对它的艺术审美活动。到了汉代，《诗》被供上了“经”的神坛，其所微言，皆政治伦理的大纲大节，与诗歌审美，更不沾边了。在这长达千年的历史时期里，在诗的领域，在《诗》之外，难道就不存在诗的创造和欣赏活动？当然不是。在这个时期，民间当然存在诗歌创作活动。《春秋公羊传・宣公十五年》何休解诂所谓“饥者歌其食，劳者歌其事”的情况，是普遍而长期存在的。西周有采诗制度，但完全是出于政治的目的。《诗》基本定型以后，民间的诗歌创作活动不再为贵族所注意，只有极少的诗句因为被认为具有政治道德意义而被引用，被记录，给我们留下了一些所谓的“佚诗”。汉代乐府仿古制采集民间诗歌，与古代是出于同一的“观风俗，知薄厚”的政治目的，同样不存在艺术审美问题。战国时期，楚地的诗歌创作和欣赏活动是比较具有诗歌艺术审美意识自觉的条件的，屈原在谈自己的诗歌创作时，就表现了诗歌审美意识的自觉。但屈原的观念，在当时并未成为主流。到了汉代，经学家以解经的观点、方法讲屈原诗，屈原的诗歌审美意识被完全淹没，屈原诗也成了政治讽谏的东西了。

我们注意到，长时间以来，在中国文学理论批评史或中国美学史的研究中，往往把中国古代诗歌审美意识自觉的起点定在孔子之提出兴、观、群、怨说。这其实是一种误解。孔子的学说，是一种与春秋贵族政治密切相关的伦理之学。孔门的教育，则是以入仕为目的的从政教育。孔门的诗教，也落脚于此。《诗》在孔门，并不是一部艺术作品，而是政治伦理的教科书。孔子指导弟子学诗，不过是要他们加强仁德修养，具备从政能力。他告诉学生《诗》"可以兴，可以观，可以群，可以怨"(《论语·阳货》)，目的正在于此。认为兴、观、群、怨说表现了自觉的诗歌审美意识的论者，比较多地关注于诗"可以兴"。诗"可以兴"，历来解释纷纭，我们取孔安国之说，因为孔安国离孔子较近，且为孔子后人，又与孔子同样生活在"诗言志"的诗学文化环境里，他的解释应该比较符合孔子原意。按孔安国对"兴"的"引譬连类"的解释(见何晏《论语集解》)，"可以兴"不过是说学《诗》者可以从诗的譬喻受到启发而产生联想，从而领悟到修身的道理。从《论语》中孔门师弟子谈《诗》的记载，我们可以看到一些说明"诗可以兴"的事例(本书谈孔门诗论一章有所征引，此不具引)。这些事例中间，都没有也不可能存在审美情感活动，有的只是理性的联想。到了西汉，毛公传《诗》，独标兴体，把诗中的"兴"之所喻，无例外地释为政治伦常之理，就是说，毛公从诗的象喻所联想到的，无非政治伦常之理，毛公于孔子之"诗可以兴"，可谓得其真传了。诗"可以怨"，因为字面上涉及感情，有时也被误认为与诗歌审美有关。诗"可以怨"，何晏《论语集解》引孔安国注为"怨刺上政"，最为贴切不过。这是孔子从自西周以来以诗谏的传统中总结出来的诗的一种功能，与审美感情活动实在没有关联。屈原讲自己作诗抒情以"自救"，涉及情感的自我宣泄，倒是一种审美意识的表现，孔子的诗"可以怨"，与屈之说，是不可同日而语的。

魏晋时期，诗歌逐渐摆脱了经学附庸的地位而成了独立的语言艺术门类，在诗歌创作和欣赏中有了对情感和形式美的无功利的追求，前面谈到诗歌审美意识自觉的条件，到这个时期才告具备。可以说，中国古代诗歌审美意识的自觉，与诗的自觉是同步实现的。

三、关于诗歌创作的复与变和诗歌理论的发展进程问题

先秦两汉基本上是《诗》的时代，不存在复与变的问题。自东汉晚期五言诗兴起，至建安而有了文人诗坛，从此诗歌创作走上了自觉发展的康庄大道。自此以至清代，中国古典诗歌(不含词、曲)的发展，大体上可分为两个时期：自魏晋至两宋为创变时期，元以后为复古时期。诗歌理论，也适应于创变和复古而发展。

魏晋南北朝时期，诗歌创作有继承《诗》、《骚》传统的问题，至唐到宋，都有继承前代传统的问题，但就总体而言，自魏晋至两宋，并不存在诗歌复古问题。这中间，有过刘勰的“通变”论，陈子昂复兴“汉魏风骨”、“正始之音”的主张，白居易恢复“六义”传统的主张，宋之江西诗派还有学习杜甫的主张。但这些主张，都不是复古的主张。刘勰讲“通变”，强调“还宗经诰”，即以他在《文心雕龙·宗经》中指明的经文的“六义”来纠正文学创作在创变之中产生的浅讹的弊病，而落脚点，还是为了创变的健康发展，为了文学的“日新其业”(《文心雕龙·时序》)，因此他不可能是一个复古主义者。陈子昂的《与东方左史虬修竹篇序》，以东汉以后至唐初五百年为“文章道弊”时期，要求恢复《风》、《雅》的“兴寄”传统，再现“汉魏风骨”，看起来很极端，很片面。而其实，他所要革的弊，只是晋宋以来文学创变中的弊的一面，而他所要求的“骨气端翔，光英朗练，有金石声”的诗歌，正是诗歌的风骨、兴象、辞采完美统一的大唐新风。陈子昂和比他稍早的“四杰”一样，都是以“矫枉过正”求创变，他们所兴起的，不是复古之风，而是革新之潮，对光辉的“盛唐气象”的形成，都是有功绩的。白居易的新乐府理论，似乎复古色彩最重，正统色彩最浓，但是第一，那只是白居易关于“讽喻诗”的理论主张，而不是关于诗歌的全局性的理论主张。第二，白居易是在国家丧乱之后，社会危机日趋深重之时，呼吁按“风雅比兴”的精神创作“为时而作”、“为事而作”的新乐府，并没有主张去字模句拟地复兴古乐府诗。其实，白居易及其同道所作新乐府诗本身，就是乐府诗创变的成果。总起来讲，从汉魏到唐代，诗歌创作都有足够的创变空间，在这样的情势下，会有通与变、复与变的矛盾出现，会有对创变流弊的校正，但一定不会有复古潮流的产生，自然也不会有真正的复古诗论的出现。

宋代当唐诗极盛之后，唐人似乎没有给宋人留下创变的空间，宋人如果还要作诗，似乎只有走汉魏六朝唐人的老路了。但事实并非如此。两宋是一个文化昌明的时代。经过由庄园制到租佃制的彻底转变，农业生产力得到大的解放，农业经济发展达到自古以来的顶点。与之相应，城市工商业经济也得到极大繁荣。在这样的背景下，两宋士人的文化创造力也得到大释放。在文化领域的各个方面，好学深思、勤于思辨也善于思辨的宋代文人都在求变求新更求深，并取得了丰硕的成果。在诗歌方面，传统诗歌的创作，宋初的半个多世纪，好像是在走中晚唐人的路子，实际上则是在学习中酝酿着创新。到了仁宗晚期，经梅尧臣、欧阳修等人的苦心经营，终于形成了新的诗风。从这时起，有了有别于唐诗的真正的宋诗。宋诗绝不是复古的结果，而是在学习中求创变的产物。宋人充分吸收了唐人成功的艺术经验，又记取了宋初学唐的教训，戛戛独创，营成新风。宋诗较少有盛唐诗里常有的浩歌激烈、自然明快的调子，较少中唐诗人平易直率和奇险谲怪这两个极端，也不同于晚唐诗常有的新巧苦涩，而是表现出一种优游坦夷、深沉冷峻的风调。宋诗一般主"意"，抒情而不纵情，谈理而不枯索。比起唐诗来，宋诗是平淡的，但又不是中边皆淡，而是在平淡之中有一种愈久愈浓的真味。苏轼赞赏陶渊明、柳宗元诗所谓的"外枯而中膏，似淡而实美"(《评韩柳诗》)，正体现了宋人对诗的审美时尚。宋人追求"语新意工"(欧阳修《六一诗话》引梅尧臣语)，不同于盛唐人的自然天放，但也不同于中晚唐人的戛戛苦吟，造语创意虽出之以难，但锻炼得从容，其结果是没有多少斧凿的痕迹，似不出奇，却也能制胜。我们认为，唐诗与宋诗，只可论特点，未可言优劣，其思想艺术的高低，自可仁者见仁，智者见智，是不能偏执而论的。至于江西诗派，黄庭坚、陈师道等确有向杜甫学习的言论，但学习不等于宗法，"一祖三宗"之说，是方回在入元之后所著《瀛奎律髓》中提出来的，表现的是进入复古时期之后的方回的观念，并不是黄庭坚等人的意见。黄庭坚论诗，其实是反对"随人作计"而力主创新的。他的著名的"夺胎换骨"之说，讲的是创意，"点铁成金"之说，讲的是创语。他要求诗人多读书，也赞扬过陶渊明、杜甫、韩愈等前代巨匠，但其立足点，都在"自成一家"。关于此，我们在本书第四编的《黄庭坚与江西诗派》一章中有较多的讨论，这里不再多说了。

诗歌创变时期的诗歌理论，一方面要总结诗歌创变的艺术成果，一方面又要为诗歌的进一步创变开辟新路。随着诗歌的发展，诗论领域新见日多，理论范畴、概念日益丰富。这方面的情况，我们将在下一个问题中作较多的讨论。

宋人在唐诗大盛的情势下艰难求变，终于走完了诗歌的创变之路。从元代开始，中国古典诗歌进入复古时期。诗歌复古的先声，是出现在宋末，这主要就是严羽的《沧浪诗话》。《沧浪诗话》在中国诗论史上第一次明确而强调地提出了师法古人的问题，主张"以汉、魏、晋、盛唐为师"，更"当以盛唐为法"。为了师法古人，因此讲"识"，讲"家数"，讲"入门"，讲"路头"，讲"熟参"，讲"第一义"，因此要"辨尽诸家体制"(《答出继叔临安吴景仙书》)。严羽的诗论未必是自觉地为开辟诗歌的复古时期而发，诗歌复古也不是因为有了《沧浪诗话》而兴起的，但严羽至少对诗歌由创变到复古的转变时期的风会是有相当的敏感的。由元诗的祧宋而宗唐，到明初高棅《唐诗品汇》的问世，到李东阳、前七子“格调”论的形成，诗歌复古终于形成潮流，成为诗歌创作的时代特色。

应该指出，“格调”论在诗歌复古时期的形成，是必然的，合乎规律的。首先，诗歌复古时期的出现，就是必然的合乎规律的。当一种文化发展到极限时，前途无非两种，一是数穷则生变，一是向过去回归。当一种文化发展到极限而与之相应的经济政治制度和主流意识形态却没有发生变化，使文化的新变成为不可能的时候，剩下的便只有回归一途了。诗学文化的发展也不例外。当宋、元之际，传统诗学也面临发展到了极限而新变又无可能的局面，于是也只能转而回归即复古。自元至清，中国诗学就是在复古之中发展的，就大体而言，可谓逃唐必归于宋，逃宋必归于唐。只是到了19世纪和20世纪之交，由于经济、政治以及主流意识形态的变化，才开始了中国诗歌的又一个创变时期。既然诗歌复古是必然的，就必然有一个回归的取向和标的问题。取向是向古代诗歌的什么时期回归，标的则是回归于一定时期的古人诗的什么方面。“格调”论，就是诗学回归的取向和标的的理论。在明、清两代，标举“格调”的主要是明代宗汉魏盛唐的诗人或诗派。宗宋的诗人或诗派主要在清代。由于宗宋者晚起，对前人讲宗法讲“格调”而造成的流弊看得比较清楚，因此，他们虽心仪于宋诗，却不大强调宗法，也不讲“格调”。而实际上，在他们的心目中，也是有宋诗的那个样子的。如道、咸间的“宋诗派”和同、光间的“同光体”诗人，都强调宋诗的特点是“不俗”和“不熟”，这就是他们心目中的宋诗的好样子，其实也就是宋诗的“格调”。要学这个样子来作诗，于是，“避俗”、“避熟”就成了他们普遍崇奉的信条。

事物的发展总是有正必有反的。明、清两代诗虽以复古为主潮，却都有过“性灵”派的反弹。“性灵”派在明、清的社会环境下，并不可能开拓诗学的全新天地，他们要作的，也主要还是传统体式的古、近体诗，但在特定时期的新社会思潮的推动下，“性灵”派诗人特别强调自我的表现；与表现自我、独抒性灵相适应，他们不讲宗法前人，不愿受某家某代的“格调”的束缚。“性灵”派在当时并没有表现出强大的生命力，独领风骚的时间也比较短，“性灵”派的一再出现，并不能改变复古时期的诗学主潮，但其理论主张，对十九世纪二十世纪之交的诗歌革新，还是很有影响的。

我们注意到，明、清两代，诗学并没有多少发展，而论诗的著作却特别地多，诗论显得特别繁荣。明、清诗论确实繁荣，但明、清诗论的贡献，主要不在对诗学体系的发展，而在对前人诗歌创作艺术经验、教训的充分而深入的总结。这与明、清两代作为传统诗的复古时代，是有明显的因果关系的。诗要复古，要宗法古人诗，首先就必须弄清楚古人诗之所以仰之弥高的原因，因而需要对古人诗作全面细致而深入的研究。“格调”论既是诗学回归的取向和标的的理论，而取向和标的都不是随便可以确定的，这需要对古人诗的艺术经验、教训进行全面而深入的总结。我们看到，明、清两代大量的论诗著作，其重点，差不多都在对《诗》、《骚》至唐、宋诗的研究总结。在这方面，明、清的诗论家们确实取得了可观的成就。

四、关于中国古代诗论概念的发展问题。研究概念体系的发展形成问题，是理论研究的一个重要任务。这也是一个难题。范畴是理论网络上的扭结，对范畴的内涵的理解，只能基于对理论家的理论体系的透彻理解。和哲学一样，我国古代诗学的许多概念、范畴，在不同的理论家、理论著作的理论体系中，即使字面相同，其内涵往往是有区别的。因此，要准确而严密地总结出中国古代诗论的概念、范畴体系，实际上是非常困难的。在这里，我们只能粗略地谈一谈中国古代诗学概念发展的情况。

中国古代诗论的发展，很重要的一个内容，就是诗学概念的发展。中国的古代诗论，滥觞于《诗》。从《诗》中的有关诗句，我们看到，最早产生的诗学概念，是关于文体和功用的概念。在《诗》里面，“诗”、“歌”、“谣”、“诵”被屡次提到，其实都是指诗，只是在诗乐没有分家的情况下，由于与乐的关系不同，而有名称的区别。这表明，《诗》的作者们都很明确他们是在做什么，诗作为文体，在《诗》里是明确的。当然，“诗”这个文体概念，未必是《诗》的作者们首先提出的，这是因为，在《诗》之前，诗歌已经经过了漫长的发展历程，这种文体，也许早就被称作“诗”了，只是没有文字的记载而已。《诗》里多次提到作诗的动因，是“刺”或“谏”，“刺”就是关于诗的功用的概念。“美”和“刺”是中国古代诗论关于诗的社会政治功用的基本概念，《诗》之所以侧重于“刺”，与西周时期诗在政治上应用的实践有关。这一点，我们在本书第一编第一章里有较多的讨论。《诗》里面有些句子涉及感情的抒写，如《魏风·园有桃》“心之忧矣，我歌且谣”、《小雅·四月》“君子作歌，维以告哀”等。这是诗作者真实心情的表露，但不能说已经上升到对诗抒情性质的理论认识，《诗》里面不存在诗抒情的理论概念。《诗》

中有“吉甫作诵，穆如清风”(《大雅·烝民》)、“奚斯所作，孔硕且曼”(《鲁颂·宫》)等句，“穆”、“硕”都是赞美之词，还不能看做诗的风格的概念。

春秋时期，在贵族社会用《诗》的实践中，产生了“诗以言志”的提法。“诗以言志”即引诗、赋诗者借《诗》以言己志，实际上只涉及诗的功用，还不是对诗的性质的认识。到了战国儒家说诗，“志”已转化为诗人之志，“志”于是成了关于诗的内质的规定，“言志”就成了关于诗的性质的概念。战国时，屈原提出“发愤以抒情”(《九章·惜诵》)。参以整个屈原诗之屡屡言“情”，“情”应该是屈原对诗的内质的明确认识。“抒情”作为关于诗的性质的概念，应该是屈原最早提出来的。到了汉代，《诗》成了神圣的“经”，而在建安之前，还不存在文人诗坛，汉人面对的诗，主要就是那么一部《诗经》。因此，先秦儒家关于诗的观念得以延续，“言志”说大行其道。屈原的“抒情”说，由于汉儒视“情”为恶欲，于是被束之高阁。如果说，汉儒对诗的理论概念还有所发展的话，那就是“六义”说的提出了。“风”、“雅”、“颂”是文体概念，是“诗”这个大概念下的小概念。“赋”、“比”、“兴”本来应该是诗歌创作论的概念，但汉儒讲“赋”、“比”、“兴”，不是讲诗的创作，也不看重其艺术功能，而是依照他们的思维定势，只看重其政治功能，郑玄对“赋”、“比”、“兴”的解释，是最典型的代表。此已述于书中，不具引。到汉代为止，在诗论中，关于诗的构成，还只有“志”和“言”这两个层次的概念。《诗大序》所谓“在心为志，发言为诗”，诗的内质的概念为“志”，外形的概念为“言”。同序又谓“情动于中而形于言”，似乎承认“情”也是诗的内质，但由于我们在前面已经谈到的原因，在汉儒那里，“情”不可能成为关于诗的内质的正当的理论概念。除了“志”和“言”这两个层次的概念，诗的构成还应该有一个重要概念，即物象的概念，但汉儒于此，竟没能提出。实际上，汉儒已经触及了物象的概念，但很快又滑开了。《诗大序》中的“比”、“兴”、“文”都与物象相关。序讲《风》诗“主文而谲谏”，“文”乃取自《易·系辞下》所谓“其旨远，其辞文”之“文”，乃象喻之意，即以物象喻理，隐微曲折而不直言。《诗》三百篇中大量的草木鸟兽虫鱼诸物象，汉儒不可能视而不见，但他们只注重于物象的美、刺、谲谏的政治功能，却没有意识到物象是诗的构成的艺术要素，从而铸成相应的艺术概念。总起来说，自西周至汉末的漫长历史时期里，由于特别的社会政治原因，也由于诗的特别的政治遭际，关于诗的理论概念是很贫乏的。在文学尚未自觉，诗还没有被作为艺术品而创作、欣赏的时期，诗的理论概念的贫乏，并不足怪。

自东汉建安至两宋，是中国古典诗歌的创变时期，是诗学文化大发展、大繁荣的时期。在这个时期里面，诗的理论概念也得到大发展，并达到基本完备。汉魏之际，随着文学的自觉，随着诗歌审美意识的觉醒，诗的艺术理论才得以真正产生，自此以后，诗学概念才迅速地发展而丰富起来。在曹丕的《典论·论文》中，提出了“气”这个文学主体性的概念，标志着包括诗歌在内的文学在文化领域的自立，标志着诗人以及所有文学家的个性得到承认。此后不久，陆机即在《文赋》中提出了“缘情”一说，打破了长期以来“言志”独专的局面。言志和缘情都是关于诗的性质的概念，“言志”偏于共性的表现，“缘情”偏于个性的表现，从“言志”到“缘情”的发展，表现了诗的解放，也是古代诗论的重要发展。《文赋》是我国古代第一篇文学创作论，由于陆机所谓文是以诗赋为主体的，《文赋》也可以说是我国古代第一篇诗赋创作论。陆机自言，《文赋》所要讨论的，主要是为文之“用心”问题。而为文之“用心”则主要在解决创作中如何使物、意、文相称的问题。作为诗的重要构成因素的“物”的概念，这才正式提出。陆机以解决物、意、文相称为基准，讨论了艺术构思问题，对创作过程中的想象、虚构有很精彩、很深入的论述，但他还没有铸成关于艺术构思的概念。这要有待于刘勰“神思”论的提出了。曹丕在《典论·论文》中已提出“体”的概念，并有文章八体之分。陆机在《文赋》中继续论“体”，所谓“体有万殊，物无一量”、“其为物也多姿，其为体也屡迁”，都是在讲文体的繁多。《文赋》明言文体“区分”之必要，又作了十体区分的示范，对六朝的文学辨体、诗歌辨体，有推动作用。《文赋》辨体，用了一些类似文学风格的概念，如“绮靡”、“浏亮”、“温润”、“清壮”等。陆机的本意，是概括各体文章的特点以利区分，并说明文章之“多姿”，陆机似还没有提出明确的文学风格的观念。

六朝诗学概念的最大发展，表现于刘勰的《文心雕龙》。我们在本书第二编第六章中，把《文心雕龙》定位为诗学著作，在《文心雕龙》中，有着空前丰富的诗学理论概念。这些概念并不全是刘勰首创。有些诗学概念在刘勰之前已有，如情、志、比、兴、声律等，刘勰将它们纳入其诗学概念体系，有时并赋予新义；有些既有的概念，本无关于诗学，刘勰加以吸收，赋予诗学含义，从此成了诗学概念，如道、风骨、神思、性灵等；有些概念，则为刘勰自创，如远奥、精约等。综观《文心雕龙》中的诗学概念，大要有这样几个方面。一是本体的概念。大约是受本体论哲学流行的影响，刘勰也为诗确立了一个本体，这就是“道”。《文心雕龙·序志》说“本乎道”，就是说文以“道”为本体。《文心雕龙》开篇《原道》之“道”，说者纷纭，或谓儒，或谓道，或谓佛，但无论所指为何，“道”都是一个本体概念。二是关于诗人主体的概念，有神、气、情、志、才、性、志气、性情、性灵等。三是关于诗的内质的概念，主要为情、志、意、质等。四是关于诗的外形的概念，有言、辞、文、采、物、象、声律、事类等。五是创作论的概念。“神思”是“驭文之首术，谋篇之大端”，因此是创作论的主要概念，此外还有风骨、比兴、通变、熔裁等。六是风格论的概念。风格论的总概念为“体性”之“体”和“定势”之“势”，具体风格概念则有《体性》中的典雅、远奥、精约、显附、繁缛、壮丽、新奇、轻靡等“八体”和《定势》中的艳逸、蕴藉等。七是文体论的概念。《文心雕龙》“论文叙笔”、“囿别区分”，文体分类达三十余种，此不具说。就诗歌而言，则有诗和乐府。据《明诗》，诗有四言、五言、三六杂言，又有离合、回文、联句。诗体概念的丰富，反映了诗的长足发展，也表现了诗歌辨体观念的进步。八是方法论的概念，即“折中”。“折中”是刘勰构建其体大思精的整个诗学体系的基本方法，也是他处理创作、批评、鉴赏中一系列问题的基本方法。《文心雕龙》中，大量的艺术概念，也可以用“折中”的方法整合为成对的概念，如文与质、正与奇、柔与刚、通与变、情与采等。成对概念的整合运用，有利于使处于两端的艺术因素的融通，使作品合于“和”与“正”的规范。

与刘勰同时稍晚的钟嵘的《诗品》，主要是一部诗歌批评的著作，但也涉及辨体与创作问题。《诗品》之中，也有非常丰富的关于诗的创作，诗的内质、外形和诗的风格的概念，此不具列。《诗品》在诗歌理论概念的发展上最突出的贡献，在于“滋味”和“真美”这两个诗歌审美概念的提出和对“三义”即兴、比、赋含义的重新界定。“真美”即自然之美，是东汉王充在《论衡》中提出的(见《论衡·对作》)。在王充，“真美”是一个泛文学的概念，钟嵘在《诗品序》中引入，其内涵，包括诗的内质即情感的自然和外形的辞采声律的自然。“真美”概念的提出，确立了诗的高格，成了诗的创作、欣赏的重要艺术原则。“滋味”是诗的美感，也有关于赏诗的审美体验。“滋味”成于诗之“穷情写物”，成于酌用“三义”并“干之以风力，润之以丹采”，是诗的情兴美、形象美和辞采美的统一。钟嵘于“三义”最重“兴”，列于“三义”之首，并把“兴”重新定义为“文已尽而意有馀”。“兴”是造成“滋味”的最重要的艺术手段，“滋味”因此又是一种可“使味之者无极”的文外之美。钟嵘的“滋味”说，已经隐隐指向了诗的境界说。

中国古代诗学概念在唐代的主要发展，是“兴象”“意象”和“境”这两个重要概念的产生。魏晋以来，诗歌形象是意兴神情与物象的统一，已成论诗者的共识，神和象、心和容、情和物并举的提法比比皆是，却没有人把两者融会成一个最能说明诗歌形象特征的艺术概念。到了唐代，殷璠在《河岳英灵集》中总结盛唐诗的艺术成就，才创成了“兴象”一语。“兴”是情，但不是无论什么情，而是诗人触物而生，又寄之于物的诗情。“兴象”这一概念，表明诗中之象与客观物象的本质区别，正在它已经是饱含诗人情感、寄托诗人心灵的艺术之象；在这艺术之象中，情与物已经融为一体而不可分了，因此诗歌理论家才可以说：“一切景语皆情语也。”（王国维《人间词话》）与“兴象”同义的是“意象”，也创自唐人。刘勰在《文心雕龙·神思》中讲“窥意象而运斤”，“意象”是指艺术思维过程中的意中之象，还不是艺术形象的概念。唐司空图的《诗品·缜密》谓“意象欲生，造化已奇”，此“意象”则是与“兴象”同义的关于诗歌艺术形象的概念。所谓“造化”，即指自然物象。当诗歌意象形成之时，物象已饱含情思而升华为艺术形象，不再是客观之物了，故谓“造化已奇”。诗“境”作为诗的文外之美、象外之美，六朝人已有认识。刘勰在《文心雕龙·神思》中讲言象所不能尽的“思表纤旨，文外曲致”，钟嵘《诗品序》讲“滋味”之“使味之者无极”的审美特征，都是在讲诗的文外、象外之美，但他们都没有创成相应的艺术概念。以“境”论诗，始于唐代。“境”本来是佛理中的概念，唐人移植为诗歌艺术概念，始见于刘禹锡论诗。其《董氏武陵集纪》云：“诗者，其文章之蕴邪！义得而言丧，故微而难能；境生于象外，故精而寡和。”“境”即诗的文外、象外之美，是诗的最为精微的最高层次的美。

至此，诗学概念的发展，已经大体完成，诗学概念的几个基本方面，已大体齐备。宋人在唐诗大盛之后艰难地继续走创变之路，创成了一代之诗。宋人的努力，主要在求诗意的新、深和诗的语言形式的锻炼上。在诗学基本概念方面，宋人没有多少新创，但在创成宋诗的实践基础上，对既有诗学概念的内涵有所深化和扩展，主要的就是“意”和“趣”这两个概念。宋人论诗重“意”。“意”是一个古已有之的概念，或指理性，或指情感。宋人于诗重理性，但不轻弃情感。宋代理学兴起，有“文以载道”之说产生，却没有讲“诗以载道”的。宋人论诗著作中，谈到诗的内质，单纯强调“言志”的不多，单纯强调“缘情”的也很少，而是大多主“意”或“意义”、“意思”。宋人论诗，往往言“趣”，有“天趣”、“奇趣”、“胜趣”等等。“趣”也不是宋人的新创，也是古已有之的，钟嵘《诗品》论谢瞻、谢混等人诗，就有“风流媚趣”一语。宋人作诗论诗，追求诗意的新深，意要深，就不能止于言象的表达，还要溢于言象之外，让人体味不尽，如欧阳修《六一诗话》所说：“含不尽之意，见于言外，然后为至矣。”“趣”，就是这见于言外的不尽之意。至宋末，严羽有“别趣”、“兴趣”之说。严羽批评宋诗而主张以汉魏晋盛唐为师，但他强调“趣”，倒是承袭了宋人风气。严羽讲“兴趣”的特征是“言有尽而意无穷”，与欧阳修之说，是一致的。由于讲求语言形式的锻炼，宋人诗论中较多关于作诗技法的概念；宋人好禅学，有以禅喻诗、以禅论诗的风气，有些禅学的概念，被引入了诗论。但这些大都无关宏旨，就不多说了。

中国传统诗歌自元代进入复古时期，除了适应诗歌复古而产生的“格调”之类的概念外，在诗学理论概念上已不可能有什么创造。这个时期的大量诗论著作，系统总结历代诗歌的艺术经验，使用的基本上是既有的诗学概念，只是由于有不少的生发、衍化，所以显得诗学概念非常地繁富，其实细究起来，并没有什么新创的东西。词和曲是新起的诗歌体类，但明、清人研究词、曲(文词方面)，大体上用的是研究传统诗的概念和方法，使用的概念，大体上也是既有的诗学概念，也没有什么新创。

这部《中国诗论史》，由霍松林先生主编，撰写分工情况是：先秦两汉、隋唐五代、元明、晚清编由漆绪邦撰写，魏晋南北朝编及清代编的词论部分，由梅运生撰写，宋金、清代编由张连第撰写。《后序》的执笔，由漆绪邦承担。不当之处，欢迎批评指正。

2003 年 10 月 23 日

李贽"童心"说反文化强权的战斗意义

在极权制的国家里，统治者对人民实行统治，除了主要依靠强大的国家机器，还一定要实行意识形态的统治。从来如此。意识形态的统治，就是树立一种官定的、自然是极有利于统治的意识形态，然后要求思想文化领域的一切方面都服从、表现这一种意识形态，要求一切人和这种意识形态保持一致。由于这种要求是统治者的要求，因此必然是带有强制性的。这样的意识形态统治，可以叫做文化强权。在文化强权之下，没有自由思想，甚至不允许人有个性，每一个人的脑袋，都不过是被强制连在官方主机上的一个终端。

在历史上，文化强权的出现有其合规律性，有其必然性，但很显然，文化强权又是反文化的，反人性的。统治者要求整齐人心，消弭个性，自有它的道理，在一定的形势下，这甚至是符合于国家、民族在一定时期的整体利益的。但人终究不是机器，每个人的脑袋都是长在自家脖子上的，每个人都有自己的血肉人生，每个人都必然有自己的独特的情性、思想，有自己独特的个性，并且总是要顽强地保有、发展自己的个性。这样，就历史地、必然地出现文化强权和个性自由的冲突。正是在这样的冲突中，历史上一次又一次地出现过个性解放的潮流。

在我国历史上，文化强权和个性自由的冲突主要表现为"礼义"和"人心"的冲突。在先秦，"礼义"只是一个学派（儒家）的主张，还没有能和国家权力相结合，说不上是文化强权，而在当时，道家学派的思想家已经看出了"礼义"对于人心的极大危害性，并给予了猛烈的抨击，指出礼乐仁义对于人性，如“胶漆缠索”，“使天下惑”[①]。道家思想家在批判“礼义”的同时，正面提出了自己关于人性的主张，即自然人性论。《庄子》把“天”与“人”相对立，“人”指礼乐仁义对人的思想言行的规定，道家思想家又把这样的“人”称之为“伪”，“天”指人的自然之性。《庄子》讲“无以人灭天”[②]，就是要求不要以礼乐仁义去戕害人的自然天性，就是要去“伪”存“真”。

西汉独尊儒术，儒家学派的主张具有了官方的地位，儒学作为与国家权力相结合的正统文化思想，成为一种文化强权，从此在中国文化领域统治了两千余年之久。汉儒把礼乐仁义尊崇为“天理”，为永恒之“道”，把人情指斥为“人欲”，为万恶之源。《礼记乐记》说：“人化物也者，灭天理而穷人欲者也。于是有悖逆诈伪之心，有淫泆作乱之事，”“此大乱之道也。”既然“灭天理而穷人欲”为“大乱之道”，反过来说，要求统治秩序的永世长存，就要存天理而灭人欲了。

汉儒在两千多年前提出的“天理”、“人欲”之辨，到了宋代理学家，得到了更为明确的表述。程颐、朱熹所创理学，基本上可以说是明理窒欲之学。理是天理，实质是礼义，欲是人欲，实质是人之所以为人的生存发展的种种自然要求。程颐说：“视听言动，非礼不为，即是礼。礼即是理也。不是天理，便是私欲。人虽有意于为善，亦是非礼。无人欲即皆天理。”[③]又说：“人心，私欲，故危殆。道心，天理，故精微。灭私欲，则天理明矣。”[④]这里讲得很清楚：天理、人欲不可两立，要明天理，只能去人欲。朱熹的意见和程颐完全一致，但表述得更为明确、决断：“人之一心，天理存则人欲亡，人欲胜则天理灭”，“学者须是革尽人欲，复尽天理，方始是学。”[⑤]

本来，宋代理学家的明理窒欲之学，更多的是在讲士人的自我修养，他们提出明理窒欲之学，是希望自己以及更多的士人能发扬仁爱的善心，去除利欲的追求，做一个道德完善、知足常乐的仁者。在从程颐到朱熹的百余年间，理学还不为统治当局所接受，南宋宁宗庆元间，朱熹之学甚至被定为“伪学”，遭到打击。但理学在宋末理宗朝为朝廷所接受、所尊崇以后，经元至明，遂成为官方之学，成了统治集团强制推行的用以整齐世道人心、灭除一切人的个性的文化强权。

在明代，官方的意识形态是理学，意识形态的统治是理学的统治，这已为众所周知，因此不必多说，也不必有所称引。这里要指出的是，和一切统治的思想都将随着其赖以维持的政权的衰变而没落一样，到了正德、嘉靖之际，理学的正统地位虽然没有改变，但对理学的信仰危机却愈益深重。理学衰落的原因，主要有两个方面：一是统治集团所推行的理学离宋儒之本意有了越来越大的距离，愈益不近人情，不切实际；二是推行理学的人自己其实并不遵奉理学，他们高谈性命道德、正心诚意，实则利欲熏心，道德败坏。这两个方面，当然并不是到正、嘉之际才出现的，早在成化间，理学家胡居仁就已经看到理学信徒中“卑者溺于功利，高者骛于空虚”的问题了⑥。其实，一种官方学术的尊信者中，还是“溺于功利”的卑者居多。尊信、鼓吹一种官方学术，对于功名利禄的极大好处，那是不言而喻的。晚清学者冯全垓说：“有明讲学之家，其辨析较宋儒为更精，其流弊亦较宋儒为更甚。垓谓学术必原心术，但使存心克正，兢兢以慎独为念，从此存养省察，虽议论或有偏驳，亦不愧为圣人之徒。倘功利之见未忘，借先正之名目以自树其门户，则矫诬虚伪，势必色厉内荏，背道而驰。”⑦这种满怀“功利之见”的“矫诬虚伪”之徒，就是假道学。假道学是理学衰落的一个原因，更是理学已衰之后的大宗产物，假道学是明代嘉靖以后极为显眼的一大社会景观。

《明史儒林传序》说：“嘉、隆而后，笃信程、朱，不迁异说者，无复几人也。”这里所谓“异说”，即王阳明的心学及阳明后学的学术。阳明之学，说到底也是儒家的名教之学。王阳明也再三讲存天理灭人欲，如说：“必欲此心纯乎天理，而无一毫人欲之私，此作圣之功也。”⑧可见，程、朱之学与阳明之学在基本点上并无二致。但阳明承陆九渊之学，否定客观绝对的天理，强调心即理，讲“吾心之良知即所谓天理也”⑨。又讲“良知只是一个，随他发见流行处，当下具足，更无去来，不须假借”，讲良知即“所谓天然自有之中”⑩。这样的言论完全可以导致这样的结论：凡人之心皆良知，皆天理，这实际上已为反名教的异端思想开了方便之门。果然，王学经一传再传，至隆庆、万历间，掀起了以阳明之学为旗号而其实是反名教的异端思潮的滔滔洪波。这股异端思潮，有明代中后期新的社会条件、经济因素为基础，此不多论，其实质，是反对理学禁欲主义而主张人心的解放，是抗击文化强权而呼吁个性的自由。这股异端思潮的最坚定、最杰出的主将，就是李贽。

从学术承传看，李贽可以说是阳明之学的传人。在40岁至50岁之间，李贽先后在北京任礼部司务，在南京任南刑部员外郎、郎中。在北京，他开始接触并深研王学，在南京，他和阳明弟子王畿（龙溪）和王艮（泰州）后学罗汝芳有接触，又认王艮之子王襞为师[11]。王襞曾长时间师事王畿，后助其父讲学淮南，其父卒后，又承泰州讲席四十余年。从王学的范围看，李贽是兼得龙溪之学和泰州之学。王畿和王艮都是王阳明弟子，却又都是把王学引向异端的关键人物。黄宗羲《明儒学案》卷三十二《泰州学案序》说："阳明先生之学，有泰州、龙溪而风行天下，亦因泰州、龙溪而渐失其传。泰州、龙溪时时不满其师说，益启瞿昙之祕而归之师，盖跻阳明而为禅矣。然龙溪之后，力量无过于龙溪者，又得江右为之救助，故不至于十分决裂。泰州之后，其人多能以赤手搏龙蛇，传至颜山农、何心隐一派，遂复非名教之所能羁络矣。"李贽的思想也具有非名教之所能羁络的异端性质，显然对龙溪、尤其是泰州之学有所吸取。但李贽的思想并非王学所能范围。李贽一生深研经史百家，尤其于《庄》、《老》、《易》、佛深有所得，从中吸取了反正统的思想养料。李贽晚年还同意大利来华传教士利玛窦有过交往，于西方文艺复兴的进步思想可能有所获益。总之，李贽可以说是集至明中期为止的异端思想之大成的思想家。这使得他能特立于其同时及前后的一切进步思想家之上。

或谓李贽反孔。其实辛贽对孔子其人，是很尊崇的、对孔子的思想，他也以其特别的理解而有所肯定。李贽所反对的，是千百世之下仍以孔子之是非为是非[12]，是以孔子为口实而行其诈伪[13]，是"天不生仲尼，万古如长夜"的谬论[14]，是人人"必待取足于孔子"的妄说[15]，是"汉儒之附会，宋儒之穿凿"，是"以宋儒为标的，穿凿为指归"[16]。李贽的异端思想的进步性，不再笼统地反孔反儒，而在批判当时占统治地位的理学禁欲主义而热情鼓吹人的解放，个性的自由。

李贽批判当时作为文化强权的理学禁欲主义的主要武器，是他的自然人性论。这集中地表现在《童心说》一文中。《童心说》云："夫童心者，真心也。若以童心为不可，是以真心为不可也。夫童心者，绝假纯真，最初一念之本心也。若失却童心，便失却真心，失却真心，便失却真人。人而非真，全不复有初矣。"所谓"童心"、"真心"、"本心"，就是人的自然之性。从思想渊源说，中国思想史上最早提出自然人性论的，是战国道家思想家。在《老子》、《庄子》中，用以说明人的自然无伪的纯真天性的，就有"天"、"真"、"纯"、"朴"、"婴儿"、"赤子"、"儿子"、"童子"等语，《庄子》还讲"反其性情而复其初"[17]，"初"就是初心、本心，是人的自然之性。李贽的

“童心”说与我国道家的自然人性论的关系，不止于概念的承用，而在于思想内涵的相通。如果说，战国道家思想标举“自然”、“真”、“朴”，是要解除礼乐仁义对人性的桎梏，李贽标举“童心”，则是要打破理学教条加于人性的枷锁。当然李贽所谓“真”，与战国道家思想家所谓真人，又是有重要的区别的。这个问题，容后再论。李贽深通禅学，而禅学是融庄入佛的产物，禅学讲“菩提自性，本来清净”[18]，与道家思想家所强调的自然人性显然是相通的。李贽也讲“清净本原”[19]，与其所谓“童心”也是相通的。

但李贽“童心”说所主张的自然人性论，与道家、禅学的自然人性论又有着实质性的区别。战国道家思想家针对仁义礼乐而提出的自然人性论，只是一个理想的境地。由于天然纯朴如赤子的“真人”较少现实的依据，因此他们在阐发性自然这一命题时，更多的是借助于神话或对远古小国寡民的纯朴社会的追忆。魏晋玄学以“自然”和“名教”相对待，激进者甚至主张“越名教而任自然”[20]，其所谓“自然”作为一种“名士风流”，只是局限于世族名士的率情任真，达生任性。而李贽的“童心”说所主张的自然人性论，则具有更为广泛而深刻的现实社会的内涵。李贽也声明过自己所讲的“清净本原”和禅学的“断灭空”和“顽空”的原则区别。《观音问答自信》说：“若无山河大地，不成清净本原矣，故谓山河大地即清净本原可也。若无山河大地，则清净本原为顽空无用之物，为断灭空不能生化之物，非万物之母矣，可值半文钱乎？然则无时无处无不是山河大地之生者，岂可以山河大地为作障碍而欲去之也！”这是说，“清净本原”并不是弃有着空，而是与“山河大地”密不可分，融为一体的。这就是所谓“于伦物上识真空”[21]（“伦物”，人伦物理，即百姓的穿衣吃饭之类，详下）。这是在强调“清净本原”即自然人性的现实性。

什么是李贽所谓“童心”的现实性，质言之，“童心”，就是理学家灭之唯恐不尽的“人欲”。李贽说：“能好察则得本心”，“我之所好察者，百姓日用之迩言也。则我亦与百姓同其迩言者。”察“百姓日用之迩言”，则能得“本心”，这已经说明其“童心”源于“百姓日用”。这“百姓日用之迩言”的具体内容，李贽有明确的说明：“如好货，如好色，如勤学，如进取，如多积金宝，如多买田宅为子孙谋，博求风水为儿孙福荫，凡世间一切治生产业等事，皆其所共好而共习，共知而共言者，是真迩言也。”[22]这是说，人的生存发展的一切物质的、精神的追求，都是人的“本心”即“童心”。李贽还说过：“穿衣吃饭，即是人伦物理，除却穿衣吃饭，无伦物矣。世间种种皆衣与饭类耳，故举衣与饭而世间种种自然在其中，非衣饭之外更有所谓种种绝与百姓不同者也。”[23]老百姓的穿衣吃饭以及其实际生活中的种种自然追求，是人伦物理，天经地义。这也很可以说明李贽所谓“童心”的现实内涵。

李贽把“童心”归结为“百姓日用”、“好货”、“好色”，兼有王畿、王艮的影响在。本来，王阳明是把“好货”、“好色”与“天理”相对立而加以反对的。学生陆澄问“主一之功”，王阳明说：“好色则一心在好色上，好货则一心在好货上，可以为主一乎？是所谓逐物，非主一也。主一是专主一个天理。”[24]到了王畿、王艮，情形就有不同了。王畿反对空谈性命，认为性命不能脱离人的“本来生机”，谈性命要从“日用货色”上料理。所谓“日用货色”，即“日用饮食声色货利”[25]。如所周知，王艮之学为“百姓日用”之学。王艮倡言“百姓日用”是道，如他所说：“圣人之道，无异于百姓日用。凡有异者，皆是异端”，“愚夫愚妇，与知能行，便是道”。[26]至其后学，如农夫夏廷美，更倡言“人欲即天理”了[27]。王畿、王艮之学使阳明之学偏离了原有的轨道，在明中后期特有的历史条件下有极大影响。李贽以“好货”、“好色”为“本心”、“童心”，显然受到了他们的启迪。而更重要的是李贽的思想，主要还是源于他之“好察”，即对当时社会现实的深入体察。这就决定了“童心”绝非一个空泛、抽象的命题，而有其深刻的、实实在在的现实内涵。

李贽所谓“好货”，即追求“治生产业”的物质利益，主要是为市民张目，反映了他们发展工商经济的要求。封建正统派从来就严于义利之辨，在理学家看来，崇利从来就是“人欲”之大端，是必欲灭之而后快的。李贽却公然为商贾说话：“以身为市者，自当有为市之货，固不得以圣人而为市者病。”[28]理学家痛恨利欲，故以私为人之大恶，而李贽却以私为天经地义，他断言：“夫私者，人之心也。人必有私，而后其心乃见，若无私，则无心矣”，“此自然之理，必至之符。”[29]李贽以私为人心，没有私，就没有心，人就不成其为人。这样的思想，在当时无疑具有极为深刻的社会意义。

李贽所谓“好色”，是对情爱、性爱的肯定。色，是被理学禁欲主义视为洪水猛兽的东西，而李贽却公然鼓吹“好色”，以“好色”为人之“本心”、“童心”，并由此热情赞扬卓文君、司马相如式的以情爱为基础的自主婚姻[30]，高度评价表现青年男女对爱情自由追求的《拜月记》、《西厢记》之类戏曲作品[31]，这样的思想在当时无疑也具有极为深刻的社会意义。

封建统治者以政治权力推行理学禁欲主义，无非是要禁锢人心，消弭人情，使民众除了服从，别无任何个人的追求，以求其统治秩序的稳定。

而李贽以“童心”为武器，以堂堂之阵，正正之旗，与文化强权作正面的斗争。他抓住理学禁欲主义的基本点，以货利、色欲为突破口，可谓攻其要害，摘其肺肝。“童心”说启发人们意识到自己的本真之性，意识到自己物质上、精神上的一切自然要求之合理，之可贵，理直气壮地去追求自己人生的幸福，去维护自己作为人的天赋权利，而不再做统治者的奴仆、顺民。李贽作为异端之尤，他的思想无疑具有启蒙主义的重大价值。

李贽的“童心”说还有另一方面的不容忽视的重要意义，就是对假道学的揭露和抨击。官方学术是假道学的温床，凡是有官方学术的地方，一定有假道学，古今中外，尽皆如此。和汉代的今文经学自汉武帝立五经博士以后成为利禄之学一样，理学自宋末理宗时成为官方之学以后也一直是一种利禄之学，特别是元代以功令规定科举考试经义以朱熹《四书集注》等书为准则以后，理学更成了天下士人取功名求官禄的敲门砖。一种灭“人欲”的学术成了取利禄的工具，这本身未始不具有讽刺意味。但还不能说凡攻读理学以求科举出身的士人都是假道学，因为大多数士人只是照国家规定行事，一旦进了门，敲门砖就废之不顾了，他们未必都真信理学也大多不去推行理学。假道学主要是指一些已居官位的人或一些讲学家，他们都以理学信徒自居，并处处以理学教条衡人。他们口头上讲天理，讲性命，讲道德，而在实际上是荒淫腐败，利欲熏心。他们专门灭别人的“人欲”，而却放纵自身的“人欲”，为达到自己的欲求，什么坏事都做得出来。可以说，在假道学身上，最能看出官方意识形态的虚伪性、欺骗性。李贽一生最恨假道学。在《焚书》、《续焚书》、《藏书》、《续藏书》等著作中，凡有机会，决不放弃对假道学的抨击和嘲讽。《童心说》中所指斥的与“真人”相对的“假人”，就是假道学。在李贽看来，假道学之所以可恨，并不在于他们有“人欲”，假道学也都是人，他们也会有人的自然之性，他们也会有人的生存发展的种种物质的、精神的追求，这是自自然然、无可厚非的。可恨的是他们明明有“人欲”，却要想方设法以一套理学的花言巧语把自己包装起来，同时还要去消除、压制别人的“人欲”。李贽说：“又有一等，本为富贵，而外矫词以为不愿，实欲托此以为荣身之阶，又兼采道德仁义以自盖。此其人心身俱劳，无足言者。”[32]这里揭露的，就是假道学。他们“阳为道学，阴为富贵，被服儒雅，行若狗彘”[33]。李贽对于这一帮行若狗彘之徒，真是厌恶至极，痛恨至极。与假道学相对照的，是“童心”常存的“真人”。这样的“真人”，更多出自下层，所谓“匹夫无假，故不能掩其本心”[34]。这样的人，不矫情，不逆性，不昧心，不抑志，直心而动，真情而言，如“市井小夫，身履是事，口便说是事，作生意者但说生意，力田作者但说力田，凿凿有味，真有德之言，令人听之忘厌倦矣”[35]。较之言若圣贤、行如狗彘的假道学，这样的真人是何等的高尚！

假道学，是一帮推行文化强权的文化骗子、政治骗子，是统治集团推行意识形态统治的支柱。李贽终生不懈地揭露、抨击假道学，是他与文化强权作战的重要方面，对于启迪人们对文化强权加以怀疑并与之斗争，也是有重要意义的。

注释：

①《庄子·外篇·骈拇》
②《庄子·外篇·秋水》
③《二程遗书》卷一五
④《二程遗书》卷二四
⑤《朱子语类》卷一三
⑥《明史·儒林一胡居仁传》
⑦《明儒学案跋》，见《明儒学案》卷首
⑧《王文成公全书》卷二《传习录中·答陆原静》
⑨ 同上《答顾东桥》
⑩ 同上《答聂文蔚二》
⑪《续焚书》卷三《读史汇储瓘》
⑫《藏书·世纪列传总目前论》
⑬《焚书》卷三《童心说》
⑭《焚书》卷三《赞刘谐》
⑮《焚书》卷一《答耿中丞》
⑯《续焚书》卷三《三教归儒说》
⑰《庄子·外篇·缮性》
⑱《六祖坛经·行由品第一》
⑲《焚书》卷四《观音问·答自信》
⑳ 嵇康：《嵇中散集》卷六《释私论》
㉑㉓《焚书》卷一《答邓石阳》
㉒《焚书》卷一《答邓明府》
㉔《王文成公全书》卷一《传习录上》

㉕《明儒学案》卷一二《浙中王门学案二·郎中王龙溪先生畿》
㉖《心斋遗集》卷一《语录》
㉗《明儒学案》卷三二《泰卅学案一·处士王东崖先生襞》
㉘《续焚书》卷二《论汇·论交难》
㉙《藏书》卷三二《德业儒臣后论》
㉚《藏书》卷三七《司马相如传论》
㉛《焚书》卷三《杂说》
㉜《焚书》卷二《复焦弱侯》
㉝《续焚书》卷二《说汇·三教归儒说》
㉞《焚书》卷三《何心隐论》
㉟《焚书》卷一《答耿司寇》

试谈李贽的民本位政治思想

李贽是晚明思想解放的主将。李贽的思想具有启蒙主义的性质，这几已成为当前李贽研究者的共识。李贽的启蒙思想，在哲学上，主要是由标举“童心”进而肯定人欲的天然合理性；在政治上则是由维护人欲的天然合理性进而主张从民之欲、顺民之性而施治。这可归结为民本位的政治思想。笔者拟就此作一简析，以就正于大方。

一

一般的说，李贽的思想体系，形成于姚安，发展成熟充实于居麻城以后。李贽民本位的政治思想，也是发轫于姚安的。李贽自年二十九入仕，历辉县教谕、南北京国子监博士、礼部司务、南刑部员外郎、郎中凡二十余年，做的都不是直接治民的官。从五十一岁至五十四岁官姚安知府，在治民的政治实践中，开始形成他的进步政治思想。李贽莅姚，地处民族杂居，又值变乱之后，从实际出发，实行宽和简易之政。如他自己所说：“边方杂夷，法难尽执，日过一日，与军与夷共享太平足矣。”(《焚书》卷四《豫约·感慨平生》)[①] 当时云南佥都御史分巡洱海道的顾养谦则说：“先生为姚安，一切持简易，任自然，务以德化人，不贾世俗能声。其为人汪洋停蓄，深博无涯涘，人莫得其端倪，而其见先生也不言而意自消。自僚属、士民、胥隶、夷酋，无不化先生者，而先生无有也。此所谓无事而事事，无为而无不为者耶!”(《焚书》卷二《又书使通州诗后》附《顾冲老送行序》)[②] 看来，李贽治姚安，所实行的，大体上是西汉前期曾实行过的黄老之术，如曹参之安集齐国，汲黯之卧治东海。故钱谦益序陶珽文集，称“卓吾守姚安，清净恬淡，有汲长孺之风”(《陶不退阆园集序》)。但从这清净无为之治的实践中，李贽对治道的认识，已超出于无为而治的樊篱了。这样的认识，在《送郑大姚序》中已有表露。此序从赞扬曹参治齐、汲黯治东海入手，得出“民实自治，无容别有治之之方”(《焚书》卷三《送郑大姚序》)[③]的结论。民之“自治”，即顺民之性而治。这在作于守姚末期的《论政篇》中，有更充分、更明确的表述：

且夫君子之治，本诸身者也；至人之治，因乎人者也。本诸身者取必于己，因乎人者恒顺于民，其治效固已异矣。夫人之与己不相若也。有诸己矣，而望人之同有；无诸己矣，而望人之同无。此其心非不恕也，然此乃一身之有无也，而非通天下之有无也，而欲为一切有无之法以整齐之，惑也。于是有条教之繁，有刑法之施，而民日以多事矣……至人则不然：因其政不易其俗，顺其性不拂其能。(《焚书》卷三《论政篇》)[④]

所谓“君子之治”，实即专制之治。所谓“本诸身”，即以我之有无为天下之有无，以我之利害为天下之利害，权柄在我，任我意而控制一切，整齐一切，“于是有条教之繁，有刑法之施”。而百姓，只能忍受，只能服从。这正是封建官僚政治的基本特点。所谓“至人之治”，其要点，在“顺其性”，即同篇所标举的“因性以牖民”，即顺民之性而导民；上之施政，民性之所好者行之，民性之所恶者去之。这样的观念，已不只适用于姚安一地，而是一个对于政治的全局性的认识。在这里，李贽民本位的政治思想，已初见端倪。

二

李贽在姚安，由认识到官僚政治的弊害进而恶及自身的官僚地位，于万历八年（1580）坚辞知府之职，并于次年离开云南，初居黄安，再寓麻城，其间曾数度出游，最后于万历二十八年(1600）因被逐而离开麻城。在此二十年间，李贽的思想发展成熟而完整。成熟的标志，是对人、人性、人心的全新认识，以及在此基础上的民本位的政治思想。

李贽民本位的政治思想的基本原则，是“以人治人”。李贽对“以人治人”的阐发，主要见于万历二十五年（1597）著于山西沁水坪上村之《道古录》：

> 人即道也，道即人也，人外无道，而道外亦无人。故君子以人治人，更不敢以己治人者，以人本自治；人能自治，不待禁而止之也。若欲有以止之，而不能听其自治，是伐之也，是欲以彼柯易此柯也。虽近而实远，安能治之，安足为道也耶？(《道古录》卷下第六章)[5]

“以人治人”一说，出自《礼记·中庸》，是在讲中庸之道付诸实行时提及的。其原文云：“道不远人，人之为道而远人，不可以为道。诗云：‘伐柯伐柯，其则不远。’执柯以伐柯，睨而视之，犹以为远。故君子以人治人，改而止。”其大意，如孔颖达疏所谓“中庸之道去人不远，但行于己，则外能及物”。于“以人治人”一说，郑玄注云：“言人有罪过，君子以人道治之，其人改则止赦之，不责以人所不能。”孔颖达疏云：“言人有过，君子当以人道治此有过之人，改而止。若人自改而休止，不须更责不能之事。若人所不能，责己亦不能，是行道在于己身也。”(《礼记·中庸》注疏)[6]郑、孔之说，大同小异，无非是以中庸之道治人之过，不为已甚之意。郑、孔所释，大体合于《中庸》之意，是千百年来儒家对“以人治人”说的传统理解。而李贽藉此说所提出的，已是一个具有普遍意义的于专制统治针锋相对的政治原则。

李贽在阐发“以人治人”这一政治原则时，首先鲜明地提出与传统儒家政治原则相异的“人即道”、“道即人”、“人外无道”、“道外无人”的观点。在传统儒学，“道”是在人之外人之上的东西。从西汉开始，道成为专制政治的统治原则，董仲舒《天人三策》说：“道者，所由适于治之路也。”(《汉书·董仲舒传》)[7]其内涵，则是礼乐法度、三纲五常。“道”对于人心的作用，是“以道治欲”(《礼记·乐记》)[8]，以譬言之，道如农具人心如田地，道之治人心，如农具之耕田，所谓“礼乐以为器，人情以为田”(《礼记·礼运》)[9]。总而言之，道是对人的统治，对人的禁锢，是对人心的钳制、改造。宋明理学在政治方面，也不出纲常之道，不出“以道治欲”(“存天理，灭人欲”)。阳明心学不承认道、理在人之外，人之上，把道、理与人合而为一，认为“无心外之理”；“心即道，道即天，知心则知道、知天”(《传习录上》)[10]。此与李贽，“道即人”，“人即道”，“人外无道”，“道外无人”之说，从表述上看，似相一致，而其实质，则大相径庭。王阳明所说的人心、良知，是排斥人欲的，所谓心即理、心即道，是以灭人欲为前提的，因此他在讲学中，反复告诫学生要“念念去人欲存天理”(《传习录上》)[11]。而李贽所谓与道相一的“人”，则恰恰就是人欲。

李贽所谓的“人”，即人的自然本性，即“童心”，即人们穿衣吃饭之类实际生活中的种种自然追求，而“穿衣吃饭，即是人伦物理”(《焚书》卷一《答邓石阳》)[12]，即是“道”。这一点，已是李贽研究者的共识，兹不赘述。由此，李贽所理解的“以人治人”之前一“人”字，即人的自然本性。这样，“以人治人”，也就是随顺人的自然本性来治理人。由此，李贽讲“治”，主张顺性，主张“从民之欲”(《道古录》[13]卷上第三第十五章)。“从民之欲”以治人，即是根据民之意愿行政；民之所好者从之，民之所恶者去之。这样，民心、民意成为施治的基准。此即与官僚政治的官本位相对立的民本位思想。

“以人治人”自然应有施治者，圣人、君主、官吏等民上者，都是一定要有的。但李贽心目中的圣人、君主、官吏，和封建专制政治下的民上者，完全不可同日而语。

李贽之前，宋末元初邓牧有《君道》，李贽之后，明末清初黄宗羲有《原君》，都直接抨击了君主专制，李贽却从没有过从全体上抨击君主专制的言论。而李贽通过圣人、天子如何为治的正面论述，在实际上是否定君主专制的。

首先，李贽通过阐发圣人、天子、侯王等民上者在本质上与庶民同的平等观念，否定了民上者与庶民之间的贵贱之别：

> 天下之人，本与仁者一般，圣人不曾高，众人不曾低。(《焚书》卷一《复京中友朋》)[14]
>
> 勿以尊德性之人为异人也。被其所为，亦不过众人之所能为而已。人但率性而为，勿以过高视圣人之为可也。尧舜与途人一，圣人与凡人一。(《道古录》卷上第十一章)[15]
>
> 侯王不知致一之道与庶人同等，故不免以贵自高…… 致一之理，庶人非下，侯王非高；在庶人可言贵，在侯王可言贱，特未知之耳。(《老子解》下篇)[16]

专制统治是以贵贱等级之分为依据的，这是在封建统治思想中“礼”所以据有至尊地位的基本原因。李贽以平等思想打破了这种贵贱之分，就使专制统治失去依据。

其次，即然凡圣一等，圣人、君主、侯王等与庶民平等，传统意义上的统治就不能成立，民上者只能顺民之性，从民之欲，根据民心民意以施治。

为此，民上者就必须“知道”、“知人”。李贽说：“修道便是教，以人治人便是修道。《中庸》一书，皆教也，皆恐人不知道不离人，人不离道，而欲远人以为道，于是乎愈修愈远，愈治愈不治，故说道不远人，而欲以人治人也。然非知道者，终不能修道；非学以知人者，终不可以治人”，“欲治人者，必以知道、知人为先。不知人而能治人者鲜矣”。(《道古录》卷下第七章)[17]知道、知人，就是了解民之性、民之欲。这一点，李贽借解说《礼记·中庸》“舜好问而好察迩言”一语，作了精彩的发挥：

> 舜好问已矣，而又好察；好察是矣，而所察者又是其极迩之言。谓之曰好问，则自四岳、九官、十二牧以至刍荛工瞽，无不好问可知也，而未必皆其所好察也。唯是街谈巷议，俚言野语，至鄙至俗，极浅极近，上人所不道，君子所不乐闻者，而舜独好察之。以故民隐无不闻，情伪无不烛，民之所好，民之所恶，皆晓然洞彻，是民之中，所谓善也。夫善言即在乎迩言之中，则迩言安可以不察乎？曰察，则不止于问；曰好察，则不止于好问。然则圣人之于迩言，善矣。夫唯以迩言为善，则凡非迩者必不善。何者？以其非民之中，非民情之所欲，故以为不善，故以为恶耳，非真如今人所谓妨政蠹民之恶也。既知其为恶，则隐而置之不复用；既知其为善，则扬而举之以用其中于民。隐恶扬善，两端之执也，用中于民。圣人无中，以民为中也。夫民之所欲，天必从之，况居民上而为天子者哉！天之立君，所以为民。舜唯日夜思所以用民之中，俾之无有失所欲者，安得而不遑遑焉而唯迩言是察也？迩言者，近言也。察言者止于近言，何以成智？又何以成大智？盖言而曰近，则一时之民心，即千万世之人心，而古今同一心也；中而曰民，则一民之中，即千万民之中，而天下同一民也。大舜无中，而以百姓之中为中；大舜无善，而以百姓之迩言为善。(《道古录》卷下第一章)[18]

按《礼记·中庸》云：“子曰：舜其大智也与！舜好问而好察迩言。隐恶而扬善，执其两端，用其中于民。其斯以为舜乎。”这是赞扬舜为大智的贤君，如孔颖达所谓“能行中庸之行，先察近言，而后至于中庸也”[19]。李贽的发挥，则大大超越了传统儒学的理解。第一，舜“好察迩言”以知人。李贽把“人”定位为民，为百姓，“迩言”即百姓之言，虽是“街谈巷议，俚言野语”，却最能真实地表现人之所欲。能察迩言，则“民隐无不闻，情伪无不烛，民之所好，民之所恶，皆晓然洞彻”。李贽此意，在十年前即万历十六年（1588）与麻城县令邓应祈的信中即有所表述，且对“迩言”即民之所欲有更具体明确的说明：“我之好察迩言，是百姓日用之迩言也”。“如好货，如好色，如勤学，如进取，如多积金宝，如多买田宅为子孙谋，博求风水为儿孙福荫，凡世间一切治生产业等事，皆其所共好而共习，共知而共言者，是真迩言也”。（《焚书》卷一《答邓明府》）[20]该信又说，“能好察则得本心”，表明“迩言”所表达的，是人的本心即“童心”，察“迩言”即察“童心”，而百姓之“童心”，即“好货”、“好色”等等，也就是理学家灭之唯恐不净的“人欲”了。第二，“唯以迩言为善”。这是说，人欲即“民情之所欲”才是善。“凡非迩言者必不善”，也就是说，凡是反人欲的，都是恶。在这里，汉、唐儒学及宋、明理学的善恶标准，被李贽完全颠倒过来了。第三，“天之立君，所以为民”。天子，君王居于民上，不应该是作威作福的统治者，其职责，其遑遑焉以从事者，只在“为民”二字。“圣人无中，以民为中”（按，此意又见于《老子解》下篇：“圣人无常心，以百姓之心为心。”）[21]，即民上者不能逞一己之志，而只能以百姓的意志为意志。天子、侯王、官吏一心“为民”，完全按百姓的意愿以施治，以顺民性，遂民之欲。这就是李贽民本位的政治思想。

封建专制赖以维持着，无非礼乐刑政。这是封建专制统治的两手。统治者要维护自己的利益，行使自己的意志，必须建立一整套统治秩序，而要维持统治秩序的稳定，最要紧的，是使百姓服服帖帖地接受统治。一方面，要以仁义礼乐去其欲而使之为顺民；另一方面，当百姓之欲无法去除，百姓一定要按自己的人欲行事时，就要用刑法去镇压。可见，礼乐刑政对于封建专制统治，是须臾不可离的命根子，如《礼记·乐记》所云：“礼乐刑政四达而不悖，则王道备矣。”[22]李贽主张民本位以反对专制制度，很自然地把批判的矛头对准了礼乐刑政。

对传统的礼乐刑政，李贽是基本否定的。《老子解序》云：

> 夫老子者非能治之而不治，乃不治以治之者也。故善爱其身者不治身，善爱天下者不治天下。凡古圣王所谓仁义礼乐者，非所以治之也，而况一切刑名法术欤！[23]

《庄子解》云：

夫人人能内治矣，尚何待圣人之治，岂非欲以治外乎？若又出经以式之，出义以度之，是舍其所能，强其所不能。犹涉海凿河而使蚊负山，难之难者也，岂非欺己欺人之甚欤！（《庄子解》下卷《应帝王》解）[24]

老子、庄子在先秦时期主张无为而无不为，因而抨击仁义礼乐、刑名法术、经式义度，是对当时崩溃中的领主贵族制度的批判，确有深远的历史意义。李贽在晚明重新张扬老、庄对礼乐仁义、刑名法术、经式义度的抨击，藉此正面提出自己的反对礼乐刑政的主张，则是对当时的封建专制制度的挑战，具有更深刻的现实意义。

孔子讲为政，谓“道之以政，齐之以刑，民免而无耻；道之以德，齐之以礼，有耻且格”（《论语·为政》）[25]。孔子强调“仁”，故不赞成单纯以刑政治民，而主张以道德礼乐治民。孔子也不否定法制，他说：“君子怀刑。”（《论语·里仁》）[26]认为君子是关心法制的。可见，孔子的政治思想，还是礼乐刑政的统一。这也是自秦汉确立专制制度以至明代一以贯之的基本治道。而李贽，则提出了对“礼”的别解，并进而否定了刑政之用：

世儒既不知礼为人心之所同然，本是一个千变万化活泼泼之理，而执之以为一定不可易之物，故又不知齐为何等，而故欲强而齐之，是以虽有德之主，亦不免于刑政之用也。吁！礼之不讲久矣。《平天下》曰：“民之所好好之，民之所恶恶之。”好恶从民之欲，而不以己之欲，是之谓礼。礼则自齐，不待别有以齐之也。若好恶拂民之性，灾且必逮夫身，况得而齐之耶？（《道古录》卷上第十五章）[27]

李贽认为“齐之以礼”之所以仍不免于刑政之用，主要还在传统儒学对“礼”的理解和运用上的问题。《礼记·乐记》云：“礼者为异。”郑玄注：“异谓别贵贱也。”[28]“别贵贱”为“礼”之本质，又是“礼”之功用。这是儒学对“礼”的传统理解，即李贽所谓“一定不可易之物”。以别贵贱之礼来齐人心，只能“强而齐之”；齐之不可能，则“不免于刑政之用”了。于是，“礼”成为乱政害民之物。李贽既反对人有贵贱之别而强调平等，当然要反对传统儒学对“礼”的理解和运用，因此鲜明地提出了相反的理解。他认为：“盖由中而出者谓之礼，从外而入者谓之非礼；从天降者谓之礼，从人得者谓之非礼；由不学、不虑、不思、不勉、不识、不知而至者谓之礼，由耳目闻见、心思测度、前言往行、仿佛比拟而至者谓之非礼。"(《焚书》卷三《四勿说》)[29]人的天性就包含了礼，顺性而行就是合礼。礼不应该是自外强加于人的；自外加于人，欲以齐民、治民，就是非礼。由于人的天性是相同的，故"礼为人心之所同然"。这样，礼"别贵贱"之说，就成为谬说。由于"好恶从民之欲，而不以己之欲，是之谓礼"，"从民之欲"，不"拂民之性"，以民之好恶为基准以施治，即为善治，封建专制制度赖以成活的礼乐刑政于是可以废止而不行。这是民本位的政治思想所导致的必然结论。

三

李贽民本位的政治思想，在当时还只具有理念上的意义，还不具有可操作性，因此只能是一个政治理想。

限于时代条件，李贽在提出民本位的理想的同时，不可能设计出切实可行的相应的政治体制来。在李贽的理想中，民本位的政治局面，还只能靠圣君、贤相、好官来实现。他甚至希望过一些像谯周、冯道那样的大臣来实现孟子"民为贵，社稷次之，君为轻"(《孟子·尽心下》)[30]的理念，不顾社稷、君主之存亡而唯以"安养斯民"是务(《藏书》卷六八《冯道》后评)[31]。他设想，君臣官民皆同一"童心"，同一欲求，上之所行，即下之所欲，下之所欲，则上必行之，"天下之民，各遂其生，各获其所愿有"(《道古录》卷上第十五章)[32]，这岂不就是天下为公的太平盛世了。

但李贽不可能认识到，在一定的社会形态下，人们即使天性相通，在后天由于社会地位的不同，会产生利益的区分，会产生利益集团的冲突。居于统治地位的利益集团不可能是全体人民利益的代表，而只能是自己集团利益的代表。因此，从民之欲，遂民之性，与民同好恶，是不可能做到的。其实，李贽所处的明代政治的现实，就说明了这一点，李贽对此，也不可能视而不见。著于姚安的《论政篇》指出君子之治"本诸身"(以自身利益为出发点)，说明他对此有清醒的认识。李贽看到了封建官僚政治的弊害，不满于此，提出"以人治人"的民本位的政治理想，却不可能找到使民本位具有现实性的政治体制。在这样的政治体制下，民意决定一切，体制保证了民意成为官意，官本位于是变为民本位。这样的体制，只有到了晚清，西学东渐，一部分思想的先行者才初有认识，而在李贽的时代，是不可设想的。

但李贽民本位的政治思想，仍具有不可低估的深远意义。这主要是其反封建的意义。在思想上，李贽不以孔子之是非为是非，不以孔子之思想为

"正脉"，对千余年来作为封建政治的统治思想的儒学正统进行了冲击，对当时的官方学术——理学进行了无情的批判。在政治上，提出"以人治人"的民本位的政治思想，进而批判作为封建统治者施治根本的德礼刑政，在实际上表现了对君主专制、官僚政体的否定。这对引起人们对现存秩序的永世长存的幻想的怀疑，无疑具有极大的启蒙意义。无怪乎当时的最高统治者要说"李贽敢倡乱道，惑世诬民"(《神宗实录》卷三六九)[33]，必欲死其人，焚其书了。李贽的思想，有其现实基础，又显然具有超前性。李贽思想之发生实际的作用，要在两百多年以后。在中国晚清的政治改革中，在五四新文化运动中，在日本的明治维新中，李贽的思想都曾发生影响。这一点，一些李贽研究学者已有所论，兹不具述。

还应该指出，"以人治人"的民本位思想，在当时，并不是李贽所独有的思想，李贽并非孤军。与李贽同时稍早、同为晚明进步思潮主将的徐渭，就谈到过"以骸治骸，以人治人"(《徐文长三集》卷十七《论中二》)[34]泰州学派传人、被李贽尊为"真英雄"的何心隐论人，强调"欲"，并主张"育欲""与百姓同欲"(《聚和古老老文》)[35]。徐、何之论，皆与李贽所论同一关捩，可见，民本位的政治思想乃是晚明进步思潮的一个重要部分，并非个别思想家单一的、偶然的思想。当然，阐发这一思想之最为深切著明者，当数李贽之论，其影响也最为深远。

注释：

①③④⑫⑭⑳㉙张建业《李贽文集》第一卷[M]。北京社会科学文献出版社(2000)

②《牧斋初学集》卷31[M]。四部丛刊初编本[M]。商务印书馆(上海)

⑤⑬⑮⑯⑰⑱㉑㉓㉔㉗㉘㉜张建业《李贽文集》第七卷[M]。北京社会科学文献出版社(2000)

⑥⑧⑨⑲㉒《十三经注疏》[M]。中华书局1980年影印本

⑦《汉书》[M]。中华书局1962年校点本

⑩⑪《王文成公全书》卷1[M]。四部丛刊初编本[M]。商务印书馆(上海)

㉕㉖杨伯峻《论语译注》[M]。中华书局(1980)

㉚杨伯峻《孟子译注》[M]。中华书局(1960)

㉛张建业《李贽文集》第三卷[M]。北京社会科学文献出版社(2000)

㉝《神宗实录》卷三六九，上海书店出版社(1999)

㉞《徐渭集》第二册[M]。中华书局(1983)

㉟容肇祖《何心隐集》第3卷[M]。中华书局(1960)

第二部分　系列短文

DIER BUFEN XILIE DUANWEN

编者按：关于漆绪邦先生为《解放军报通讯》所撰写的系列短文的说明

漆绪邦先生介绍古代创作理论的系列文章发表于《解放军报通讯》(现名为《军事记者》)，共55篇，合计近13万字。这些文章包括两大系列，第一个系列连载于1983至1985年“艺苑探奇”栏目，共23篇。这些文章为古人散文创作思想的分析阐述，每篇一题，由征引古人经典论述、现代文翻译而展开某一创作思想的阐发。自1986年起，《解放军报通讯》更名为《新闻与成才》，漆文刊载于“历代文论选译讲座”栏目，至1988年底，共32篇，这是第二个系列的文章。这一系列文章介绍先秦至清代经典文学批评家的文学创作思想，每篇一人一题，精选一段最有代表性的原作，由现代文翻译解说而深入其文学思想精髓的分析阐述。在这两个系列的文章中，我们可以体会到漆先生的学术观念的现实感，可以体察到他致力于普及中国传统文学理论的良苦用心。感谢将存有全部漆先生系列短文的电子版光盘慷慨相赠的《军事记者》主编朱金平大校。

文贵奇

【原文】

文贵奇，所谓“珍爱者必非常之物”。然有奇在字句者，有奇在意思者，有奇在笔者，有奇在丘壑者，有奇在气者，有奇在神者。字句之奇，不足为奇；气奇则真奇矣；神奇则古来亦不多见。次第虽如此，然字句亦不可不奇，自是文家能事。

——〔清〕刘大櫆《论文偶记》

【今译】

文章以奇为贵，常言道：“人所珍爱的东西，一定不是平平常常的一般的事物。”(文章也是作者所珍爱的东西)文章的奇，有的奇在字句，有的奇在所表达的意思，有的奇在笔法技巧，有的奇在意境的深远，有的奇在气势，有的奇在所表现的作者的心胸神情。字句之奇，算不得真正的奇；气势之奇，才是真正的奇；至于文章所表现的作者的心胸神情也要达到奇的境地，则很难，自古以来也不多见。文章之奇的几个方面的等第虽然是这样，但字句也不能不奇，运用语言也是文章家的重要本领嘛。

【浅释】

“文贵奇”，是刘大櫆对散文写作的又一个重要要求。这里讲的“奇”，主要是指文章从语言的运用，内容的表达，到文章的意境、气势、神情都能摆脱常规俗套，不同凡响；能富于变化，而不流于平板乏味。“字句”之奇，主要是指语言的运用要力求避免平淡，做到有自己独特的、鲜明的、使人警醒的语言。“意思”之奇，指文章内容避免与人雷同，要有自己独到的新鲜见解。“笔”之奇，主要在于笔法的运用有独到的技巧，行文开合纵横，波澜起伏。“丘壑”之奇，是指意境深远，引人入胜，而不浅露。“气”之奇，主要指文章要有充沛的气势，有跌宕，有变化。“神”之奇，主要在于作者表现在文章中的心胸情感比常人更为突出，因此具有非同一般感染力量。在这六奇中间，刘大櫆最为重视的是“气奇”和“神奇”。他认为：“气奇”才是真正的奇，“神奇”则是文章的极致，是最难做到的。在他看来，文章虽然主要是用于说理叙事，但无论是说理，还是叙事，作者都不应冷漠地、纯客观地进行，而应把自己的情感贯注到理和事中去。这样，文章才能有生气活力，才富于个性。“神奇”是文章之奇的最重要的因素。我国古今的好文章，都是寓作者的真挚充沛的情感于说理叙事之中的。“神奇”和“气奇”是互相关联，密不可分的。刘大櫆说过，在文章里面，“神为主，气辅之。”意思是说，“神”是主宰，“气”是从属于“神”的。文章能贯注神情，便自然有气势；作者神情的变化，也会带来气势的变化。文章要有气势，气势又应该富于变化，或者浩大，或者雄浑，或者飘逸，或者静穆，等等。这实际上已经是散文的艺术境界美的问题了。“神奇”、“气奇”最重要，不等于其他方面的“奇”就无所谓了。把各种因素有机地结合起来，就能真正做到文章之奇了。我们写新闻通讯，也应该讲究一点散文艺术。奇，就是散文艺术的一个方面。只要我们能满腔热情地对待我们所报道的事，在所讲的理所叙的事中贯注自己充沛的情感，文章就能有神有气；只要我们加强学习，注意思想意识修养，就能对事物有深入透辟的认识，就能在文章中发挥独到的见解；只要我们注意语言的学习，在语言上花气力，下工夫，文章语言就自然会有鲜明的特色。

（原载《解放军报通讯》1983 年第 3 期）

文贵变

【原文】

文贵变。《易》曰：虎变文炳，豹变文蔚。又曰："物相杂，故曰文。"故文者，变之谓也。一集之中篇篇变，一篇之中段段变，一段之中句句变，神变，境变，音节变，字句变，惟昌黎能之。文法有平有奇，须是兼备，乃尽文人之能事。

——〔清〕刘大櫆《论文偶记》

【今译】

文章以富于变化为贵。《易》里面说：虎的花纹富于变化，故色彩鲜明；豹的花纹富于变化，故斑斓华美。《易》又说："事物错杂变化，就叫做文。"所以说，文，就是变化的意思。一部文集里面每篇都有变化，一篇文章里面每段都有变化，一段文章里面每句都有变化，神情有变化，气势有变化，境界有变化，音节有变化，字句有变化——写文章这样富于变化，只有韩愈能够做到。文章写法有平有奇，一定要平、奇兼备，有所变化，才能充分表现出文章家的本领。

【浅释】

"文贵变"，是刘大櫆对散文写作提出的艺术上的进一步要求。

作者先从"文"这个字的本意谈起，引用古语，说明"文"本来就是变化的意思。"文"在我国古代是指色彩错杂成画，所以《礼记》里面又有"五色成文"的说法。可见，从"文"的本意来说，就要求变，也就无所谓“文”了。

刘大櫆以写文章最善于变化的韩愈为例，说明了文章“变”的要求，即“一集之中篇篇变，一篇之中段段变，一段之中句句变”。具体地说，“变”又有这样几个方面：一是“神变”。这主要指作为文章内容的思想情感的变化。二是“气变”。气势的变化是由神情的变化决定的。神情是气势的主宰，神情有变化，气势自然也就富于变化；忽而昂扬，忽而低回，忽而紧张，忽而舒缓，忽而激烈，忽而从容，这样，文章气势就会富有节奏的变化。三是“境变”。这也与神情的变化有关，因为文学作品艺术境界的形成，起决定作用的也是情感。文章的写作，要随着情感的变化而造成种种境界，如果写真文章来，让人觉得老是一个调子，就没有什么艺术力量了。四是“章节变”。写文章虽不能像做诗那样讲究语言的韵律，但也应该注意语言的音乐美。五是“字句变”。同样的意思，可能用多种的词和句式表达，不要总用类似的词和句式。此外，刘大櫆还谈到方法的平、奇变化问题。实际上，文章的神、气、境、音节、字句都有平、奇之分。富于平、奇的变化，文章就写活了。因此，刘大櫆认为，平奇兼备才能“尽文人之能事”。

刘大櫆谈的“变”是很正确地反映了艺术规律的。不只文章，一切艺术作品的美，都要以变为条件。单调的东西是不能成为艺术的。西方美学家在谈美时，常常以“变”为美的重要条件。远在古希腊时期，美学家就把“杂多”、“差异”作为美的基本因素。这一美学观点，到后来为西方的艺术家和美学家所普遍接受。我国的古代文艺理论家，也一贯强调变化对于艺术美的重要性。《文心雕龙》就一再强调“变”，所谓“变可久”，“随变以为功”，就是以“变”为文学创作艺术上成败的一个关键。刘大櫆“文贵变”的主张，既是对客观的艺术规律的理论的总结，又是对过去文学理论的继承与发展，对我们进行文章写作，是很有启发的。

在强调“文贵变”的时候，要注意这样两点：第一，“变”不是目的，而是为了更好地表情达意。如果离开文章内容的需要而去单纯地讲究“变”，是“变”不出好文章来的。第二，“变”不等于杂乱无章。艺术要求变化，同时又要求和谐统一。因此，应该在变化中求统一，在变化中求和谐，寓和谐统一于变化之中。离开了这个原则，也是“变”不出好文章来的。

（原载《解放军报通讯》1983 年第 4 期）

文有七戒

【原文】

文有七戒，曰：旨戒杂，气戒破，局戒乱，语戒习，字戒僻，详略戒失宜，是非戒失实。

——〔清〕刘熙载《艺概·文概》

【今译】

写文章有七戒，这七戒是：思想戒芜杂，气势戒割裂，布局戒紊乱，语言戒陈旧，用字戒生僻，材料剪裁的详略戒失当，对是非的评断戒不合于实际。

【浅释】

刘熙载是清代著名学者，也是一个文艺理论家。他的主要文论著作《艺概》，讨论了有关文、诗、赋、词曲、书法等的创作和欣赏问题，《文概》是其中的第一部分，集中表达了作者关于散文的理论观点。文章怎样才能写好？刘熙载从反面提出了七条禁忌，实际上也是从正面提出了一系列要求。这些要求，涉及了文章从内容到形式的各个方面的问题。“旨戒杂”和“是非戒失实”，是关于文章思想内容方面的要求。“旨”即主旨，也就是我们通常所说的中心思想。一篇不长的文章，最好谈一个问题，阐明一个观点，这样，思想集中明确，说理也易于清晰而透辟。文章在叙事说理中，总要表现出作者对是非的评断。对一件事情，对一种理论观是肯定还是否定，一定要从客观实际出发，慎重地加以评断，绝不能主观随意地指鹿为马，以白为黑。对事理的是非的评断合于实际，文章的思想才有价值。“气戒破”，说的是文章要气势贯通，一气呵成，读起来给人以浑然一体的感受。“气破”，文章就会显得支离割裂，不能给人以整体感了。文章要气势贯通，浑然一体，不但要求思想内容集中明晰而不杂乱，而且要求行文的流畅通达和结构的统一严谨。“局戒乱”，“局”指布局，也就是文章的结构。结构，主要指材料的组织安排，结构的谨严，要求层次分明，脉络清晰，联结紧凑，首尾呼应。文章结构最忌芜杂紊乱，顾此失彼，松散拖沓。在语言方面，作者还提出“语戒习”和“字戒僻”。“习”意为陈旧，写文章要求语言新鲜活泼，最忌堆砌陈言。文章是写给群众看的，用字当然要注意让具有一般文化水平的群众看懂。故意找些生僻难认的字写在文章里面，显得自己学问高深，是一种旧文人的脱离群众的习气，是完全不可取的。

（原载《解放军报通讯》1983 年第 6 期）

立言之要　在于有物

【原文】

夫立言之要，在于有物，古人著为文章，皆本于中之所见，初非好为炳炳烺烺，如工绣女之矜夸彩色已也。富贵公子，虽醉梦中不能作寒酸求乞语；疾痛患难之人，虽置之丝竹华宴之场，不能易其呻吟而作欢笑：此声之所以肖其心而文之所以不能彼此相易，各自成家者也。

——〔清〕章学诚《文史通义》

【今译】

写文章，最要紧的是言之有物。古人写文章，都根据自己内心的真诚见解来写，本来就不是仅仅喜欢文辞的华美漂亮，像织锦刺绣的工匠那样只夸耀自己产品的彩色之美。富贵人家的公子少爷，即使在喝醉了酒或睡觉做梦时，也说不出那种寒酸可怜的乞求于人的话；同样，在痛苦患难中的人，即使处身于歌舞宴乐的场合，也不能改变他的哀苦而强作欢笑。这说明，人的声音总是和他的内心相一致的，各人的文章，也各有特征，不能彼此互换，而只能各自成家。

【浅释】

章学诚是清代著名学者，《文史通义》是他探讨文学和史学的理论问题的专著，在清代学术中有很高的地位。在所引的这一段里，作者着重说明了“立言之要，在于有物”这个写文章的根本问题。“言有物”，是先秦古籍《易》里提出来的，历代文论家常常引用，以说明文章应有切实具体的内容，不能言之无物，空话满篇。就文章来说，有一个内容和形式的关系问题；对写文章的人来说，则要解决学识的积累、思想道德的修养和语言技巧的学习之间的关系问题。对这个问题，章学诚的见解十分明确：写文章应以内容为根本，首先要“有物”。由文章“有物”，章学诚进一步说明了文如其人，各自成家的问题。文章是作者内心世界的表现，而作者的内心世界，则是因人而异的。写成文章，自然各有面目，不能彼此相易。写文章是否有切实具体的内容，能否形成个人的独特风格，这两者，都是文章生命力的重要因素。章学诚提出“立言之要，在于有物”，在当时是有针对性的，这主要是这样两种倾向：一是写文章一味模仿古人，二是写文章只在文法辞藻上下工夫。章学诚举例说：孟姜女哭丈夫是那样的感天动地，而一个与丈夫白头偕老的妇人要学孟姜女的哭，无论怎样嚎啕呼号，也丝毫不能表达出那悲痛的感情。古人的心胸学不来，自己又腹内空空，于是就只能在文法辞藻上下工夫了。写文章，当然要讲文法，但文法的运用必须随内容的不同而活用；离开了内容而单纯追求语言的美，写出来的文章就有如商店橱窗里的时装模特，外表固然很漂亮，却毫无生气。

（原载《解放军报通讯》1983 年第 7 期）

文亦自有其理

【原文】

盖文固所以载理，文不备，则理不明也。且文亦有其理；妍媸好丑，人见之者，不约而有同然之情，又不关于所载之理者，即文之理也。故文之至者，文辞非其所重尔，非无文辞也。

——〔清〕章学诚《文史通义·辨似》

【今译】

“文”本来是用来表现思想内容的，“文”不完美，思想内容也不能得到很好的表现。“文”还有它自身的规律；文的美或丑，人们看了，不约而同地会有同样的感受，（美的，大家都认为美；丑的，大家都认为丑）而这种感受又与作品所表现的思想内容没有关系，这就是“文”自身的规律在起作用了。所以说，好的文章，文辞并不是最重要的，但又不是不讲文辞的美。

【浅释】

我们已经谈到过，章学诚讲文章内容与形式的关系，十分强调文章内容的重要性，认为“立言之要，在于有物”。但他又不认为艺术形式是无关紧要的。在我国古代，一些人谈创作问题，往往不能正确说明思想和艺术的关系，往往只重思想，不重艺术。有的人认为，“文”是有害于“道”的，因此，只要“道”，不要“文”；有的人虽然不是不要“文”，却把“文”完成看做是“道”的附庸，否定艺术形式对于思想内容具有相对的独立性。章学诚在谈文章的内容与形式关系问题时，却没有这样的片面性。章学诚首先明确地指出，“文”是用来表现“理”的，这就是说，不能为“文”而“文”。但另一方面，他又指出：“文不备，则理不明也。”强调了文章艺术形式的完美对于表现思想内容的重要意义。但章学诚并不停留在这个关于内容形式关系的一般正确的认识上，他更进一步提出了“文亦自有其理”的重要见解。“文亦自有其理”，就是说，艺术形式有其不完全依赖于思想内容的自有的规律性。形式是服务于内容的，但形式又不完全是内容的附庸，形式对于内容还有相对的独立性。艺术美自身，还有不取决于思想内容的独有的规律。在中国文论史上，能这样在理论上辩证地说明这个问题的，并不多见。

（原载《解放军报通讯》1983年第8期）

文与“心明”

【原文】

所谓文者，未有不写其心之所明者也。心苟未明，劬(音渠)劳憔悴于章句之间，不过枝叶耳，无所附之而生。故古今来，不必文人始有至文，凡九流百家以其所明者，沛然随地涌出，便是至文。

——〔清〕黄宗羲《论文管见》

【今译】

文章没有不是表现作者内心明确认识到的东西的。如果内心没有明确的认识，只是辛辛苦苦地在语言形式上下工夫，那不过是抓住了枝叶，而枝叶离开了根干，是不能活的。根据这个道理，从古至今，不一定作家才能写出上好的文章，各行各业的人把自己在实践中明确认识到的东西，充分地畅快地表现出来，就是上好的文章。

【浅释】

黄宗羲是明清之际伟大的进步学者和爱国者，对于文学，他也有很丰富的理论见解。关于诗文创作，他强调真情真意的表达，而这真情真意，乃是基于对现实生活事理上的明晰的认识。因此，他认为写作的根本点是“心明”。黄宗羲认为，所谓文，无非是作者心中对于事理的明确认识的自然表达。“心明”，是写好文章的前提。头脑里认识不明，昏昏蒙蒙，硬要去写，当然写不出好文章；心不明而只在语言形式上下工夫，有如枝叶失去根本，写出来也没有生命力。他还认为，对于生活事理的透彻明确的认识，只能从社会实践中得到。为了说明这个问题，他举例说：如果要谈剑器舞，杜甫一定不如著名的剑器舞蹈家公孙大娘，对于剑器舞，真正“心明”的是公孙大娘而不是杜甫；谈宫室建筑，柳宗元一定不如木匠，对于建筑，真正“心明”的是木匠而不是柳宗元。这种见解，显然是十分精辟的。基于这个完全正确的理论观点，黄宗羲提出了一个十分有意义的结论：不一定作家才能写出好文章，各行各业的人，对自己所从事的事业有条件做到“心明”，只要充分表达出来，就会成为上好的文章。这个结论在理论上和实际上都很有价值，是明清之际民主性的进步思潮在文学理论上的表现。常言道：实践出真知。有了真知，也就是做到了“心明”，再掌握一定的表达手段，就能写出好文章。在今天，不但密切联系于生活实际的有识有才的作家能写出优秀作品，就是身在实际生活之中的广大群众，在丰富的实践经验的基础上努力学习，不断提高对于事理的认识能力，也一定能写出优秀作品来。

（原载《解放军报通讯》1983 年第 9 期）

“意”和“法”

【原文】

以意役法，不以法役意，一洗应酬格套之习，而诗文之精始出。如名卉为寒气所勒，索然枯槁，而杲日一照，竟皆鲜敷；如流泉壅闭，日归腐败，而一加疏瀹（读月），波澜掀舞，淋漓秀润。

——〔明〕袁中道《中郎先生全集序》

【今译】

以意支配法，而不以法支配意，完全清除应酬迎合和照着一成不变的格式框子写作的坏习气，诗文才能写得精彩焕发。就像名花被寒气侵害，枯萎凋零，而阳光一照，又都变得鲜艳繁茂了；又像泉水壅塞不通，成了日渐腐臭的死水，而一旦加以疏通，又会变得波翻浪舞，畅快淋漓，秀洁清润了。

【浅释】

明朝后期，在当时进步的社会思潮的影响下，诗文领域出现了一个带有反正统色彩的流派——公安派。它的代表人物，是湖北公安人袁宗道、袁宏道、袁中道。公安派的主要创作主张是诗文以“抒发性灵”为主，诗文创作不应受传统思想和传统文法的束缚。这里选录的袁中道的一段话，从一个方面表现了这种创作主张。“意”，就是作者真挚无伪的思想情感，“法”，就是写作中的格式、结构、遣词造句等具体的表现方法。袁中道认为，在写作中，“意”和“法”都是必要的，但二者的关系应该是以“意”为主，

“法”的运用应服从于“意”的表达，而不能颠倒过来，把“法”放支配的地位，让“意”的表达服从于“法”的运用。这就是所谓“以意役法，不以法役意。”这种观点，近似于今天我们常讲的形式服从内容，而不应内容服从形式。这似乎是一个不成问题的问题。谁写文章不首先想把意思表达清楚呢？但是，在写作实际中，却常常出现问题。在袁中道生活的时代，诗文创作中，从表面模仿古人的风气很盛，一些作家为古代诗人传统的“法”束缚，不能自由畅快地表现自己真实的思想情感；还有一些作者，为了官场的应酬，为了迎合某种势力，在文章中陈言套话满篇，完全看不出作者的真实精神面貌来。这两种情况，都是把“意”和“法”的关系弄颠倒了。袁中道重申“意”和“法”的正确关系，主要就是针对这种文坛歪风的。他强调，只有清除这种恶习，做到“人人有一段真面目溢露于楮墨（纸笔）之间”，诗文作品才能精彩焕发，成为有生命力的东西。袁中道的这种观点，对我们今天从事写作还是很有启发的。一方面，我们不应为写漂亮文章而写文章，不应忽视真情实感的表达而单纯去追求结构的精巧、辞藻的漂亮。另一方面，我们也不应为了迎合某种倾向，迎合某种趣味而编漂亮的假话，不应拘于习语套话，照着某种流行的格式去写八股调。这些东西，显然是不可能感发人心、教育群众的。清除写作中的“应酬格套之习”，仍然是我们广大作者的任务。

（原载《解放军报通讯》1983 年第 10 期）

务去陈言

【原文】

昌黎"陈言之务去"。所谓"陈言"者，每一题，必有庸人思路共集之处，缠绕笔端，剥去一层，方有至理可言。犹如玉在璞中，凿开顽璞，方始见玉，不可认璞为玉也。

——〔清〕黄宗羲《论文管见》

【今译】

韩愈说："写文章一定要清除陈言"。所谓"陈言"，主要是指文章的每一题目，总有一班平庸的文人互相雷同的某种思路。写作时被这种东西缠绕住了，就只能写出平庸的雷同的东西。必须把这一层缠绕去掉，才谈得上写出有深刻的中肯的道理的文章。就像玉藏在璞中，必须把璞凿开，才能现出玉来，切不可把璞当成了玉。

【浅释】

自从唐代文学家韩愈提出"唯陈言之务去"以后，一般人都把"言"理解为语言，认为"陈言"就是陈旧的被用滥了的词句。这并不错，但不全面。韩愈所谓"陈言"之"言"，实际上包括言和意两个方面。黄宗羲的这一段话，就是从意的方面阐释"陈言务去"的。他认为，务去陈言，主要是在内容方面，而不在词句方面。"陈言"作为内容，主要是指创作中内容上的陈陈相因，互相雷同。雷同，是各个时代文学创作中都存在的问题。对于某个题材，一般才识不够的作者，往往人云亦云，人趋亦趋，互相承袭，形成一个流行的思路，以致千人一面，千部一腔，互相雷同。这种一窝蜂式的“思路共集”的雷同化的倾向，当然不可能写出具有新意的、深刻而又中肯的东西来。因此，务去陈言，首先要在内容意义上下深入探究的工夫。要勇于打破流行的套子，自出心裁，独创新意，使人读后不但耳目一新，而且深受启迪。如果不在内容的独创性上下工夫，只在词句上追求“务去陈言”，写出来的东西，或许较少陈词滥调，而在内容上却还是老套套，还不是等于陈言满纸。实际上，内容上雷同的东西，在语言上也不可能做到独创。全面地讲务去陈言，应该是在内容上既有新意，在语言上也有独到之处。这正是我们应该追求的。

（原载《解放军报通讯》1983 年第 11 期）

文章与题目

【原文】

世人有题目始寻文章，余则先有文章偶借题目耳，犹有悲借泪以出，非有泪而始悲也。题目是众人的，文章是自己的，故千古有同一题目，无同一文章。

——〔清〕廖燕《山居杂谈》

【今译】

世上有些文人先有了题目，才去思索文章，我则是心里先有了文章，然后才借个题目把它写出来，就好像心里伤悲才流眼泪，不是先有了眼泪，然后才能悲伤。题目会有大家共同的，但文章却是自己的。所以说，自古以来有共同的题目，却没有一样的文章。

【浅释】

廖燕，清初文学家，论文主张“抒我心胸”。这里摘引的两段，通过谈文章与题目的关系，阐发了“抒我心胸”这一主旨。写文章，大多要有个题目；无题之作，那是很少很少的。是先有文章，还是先有题目呢？在学习写作的过程中，往往采用命题作文的办法。但习作究竟不是创作。就创作过程来说，一般是作者在现实生活中有所感触，蕴酿于心，不吐不快，才写文章。而文章的题目，则是作者内心思想酝酿成熟而细绎出来的。严肃的、有造诣的作家，总是根据自己实有的思想情感来确定题目；即使是借用现成的题目，也一定以自己实有的思想感情为准，题目是别人用过的，而文章却完全是自己心胸的流露。这样处理文章与题目的关系，才能写出“抒我心胸”的有个性的好文章。

但是，在写作实践中，也常常有把文章和题目的关系弄颠倒了的情况。有的人，总是拿古人或今人用过的题目来做文章。别人写“伤春”，他也跟着写“伤春”；别人写“恨别”，他也跟着写“恨别”。而在他心中，则毫无“伤春”、“恨别”之情，只不过看见别人写这个题目写得好，才拿来写。这种心无所感，却硬要硬套现成题目的写法，当然写不出好文章来。这就好像往脸上抹上两行眼泪，然后强作悲哀一样，除了令人生厌，还会有什么好的艺术效果呢？为了题目而勉强装进自己实际上没有的思想感情，古人叫做“为文而造情”(刘勰《文心雕龙·情采》)，在创作中是很不足取的。在写作中做到了“抒我心胸”，即使是借用别人写过的现成的题目，那文章还是自己的，不会与别人雷同。古代一些大文学家，差不多都写过同样题目的诗文，但作品都各有面目。当然，也只有严肃的文学家才能做到“有同一题目，无同一文章”。在古代许多作家的诗文集中，同一题目的雷同之作相当多。这应该说是过去时代文学创作的一个教训，在今天也是值得记取的。

(原载《解放军报通讯》1983 年第 12 期)

作论有三不必二不可

【原文】

作论有三不必，二不可。前人所已言，众人所易知，摘拾小事无关处，此三不必作也。巧文深刻，以攻前贤之短，而不中要害者；取新出奇，以翻昔人之案，而不切实情：此二不可作也。

——〔清〕魏禧《日录论文》

【今译】

写论说文章，有三种情况不必写，两种情况不可写。前人已经说过的，一般人容易了解的，取材琐碎而无关大旨的，这三种都不必写。巧言谲变，吹毛求疵，专门攻击前人的短处，而又不得要领；故为新奇之论，企图推翻前人已有的结论，而又不切实际：这两种文章绝不可写。

【浅释】

魏禧是清初著名散文家，长于传记文，内容多记爱国人士的事迹，颂扬爱国精神；也善于论说文，多有超卓的见识。这里选录的一段，表现了他对论说文写作的一个重要主张。

写论说文，最基本的要求是论旨正确。内容是错误的，写得再好也不是好文章。但只求内容没有错误，还不一定就能写好论说文。在论旨正确的前提下，还应力求做到有新意，有深度，使人读后得到较大的收获。我们写文章，虽然不可能通篇处处都发前人所未发，却也不应该去写那种人云亦云、毫无新意的东西。如果你的文章从意思到语言都是别人写过用过的，你的文章还有必要存在吗？清代学者、文论家方东树就说过：“使为文者古人已云云矣，吾今复取古人所云而云之，则古人为一文已足万世之用，而复何待于吾言乎？”这说得确有道理。

论说文析理论事，不但忌陈旧，而且戒浮泛。写文章，绝不能以别人看不懂为高深。众所周知、显而易见的道理也不能不说。显而易见的东西，并不一定就容易实行，有些是要反复讲才能为人所接受，并付诸行动的。但文章总是讲一些众所周知、显而易见的道理，那就浮了。不能发人深省的文章，写那么多干什么呢？浮还有另一面，就是取材琐碎，无关宏旨。抓住一点琐事，发一通没有什么社会意义的议论，这样的文章不如不写。当然，能因小见大，从琐事中开掘出有关国计民生的深刻道理来的文章，还是需要的。

不必作的文章，只是因为陈旧浮泛，即使作出来了，也不见得会有多大害处。而那种内容错误，文风恶劣的文章，就大有害于社会，绝不可作。这类文章，魏禧指出了两种。一是挖空心思、吹毛求疵地指责前人，却又讲不出中肯的道理来；一是企图以新奇取胜，专做翻案文章，却又不切实际，不明事理。做这样文章的人，自以为了不起，似乎比一切前贤都高明，其实除了狂气之外，并无实学，并无真知灼见。前人阐发过的并不是绝对不能批评，问题在于一些人并没有严肃认真的学风，并没有对于事理的透彻的认识，并不能真正地分辨是非。他们不是为了追求真理，而是为了追求名声，为了迎合社会上一些人的口味去信口开河。这样的东西，不但不能发展真理，反而会谬种流传，贻害社会。

（原载《解放军报通讯》1984 年第 1 期）

作论如剥笋

【原文】

作理题，正当如剥笋，皮壳不尽，真味不出。今之深于说理者，不但不剥其壳，而包封数十重厚皮茧纸，浪说煨而食之之雅，此则不但无笋味，人亦不知其为笋矣。

——〔明〕曾异撰《与施辰卿书》

【今译】

写论说文，正像剥笋那样，皮壳不剥干净，地道的笋味就出不来。如今有些喜欢写艰深的论文的人，不但不剥掉笋壳，反而用几十层厚皮茧纸把笋包裹起来，空说品尝煮笋的雅趣，实际上不但吃不出笋味，连这东西是笋别人也无从知道了。

【浅析】

曾异撰，明末文学家，长于诗文。这里摘引的他的这段话，说明写论说文，贵在说理明晰透辟，给人以真切的感受，深刻的启发。如果文章写得晦涩模糊，使人不知所云，那就有如吃笋不去皮壳，是吃不出笋味来的。

论文怎样才能写得明晰透辟呢？这主要应从两个方面下工夫。

第一是分析的透辟，能由表及里，由浅入深地把论旨明确地揭示出来。写论文当然首先要有立论的主旨，但只把主旨摆出来，没有逻辑严密的分析论证，并不能说明问题。而分析论证，又是为了阐明论旨，把道理说透，使人信服。那种离题万里的、逻辑混乱的分析论证，同样不能说明什么问题。刘勰在《文心雕龙·论说》中说过："论如析薪，贵能破理。"意思是说，劈劈柴要按照木头的纹理去劈破它，写论说文则应按照事理的固有规律性，由表入里，由浅入深地去进行分析论证，最后把论旨明确地揭示出来。有些论说文章所以写得晦涩模糊，其主要原因，恐怕还在于对于事理的固有规律缺乏深切明确的认识。认识的模糊必然导致思维逻辑的紊乱，分析论理当然就只能模糊不清了。

第二是措辞行文的清通明白。语言是为表现内容服务的，在论说文的写作中，措辞行文要有利于论旨的清楚表达。如果在写论文时不但不去注意分析论证的透辟，反而片面地追求语言的繁复工巧，或者为了摆理论架子而故作艰深，结果一定是以辞害意，把论旨湮没在华茂艰深的文辞中。这就像吃笋不但不去皮，反而用厚纸把笋层层包裹起来，使人连此是何物都不得而知了。西晋作家陆机在《文赋》中曾对论说文的语言提出过"朗畅"的要求。"朗畅"，就是明白通畅。不是说写论说文完全不需要文采，但论说文究竟不同于文学作品，过多的文采，一定会妨碍论旨的表达的。如果思想明确，逻辑清晰，语言就不必要求繁复艰深，只要根据论证的需要措辞行文，做到"辞达而理举"，论文就可以写得不错了。

（原载《解放军报通讯》1984 年第 2 期）

为文欲求略　当先求精

【原文】

为文欲求略，当先求精。惟蓄理足者，始有眼光，始知弃取；知弃取，则尽我所为，全局在握，省于此则留详于彼，伏于前必待应于后。要之，详处非难，省处难也。

——〔清〕林纾《春觉斋论文》

【今译】

做文章想求略，当先求精。只有充分认识事理，才能有眼光，知道什么该弃，什么该取；知道弃取，则胸有全局，营运自如，自然能把握何处该略，何处该详，在什么地方伏，在什么地方应了。总起来说，详并不难，简约才真不容易。

【浅析】

林纾字琴南，清末文学家，“五四”运动前后，坚持旧文化，反对新文化，为守旧派代表人物之一；与人合作翻译西方文学、科学名著一百余种，对中西文化交流有一定贡献。林纾长于散文，其散文理论著作《春觉斋论文》对散文创作提出的某些见解，有一定可取之处。这里选录的一段，谈识理之精与为文之略的关系，颇有启发性。

写文章当然以简练为好，但简练与否，并不仅仅是一个文字多少的问题。文字简练了，但什么问题也没有说明，即使有所说明，也很粗陋肤浅，这简练就算不上什么长处。能以简练的文字表达出精当深刻的内容，才是真正的好文章。而要做到这一点，首先要求识理精。

识理精，就是对事物本质的认识要透辟而准确。这就要求按照认识论的规律对事物进行去粗取精，去伪存真，由此及彼，由表及里的分析，从而洞见症结，抓住精髓。有了这样的认识的功夫，在写文章的时候，就能知所弃取，非本质的，无关紧要的，弃而不写，只着力于事物的关键处，要害处。这样，文章就能要言不繁，透辟而简练。不在识理精辟上下工夫，就有可能出现两种结果。一是认识模糊，分不清精粗真伪，不知道去留取舍，把想到的都一股脑往稿纸上堆，写出来的必然是一笔冗长芜杂的糊涂账。二是认识不精，只求简约，就成了为简约而简约，该去的不去，该取的不取，繁冗的毛病看来是避免了，却只见枝节皮毛，没有深入准确地说明事理，甚至不知所云。这两种文章，当然都不是好文章。

在识理精的前提下求文字简，也并不是要一味地略。应该根据阐明事理的需要，有所略，有所详，当略则略，当详则详。林纾在《春觉斋论文》中也说过，一味“弃而弗录，坠而不举”，并不是真正的“能省”。如能做到识理精辟，下笔之先，已全局在胸，知所弃取，这个问题也并不难于解决。

（原载《解放军报通讯》1984 年第 3 期）

作文如打鼓

【原文】

昆山张元长云："作文如打鼓，边鼓虽要极多，中心却少不得几下。"予谓鼓心里，但少不得几下耳，却多打不得，以打鼓边左右时，其下下意都送到鼓心里去也。今人之文，高者下下打边，呆者下下搥心，求其中边皆甜者乌有哉！

——〔明〕林嗣环《与吴介兹》

【今译】

昆山人张元长说："作文就像打鼓一样，鼓边虽然要多打，中心却也不能少打。"我认为，鼓心不能少打，却也多打不得。这是因为，打边鼓的时候，每一下其实都是意在鼓心的。今天的作者们的文章，高明的，下下都打在鼓边上；笨拙的，却下下捶鼓心，要求他们鼓心与鼓边交织成韵，是不可能的。（按"中边皆甜"本是佛家语，作者这里借其词，未用其意。）

【浅释】

林嗣环，明后期文人，其《与吴介兹》，见于清初周亮工编的《尺牍新钞》。作者在信中用敲鼓的鼓心与鼓边的关系比喻作文，意在说明写文章如何表现中心、表现基调这个问题。

打鼓要使鼓声成韵，优美动听，不能下下打鼓心，甚至不能多打鼓心。因为全打鼓心或过多打鼓心，没有烘托，没有变化，必然会单调平直，缺乏含蓄隽永的韵味。鼓心的声音是主调，边鼓的声音是烘托这个主调的；看来是打边鼓，却下下都是为了表现主调。正因为有了边鼓的烘托映衬，主调才能表现得更好。

文章的写作，同样应该解决好中与边、主与副的辩证关系。

文章都要有一个中心思想，但写文章却不能笔笔都写这个中心思想，也需要多方面的烘托映衬，需要旁敲侧击。高明的作者，写作时很少直接点明中心思想，却又处处紧扣中心。这样的文章，写得很生动，很丰富，中心思想虽很少甚至没有点到，反而表现得更为透彻，耐人寻味，发人深省。

同样，文章基调的表现，也有一个多方烘托映衬甚至反衬的问题。否则，基调就易于单调，反而不能给人以深切的感受。从古今成功之作中，我们可以看到，基调是雄豪，却不句句雄豪，反而更见雄豪之气；基调是欢快，也不句句欢快，却更见欢快之情。《红楼梦》九十八回写林黛玉之死，基调是悲恨，却写了一笔远远传来的贾宝玉成亲的鼓乐之声，把这悲恨的基调，衬托得更为强烈深沉。这也说明了敲边鼓对于表现基调的重要作用。

（原载《解放军报通讯》1984 年第 4 期）

气大言浮

【原文】

气，水也；言，浮物也。水大而物之浮者大小必浮。气之与言犹是也，气盛则言之长短与声之高下者皆宜。

——〔唐〕韩愈《答李诩书》

【今译】

气，好比是水；语言，好比是浮在水上的东西。水势大，东西无论大小都能浮起来。气和文章语言的关系也是这样，气盛，则语言可以不拘一格，语句无论长短，声调无论平仄，都是适宜的。

【浅释】

韩愈是唐代中期大文学家，主要以散文著称。韩愈倡导文章复古，主张继承秦汉的散文传统，反对文章的骈俪化，在当时和后来都有很大的影响。

“气”的问题，是一个古代文论家非常重视，常常论到的问题。“气”原来是一个哲学概念，各家解释不同，含义比较复杂。对于人来说，主要指人的内在的心神，或发自心胸的精神力量。较早把“气”的概念引入文论的，是曹丕，曹丕在东汉末年写的《典论·论文》，主张“文以气为主”，强调作家的心神对于文学的决定性作用。由于“气”为作家心胸所有，是最富于个性的东西，因此曹丕强调不同作家的“气”，决定了各自不同的文风。后来，“气”这个概念在文论中用得多起来了，如南朝梁代的刘勰在《文心雕龙》中就多次用了这个概念，与曹丕的观点，基本上是一脉相承的。

韩愈论文章的“气”，则是强调“气”对于文章的语言形式的主宰作用。他所谓的气，对作家来说，是蕴蓄于心中的精神力量；对于文章来说，则是作家的精神力量贯注在作品中而产生的文章气势。在韩愈所处的时代，骈文很盛行。骈文讲究语句的整齐、对仗，讲究声律的抑扬顿挫。本来，写文章讲求语言形式的美，并不一定是坏事，但过分讲求，形成固定的程式，文章就容易僵化，就会束缚思想。骈文就有这样的弊病。韩愈不满意这样的文体，要求改革，使文章写作恢复秦汉的散文传统。他认为，文章是作者心胸的表现，因此应该以“气”为主宰，而不要用语言形式去束缚心胸的表达。如果作者内心空虚，缺乏旺盛的“气”，语言形式无论怎样漂亮，也无济于事；如果内心充实，具有旺盛的精神力量，并把这旺盛的精神力量贯注在文章中，适应于“气”的表现来行文，语言无论对仗与否，整齐与否，讲究平仄与否，都无关紧要。总之，是“气”在支配语言的运用，而不能用语言来妨碍“气”的畅达。

韩愈论“气”和“言”的关系，在今天对我们可以有两点启发。第一，要写好文章，一定要养成内心精神世界的充实。韩愈是封建文人，他所谓的“气”，是通过仁义道德的修养和儒家经典的学习得来的。(“行之乎仁义之途，游之乎《诗》、《书》之源。”)这在今天当然不可取。我们今天的精神修养，有着全新的内容，我们可以通过学习和实践来养成我们内心世界的充实和精神力量的旺盛。人是要有一点精神的，没有这点精神，不但做人，连写文章也是写不好的。第二，写文章，切不可单纯去追求词语的漂亮和行文的精妙。“气”是本，“言”是末，语言好比是船，旱地撑船，是撑不动的。不是说，语言的表达能力不重要，而是说，语言的表现力不在于表现语言本身，而在于表现内容。

（原载《解放军报通讯》1984 年第 5 期）

先意气而后辞句

【原文】

凡为文以意为主，以气为辅，以辞采章句为之兵卫。未有主强盛而辅不飘逸者，兵卫不华赫而庄整者。四者高下圆折步骤，随主所使，如鸟随凤，鱼随龙，师众随汤、武，腾天潜泉，横裂天下，无不如意。

——〔唐〕杜牧《答庄充书》

【今译】

凡是写文章，都应以意为君主，以气为臣辅，以辞采、章法、句式为兵卒侍卫。没有意强盛而气不充沛潇洒，文辞不华茂严整的。气、辞、章、句四者的运用的种种变化，无论气的高亢、低沉、行文的流畅、婉曲，还是节奏的舒缓、急促，都要受意的节制，就像百鸟随凤凰飞，群鱼随蛟龙游，军队随商汤、周武王行进。有了凤、龙、汤武的率引，百鸟高飞长天，群鱼潜游深泉，军队征服天下，都可以无不如意了。

【浅释】

杜牧是唐代后期著名文学家，长于诗，也善散文。他的《答庄充书》论意、气、辞的关系，受到后世散文家的重视，有较大影响。

“意”在这里指的是思想，包括作者的政治立场、世界观和人生观。在文章写作中，作者的“意”起着决定性的作用，“气”作为精神力量，也要受“意”的支配。杜牧把“意”比作君主，把“气”比作臣辅，君制臣，臣制于君，就是强调的它们之间的主从关系。积极进取的思想必然伴有昂奋雄健的“气”，失意怨世的思想必然伴有苦寂幽愤的“气”，达观出世的思想必然伴有恬静飘逸的“气”，恣情纵欲的思想必然伴有柔媚淫靡的“气”，等等。把握了“意”，就可以理解为什么有那样的“气”，体会到“气”，也就能更好地理解文章的“意”了。

（原载《解放军报通讯》1984 年第 6 期）

“贯”与“息”

【原文】

气不可以不贯，不贯则虽有英词丽藻，知编珠缀玉，不得为全璞之宝矣。鼓气以势壮为美，势不可以不息，不息则流宕而忘返。亦犹丝竹繁弦，必有希声窈眇，听之者悦闻；如川流迅激，必有洄洑逶迤，观之者不厌。

——〔唐〕李德裕《文章论》

【今译】

文章的气势不可以不贯通，文气不贯通，即使有精美华丽的词藻，也好像是编串起来的珍珠，拼合起来的玉石，算不上是浑成完美的珍宝。文气的运行当然以气势豪壮为美，但文气又不可以豪壮不息；一味豪壮不息，就会放纵而不可收拾。这就好比音乐一样，在急管繁弦之中，一定要穿插以轻缓柔美的段落，听音乐的人才会觉得悦耳；又好比江河一样，在奔腾直泻中，一定要有回旋曲折的地方，观赏的人才不会厌倦。

【浅释】

李德裕是中唐大臣，官至首相，也是文学史上著名的文学家，与韩愈是同时代人。他的《文章论》侧重于谈以气势为中心的文章的艺术美，在文论史上有一定影响。唐代人谈“文章”，常常不是专指散文，而是包括诗、赋、文等各种文体，李德裕所论“文章”，也是这样。

这里所引的一段，辩证地论述了文学作品中气势的“贯”与

“息”，接触到了创造“文章”艺术美的一个重要原则。

所谓“贯”，指的是作品气势的贯通。文气贯通，文辞才能在文气的主导下，形成浑成整一的语言艺术美。一般所谓的“一气呵成”，也包含着文气贯通，酣畅淋漓的意思。文气不贯通，作品就会支离割裂，滞塞不通，纵然有华词丽语，也不过是像“编珠缀玉”那样，拼凑而成，缺乏浑成整一的美。李德裕强调文气贯一，由文气支配词藻，所讲的仍是文气的主导作用，与韩愈所谓气大言浮的主旨是一致的。但他强调了以文气为主导的语言艺术的整体美的问题，又比韩愈进了一步。

所谓“息”，主要是指文气在“贯”的前提下还应富于变化。李德裕认为，“文章”以气势豪壮为美，但文章如果气势一味豪壮，放纵难返；自始至终，豪壮如一，而没有变化，就会显得单调乏味，容易使欣赏者厌倦。如果文气贯通而富于变化，节奏上有起伏，文章就会更有艺术魅力了。他用音乐、江河缓急的变化为例，说明“文章”也应气势有缓急，情绪有张弛，节奏有变化，只有这样，作品才能给欣赏者以更多的美的享受。这一点，对我们进行写作是很有启发的。整一并不等于单调，我们应该在变化中求整一。当然，变化并不一定能做到整一，变化中的结果，可能会带来杂乱、割裂，不协调。要避免出现这样的问题，就一定要求以文气贯通为前提，在“贯”的前提下变，才能写出富于变化而又富于整一美的好文章。

（原载《解放军报通讯》1984 年第 7 期）

周览以养气

【原文】

文者，气之所形。然文不可以学而能，气可以养而致。孟子曰："我善养吾浩然之气。"今观其文章，宽厚宏博，充乎天地之间，称其气之大小。太史公行天下，周览四海名山大川，与燕、赵间豪俊交游，故其文疏荡，颇有奇气。此二子者，岂尝执笔学为如此之文哉？其气充乎其中，而溢乎其貌，动乎其言，而见乎其文，而不自知也。

——〔宋〕苏辙《上枢密韩太尉书》

【今译】

文章，是气的外在表现。文章只靠语言文字的学习是学不会的，但气则可以通过修养得到。孟子说："我善于养我的浩然之气。"今天看他的文章，深厚博大，好像可以充满天地之间，和他胸中的浩然之气是相称的。太史公司马迁周游天下，遍览四海的名山大川，和燕、赵一带的豪迈俊杰之士交往，所以他的文章（主要是《史记》）纵横自如，很有奇气。这两位先生，他们写得那样好的文章哪里是靠语言文字的学习得来的呢？他们有了修养，气充实于心中，流露于外貌，操动语言，最后通过文章表现出来，他们自己或许也不知道是怎么会写成这样的哩！

【浅释】

苏辙是北宋文学家，和他父亲苏洵，他的哥哥苏轼都以文学得名，世称"三苏"。《上枢密韩太尉书》从一个新的角度讲养"气"

的问题，对后代颇有影响。

苏辙认为，养气有两个途径：一是像孟子那样，通过仁义道德的内心修养，而得到“充乎天地之间”的“浩然之气”；一是像司马迁那样，“周览”以养气。前者是韩愈早就讲过的，并不新鲜；后者则比较新鲜，而且比较重要。

“气”作为精神力量，并不像曹丕在《典论·论文》中说的那样是天赋的，而要通过后天的修养而得到。但像韩愈那样，只讲书本学习和内心修养，也是片面的。没有丰富的社会实践的阅历，不可能培养充沛的“气”。司马迁青年时曾周游全国，除了进行史料的收集和史迹的调查，还丰富了阅历，受到了祖国壮丽河山的气势和人民豪迈俊逸的风貌的熏陶，这对他养成胸中旺盛的“气”，无疑是起了重要作用的。正因为如此，他的《史记》才能那样丰富动人，有血有肉。后来的一些史学家，写不出《史记》那样的杰作来，原因之一，恐怕就在于他们缺乏“周览”，而只在书房里下工夫。

苏辙的这个观点，可以启发我们，不要闭门修养，要加强实践，丰富阅历，除了学习、思考，还要到现实中去锻炼和陶冶，养成旺盛的精神力量。有了这一条，不愁写不出好文章。当然，语言的学习也不能不要。苏辙认为“文不可以学而能”，只讲养气，那是太轻视文章的语言形式的学习了，这一点并不足取。

（原载《解放军报通讯》1984 年第 8 期）

神气在言语文字之外

【原文】

夫言语文字，文也，而非所以文也；行墨蹊径，文也，而非所以文也。文之为文，必有出乎言语文字之外，而居于行墨蹊径之先。

——〔清〕戴名世《答张、伍两生书》

【今译】

语言文字，是文章必备的，但并不是文章的根本；章法结构，是写文章一定要用的，但也不是文章的根本。文章之所以为文章，是因为它在语言文字、章法结构之外还存在着很重要的东西。

【浅释】

戴名世是清初文学家，由于坚持民族气节，康熙时被以“悖逆”罪处死。他是清代重要的散文流派“桐城派”的奠基人，在创作上有较高的成就。在文学思想上，戴名世强调表现作者的“自得”和“独见”，强调言之有物，强调神气对文章语言形式的主宰，对后来的“桐城派”重要作家刘大櫆、姚鼐论文重神气颇有影响。

在选录的这一段里，戴名世认为，语言文字和章法结构对于写文章都是很重要的，但这些又不是文章的根本。光有语言结构，就好比只有躯壳，没有灵魂，只能是死文章，严格地说，不成其为文章。因此，在语言形式之外，还需要有一种东西，文章才真正成其为文章。这在“言语文字之外”、“行墨蹊径之先”的东西，在戴名世看来，主要是这样两个，一是“物”，二是“气”。所谓“物”，主要指文章所写的事理及作者对这事理的认识，也就是思想内容。文章应该言之有物，有充实的思想内容。否则，言之无物，即使有漂亮的辞藻，巧妙的章法，也没有价值。所谓“气”，就是神气，它与作者的思想见识有关，但又不同于思想见识，它是与作者的思想、感情、性格、气质密切相关的一种精神力量，充溢流荡于文章中间，就是文章的“气”。“气”对作者来说，是较有个性的东西，对文章风格的形成，也有重要作用。

“气”是注入文章中的作者的发自胸襟的精神力量，文章有了它，才是活的。为了说明神气的重要性，戴名世在这段文章的下面举了古代著名的九方皋相马的故事为例。九方皋判断一匹马是不是千里马，不看它的外在的形色，而只看它的内在神气。神气才是决定是不是千里马的重要因素。形色对马来说，当然是一定要有的，但并不能决定马的良莠。文章也是这样，语言章法也是一定要有的，但并不能决定文章的优劣。有神气贯穿于文字和篇章之间，文章才能有活力，有生气。

（原载《解放军报通讯》1984 年第 9 期）

气积而文昌

【原文】

凡文不足以动人，所以动人者气也；凡文不足以入人，所以入人者情也。气积而文昌，情深而文挚，天下之至文也。

——〔清〕章学诚《文史通义·史德》

【今译】

文章的语言形式是不足以动人的，其所以动人的，是充实于字里行间的气；文章的语言形式也不足以感染人，其所以感染人的，是洋溢于字里行间的情。气充沛，文章就生气勃勃；情深厚，文章就真挚感人。这样的文章，就可以说是天下最好的文章了。

【浅释】

章学诚论文论史，都强调“德”。“德”，就是作者的“心术”；而所谓“心术”，则是指人的思想道德的修养。章学诚认为，如果作者没有“德”，“心术”就不正，写出东西来，文辞再漂亮，也不足取。要想有“德”，就要养“气”，即加强思想道德修养而养成胸中的正气。胸有正气，对客观事物的是非，就能有正确的判断，写出文章来，就能是非分明，善的，就颂扬，恶的，就鞭笞。这样，文章里面就能充实着一种旺盛的扬善抑恶的精神力量，正气凛然，能激发人们的向善远恶之心。这就是所谓的“气”能“动人”。

章学诚论“德”，除了强调从思想道德修养而得来的正气，而且还强调作者的“情”，这就丰富了传统的“文气”说。在章学诚看来，文章只有“气”是不够的。因为作为精神力量的“气”，主要表现在作者的理性的判断力上，而它的“动人”，主要在于启发人们建立正确的是非善恶观念，但这还缺乏感染人的力量。而只有情，才有感染力。实际上，当人们面对客观事物的时候，对它的是非不但有理性的判断，还一定会伴有爱憎的感情。章学诚认为，就写史来说，作者面对的史事，会有盛衰兴亡，对这盛衰兴亡的得失是非的判断，是由“气”决定的。但面对这盛衰兴亡，作者还会产生凭吊流连之情，“流连不已，而情深焉。”作者把这种深情写进文章，就能感染人了。

总之，把“气”和“情”结合起来，既是非明确，又爱憎分明，就是“天下之至文”了。对文学作品来说，“气”和“情”这两方面自然是不可少的；就历史著作来说，也是这样，我国古代优秀的史籍，如司马迁的《史记》就是“气”、“情”统一的“至文”，我们读了以后，不但能得到明确的是非观念，而且还会随作者的爱憎而生爱憎之情。这对我们今天进行写作，应该是很有启发的。

（原载《解放军报通讯》1984 年第 10 期）

自出机杼

【原文】

文章须自出机杼，成一家风骨。

——〔北齐〕魏收《魏书·祖莹传》

【今译】

写文章，必须独出心裁，形成自己独有的风格。

【浅析】

魏收，南北朝时北齐史学家，他著的《魏书》，是南北朝时北魏的纪传体史书。这里引用的两句，见于《祖莹传》中祖莹对别人谈自己的创作体会的一段话。“自出机杼”后来成为文学创作的格言，在中国古代文学理论上影响很大。

“机杼”本来是织布机，织布机可以织出很漂亮的各色各样的丝、麻织品来，古人就用它来比喻文学创作中组成文章的命意构思、遣词造句。较早这样用的，除祖莹外，还有南北朝时梁朝文学理论家刘勰，他在《文心雕龙·神思》中说，麻并不贵重，但经过“杼轴”（即“机杼”）的加工，就会成为美丽的珍贵的布。这也是在以织布比喻文学创作。

“自出机杼”，也就是我们常说的独出心裁，是一个重要的创作原则。写文章，当然要广泛学习古今中外的优秀作品，从中吸取有益的东西。但学习不能代替自己的创造，能够“自出机杼”，才能成为一个有出息的作家。

“自出机杼”，包括文章的内容、形式两个方面。就内容说，写文章一定要说自己想说的话，人云亦云不行，抄袭别人的东西更不行。就形式说，文章的篇章结构要不落俗套，用词造句要务去陈言，别人用滥了的格式、套话最好不用。这样，文章的内容、形式都是自己独有的。是别人写不出来的，这不就"成一家风骨"了吗？古八股、今八股、洋八股之所以要不得，就在于思想内容和语言形式上的陈陈相因，篇篇雷同；这样写，对作者来说是没有出息，在社会上形成一种不正的文风，危害性就更大了。

"自出机杼"，也不是胡乱地标新立异。独特的思想，主要是指对于客观事物、客观规律的正确的但又独到的、有深度的新颖的认识。一个作者，如果比别人更敏感，比别人有更丰富的实际生活的体验，比别人更有深入本质的认识能力、思维能力，他是一定会有别人认识不到的、或虽认识到而未能深入本质的认识，这就叫有独到见解。把这样的独到见解写成文章，发人所未发，论人所未论，这才是"自出机杼"。脱离实际生活、违背客观规律的所谓"独到见解"，只能是瞎说一气，谈不上是"自出机杼"。独特的语言形式，是为表现独特的思想内容服务的。独特的思想需要有相应的结构、语言，陈言套话是用不上的。如果离开了内容的表现去求新求奇，去生造谁也不懂得的词语，也谈不上是"自出机杼"。"自出机杼"，要从思想认识的提高、思维能力的锻炼和语言表现力的加强上下工夫，取巧是不行的。

（原载《解放军报通讯》1984年第11期）

文须有所不能自已而作

【原文】

昔之为文者，非能为之为工，乃不能不为之为工也。山川之有云雾，草木之有花实，充满勃郁，而见于外，虽欲无有，其可得耶？

——〔宋〕苏轼《江行唱和集序》

【今译】

过去的作家，不是故意去写什么就写得好的，而是不得不写才写得好。这就好像山间江上有云有雾，草木要开花结实，都是经过充分蕴积而自然表现出来的，你想要他不那样，做得到吗？

【浅释】

苏轼号东坡，北宋大文学家，散文、词的创作有很高的成就，诗也很有名。苏轼的文学思想的一个重要方面，是以自然为美，这里摘引的一段，就表现了他的这种观念。文学以自然为美，是我国文学理论史上的一个贯穿始终的极为重要的美学观点。所谓“自然”，在文学创作上主要指抒写自然真情。当作者经过充分的生活体验，思想情感在胸中蕴酿积累，到不能抑制、不吐不快的时候下笔写作，才有可能写出具有自然真美的好作品。腹中空空，硬要写作，硬去编造，只能是矫揉造作，无病呻吟，这就叫不自然。

苏轼的这段话讲的是写作要出之自然的道理。他认为，从历代作家创作的经验教训看，胸中没有东西，偏要去写，为写作而写作，是写不出好东西来的，这就是所谓“非能为之为工”；只有当胸中的思想情感蕴积到了不得不吐，非写不可的时候，在这样的强烈的创作冲动的促使下动笔写作，才能把作品写好，这就是所谓“不能不为之为工”。苏轼用山川有云雾，草木有花实等美的自然现象作比喻，正是在说文学作品的美，也是胸中蕴积的真情在不能不流露时自然流露的结果。因为苏轼有这样的文学主张，所以他从不写“勉强所为之文”，而总是“有所不能自已而作”，即胸中有自己不能抑制的思想情感的时候才写作。所以他的作品往往有真情感，真境界，自然天成。同时，因为是“有所不能自已而作”，写的是自己胸中经过充分蕴积的思想情感，说的是自己不得不说的话，所以他的文学创作能“自然机杼，成一家风骨”。

鲁迅先生是主张文章要在“非写不可”的时候才写的，他曾告诫有志于写作的青年，“写不出的时候不硬写”，与苏轼“有所不能自已而作”是一样的主张。这对我们从事写作的同志，不是可以作为一个座右铭吗？

（原载《解放军报通讯》1984 年第 12 期）

三不朽

【原文】

太上有立德，其次有立功，其次有立言，虽久不废，此之谓不朽。

——《左传·襄公二十四年》

【今译】

为人，最好的是树立德业，其次是建立功勋，再其次就是著书立说了。这三种建树，都是可以流传久远的，这就叫做不朽。

【浅释】

春秋时，晋国的范宣子问叔孙豹什么叫不朽，叔孙豹回答了他这样一段话。后来，这段话被概括为“三不朽”，对文人有很深刻的影响。文人都是“立言”的，这三者的关系处理得好不好，对他们成就的大小是很关紧要的。

立德、立功、立言三者的关系，主要在以下两个方面。

一方面，三者虽然都是“不朽”之事，但重要性是不一样的。最重要的是立德，其次是立功，再其次才是立言。据唐代经学家孔颖达给《左传》作的注释，所谓立德，是指“创制垂法，博施济众”。创立典章，树立法度，为广大民众造福，这简直是“圣人”才能做到的事，所以是最重要的。所谓立功，指的是“拯厄除难，功济于时”，为国家排除危难，建立功勋，有益于世，所以也很重要。至于立言，是指“言得其要，理足可传”，著书立说，论述切合于社会利弊，讲的道理可以流传久远。立言固然也很重要，但比起立德、立功来，究竟是次要的。古代许多作家，不以著书立说为满足，还特别注意身体力行，建立德业和功勋，为国家民族作出更大的贡献。

另方面，立德、立功、立言三者之间有内在的联系。并不是一切的“立言”都是可以“不朽”的。谬误的“言”，华而不实的“言”，都不可能“不朽”。“不朽”之“言”，应该是作者正确而深刻的见识的表现，应该是有益于国家民族的。这样看来，立德、立功，就是立言的坚实基础了。清代方东树把“经济德业”看做是写文章的“本”，就是把立德、立功作为写好文章的基础。当然，对每个人来说，都达到立不朽之德，立不朽之功，也立不朽之言，是很难做到的。但至少，他应该是一个关心国家民族，为国家民族的利益而身体力行的人。这样，他的文章才能“言得其要，理足可传”。否则，就谈不上什么“不朽”了。

（原载《解放军报通讯》1985 年第 1 期）

善因善创

【原文】

善因善创。

——〔清〕方东树《答叶溥求论古文书》

【今译】

善于学习继承，又善于发展创新。

【浅释】

方东树在这里，提出了向古人学习的又一个重要的原则问题。写文章，应该向前人学习，多读一点前人的好文章，对提高写作水平肯定是有益处的；割断历史，完全无视前人的成就，当然是不对的。但向前人学习，也不能陷入盲目性。这里有两个方面的重要问题。

首先，对古人的文章不能简单地模仿照搬。方东树说过："文章之道，必师古人，而不可袭乎古人。"意思是说，写文章，要以古人为师，但绝不可一味地模仿承袭。方东树强调，写文章一定要"有己"，即有自己独特的思想、情感、文笔、风貌，而"徒剽袭乎陈言，渔猎乎他人"，是最没有出息的。学习写文章，总不可避免要有一个模仿的阶段，但这是一个初级的阶段，万不可总停留在这个阶段上。文章是自己的文章，不能用自己的手写别人的文章。这个道理并不复杂，但很重要。

其次，文章要"有己"，就必须在学习继承的基础上创新，只有创新，才能表现出"吾之心胸面目声音笑貌"，才能写作出有自己的独特风格的文章来。创新，包括“创意”与“造言”两个方面。“创意”，就是自出新意，有比前人更深刻、更独特、更新颖的见解。在我国散文史上，常常能看到这样两种情况：一是同一题材甚至同一题目的文章，陈陈相因，千百篇如同一篇。另一种情况是，同题之作，却各有独到见解，各有独特面目。后一种情况，说明后来的作者善于“创意”，于是能成“一家之言”。“造言”，就是在语言形式上自出机杼，学习前人，而又不蹈袭前人。方东树认为，在充分领会前人作品之后，自己写作要力避其“似”，即力避雷同，作到“无一字不自己出”。这就是务去陈言的意思了。怎样做到“造言”的新，恐怕关键还在于“创意”。如果文章写的是自己真诚的情感，独到的见解，“造言”一定会有自己的特点。胸中无物，一心只想作漂亮的文章，恐怕是很难避免陈词滥调的。

（原载《解放军报通讯》1985 年第 4 期）

为文与修身——《论语》

【原文】

质胜文则野，文胜质则史。文质彬彬，然后君子。（《论语·雍也》）

有德者必有言，有言者不必有德。（《论语·宪问》）

辞，达而已矣。（《论语·卫灵公》）

【今译】

过于质实而缺乏文采，就显得粗野了；过于讲求文采而实质不足，就显得华而不实了。把文采和质实恰当地结合起来，才是君子。

道德高尚的人，一定会有至理名言；但反过来说，能说出至理名言的人，却不一定道德高尚。

言辞，能明畅地表达意思就行了。

【简析】

《论语》，是主要记录孔子言行的一本书。孔子，生活在约两千四百年前，是春秋末期的政治家、思想家、教育家。他的思想，在后来两千多年的封建社会里有重大影响，正统的政治、伦理道德、文学艺术等观念，大多与孔子的思想有关。这里主要谈孔子与文学有关的一些观点。

在孔子的时代，还没有形成现代意义上的文学的概念。“文学”这个词，在那时就有了，孔子就用过这个词。他评价自己的学生，曾说过："文学，子游、子夏。"但这里不是说子游、子夏这两个学生是今天所谓的文学家。"文学"，在这里主要是指古代文献典籍，看来子游、子夏在学习古代文献典籍方面有特长。根据《论语》的记载，孔子也常谈到"文"，有时也谈"文章"，但都不是今天所谓的文学、散文，而主要是指文献、文献知识或礼乐制度。有时，"文"指文辞、文采，这就是与后来的文学观念最有关系的方面了。

要说孔子的文学观念，主要还在诗。在中国古代文学中，诗是最早成熟、最早发达的文学品种了。现在我们能读到的《诗经》里的三百多首诗，都产生在孔子之前，而且在孔子的时代非常流行，很受重视。孔子办教育，《诗》是一门主课，所以在《论语》中，孔子谈诗的地方很多。孔子论诗，是把诗的学习和学礼修身联系起来谈的，对后代的正统诗论有很深的影响。这方面的问题不多说。

孔子的言论对后代文章写作最有影响的，还在他关于文与质、言与德方面的观点。

关于文与质的关系，孔子要求内容实质与文采的恰当结合。他不赞成过分追求文采，也不赞成不要文采。但是要注意，孔子在这里讲的还不是文章的内容与形式的关系问题。他所讲的，主要还是如何作"君子"；至于"文"和"质"，主要是指"礼"的外在表现与内容实质。他的意思是说，君子修身，主要是学礼，但礼有两个方面，一方面是它的内容实质，即关于尊卑、贵贱、君臣、父子、夫妇等方面的等级制度，另一方面是它的表现形式，如仪式、礼节、礼物等等。在孔子看来，这两方面都重要，缺一不可。如果只有表现形式而没有内容实质，当然谈不上礼。孔子生活的时代，礼崩乐坏。当时，一些贵族("君子")内心已经不那么赞成礼了，礼只保留在仪式、礼物等形式上。孔子对这一点很痛心，曾慨叹说："礼啊！礼啊！难道就只在于玉、帛这些礼物吗?"在他看来，内心并不守礼，却在形式上做样子，就是"文胜质"。另一方面，也不能只是内心守礼而没有形式的表现，如果那样，就是"质胜文"。孔子要求"文质彬彬"，即内心守礼，又在形式上按礼的规范去做，这就是诚于中而形于外，就算是一个合格的君子了。孔子的原意虽然如此，但他的话确实又概括了内容和形式的关系问题，对于后来文学家解决质、文关系问题很有启发。质、文关系成了中国古代文学理论的一个重要范畴，与孔子的思想是有很大关系的。

关于内容和形式的关系，孔子还较切近地谈到过文辞和内容的关系，这就是“辞，达而已矣”那句话。这句话的原意，也不一定就是指写文章，孔子自称“述而不作”，似乎是不写文章的。所以他的言行，就只能由学生来记录整理。那句话大约是说：讲话，能够达意就行了。但对于写作，这当然也是适用的。“达”，有表达的意思，也有通达明畅的意思。既然“达而已矣”，就不必在“达”之外去追求华丽的辞藻，弄成“文胜质”。但“达”也不那么容易，要把意思准确明畅地表达出来，不讲求文采、技巧也不行，否则，就弄成了“质胜文”。所以，“达”对于写作是一个很高的要求。北宋苏轼也谈过这个问题，他说：一个作家，要做到“了然于心”，就很不容易，要“了然于口手”，即把心里的东西很好地说出来、写出来，就更难了。所以他说：“辞至于达，则文不可胜用矣。”(《答谢民师书》)

要解决好质、文关系问题，首先还是要解决人的思想修养问题，所以孔子又讲到了德和言的关系。他认为，德和言应该统一，但往往却并不统一。道德高尚的人，他的言论一定是至理名言，但能说出至理名言的，却未必就道德高尚，这种人往往心口不一，只会说漂亮话。孔子的这个观点，对后代作家也有启发。使我们认识到，从事文学创作，不能只追求文章漂亮、语言警策，而应该首先注意思想道德的修养。但对孔子的话，也有人片面理解，认为只要思想道德修养好了，就自然会写出好的作品来，这实际上是轻视甚至否定了文学创作的艺术表现方面。如北宋欧阳修的“道胜者文不难而自至”(《答吴充秀才书》)的观点，虽然是为了反对溺于文辞的偏向，但也确有片面性。后来，一些文学家强调文学创作在思想道德之外“别有能事”，就是针对这种片面性而发的。

(原载《新闻与成才》1986 年第 2 期)

知言和养气——《孟子》

【原文】

(公孙丑问:)“敢问夫子恶乎长?”(孟子)曰:“我知言，我善养吾浩然之气。”“敢问何谓浩然之气?”曰:“难言也。其为气也，至大至刚，以直养而无害，则塞于天地之间。其为气也，配义与道;无是，馁也。是集义所生者，非袭义而取之也。行有不慊于心，则馁矣。”

——《孟子·公孙丑上》

【今译】

公孙丑问孟子:“请问夫子的长处在哪方面?”孟子回答说:“我善于分析别人的言辞，我还善于培养我的浩然之气。”公孙丑问:“请问什么叫做浩然之气?”孟子说:“这就不大容易说清楚了。那种气，最为浩大，最为刚强，用正义精神去培养它，而不要加以伤害，它就会浩然无垠，充实于天地之间了。那种气，是与道和义相配合的;如果没有道和义，它就疲弱无力了。这浩然之气，靠内心义的修养和积累而产生，不是把义从外面强加于人所能得到的。如果做了什么自己都感到于心有愧的错事，这气也会变得疲弱无力的。”

【简析】

孟子，名轲，邹(今山东省邹县)人，战国时期杰出的思想家、政治理论家。孟子生活在公元前四世纪，正是战国中期。当时，诸侯纷争，战争频仍，但在这纷乱而残酷的大混战中，却正进行着深刻的社会变革，孕育着崭新的大一统的封建王朝。这样的形势，使战国思想家们激动不已。他们立足现实，面向未来，从政治、思想、经济、军事等方面构想着新帝国的蓝图。孟子就是这些思想家中杰出的一个。

孟子设计的治世蓝图，在政治上是行"仁政"，而"仁政"的基础，则是作为伦常观念的仁和义。在这一点上，孟子继承了孔子的思想，表现着同样的儒家正统立场。孟子认为，只要人人都遵行仁义，特别是国君遵行仁义，仁政就可以推行，天下就可以大治。人的仁义之心是从哪里来的呢？孟子认为是天生的。他认为，无论什么人，生来就有善性，这天生的善性，又叫"良心"，或叫"良知"、"良能"，它的内容，就是仁义。孟子说过，人的天生的善性，归结起来，就是"亲亲"、"敬长"两个方面。"亲亲"就是孝敬父母，就是仁；"敬长"就是恭敬兄长，就是义。但孟子还认为，人虽然有先天的善性，后天却未必都能保持；一个人如果不保持善性，良心跑掉了，就和禽兽差不多了。人要保持和发扬善性，就要靠后天的仁义道德的修养。孟子所谓"养气"，就是这样提出来的。

"气"这个概念，产生很早。"气"是一个象形字，它的初意是指云气。后来，字义在发展中逐渐抽象化，到春秋时，就有了阴阳二气的说法。当时人认为，阴阳二气是万物产生的物质根源。阴阳二气充实于宇宙之中，无处不在；二气交感，于是就有了各种自然事物、自然现象。对于人来说，"气"是人的生命的根源。故战国思想家有"气者身之充"，"灵气在心"的观点(《管子·心术》)。孟子的"养气"说，承袭了这样的观点，他也说过："气，体之充也。"(《孟子·公孙丑上》)但孟子所说的"气"，已经不是作为人的生命的物质根源的自然之气了，他所谓"气"，已经不是物质之气，而是精神之气了，具体地说，孟子的"浩然之气"是一种由仁义道德的修养而得来的精神力量。孟子说，"浩然之气"、"配义与道"，是"集义所生"的，也就是由仁义道德的修养而造成的。一个人，只要后天坚持仁义道德的学习和修养，就会有一种精神力量，其先天的善性就可以保持并发展了。

孟子所谓的"浩然之气"又是一种"至大至刚"的"充塞于天地之间"的"气"。这就是说，由仁义道德的修养而得到的这种精神力量，是旺盛而刚强的。孟子要求于人的，不只是作一个有道德修养的君子，而且要作一个坚守节操、刚毅不屈的"大丈夫"。孟子说："富贵不能淫，贫贱不能移，威武不能屈：此之谓大丈夫。"(《孟子·滕文公下》)这种顶天立地的"大丈夫"精神，也就是"浩然之气"了。

孟子把“养气”和“知言”联系起来谈，两者之间，实际上是有一定的因果关系的。孟子说，他善于分析别人的言辞，“诐辞知其所蔽，淫辞知其所陷，邪辞知其所离，遁辞知其所穷。”意思是说：对片面的言辞知道它是怎样陷于片面性的，对夸大失实的言辞知道它是怎样流于浮夸的，对违背仁义之道的言辞知道它是怎样离开了真理的，对躲躲闪闪的言辞知道它是怎样地理屈辞穷的。为什么会“知言”呢？这就和“养气”有关系了。有“浩然之气”的大丈夫，一定是有道德的、正义的、无所畏惧的人，他的言论，一定坚持真理，堂堂正正，真率恳切。这样，对于那些不正常的言辞，自然会有高度的辨别力了。

孟子的“知言养气”说，本身不是在谈文学问题，但与文学问题有关，对后代的文学家，文学理论家有很大的影响，成了中国古代文论中“文气”说的源头之一。一方面，就文学创作说，文学固然是语言的艺术，但语言只是作家内在精神的外在表现，它虽然重要，却不是最根本的。文学创作中，处于主导地位的，还在于作家的内在心胸。于是，“养气”就成了作家的一件要事。有了壮盛充沛的“气”，就可以随心所欲地驾驭语言，写出好作品来。另一方面，就文学批评说，又可以通过对言辞的分析，了解作者的精神，正确判断作品的优劣。这些问题，我们以后还将具体谈到，这里就不多说了。

（原载《新闻与成才》1986 年第 3 期）

美在自然——《庄子》

【原文】

朴素而天下莫能与之争美。(《庄子·天道》)

凡成美,恶器也。(《庄子·徐无鬼》)

西施病心而颦其里,其里之丑人见而美之,归亦捧心而颦其里,其里之富人见之,坚闭门而不出;贫人见之,挈妻子而去走。彼知颦美,而不知颦之所以美。(《庄子·天运》)

【今译】

朴素最美。朴素之美是天下任何美都不能与之争高低的。

凡是有意追求美,就会损害美,这样做成的器物,实际上是丑的。

西施患心口痛病,在村里走过,常常皱着眉头。村里有一个丑人看到西施皱着眉头很美,也学西施的样子捂着心口,皱着眉头在村里走,自以为自己这样也很美了。结果,村里的人们却非常厌恶丑人。有钱人不愿见到丑人,都紧紧关上门不出去;穷人不愿见到丑人,都带着家里人搬到别处去了。这个丑人,只知道西施皱着眉头美,却不知道西施皱着眉头为什么那样美。

【简析】

《庄子》是产生于战国时期的一部重要的道家著作,分"内篇"、"外篇"和"杂篇"三个部分,共三十三篇文章。"内篇"阐明道家的基本哲学思想,"外篇"和"杂篇"则主要是补充、发挥"内篇”的思想。整个“内篇”和“外篇”的某几篇的作者是庄子。庄子名周，是战国中期杰出的道家思想家。《庄子》一书发挥老子的思想，集战国道家思想之大成，与《老子》同是道家的经典著作。

道家，是战国时期与儒家思想相抗衡的一个重要思想学派。道家主张自然无为，重精神自由，对宇宙人生有比较深入的哲理的思考。

由于道家主张自然无为，对于当时为贵族所垄断的一切文化包括文学艺术，都是否定的。道家思想家从不像孔子那样谈文如何自何，诗如何如何，他们基本上没有关于文学艺术的正面而具体的理论阐述。《庄子》一书也是这样。但道家的哲学思想，却对后世的文学艺术理论有着巨大的启发，成了后来的一些重要的艺术观念的哲学思想基础。

道家批判儒家的仁义道德，认为仁义是违反人的自然天性的，是人为的，是虚伪的。“伪”不是美，而是丑。针对这样的人为的“伪”，道家思想家提出了自然之美的思想。自然之美，就是符合于世间万物自然的必然性的、符合于人的自然之性的美的事物，美的感情。

自然之美，或叫天然之美，不是为了某些人的功利目的故意做出来的，不是为了让人家说美而装出来的，任何人为的、出于满足某些人的私欲而造成的事物，都是不美的。

自然之美，又可说是朴素之美。道家思想家都用朴素来比喻自然。朴，就是没有经过加工雕刻的木头；素，就是未经加工漆饰的丝织品。朴、素都没有经过人为的加工而保持了本色，所以自然。任何事物，只要保持了自然本色，都是最美的，所以说“朴素而天下莫能与之争美”。按照某些人的功利目的人为地加工出来的东西，破坏了事物的天然本色，就不美了。所以说“凡成美，恶器也”。

对人来说，天然的姿质、自然的感情，才是最美的；装扮出来的、做作出来的，就不是美，而是丑了。“东施效颦”的故事，正生动地说明了这个道理。人的自然感情，道家思想家又叫“真”，叫“精诚”，也就是内心的真实感情。感情要动人，就要真，要诚，否则，就不能动人。《庄子》里面谈到过，一个人，心里并不悲痛，却为了某种需要装哭，哭得再伤心，也不能使人哀痛；心里并不和别人亲热，却为了某种需要亲热，笑得再甜，也不能让人高兴。

道家关于自然之美的观念，对后世的文学艺术理论有巨大的影响。中国古代文学艺术理论之所以能形成重自然、重本色、重真情的理论传统，主要就是受到了道家自然之美的思想的启发。如从刘勰的主张“写真”，反对“外饰”(《文心雕龙·情采》)，钟嵘的提倡“真美”(《诗品序》)，到明代李贽直截了当地提出“以自然之为美”(《焚书·读律肤说》)，都是如此。文学理论强调自然，一方面是强调情感的自然，表现人的“童心”、“赤子之心”，要求真情的自然流露，反对无病呻吟；一方面强调语言形式的自然，“清水出芙蓉，天然去雕饰”(李白《书怀赠江夏太守良宰》)，反对过分的堆砌雕琢。这样，文学作品就可以达到自然之美了。新闻作品不也是这样吗？

（原载《新闻与成才》1986 年第 4 期）

人心与言辞

【原文】

将叛者其辞惭，中心疑者其辞枝，吉人之辞寡，躁人之辞多，诬善之人其辞游，失其守者其辞屈。

——《周易·系辞下》

【今译】

将要背叛的人言辞显得惶愧，内心犹豫的人言辞散乱没有定准，善良的人少言寡语，浮躁的人喋喋不休，诬陷好人的人言辞虚浮不实，丧失操守的人言辞吞吞吐吐。

【简析】

《周易》是我国古代一部重要的儒家经典，有丰富的哲学、伦理、政治思想内容，在中国古代思想史上有一定的地位。《周易》分《经》和《传》两个部分。《易经》有六十四卦、三百八十四爻，每卦每爻都有简要的文字说明，称为“卦辞”、“爻辞”。《易传》是对《易经》的解释和发挥。

《系辞》是《易传》的重要组成部分。《系辞》分上下两篇，主要从理论上概括说明阴阳相生、变化无穷的“易道”，同时也谈到了《易经》的“卦辞”和“爻辞”的一些特点。

一方面，《系辞》指出了“卦辞”、“爻辞”以象明义，因小喻大，言近意远的特点，即所谓“其称名也小，其取义也大，其旨远，其辞文，其言曲而中，其事肆而隐”(《系辞下》)。根据《系辞上》的说法，一部《易经》，都不过是“立象以尽意”。“卦”，是自然事物的象征性的抽象符号；“卦辞”和“爻辞”，一般都是以具体的自然事物说明政治、伦理的道理，并且常常是用一些细小的事物来说明大义。例如：第六十四卦“未济”，卦辞说：“小狐汔济，濡其尾，无攸利。”意思是说，小狐狸渡水，水面太宽，力不从心，结果把尾巴都弄湿了。这个具体而细小的现象要说明的，是君子“以慎为德”这个大道理。不慎，就要犯大错误，所以不吉利。这样的以象明义，因小喻大，意思含蓄，发人深省的辞的特点，和文学作品非常类似，因此，《系辞》的这种思想对后来的文学理论家认识文学的艺术规律很有启发。

另一方面，《系辞》指出，人们由于处境、心理、思想、品德的不同，在言辞上也是各有特点，不会雷同的。言为心声，人的内在的真实思想、心理虽然有时不一定必然在他的言辞、作品中表现出来，“失真”的情况是有的，但一般的说，一个人的真实思想，总会在他的言辞、作品中流露出来的。因此，一般可以通过言辞、作品了解说话、写作的人。前面谈到过，孟子讲“知言”，就包含着根据其言考察其人的意思。《系辞》所指出的人和言辞的关系，也可以启发人们注意从一个人的言辞去了解其人的思想品德；同样的道理，一般也可以通过作品了解作家。根据作品去了解作家，是文学批评范畴的问题。《系辞》关于人和辞的关系的看法，对中国古代文论的批评也是有积极影响的。刘勰提出过“辞共心密”的问题（《文心雕龙·论说》），要求文章的语言和作者内心的真思想、真感情高度一致，看来是受到了《系辞》的启发的。宋代的魏了翁，更根据孟子关于“知言”的观点和《系辞》关于人和辞的观点阐发了“即辞以知心”的问题。他说：“今之文，古所谓辞也。古者即辞以知心，故即其或惭、或枝、或游、或屈，而知其疑叛、知其诬善与失守也；即其或诐、或淫、或邪、或遁，而知其蔽陷、知其离且穷也。”魏了翁认为，人心与言辞的关系，是“积于中而形于外，断断乎不可掩”的。（《攻媿楼宣献公文集序》）

“文如其人”这句话，一般的说，是符合于实际的，是符合于一般的写作规律的。根据这样一个规律，我们一般可以根据作品去深入了解作者；而深入了解作者，又可以反过来帮助我们更深地了解作品了。

（原载《新闻与成才》1986 年第 5 期）

质美不待饰——《韩非子》

【原文】

礼，为情貌者也；文，为质饰者也。夫君子取情而去貌，好质而恶饰。夫恃貌而论情者，其情恶也；须饰而论质者，其质衰也。何以论之？和氏之璧不饰以五采，隋侯之珠不饰以银黄，其质至美，物不足以饰之。夫物之待饰而后行者，其质不美也。

——《韩非子·解老》

【今译】

礼，是情感的外在形式；文，是质的外在修饰。君子只取内在的情感而排除外在形式，只喜欢内在的美质而讨厌外加的修饰。只靠外在形式来表现的情，一定不是美好的情，需要文采来修饰的质，一定也不是美好的质。为什么这样说呢？和氏璧不需要五彩涂饰，隋侯珠也用不着金银装饰，那是因为它们质地就非常美了，任何东西都无法装饰它们。任何东西，如果要等修饰以后才可用，它的质一定是不美的。

【简析】

《韩非子》，战国末期思想家韩非著。韩非是我国法家代表人物，是法治思想的集大成者。他的政治思想，是实行法治，即以明确而严格执行的刑赏、法令治理国家，主张在法面前人人平等，“刑过不避大臣，赏善不遗匹夫”(《韩非子·有度》)。在哲学思想上，吸收老子、墨子、荀子的思想，以老子的自然无为论否定儒家的先王观和仁义道德观念，从自然无为引出尚俭质、去华侈的重实利的思想。

前面已经谈到过，孔子主张文与质相统一，“文质彬彬，然后君子”。韩非与孔子不同，他明确地重质轻文，重真情而排斥伪饰。儒家强调礼，认为一个人的内心感情，一定要通过符合于礼的行为来表现。但既然礼是至高无上的，人的一言一行都必须合礼，往往不管内心怎样想，不管愿意不愿意，都要做出合于礼的行为来，这就导致了虚伪。韩非认为，这对于个人、对于社会，都是很有害的。他主张，一个人，真情最为重要，外貌则无所谓；内心是美好的，就不需要外在的装饰；内心不美才要借助于装模作样，但越是装模作样，就越暴露出内心的丑。这就好比一种东西，只要质地是美的，就不再需外加的装饰了，和氏璧不需要五彩装饰，隋侯珠不需要金银装饰，就说明了这个道理。

韩非的这种观念，和前面介绍过的道家的自然之美的观念，显然有相通之处。但两家思想的实质，并不相同。道家重自然之美，是非功利主义的，而法家反对文饰，则是出于“尚用”的思想。韩非说过：“好辩论说而不求其用，滥于文丽而不顾其功者，可亡(无)也。”(《韩非子·亡徵》)可见他是因为“文害用”而反对文饰的。韩非的这些言论，都还不是直接谈文学艺术问题，但这样明确的美的观念，对后世的文学艺术思想是很有影响的。文学总离不开语言的艺术美，但语言的艳丽、辞藻的华美，都要以不害质为原则。文学家进行创作，以表达真情实感为要务，情感真挚自然，就不需要那样多的外饰了。刘勰说过：“夫铅黛所以饰容，而盼倩生于淑姿；文采所以饰言，而辩丽本于情性。”(《文心雕龙·情采》)意思是说：铅粉、黛石是用来擦脸描眉，修饰容貌的，但女性的顾盼含情之所以美，只是因为她有美的姿质，而不是因为她装饰了容貌；华美的辞藻是用来修饰语言的，但真正的文采美却产生于情性的真挚，而不在于华辞丽语。设想，姿质不美的人，打扮起来就会美吗？没有真情实感的文学作品，只靠华美的辞藻就能感人吗？当然，对于文学作品，不能只看它的思想、政治的效益，还要看他的形式美的价值。“滥于文丽而不顾其功”固然不好，只顾实用而不讲求艺术形式价值，一概反对文采，一概反对语言的修饰润色，也不好。但韩非的这种观点，是针对浮伪不实之风而提出来的，在当时具有某种“矫枉必须过正”的必要性，今天还不能脱离当时的条件过多批评韩非的片面性。

(原载《新闻与成才》1986 年第 6 期)

赋家之心——司马相如

【原文】

合组纂以成文，列锦绣以为质，一经一纬，一宫一商，此赋家之迹也。赋家之心，苞笼宇宙，总览人物；斯乃得之于内，不可得而传。

——《西京杂记》引司马相如语

【今译】

赋是要讲求文采和音调的。赋的文采，有如彩带铺陈，锦绣罗列，是非常华丽的；赋的音调，如音乐的宫商相和，也是十分动听的。但这些都不过是赋的外在的形式而已。赋家之心，才是最重要的。赋家的心神之运，无限广阔自由，上可以包笼宇宙，下可以总览人物，世间万物(包括人事)都可以被感受，被认识。但这是一种自得于心的东西，不像赋的文采、音调那样可以看得见、听得见，可以直接表现出来。

【简析】

司马相如是西汉大辞赋家，因作《子虚赋》、《上林赋》、《长门赋》等而闻名于世，并受到汉武帝的赏识。

司马相如对“赋家之心”问题的论述，在中国文学理论史上较早接触到了艺术思维问题，对后来陆机、刘勰等人论艺术思维有一定的启发，因此值得重视。司马相如关于“赋家之心”的观念，对文学创作具有普遍意义，也值得从事文学创作和文章写作的人重视。

司马相如所处的西汉中期，是汉赋的大发展、大繁荣的时代，汉赋在写作上的主要特点是铺张，赋家一般追求物色宏富，辞藻华茂，讲求语言的句式齐整，音调铿锵，节律鲜明。

在中国文学史上，汉赋的发展对文学语言艺术的发展，有着不可磨灭的功绩。但某些赋家对语言的华丽丰美的过分追求，流于“虚辞滥说”、“靡丽多夸”，就带来了两个方面的问题。一方面，语言过分繁富，生辞僻字堆砌太多，形成累赘，对读者造成知识上和心理上的障碍，反而降低了语言艺术的审美价值。另一方面，物色过分铺陈，词语过分雕琢，妨碍了赋家思想感情的表达，即使有所寓意，也被华辞丽语淹没，难以被读者体会。赋的这种缺点，东汉的史学家、文学家班固在总结西汉赋的得失时就指出来了，他说：“汉兴，枚乘、司马相如，下及杨子云，竟为侈丽宏衍之词，没其风谕之义。”

司马相如在赋的创作上确实有班固所指出的那种缺点，但在理论上，他提出了赋的“迹”和“心”的观点，应该说是很有见地的。

赋的“心”和“迹”的关系问题，实际上就是赋的神和形的关系问题。在哲学上，先秦道家思想家早就提出了形神关系这个范畴。西汉中期，哲学上关于形神关系的观点启发了人们去认识文学艺术的外在美和内在美的关系问题。司马相如论赋的“迹”和“心”的关系，也是这种认识的一个表现。司马相如认为，赋的写作，要求辞采华茂，音调优美。但辞采音调的美，只是赋的“迹”，即外在的形式的美。任何事物，都有它的“迹”，赋并不例外，形式总是存在的，不能也不会没有。但任何事物，居于主导地位的，是神而不是形，赋作为“人学”的文学作品，更应该着重于人的心灵的表现。更应该重在“心”，而不应该重在“迹”。

司马相如讲“赋家之心”，正是强调了赋家创作时心神的地位。赋的创作，首先有一个“赋家”心神独运，观照世界（即所谓“苞笼宇宙，总览人物”），以心接物的过程。在这个过程中，作家的思想感情得以激发，得以凝聚。然后叙物言情，形之于文字，才有作品的产生。司马相如对这个过程的说明，看起来并不完整，也只谈到了“苞笼宇宙，总览人物”，但实际上，这就是以心接物，情感得以激发、凝聚，终于得到表现的问题了。司马相如还认为，思想感情既然是赋家心神独运的产物，是“得之于内”的，因此，就“不可得而传”，不像辞藻音调那样有形可见，有声可闻，只能融合在物色辞语中间，自然而然地流露出来。

总起来说，司马相如关于“赋家之心”的观点，接触到了文学创作过程中作家的心神运动即是艺术思维的问题，说明了思想感情在文学作品中的重要地位，也实际上说明了思想感情（“心”）如何通过语言形式（“迹”）表现的问题。这些问题的提出，对后来的文学家、文学理论家都是很有启发的。

（原载《新闻与成才》1986 年第 7 期）

发愤著书——司马迁

【原文】

夫诗书隐约者，欲遂其志之思也。昔西伯拘羑里，演《周易》；孔子戹陈、蔡，作《春秋》；屈原放逐，著《离骚》；左丘失明，厥有《国语》；孙子膑脚，而论兵法；不韦迁蜀，世传《吕览》；韩非囚秦，《说难》、《孤愤》；《诗》三百篇，大抵圣贤发愤之所为作也。此人皆意有所郁结，不得通其道也，故述往事，思来者。

——《史记·太史公自序》

【今译】

古人著书含蓄深沉，都是为了表达自己的思想感情。过去，周文王姬昌还是西伯的时候，被殷纣王囚禁在羑里，把八卦演成了六十四卦；孔子在陈、蔡遭困迫，写成了《春秋》；屈原被楚王放逐，创作了《离骚》；左丘被弄瞎了眼，完成了《国语》；孙子被砍去了双脚，写成了《孙膑兵法》；吕不韦被秦王流放到蜀地，才有《吕氏春秋》传世；韩非到秦国，被秦王囚禁，写成了《说难》、《孤愤》；《诗》三百余首，也大多是圣贤发愤而作的。这些遭遇不幸的人，内心郁结着悲愤之情，其理想、主张得不到实现，才述古思今，写成著作，使悲愤之情得到抒发，使自己的思想主张得到表现。

【简析】

司马迁是西汉伟大的史学家、文学家，他的《史记》，“究天人之际，通古今之变，成一家之言”(司马迁《报任安书》)，是一部划时代的历史名著，也是一部杰出的传记文学名著。《太史公自序》，是司马迁为《史记》全书写的一篇序，序中记明《史记》的写作动机、写作过程、基本内容。在这篇序里面，提出了在我国文学理论史上有重要影响的“发愤著书”的观点。

所谓“发愤著书”，是说作者遭遇不幸，特别是受到统治者的迫害，处于逆境时，为了抒写悲愤之情，为了发表难以实现的思想主张，才写成作品。这就提出了一个原则问题：在剥削阶级当权的社会里，什么样的文学作品才是好作品？文学史的事实证明，一个人处于顺境，志得意满，高官厚禄，养尊处优，也是可以写出作品来的。这样的作品，由于作者与现实并无矛盾冲突，情感一般是空虚、苍白的。其内容，往往歌功颂德，粉饰太平；即使强说哀愁，也是无病呻吟，并没有真情实感。这样的作品，当然不可能是好作品。如明代李贽(卓吾)所说：“太史公曰：‘《说难》、《孤愤》，圣贤发愤之所作也。’由此观之，古之圣贤，不愤则不作矣。不愤而作，譬如不寒而颤，不病而呻吟也，虽作何观乎?”(《忠义水浒传序》)文学史的事实还证明，文学家应该有感而后发，特别是在遭到困顿坎坷，甚至遭到当权者的打击迫害时，满腔悲愤，不吐不快，发而为诗文，才能是真正的感人至深、可传久远的好作品。显然，这样的作品，不可能是歌功颂德的，而只能是批判的、揭露的，至少也有那么一点有感而发的牢骚。可见，“发愤著书”的观点，在封建社会里是一个颇有叛逆色彩的观点。

“发愤著书”说又是一个揭示了文学发展的一个方面的规律的有价值的理论观点。文学作品的生命力的重要因素之一，在于它揭示现实矛盾的深度。在剥削阶级当权的社会里，存在着阶级矛盾、阶级压迫，存在着种种的黑暗和腐败，这是由统治阶级的阶级本质所决定的，即使当权的统治阶级处于历史发展的上升时期，这种黑暗和腐败也是不可能避免的。文学作品要有生命力，要有历史的深度，就不能回避这一切矛盾。而一个处于顺境的人，甚至处于高官厚禄、养尊处优地位的人，是不可能感觉、认识、揭露这一切的矛盾的。因为他们对一切都感到满足，和现实根本没有矛盾。只有身处逆境，自身就处于社会的激烈的矛盾冲突之中，才能在不同程度上感受、认识以至于揭露种种的社会矛盾，写出有真情实感的有生命力的作品来。司马迁写《史记》本身，就是“发愤著书”的典型一例。如果他没有遭李陵之祸，没有落到“身毁不用”的悲惨屈辱的处境，很难想象他会写出如此富于批判精神、如此具有思想深度的千古不朽的“无韵之《离骚》”来。因为司马迁的“发愤著书”说反映了事实，揭示了规律，在后来的文学创作、文学理论中产生了巨大的影响。

（原载《新闻与成才》1986年第8期）

文近意远——司马迁

【原文】

屈平之作《离骚》，盖自怨生也。国风好色而不淫，小雅怨诽而不乱，若《离骚》者，可谓兼之矣。上称帝喾，下道齐桓，中述汤、武，以刺世事，明道德之广崇，治乱之条贯，靡不毕见。其文约，其辞微，其志洁，其行廉，其称文小而其指极大，举类迩而见义远。

——《史记·屈原列传》

【今译】

屈原作《离骚》，是由于他有满腔的怨愤。《诗经》里面，“国风”多为表现男女恋情的诗，但表现并不过分；“小雅”多为抒写怨恨之情的诗，但并没有随意诽谤。而《离骚》，则兼有“国风”和“小雅”的特点。《离骚》称述前代君王，上至远古的帝喾，下至春秋时期的齐桓公，中间还谈到了商汤、周武王，以此来讽刺屈原当时黑暗的世道，明主道德的远大崇高，社会治乱的来龙去脉，在里面都表现得很透彻。《离骚》文辞简约，含意深微，表现了屈原高洁之志和廉正之行；《离骚》多写细小之事，眼前之物，却包含着有关国家民族的宏大深远之意。

【简析】

《离骚》是战国时期楚国伟大诗人屈原的名著，是我国诗歌史上第一篇杰出的抒情长诗。屈原名平，楚怀王时官左徒。

司马迁提出“发愤著书”说，其根据之一，就是“屈原放逐，著《离骚》”。在《史记·屈原列传》中，司马迁充分说明了《离骚》乃“发愤”之作的问题，说屈原“信而见疑，忠而被谤，能无怨乎”，故“屈平之作《离骚》，盖自怨生也”。

司马迁分析了屈原《离骚》的“怨”的特点，并提出了一般的哀怨文学作品的标准问题。他说：“国风好色而不淫，小雅怨诽而不乱，若《离骚》者，可谓兼之矣。”所谓“国风好色而不淫”，表现的是在诗三百篇成了经典之后儒家思想家对“国风”的看法。在《诗经》十五“国风”里面，有许多爱情诗，表现青年男女之间相爱的欢快之情，或者表现他们之间爱情不能如愿的悲苦之思。春秋时期，这些诗在上层贵族中间十分流行，为了使之服从于贵族“言志”的需要，儒家思想家就把这些诗说成是似乎本来就受到礼义的约束似的。孔子就说过：“诗三百，一言以蔽之，曰思无邪。”具体到作品，孔子又说：“《关雎》乐而不淫，哀而不伤。”“国风好色而不淫”，也就是这个意思。

在《诗经》里面，“小雅”多抨击时政、抒写怨情的诗，但儒家思想家认为其中的怨愤和不满，并没有存心诽谤，以下犯上的意思，也符合“无邪”的要求。这就是“小雅怨诽而不乱”了。司马迁为什么说《离骚》兼有“好色而不淫”和“怨诽而不乱”的特点呢？屈原在《离骚》中大量写到了“美人香草”，其实，这些都是作为比、兴手法，寄寓屈原对君王的既忠又怨的情感和对高尚正直之士的仰慕，表现的是正大而健康的情怀。

司马迁还分析了《离骚》抒情的以小喻大、言近意远的特点，具有较大的理论价值。道家思想家主张言不尽意，得意忘言；儒家思想家在主张文辞正确达意之外，又提出过“言近而指远”的问题(《孟子·尽心下》)，即要求语言浅近而含意深远，实际上带有启发人的联想的意思。秦、汉之际，《易传》作者发展了“言近指远”的观点，认为《易经》卦、爻辞“其称名也小、其取类也大，其旨远，其辞文，其言曲而中，其事肆而隐”(《周易·系辞下》)，说明了卦、爻辞以小喻大，以象明义，隐微曲折，言近意远的特点。而这也是文学作品应该具备的特点。实际上，诗的比、兴，就是造成文学作品特别是诗的这样一些特点的手法；这些特点，也正是《离骚》所具有的。司马迁抓住《离骚》的这一特点，强调“其称文小而其指极大，举类迩而见义远”，把哲学观念嫁接于文学观念，提出了文学作品特别是诗歌创作的重要原则，即形象，含蓄，启人联想，发人深思。能这样解决好言、象、意的关系问题，就能够创作出好的作品来了。

(原载《新闻与成才》1986 年第 9 期)

言为心声——扬雄

【原文】

言，心声也；书，心画也。声、画形，君子、小人见也。声、画者，君子、小人之所以动情乎！

——扬雄《法言·问神》

【今译】

言辞，是一个人发自内心的声音；著作，是一个人发自内心的图画。心声、心画得以表现，一个人是君子或是小人就可以看出来了。心声、心画，都是君子或小人情动于中然后表现出来的。

【简析】

扬雄字子云，是西汉末年的思想家文学家。他的文学思想，主要表现在他模仿孔子的《论语》而写成的《法言》中。

扬雄的思想，是正统儒家思想；他的文学观，也是儒家的正统文学观。扬雄主张一切著作(包括文学作品)都必须在思想上以古代圣人之言和儒家经典为准则。他说："不合先王之法者，君子不法也。"所谓"先王"，就是儒家所敬奉的尧、舜、禹、汤、文王、武王。扬雄又特别尊崇孔子，主张著书在"文"和"质"两方面都必须"要诸仲尼"，也就是要以孔子的言论为准，不能违背。扬雄还主张"折诸圣"，即以圣人的意见判断各种言论的是非。著作以儒家经典和圣人之言为典范、为准则的思想，战国思想家荀子曾提到过，扬雄继承荀子的思想，把这种观点明确化、定型化，确定了中国古代正统文学观的“征圣”、“宗经”的传统。

扬雄是西汉末年著名的辞赋家，传世作品有《羽猎赋》、《甘泉赋》、《长杨赋》等。这些大约都是他中年以前的作品。后来，扬雄对作赋有些后悔，说作赋是“童子雕虫篆刻”，“壮夫不为”。（以上引文，均见《法言·吾子》）。但实际的文学创作体验，使扬雄在阐发正统文学观的同时，也发表过一些合于文学特征的正确的、精彩的言论。“言为心声”，就是有关文学特征的真知灼见。

扬雄说：“言，心声也；书，心画也。”“声”、“画”在这里都是比喻，是说人的内心活动、思想感情，都可以用言辞、著作真实地表现出来，像声音、图画一样，成为可闻可见的具体可感的东西。言辞、著作，都是人的内心活动的流露，心中有什么活动，只要形诸言辞、著作，就会被真实地表现出来，什么也不能隐瞒。因此，扬雄认为，通过言辞、著作可以正确地判断一个人是君子还是小人。君子的内心是纯洁高尚、光明磊落的，形于“声”、“画”，也必然是纯洁高尚、光明磊落的；小人的内心是丑恶卑鄙、阴暗龌龊的，形之于“声”、“画”，当然也只能是那样。君子、小人情动于中，流露出来，就一定成为君子之“声”、“画”和小人之“声”、“画”了。扬雄的这种观点，正确地说明了作者的思想感情和他的作品之间的关系，在后来的文学理论发展中有很大的影响，如刘勰就谈到过文学创作“因内而符外”（《文心雕龙·体性》），“五精发而为辞章”（《文心雕龙·情采》）等问题，从中可以看到扬雄“言为心声”说的启发。后来，影响很大的“文如其人”的观念，实际上也是扬雄“言为心声”的另一个形式的概括。

人们的言辞、著作真的就不能隐瞒真情而做假吗？从文学创作的实际看，做假的情况是存在的。内心阴暗卑琐的人，写出东西来有时会显得光明正大；利欲熏心的人，写出东西来有时会显得清高恬淡。如此等等。这种情况，文学史上有，在今天也不能说没有。金代文学家、文学理论家元好问就慨叹过“心画心声总失真”（《论诗诗》三十首之六）。但做假也不容易。作品是否抒写真情，往往是可以看出来的。古代那些扭捏作态、无病呻吟的东西，常常逃不脱目光锐利的读者、批评家的慧眼。这是因为，说假话总不那么自然，常常是有破绽的。何况，一个人的为人，除了作品之外，往往还有其他记载其生平行事的材料可证。当然，识破做假并不容易，这除了对作品精细的体察分析外，还需要一点“知人论世”的功夫的。

（原载《新闻与成才》1986 年第 10 期）

实诚在胸臆——王充

【原文】

笔能著文，则心能谋论，文由胸中而出，心以文为表。观见其文，奇伟俶傥，可谓得论也。由此言之，繁文之人，人之杰也。有根株于下，有荣叶于上；有实核于内，有皮壳于外。文墨辞说，士之荣叶皮壳也。实诚在胸臆，文墨著竹帛，外内表里，自相副称，意奋而笔纵，故文见而实露也。

——《论衡·超奇篇》

【今译】

文坛的大才，笔能写出文章，心能谋虑道理。他们的文章，完全是胸中真实的思想感情的流露；他们的思想感情，也能通过好的文章表现出来。看他们的文章，感到奇伟卓异，可以说完全合于论文之体。这样说来，能写出这样的美盛的文章的人，真是人中之杰了。一棵树，下有根干，上有花叶；一个果子，里面有实核，外面有皮壳。文章言辞，就好比是文士的花叶皮壳，都不过是外在的表现。一个文士，他的真情实感存在于胸臆之中，文章写在竹帛之上，应该使内在的真情与外在的文辞相符合。情意勃发，而后纵笔直书，文章写出来，内心的真情也就得到表露了。

【简析】

王充，是东汉初年的大思想家，他的《论衡》，是中国思想史上的一部名著。

王充生活在公元一世纪，那是一个正统的儒家神学极为猖狂的时代。西汉中期，董仲舒继承并改造先秦儒家思想，提出了一个神学化的宗法思想体系，并为汉武帝所接受。从此，儒家思想正式取得了统治地位。到了东汉初年，董仲舒思想的神学的一面被儒生们恶性发展，谶纬化的儒家思想在皇室的支持下膨胀了起来。谶纬化的儒家思想，既是一种居于正统地位的官方思想，又是一种极为堕落却又有着广泛影响的宗教迷信。在这样的形势下，具有异端色彩的进步思想家对谶纬迷信进行了坚持不懈的斗争，其最杰出的代表，就是王充。

王充以先秦道家思想的“自然之道”为武器，以自然的天道观痛击“天人感应”之说以及一切官方的神话，以自然的天人观痛击神学的天定论。与此相应，在广义的文学问题上，则以自然真美批判虚妄不实。

正统儒生要宣传荒唐的神学迷信，他们的所谓“著作”就必然鬼话连篇，假话连篇。王充著《论衡》目的之一，就是要拆穿这些骗人的鬼话、假话。他说：“是故《论衡》之造也，起众书并失实，虚妄之言胜真美也。故虚妄之语不黜，则华文不见息；华文放流，则实事不见用。故《论衡》者，所以铨轻重之言，立真伪之平，非徒苟文饰辞为奇伟之观也。”(《论衡·对作篇》)可见，王充的文学观，是主真实而弃华伪，主真美而弃虚妄。

所谓“真美”，也就是自然之美，是哲学上的“自然之道”在美学、文学问题上的贯彻。在王充来说，自然之美，主要是抒真情，讲实话，胸中真诚的思想感情真实地著之于竹帛，表里相副，不做假，不虚夸，也就是他所说的“文由胸中而出，心以文为表”，“实诚在胸臆，文墨著竹帛，外内表里，自相副称”。

王充的这个思想，还有反复古的意义。一方面，“实诚在胸臆，文墨著竹帛”，不说假话；另一方面，既然文章发自内心，也就用不着照着古人的话说。古人的话，发古人之胸臆，我有我的胸臆，何必跟着古人说呢？王充说：“发胸中之思，论世俗之事，非徒讽古经、续故文也。论发胸臆，文成手中，非说经艺之人所能为也。”(《论衡·佚文篇》)意思是说，文章不过写“胸中之思”，我手写我口，何必依经据古？这对于当时拉着先王、古经的大旗吓唬人的儒生们，无疑也是当头一棒。我在前面讲到过，西汉末期的扬雄，在文学问题上主张法“先王之法”，“事辞称则经”，“众言淆乱，则折诸圣”的正统观点，王充则明确主张“论发胸臆，文成手中”，反对因袭古经、先圣。这两种观点，落后与进步之分，是十分明显的。

王充的“实诚在胸臆，文墨著竹帛”的见解，是我国文论史上第一个最明确地强调创作个性的重要观点，对魏晋时期文学创作个性的觉醒，具有启蒙的作用，也开了后来文学创作中“性灵”派的先河，在文论史上具有十分重要的地位。

（原载《新闻与成才》1986 年第 11 期）

事副其实 文贵在真——王充

【原文】

世俗所患，患言事增其实；著文垂辞，辞出溢其真；称美过其善，进恶没其罪。何则？俗人好奇，不奇，言不用也。故誉人不增其美，则闻者不快其意；毁人不益其恶，则听者不惬于心。闻一增以为十，见百益以为千，使夫纯朴之事，十剖百判，审然之语，千反万畔。墨子哭于练丝，杨子哭于岐道，盖伤失本，悲离其实也。

——《论衡·艺增篇》

【今译】

世人所忧虑的，在于言辞夸大而失实，写文章夸大而离真；又忧虑称赞好的比真实情况好，批评坏的比真实情况坏。为什么会出现失实离真的情况呢？世俗之人都偏好奇异的东西，言谈不奇，就不会相信。因此，称赞人不把他说得好上加好，完美无缺，听的人就会觉得不痛快；说人坏不说得坏而又坏，一无是处，听的人也会觉得不称心。这样一来，听到一就夸大为十，见到百就夸大为千。把本来十分单纯的事，弄得纷纭复杂；把本来十分清楚的话，弄得颠来倒去，真假难分。墨子见到练过的丝就痛哭，杨子见到岔路也要痛哭，大概就是因为他们痛心于事物丧失了本性，失去了本来面目了。

【简析】

王充对一切文章的写作，主张真实而弃华伪，主张真美而疾虚妄。而文章失实离真，一个重要的原因，就是作者由于一定的功利目的故意夸大事实。王充为了抨击虚妄之说，在《论衡》中特意写了“三增”，即《语增》、《儒增》、《艺增》。所谓“增”，就是夸大失实，即所谓的“增其实”，“溢其真”；所谓“艺”，是指“经艺”，即儒家经典《易》、《书》、《诗》、《春秋》、《论语》等。“艺增”，即指出儒家神圣的经典也有夸大失实的问题。王充举出一些儒家经典中失实的例子作了分析。这些夸大失实之处，虽非“经艺”的要害，但敢于指出“经艺”之失实，认为周宣王不像儒生们说的那么神，认为殷纣王也不像儒生们说的那么坏，这在儒学已经爬上官方的地位的东汉初年，是很要有一点胆识的。王充在《语增》、《儒增》中，对儒生和世俗传言的夸大失实之处，也提出了批评。

王充严格要求撰文著书不离真实，是有很强的现实针对性的。夸大失实而流于虚妄，其实在当时主要不是在儒家经典中的一些夸张，而是谶纬之学大兴，华伪之风盛行，儒生们编造迷信，危言耸听，闹得乌烟瘴气，真的到了“华文放流，则实事不见闻”了。有鉴于此，王充才明确地反对一切的“增”，而严格提倡真实。就是在今天，王充的观点也并没有过时，而有重要的现实意义。表扬一个人，就把他说得完美无缺，拔高三丈，把一切的好事都堆在他身上；攻击一个人，就把他说得一无是处，把一切坏事都往他身上推。这样的“称美过其实，进恶没其罪”的文章，在今天的出版物中，还不能说已经绝迹了。这样的“增”，还是应该警惕的。

但是，从文学创作的角度看，王充反对一切的“增”，就不那么全面了。文学创作，不应该反对一切的夸张。文学创作当然首先要求真实，但艺术表现的必要的夸张增饰，并不是与真实相矛盾的；有表现力的夸张，有时甚至会加强真实。事实的真实与艺术的真实是不能等同，也不能使之对立的。看来，文学创作中的“增”与“实”的关系问题，王充并没有解决。后来，刘勰在《文心雕龙》中，发展王充的观点，才把这个问题较好地解决了。关于刘勰的观点，我将在以后再介绍。

（原载《新闻与成才》1986 年第 12 期）

文以气为主——曹丕

【原文】

文以气为主，气之清浊有体，不可力强而致。譬诸音乐，曲度虽均，节奏同检，至于引气不齐，巧拙有素，虽在父兄，不能以移子弟。

——《典论·论文》

【今译】

文学作品，以含于其中的作家之气为主导。作家的气有清浊之别，是不能用人力勉强得到的。就好比音乐演奏，曲谱相同，节奏也一样，但因不同的演奏者用气的不同，以及不同的演奏者素质的巧拙不同，结果是很不一样的。这一点，即使是父子兄弟，也不能相传。

【简析】

《典论》是曹丕做魏王太子时期的著作，大约写于东汉献帝建安二十二年到二十五年，是一部涉及甚广的重要理论著作，今已大部失传，《论文》是唯一完整流传下来的一篇。

汉末魏晋之际，是中国文化史发生重要转折的时期；就文学来说，则是一个思想解放，个性发扬的时期。文人的创作个性，在这个时期得到了真正自觉的意识，由此导致了文学走上自觉发展的道路。曹丕的《典论·论文》，就是这种形势下的一篇宣言式的文献。

王充在东汉前期批判虚妄之文，主张“实诚在胸臆”，“文由胸中而出”，实际上已经明确地提出了创作个性的问题。曹丕关于创作个性的观点，继承了王充的思想，但又有重要发展。这主要表现在两个方面。第一，曹丕所谓“文”，已经是真正的纯文学意义上的“文”，而王充所谓的“文”则还是广义的“文”，而且主要是指理论著述。第二，王充所谓的“胸臆”，还是一个关于人的内心的笼统概念；王充在从哲学上谈天人关系时，已经充分注意到了“气”和人性的关系，但他却没有把“气”的概念贯彻到关于“文”的理论观点中去。曹丕论“文”，明确提出了“气”这一概念，并又进一步指出了“气”的清浊刚柔之分，则具体明确地说明了文人的个性特征和创作的关系。曹丕把“气”这个哲学概念第一次引入文学理论中，具有重要的开创意义。

什么是曹丕所谓的“气”？“气”在这里实际上指的是人的性灵。古代思想家认为，人禀自然之气而生，而人一经生成，则有形体之气以维持生命，有心灵之气以保有性情。道家思想家则认为，人的器官的心为“灵台”，居于“灵台”的有灵气；灵气在心，于是人有个性，有性灵。曹丕所谓的“气”，也就是这样的心灵之气，或者说，也就是性灵。

曹丕强调“文以气为主”，就是说文学为作者的性灵决定，不是如东汉某些神学家所说的是由“天意”、“天志”决定的，也不是如某些正统思想家所说的是由政治教化决定的。曹丕这样的认识，不仅充分肯定了作家的创作个性的重要地位，也正确地揭示了文学表现主体心灵这一重要规律。曹丕的观点，对后来的“文气”说、“缘情”说、风格论也有很深刻的影响。

建安以后，魏晋南北朝文论关于“气”的观点，基本上是沿着曹丕“文气”说的路子发展的。应该指出，古代文学理论中的“文气”说，并不都本于曹丕的观点。孟子的“养气”说，也影响到一些作家理论家以“气”论文。孟子所谓“养气”，是指由仁义道德修养而得浩然刚强的精神力量。这样的“气”，不是人的自然情性，而是由后天学习修养而得到的，它的内容，又是仁义道德，与人的个性全无关系，与曹丕所谓的“气”也是完全不同的。学习古代文学理论，不能不注意两种“文气”说的区别。

（原载《新闻与成才》1987 年第 1 期）

论“文人相轻”——曹丕

【原文】

文人相轻，自古而然。傅毅之于班固，伯仲之间耳，而固小之，与弟超书曰：“武仲以能属文为兰台令史，下笔不能自休。”夫人善于自见，而文非一体，鲜能备善，是以各以所长，相轻所短。里语曰：“家有弊帚，享之千金。”斯不自见之患也。

——《典论·论文》

【今译】

文人互相瞧不起，从古以来就是如此。傅毅和班固比起来，文才如兄弟一般，不相上下，而班固却瞧不起他，在给弟弟班超的信中说：“武仲（傅毅字武仲）因为善于写文章官至兰台令史，写起文章来却没完没了，非常罗嗦散漫。”一般人都只善于看到自己的长处，而文章又不只是一种体裁，一个人很难都写得好，因此就各自以自己的长处比人家的短处，其结果，只能是互相轻视了。俗话说：“家里有条破扫帚，看得价高金百斗。”这就是没有自知之明、看不见自己的短处的毛病了。

【简析】

作家是否“相轻”的问题，是一个作家的思想修养问题，也是一个文学批评问题，曹丕在我国文论史上第一个提出这个问题，是非常有意义的。

曹丕说：“文人相轻，自古而然。”这应该说是符合实际的；虽不能说凡是文人都一定会“相轻”，但这个问题确实存在，而且由来已古，恐怕是自有“文人”以来，就存在的了。在知识分子已经成为一个相对独立的阶层之后，文人著书立说，各抒己见，各显己长，“文人相轻”的问题，就突出起来了。如战国时期，诸子争鸣，汇成了一个光辉灿烂的文化巨潮。但既然是争鸣，总不免互有诋诃。这主要是由于学术见解不同，故互相批驳，这自然是正常的、有益的。但这其间也不能说没有“文人相轻”的问题。荀卿写《非十二子》，把一批学派说得一无是处，甚至认为所举诸家之说，都是“饰邪说，文奸言，以枭乱天下”，这就有点近于谩骂了。这中间，是不是有“文人相轻”的因素在呢？两汉文坛颇盛，文人大多立言不朽，但辞赋家之间的相轻，也并不是只有“傅毅之于班固”一例。汉末建安时期，文学进入自觉发展阶段，作家们发扬个性，显露才华，不少人取得了很高的成就。但有些作者自视过高，也不能完全免于“文人相轻”的毛病。如曹植论建安文坛所说的：“当此之时，人人自谓握灵蛇之珠，家家自谓抱荆山之玉。”(《与杨德祖书》)都自以为宝器在握，怎么能不“相轻”！可见，曹丕指出一些文人“暗于自见，谓己为贤”，“各以所长，相轻所短”，是确有历史的和现实的针对性的。

曹丕还指出，“文人相轻”的原因，一是“善于自见”，一是“不自见”。“善于自见”，指的是善于看到自己的长处，不善于看到别人的长处。“不自见”，则是指缺乏自知之明，看不到自己的短处，即所谓“暗于自见”。如果人人都只看自己的长处，看不见自己的短处，只看别人的短处，看不见别人的长处，那还能不“各以所长，相轻所短”吗？进一步说，文学创作往往是很难论短长的。由于文学体裁众多，文学家往往不能兼长，或长于诗，或长于赋，怎么比呢？又由于文学家各自才性不同，作品风格各异，以为自己的阳刚胜过别人的阴柔，或以为自己的阴柔胜过别人的阳刚，都不免失之偏颇。看来，曹丕批评“文人相轻”，实际上也是在肯定文学家创作个性的多样性。

从文学家个人修养来说，克服“文人相轻”可以从两方面入手。一是严于责己，对自己的作品精益求精；对自己作品的缺点，有清醒的自知之明，并欢迎别人指出自己的缺点，随时改正。曹植说：“世人著述，不能无病，仆常好人讥弹其文，有不善，应时改定。”(《与杨德祖书》)这就是正确的态度了。二是虚己待人，多看别人作品的长处，对别人的作品，采取全面的、客观的态度，不要总是以一己的偏好要求人，如刘勰所说的：“无私于轻重，不偏于憎爱，然后能平理若衡，照辞如镜矣。”(《文心雕龙·知音》)。

如果文学家都能严于责己，宽于责人，文坛的空气一定会健康，文学批评也一定会变得正常了。这个道理，不仅对于古人，就是对于今人，也是既平常而又十分重要的。

（原载《新闻与成才》1987年第2期）

论文思——陆机

【原文】

其始也，皆收视反听，耽思旁讯，精骛八极，心游万仞。其致也，情曈昽而弥鲜，物昭晰而互进，倾群言之沥液，漱六艺之芳润，浮天渊以安流，濯下泉而潜浸。于是沈辞怫悦，若游鱼衔钩，而出重渊之深，浮藻联翩，若翰鸟缨缴，而坠曾云之峻。收百世之阙文，采千载之遗韵，谢朝华于已披，启夕秀于未振，观古今于须臾，抚四海于一瞬。

——《文赋》

【今译】

文思开始的时候，都要停止耳目的活动，精神专注于内心，深入思考，广泛搜寻。心神驰骋于四方之远，周游于万仞之高。文思深入了，情感由隐而显，渐渐鲜明；物象趋于清晰，争相涌进；古代群书典籍，精彩纷呈。文思飞动，上游于天渊，下沉于深泉。经过这样的深思苦索，隐晦难以求得的语句，如深渊之鱼被钓出了水面，飘浮不易抓住的辞藻如高空之鸟被射下了层云。百世以来为人们所未用的文辞，千载以来为人们所失漏的音韵，都被搜集无遗。前人用过的陈言，如朝花已谢，可弃而不用；自己创造的新语，如晚花含苞，要启之使放。文思就这样自由驰骋，超于时间，越于空间，古今之绵长，可观于顷刻，四海之广大，可览于一瞬。

【简析】

陆机是西晋杰出的文学家、文学理论家，其所著《文赋》，是我国古代文学理论名著。它从理论上深入阐述了文学创作中一系列重要问题，是我国古代第一篇完整而系统的文学创作论。

《文赋》论文学，集中于阐述文学创作中物、意、文相统一的问题。一般文章的写作，只需要解决好文和意的关系问题就可以了，先秦两汉时期，文以达意，文意相协的观点，已有不少人提出。但对于文学，只有文和意的统一是不行的。文学必须有形象，文学创作，实际上是一个情寄于象而形于辞的过程，因此必须解决好辞、象、情的关系问题。这个问题，到了魏晋时期，才被自觉地认识到，而比较明确的表现，就是陆机的《文赋》。在《文赋》中，陆机这样说明他写《文赋》的意图："余每观才士之所作，窃有以得其用心。夫放言遣词，良多变矣，妍蚩好恶，可得而言。每自属文，尤见其情，恒患意不称物，文不逮意。盖非知之难，能之难也。"显然，陆机认为文学家的"用心"，首先不在于"放言遣词"，而在于物、意、文的完美统一。《文赋》谈文学创作的"利害所由"，主要就在这一点上。

陆机认为，物、意、文的统一，关键在文思的过程中，因此，《文赋》首先谈文思问题。文思，也就是文学创作中的艺术思维；文学创作的或利或害，主要就是艺术思维的成败。

陆机还认为，艺术思维过程，基本上是由情及物，情物交融，然后凝定于语言的过程。艺术思维的起始阶段，是文学家心神的自由运行。要做到这一点，首要的条件是凝神结想，专注于内心。"收视反听"，才能"耽思旁讯"，使想象长上翅膀，实现心神活动的超感官、超时空的自由。这是艺术思维的第一个阶段。艺术思维活动由于心神自由运行，达到于百感交集，万象(头脑中物的表象)纷呈，情感勃发到了旺盛点，物象呈现也到了旺盛点，然后就可以从百感交集中细绎出最鲜明的感情，从万象纷呈中捕捉到最能寄载这特定感情的典型物象，情感和物象都由纷乱而明晰，从浮散而凝聚，此情此物，两相融合，于是形成意象。这是艺术思维的第二阶段，也是基本完成的阶段。

艺术思维作为思维活动，不可能只有赤裸裸的情感和表象活动，思维只能借助于语言进行。陆机在谈文思过程中情物相融的同时，也谈到了意象与语言相应的问题。就实际的文学创作工程说，并不是在艺术思维结束才措词谋篇，形之笔墨；艺术语言的熔铸，就存在于艺术思维过程中；"腹稿"成熟了，才能一挥而就。他认为，语言始终伴着情、物活动，也有一个从曈昽到鲜明的创造过程。一方面，要从既有的语言中去搜寻最合于情、最称于物的艺术语言。另一方面，不能一味因袭陈言，语言需要创新，“谢朝华于已披，启夕秀于未振”，陈言务去，自出机杼。艺术思维过程中凝神结想，深思苦虑，对于艺术语言的提炼和创造，也是非常必要而不可少的。

陆机在我国文论史上第一个明确而精辟地讨论了艺术思维问题，对后来“神思”论的形成，有重要影响；对于文学家实际进行创作，无疑也给予了极大的启发。

（原载《新闻与成才》1987 年第 3 期）

辞意双美 片言居要——陆机

【原文】

或仰逼于先条，或俯侵于后章。或辞害而理比，或言顺而义妨。离之则双美，合之则两伤。考殿最于锱铢，定去留于毫芒。苟铨衡之所裁，固应绳其必当。或文繁理富，而意不指适。极无两致，尽不可益。立片言以居要，乃一篇之警策。虽众辞之有条，必待兹而效绩。亮功多而累寡，故取足而不易。

——《文赋》

【今译】

文学写作，有时后段的文辞与前段的文辞相抵触，有时前段的文辞与后段的文辞相矛盾。有时文辞拙劣而道理还顺当，有时文辞通畅而文意却错乱。去掉拙劣的文辞和错误的文意，则辞、意双美；反之，则辞、意两伤。因此，文学写作必须精细地考究辞、意的优劣，严格地决定辞、意的去留；铨衡裁定，总应以辞意精当，达于双美为标准。文学写作，有时文辞繁茂，道理丰富，而主要意思却得不到恰当表达。道理固然可以丰富，但意义不能产生分歧矛盾；文辞固然可以繁茂，但语言不应该形成累赘多余。作品中间，必须有一句或几句话占据主要位置，作为表达中心文意的警句。其他的众多文辞虽有条有理，都必须围绕配合警句才能产生效果。文辞有警句，意义有中心，作品必然功效多而毛病少，于是达到完美的程度，不必再去改动了。

【简析】

陆机在《文赋》中，除了讨论通过艺术思维达到物、意、文的统一这个主要问题，还谈到了文学和文学写作的若干具体问题，其中也有许多很好的见解。如《文赋》谈作文关键的四条，就很重要，在今天看来，仍然颇有启发性。这里介绍其中的两条。

一是辞意双关的问题。文学写作，通常容易产生的毛病是在文辞的意思上顾此失彼。有时注意了内容的充实顺当，却对文辞很不讲究，结果在语言表达上显得非常拙劣；有时则相反，注意了语言的通畅漂亮，却过于忽视内容的表达，内容显得贫乏或者紊乱。看来，注意讲求文意而避免“妨”，锤炼语言而去掉“害”，确实都很重要，失一不可的。因此，陆机要求，在创作中对文意、辞语都必须严格考定，锱铢必较，毫芒必究，最细微之处也不掉以轻心，辞、意都严于去取，力求至当，凡前后有抵触，辞意有妨害，都精心绳定。这样，作品辞意双美，具备了成为好作品的重要条件。

二是片言居要，篇有警策。辞意双美固然重要，但只做到了辞意恰当，而意思无中心，辞语无警句，也很难精彩。意无中心，作品内容会失去主脑，以致繁复枝蔓，自相矛盾；辞无警句，语言表达会失去统率，以致杂乱无章，累赘多余。因此，陆机要求片言居要，以使文有警策。

所谓“警策”，原意是以鞭驱马，使之警动奔驰。文学作品中的“警策”，则是最为精彩透辟、最有艺术表现力而又能牵动全文的语句。有了这样的语句，可以使作品的精神焕发光彩，显得突出醒目，警动人心。“警策”虽然是片言只语，却有如中枢神经，对全篇的辞和意都有统率和驱动的作用。有了片言居要，作品中众多的语言都好像有了精神灌注，能更好地发挥各自的表现力；文意也因此有了中心，而不致产生“两致”的问题。作品于是“功多累寡”，成为不可改易的完美作品。

陆机提出的四个作文关键的另外两个，是匠心独运而不雷同，辞句精美而不平庸。这对于文学写作，也确实是非常重要的。

（原载《新闻与成才》1987年第4期）

文贵创新——葛洪

【原文】

义以罕觌(dí 敌)为异，辞以不常为美。

——《抱朴子·外篇·辞义》

【今译】

思想以不多见为卓越，文辞以不陈旧为美好。

【简析】

葛洪是晋代思想家，著作有《抱朴子》。《抱朴子》分内篇、外篇。外篇的《钩世》《辞义》《尚博》《文行》等篇，主要发表文学理论观点。

在文学史上，往往存在着守成和创新之争。守成派是古非今，总以为今不如古，于是流于因循守旧，抱残守缺，阻碍着文学随时代的发展而发展。创新派厚今薄古，总认为今胜于古，于是不为陈言旧义束缚，大胆创新，大胆发展，推动着文学新新不已，日益进步。葛洪对于文学，主张思想上标新立异，语言上不主故常，说明他在理论上是一个创新派。

魏、晋时代，是文学发生巨大变化的时代，文学在内容和形式上都发生了深刻的变革。在思想上，两汉正统儒学土崩瓦解，玄学的兴起，带来了文人思想的解放、个性的发扬。表现于文学的内容，鼓吹封建正统的纲常伦理观念的东西失去了统治地位，取而代之的，是文学家的真挚自然的情性的抒写，和新的宇宙人生观念的阐发。表现于文学的形式，文学家们对语言艺术美的认识也趋于自觉，去自觉地追求文辞的华美和音韵的和谐；在理论上，“诗赋欲丽”，“诗缘情而绮靡”的观点也提出来了。当然，不高兴这种发展变化，企图阻止这种发展变化的人还是有的。曹丕在《典论·论文》中就批评过一些人的“贵远贱近”；“贵远贱近”，也就是贵古贱今。葛洪有感于“魏代以来，群文滋长，倍于往者”而提出贵新的观点，一方面，是要肯定魏晋文学在内容形式上的进化，一方面也是为了批驳是古非今的守成派。

“义以罕觌为异”，是要求“义”的发展创新，不停留于重复前人的思想观点，在文学的内容上要反映新的思考，提出新的命题，表明新的观点，要敢于标新立异。“辞以不常为美”，是要求“辞”的发展创新，不一味固守前人的陈言熟语，如陆机《文赋》所说的，“谢朝华于已披，启夕秀于未振”，“虽杼轴于予怀，怵他人之我先”。为什么要创新？葛洪认为，文学的辞、义随着时代的发展而进化，是一个文学发展的规律。就语言来说，“古者事事醇素，今则莫不修饰。时移世改，理自然也”（《钧世》）。因此，魏、晋文学的“群色会而究藻丽，众音杂而韶濩和”（《尚博》），文章已不像《尚书》那样的古拙，诗歌已不像《诗经》那样的质朴，就是理所当然，合乎规律的了。

站在这样的立场上，葛洪痛驳了当时一班“俗儒”、“俗士”是古非今、贵远贱近的谬论。他指出：“俗士多云今山不及古山之高，今海不及古海之广，今日不及古日之热，今月不及古月之朗。”（《尚博》）既然他们认为古代的一切都比现代的好，现代的文学，当然也一概不如古代，“其于古人所作为神，今世所著为浅”。这些“守株之徒”，迷古崇古竟到了这样荒唐可笑的地步。针对他们的奇谈怪论，葛洪大胆地指出“古书者虽多，未必尽美”，不但坚持了文学进化的思想，还表现了一种对圣经贤传的明确的怀疑态度，这正是魏、晋思想解放，文学自觉新精神的光辉的一面。

思想以不多见为卓越，文辞以不陈旧为美好，这对于新闻写作来讲，也是十分重要的。新闻贵在一个新。一篇成功的新闻作品，不仅要求采写的事实要新，而且思想也要新，要给人以启迪。文采也要美些，干巴巴的东西总是不招人喜欢的。

（原载《新闻与成才》1987 年第 5 期）

文以意为主——范晔

【原文】

常谓情志所托，故当以意为主，以文传意。以意为主，则其旨必见；以文传意，则其文不流。

——《狱中与诸甥侄书》

【今译】

我总认为，文学不过是作者情志的依托，本来应该以意为主，以言传意。以意为主，则情性旨趣一定鲜明；以言传意，则文辞不致放纵而失去约束。

【简析】

范晔，南朝宋代史学家，历史名著《后汉书》的作者。他以史学家的眼光看文学，提出"以意为主"的主张，虽不很合乎时代潮流，却也能切中当时文学创作的某些弊病。

文学自汉魏之际进入自觉时期，到南朝刘宋时代，在语言艺术方面有了重要发展。这个发展，主要表现在两个方面。一方面是文学语言的辞采愈益丰茂华丽，语言的形容描绘功能得到了越来越充分的发挥；另一方面是文学家对语言声律愈益讲求，文学语言的音乐美得到了相当自觉的重视。文学语言的这种发展就其主流说，是健康的，是合乎规律而有必然性的。但在语言艺术的发展中，也必然地出现了过分追求辞采声律美而在不同程度上忽视情性表现的偏差。范晔"以意为主"的主张，就是在这样的背景上提出来的。

前面谈到过，汉末建安时期，曹丕曾提出过“文以气为主”的观点。那是对文学家主体心灵的发现和强调。而范晔所谓文“以意为主”，则是在辞和意的关系上强调以意为主，以言为辅。所谓“意”，用范晔自己的话来说，是指“情性旨趣”，也就是情感和思想，而他作为史学家，更为重视的，恐怕是思想而不是感情。

就修史来说，“以意为主，以文传意”，达到“文质辨洽”（刘勰《文心雕龙·史传》），大体上是可以的。而对于文学创作，却并不这样简单。当文学还不那么发达，人们对文学的认识还较粗浅的时候，提出文质相称，以辞达意，像先秦的孔丘那样，就算很高明了。但当文学已经相当发达，人们对文学的艺术特征的认识越来越充分、深入的时候，认为文学创作只不过是“以文传意”，就不那么高明，也不那么合时宜了。当然，文学语言的基本功能，确实是传情达意，但又不能简单地讲“以文传意”。文学语言的高度艺术化，与“意”的表现并不一定是对立的。陆机讲辞义“双美”，主张文和意的完美统一，同时也认为“五色相宜”，“音声迭代”，即文学语言的色彩美和音乐美，是抒情达意所十分需要的。此外，文学的语言形式美并不只是内容的附庸，语言形式美还有自己相对独立的审美价值。在这个意义上，也不能把文学语言的作用仅仅看成“达意”而已。可见，范晔以史学家的眼光看文学，确有其局限性。

从当时文学语言艺术发展中出现的偏差看，范晔的主张又是有意义的。范晔主张“以意为主，以文传意”，有一定的针对性。他指出，当时文士之一累，在于“事尽于形，情急于藻，义牵其旨，韵移其意”。总起来说，就是过分追求形容藻绘、声韵工巧，而损害了旨意的表达。形式美是重要的，但运用失控，流荡忘返，就会流于为文造情，因文害意。针对这样的弊端，提出“以意为主，以文传意”，当然有其必要性。但强调过分，把文当成意的附庸，忽视语言艺术美的重要性，也是要不得的。

（原载《新闻与成才》1987 年第 6 期）

各师成心 因内符外——刘勰

【原文】

夫情动而言形，理发而文见，盖沿隐以至显，因内而符外者也。然才有庸俊，气有刚柔，学有浅深，习有雅郑，并情性所铄，陶染所凝，是以笔区云谲，文苑波诡者矣。故辞理庸俊，莫能翻其才；风趣刚柔，宁或改其气；事义浅深，未闻乖其学；体式雅郑，鲜有反其习：各师成心，其异如面。

——《文心雕龙·体性》

【今译】

文学创作，不过是文学家情感活动于心中，表现于语言；认识形成于心中，表现于作品。隐藏在心中的思想感情，表现为明显可见的作品，文学家的内心世界与文学作品的外在体貌，应该是相符合的。但文学家的主观情况是各不相同的：才能有平常、特出，气质有刚健、柔弱，学识有浅薄、渊深，习性有高雅、放浪。这些都是由文学家各不相同的性情和他们所处的各不相同的环境的影响而形成的。由于文学家主观条件的这些区别，文学作品的体貌才能像云气、波涛那样变幻无穷，气象万千。这样看来，文学作品的辞语文理平常还是特出，总是和文学家的才能相一致而不会相反；风貌情调刚健还是柔弱，总是和文学家的气质相一致而不会改变；用事说理肤浅还是深刻，总是和文学家的学识相一致而不会违背；体制格调高雅还是放浪，总是和文学家的习性相一致而不会乖离。文学作品的体貌，就是这样因文学家的性情不同而各不相同，就像每个人的面容，是不会雷同的。

【简析】

刘勰，字彦和，南朝齐梁时人，所著《文心雕龙》，是我国古代第一部系统的文学理论巨著。《体性》是《文心雕龙》中论文学创作的重要的一篇，主要谈“体”即文学作品的外在体貌与“性”即文学家的内在情性的关系。

随着文学走上自觉发展的道路，魏晋时期，文学家的创作个性问题开始得到认识。曹丕在《典论・论文》中讲“文以气为主，气之清浊有体，不可力强而致”，实际上指出了文学创作中文学家主观情性的决定性作用。这是我国历史上人们对文学的认识的一个飞跃。刘勰谈“性”和“体”的关系，仍以“性”为主导因素，认为文学家的“性”决定着文学作品的“体”，是曹丕“文以气为主”的观点的承续，但又有重要发展。

一方面，刘勰在《体性》中对文学家的主观情性作了具体分析，指出文学家的“性”，包含“才”、“气”、“学”、“习”等多种因素；由于这些因素的差异，文学家的“性”也是多种多样，各不相同的。这就比曹丕只笼统地讲“气”要全面，而且更符合于实际。刘勰还认为，文学家的“性”，“并情性所铄，陶染所凝”，并不仅仅决定于他的气质，还要受他生活的时代、环境以及后天的学习等等的深刻影响。可见，文学家的“性”，并不是抽象的、空洞的心灵，这里面有气质，也有由具体的社会存在、社会实践而得来的才能、学识、习性等。对文学家的创作个性进行具体分析，在我国古代应该说是从刘勰开始的。

另一方面，刘勰在《体性》中正确地解决了文学家主观情性和他的作品体貌的关系问题。刘勰认为，“体”、“性”二者，“性”是主导的、决定的因素。所谓“情动而言形，理发而文见”，是说首先是情动于中，理发于内，然后才有言有文；不同的文学家，各有自己的“情”和“理”，因此也就各有自己的“言”和“文”。总起来说，有“性”而后有“体”，有某种“性”就会有某种“体”；“性”不同，“体”也就不同；“性”千差万别，“体”于是丰富多彩。这就叫做“各师成心，其异如面”。后人如宋代苏辙等所谓的“文如其人”，讲的也是这个道理。

在《体性》中，刘勰还对文学作品的“体”进行了分类研究，提出“八体”之说，并指出各“体”的主要特征。这对后人研究文学风格，也有很大的启发。

（原载《新闻与成才》1987 年第 7 期）

诗有三义——钟嵘

【原文】

诗有三义焉：一曰兴，二曰比，三曰赋。文已尽而意有余，兴也；因物喻志，比也；直书其事，寓言体物，赋也。宏斯三义，酌而用之，干之以风力，润之以丹彩，使味之者无极，闻之者动心，是诗之至也。若专用比、兴，患在意深、意深则词踬。若但用赋体，患在意浮，意浮则文散，嬉成流移，文无止泊，有芜漫之累也。

——《诗品序》

【今译】

诗有三义：一叫做兴，二叫做比，三叫做赋。文已尽而余意深长，是兴；借用物象比喻志意，是比；直接表现事物，是赋。充分发挥"三义"的艺术功能，三者参酌运用，以真切刚健之气为骨干，以华美的语词为润饰，使读者感到余味无穷，使听者感到心灵激荡，这就是最好的诗了。如果专用比、兴，作品容易流于晦涩，晦涩则文词不能畅达。如果只用赋，容易流于浮浅，浮浅则文词散漫，流荡忘返，不可收拾，作品就会有芜杂的毛病了。

【简析】

钟嵘，字仲伟，南朝齐、梁时人，著名文学理论家，著有《诗品》三卷，分上、中、下三等，品评汉魏以来的五言诗，《诗品序》表达了他的系统的诗歌理论观点。

关于诗，先秦就有"六义"之说，汉代经学家论《诗经》著《毛诗序》，也指明诗有风、赋、比、兴、雅、颂六大义。其中风、雅、颂是根据诗所表现的"事"的不同而分的诗的种类；赋、比、兴则是诗歌创作的三种艺术手法。赋、比、兴三者，为什么以赋为首？这是因为从先秦到汉代的儒家正统文学观，特别重视诗表现"事"。他们认为，风是表现"一国一事"的，雅是表现"下之事"的，颂是表现君王的"成功"之事的。而这些"事"，都与国家政治密切相关，重"事"，实际上也就是重政治。既然重"事"，因此也就特别重视有利于表现"事"的"直书其事"的赋的手法。于是，赋、比、兴三者以赋为首。这三者为什么又以兴为末呢？这是因为正统儒家重政治而轻视个人感情，而"即物兴情"的兴，恰恰是最有利于表现个人感情的手法。赋、比、兴这个顺序，颇能反映儒家在文学上重政治、轻个性的趋向。

魏、晋以后，文学走上自觉发展的道路，其重要的标志，就是文学对封建正统政教观的相当程度的偏离，和文学家创作个性的觉醒。表现文学家鲜明个性的抒情文学因此得到了极大的发展。钟嵘的"三义"说，就是这种情况的突出反映。

钟嵘的"三义"说，有以下两点值得注意。

首先，钟嵘摒弃了封建正统文学观中影响相当大的"六义"说，反映了中国古典诗歌艺术的重要变化。风、雅、颂是对《诗经》中四言诗种类的概括，而到齐、梁时代，四言诗已经失去了主流的地位，适应"吟咏情性"的需要，五言诗繁荣起来，成了主导的诗歌形式，如钟嵘所说，四言诗"文繁意少，世罕习焉"、"五言居文词之要，是众作之有滋味者，故云会于流俗"。既然四言诗从句式到音乐都已过时，风、雅、颂则不必再提，故于"六义"去其三，提出"三义"说。钟嵘摒弃风、雅、颂的用意，并不仅仅在于四言诗已经过时，还因为风、雅、颂虽为诗的分类，两汉经学家对此三者的解释却完全着眼于封建政治的需要。钟嵘摒弃风、雅、颂，实际上是顺应魏、晋以来偏离封建政治的趋势，表现了对文学为封建政治服务的正统观念的轻视。

其次，钟嵘把原来"六义"中赋、比、兴的顺序颠倒过来，以兴为首，以赋为末，表明了他对诗歌抒情的高度重视。就兴、比、赋三者说，兴是最适于抒情的创作手法。钟嵘以兴为"三义"之首，并指出兴的定义为"文已尽而意有余"，正是看到了借物兴情，情溢象外，含蓄不尽的抒情诗的艺术特征。由赋、比、兴到兴、比、赋的颠倒，实际上反映了从两汉到魏、晋、齐、梁文学观念由重政治轻感情到重感情轻政治的巨大变化。当然，钟嵘虽首标兴体，同时也肯定了比、赋作为艺术手法的必不可少的作用。他重视兴体，但不主张独用兴体，而主张兴、比、赋“酌而用之”，主张以兴为主的“三义”统一，从而防止意深词踬和意浮文散两种缺点，这就不致失之偏颇了。

（原载《新闻与成才》1987年第8期）

复与变——皎然

【原文】

作者须知复变之道。反古曰复，不滞曰变。若唯复不变，则陷于相似之格，其状如驽骥同厩，非造父不能辨。能知复变之手，亦诗人之造父也。以此相似一类，置于古籍之中，能使弱手视之眩目，何异宋人死鼠为玉璞，岂知周客嚧口胡而笑哉！又复变二门，复忌太过，诗人呼为膏肓之疾，安可活也？……夫变若造微，不忌太过，苟不失正，亦何咎哉？如陈子昂复多而变少，沈、宋复少而变多。今代作者，不能尽举。吾始知复变之道，岂惟文章乎？在儒为权，在文为变，在道为方便。后辈若乏天机，强效复古，反令思忧神沮。何则，夫不工剑术，而欲弹干将、太阿之铗，必有伤手之患，宜其诫之哉！

——《诗式》

【今译】

作诗者，必须了解复和变的道理。复古叫做“复”，不拘于古人的陈言旧法而能新创叫做“变”。在诗歌创作中，一味复古而不能创新，则陷于与古人相雷同，好像低劣的马与千里马在同一个马房里面，非御马能手造父不能区分。能知复变之道的能手，也就是诗人中的造父了。这样的与古人雷同的诗，放在古人的著作中，会使辨别能力低的人眼花缭乱，就像战国时一个宋人把死老鼠当成玉璞，会遭到周人的嗤笑一样。再就复变两方面说，复最忌讳太过分，太过分了，诗人叫做病在膏肓，怎么能活好呢？……而变如果能达到精微的境地，就不忌讳过分了，如果变而不失正路，又有什么可非议的呢？例如，陈子昂复古多而创新少，沈佺期、宋之问复古少而创新多。现在的作者，不能都举了。我这就了解到，复变之道，岂止是诗歌创作才有的呢？在儒家叫做权宜，在文家叫做通变，在佛家叫做方便。后辈如果缺乏诗才，勉强去复古，反而会使神思纷扰丧败。为什么呢？不精于剑术，却要摆弄干将、太阿这样的宝剑，非伤手不可，这是需要很谨慎的呢！

【简析】

皎然俗姓谢，名清昼，湖州人，中唐著名诗僧，又是杰出的诗论家，所著《诗式》、《诗评》、《诗议》，都是诗论名著。

我国古典诗歌发展到魏晋六朝，进入一个大变化的时代，人们对诗歌“缘情”的艺术特征有了自觉的认识，诗歌创作的抒情手段完备起来，诗体也起于完备。到了唐代，是沿着六朝已经开辟的道路继续发展创新，还是否认诗艺的大发展，回到风雅的老路上去，是始终有争论的。这个争论，归结起来，就是复变之争。当然，在整个唐代，虽有大文豪陈子昂、白居易等鼓吹复古，但在前人的基础上求变求新，还是主流。所以唐代诗歌能取得如此辉煌的成就。

皎然提出“复变之道”，认为“复”是复古，“变”是创新，阐明了文学发展的一个重要理论问题。在文学的发展过程中，总有一个继承和创新的问题。过去文学发展的既有成就，是文学继续发展的前提，因此，“复”，向传统学习，完全是必要的。但只有“复”，没有变，单纯复古，不能创新，文学也不能发展。皎然主张“复”和“变”的统一，显然是全面的，正确的。

但皎然阐述“复变之道”，重点是批评“唯复不变”，“复”之太过，而认为“变若造微，不忌太过”。这在当时，自有其针对性。在唐代初期，诗歌如何发展？如何对待魏晋六朝的文学成就？是摆在诗人们面前的一个很尖锐的问题。在实质上，魏晋六朝文学是在儒学衰微、思想解放的情势下发展的，因此这个时期的诗歌有一种情感自由抒写而多少有背于正统的色彩。在隋文帝统一天下、建立隋朝的时候，恢复儒学正统的问题就提出来了。于是对风雅以后的诗歌发展进行了批评甚至否定，认为魏晋以后的诗歌“忽君人之大道，好雕虫之小艺”，“弃大圣之轨模，构无用以为用”（李谔《上隋高帝革文华书》），要求诗歌“上明三纲，下达五常”（王通《中说》），为正统的封建政治服务。他们要求的复，是跳过魏晋六朝而上追风雅（实际上是汉代经师心目中的风雅)。唐初，王朝为建立正统，呼吁“敦本息末，崇尚儒宗”(唐高祖李渊《赐学官胄子诏》)，在诗歌理论上，也有否定六朝而上追风雅的主张与朝廷相呼应。如陈子昂认为“文章道弊五百年”，是说明三国到唐初，是诗道衰弊。与李谔、王通不同的是，陈子昂肯定了“汉魏风骨”，但否定晋宋以后诗歌的发展，则与李、王一致。在创作实践上，陈子昂的《感遇诗》执著于超越六朝而恢复古道，在艺术上重于因袭而缺乏创新，故皎然批评他“复多而变少”。由此可以看到皎然批评“唯复不变”，“复”之太过，正是针对隋唐之际的复古之风的。而他赞扬“变”，首先是肯定魏晋六朝之“变”，同时又肯定唐初在六朝基础上的“变”。

(原载《新闻与成才》1987 年第 9 期)

晦与显——刘知几

【原文】

章句之言，有显有晦。显也者，繁词缛说，理尽于篇中；晦也者，省字约文，事溢于句外。然则晦之将显，优劣不同，较可知矣。夫能略小存大，举重明轻，一言而巨细咸该，片语而洪纤靡漏，此皆用晦之道也。

——《史通·叙事》

【今译】

文章的写作，有显、晦之分。显，就是词繁事杂，想把一切道理都写出来；晦，就是文字简练，不事事罗列，而将某些事含于语言之外。可见，晦与显，优劣不同，是很明显的。写叙事文，略去小事而保存大事，举出重要的，不重要的也从而得以表现；用一字而事之巨细都能包含，用一句而理之大小也不会遗漏。这都是用"晦"的道理。

【简析】

刘知几，唐初史学家、史学理论家，著《史通》二十卷。它是我国第一部系统的史论著作。由于我国古代长时间文史相通，某些历史著作实际上也有着不同程度的文学价值。因此，史论家论史，也往往同时论文，在《史通》里面，许多论文的地方，往往就是在谈文学理论问题。这里介绍《史通·叙事》里的一段，以见刘知几文学观念之一斑。

刘知几所说的"晦"，不同于一般文学理论所谓的含蓄，而主要是指在叙事文的写作中取事的精要和用语的简练问题。我国古代史书的写作，在很大程度上是人物传记的写作，也就是叙事文的写作。写作史传，首先的要求是纪实，即刘勰所说的“按实而书”，“实录无隐”(《文心雕龙·史传》)。但为一人立传，其人生平事迹很多，总不能事无巨细，一一罗列。那样，史传就成了人物生平的流水账，主要的东西，反倒被淹没了。“实录无隐”，不能理解为事事无隐。因此，刘知几对修史叙事，提出了一个基本的要求：简要。刘知几说：“夫国史之美者，以叙事为工；而叙事之工者，以简约为主。”这里所谓的简约，有两个方面的含义，一是事之简约。即在人物的整个事迹中，抓住主要事迹，次要事迹可以不记，但由主要事迹，可以想见其整个立身行事；在主要事迹中，又要抓住主要关节，具体细节可以不记或尽量少记，但由主要关节，可以想见其具体细节。取事精要而不繁杂，对于史传的写作，是非常重要的。二是用词之简练。词是为了表现事，但取事精要，词却并不一定就简练。即使抓住了主要事迹，又抓住了主要事迹的主要关节，还有一个如何表现的问题。对此，刘知几的要求是“省文约字”，“务却浮词”，以最简练的语言，去最有效地表现所记之事，所明之理。这就要求用词遣字的包容力，表现力，做到“言虽简略，理皆要害”，使读者能举一反三，想象无穷。为了说明这个问题，刘知几举了许多古代史书中的例子。例如，司马迁在《史记·汲黯郑当时列传》中写翟公初为廷尉，颇有权势，宾客盈门，到罢官之后，“门外可设雀罗”。只此一句，文字简之极，而翟公的失意，宾客的势利，世态的炎凉，不都可以想见了吗？真是做到了“一言而巨细咸该，片语而洪纤靡漏”，“文如阔略，而语实周赡”了。

“晦”的反面是“显”。这里的“显”，不同于一般文学理论所谓的浅露，而主要是指的事无剪裁，巨细不遗，一一罗列，词不简要，繁缛堆砌，既啰嗦见长，又不能给读者留下想象、回味的余地。这样的叙事，当然是失败的。

刘知几所讲的晦、显之理，在今天也还没过时。传记、特写都还是文学领域的重要体裁，在实际工作中，记叙文章又是常常需要写的。我们写叙事文章，当然也应该严格注意取事的精要和用词的简练。在这方面，刘知几的话不是很可以给我们以启发吗？

(原载《新闻与成才》1987 年第 10 期)

辨味——司空图

【原文】

文之难，而诗之难尤难。古今之喻多矣，而愚以为辨于味，而后可以言诗也。江岭之南，凡足资于适口者，若醯，非不酸也，止于酸而已；若鹾，非不咸也，止于咸而已。华之人以充饥而遽辍者，知其咸酸之外，醇美者有所乏耳。彼江岭之人，习之而不辨也，宜哉！

——《与李生论诗书》

【今译】

文章写作很难，而诗歌创作就更难了。关于这个问题，古来比喻很多，而我则以为能够辨别诗之“味”，然后才有资格谈诗。比如说，江南岭南地区，凡是能够用于调味的，例如醋，其味不能说不酸，而也不过只是酸而已；盐，其味不能说不咸，而也不过只是咸而已。中原地区人们用它们来调味，使食物能够充饥，但并不欣赏，因为他们知道醋和盐仅有酸咸之味，而酸咸之外，并没有醇美的余味。而江南岭南地区的人，因为习以为常，自然不可能对此有所察觉了。

【简析】

司空图，唐末诗人，杰出的诗论家，著《诗品》二十四则，亦称《二十四诗品》，为我国古代诗论名著，对宋以后诗人、诗论家有极大影响，他的《与李生论诗书》、《与极浦书》等文，也表明了他的诗歌观念。

司空图论诗，强调辨“味”，即体会诗的言、象、意之外的境界，认为达到了这一步，才能真正地谈诗。在中国文学理论史上，把“味”这个概念引入文论而赋予其审美意义，是在六朝时期。刘勰在《文心雕龙》中就多次以“味”论文，钟嵘在《诗品》中论五言诗，也强调地提出“味”的问题。他们所说的“味”，实际上有两义。作为名词的“味”、“滋味”，是指文学作品的一种文外之美，如刘勰说“深文隐蔚，余味曲包”(《文心雕龙·隐秀》)，钟嵘说“五言居文词之要，是众作之有滋味者也”(《诗品序》)；作为动词的“味”，是指对文学作品的欣赏、体会，如刘勰说“玩之者无穷，味之者不厌”，钟嵘说“味之者无极，闻之者动心”(同上)。在唐代，以“味”论诗者也不少，但司空图的“辨味”说，则在前人的基础上深化了。

司空图是在唐代诗歌“境界”论很流行的情况下论“味”的。他所谓的“味”，并不在于诗歌的言、象、意的本身，而在于诗歌的言、象、意之外的“境界”美。他比喻说，醋和盐，其味酸、咸，这都是两者本身之“味”，但只于酸，只于咸，酸咸之外缺乏“醇美”，就不是“味”的上乘了。故人们只拿它们来调味充饥，而不能入于美食之列。司空图追求的“味”，是基于诗的言、象、意而又超于言、象、意的，只能心会，不可言传的“味”。这种“味”，司空图又称之为“韵外之致”、“味外之旨”、“象外之象”、“景外之景”。如他说：“戴容州云：‘诗家之景，如兰田日暖，良玉生烟，可望而不可置于眉睫之前也。’象外之象，景外之景，岂容易可谈哉!”(《与极浦书》)“兰田日暖，良玉生烟”，当然不可能是实实在在的眼中之景，而只能是一种不可言传的心中之“境”。

司空图所说的这样的“味”，当然不可能脱离诗本身的言、象、意之美，但又不只于此。一首诗，有精美的文辞，鲜明的形象，真挚的情意，自然是好。但好仅止于此，使人读后觉得无远韵，无余味，言尽意穷，也并不是上乘之诗。司空图所要求的诗美的极致，还在于言、象、意之外的“境”，所谓咸酸之外的“醇美”。一首诗，精美的文辞、鲜明的形象、真挚的情意，还在这三者的统一之外，具有无穷的韵味。这种韵味不可言传，而却可以心悟，使人得到一种深切而长久的感染和巨大的启迪，从而得到精神的升华。看来，境界美的创造，对于诗歌，确实是很要紧的问题哩。

(原载《新闻与成才》1987 年第 11 期)

文以载道——周敦颐

【原文】

文，所以载道也。轮辕饰而人弗庸，徒饰也，况虚车乎？文辞，艺也；道德，实也。笃其实而艺者书之，美则爱，爱则传焉，贤者得以学而至之，是为教。故曰：“言之无文，行之不远。”然不贤者，虽父兄临之，师保勉之，不学也；强之，不从也。不知务道德而第以文辞为能者，艺焉而已。噫！弊也久矣。

——《通书·文辞》

【今译】

文辞，是用以表现道的。譬如车，车轮、车辕虽加以装饰，但对载物并没有用，不过是徒然地装饰罢了，更何况空车而不载物，更没有用了。文辞，只是一种技艺；道德，才是真正的实质。道德充实而以文辞表现出来，表现得美，就会引人喜爱，引人喜爱就可以得到流传。贤人就可以通过学习而有道德．这就是文的教育作用了。因此孔子说：“言辞没有文采，是流传不远的。”但是，不贤的人，虽然有父兄的督促，老师的劝勉．还是不会去学习；即使强迫他，也是不会顺从的。不知道努力于道德而只以文辞争胜的，不过是技匠而已。哎！这个毛病是由来已久的了。

【简析】

周敦颐，字茂叔，世称濂溪先生，北宋初年正统思想家，其思想对宋代理学的形成有巨大影响，在古代被看作是理学的创始人之一。

在中国文学理论史上，要求文字表现儒家正统思想，是由来已久的。战国荀子、东汉扬雄、唐代韩愈等人，都主张文学表现正统之“道”。如韩愈说：“愈之所志于古者，不惟其辞之所为，为其道焉耳。”(《答李秀才书》)看来，他认为“道”比“辞”来得要紧。但韩愈虽主张“文”表现“道”，却并没有把“文”仅仅当作载道的工具，并不认为有了“道”就有了一切。在文章的语言艺术方面，韩愈正是有所要求的，如他说“辞不足不可以为成文”(《答尉迟生书》)，对于文辞显然还非常重视。到了宋代理学家手里，“道”的地位无比地提高了，而“文”却越来越不被重视。在宋代，首先表现了这样的倾向的，就是周敦颐。

周敦颐第一个提出了“文以载道”的明确要求。他以车之载物来比喻“文”和“道”的关系。“文”好比是车，“道”好比车所载之物。车只是载物的工具，其自身是否美，与载物这一功用无关，所以并不重要。既然如此，车上的装饰就一概用不着，即使有，也不过“徒饰”而已。由此出发，周敦颐认为，“道德”是文之“实”，是最为重要的，而“文辞”则不过“艺焉而已”。这就把文辞之美的匠心创造贬低成工匠的技艺了。重道轻文的观点，在这里表现得很明确。

但周敦颐觉得还不是那么远。文辞之用尽管在他看来不过技艺，但他还是要求要有一定的文采，使载道之文有一定的吸引力，更有利于流传，使之发挥更好的“教”的作用，这就是所谓的“美则爱，爱则传焉，贤者得以学而至之，是为教”。周敦颐轻视“文”，认为“文”不过是载“道”的工具、附庸，但还没有完全否定“文”。到了后来，道学家变本加厉，由轻视“文”进而否定“文”，文辞的审美价值不但被抹杀，“文”甚至被认为是有害的东西。如程颐就认为“作文害道”，认为凡务于“辞章之文”的，都是“玩物丧志”，甚至等同于“俳优”(《二程语录》)。

道学家的文论，虽有一定的影响，但因其迂腐而且不讲道理，并没有为文学家们所完全接受，没有成为风气。“辞章之文”，在宋代还是有成就，有发展的。

(原载《新闻与成才》1988 年第 1 期)

文以适用为本——王安石

【原文】

所谓文者，务为有补于世而已矣；所谓辞者，犹器之有刻镂绘画也。诚使巧且华，不必适用；诚使适用，亦不必巧且华。要之以适用为本，以刻镂绘画为之容而已。不适用，非所以为器也；不为之容，其亦若是乎？否也。然容亦未可已也，勿先之其可也。

——《上人书》

【今译】

所谓文章，不过尽力做到对社会有益处罢了；所谓辞采，不过像器物上面有刻镂绘画而已。如果器物只求工巧与华美，不必使之适用；如果器物只求适用，也用不着工巧华美。总起来说，器物应该以适用为本，但也应该有刻镂绘画，使其外观美丽。不适用，则不成其为器物；外观不美丽，是不是也不成其为器物呢？那就不是了。但外观的美丽也不能没有，只要不把它当成主要的就行了。

【简析】

王安石，字介甫，号半山，北宋思想家、文学家。政治改革家。在文学上，诗、词、文都有成就，其文为后世文人所尊崇，为"唐宋八大家"之一。

对于文章，王安石非常强调"作文本意"。所谓"本意"，实际上就是"道"，具体地说，就是政治教化。如他所说："尝谓文者，礼教治政云尔。”(《上人书》)“治教政令，圣人之所谓文也。”(《与祖择之书》)这中间，封建正统色彩是很浓的。但王安石作为政治改革家，他所谓的“道”，与周敦颐等理学家所谓的“道”又不完全相同。在北宋中期民族矛盾、社会矛盾十分尖锐，国家处于内忧外患之中的形势下，王安石主张并施行变法，希望革除积弊，富国强兵。因此，他所谓的“道”，并不止于伦理纲常，而是含有政治革新的内容在内的；他所谓的“礼教治政”，“治教政会”，也显然具有政治革新的因素。因此，他讲“文以适用为本”，主要就是要求文学为政治革新服务。在创作实践上，王安石的文章虽然政治性很强，但并不是干巴巴的伦理纲常的宣传，而是能指斥时弊，揭示社会矛盾，批判拘于成法的因循守旧思想，具有充沛的改革热情和斗争精神。这是王安石强调“作文之本意”，强调“文以适用为本”与理学家的“载道”观的重要不同之处。

王安石主张文章“有补于世”，“以适用为本”，但又不把文章看成仅仅是表现政治的工具而轻视语言艺术美。这和理学家把“文”看成“载道”的工具而故意加以轻蔑，也是不同的。王安石要求文章“有补于世”，一方面是反对空洞无物而不切实用的道德说教，另一方面则是反对只在辞藻上下工夫而忽视政治内容的表现。但王安石并不仅仅要求文章“适用”，他还主张在“适用”的前提下讲求艺术表现的工巧和辞采的美丽。他以器物为例。器物的制作，当然是为了适用；器物不适用，无论在外观上怎样刻镂绘画，也还是没有价值。不适用，不成其为器物，外观不美丽，倒并不影响器物的适用。但这只是问题的一面。仅仅从适用的观点看，器物确实“不必巧且华”，但器物的制作作为人的一种能动的创造，必然包含着人的审美意识在内。任何器物，自然有实用价值，也自然有审美价值。这审美价值的主要表现，主要就是器物的形式美，这也就是王安石所谓的“容”。对于文章，王安石要求在适用的前提下讲求“容”，要求“以适用为本，以刻镂绘画为之容”，并明确指出“容亦未可已”。当然，形式美无论怎样重要，也不能与适用相脱离，更不能把形式美看得比适用更重要。“容”不能“先之”，而应服从于“适用”。这就是王安石的以适用为本的内容形式统一观。王安石的散文创作，既有极为充实的政治内容，又有很高的语言艺术成就，所以成为大家。这正是他实践自己主张的结果。

（原载《新闻与成才》1988 年第 3 期）

学诗功夫在诗外——陆游

【原文】

我初学诗日，但欲工藻绘，中年始少悟，渐若窥宏大。怪奇亦间出，如石漱湍濑。数仞李杜墙，常恨欠领会。元白才倚门，温李真自郐。正令笔扛鼎，亦未造三昧。诗为六艺一，岂用资狡狯。汝果欲学诗，功夫在诗外。

——《示子遹》

【今译】

在我初学诗的时候，一心只追求字句的工巧奇崛，到了中年才开始有所觉悟，渐渐好像看到了字句之外的宏大境界。间或还写奇涩怪谲的诗，就像浅急的水流冲刷石块那样险而不畅。李白、杜甫诗那样的艺术高度就像数仞之墙我还不得其门而人，更恨自己未能入室登堂。元稹、白居易的诗好像还刚刚达到李、杜的门边，温庭筠、李商隐就更不值得一提。即使笔力之壮足以扛鼎，也还是没有明白作诗的真谛。诗本来是“六艺”之一，岂能在字句上取巧，你如果真要学诗，还是到诗之外去下工夫为好。

【简析】

陆游，字务观，号放翁，南宋大诗人，一生坚持爱国思想，要求朝廷北伐中原，收复失地，至死不渝；长于诗词，诗尤杰出。《示子遹》作于晚年，是陆游一生诗歌创作道路的一个总结。陆游学诗，是从江西诗派入手的。江西诗派是形成于北宋末年的一个诗歌流派，在诗歌创作上要求“无一字无来处”，但又主张学习前人必须善于化用；诗风避熟就生，瘦硬劲倔。江西诗派在南宋初年尚有不小影响，当时人学诗，往往跳不出江西诗派的樊篱；初学者，甚至往往于字句求奇，境界局促。陆游初学，也不能例外。所谓“我初学诗日，但欲工藻绘”，指的就是这种情况。

陆游46岁时，宦游四川，不久以后，满怀报国立功的热忱，入负责西北边防的四川宣抚使幕，驻南郑（在今陕西西南，接近四川）。在这里，陆游过了时近一年的军旅生活，常为防务活动于川陕前线一带，生活是充实的，心情是昂奋的，眼界扩大了，诗情也随之升华，江西诗派局促的境界再也不能束缚他，字钩句引的诗法也再不能限制他了，诗风于是进入宏大之境。这就是所谓的“中年始少悟，渐若窥宏大”。在陆游晚年的另一首诗里，他也谈到过自己诗风的这样的转变：“我初学诗未有得，残余未免从人乞，力孱气馁心自知，妄取虚名有惭色。四十从戎驻南郑……诗家三昧忽见前，屈贾在眼元历历。”（《九月一日夜读诗稿有感走笔作歌》）是丰富的有意义的生活经历，使他终于领悟了“诗家三昧”。

陆游所谓的“诗家三昧”，简言之，就是抒写真情。真情又从何而来？主要来自丰富的生活体验和深入的社会实践。按照江西诗派的路子，不能到生活里面去吸取诗情，而只是一味地闭门觅句，在学习前人字句上下工夫，如陆游所说的向古人乞讨残余，是无论如何也写不出好诗来的。其所以如此，就在于没有实际生活的感发，也就没有真情可抒了，诗于是只剩下了字句的空壳。因此，陆游在悟到“诗家三昧”之后，特别强调诗外的工夫，要求从生活求诗，而不要以诗求诗。他对另一个儿子也说过：“纸上得来终觉浅，绝知此事要躬行”（《冬夜读书示子聿》）。这“要躬行”，也是说要实践，要到诗外去下工夫。

陆游在这里所说的朴素的道理，对今天的诗人们是不是也会有所启发呢？

（原载《新闻与成才》1988年第4期）

诗传真心——元好问

【原文】

心画心声总失真，文章宁复见为人？高情千古《闲居赋》，争信安仁拜路尘。

——《论诗》三十首之六

【今译】

诗应该是心画、心声，是诗人胸中真情的自然流露，为什么却总是失真呢？既然失真，我们还能通过作品见到诗人的为人吗？潘岳的《闲居赋》写得那样的清高远俗，不慕荣利，谁还能相信他竟做过趋炎附势，“望尘而拜”的丑事。

【简析】

元好问，字裕之，号遗山，秀容（今山西忻县人），金代文学家，特著诗名，其《论诗》三十首，是重要的诗论著作。

元好问论诗，特别强调抒写自然真情。《论诗》三十首的主要宗旨在辨明正、伪。所谓正，即诗之情意真淳，抒写自然；所谓伪，即矫揉造作，虚假伪饰。强调表现自然真情，就是为了立正破伪。元好问认为，诗，是诗人于事于景有所感发，情动于中，形之吟咏而成的，此即他所谓的“眼处心生句自神”；如于实际无所感发，勉强拼凑，无病呻吟，就不可能写出好诗了，此即他们所谓的“暗中摸索总非真”。这就为诗美立了一个正、伪的标准。

按照这个标准，诗应该是心画、心声，应该表现真诚的心灵。在我国诗史上，真情流溢的上乘之作确实是很多的。但也往往有情意虚伪的东西。从这种“失真”之作，我们是看不出诗人的真面目的。元好问举了一个很典型的例子：“高情千古《闲居赋》，争信安仁拜路尘。”潘岳(字安仁)是西晋人，很有文才，曾作《闲居赋》，声明自己“绝意乎宠荣之事”，只满足于“筑室种树，逍遥自得”。我们从《闲居赋》去了解潘岳，一定会觉得此人真是清高远俗，恬淡得很。但潘岳是不是这样的一个人呢？据《晋书·潘岳传》，潘岳“性轻躁，趋世利”，也就是说他性情轻浮骄躁，利欲熏心。当时，贾谧是朝廷重臣，权势很大，潘岳对他曲意逢迎。每当贾谧出门，潘岳必在车后对着扬起的尘土下拜，真可谓丑态百出。这样的一个趋炎附势的人，怎么会不慕荣利，甘心于闲居逍遥呢？看来，《闲居赋》并非潘岳的心画、心声，而是失真了。从这样的伪饰之作，确实是看不出作者的真性灵的。

诗应该传真心，文又何尝不应如此。古人说“文如其人”，也是认为文章所表现的思想感情、精神风貌应该是真实的，发自内心的，和作者的思想感情、精神风貌相一致的。但文章也一定会有失真之作，那就需要通过对作者的全面了解而加以辨别了。

(原载《新闻与成才》1988 年第 5 期)

诗贵自得——徐渭

【原文】

人有学为鸟言者，其音则鸟也，而性则人也；鸟有学为人言者，其音则人也，而性则鸟也。此可以定人与鸟之衡哉。今之为诗者，何以异于是？不出于己之所自得，而徒窃于人之所尝言，曰：某篇是某体，某篇则否；某句似某人，某句则否。此虽极工逼肖，而已不免于鸟之为人言也。

——《叶子肃诗序》

【今译】

人有学鸟叫的，声音是鸟的声音，而性情则仍然是人的性情；鸟有学人说话的，声音虽然是人的声音，在本性上鸟还是鸟，并不能表现人的性情。从这就可以知道人之所以为人，鸟之所以为鸟了。当今的诗人，何尝不是如此呢？不是出自自己所固有的性情，而只会剽窃别人说过的话，还要振振有词地说：我的某一篇是前代某诗人之体，某一篇就不是的；某句像前代某诗人的，某句就不像。这样，即使学得再好、再像，仍然不免于鹦鹉学舌。

【简析】

徐渭字文长，号青藤，山阴（今浙江绍兴市）人，明代思想家、文学艺术家，是明代中期兴起的文学新思潮的主将之一。

对于文学，徐渭主张以表现“人心”、“人情”为本，对心无所得，一味模拟剽窃的文风十分厌恶，并提出了尖锐的批评。在明代文坛上，复古之风很盛。以李梦阳为首的“前七子”，倡言“文必秦汉，诗必盛唐”，诗、文创作皆以前人为准的；以王世贞为首的“后七子”，承袭“前七子”的主张，于诗、文也希望仰承汉、唐。一般的说，在文学上向古人学习不但不错，而且还是很必要的，但强调过分，一味学古，忘记了自己所处的时代，舍弃了自己的胸中真情，那就一定会走上歧途。前后“七子”的诗、文不能说都是模拟剽窃之作，但其中确实有不少假古董。徐渭的批评，就是针对以前后“七子”为代表的这种不良风气的。

徐渭认为，诗歌应该表现诗人心中之自得，诗人作为“人”，就应该表现自己之所以为人的人之“性”。胸中有真性灵，形之于诗，才能是真正的诗。至于诗的表现形式，那也应该根据“自得”之情的需要而定。自己一定之情与自己一定之语相统一，才能有自己独到的艺术成就、自己独特的艺术风格。在徐渭看来，在诗歌创作中，如果丢掉了自己而去一味模仿别人，津津于“某篇是某体”，“某句似某人”，那就无异于鸟学人语。鹦鹉是会学人说话的，有时甚至会学得惟妙惟肖，但鹦鹉学舌，只是外在形式的模仿，它并不因此就成为人，具有了人的性情。鸟是不可能有人性情的，它只能学舌，而人则一定有自己的性情，用自己的语言，抒自己的情感，岂不很好，又何必丢掉了自我去学舌呢！

（原载《新闻与成才》1988 年第 7 期）

天下至文 皆出童心——李贽

【原文】

天下之至文，未有不出于童心焉者也。苟童心常存，则道理不行，闻见不立，无时不文，无人不文，无一样创制体格文字而非文者也。诗何必古选，文何必先秦，降而为六朝，变而为近体，又变而为传奇，变而为院本，为杂剧，为《西厢曲》，为《水浒传》，为今之举子业，皆古今至文，不可得而时势先后论也。故吾因是而有感于童心者之自文也，更说甚么六经，更说甚么《语》、《孟》乎！

——《童心说》

【今译】

天下最好的文学作品，没有不是出于童心的。如果童心常在，则伦理纲常就不能通行，道学教条也没了立足之地。有了童心，则无论何时都有好文学，无论何人都可以创作好文学，无论运用什么体裁格式语言都可以成为好文学。这样，诗何必照搬两汉魏晋，文何必模仿先秦，自魏晋发展而为六朝诗，演变为隋唐以后的格律诗，又演变而为传奇小说，而为金、元院本，而为元代杂剧，为《西厢记》、为《水浒传》，一直到今天科举考试所用的文体，都是古往今来最好的文学，是不应该以时代先后论优劣的。我由此而深感有童心者自然能创作出好的文学作品，相形之下，什么六经，什么《论语》、《孟子》，就都不足道了。

【简析】

李贽字卓吾，号宏甫，温陵居士，明代杰出的思想家、文学

家、文学理论家，和徐渭一样，也是明代文学新思潮的主将，而且较徐渭更为激进。《童心说》就是李贽抨击理学、鼓吹个性解放的进步文学观的最集中体现。

在李贽看来，“童心”就是“真心”，就是涤除了仁义道德污染、冲破了理学教条束缚的人的“本心”。值得注意的是，李贽在这里提出的“童心”，并不是一般意义上的真情实感，而是有深刻的现实社会内涵的。在当时，理学家坚持“存天理，灭人欲”，而李贽所谓的“童心”，正是与“天理”相对立的“人欲”，也就是下层人民群众求生存、求发展的自然要求。这种自然要求，李贽归结为“好货”、“好色”(《答邓明府》)，即市民对货利的追求和青年男女对爱情自由的追求。这两者，都是被理学家视为洪水猛兽，必欲灭之而后快的。可见，强调“童心”，就是对理学教条的迎头痛击。

在文学上，自从理学家提出“文以载道”以后，文学就只能表现封建纲常道德，只能为封建政治服务。在李贽看来，这样的压制真情的文学，只能是“假文”，而这样的文学家也只能是“假人”了。只有出自“童心”，才能有“至文”；文学作品，无论为何人所作，无论在何时所作，无论运用的是何种语言格式，只要出自“童心”，都可以成为“天下之至文”。有无“童心”，是区别文学优劣的唯一界线。这样，李贽就确立了一个离经叛道的全新的文学批评标准。

在确立“童心”这一标准之后，李贽对当时的文坛作出了评断。李贽和徐渭一样，明确反对“文必秦汉，诗必盛唐”的拟古主张，认为这样的复古不可能表现真心，因此强调指出“诗何必古选，文何必先秦”。当时，新兴的戏曲、小说盛行，许多作品表现出鲜明的批判封建伦常，封建秩序的倾向，受到正统文人的叱骂。而李贽认为，像《西厢记》、《水浒传》这样的作品，正是出自“童心”的“至文”，而加以热情肯定。由此，我们也可以看出“童心”说的反正统的离经叛道的性质。

在中国文论史上，《童心说》是一篇具有开创性的论文，它是新的社会力量的要求在思想、文学上的反映。它以全新的思想，启发了一代作家，以全新的标准为新兴的进步文学张目，有力地推动了中国16世纪后期到18世纪前期进步文学的发展。

（原载《新闻与成才》1988年第8期）

独抒性灵——袁宏道

【原文】

独抒性灵，不拘格套，非从自己胸臆流出，不肯下笔。有时情与景会，倾刻千言，如水东注，令人夺魄。其间有佳处，亦有疵处。佳处自不必言，即疵处亦多本色独造语。然余则极喜其疵处，而所谓佳者，尚不能不以粉饰蹈袭为恨，以为未能尽脱近代文人气习故也。

——《叙小修诗》

【今译】

小修的诗，独抒性灵，不受既定的格式套子的约束，诗情不是出自自己的胸臆，绝不下笔作诗。有时候，胸中之情与外境相印合，一时之间，下笔千言，如大江东流，不可遏止，令人惊心动魄。这中间，有的地方很好，有的地方则似乎有毛病。好的地方自不必说，即使有毛病的地方，也多是出之自然，出之独创。我最为欣赏的，是那些似乎有毛病的地方，而那些好的地方，我倒不能不对其中有故意粉饰、模仿前人的弊病而感到遗憾。这是因为，这些地方还没有能摆脱近代文人的坏习气。

【简析】

袁宏道字中郎，号石公，湖北公安人，明代后期文学家，重要诗文流派公安派的骨干，对诗文创作主张“独抒性灵”在当时及后来都有很大的影响。

由于以徐渭、李贽、汤显祖为主将的新文学思潮的推动，在诗文领域，出现了以袁宗道、袁宏道、袁中道(字小修)三兄弟为首的新流派。由于三袁是湖北公安县人，这个新流派被称为“公安派”。袁宏道一生服膺徐渭、李贽、深受他们反儒教反理学、在文学上抒真情表童心的进步思想影响，在诗文创作领域，标举“性灵”，对正统儒家文学观进行有力的冲击，壮大了文学新思想的潮流。

对于诗歌创作，袁宏道要求“独抒性灵，不拘格套，非从自己胸臆流出，不肯下笔”。他所谓的“性灵”指胸中真情，但又不是一般意义上的真情，所谓的“童心”，也是指“真心”，但其实质内容，是与理学家所标榜的“天理”相对立的“人欲”。袁宏道所谓“性灵”，正与“童心”相通。“独抒性灵”，也要求冲破正统思想的束缚，因此，所谓“不拘格套”，就不仅指语言形式的套子，而首先是指束缚“性灵”的封建正统思想、条规；只有对正统文学的内容、形式的全面突破，诗人才能“各任其性”(《识张幼于箴铭后》)才能无拘束地表现自己胸臆的自然真情。

在确立了“独抒性灵”这个诗歌创作的最高准则之后，袁宏道又把它作为衡量诗歌优劣的一把尺子。抒性灵者，虽在传统观念看来有“疵”，但因其表现了诗人之本色、诗人之独创，倒是可喜的佳作；不能抒性灵的，虽造语精工，言有所本，在传统观念看来是“佳”，却因其徒有“粉饰蹈袭”而不见真情，倒不是成功之作了。以“独抒性灵，不拘格套”为标准，历来的“思无邪”、“温柔敦厚”、“发乎情止乎礼义”等等正统标准都被推倒了，当时文坛上的“法式古人”之风，于是也被否定了。

在创作实践上，袁宏道的诗文确有“自家本色”。一方面反正统的颇具叛逆色彩的思想感情时时得到大胆表露；一方面在语言形式上自出心裁，真正做到了“发人所不能发，句法、字法、调法一一从自己胸中流出。”在实践上、理论上，袁宏道都可以说是一个反传统的创新家。

(原载《新闻与成才》1988年第9期)

身历目见 方可为诗——王夫之

【原文】

身之所历，目之所见，是铁门限。即极写大景，如“阴晴众壑殊”，“乾坤日夜浮”，亦必不逾此限。非按舆地图便可云“平野入青徐”也，抑登楼所得见者耳。隔垣听演杂剧，可闻其歌，不见其舞；更远则但闻鼓声，而可云所演何出乎？

——《姜斋诗话》

【今译】

亲身经历，亲自见到，是作诗的必过之门。即使极写大景，如杜甫诗句“阴晴众壑殊”，“乾坤日夜浮”，也绝不例外。不是照着地图就可能写出“平野入青徐”这样的诗句来的，杜甫的这句诗，也是写他登楼所亲见的。比方说，隔墙听演戏，可以听见唱，却不可能看见演，离得更远一些，则仅仅能听到鼓声了，能说得出演的哪出戏吗？

【简析】

王夫之，字而农，号姜斋，世称船山先生，湖南衡阳人，明清之际杰出的思想家、文学理论家，所撰《姜斋诗话》为古代论诗名著。

文学作品，都是文学家在现实生活中有所感发而写成的。离开了客观的现实生活，而只有一个赤裸裸的“主体”，不可能写出好作品，甚至根本不可能进行文学创作。就诗歌创作来说，这在唐代及唐代以前，在写作实践上，一般不成问题；在理论上，

“感物”问题也一直是被注意到了的。但到了宋代，诗歌创作中出现了“闭门觅句”的倾向，元明时期，诗歌创作中拟古之风一直很盛，一些人似乎认为学得古人的一点字句、一点技巧就可以作诗，可以成为诗人了。于是眼睛盯着古人，而忘记了现实。这样当然不可能有好诗。王夫之强调身历目见方可为诗，就是针对这种积弊而发的。

王夫之认为，“身之所历，目之所见”，是“铁门限”，认为生活之门非过不可；不过此门，就不能作诗。他以写景诗为例，指出写景必须亲见此景，无论大小，都不例外，按照地图，当然不可能写出好的写景诗。由此推而广之，对社会人生没有丰富的、切实的体验，如隔墙听戏，远处闻声，不知社会人生为何物，也不会有真正的诗情。王夫之讲的这个道理，很朴素，但也很深刻，可以说是给诗人们指出了一条必由之路。身之所历，目之所见，对于诗歌创作是一个必不可少的重要条件，但只能模写所历所见，还不是诗；目中所得与心中所有还得两相融合，才能成诗。在这个问题上，王夫之主要强调两点：一是情景交融。他认为“情景为二，而实不可离”，要求“景以情含，情以景生，初不相离，唯意所适”。离开了情，则景失去了意义；离开了景，则情无所托。情、景两相融合，才能有好诗，这就是王夫之所谓的“情景一合，自得妙语”。二是以意为主。客观的现实生活的体验，是“铁门限”，但在进入创作过程之后，主导的因素还是诗人主观的情意。因此王夫之说：“无论诗歌与长行文字，俱以意为主。意犹帅也。无帅之兵，谓之乌合。”这实际上是说，在诗歌中，情与景两者并不是一般意义上的融合，而是以情为主导的情景交融。情有待于以景寄托，而景更有赖于情的贯注。无情之景是没有生气的，而有了情的贯注，景就成了有生气的具有感人力量的东西。这就是王夫之所谓的“寓意则灵”。强调“以意为主”，是不是与前面讲的“身之所历，目之所见”是“铁门限”相矛盾呢？并不矛盾。这是因为，从根本上说，诗人主观的“意”的形成，就是离不开客观的现实生活的体验的。人是社会的存在，因此人不可能有与社会现实无关的自我、主体。在意与景两者之中强调以“意”为统帅，是因为诗是以抒情为基本功能的，情意必然是主导的因素，但并不因此就轻视现实生活的体验。即使以“意”为主，“铁门限”还是非过不可的。

（原载《新闻与成才》1988 年第 10 期）

“文”和“所以文”——戴名世

【原文】

言语文字，文也，而非所以文也；行墨蹊径，文也，而非所以文也。文之为文，必有出乎言语文字之外，而居乎行墨蹊径之先。盖昔有千里马，牝而黄，而伯乐使九方皋视之。九方皋曰：“牡而骊。”伯乐曰：“此真知马者矣！”夫非有声色臭味以娱悦人之耳目口鼻，而其致悠然以深，油然以感，寻之无端，而出之无迹者，吾不可得而言之也。夫唯不可得而言，此其所以为神也。

——《答张、伍两生书》

【今译】

语言文字，是文，但不是文的根本；结构脉络，是文，但也不是文的根本。文之所以为文，一定有出于语言文字之外，居于结构脉络之先的东西。古代曾有过一匹千里马，是黄色的母马，伯乐让九方去看，九方皋说：“是黑色的公马。”伯乐说：“九方皋真是相马的高手呀！”文章里面有这样一种东西，并没有声音、色彩、气味、味道足以娱悦人的耳目口鼻，而都有一种深远而自然的感人力量。你要寻找它，没有端倪，也没有痕迹，我也没有语言来形容它。而正因为没法用语言来形容，就更见其所以为“神”了。

【简析】

戴名世，字田有，号南山，安徽桐城人，清初著名民族志士，散文作家，年五十二，因文字狱(《南山集》案)被害。

戴名世是清代最大的散文流派——桐城派的奠基人之一。桐城派文家在思想上偏于正统，尽管有时也能闪现出一点有价值的思想火花；在散文艺术上，桐城派在二百多年中丰富、发展并完善了中国古典散文艺术论，算是有比较大的贡献。而桐城派文家的一些散文艺术观念，在戴名世那里大多是可以找到源头的，例如这里涉及的关于文章的“神”的观念。桐城派论文，自刘大櫆始，可以说一贯重“神气”，认为“神气”是“文之最精处”，认为“神者文之宝”(刘大櫆《论文偶记》)。这样的观念，戴名世在《答张、伍两生书》等文里早就阐述得很为精辟而深入了。

戴名世认为，语言文字、结构脉络等等形式问题，对散文都是必不可少的，但都不是最根本的，并不能决定散文之所以为散文。对于散文，具有决定意义的是“神”；有了“神”，散文作品就有了生机，有了感人至深的艺术力量。散文创作是要运用语言形式的，而“神”则“出乎言语文字之外，而居乎行墨蹊径之先”，是寓于语言形式却又趋于语言形式的。为说明这个问题，戴名世举了古代九方皋相马的故事。据《淮南子》、《列子》，九方堙(或九方臯)相马，只根据马的神气判断是否“天下之马”，而并不去注意马的毛色雌雄。他虽然把马的牝牡骊黄搞错了，却准确地发现了千里马，所以伯乐称赞他“真知马者矣”。用这个故事所寓含的内外、精糙哲理来看散文，散文的语言形式和“神”虽然同存在于作品，却也有内外精糙之别。根据这个道理，进行散文创作，就不能只在外在的语言文字结构脉络上下工夫，而应该着重于“神”的传达贯通。

戴名世在这里所谓的“神”，虽然在表述上颇有玄味，而在实际上，“神”主要就是指文章的内在精神，是蕴含在语言形式之中的作者的精神气质，作者的这种极富于个性特征的精神气质贯注流行于文章的字里行间，就使文章有了生气，有了强烈的感人力量。这种“神”，又称之为“魂”。“须有魂焉以行乎其中；文而无魂焉，不可作也。”并进而发挥说：“文章生死之机，在有魂无魂之间。”(《程偕柳稿序》)看来，文章失去了神魂，就只能成为徒有躯壳的死物了。

(原载《新闻与成才》1988 年第 11 期)

阳刚之美与阴柔之美——姚鼐

【原文】

鼐闻天地之道，阴阳刚柔而已。文者，天地之精英，而阴阳刚柔之发也……其得于阳与刚之美者，则其文如霆，如电，如长风之出谷，如崇山峻崖，如决大川，如奔骐骥；其光也，如日，如火如金镠铁；其于人也，如冯高视远，如君而朝万众，如鼓万勇士而战之。其得于阴与柔之美者，则其文如升初日，如清风，如云，如霞，如烟，如幽林曲涧，如沦，如漾，如珠玉之辉，如鸿鹄之鸣而入寥廓；其于人也，漻乎其如叹，邈乎其如有思，暖乎其如喜，愀乎其如悲。观其文，讽其音，则为文者之性情形状，举以殊焉。

——《复鲁挈非书》

【今译】

就我所知，天地之道，不过阴阳刚柔。文，是天地的精华，是天地的阳刚阴柔在人文的表现……得阳刚之美，则文的气势如雷霆，如闪电，如劲风吹过山谷，如高山峻岭，如大河决口，如骏马奔驰；它的光焰如烈日，如大火，如铁器饰金；拟之于人，则如登高望远，所见壮阔无垠，如万众之朝君王，如统帅指挥千军万马作战。得阴柔之美，则其文如朝日初升，如清风，如云，如霞，如烟，如幽深的树林，曲折的溪流，如微波摇漾，如珠玉生光，如鸿雁飞鸣而入于长天；拟之于人，则如轻轻的叹息，如深深的思念，如温和的喜悦，如淡淡的哀愁。阅读文章，咏诵声调，则文章作者的性情心态的各个不同，就都可以了解到了。

【简析】

姚鼐论文，不仅主张义理、考证、文章之结合，而且对“文章之美”，也有深入的探讨，特别是在文章风格论方面，有突出的贡献。

关于文章风格，姚鼐认为不外乎阳刚之美与阴柔之美。以刚柔论文，并不始于姚鼐，古代文论家早就接触到了。曹丕在《典论·论文》中提出“文以气为主，气之清浊有体”，所谓清、浊，实际上就是刚柔。后来，刘勰在《文心雕龙·体性》中讨论文人性情与文章风格的关系，就明确指出“气有刚柔”。既然“气有刚柔”，必然反映在文章风格中，故又指出“势有刚柔”（《文心雕龙·定势》）。但对这个问题，刘勰还没有给以充分的论述，姚鼐所论，则可以说是充分而深入了。

姚鼐指出，“文章之美”，有阳刚、阴柔之分，并极力形容两者的种种情状，说明两者风貌的明显不同，同时也说明，阳刚之美或阴柔之美也并不就是一个样子，而是情状万殊，有种种的不同的。为什么文章会有不同的风格，姚鼐认为是由文章作者的性情心态决定的。作者种种不同的性情心态，就形成了种种不同的文章风格。所以，从文章风格，可以了解“为文者之性情形状”，从作者的性情形状，当然也可以想见其文章风格了。这和刘勰“沿隐以至显，因内而符外”的观念，显然是一致的。

对阳刚之美与阴柔之美，姚鼐主张“糅而偏胜”，即两者有所结合而偏于阳刚或偏于阴柔。如果文章风格纯为阳刚或纯为阴柔，姚鼐认为并不美，他说：“阴阳刚柔并行而不容偏废。有其一端而绝亡其一，刚者至于偾强而拂戾，柔者至于颓废而阉幽，则必无与于文者也。”（《海愚诗钞序》）当然，两者完全统一而无所偏，也并不美，而且不可能做到。一般的说，只能做到刚中含柔，或柔中有刚；文章风格美，实际上也往往如此。这是因为，文人的性情，一般就是二者兼具而有偏胜的。

（原载《新闻与成才》1988 年第 12 期）

附　　录

FULU

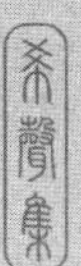

怀念绪邦

王凯符

八月二日晚上，从山海关外传来噩耗，前一天，绪邦走了。这消息差点把我震昏，使我长夜难眠，痛哭失声。

绪邦的一生是光明磊落的一生，豁达脱俗的一生。他的道德文章，在朋辈友人中，常被视为楷模。在名利思想泛滥的今天，他却把名利看得很轻。在学术上，他早就具备了任职教授的条件，但他在校系担任领导的七八年间，从未申请教授任职资格。我和他合作过两本书、三篇文章，在署名时，我被谬称学兄，他总是一再谦让。由他主编的《中国散文通史》一百多万字，尽管他花了大量心血，出版后，他坚持不要主编费，把好处让给别人。

绪邦博学强记，博览群书，学通古今。与朋友聊天，谈到学问知识之事，他总是侃侃而谈，如数家珍。他的学问之渊博，记忆力之强，常让人惊叹。他文思敏捷，写起文章来，总是挥洒自如，新意多多。他的确是一个治学能手。上世纪 80 年代，上级要提拔他做学校领导，市里派人来征求意见，我明确表示，让他做领导工作，肯定能够胜任。但领导工作他人可做，而他的学术研究，鲜有他人可以替代。所以我建议，与其让他担任领导工作，不如让他潜心治学，不论对个人还是对社会，好处会更大。

1989 年，绪邦被解除学校领导职务，当时我给他写了四句话，放进他的信箱：“大漠孤烟直，长河落日圆。解甲归巴蜀，漆园可耕田。”前两句借王维写景诗句，说他处世为人，同时也对他的因事解职表示同情。后两句是希望他解职“回归本位”，可以专心治学了。绪邦喜老庄，庄子曾为“漆园吏”，因而别称“漆园”。绪邦姓漆，“漆园”也可解为绪邦家园。绪邦解职后，努力耕耘，一共写出了二百五十多万字的学术著作。这正是他“漆园耕田”结出的硕果。

我给他写的四句话，并未具名，但他知道是我写的，所以第二天见了面便说：“知我者，学兄也。”

绪邦走了，按照佛教的说法，好人得道，死后可以进入天国极乐世界。相信那里会有他的一席之地。

2008 年 12 月

忆绪邦

段启明

自去年八月以来，我时时翻阅着手边能够找到的漆绪邦教授的遗著，作为与逝者的"心灵的对话"，那感触是难以表述的，特别是在夜深人静的时刻。

也许因为我是一个俗人，不太懂得"文章千古事"的道理，所以常常幻想着倘若上苍助我，则宁愿舍弃绪邦留下的这几十万个方方正正的方块字，换回一个鲜活的老漆，一个神采飞扬、妙语连珠的绪邦。于是，我似乎又从电话里听到了老漆用四川话对我说："老段呐，我过来摆摆龙门阵。"我说："好，我把茶泡起。"他还要加一句："要鲜开水吆。"(这个"鲜"字，四川话读作"xuan"，"鲜开水"，是指刚刚烧开的水。)——当然，这不是幻觉，而是往日情景的朦胧再现。直至今日，我依然不能确信，那个身板挺直、走起路来略略后仰的老漆，真的与我们永别了。

绪邦是一位兼具"才"、"学"、"识"的学者，特别是他的"识"——眼光之锐利、识见之高远，我是很敬佩的。由王南先生主编的这部《漆绪邦学术论文集》以及他的其他著作，都可以证明"余言之不诬也。"当然，绪邦留下的这些文字，还远不是他的很多识见的全貌，因为，他的一些闪光的见解往往是在闲谈话语、嬉笑怒骂之中表述出来的。若干年后，我们这些老朽之辈，也许记不得他的著作中某篇某章的内容，但他的一些"莲花妙语"却会让我们长久"记忆犹新"的。是的，绪邦的著作和言谈，探索的是学术问题，表达的是学术观点，但我在这里所感受到的更是他的品格——耿介、本色、洒脱。然而，苍天不公，我们再也看不到老漆的新作，听不到老漆的妙论了。

绪邦是一位学者，同时又是一位很有领导才能与组织能力的党的干部，而且，在这一方面很富有创造精神。上世纪 80 年代初，高等学校的改革，从管理体制到教学科研，都还处在摸索阶段，具体到高等师范院校中文系，也是如此。在这样的大背景下，北京师范学院中文系于 1985 年首发倡议，召开师范院校中文系主任工作座谈会。这一倡议，立刻得到热烈响应。当时我在西南师范大学中文系工作，亦奉派来到北京师范学院参加会议。绪邦作为北京师院中文系主任，当然是这一活动的决策者、主持人。事实证明，这是绪邦和师院中文系领导集体非常有意义的创举。从 1985 年开始，这个“座谈会”每年举行一次，由参加会议的各学校轮流主办，参加者越来越多，像滚雪球一样。人们在这样一个只有一两天或两三天的座谈会上，可以获悉全国十几所、后来增加到几十所师范院校中文系行各方面的信息，既有宝贵的经验，也有值得注意的教训。在那个极其需要信息，而交流信息又很不方便的历史时期，“座谈会”无疑是一种极具现实意义的举措。北京师院中文系的首创，理所当然地受到一致的好评。而绪邦的贡献，自不待言。但在 1985 年的首次“座谈会”上，我却发现这位北京师院的漆主任，从未作长篇大论的发言，更不曾阐释诸如“当前的形势”、“会议的意义”之类。主持会议、系统介绍情况等等所谓“出头露面”的事情，都由别的同志分担。开会时，他静静地坐在会场里听大家发言；休息时，他与同行朋友随便交谈。在他的身上，看不到一点张扬与矜持。在后来的多年交往中，我也绝少听他重提这件往事，更谈不上以首创者自居的炫耀。

我到北京师院以后，与绪邦也有过一些纯属工作性质的交往，有些在我看来是很麻烦的事情，但他处理起来，却变得轻而易举，他的那种举重若轻的能力和风格，给我留下了极为深刻的印象。

绪邦出身于高级知识分子家庭，但他的少年时代却是在四川农村度过的。因此，他对四川的风土人情，有着特别深切的感受。而我虽然生长在北京，但从二十几岁到四十多岁在四川、重庆生活了二十多年，四川成了我的第二故乡，对那里的一切，我都有着难以割舍的亲情。因此，我与绪邦平时“摆”得最多的“龙门阵”，就是四川的天、地、人，而且有时必须用四川话摆谈才有那个味道。其实，绪邦的故乡（江津）和我所在的西南师大（在重庆北碚），现在都已不属四川省，而属重庆市。但绪邦却常常“较劲”：“啥子重庆人，我是四川人，我几辈子都是四川人。”四川乃至重庆，都有着非常鲜明的地域文化特点。我曾经半开玩笑地以十六个字来归纳四川(包括重庆)人的地域性品格："睿智幽默、善于生活、重情仗义、疾恶如仇。"绪邦听了，哈哈大笑，说："再加两句：'袍哥大爷、浑不讲理。'"而我所归纳的那些可爱的品格，在绪邦身上似乎都可以或多或少地看到，只可惜为篇幅所限，这里不宜详述了。

朋友们都经常谈论绪邦喜欢旅游，其实他还有一个爱好——做川菜。我们两家，无论谁家得到真正是四川农村家庭腌制的腊肉，往往都要分而食之。我品尝过绪邦亲自炒的腊肉、回锅肉，那真是地道的川味佳肴。绪邦还会"点豆花"。豆花，是四川最普通而又最富川味的一道美食，它既不是一般的豆腐，也不是北方的豆腐脑儿。豆花"点"好了，只是成功了一半儿，另一半儿是拌佐料。拌佐料的学问，让老漆讲起来，真是博大精深之至啊。的确他拌出的作料，我以为在北京城绝对是一流的。所以我品尝绪邦家的豆花时总是一面吃着，一面暗暗思忖：这个老漆，怎么不多弄点儿，我还没吃够啊。

说"往事如烟"也好，说"往事并不如烟"也好，总之，人生一世，得一知己，谈何容易。倘谓"生离"犹有期盼，而"死别"则永堕无望之深渊。

但我却深信，老漆在"那边"也一定还是那样的耿介、本色、洒脱……

2009 年 4 月

悼念漆绪邦副会长

牛鸿恩

我古代散文学会副会长漆绪邦教授，今年 8 月 1 日不幸逝世，享年 70 岁。他的去世，是我学会的一大损失。

漆先生是我学会主要创始人之一。1984 年初他与人计议成立散文研究室，考虑编写《中国散文通史》。至 1985 年 5 月，北京师院中文系成立了文章学及散文研究室(次年散文研究室独立)，人员与任务基本落实，推举绪邦任主编，并撰写元代散文。反复讨论编写宗旨、体例等，即后来他在《前言》中所说的一些内容："从中国散文发展的实际出发……不局限于所谓'纯文学散文'……把散行的、偶俪的……把赋也视作散文……"等等。10 月间开会讨论各编作者拟出的全书九编提纲。此后即着手写作。原计划用四年时间至 1989 年年中竣稿。他首先拿出体例说明等供大家讨论，并曾议决每年每人写 6 万字。可是编写人员都忙于上课，又不时加进自己的科研项目，相互之间碰撞干扰，无法完成 6 万字定额，遂改为 1991 年底交稿。1991 年仍未竣稿，且因人员变动，宋代部分无人承担，1991 年初才决定由大家分担。赖绪邦督励，1992 年 10 月底，全书竣稿。找出版社也历经曲折。自 1985 年 5 月启动，至 1992 年 10 月底结稿(历经七年半)，再至 1995 年 6 月见书，已是十年有余，真是"十年磨一剑"。当年 10 月出版社相告，该书已获吉林省长白山优秀图书奖。1996 年获北京市优秀社科图书二等奖。

1995 年 6 月呈《中国散文通史》给谭家健先生请正。谭先生对该书颇有好评。12 月底，家健兄以其大著《先秦散文艺术新探》见赠，并说《中国散文通史》是目前最大最全的通史，(谭《近20年来中国散文史著作举要》：“《通史》是目前同类著作中篇幅最大而且比较系统全面的一部。尤其是明清近代部分，时下研究较少，此书在这方面带有填补空白性质。其他各编亦多有建树。”)贵校应当以此为契机，举办一次古代散文研讨会，并且成立中国古代散文学会。这时的绪邦，系主任不干了，副院长也因故没有干满一届，但他的影响还在。我当即把这一建议转告绪邦。他本来不爱张扬，这时因为有促使他同意的因素在，所以他也当即表示同意。第三天就告诉我：召开散文研讨会的意向告诉了副校长，副校长支持。1996年9月23至25日由绪邦主持在敝校举办了第一届古代散文研讨会，并在这次会上产生了中国古代散文学会。

会前，许多筹备工作，如邀请哪些人赴会，会长、副会长、常务理事名单，秘书处设于首都师大，学会挂不挂靠等等，都经漆与谭一起商议。自8月30至9月25日，我陪绪邦曾两赴谭府议会务，两赴郭府敦请郭预衡先生出任会长及报告会务。没有谭先生提议，学会不可能成立；没有漆先生拍板，至少学会也不可能在那时成立。他们两位是我们学会共同的创始人。

没有绪邦的筹划、组织，不会有《中国散文通史》。七八年之间，他安排了无数次讨论会，研究编写中的各种问题，讨论各编样稿，最后他通读并修改成于众手的150万字书稿，终于大功告成。这部著作，既吸收了前人的研究成果，也含有作者筚路蓝缕的开辟，其学术价值、参考价值引起同行的重视。工程启动时，作者中没有一名教授，至1996年，已有7位作者先后晋升为教授。斯人云逝，业绩永存。

应当说，绪邦的业绩更表现在古代文学理论方面。最初，他在古代文学教研室讲授古代文学，后转入文艺理论教研室，主要从事古代文学理论的教学研究工作。自1985年开始带研究生，研究方向就是古代文学理论。他的《道家思想与中国古代文学理论》一书出版于1988年，对先秦道家学说与中国古代文学理论的关系作了全面深入的研究。此后，他就转向我国古代文学中巨大的部类诗歌领域。以绪邦为主要撰稿人的《中国历代诗词曲论专著提要》(51万字)出版于1991年，包含诗论专著302种，词论专著104种，曲论专著31种。“提要”者，“概述其主要的理论内容，评价其在中国诗论史上的地位”。该书受到同行专家的好评，成为本专业的重要参考书，他所作该书长篇《前言》等于是诗论史通论。由霍松林先生主编、绪邦作为第一撰稿人的国家教委重点科研项目《中国诗论史》上、中、下三册，150万字，2003年10月竣稿，2007年1月出版。绪邦撰写其中六七十万字，他为这部论著付出了很多心力和时间。他在长篇《后记》中说，该书“力求从原原本本的材料出发，贴近材料本身和材料所存在的历史环境进行阐释”，并从纵向、宏观角度论述了“中国古代诗歌理论史上的理论观念的发展问题”。这些论述，“对近几十年中国文学通史和文论通史的传统写法所导致的弊病有所补救”(霍松林《前言》)。这部著作，被认为是中国文学批评史学科领域近年所取得的最为重要的学术成就。在该书的学术座谈会上，学者们一致认为该书“本色、平实而厚重，精当且精美”，戚良德教授认为该书是从诗学角度完成的一部文学理论批评史；该书的创新处即在于“敢于碰硬”，如对经学与诗论的关系这样高难度的“硬”问题，作了深入细致的研究，结论令人信服(按，此节即绪邦撰写)。

绪邦尚有其他多种著作，在此不一一列举。退休后他参与了国家“九五”古籍整理项目《李贽全集注》，承担《藏书》(合著)、《阳明先生年谱》的注释，撰写了270万字，即将出版。《藏书》注(五卷)，是明代以来的首次注释，自1996年起注，绪邦经冬历夏，长年累月，查阅各种资料，再三修改校阅，力求完善，然而校对清样仅仅半卷遽尔撒手人寰，不能看到自己付出艰辛劳动的这部大书出版，岂非其内心深深的遗憾!

绪邦倜傥大度，聪敏有才气，喜读书，广涉猎，又博闻强记。两三千年的历史典籍他大量阅读，有的更是反复批阅。治学勇于开拓创新，善抓大端：一手抓散文史，一手抓诗论史，出现了两部150万字的巨著，岂不皆荦荦大端？1985年任系主任，不到一年，升任副校长。工作有魄力，敢承当，大刀阔斧，锐意更革，于系、校工作均有建树，人称其有帅才。就他个人而言，则是殚精竭虑，至忘寝食。任系主任之初，为改进中文系工作，提高教师积极性，他与副系主任多次长谈，屡屡通宵达旦。为人超脱，处世有原则，如做《中国散文通史》主编，一分报酬不取，稿酬尽数分发作者。反复说服，才勉强收下1000元。年六十，以其地位特殊，中文系挽留延聘，绪邦明确表示按规定退休，不接受延聘。学会成立前，家健兄提出，《中国散文通史》的不少作者都是单独写一编，十七八万字、二十几万字，各相当于一部断代散文史，都应做学会的常务理事，绪邦未接受，以为主办单位安排多人任常务理事，不相宜。即此，均可以想见绪邦为人。

喜摆龙门阵，每遇“对手”，则横议天下，纵论古今，谈笑风生，不管日西日落。又幽默，谈笑中时有故实，如言其乡中学语文课讲《暴风骤雨》之“赵光腚”，川人不知“光腚”是何意，到处查辞书，辞书上没有，师生皆无从知晓。朋友笑其谈说中时杂文学创作。道不同不相为谋，遇不相得者，从不交谈。又喜旅游，写作之余，即偕夫人外出，退休十年，足迹遍及亚、欧、非、澳四大洲二十个国家，至于国内像洱海之滨、青海湖畔、雪域高原等等，自是必到之地。写作、旅游两不误，朋辈啧啧称羡。又喜烹调，是做川菜的高手，周末、节假日，为家人、亲友、弟子做东坡肘子、扣肉、豆花、回锅肉，众人朵颐，绪邦尽兴，真是乐也融融；此时也，不拘礼数，不辨年辈，一座尽是朋友处。绪邦还喜好观赏体育赛事，是个热心的球迷，只要有他感兴趣的球赛，就会尽力抽空坐在电视机前，随着赛情而大呼小叫，沉浸其中，这时候真是任情性之所之了。

既有学术成就，行政绩效，也充分享受了生活的情趣。绪邦的一生啊，是十分精彩、潇洒的一生，是有着独特个性的一生。天既降绪邦以优秀，何为不能宽假其年寿？

人的生命有时坚强，有时则异常脆弱。绪邦平时身体强健，而如此溘然长逝，令亲友实在无法接受，捶胸顿足，痛哭失声，悲不能已。音容笑貌皆在眼前，而一时之间竟成永诀！

他所参与创办的中国古代散文学会，他参加并参与主持的北京、长沙、合肥、聊城历届古代散文研讨会，以及他在古代文学理论学会、李贽研究会的众多活动，都将成为所有同仁心中长久的纪念。《中国散文通史》、《中国诗论史》、《藏书注》等，他饱含心血的学术著作，将长留后世，嘉惠学子，此绪邦不朽之盛事。

2008 年 12 月 13 日

（编者按：此文原发表于《中国古代散文学会简报》2008 年号，征得作者牛鸿恩先生的同意，本文集收入时有删节。）

漆老师

季　烨

我崇拜漆老师。

他是智者，仁者，性情中人，是敢作敢当的男子汉。

80年代前期，挤在夜大学生中，听他的选修课“道家思想与中国古代文学理论”。我不大爱到处听课，这次是被朋友拉来听听看的，谁想一坐下来就走不动了。他站在讲台上侃侃而谈，自信，坦诚，热情，淡定。随着课程的进展，他研究之深入，理论之透彻渐次展示出来，加之他的口才与气度，把下面的人全征服了，也使庄子和道家思想深切地渗入到我心底里。

他的四川口音，绝非成都地区的绵软，而是重庆一带的浊重，一锤子砸到底的味儿。他当系主任时搞改革，我是热情的支持者。我是学生辈，新来乍到，改什么，碰触到了什么人乃至可能伤到了一些好人，我都糊里糊涂的不知道，开始我纯粹是因崇拜他而支持他的；有朋友当面对我说：“你们女的就是老崇拜他。”其实除一次谈调动之外，与他几乎没单独接触过，只是远远地崇拜他。直到吸收我进入《中学生文苑》编辑部后，在他的领导下，我们踏踏实实为中学生出大有裨益的刊物，这过程使我对他的崇拜扎实了许多，尊重又渗入了亲切。“文苑”是他倡导创建的，是他改革的重要内容，他领导“文苑”却没拿过“文苑”一分钱，我们搞的活动他也基本不参加，干净得让想通过“文苑”找他茬口的人尴尬之极。

有时候一件事就能使你真正认识一个人。

下面是我从日记中整理出来的：

下午2：00，告别室。孩子的老父，一个黑瘦的农民，抖着，满面泪。三个兄弟痛哭着，几乎站不住……

记得清楚的，是漆老师严峻的脸，有如那几天的天，阴沉。

明天，还有一个研究生。漆老师说——后来我还听他说过不止一次，是井冈山老区的，全专区就这么一个研究生，县里敲锣打鼓送来的，临行时家家请吃了喜酒……

孩子是他一步一步，一潭一潭，找回来的。头上是无法堵住的大窟窿。

他不是管学生工作的，也不负责思想教育，他只是业务副校长。他可以不去，但学生出事的时候，他去了。

很快他就甩甩衣袖决绝而去。

这些年我见到的漆老师，总是笑容可掬的，昂着头，迈开长腿，晃晃地走。我悄悄在下面开玩笑："漆老师是半扇半扇地走。"他听到了，也不生气。

与朋友一道去过他家几次，每去，他必定要给你讲他看的书，拉开话匣子，用四川人的说法叫"摆开'龙门阵'"，说古道今，谈事论理。他读的书真多，让我明白了什么叫知识渊博，满肚子掌故，他犀利深刻，见解独特，谈话充满了趣味，让你入神，下决心回去读书！

"季主席——"他永远笑盈盈地，"我们在季主席的领导下——"那是他回系里之后。那时我傻乎乎地当了一个等外官——系工会主席，却得到了他最热情的支持，他情愿把人们呈现给官场的笑脸毫无保留地投洒给了我这等外官。我想他看重的，是我绝无官场气，傻乎乎却真是实心实意地想给大伙干点好事；他的眼光，很有些陶潜归隐后看着鸡鸣狗吠儿童嬉闹的欣然意味。

他飘然而去。

痛定思痛，悼念，其实是需要时间，需要沉淀的。

他的腰杆永远是挺拔的，一如他的人格。他的足迹清晰地留在人世间，印在我们心里。

本子上的“永恒”

姜晓云

那本子很朴素。

大大的，厚厚的；上面，密密地留下了我读大学“文学理论”课时所记下的笔记。其内容，今天看来，也许已经如同它的容颜，显示出了陈旧。但是，二十多年过去了，直到今天，我却一直精心地珍藏着它。因为那上面承载着一段故事，一份真情，一种“永恒”。

大概是二十多年前的一个冬天，当时我读大学二年级。一日，“文学概论”课代表突然向我索要我的“文学概论”课的全部课堂笔记。我有些诧异。因为，当时这门课的期末考试已经结束，这门课我们也已经结了业。

“不是我要，是漆先生要。因为课已经全上完了，先生不放心大家是否记清楚了他所授课的内容，想收一些学生的课堂笔记看看。”面对我的疑惑，“课代表”解释说。

漆先生，是当时教我们“文学概论”课的漆绪邦老师。他教课一向认真，他的课当时也特别受同学们的欢迎。能让他亲自批阅一下学习笔记，本该是一件好事。但那一刻，心，有种说不出的复杂……

我有些感动，因为，在我看来，大凡老师教完了一门课，学生结了业，对老师而言，如同唱完了一出戏，大幕落下，表演者该歇息了，可漆先生……；那一刻，我也很不安，因为当时我们是刚刚结束“荒唐岁月”，“百废待兴”的“77、78届”学生，我们学习这门课时，根本就没有教科书，由于喜欢先生的课，又从来没有打算将笔记给别人看，所以这门课的笔记，一年下来，记得特别多，字也特别草；因而，心，有些不忍……

然而，厚厚的，就那么一大本，在“课代表”的坚持下，带着我的感动与不安，它还是沉甸甸地，从我的手里传到了科代表的手里。

在那个静静的冬日……

……

大概是一个多星期以后，“课代表”把我的笔记本还给了我。

那一天的冬日，依旧是静静的……

那一刻，当我把笔记本打开的那一刻，直到今天，我都还清楚地记得当时我的震惊：

那本子，厚厚的，从头至尾，处处挂满了一片片，一串串，一个个，我所熟悉的，先生一笔一画写下的红色墨迹。那些工工整整的红色小字，有的成片地落在了我的笔记的空缺处；有的成串地落在了我的笔记的残句旁；也有的，落在了误语后；落在了错字边……

那一刻，我的脸热辣辣地，心怦怦然……

尽管是在静静的冬里。

……

我很羞愧，因为平日的粗心，给先生带来了这么多麻烦……

我更震惊！心，一直被本子上那片片“红色”燃烧着：先生对他挚爱的学业，是如此认真；先生对他关爱的学子，是如此耐心；先生对他所钟爱的事业，又是如此倾心……

那一日，久久地，我独自一人踏在那“温暖”的冬里……

从此，那本子成为了我的一个“珍爱”。

……

在以后的岁月里，特别是在以后，当我也做了“教书匠”，那本子上的片片“红色”，又常常激励着我，认认真真地过好每一个个普普通通的“为人师表”的日子。

每当我对学业有敷衍时，想到那本子上的“红色”，心就会极度不安；每当我对学生、工作倦怠时，想想那本子上的“真情”，心就会一次一次被一种温暖燃烧；特别是在更多更多年以后的今天，在我们这个极度崇拜功名利禄的今天，那本子上燃烧着的串串红色，又一遍遍地，不断让我咀嚼着一个中国知识分子的“做人”的可贵“良知”。

想想看：即使是在今天，在我们这个极度讲究劳动与报酬等量互换的今天，有谁会给先生那一串串密密的红字，称斤度两；有谁会给先生那对学业、学子、工作极度的认真与倾心，衡级定等……；然而，就是在那一片无人喝彩之中，先生静静地，把该负责的，负责了；该认真的，认真了；该倾心的，倾心了。在先生，那是一种无需得到任何褒奖与喝彩的为人的本分，为人的自觉……

于是，很多年，很多年以后的今天，我终于从中咀嚼出了：那是一种人的生命生存状态的美丽；一种人的生命生存状态达到了诗的境界的外化。

——静静地，自觉地，永远地，把本该自己做好的一切，无论大的，小的；人前的，人后的；别人读懂的，别人读不懂的；有人“喝彩”的，无人“喝彩”的；都仔仔细细，认认真真，倾尽心血去做好。

那境界，是常人难以企及的，甚至，是难以读懂的。但它用温暖，燃烧着温暖；用真情，燃烧着真情；用真生命，燃烧着真生命……；于是，它也就构成了一种生命生存状态的特有的美丽；构成了一个民族，一群众生，其发展，其兴旺，所永远都不能丢失的生命的坚实根基。也正因此，它不仅“美丽”，富有“诗意”，更拥有着一种催发生命蓬勃的永恒魅力。

那本子很朴素。

二十多年了。

只因那上面承载了这么一段朴素的故事，一份真挚的感情，一种生命繁衍的坚实永恒，于是，它便永远成为了我生命中的“珍爱”。

怀念漆绪邦先生

刘德水

按照惯例，教师节前，给过去教过我的老师打电话问候。可是今年却得到一个不幸的消息——漆绪邦先生去世了。我的心里一沉——一位多么好的老师，怎么说走就走了呢？

漆先生是我的大学老师。那时候，北京师范学院中文系，名教授不多。而漆先生他们60年代初毕业的这一辈，不过刚到中年，学术地位尚未完全确立。我们这些学生，乳臭未干却不知天高地厚，选课很挑剔。记得选课前，我曾向高年级的学生打探哪位老师的课值得一选，他们推荐的人中，就有漆先生。那是大二，他教我们古代文论。头一节，他就告诉我们，要好好读书，不要指望从上课这里得到什么。然后开讲。那课讲得似乎不是很吸引人，或者说不花哨，可是却让人感觉很实在。他从不照本宣科，也没有讲义，只是拿着一张纸，在前面一边讲一边写板书。口音是四川话，嗓音沙哑、低沉，听起来抑扬顿挫，对我是很有魅力的。最吸引我的，是他有自己的观点，他喜欢道家的理论，认为庄子对人性深处的关注来得更深刻，远胜于儒家的“兴观群怨”。他上课，着重于“文学是人学”的理论的阐发——那时候，阶级论犹自甚嚣尘上，反“自由化思潮”轰轰烈烈，他却在课上大讲人学，对我们是有相当的吸引力的。长长的黑板前，他高高的个子，光亮的秃头顶，腰板挺直，甚至觉得有些向后仰。精辟的见解，从那沙哑的话语里汩汩流出……

他的课，持续了一年。中间考试，他只要我们写一篇作业，题目自拟。我没有忘记他“读书”的告诫，把郭绍虞先生主编的

《中国历代文论选》南北朝前的部分通读了一遍，认真地做了笔记，写了一篇读书心得。其实，不过是把他讲课的观点，用自己读书得来的资料重新整理一遍。交上去之后，就放假了。开学第一节课，他叫课代表把作业发下来。高年级的学生很重视成绩，尤其重视漆先生给的成绩。他们告诉我，两个年级，只有三个同学得了“优”，那神情是很羡慕的样子。我赶紧看我的作业——第一页的右上角，是一个红笔写的“优”。我一下子有些激动起来。可惜这门课只上了一年，再也不能在课堂上聆听先生的精辟见解了。只是常常看到他腋下夹着书本，出入于图书馆的身影。

所谓“逝者如斯，而未尝往也”，大三的时候，学院搞改革，一批年轻学者担当领导职务。据说是教员公推，漆先生当了我们的系主任。他没有架子，与我们学生关系很融洽，无话不谈。那时候我当班长，我们的接触便又多了起来。记得还到他家里去过。是一个晚上，他的住所是个两居室，正赶上停电，我们坐在他满是线装古籍的书房里聊天。他向我了解学生对教师的反映。我说有些教师学问不是特别好，但是人品好，对学生很关心，对课也负责，大家还是很喜欢上的，并且可以经由自己的努力弥补。他听了，回过头，不无感慨地对师母说：“都说他们是孩子，其实我们的学生还是很懂事的！”他还谆谆地告诫我：到了大三，该好好地念点儿书了，四年时间一晃就过去，并劝我把班长职务辞掉，说干那些琐务，没有太大价值。此外，有些课，像充满政治性的一些课程，能考过就算了，没必要下太多工夫。“我当年古代汉语可是补考才通过的啊！”——他甚至不惜揭了自己的老底。“那时候，一到复习考试，我就夹着一本线装书，到紫竹院念去了，一去就是半天儿！本以为我古书都念的劲儿劲儿的，考试应该没问题，可是没想到居然考那些之乎者也是什么词性，这我可说不出来啦！结果呢，弄得个补考！”

听了这些话，我的心里充满了感激——这是掏心窝子的话，是一个老师对学生说的话，是一个朋友对朋友说的话，哪里是一个系主任说的话啊！

还说起那篇作业。其实已经过了很长时间了，原以为他已经忘了，可是没想到先生居然还记得。他说我是真读书了，就冲这个给我一个“优”。有些同学东抄西抄，连“黄初”这个年号，还讲成“黄帝之初”呢！说着，连连摇头，不胜惋惜的样子。

他还以身为教，告诉我正在通读《全唐文》，得到了不少有用资料。从此，在我的心里，就把先生当作了一个模板，深深地印记下来。那满屋的书籍，昏黄的灯光之下，兀自孜孜矻矻读书不辍，成了我心目中的理想生活。

有时我想，一名教师，他课堂上教给学生什么，似乎并不重要——至今，先生课堂上讲的，我大多已经忘记了，重要的是他给学生的影响。这影响，更多的是他自己在做什么，怎么做。

后来，听说他还做了学院的副院长。我总想象不出，他，漆先生，一介学究，喜欢念书的人，怎么能出入那个场合！就像秀才披铠甲舞大刀，总觉有些不协调。把这意思和一些老师说，老师也都笑，说曾看见过他夹着书，从会场上大摇大摆地公然离开。忘了是听他自己说的还是别人转述的，是一句振聋发聩的话："我怕什么？大不了回去教课！"漆先生在我心目中的形象顿时高大起来！

现在，我在借书满架的书斋里，昏黄的灯下，写着这篇文章，先生却已经不知在哪里了。翻点旧箧，还有他的书：《道家思想与中国古代文学理论》，那是二十年前在首体旁的一间小书店里买的；还有他主编的两大册《中国散文通史》，是研究生课程的教材；此外就只剩一张照片，那是他和我们"三好生"一起在师院主楼前的合影。黑白的照片，业已泛黄，显示着岁月的沧桑。照片上，我们二十几名学生，紧紧围在他的身边。我，就站在他的身旁……

2008年9月5日晚，三馀书屋北窗之下，挥泪写

心中的漆老师

郭京春

上班级网看见了“惊悉漆老师仙逝……”，真是体会到“惊悉”了。一下子就想到了漆老师高大的身躯，虽不算魁梧，但结实、挺拔。漆老师又不算老，听说他早晨在操场跑步，他们两口子爱旅游，全国到处走——怎么可能就…… 我还一直准备拜访他呢。这么多年，我攒了一大堆问题要讨教，真是肠子都悔青了。

班里同学都特别推崇漆老师。我那时更是咋呼得可以——才上了漆老师几节文艺理论课，就兴奋异常，遇到胖胖的系主任，竟然强烈要求增加文艺理论的课时。他这门课的两本笔记我一直保存完好，这是我最坚实的根基。30 年过去了，我在自己的课上还时不时从中“袭用”两段呢。我还买了他关于“边塞诗”的著作……我是一直憋着要去找他的。30 年来社会变动何其剧烈，思想啊，文艺啊，文艺理论啊，可以说是天翻地覆了。这里边有多少话题可谈、多少感慨可发啊！以漆老师之才，又经这多年历练，该有太多真知灼见吧！即使他没时间，问几个问题也行嘛。如今只能在回忆中揣摩他了。

想当年，第一次课下来，就感觉他不凡。一下课就想凑过去聊聊。有人已经先我一步，“老师，您姓什么呀?”漆老师并不答话，引着他缓步去到黑板边上，指了课程表上的一个名字。我跟过去看到了“漆绪邦”三个字，当时觉得这个姓少见，亦感受到这位老师的些许矜持。接着回到宿舍就和宿舍里的人热议“老漆”，还为他是四川人还是陕西人争个不休，就为比比谁更与高师的“心是相通的”。

漆老师讲起课来不慌不忙，缓缓道来，不靠什么外在激情，却时时显露真知灼见。让人在温文尔雅之中感受机敏甚至尖利，语带机锋，绵里藏针，往往一句话、两个字就把问题点透。

漆老师的课振聋发聩。十分复杂的理论问题线索分明，深入浅出。当年更吸引大家的，还是他能广泛联系实际，主动触及一些敏感问题——像应该自由选择创作方法了，人性与阶级性的关系等等。比如他讲："别人经常问我们，你们搞文艺理论的给说说，这个电影到底有什么问题。我说这不是文艺理论的事，电影有没有问题要问政治局。"再比如他说："欧洲的大哲学家有个特点，都要谈谈美学。"这种话是一点就透，可是你得承认——不点不透。一般人讲典型的个性与共性都要反复讲二者的辩证关系。可漆老师就敢强调，"只管努力去创造个性就可以了。"这话看似丢了一端，实则含有真知灼见——共性寓于个性之中嘛。不是吃透的人是说不出这句话的。

漆老师的敬业，更不用说。他在课外搞过答疑、辅导，认真阅读同学自发写的小论文。对学生的创意，他大力支持。漆老师有水平，更有个性。比如他并不讲那本现成教材，而是另起炉灶。

漆老师面带棱角，身高腿长，鹤步翩翩，对学生有礼有节。他是全班同学的老师，是很多学生的老师，与我谈不上有任何私交，但我自认为和漆老师还是有"二三事"可说的。

我上漆老师的课追求的是"有闻必录"。下了课还时不时要追着问问题。可能是我的问题让漆老师是觉得有必要查看一下我的笔记。笔记本送回来的时候，里边布满星星点点的红笔订正，凡有误记、含糊、漏记之处，都一一改过、补全。这次我特意数了数，正好100页的笔记，他的订正就有近50处。我实在忍不住要抄一些下来：

"孔丘的六艺"改为"儒家的六艺"；

"南方的四个偏安小朝廷"改为"南方相继有"；

"出现个人抒情散文（脱离政治斗争）"改为"不再是政治斗争的直接工具"；

"宋人瞧不起词，因它源于歌女宴席上卖唱助兴"改为"因它由歌女"；

"程砚秋的汉名妃"改为"汉明妃"；

"鸦片战争前又兴起新的剧种花布"改为"花部"；

"荆、刘、拜、杀流传于后……三尺童子，能了了于心，便便于口"补全为"三尺童子，观演此剧皆能了了于心，便便于口"；

……

甚至还有一些错别字，笔误，漆老师也都一一改过，像什么“席勒”写成“席靳”；还有什么“心酸”、“桃花园”之类。当时翻看笔记，当然是诚惶诚恐，既惭愧又感激——这么个改法，等于是让漆老师把我那潦草的笔记(100页)逐字阅读了一遍！即便说当时的风气不是今天能比的，当时的师生关系还颇有“形而上”的色彩，但无论如何，这100页潦草的笔记要让我自己逐字看一遍，我也……

是漆老师特别赏识我吗？恰恰相反。我极为推崇漆老师，可心里清楚，漆老师并不赏识我，而是班里另外一些同学。这在当时就是我心中的痛。我之所以迟迟未能拜访漆老师，这也是一个小小的潜在原因。我对漆老师没有丝毫耿耿之意，相反，倒是感激他的“身”教，给我上了最后一课，也是最深的一课，促我反省，促我成长。

回学校看到“东风楼”的那间教室，甚至仅仅看到同学拍的教室照片，眼前就浮现漆老师讲课的身影——手拿大大的讲义夹，却又不看，侃侃而谈，时现真知灼见。

2008年9月23日凌晨

诗忆绪邦师

王　南

漆绪邦先生是我的老师。

半生读书曾就教于数十位老师，而“漆老师”于我，含义则极为特殊。这是一个平淡如水又厚重如山的称谓，一个与胸怀境界学识相副的名号，一个往昔言及温暖亲切、今日念中心痛难忍的呼唤。这篇怀念文字可以包含太多的内容，又有多少情义岂文字可传！数度提笔忘言后，仅以几首与先生交往的小诗为迹。

师恩尽在笑谈中，斗转星移造化功。
浊酿生涯换盏悟，烧白见解连年通。
从容翰墨三春雨，坦荡诗文一夕风。
甘入漆城做小吏，相随畦圃灌园翁。

绪邦师略好小酌，擅长川菜烹制。逢年必亲自下厨设家宴款待弟子——这是漆门弟子的节日，霉干菜扣肉（川语“烧白”）是永恒的主菜。席间不分师生，把盏欢言，襟怀袒露，纵论古今。绪邦师于庄子学说多有精解，庄子曾任“漆园吏”；《庄子》中去除“机心”的灌园老翁又颇似先生的处世之志，故诗中以为戏称。去年五月为绪邦师过七十岁生日，我制作了一张他开会发言时的照片，并题此诗于后。绪邦师读后颔首不语，看到照片后笑道“形象不佳嘛”，但看得出他很快乐。绪邦师一贯从容坦荡，为人为文皆然。而我也见过他在面对腐败现象和学生遇难时的震怒和悲愤。诗言“相随”，不仅是以读书为乐、有感而发的治学心态，更在于那种本于良知、决不苟且亦不苛求的生活态度。

二〇〇八年八月一日日全食，绪邦恩师辞世而去。音容宛在，斯人永绝。连日心痛无已，泣血以志：

云崩日破暗江天，不别君行我大冤。
虽作超拔轻死生，仍惊率意弃人寰！
当年蜀岭竹声乱，此日东湾海雾残。
赏意知音隔永昼，星辉映泪落江潭。

七十生日后仅隔三月，关外传来绪邦师离世的噩耗。送别先生归来兀坐通宵。当时赋此诗以记心，至今读来仍难以自已。先生达观于生死之变，尝以庄子“适来，夫子时也，适去，夫子顺也”为至言。可叹不别而行，令人心碎。次年孟春，我与漆门弟子胡山林夫妇、郭红跃、袁颖慧、苗强、陈小英、李欣等人前往竭石海滩先生故去之地凭吊。当我酹酒平沙、为他点燃一支香烟时，众人面迎海风抛撒花瓣——我看见绪邦师分明微笑于水天之间。

一竹萧萧不作林，风枝飒飒走清音。
年年火汗他人简，未落拳拳望笋心。

绪邦师生于四川江津，他的故乡情结人所共知。在他的“龙门阵”中，蜀乡风光民俗总被赋予十分鲜活的文化意义，家乡的竹林也常在言中。一次论及魏晋名士以竹林为伴，王徽之指竹曰“何可一日无此君”；先生笑称退休后将回乡定居，建屋于竹林，名曰“此君庐”。其身形亦瘦高挺直如竹。先生爱生如子，亦视如老友。授课必以原始文献为据，反对“游谈无根”之论。给我们讲授的知识即使烂熟于心，也每次备课。作业论文之后必有精心批阅的评语，细微之处包括观念、用语和标点。学生有问，从无时限，接到电话后的回答只是“来吧”二字；接谈始于学生的具体问题，终于历史线索和相关文献。每次答疑，都是一次快乐而充实的学问之旅。作为教师，他的楷模范式至今是我备课讲课心存懈怠时一笔粗重的“朱批”。

教诲初闻廿六年，登堂始觉天云宽。

开谈理域欣来去，随意家门任往还。
夏木苍葱喧枝叶，清溪润溉奏波澜。
何当执手欢言笑，再睹遗文悲惘然。

从1982年旁听绪邦师的课，到1985年成为有幸成为他指导研究生的“开门弟子”，至先生去世，已26年。编辑《漆绪邦学术论文集》，犹如重入绪邦师的座中——清茶依旧飘香，清言依然入耳。

2009年5月18日

漆绪邦学术论著要目

著作：

1)《文学鉴赏知识》(与刘鹤龄、侯健合著)，江西人民出版社，1981

2)《桐城派文选》(与王凯符合著)，黄山书社，1986

3)《盛唐边塞诗评》，山西人民出版社，1987

4)《道家思想与中国古代文学理论》，北京师范学院出版社，1988

5)《中国历代诗词曲论专著提要》(合著)，北京师院出版社，1991

6)《中国散文通史》(主编)，吉林教育出版社，1994

7)《中国诗论史》(合著，漆绪邦为第一撰稿人)，黄山书社，1997

8)《方苞·姚鼐》(插图本中国文学小丛书)，春风文艺出版社，1999

9)《搜神记》，中华古典名著少年版(珍藏本)，漆绪邦，张凡评注，中国少年儿童出版社，2003

论文：

1) 调查研究的故事·施氏和孟氏，河北人民出版社，1962

2)孔雀东南飞的思想分析(与张建业合撰)，《光明日报》1965，11，14

3)根据实际生活创造各种各样人物——谈人物创造问题，《北京日报》1978 年 8 月 6 日(署名“旭歌”)

4)从生活出发塑造个性鲜明的典型人物——再谈人物创造问题，《北京日报》1978 年 10 月 25 日(署名“旭歌”)

5)典型，还是类型？《北京师范学院学报》(社会科学版)，1979，3

6)试论黑格尔的性格说，《文艺理论研究》，1980，2

7)桐城派简论 (与王凯符合撰)，《文学遗产》，1982，3

8)以道为体，以儒为用——从《文心雕龙·原道》看刘勰的基本文学观，附论我国古代文学思想的基本线索，《北京师范学院学报》(社会科学版)，

1983，2

9）戴名世论（与王凯符合撰），《北京师范学院学报》，1983，3

10）“人”和“人学”解放的新潮——明代文学新思潮简论，《北京师范学院学报》（社会科学版）1984

11）“自然之道”与“以自然之为美”，《古代文学理论论丛》，1984

12）“玄览”“游心”和“神思”，《北京师范学院学报》（社会科学版），1985，3

13）辛文房《唐才子传》的理论价值，《北京师范学院学报》（社会科学版）1987，1

14）中国古代文论思想文化背景的一个重要问题，《北京师范学院学报》（社会科学版），1988，2

15）皎然生平及交游考，《北京社会科学》，1991，3

16）中国诗论的滥觞和“诗言志”说的提出，《北京师范学院学报》（社会科学版）1991，5

17）元文概论，《北京社会科学》1993，1

18）刘勰的天师道家世及其对刘勰思想与《文心雕龙》的影响，《北京社会科学》1995，2

19）李贽“童心说”反文化强权的战斗意义，《首都师范大学学报》（社会科学版）2000，4

20）试谈李贽的民本位政治思想，《首都师范大学学报》（社会科学版）2002，6

《解放军报通讯》（《新闻与成才》）系列短文：

文贵奇

文贵变

文有七戒

立言之要 在于有物

文亦自有其理

文与“心明”

“意”和“法”

务去陈言

文章与题目

作论有三不必二不可

作论如剥笋

为文欲求略 当先求精

作文如打鼓

气大言浮

先意气而后辞句

“贯”与“息”

周览以养气

神气在言语文字之外

气积而文昌

自出机杼

文须有所不能自已而作

三不朽

善因善创

为文与修身——《论语》

知言和养气——《孟子》

美在自然——《庄子》

人心与言辞

质美不待饰——《韩非子》

赋家之心——司马相如

发愤著书——司马迁

文近意远——司马迁

言为心声——扬雄

实诚在胸臆——王充

事副其实 文贵在真——王充

文以气为主——曹丕

论“文人相轻”——曹丕

论文思——陆机

辞意双美 片言居要——陆机

文贵创新——葛洪

文以意为主——范晔

各师成心 因内符外——刘勰

诗有三义——钟嵘

复与变——皎然

晦与显——刘知几

辨味——司空图

文以载道——周敦颐

文以适用为本——王安石

学诗功夫在诗外——陆游

诗传真心——元好问

诗贵自得——徐渭

天下至文 皆出童心——李贽

独抒性灵——袁宏道

身历目见 方可为诗——王夫之

“文”和“所以文”——戴名世

阳刚之美与阴柔之美——姚鼐

另有：

1.《古代文论名篇详注》(高等学校文科教学参考书)，霍松林主编，上海古籍出版社 1986 年 8 月出版。任编委，主要撰稿人。

2.《中国近代文论名篇详注》(高等师范院校文科教材)，霍松林主编，贵州人民出版社 1986 年 8 月出版。任编委，主要撰稿人。

3.《精选历代诗话评释》，中州古籍出版社 1988 年 7 月出版。任主编之一(另两位主编为毕桂发、张连第)。

4.《古文鉴赏大辞典》，徐中玉主编，浙江教育出版社 1989 年 11 月出版，参与者有百余人，漆为 30 个主要撰稿人之一。

5.《中国古典文学赏析丛书》之《桐城三家赏析集》，王镇远主编，巴蜀书社 1989 年 2 月版，选入漆的两篇文章《孙征君传》、《逆旅小子》。

6. 已发的《以道为体，以儒为用》又载入张少康主编的《文心雕龙研究》(湖北教育出版社出版，陈平原主编《20 世纪中国学术文存》)。

7.《历代诗分类鉴赏辞典》，张秉戍主编，中国旅游出版社 1992 年，任编委，撰稿人。

8.《李贽全集·藏书注》(即将出版)。

编者后记

《漆绪邦学术论文集》编成，为怀念去世一周年的漆绪邦先生，为回顾他不凡的学术贡献。

绪帮师一生慎于著述而无意于存留，因此收集先生遗著颇为不易。诸位漆门弟子各尽所能，千方百计寻求先生遗文。身居海外的郭红跃女士通过互联网寻得漆先生大部分单篇论文，胡山林先生专赴北京大学图书馆和《军事记者》(原《解放军报通讯》)编辑部寻得其他散见的漆文，袁颖慧为搜集、校对文稿无私尽力。绪邦师生前好友、亲属及同事段启明、王凯符、饶杰腾、张建业、牛鸿恩、易鑫鼎、漆acu邦、吴祖兴等先生或提供与漆先生合著论文的资讯和原件，或对文集的编定多方指导，使漆绪邦先生的学术成果在这部文集中得以较为完整地呈现。

由于篇幅所限和历史原因，此论文集并没有包括漆绪邦先生的全部学术论文，只选择了能够代表先生学术观点的主要论文。

“附录”中收录的“漆绪邦学术论著要目”记录了漆先生的主要学术成果；数篇怀念文字为漆先生的好友、同事及学生所作。限于篇幅，大多在征得作者同意后有所删减，有些怀念文字未能收入，谨向这些作者深表谢意。

感谢陕西师范大学的霍松林先生为文集题写书名并题词，感谢安徽师范大学的梅运生先生为文集撰写“代序”之文。感谢为搜集漆绪邦先生遗文提供帮助的首都师范大学图书馆的工作人员、《军事记者》主编朱金平大校以及关心支持文集出版的各位同仁。感谢王德胜先生、陈鹏先生以及杨鸿宵、张曌二位编辑对文集出版的真诚付出。李赫宇、刘莎参与了文集的校对，一并致谢。

漆绪邦先生任首都师范大学副校长期间主管本校出版社工作，今日《文集》在首都师范大学出版社问世，以铭记先生对首都师范大学学术事业的贡献。

文集定名为“希声集”，取自《老子》“大音希声，大象无形”之义。

王南　谨识于2009年5月25日